이상한 나라에서 온 스파이

이상한 나라에서 온 스파이

최인석 장편소설

창작과비평사

차 례

프롤로그

내가 심우영이라는 노인을 만난 것은 지난해 여름의 일이다. 오래 전부터 나는 삼청교육대 피해자들을 취재하고 있었다. 피해자 가운데 한 사람이 한남동의 희망고아원에 가보면 심우영이라는 피해자를 만날 수 있을 것이라고 알려주었고, 나는 그를 만나기 위해 찌는 듯한 한여름의 더위를 무릅쓰고 희망고아원으로 찾아갔다.

고아원 사무실에 들어가 심우영이라는 사람을 만나러 왔다고 하자 나승규 원장은 뒷산을 가리켰다.

"그 정신없는 노인네는 만나 뭐 하겠다는 거요?"

"정신이 없다구요?"

"만나봐요. 그럼 알게 되겠지, 뭐."

나원장은 그 말만을 남기고 앞장서서 사무실을 나가버렸다. 숲이 우거진 뒷산 중턱에 평평하게 다져진 공터가 있었고, 거기 한 남자가 꾸물거리고 있는 것이 보였다. 거리가 멀어 무슨 일을 하는 것인지 구체적으로는 알 수 없었다.

나는 허덕허덕 그 산을 걸어올라갔다. 떡갈나무와 밤나무, 소나무가 우거진 숲 가운데 완만하게 경사를 이룬 평지는 사오십평쯤 되는 넓이였다. 그 한가운데에 거대한 구덩이가 있었고, 노인 한사람이 이제 막 삽을 들고 그 구덩이 속으로 들어가려 하고 있었다. 나는 심우영 선생님, 하고 불렀다. 그가 나를 돌아보았다. 아흔살쯤 되어 보이는 노인이었다. 1980년이면 20년 전이었으니까, 일흔 먹은 노인이 삼청교육대에 끌려갔었단 말인가?

나는 우선 그에게 용건을 말했다. 그는 조용한 음성으로 신중하게 말했다. 삼청교육대 갔다왔지요.

여자가 한사람 머리에 함지박을 이고 올라왔다. 그녀는 함지박을 내려놓고, 그 안에서 밥과 풋고추와 된장, 김치를 꺼내놓았다. 깨끗하고 조용한 얼굴, 사람을 꿰뚫어보는 듯한 깊은 시선을 지닌 여자였다. 내가 그녀에게 안녕하세요, 하고 인사를 보내자 그녀는 말없이 목례를 보냈다.

"그 여자는 말을 못합니다. 하지만 말은 다 들어요. 우리 안식구요."

심우영이 말했다. 그의 아내는 나에게 묻지도 않고 내 앞에 밥과 숟가락 젓가락을 놓아주었다.

"때 됐으니 한숟갈 뜨쇼."

그가 권하는 대로 나는 그들과 함께 밥을 먹었다.

"연세가…… 얼마나 되시는지요?"

"내 나이? 얼마나 된 것 같아요? 한 백살 된 것 같아요?"

그의 안식구라는 여자가 웃었다.

"내 나이가 사실은 그렇게 많지 않아요. 보기에만 이렇지. 어느날 갑자기…… 이렇게 늙어버렸어."

밥을 먹으며 심우영은 쉬엄쉬엄 얘기를 시작했다. 그렇게 심우영에 대한 취재는 시작되었다. 하루이틀이면 끝날 것으로 예상했던 취재는, 그러나 꼬박 한달이 걸렸다.

미리 얘기해두자면, 이것은 삼청교육대에 대한 이야기가 아니다. 아니, 심우영에 따르면 이 세계 전체가 거대한 삼청교육대라니까 삼청교육대 이야기라고 해도 무방할 것 같다. 그러나 그것은 어디까지나 심우영의 화법일 뿐이다.

나는 그가 들려준 이야기를 가능한 한 손대지 않고 그대로 옮기기 위해 노력했다. 지네가 사람과 교접하여 사람을 낳는다거나, 사람이 지네로 변신한다거나, 플라톤과 토머스 모어와 심지어는 칠레의 불운한 대통령 아옌데 역시 이 세상 전체를 아름다운 곳으로 변화시키기 위해 '열고야'라는 나라에서 파견된 간첩, 혹은 간자(間者)라는 식의 터무니없는 얘기 같은 것들이 있어 어떤 식으로건 정리를 해야 하지 않을까, 여러 번 망설였으나 그대로 두기로 했다. 그가 정신없는 사람인지는 모르지만, 그의 평생에 담긴 이야기 가운데에서 나는 무엇보다도 우리가 살아온 세월에 대한, 우리가 살아가는 이 세계에 대한, 이 세계의 생김생김에 대한 돌이킬 수 없는 완강한 부정(否定)을 보았고, 전적으로는 아니지만, 그 부정에 나 자신이 어느정도 긍정할 수밖에 없었기 때문이다. 또한, 존재하느냐 존재하지 않느냐를 떠나서, 그의 '열고야'라는 나라에 비추어보면 지금 내가 몸담고 살아가는 이 세계는 얼마나 어처구니없고 가소롭고 야만적이고 희극적인 세계냐, 하는 생각이 들었기 때문이다.

 '열고야'는 물론 존재하지 않는다. 그러나 그것을 과연 다행이라 해야 할까, 불행이라 해야 할까?

제 1 부
탈출

1

바람, 바람. 세상에 오직 바람만이 존재하는 듯했다. 그 바람소리를 들으며 나는 꼬박 밤을 새웠다. 캄캄한 어둠속을 수천 대의 기관차처럼 요란하게 치달려온 바람은 숲을 멋대로 휘저어대다가 고아들이 잠든 엉성한 바라크 건물을 뽑아던질 듯 뒤흔들었다. 나는 이따금 조심스럽게 낡은 미군담요를 끌어내리고 몸을 일으켜 창밖을 내다보았다. 그때마다 날이 밝을 기미는 보이지 않고 모든 나무들이 바람을 따라 금방 발을 굴러 치달을 듯 발버둥치는 것이 보일 뿐이었다. 먹구름 너머 얼핏 달이 얼굴을 드러내면 하늘은 먹이를 향해 거대한 아가리를 들이대는 맹수 같았다. 막연히 그것이 나에 대한 경고처럼 여겨지는 순간이 있었다. 그러나 나는 이를 악물고 스스로에게 되풀이해 다짐했다. 오늘이다, 오늘.

아직은 어두웠다. 날이 조금 밝은 뒤에, 새벽녘이 되어야 떠날 수 있을 것이다. 병식이형이 나를 보자마자 등을 떠밀어 이곳으로 되돌려보내는 것은 아닌지 걱정스러웠다. 나가지 않아도 된다, 하는 생각도 들었다. 이제까지 참았는데 좀더 못 참겠는가. 고아원 아이들과 영영 헤어져야 한다는 것도 섭섭했다. 겨우 열여덟 나이, 맨몸으로 저 맹수의 아가리 같은 세상 속으로 들어선다는 것도 두려웠다. 아비가 어느 집 담장 밑에 떨어져 죽은 곳, 어미가 술로 망가져버린 곳이 그곳이었다. 어미는 나를 이곳에 맡기고 떠나면서 말했다. 언젠가는 니 진짜 아비어미가 널 찾아올지도 몰라. 여기서 기다려라. 꾹 참고 기다려야 해. 그렇게 어미와 헤어진 지 벌써 11년이 흘렀다. 그동안 그 어미도, 그 어미가 얘기한 진짜 아비 어미도 나를 찾아온 적이 없었다. 어미 얼굴도 제대로 기억나지 않았다. 하기야 어미는 이곳으로 나를 찾아올 여유가 생기더라도 휘청휘청 구멍가게로 들어가 소주병이나 거머쥘 위인이었다.

갈비뼈 언저리에서 나의 다족(多足)들이 저마다 튀어나올 듯 꾸물거렸다. 영순이가 생각났던 것이다. 영순이, 고아원 뒷산에서 나에게 젖가슴을 맡긴 채 입을 꼭 다물고 뜨거운 숨을 몰아쉬던 그녀의 창백한 얼굴이 떠올랐다. 가슴이 뛰쳐나올 듯 함부로 뜀박질을 시작했다. 아아, 한번만 더 그 젖가슴을 만질 수 있다면, 거기 다시 얼굴을 묻고 그 달콤하고 서글픈 살냄새를 맡을 수 있다면. 그녀의 가느다란 두 팔이 있는 힘을 다해 끌어안도록 내 머리를 그 젖가슴에 기댈 수 있다면.

그녀는 내가 고아원을 떠날 작정이라는 것을 알고 있기는 했으나, 바로 그날 새벽이라는 것은 알지 못했다. 그녀에게 말 한마디 없이 떠난다는 것은 떳떳지 못한 짓이라는 생각이 들었다. 간밤에 나는 그녀에게 뒷산으로 나오라고 말할까 말까 망설이다가 그만두고 말았다. 그녀의 말간 눈을 바라보면서 그런 애기를 할 자신이 없었고, 만일 어찌어찌 애기를 꺼낸다 해도 그녀가 막을지도 모른다는 생각이 들었다. 그녀는 무슨 일이 있어도 꾹꾹 눌러참으며 고등학교를 졸업한 다음에 비로소 이곳을 떠나야 한다고 생각하는 부류였으니까.

고아원을 떠나는 시각이 꼭 새벽일 필요는 없었다. 아침에 학교에 간다고 고아원을 나서서 돌아오지 않을 수도 있었다. 내가 꼭두새벽을 택한 이유는 오직 하나, 나경민 원장에게, 그리고 희망고아원에게 의미심장한 작별인사를 남겨두기 위해서였다. 푹신푹신한 응접소파, 번쩍이는 상패와 감사패로 가득 찬 책장, 언제나 책상 양쪽 옆의 삼각다리 게양대에 걸려 있는 커다란 태극기와 성조기, 그 뒤쪽 벽의 사진틀 안에서 인자한 웃음을 짓고 있는 원장과 어딘지 심술이 난 듯한 표정으로 엄격하게 입을 다물고 한쪽 어깨를 다른 쪽 어깨보다 조금 더 앞으로 내밀고 서 있는 박정희 대통령이 지켜보는 가운데 내가 세상에서 본 어떤 책상보다 높은 원장의 책상 위에 똥을, 기생충이 우글거리며 서식하는 똥을 싸놓고 떠나야 한다고 생각했다. 그것이 내가 택한 작별인사였다.

계획이란 없었다. 찾아갈 만한 사람은 하나뿐, 찾아갈 곳도 하나뿐이었다. 같은 고아원 출신 병식이형이 그 사람이었고, 그가 일하는 해방촌 산동네 중턱에 자리잡은 태창 나염공장이 그곳이었다. 미리 상의를 하면 그가 틀림없이 나를 막을 것이 분명했기 때문에, 이번에는 그를 포함하여 어느 누구에게도 상의하지 않았다. 일단 탈출한 다음, 병식이형을 찾아가면 그가 내쫓지는 않을 것이라고 나는 믿었다.

벽시계가 다섯시 십분을 가리키고 있었다. 이제 떠나야 했다. 나는 일어나 앉아 더듬더듬 낡은 비닐가방을 움켜쥐었다. 잠을 못 잔 탓일까, 머릿속의 뇌수가 잔 속의 물처럼 위태롭게 흔들렸고, 나는 현기증을 느끼며 마루 끝을 짚고 주저앉았다. 어두운 방안에 고아들의 숨소리가 가득했다. 그 숨소리가 내 발목을 잡았다. 잠든 그들의 호흡소리는 무척이나 평화롭고 아늑했다. 그러나 나는 알고 있었다. 평화도 아늑함도 없다, 이곳에는. 비열한 사기와 협잡, 마음속 깊이 감춰둬야 하는 증오와 분노, 비굴한 생존이 있을 뿐이었다.

나는 복도에 선 채 옷을 갈아입었다. 복도 전체에 고아들의 숨소리가 물결처럼 조용히 출렁거리고 있었다. 창백한 형광등 아래 복도는 빛보다 뿌연 어둠으로 가득했다. 나는 칡넝쿨처럼 발목에 감겨드는 아이들의 숨소리를 짓밟으며, 그 숨소리와 더불어 자꾸 눈앞을 막아서는 영순이의 창백한 얼굴과 말간 눈을 외면하며 복도를 걸어나가 뜰로 나섰다.

바람이 잡아쓰러뜨릴 듯 덤벼들었다. 나는 몸을 똑바로 세우고 뜰을 넘겨다보았다. 사무실 건물 모퉁이에 보안등이 하나 서서 졸고 있었다. 캄캄한 하늘 아래 우뚝우뚝 서서 바람에 팔을 있는 대로 휘젓는 뒷산의 나무들은 무엇엔가 항의하기 위해 모여든 거인들 같았다. 왼쪽으로 돌아서면 여자아이들의 숙소로 갈 수 있었다. 나는 그쪽을 쳐다보며 망설였다. 영순이를 불러내야 할까. 영순이는 내가 사라졌다는 것을 알게 되면 자기를 버렸다고 생각할지도 모른다. 어미가 나를 버렸다고 내가 생각하듯. 나는 직장을 잡으면 곧 돌아와 영순이를 찾을 생각이었다.

어미와 나는, 어미의 얘기에 따르면 진짜 아비 어미가 따로 있다고 하지만, 불행히도 어미와 자식이었다. 그러나 나와 영순이는 뭐란 말인가? 다행히도 나는 영순이에게 아무 짓도 하지 않았다. 그녀의 젖가슴을 몇번 만졌을 뿐이다. 학교의 선배들이나 고아원 형들은 여자들이란 우선 깃발을 꽂아야 제것이 되는 법이라고 말했으나, 나는 한번도 그런 짓은 하지 않았다. 충동적 유혹을 느낀 적은 없지 않았으나 참았다. 갓난아기, 마침내 아비 어미에게서 버림받고 마는 갓난아기가 생각났기 때문이고, 아비 어미가 낙태를 해라, 안된다, 하고 싸움질을 하던 것이 생각났기 때문이다. 그때마다 고아는 고아를 낳는다,라는, 누가 한 말인지 알 수 없는 외침이 마음속에 메아리쳤기 때문이다.

사무실 건물 옆에는 거대한 은행나무가 한그루 서 있었다. 동네 어른

들의 말에 따르면 그 나무의 나이는 천살이었다. 어른 예닐곱 사람이
둘러서서 양팔을 한껏 벌려야 손끝이 겨우 닿을락말락할 만큼 나무는
거대했다. 그 은행나무가 우우우, 짐승처럼 기괴한 소리로 울부짖으며
나를 내려다보았다. 날카로운 휘파람소리 같은 것도 그 나무가 내는 소
리였다. 그 나무가 도깨비들의 집이라는 소문도 있었다. 비가 내리거나
안개가 자욱한 밤이면 푸른 도깨비불들이 크게 반짝였다가 작게 반짝
이고, 그랬다가는 감쪽같이 사라져 그 나무의 높다란 가지 끝에서 끝으
로 날아다니고, 잠시 넋을 놓고 서 있으면 어느새 머리 위까지 날아와
깩깩 소리지르며 도깨비방망이를 휘두른다는 것이었다. 간혹 한밤중에
아랫동네에 갈 일이 있어서 뜰을 건너갈 때면 알 수 없는 두려움으로
뒷머리가 땡기고 오금이 저렸다. 어둠속에 엄청난 높이로, 육중한 둥치
로 버텨 서 있는 그 나무는 때를 기다리는 낯선 괴물, 벌떡 일어나 한달
음에 뒷산 꼭대기로 치달아 포효할 날을 기다리며 엎어져 있는 거대한
짐승처럼 보였다.

　그 나무는 죽은 지 오래였다. 그 은행나무에서는 결코 잎이 피어나지
않았다. 물론 은행도 열릴 리 없었다. 몇년 전 원장은 그 나무를 베어버
리려 했으나, 아랫동네 어른들이 찾아와 막는 바람에 뜻을 이루지 못했
다. 그 어른들은 육이오전쟁이 나기 전까지만 해도 그 은행나무는 매우
창성하여 해마다 은행을 몇가마씩이나 맺었다고 했다. 그러나 그보다
더 중요한 일이 있었다. 그 나무는 나라에 변고가 생기는 것을 예견하
고 전조(前兆)를 나타낸다고 했다. 해방되던 해 삼짓날에 은행나무는
온몸으로 진땀을 뻘뻘 흘렸다. 진땀이라니? 비가 내리는 것도 아닌데
나뭇잎에서 물이 듣고 나무줄기는 물론 둥치에서까지 줄줄 물이 흘러
내렸다. 염병에 걸려 곧 죽게 생긴 동네 노인 하나가 그 물을 받아마시
고 씻은 듯 몸이 깨끗해졌다.

"못 믿는다고? 바로 우리 어르신이 겪으신 일이여."

동네 노인 한사람이 엄숙하게 말했다. 육이오전쟁이 벌어지던 해 봄에도 그 나무는 이틀 동안 온몸으로 진땀을 흘렸다. 그때는 동네 폐병쟁이 청년이 그 물을 받아마시고 건강을 되찾았다.

"이 나무가 죽었다고?"

동네 노인들은 혀를 찼다.

"죽기는. 죽은 것처럼 보여도 그게 아닙니다. 몇년 뒤에 또 열매를 맺을 거요."

그 나무를 베면 고아원에도 원장에게도, 어쩌면 마을에도 좋지 못한 일이 벌어질 것이라고 그들은 단언했다. 그냥 두는 것이 도리요, 하고 한 노인이 말했다.

"만에 하나 죽었다고 해도 혼자 쓰러지기까지는 그대로 두는 것이 순리입니다. 그대로 둬서 안될 일이 뭐요, 도대체? 한번 여기 이 근처 산이나 마을, 숲을 둘러보시오. 음양의 기운이 딱 맞아들어가고 있단 말이오. 이 나무가 없어졌다고 합시다. 음양이 조화를 잃을 것 같지 않소? 조화가 깨지면 좋을 것이 없는 법이오."

결국 원장은 나무 베는 것을 포기했고, 그리하여 그 나무는 그 거대한 몸집으로 여전히 어둠속에 엎드려 있었다.

바람이 덤벼들어 머리칼과 옷깃을 움켜쥐어 사방으로 잡아흔들어댔다. 나는 원장실을 향해 걸음을 떼어놓았다. 바람 때문에 새벽공기는 더욱 차가웠으나 나는 추위를 느끼지 못했다. 오히려 얼굴이 화끈거렸다. 손바닥이 뜨끈뜨끈하여 잠깐 사이에 주머니가 땀으로 축축해졌다. 귓전에 와 울부짖는 바람의 재촉을 들으며 나는 어두운 뜰을 가로질렀다. 은행나무 쪽은 애써 쳐다보지 않았다.

원장실 문은 잠겨 있었다. 매일 저녁 총무가 원장실 문을 잠갔다가 아침에 열었다. 그러나 그는 창문은 잠그지 않았다. 그저 아침 저녁으로 열었다 닫았다 할 뿐이었다. 나는 창문을 밀어보았다. 창문은 기분 좋은 소리와 함께 열렸다. 바람이 먼저 안으로 휩쓸려들어갔다. 나는 얼른 창턱으로 기어올라 원장실 안으로 사뿐히 뛰어내린 다음 곧 창문을 닫았다. 심장이 벌컥거리는 듯했으나 뜻밖에도 전혀 떨리지는 않았다. 실내에는 차고 건조한 냄새, 쇠붙이와 종이 냄새, 원장의 머릿기름 냄새가 떠돌았다. 나는 원장의 커다란 책상 위에 올라섰다. 물론 신발도 벗지 않았다. 책상 위에는 두툼한 유리판이 덮여 있었고, 책상 정면 끝에는 '院長 羅慶閔'이라고 커다랗게 새겨진 나전칠기 명패가 어둠속에서도 빛을 발하고 있었다. 신문지 나부랭이는 깔지 않았다. 나는 바지를 내려 엉덩이를 드러내고 쪼그려앉았다.

고아원을 떠나야겠다는 결심을 처음 한 것은 이미 2년 전, 중학교 3학년 시절이었다. 나는 아침에 학교 가는 아이들과 함께 고아원을 나서서 나염공장으로 병식이형을 찾아갔다. 그는 내가 찾아가면 늘 하던 것처럼, 우선 근처의 밥집으로 나를 데리고 들어갔다. 나는 백반이 나오자 우선 흰 쌀밥을 한 숟가락 커다랗게 떠 입안에 쑤셔넣고, 들큼새큼한 어리굴젓도 듬뿍 입안에 쓸어넣고, 제대로 씹지도 않고 꿀꺽꿀꺽 삼켰다. 그러면 그는 흐뭇한 얼굴로 나를 지켜보며 말하는 것이다. 야 인마, 좀 천천히 먹어라. 나는 밥을 반쯤 먹어치운 다음에 비로소 얘기를 꺼냈다. 형, 나 고아원 나올 거야. 더는 못 참겠어. 배도 고프고 원장 꼴도 보기 싫고. 언젠가 병식이형은 공장에 늘 일손이 부족하여 밤늦게까지 작업에 시달려 피곤하다고 투덜거린 적이 있었다. 그러니까 나도 어렵지 않게 그곳에 취직할 수 있을 것이라고 믿었다. 그러나 그의 반응은 뜻밖이었다. 너 몇살이냐? 나는 아직 겨우 열여섯, 그러나 원장이나 총무가 증오스럽고 혐오스러워 이가 갈릴 지경이었다. 병식이형은 나보다 다섯살이 많은 나이였으나, 나에게는 굉장한 어른으로, 가끔은 늙은이로 보였다. 고아원에 있을 때부터 그랬다. 그는 말수가 적고 신중했으며, 원장이나 총무가 하는 말에 한번도 이의를 제기하지 않고 조용히 복종했다. 그렇다 하여 그들을 좋아하는 것 같지는 않았다. 그가 마음속으로는 결코 그들을 따르지 않는다는 것은 그의 표정만 보아도 알 수 있었다. 원장이나 총무를 바라볼 때면 그의 얼굴에는 가면처럼 표정이 사라졌으니까. 병식이형은 말했다.

"바보 같은 소리 말고 얼른 학교로 가. 학교 끝나면 고아원으로 돌아가고."

그는 고등학교를 졸업할 때까지는 무슨 일이 있어도 악착같이 고아원에 붙어 있어야 한다고 말했다.

"눈칫밥으로 열여섯이나 먹은 놈이 아직까지 겨우 생각이 그 지경이야? 우리 같은 놈들한테는 고등학교 졸업장이나마 그게 세상 헤쳐나가는 유일한 방패막이야. 누가 우릴 도와주겠냐, 믿어주겠냐, 추천을 해주겠냐? 그럴 때 필요한 게 바로 졸업장이란 말이다, 이놈아. 어서 돌아가. 원장이나 총무가 우릴 어떻게 취급하는지 너도 알 거 아니냐. 고아원 한다는 사람들이 그래. 보통 사람들은 어떨 거라고 생각하냐? 그 사람들보다 나을 것 같냐? 그 졸업장이나마 없었더라면 내가 무슨 수로 여기 취직했을 거 같냐?"

그가 아니라 해도 고아원 형들 누구나가 하는 얘기였다. 그러나 나는 그런 것은 두렵지 않았다. 내가 두려운 것은 고아원에 계속 처박혀 있다가는 지레 영양실조로 병자가 되어버리거나 주눅이 들어 병신이 되어버릴 것 같다는 점이었나. 고아원도 학교도 갑갑했다. 원장과 총무, 학교의 교사들에 대한 분노와 혐오감이 뱃속에 납덩이처럼 축적되어갔다. 학교나 세상이 요구하는 규율은 오직 가소로울 뿐이었다. 질서라고? 백보 양보하여 만일 질서라 하더라도 그것은 일방을 위한 질서였다. 나 같은 자들을 위한 질서는 결코 아니었다. 하물며 그들은 그 질서를 스스로 깨뜨리기를 일삼았다. 대통령은 부정 투표로 선거를 조작했고, 나라의 고관들은 깡패들을 동원하여 학생들을 구타했으며, 경찰들은 학생들을 총으로 쏴죽였고, 심지어는 어린 학생까지 눈에 최루탄을 쏴 죽인 다음 바다에 내던졌다. 학생들은 대통령을 내쫓았고, 그러나 이번에는 군인들이 국회의원과 고관들과 학생들을 내쫓았으며…… 박정희 장군은 스스로 대통령이 되더니 이제 대통령 이상의 존재가 되어 나라에 군림하기 위해서 전국에 계엄령을 선포하고 헌법의 효력을 중지시키고 국회를 해산하고 야당 정치인들을 구속했으며, 전국의 대학교에 휴교령을 내리고 모든 신문과 방송에 검열을 받으라고 명령했다. 그로부터 한두 주일 뒤에 학교에 유인물이 뿌려졌다. 새벽에 학교에 갔을 때 내가 본 것은 교탁 위에 팽개쳐진 한뭉치의 유인물이었다. '민주주의를 갈망하는 한남고교생들에게 고함'이라는 제목의 그 유인물은 박정희 군사독재의 타도야말로 민주주의를 회복하는 유일한 길이라고 선언하고 있었다. 그러나 유인물은 학생들에게 제대로 전달되지 못했다. 학생들이 채 등교하기도 전에 선생님들이 동원되어 혼이 나간 낯으로 교실마다 샅샅이 뒤지고 돌아다니면서 모든 유인물을 거둬갔다. 서너 명의 아이들이 두어 장씩 감춘 유인물이 학생들 사이에 은밀히 회람되어 읽혔다. 그날부터 형사들이 학교에 드나들며 3학년 선배들 몇을 경찰서로 끌어갔다. 사흘 뒤에 나는 수갑을 찬 채 형사들에게 끌려 운동장을 가로지르는 일곱·명의 3학년 선배들을 보았다. 그들이 유인물을 뿌린 것일까. 대학생들이 박정희의 독재에 반대하여 시위를 한다는 얘기는 종종 들었으나, 고교생들이 그런 데에 가담했다는 얘기는 들은 적이 없었으므로 그들이 한 짓은 더욱 충격적이었다. 그들은 교정 구석에 세워진 경찰차에 실려 떠나갔다. 뜻밖에도 그들은 공부 열심히 하고 얌전하기로 소문난 선배들이었다. 그런 것이 저들이 얘기하는 질서였다.

내가 세상에 존재하는 모든 학교를 다닌다 해도, 학교와 세상이 요구하는 모든 규율을 단 하나도 어기지 않고 복종한다 해도 결국 세상은 그런 모든 것들을 필요에 따라 임의로 만들어내기도 하고 짓밟아버리기도 하는 자들, 오직 남들을 처벌하고 죽이기 위해서만 그런 것을 기억해내는 자들, 그러니까 가까이로는 원장이나 총무 같은 자들, 멀리로는 박정희 같은 자들이 좌지우지하는 곳이었다. 그러니까 그들이 요구하는 규율은 사실은 허구에 지나지 않았다.

나는 허구를 따라 살고 싶은 생각이 없었고, 그런 자들에게 좌지우지당하고 싶지도 않았다. 허구에 복종하는 법은 단 하루도 더는 배우고 싶지 않았다. 더이상 비굴해지고 싶지도 않았다. 그것이 허구에 지나지 않는다는 것을 가장 잘 아는 자들이 바로 그들이었다. 실상 그들을 움직이는 것은 그런 허울이 아니라 욕심이었다. 허울은 그 욕심의 가면에 불과했다.

산다는 것은 적나라한 욕망의 승부였다. 욕망의 승부라면 하루라도 미룰 이유가 없었다. 더구나 이미 유효성도 없는 허구나 허울을 습득하기 위해 미룰 까닭이 없었다.

세상이 그 지경이라 하여 나는 실망하지 않았다. 어차피 이 세상은 나의 것이 아니었으니까. 이 세상에는 적어도 아직은 나의 것이란 모든 사람이 신빙성 없는 동정심과 더불어 강한 의구심과 불신을 드러내는 고아라는 호칭, 그것뿐이었다. 나는 이 세상이 나의 것이 아니라는 사실이 오직 다행스러울 따름이었다.

나에게는 그들과 다른 욕망, 다른 요구가 있었다. 그것은 아무도 가르쳐주지 않았으나, 내 가슴속에서 스스로 자라났다. 쓰레기구덩이 같은 방, 자신의 토사물 한가운데 엎어져 잠든 어미의 더러운 뺨에서 찐 득찐득 흘러내리는 피를 묵묵히 지켜보며 그것들은 자라났다. 고아원에 들어간 직후, 배가 고파서 남몰래 부엌에 숨어들었으나 밥은 찾지 못하고 김치를 겨우 찾아내어 게걸스레 훔쳐먹다가 총무에게 들켜 그 벌로 헛간에 갇혀 밤을 꼬박 새우며, 그 밤을 나와 함께 새운 굶주림과 갈증과 두려움과 더불어 그것은 자라났다. 배앓이 때문에 학교에서 조퇴하여 고아원에 돌아와 쓰러져 있다가 문득 눈을 떴을 때 방안 가득 넘쳐나던 오후의 그림자, 따라오라는 듯 창을 흔들고 뒷산으로 달아나며 나뭇가지를 흔들어대던 바람, 깜빡 졸다가 깨어났을 때 문득 내 귀에 메아리치던, 짐승의 울음처럼 처량하던 나 자신의 신음소리, 그런 것들과 더불어 나의 욕망은 자라났다. 뜰에서 가득 뛰어노는 아이들의 요란한 외침이 총무가 사무실 문을 벌컥 열어젖히고 '조용히 못해 이놈의 새끼들아' 하고 한마디 고함을 지르자마자 순식간에 정적으로 뒤바뀌고 그 자리에 가득 차오르던 침묵과 공포, 그런 것들과 더불어 나의 욕망은 자라났다. 총무의 충동적이고 가학적인 몽둥이질, 그 앞에 놓였을 때의 두려움과 증오, 교사들의 무자비하고 이유없는 구타와 학대와 멸시와 욕설, 그 앞에 놓였을 때의 외로움과 억울함과 분노, 그 속에서 나의 욕망과 요구는 뿌리를 내리고 가지를 쳤다. 내가 얼마나 하찮은 존재인지, 저들도 얼마나 보잘것없는 존재인지 깨달았고, 그런 깨달음과 더불어 나의 욕망은 커갔다. 욕망일 뿐, 따라서 진실이나 허위, 옳고 그른 것과는 아무 상관도 없었다. 적어도 나는 그렇게 생각했다. 식욕에 진실이 있단 말인가? 나는 나의 욕망을 분석하거나 변명하려는 생각은 전혀 하지 않았다.

나는 그 모든 욕망과 요구를 감춰두었다. 드러내면 고통을 초래할 뿐이었으니까. 그들이 요구하는 것은 나의 외면적 복종이었다. 그들은 내가 내면에서부터 복종하는지 안하는지는 알고자 하지 않았다. 침묵과 복종, 그것을 통해 내 가슴속에서는 그들과는 다른 욕망, 다른 요구가 자라났다. 그들은 진실이나 질서 같은 것을 요구했으나, 그것은 그들의 진실이요 질서일 뿐 나의 것은 아니었다. 침묵과 복종, 그들의 진실이나 질서는 그 근처에 자리잡고 있었으나 나의 진실이나 질서는 그렇지 않았다. 나의 진실이나 질서는 결코 그런 것 근처에는 존재할 수 없었다. 나의 욕망과 요구는 그렇게 아무도 모르는 가운데, 나의 아비와 어미도 알지 못하는 가운데 자라났다. 어둡게, 아무도 그 존재를 알지 못하는 가운데, 아무도 보살피지 않는 가운데, 지네처럼, 전갈처럼, 저 얼어붙은 극지방을 배회하는 이리처럼, 독버섯처럼, 암세포처럼.

배설은 될 듯 될 듯하면서도 되지 않았다. 바람은 더욱 억세어졌다. 당장 뜯겨나갈 듯 창문이 창틀을 위아래로 들이받으며 뒤흔들렸다. 후두두, 굵은 빗방울이 유리창에 부딪혔다. 찢긴 나뭇가지들이 창에 부딪혔다가 캄캄한 허공으로 날아 사라졌다. 출입문도 위아래로 덜거덕거렸다. 다 휩쓸어가버려라, 하고 나는 중얼거렸다. 이놈의 고아원을, 이놈의 세상도 한꺼번에 휩쓸어가버려. 아무것도 남기지 말고. 어디에서 바람이 새어들어오는지 벗은 엉덩이에 선득선득 한기가 느껴졌다.

나는 교사의 매질을 몇시간이고, 신음소리 한번 내지 않고 견뎌낼 수 있었다. 지쳐 쓰러질 때까지 토끼뜀으로 운동장을 몇바퀴고 돌 수 있었다. 강의하는 교사를 눈도 깜빡이지 않고 주목하며 고개를 꼿꼿이 든 채로 잘 수도 있었다. 총무의 발악적인 고함소리와 주먹질 발길질을 몇시간이고 고스란히 견뎌낼 수도 있었다. 일주일쯤 굶는 것은 일도 아니었다. 혼자 뒷산에 올라가 띡갈나무 밑에 앉아 꼼짝도 않고 몇시간이나 앉아 있을 수 있었다. 텅 빈 운동장 평균대 위에 올라가 뙤약볕이 내리쬘 때부터 운동장 가득 어둠이 범람할 때까지 앉아 있을 수도 있었다.

입을 다물고 한마디도 내놓지 않은 채 하루 이틀 사흘…… 일주일을, 한달이라도, 필요하다면 평생이라도 견딜 수 있었다. 한시간 내내 목청이 터져라 고함을 질러댈 수도 있었다.

어미는 말했다. 너는 지네의 새끼다. 그것이 사실일 수도 있겠다는 생각이 들었다. 내 갈비뼈 언저리에, 팔꿈치와 무릎 언저리에도 수십개의 다족들이 감춰져 때가 되기를, 마침내 허물을 벗고 변태하기를 기다리며 꾸물거리고 있는 것 같았다. 혼자라는 것, 세상에서 가장 가난하고 가장 학대받고 가장 멸시당하고 가장 외롭다는 것, 가슴에 울분과 함께 터뜨려야 할 고함이 터져날 지경으로 쌓여가는데도 침묵할 수 있다는 것, 나의 속내를 어느 누구에게도 드러내지 않을 수 있다는 것은, 그것이 만일 힘이라면 통상적 힘이 아니라 음(陰)의 힘이었고 만일 에너지라면 반(反)에너지였다. 나는, 나의 욕망과 요구는, 내가 만일 조금이나마 힘을 지니고 있다면 그 힘은 그런 식으로 자랐다. 내가 자라는 유일한 길이, 나의 욕망과 요구의 숨통을 졸라오고, 나의 존재 자체를 부정하고 묵살하려는 저들의 힘을 뿌리치는 유일한 길이 그것이었다. 나의 눈은 빛보다 어둠에 익숙했다. 나는 빛보다 어둠속에서 훨씬 더 많은 것을 보고 배웠다. 만일 사람의 마음속에도 어둠이 있다면 나는 그 가슴에 무엇이 감춰져 있는지를 꿰뚫어볼 수 있을 것이다. 그리고 나는 안다. 사람의 마음속에야말로 가장 깊고 가장 음험하고 가장 사악한 어둠이 깃들여 있다는 것을. 사람이란 어둠으로 이루어진 존재라는 것을. 어둠이 그들을 잉태하고 어둠이 그들을 키운다는 것을.

삼신할미는 갓난 나에게 이곳이 아니라고 말했다. 이 세상은 어차피 나의 집이 아니었다. 이 고아원이 나의 집이 아닌 것과 다름없었다. 간판은 희망고아원이라고, 흰 바탕에 푸른 글자로 높다랗게 써놓았다지만, 나는 그곳에는 희망이란 존재하지 않는다는 것도, 그곳이 고아원일 수 없다는 것도 이미 오래 전부터 알고 있었다. 그곳은 원장 나경민의 기업일 따름이었다. 고아들은 그의 생존수단에 불과했다. 서울시에서 고아원에 내주는 예산과 근처의 미군부대 장교클럽이 갖다주는 구호물품이야말로 그의 중요한 생계였다. 이런 것이 그들이 말하는 질서요 규율이었다.

오래 기다린 끝에 항문이 열리고 마침내 나의 작별인사가 유리판 위에 떨어졌다. 온몸이 다 시원했다. 나의 작별인사는 뜻밖에도 우람하고 두툼했다. 냄새도 엄청났다. 나는 그 작별인사가 마음에 들었다. 이제 나의 탈출을 막을 수 있는 것은 아무것도 없었다. 나는 휴지로 뒤처리를 하고, '원장 나경민'의 명패를 작별인사 한가운데에 꽂았다. 그것 또한 무슨 기념물처럼 그럴듯했다.

나는 다시 창문을 타넘어 뜰로 내려섰다. 뜰을 가로지르다 말고 나는 나도 모르는 사이에 은행나무를 돌아보았다. 그 꼭대기에서 푸른 불덩이 두 개가 위아래로 흔들리며 당장이라도 덤벼들 듯이 나를 주목하고 있었다. 다리가 떨려 발이 헛놓일 것 같았으므로 나는 멈춰섰다. 온몸에 진땀이 솟았다. 푸른 불덩이, 그것은 그 은행나무의 눈동자, 아니면 어둠의 눈동자 같았다. 나는 덤벼들어라, 하고 생각했다. 대적해야 한다면 대적해줄 테다. 나는 이미 고아 심우영이 아니라 변태를 시작한 지네니까. 푸른 눈동자는 움직이지 않았다. 그저 나를 쏘아볼 따름이었다.

나는 천천히, 신중히 다시 발을 옮겨놓았다. 고아원 정문을 나서면서 다시 한번 뒤를 돌아보았을 때 은행나무 위에 이미 푸른 눈동자는 보이지 않았다.

2

그 푸른 불덩이가 만일 살아 있었다면, 그 거대한 은행나무가 죽은 것이 아니었다면 그날 새벽 그것들이 본 것은 무엇이었을까? 캄캄한 고아원 운동장, 소년의 몸뚱이를 날려버릴 듯 거칠고 혼란스러운 바람, 열일곱살, 영양실조로 가느다란 팔다리와 희끗희끗 버짐꽃이 피어난 소년의 얼굴, 불안감과 긴장감으로 뻣뻣해진 사지를 버둥거려 한시바삐 고아원을 벗어나기 위해 정문으로 다가가는 고등학교 2학년짜리 남자아이의 흔들리는 발걸음, 소년의 뒤꼭지에 올가미처럼 걸려 질질 끌리는 무거운 두려움…… 그런 것이었을까?

나는 그 운동장을 빠져나오면서 누군가가 나를 지켜보고 있다는 느낌을 지울 수 없었고, 그래서 부지런히 발을 옮겨놓으면서도 몇번이나 뒤를 돌아다보아야 했다. 그것은 단순히 한쌍의 푸른 도깨비불에 대한 두려움만이 아니었다. 나를 속속들이 잘 아는 어떤 존재가, 나와 매우 친밀한 무엇인가가 나를 지켜보고 있는 것 같았다. 그것이 무엇인지는 모르지만 그것을 버려두고 떠나서는 안될 것 같았다. 그와 내가 어떤 질긴 동아줄 같은 것으로 연결되어 있어 그것을 끊어내서는 안될 것 같았다.

그것이 무엇일까. 나는 몇번이나 생각해보았으나 끝내 그것이 무엇인지는 알아낼 수 없었고, 내가 고아원 정문을 나서는 순간 무엇인가가 뚝, 끊어지는 소리를 들은 것 같은 기억만이 새로웠다.

3

숲을 빠져나오자 나는 해방촌으로 가는 버스에 올랐다. 차창 밖으로 십자가와 함께 아로새겨진 희망고아원의 높다란 간판이 스쳐지나가는 것이 보였다. 다시금 영순이의 병적으로 흰 얼굴이 생각났다. 코끝이 매워왔다. 다시 만나게 될 것이다. 다시 만나야 했다. 병식이형이 고아원을 떠난 뒤에도 아랫동네에 살던 순금이를 얼마든지 만날 수 있었듯이. 취직을 하고 나서 영순이에게 연락을 하면 될 것이다. 그러나 영순이는 고등학교 3학년, 졸업을 불과 사오 개월 앞두고 있었다. 그 네댓 달이 지나면 원장의 성화가 없더라도 그녀는 고아원을 떠날 것이다. 그 전에 그녀와 연락이 되지 않는다면 영영 그녀를 볼 수 없을지도 모르는 일이었다.

길고 구불구불한 해방촌 골목길을 걸어올라가 태창 나염공장이 저만큼 보이는 길목에 이르렀을 때는 날이 밝아오고 있었다. 공장 문은 이미 열려 있었고, 물감이 덕지덕지 묻은 작업복을 걸친 직공들이 드나드는 것이 보였다. 몇번 본 적이 있는 광경이었다. 나는 그들 직공들을 본 것만으로도 벌써 마음이 놓였다. 당장 오늘부터 나 역시 저런 작업복을 입고 그들과 나란히 서서 물감을 나르고 롤러를 굴리는 일을 시작하게 될 것이다. 그곳은 나의 최초의 일터가 될 것이다. 나는 공장으로 다가 갔다. 몇번 드나들어 낯이 익은 박씨가 찌그러진 양은대야에 김이 모락 모락 피어오르는 세숫물을 들고 골목으로 나왔다. 나는 꾸벅 고개를 숙이고 병식이형을 만나러 왔다고 말했다. 유병식 대리? 병식이가…… 아직 안 나왔는데. 그뿐, 박씨는 세숫물에 머리를 거꾸로 처박았다. 아 직 출근시간이 되지 않았을 뿐이라는 것을 알면서도 불안감으로 가슴 이 내려앉았다. 그가 세수를 끝내기를 기다려 나는 언제쯤이면 병식이 형이 나오는지를 물었다. 곧 오겠지. 박씨는 골목길에 세숫물을 휙, 뿌 리고 안으로 들어갔다. 어두컴컴한 공장 안으로부터 김치찌개 냄새가 흘러나왔다. 그들은 이제 아침밥을 먹을 것이다. 그러나 거기 내 자리 는 없었다.

내 자리는 어디에도 없었다. 내가 만들지 않는 한, 나 스스로 내 밥상 을 만들고, 거기 내 숟가락 젓가락을 올려놓지 않는 한, 어디에도 내 자 리는 없었다.

배가 고파왔다. 내가 떠나온 희망고아원의 더럽고 초라하고 비굴한 식탁이 얼마나 찾기 힘든 자리였는지를 나는 엉뚱한 곳에 서서 깨닫고 있었다. 바람이 목덜미를 파고들었다. 나는 턱을 가슴 깊숙이 파묻고 골목길을 위아래로 서성거렸다. 박씨가 조금 전에 흩뿌린 세숫물이 골 목 바닥에서 얼어가고 있었다.

"여기 좀 봐요."

나는 소리나는 쪽으로 고개를 돌렸다. 한 여자가 공장 문 앞에 나와 나를 바라보고 서 있었다. 나이는…… 마흔살쯤 되었을까. 꼬질꼬질 때가 긴 살색 스웨터에 물감과 김칫국물이 뚝뚝 떨어진 검은 몸뻬를 입고 양말도 없이 검정 고무신을 신고 있었다. 머리에 두른 흰 타월 밑에 이마가 넓고 서늘했다.

내가 그녀를 보고 놀랐던가? 아마 그랬을 것이다. 처음 보는 여자였으니까. 아니, 그 때문만은 아니었다. 그녀에게 있는 무엇인가가 나를 놀라게 했다. 아무 특별할 것도 눈에 띄는 것도 없는 초라한 아낙일 뿐이었는데 그녀의 얼굴은 기이한 자신감과 편안함 같은 것으로 환했다. 그녀의 표정과 태도 때문이었을 수도 있다. 낯선 사람이 아니라 오래 전부터 잘 알던 사람을 대하는 듯이 그녀의 어조는 친근했다. 그런 어조로 그녀는 아직 고등학생에 불과한 나에게 말했다.

"들어와서 식사하세요. 기다리다보면 유대리님도 오시겠지요."

반가운 말이었다. 그러나 난생 처음 보는 여자의 권고를 대뜸 받아들일 수가 없었다.

"괜찮습니다. 형이나 만나보고……"

그러나 그녀는 내 말을 마저 듣지도 않고 나에게 한걸음 더 다가와 마치 손이라도 잡고 끌어들일 듯한 몸짓으로 말했다.

"아니에요. 어서 들어오세요. 밥 식어요."

그녀는 내 팔을 붙들고 공장 쪽으로 끌어갔다. 어느새 내 가방은 그녀가 들고 있었다. 낯선 사람들 사이에 끼여앉아 밥을 먹어야 할 일을 생각하니 난감해졌다. 그보다는 병식이형이 오면 그와 함께 근처 백반집으로 가고 싶었다. 그런 곳이라야 내 처지에 대해 얘기하는 것도 수월할 테니까.

다행히 그녀가 나를 끌어간 곳은 직공들이 둘러앉아 밥을 먹고 있는 부엌 옆의 식당방이 아니었다. 그녀는 마루 끝에 따로 차려놓은 밥상 앞에 나를 앉혔다. 거기, 내가 만들지 않은 나의 자리가 마련돼 있었다.

“어서 들어요. 숭늉 떠다드릴게요.”

그녀는 부엌으로 들어갔다가 숭늉 사발을 들고 돌아와 내 앞에 앉으며 다시 말했다.

“어서 들어요. 유대리님 지금 담배가게 앞쯤 걸어올라오고 있을 거예요.”

나는 먹기 시작했다. 돼지고기를 듬뿍 넣어 끓인 김치찌개는 달았다. 희망고아원에서는 결코 맛볼 수 없는 음식이었다. 돼지비계 한두 점이면 육십여명의 고아들이 두 끼를 먹을 국을 끓여내는 솜씨좋은 식모가 그곳에는 있었으니까. 밥도 찌개도 김치도 꽁치도 더없이 달았다. 그것은 내가 그 나이가 되어서야 맛본 최대의 성찬이었다.

공장이라고 해봐야 겉으로 봐서는 그 골목에 흔한 초라한 여염집에 지나지 않았다. 뜰에 크고 널찍하게 작업대를 설치하고 그 위에 나염틀과 기계를 몇대 늘어놓은 것이 작업장이었고, 뜰을 중심으로 ‘ㄷ’자 모양으로 늘어선 방과 마루가 사무실이요, 창고요, 식당이요, 직공들의 기숙사였다. 병식이형도 순금이와 방을 얻어 살림을 차리기 전에는 이곳 기숙사에서 기거했다. 그 기숙사를 지금은 몇명이 쓰고 있을까. 병식이형이 그곳에서 살 때는 그 좁은 방에서 일곱 명이 어깨를 맞대고 누워 칼잠을 잤다. 어쩌면 나 역시 당분간은 그 방에서 그렇게 지내야 할지도 모른다. 나는 그렇게 되기를, 이곳이 나의 최초의 삶의 터전이 되어주기를 간절히 바라고 있었다.

“니가 왜 거기 앉아 밥을 먹고 있냐?”

내 앞에 앉아 있던 여자가 일어선 것이 먼저였을까, 병식이형의 그 말소리가 들린 것이 먼저였을까. 그가 공장 가운데에 서서 찌푸린 얼굴로 나를 쳐다보고 있는 것을 발견했을 때는 이미 그녀는 어디론가 사라져버린 뒤였다. 나는 찌개에서 건진 잘 익은 커다란 돼지고기 한조각을 입안에 쑤셔넣으며 엉거주춤 일어섰다.

"이 시간에 니가 여긴 웬일이야? 학곤 안 갔어?"

그는 다시 한번 내뱉고는 사무실 창문 앞에서 출근카드를 뽑아 그 옆에 설치된 기계에 밀어넣었고, 철커덕, 둔중한 금속성과 함께 기계는 카드를 뱉어냈다. 나는 눈여겨 그 광경을 지켜보았다. 내일부터 나도 같은 일을 해야 할지 모르니까. 어쩌면 당장 오늘부터.

"이리 나와."

그는 앞장서 공장을 나서며 고개만 꺾어 공장 안에 대고 소리쳤다. 나 잠깐 나갔다 와요. 식당방에서는 아직도 직공들이 맹렬히 밥을 퍼먹고 있었다. 나는 가방을 움켜쥐고 허둥지둥 그의 뒤를 따르다가 여자에게 고맙다는 인사라도 하기 위해 돌아섰으나, 어디에도 여자는 보이지 않았다. 병식이형이 재촉했다. 어서 따라오라니까.

"인사라도 하려고……"

내가 말하자 그는 혀를 찼다.

"그런 여자한테 인마, 인사는 무슨……"

아직 문도 열어놓지 않은 밥집 문을 두들겨대던 병식이형은 안에서 누군가가 나와 투덜대자,

"어서 문이나 열어봐요. 밥은 안 먹어도 되니까."

하고 퉁명스레 내뱉었다. 문을 연 여자는 하품을 베어물고 머리를 긁적거리면서도 충혈된 눈으로 병식이형을 곱지 않게 쏘아보았다. 병식이형은 아랑곳하지 않고 그녀를 어깨로 밀치듯이 안으로 들어섰다. 나도 그 뒤를 따랐다. 밥집으로 들어서 빈 탁자에 앉은 뒤에야 그는 내가 들고 있는 가방을, 책가방이 아닌 옷가방을 발견했다. 그는 놀라 유심히 내 얼굴을 살폈다. 그는 묻지 않았고, 나는 설명하지 않았다. 그러나 그는 무슨 일인지를 곧 알아챘다.

"끝내 내 말 안 듣고…… 너 지금 이학년이잖아. 일년밖에 안 남았어, 인마. 당장 돌아가. 일년만 더 참아."

그는 안에다 대고 소리쳤다. 여기 막걸리나 한사발 줘요. 이 꼭두새벽에 막걸리라니. 나는 의아스러웠다. 그는 막걸리를 마시면서 이미 내가 여러 번 들은 적이 있는 얘기를 다시 한번 늘어놓았다. 내가 왜 고등학교 졸업할 때까지 참았는지 아냐? 나도 밸도 있고 눈치도 있는 놈이다. 다른 애들처럼 원장이나 총무한테 한바탕 욕설이나 퍼붓고 떠나고 싶었던 적이 한두 번이 아니었어. 내가 이런 말 하면 섭섭할지 모르겠다만, 희망원, 거기 그래도 이놈의 세상보다는 낫다. 어디서 누가 공으로 밥 한끼 먹여주고 잠 한숨 재워주는 덴 줄 아냐, 이놈의 세상이? 학교 갔다오는 척하고, 이따가 저녁때 되면 돌아가. 그는 희망고아원에 남기고 온 작별인사에 대한 얘기를 듣고서야 돌아가라는 말을 더이상 하지 않았다. 나는 그가 내 작별인사에 대해 웃어주기를 기대했으나, 그는 웃지 않았다. 얼굴을 좀더 찌푸릴 뿐이었다.

"그래, 어쩔 거냐?"

나는 나염공장에 취직할 수 없겠는지 물었다. 그는 기가 차다는 얼굴로 나를 넘겨다보았다.

"너 그래서 거기 들어앉아서 그런 여자 밥을 얻어먹고 있었던 거냐?"

그는 혀를 찼다. 그런 여자라는 게 어떤 여자를 말하는 것인지 나는 알 수 없었다. 그는 한동안 묵묵히 막걸리 사발을 비우더니 중얼거렸다.

"요즘 이놈의 공장에 일도 별로 없어. 전하고는 달라. 근근이 버텨나간다. 사람 하나 더 쓰자는 말이…… 젠장, 장기적으로 보면 너한텐 차라리 잘된 일인지도 몰라. 이놈의 데, 나야 시작했으니까 할 수 없이 계속하는 거지만, 별로 좋은 직장이 아니야."

하품이 나왔다. 눈 한번 붙이지 못한 채 초조감 속에서 밤을 꼬박 새

운 뒤 배에 든든히 밥이 들어가자, 그리고 병식이형을 만나자 긴장감이
풀리면서 걷잡을 수 없이 졸음이 쏟아졌다.

"그 미친 여자, 참, 엉뚱하기는."

나는 놀라 그 여자가 미친 여자인지 물었다. 그는 고개를 저으며 킬
킬거렸다.

"미친 건 아니지만, 마찬가지지 뭐. 그 여자가 이번엔 널 꼬여내려고
그랬나보다."

그는 더욱 큰 소리로 웃어댔다.

공장 직공들은 그 여자를 밥어미라고 불렀다. 그녀가 태창 나염공장
에서 하는 가장 중요한 일이 기숙사 직공들에게 하루 세 번 밥을 해대
는 일이기 때문이었다. 밥어미, 그러니까 식모였다. 그러나 그녀는 거
기서 그치지 않았다. 바쁘면 그녀는 누가 시키지 않아도 물감통을 나르
고 염색틀을 날랐다. 남편은 있는지, 자식은 있는지, 결혼한 적이 있기
나 한지, 어디에서 무엇을 하던 여자인지 아무도 알지 못했다. 그저 음
식 솜씨가 좋아 무슨 식당 같은 곳에서 일하던 사람이 아닐까, 짐작할
뿐이었다. 항상 입을 다물고 사는 것은 아니었으나, 별로 말을 많이 하
는 사람은 아니었다. 조용히, 말없이 할일을 찾아 해냈다. 공장 뒤쪽에
그녀가 혼자 쓰는 방이 있었다. 부엌 뒷문으로 나가면 비좁은 통로를
통해 그 방으로, 그 너머의 공터로 이어졌다. 처음에 태창 나염공장 방
사장이 그 방에 드나든다는 것을 알게 되었을 때 병식이형은 둘이 워낙
그렇고 그런 사이려니, 하고 생각했다. 그런데 웬걸, 몇달이 지나자 이
번에는 공장장 임씨가 그 방에 드나드는 것이 아닌가. 병식이형은 영문
을 알 수 없었다. 임씨는 술에 취하기라도 하면 드러내놓고 밥어미와의
질펀한 잠자리 얘기를 떠들어댔다. 공장 안에 모르는 사람이 없었다.
간혹 막걸리나 소주 몇병 사서 바닥에 늘어놓고, 돼지고기나 구워 내놓

는 것이 공장의 회식이었는데, 술이 들어가면 임씨는 그런 얘기 떠들어대는 것을 재미로 알았고, 그래서 직공들은 물론이요 밥어미까지 그런 얘기를 몇번이나 들었다. 그러나 밥어미는 바로 옆에서 돼지고기를 구워 접시에 담으면서도 전혀 한마디도 탓하지 않았다. 부끄러워하지도 않았다. 자신의 일이 아니라는 듯한 태도였다. 아니면 뻔뻔스럽다고 해야 할까, 미쳤다고 해야 할까. 직공들 누구나가 농담을 주고받았다. 언젠가는 내 차례도 오는 거 아니야. 차례 온다고 얼씨구나 하게 생겼어, 어디? 이놈 저놈, 아니, 이 사람 저 사람 아무한테나 주는걸. 그 지경이 되자 그녀를 사람 취급 하는 사람이 없었다. 그녀가 지은 밥을 먹고 살면서도 그들은 그녀가 눈에 띄면 고개를 외로 꼬며 그녀가 듣거나 말거나 신경도 쓰지 않고 내뱉었다. 미친년. 그러나 밥어미는 듣는 건지 못 듣는 건지 아무렇지도 않게 태연히 때가 되면 정성껏 밥을 짓고 찬을 만들어 그들 앞에 내놓았다. 병식이형은 잔뜩 찌푸린 좁은 이마에 혐오감을 가득 담아 중얼거렸다.

"그런 소리 들어도 싸지."

밥집 문이 열렸다. 아까와 똑같은 차림에 물지게를 짊어진 밥어미가 서서 나를 바라보고 있었다. 나는 놀라 멀거니 그녀를 쳐다보았다. 병식이형이 투덜거렸다.

"여긴 뭐 하러 왔어?"

그녀는 그러나 그의 말은 들리지 않는 듯 나만을 쳐다보며 불쑥 냄비와 밥그릇을 내밀었다.

"마저 드시라고 가져왔어요."

나는 일어나 그 냄비와 밥그릇을 받았다. 내가 공장 마루에서 먹던 찌개, 그리고 밥그릇이었다. 나는 한편으로는 어이가 없고 다른 한편으로는 고마웠다.

“고맙습니다.”

비로소 나는 그녀의 얼굴을 똑바로 쳐다볼 수 있었다. 그 얼굴이 너무나 흰 것에 나는 놀랐다. 그 얼굴빛, 그것은 안개와도 같았다. 아니, 그녀가 등지고 선 저 새벽하늘과 비슷하다고 해야 할까. 그녀는 희다 못해 푸른빛이 도는 얼굴에 조용하고 편안한 눈길로 한동안 나를 바라보았다. 왠지 나는 그녀의 눈길에 나의 모든 것이 고스란히 적발당하는 것 같은 느낌에 사로잡혔고, 그녀가 그 눈으로 나에게 뭔가 많은 얘기를 하고 있는 것이라는 생각이 들었으며, 그 얘기를 내가 알아듣지 못한다는 것이 안타까웠고, 옆구리에, 겨드랑이에, 나의 온몸에 감춰진 다족들이 한꺼번에 꾸물꾸물 일어서려는 것 같아 몸을 부르르, 떨었다.

“어서 가서 일이나 봐요.”

병식이형이 소리쳤다. 그녀는 돌아서서 물지게를 절거덕거리며 골목을 걸어내려갔다.

“재수없어.”

하며 병식이형이 밥집 문을 소리나게 닫았다.

4

그날 밤을 나는 병식이형네 단칸방에서 잤다. 그의 아내 순금이는 나를 반겼으나, 그 단칸방에서 내가 그들 부부와 같이 자야 한다는 것을 알게 되자 난감하여 어쩔 줄을 몰랐다. 내가 여인숙에라도 가서 자기 위해 일어서자 병식이형은 눈을 부라리며 말했다.

"그런 데 쓸 돈이 어디 있어? 당장 내일 어떻게 될지 모르는 녀석이. 한푼이라도 아낄 생각은 않고, 뭐라고? 여인숙? 잔말 말고 여기서 자."

나를 배웅하기 위해 일어섰던 순금이는 얼굴이 벌게져 다시 주저앉았다. 순금이는 아이를 둘이나 낳고서도 여전히 소녀 같은 모습이었다. 그러나 그 소녀의 얼굴에도 남루의 때는 역력했다. 게다가 그녀는 그것을 감출 생각도 할 줄 몰랐다.

병식이형의 삶은 비참했다. 순금이의 삶도 비참했다. 그들의 저녁식사는 보리밥과 김장김치와 깍두기와 멸칫국이었다. 그들이 낳은 아이들의 삶도 마찬가지로 비참했다. 그들은 자신들의 비참함을 아이들에게 전염시키고 있었다. 나는 병식이형도 순금이도 이해할 수 없었다. 이 비참한 생활이, 바로 몇년 전, 온갖 곤란을 무릅쓰고 그들이 살림을 차리고 동거생활을 시작할 때 기대했던 것인가? 그것은 낯익은 광경이었다. 어린시절, 내 아비 어미의 삶과 다를 바 없었다.

내가 장롱 쪽에 바짝 붙어 눕고, 그 옆에 병식이형이, 그 옆에는 두 아기가, 마지막으로 방문 쪽으로는 순금이가 누웠다. 민망스러운 노릇이었으나 다행히 나는 자리에 눕자마자 곧 잠에 떨어졌다.

이튿날 아침 일찍 나는 병식이형과 함께 태창 나염공장으로 갔다. 그러나 그의 예상대로 공장장 임씨는 새로운 직공은 필요치 않다고 잘라 말했다. 병식이형은 나보다 더 낭패감에 빠져 공장으로 돌아가려 하지 않았다. 나는 그를 공장으로 밀어넣고 돌아섰다.

"어디 가? 어디 가는데?"

"직업소개소."

그는 공장으로 들어가려다가 다시 나와서 천원짜리 지폐 한장을 내 주머니에 밀어넣어주고는 몇번이나 당부했다.

"잘 안되면 딴생각 말고 나한테 와. 집으로든지 공장으로든지. 알았어?"

용산의 직업소개소에서는 몇몇 직종이 사람을 기다리고 있기는 했다. 그러나 미장공이나 목공, 심지어 용접공 따위는 기술이 있어야 취직이 가능했다. 그밖에는 직장다운 직장이란 거의 없었다. 중국음식점 배달부나 이발사 보조 같은 것들뿐이었다. 목부(牧夫)는 기술이 없어도 될 것 같았다. 당분간 깊은 산골에 들어가 소나 키우며 사는 것도 나쁘지 않으리라는 생각이 잠깐 들었다. 그러나 그 경우에는 기술이 아니라 경력이 문제였다. 경력이 1년 이상이라야 한다는 것이었다. 대부분의 직종이 기술이나 경력을 요구한다는 것을 나는 처음 알게 되었다. 애초에 일을 시작하지 못한다면 어떻게 기술을 익히고 경력을 쌓는단 말인가. 나에게는 그것은 불공정한 게임의 규칙 같았다. 나의 그런 의문에 대답해주는 사람은 없었다. 나는 실망하지도 분개하지도 않았다. 세상에는 그런 터무니없는 규칙이 그물처럼 뒤얽혀 있다는 것을 이미 알고 있었으니까. 분식집의 라면으로 점심을 때우는 동안 나는 내내 그곳에서 식탁에 행주질을 하고, 손님이 들어오면 어서 옵쇼, 하고 고함을 지르고, 라면과 떡볶이 접시를 나르다가 이내 전화를 받고, 다시 설거지를 하는 어린 소년을 흘끔거렸다. 그 소년이, 그가 손에 쥔 더러운 행주가 진정 부러웠다.

거리를 분주히 오가는 무수한 사람들 틈에 섞여 걸으면서 나는 내가 자유롭지만 그만큼 불안정하다는 것을 알게 되었다. 자유는 위험했다. 내가 그들과 다르다는 자의식은 족쇄처럼 발목을 걸었다. 나는 지네다, 나는 전갈이다, 나는 고아다…… 그러나 나는 그들 틈에 끼여들어 밥을 벌어야 했다.

이틀 동안 을지로와 용산과 종로를 헤매고 다녔으나 나를 필요로 하는 곳은 없었다. 이 도시는 나를 필요로 하지 않는다는, 어쩌면 이 세상 전체가 나 같은 것은 필요로 할 리 없다는 예감이 목을 조여왔다. 고아원을 떠나올 때의 팽팽하던 자신감은 그 며칠 사이에 찢어진 축구공처럼 너덜너덜해졌다.

병식이형은 구로공단이나 부평공단으로 나가보라고 권했다. 나는 아침 일찍 일어나 순금이가 차려주는 밥을 병식이형과 같이 먹고, 그가 출근할 때 같이 집을 나섰다. 태창 나염공장 문앞에서 헤어질 때 병식이형은 말했다. 공단 입구나 버스정류장 같은 데에 공고판이 서 있어. 우선 그걸 찾아봐. 공고판에 구인광고가 줄줄이 붙어 있을 거야. 잘 들여다보고 하나 골라잡아. 알았지?

　과연 구로공단에는 여기저기 공고판이 서 있었고, 거기에는 수많은 구인광고가 붙어 바람에 펄럭거렸다. 한양섬유, 동성화학, 한일기계, 한영나일론, 동부유량, 무슨 염직, 무슨 전자, 무슨 마그네틱, 무슨 약품…… 저 많은 공장들 가운데 내 일자리 하나 없으랴. 나는 스스로를 격려하며 구멍가게로 들어가서 이력서 한뭉치와 모나미 볼펜 한자루를 샀다. 그러나 어디에 가서 이력서를 쓸 것인가? 분식집이 눈에 들어왔다. 나는 이번에는 오직 이력서를 쓰기 위하여 분식집으로 들어가 라면을 주문했다. 이력서를 사는 데에도 돈, 이력서를 쓰는 데에도 돈이 들었다. 최종학력 한남고등학교 2학년 중퇴. 희망고아원에 대해서는 쓰지 않았다.

　공장 제복을 입은 여자아이들이 드나들며 떡볶이를, 김밥을 황급히 먹어치우고 종종걸음으로 뛰쳐나갔다. 사진, 사진을 찍어야 했다. 그것 역시 돈이 드는 일이었으나 어쩔 수 없었다. 나는 분식집 주인에게 근처에 사진관이 있는지를 물어보았다. 옆자리에서 김밥을 먹고 있던 여자아이들 가운데 하나가 대뜸 대답했다.

　"사진 안 붙여도 돼요. 주민증 있어요?"

　나는 아직 주민증이 나올 나이가 아니었다. 그러나 주민등록초본을 가지고 있었다.

　"그거만 보여줘도 될 거예요. 하지만 서울섬유는 들어올 생각 말아요. 들어와봤자 죽도록 고생만 하다가 쫓겨나니까."

　깔깔깔, 여자아이들은 영양부족의 누런 얼굴로 일제히 웃음을 터뜨렸다. 그들이 입은 제복의 가슴께에 '서울섬유'라는 글자가 실로 새겨져 있었다.

　나는 온종일 십여 군데의 공장에 이력서를 접수시켰다. 대부분의 경우에 그 자리에서 면접을 보았다. 얼굴을 한번 쳐다보고 이력서 한번 훑어본 다음, 언제부터 일할 수 있어, 하고 묻는 곳도 있었다. 그러나 봉급이 너무 작았다. 한군데는 구천오백원, 다른 한군데는 팔천팔백원이었다. 기숙사도 없었다. 나는 기숙사가 있는 공장에 들어가야 했다. 그래야 병식이형네 집 단칸방에 끼여드는 신세를 면할 수 있었다. 봉급을 일당으로 지급한다는 공장도 있었다. 일당 팔백원. 그러나 일이 없는 날에는 일당도 없다고 했다. 그곳에도 기숙사는 없었다. 다른 공장에서는 연락처를 적어놓고 가라고 했다. 나에게 연락처란 병식이형네 주소뿐이었다. 그의 집에는 전화가 없었다. 그러나 나는 그런 데에는 별로 마음이 쓰이지 않았다. 그들의 태도를 통해 나는 그들이 나를 필요로 하지 않는 자들이라는 것을 짐작할 수 있었으니까.

저녁 늦게 집으로 돌아왔을 때 병식이형은 어이가 없어 헛웃음을 내놓았다.

"기숙사를 니가 왜 따져? 니가 무슨 근로감독관이냐, 사장이냐? 기숙사가 있건 없건 니가 신경쓸 일이 뭐야? 받아주겠다면 들어가는 거지. 니가 지금 이런 거 저런 거 가릴 때냐?"

그러나 나에게는 방이 없지 않은가. 어디에서 먹고 자며 공장에 다닌단 말인가? 병식이형은 사글세방을 얻으면 된다고 했다. 공단 근처에는 그런 방들이 얼마든지 있다는 것이었다.

"내일 다시 가봐. 방은 걱정 말고."

그러나 나는 이튿날 다시 그곳으로 갈 필요가 없었다. 그날 밤으로 일자리가 나섰기 때문이다. 나염공장 임씨의 주선이었다. 막 잠자리에 들었을 때 요란스럽게 문을 두들겨대고 나타난 임씨는 무엇 때문엔지 아주 격앙된 모습이었다.

"미군 전용 나이트클럽이라니까. 어때? 갈 생각 있어, 없어?"

나는 당연히 가겠다고 대답했다. 그러자 임씨는 마루에서 일어서며 말했다.

"따라나서. 당장 지금부터 일 시작해야 한다더라. 먹는 거 자는 거 오늘로 넌 다 해결되는 거야. 그뿐이냐? 거기 돈벌이가 어디 보통 돈벌이냐? 딸라 돈벌이 아니냐."

나는 허둥지둥 옷을 입고 가방을 챙겼다. 병식이형은 일그러진 얼굴로 나를 지켜보고 있었다. 가방의 지퍼를 잠그고 일어서자 그가 밑도끝도 없이 물었다.

"너 내일 공단으로 간다고 했잖아, 인마."

그가 화가 난 것 같았으나 나로서는 영문을 알 길이 없었다. 임씨는 계속해서 재촉했다.

"어서 나오라니까. 바쁘지 않았으면 내가 이 시간에 여기까지 올라왔겠냐?"

"너 정말 거기에 취직하겠다는 거야, 지금?"

병식이형은 나에게 시비라도 걸고 싶은 듯한 어조였다. 나는 찬밥 더운밥 가릴 때가 아니었다. 어디든 밥벌이를 할 수 있는 데라면 마다할 처지가 아니라는 것을 병식이형 자신이 나에게 여러 번 강조하지 않았는가. 나는 그가 왜 갑자기 이렇게 이상하게 구는 것인지 알 수가 없었다. 나는 마루로 나가 신발을 꿰어신었다. 병식이형이 내 어깨를 강하게 짓눌렀다.

"새파란 놈이 무슨 나이트클럽이야? 미국놈들 좆 빠는 일이나 하려고 고아원에서 뛰쳐나왔어, 너?"

좆 빠는 일, 그렇게 그는 말했다. 내가 그게 무슨 소린지 알 리가 없었다. 임씨는 알아들은 것 같았다. 그가 갑자기 버럭 소리쳤다.

"뭐야? 무슨 일? 저놈이 지금 뭔 소리를 하는 거야?"

그러나 병식이형은 그의 말을 들은 척도 하지 않았다. 임씨는 혼자 흥분하여 떠들어댔다.

"온 나라가 미국에 양말조각 하나, 인삼꽁다리 하나라도 더 수출 못 해 안달인 거 몰라? 온 나라가 다 미국놈들 좆 빠는 거냐, 이놈아?"

순금이가 방문을 열고 놀란 얼굴로 뜰을 내다보았다. 안에서 갓난아기가 불에 덴 듯 울음을 터뜨렸다. 병식이형은 내 팔을 붙들고 내 얼굴을 들여다보았다. 깊은 주름살로 갈가리 갈라진 좁은 이마 아래 작고 깊은 그의 눈 속에서 복잡한 생각들이 분주히 교차하고 있는 것이 보였다. 그는 짧은 사이에 긴 시비를 가려야 할 일이라도 있는 사람처럼 빠르게 말했다.

"너 잘 생각해. 여기 단칸방에서 우리 사이에 끼여 자는 거 불편해서 하루라도 빨리 떠나고 싶어하는 니 심정은 나도 알아. 하지만 나이트클럽이냐 공장이냐 하는 결정은 그런 것보다 훨씬 더 중요한 결정이야, 인마. 니 인생이 통째로 걸린 거라구. 니 인생이니까 니가 결정해야지. 하지만 니가 너무나 모르는 것 같아서…… 미군 클럽이라니. 거긴, 거긴……"

그는 갑자기 입을 다물었다. 그러나 그의 깊고 복잡한 눈은 여전히 나를 놓아주지 않았다. 그 눈 속에서 나는 마른눈물 같은 것을, 연민 같은 것을, 아니면 간절한 호소 같은 것을 보았다. 내가 미군 나이트클럽에 취직하는 것을 그가 정말 원치 않는다는 것을 알 수 있었다. 그러나 그 이유가 무엇인지는 아직 전혀 짐작도 할 수 없었다. 그는 이번에는 책을 읽어내려가듯이 또박또박 말했다.

"아무튼 나라면 거긴 안 간다. 공장에 가면 닌 하다못해 못대가리라도 만들며 사는 사람이 되는 거야. 하지만 나이트클럽에 들어가면 너는 술병이나 나르고 미국놈들 재떨이나 비우면서 사는 놈이 되는 거라구.

그게 니가 원하는 거냐? 이 일 저 일 해보다가 아무것도 안되어서 할 수 없이 그런 일을 한다면 또 모르겠다만, 아직 인생을 시작도 해보지 않은 놈이 그런 일에 먼저 덤벼들어야겠냐?"

나로서는 그 결정이 어째서 이다지 중요한 것인지 알 수 없었다. 나는 당장 일자리가 필요했다. 그리고 그것이 무엇이 되었든지 일자리가 나타났다. 그 일자리를 붙잡는 것은 당연하고 자연스러운 일이었다. 거기에 인생이니 못대가리니 하는 것들이 어째서 관련이 되는 것일까? 나는 멍하니 그를 쳐다보고 서 있었다.

취직을 위해 그날 공장에 드나들며 흘끗거린 작업장 안의 광경은 어둡고 지저분하고 을씨년스러웠다. 그런 곳에서 뭔가 쓸모있는 물건이 만들어진다는 것이 믿어지지 않았다. 나이트클럽은 어떨까. 훨씬 깨끗하고 화려하고 재미있을 것이다. 더구나 먹고 자는 일이 당장 해결되는 직장이었다. 또한 내일 공장에 취직이 된다는 보장은 없었다. 나이트클럽의 일은 당장 뽑아먹을 수 있는 곶감처럼 내 앞에 놓여 있었다. 어째서 병식이형은 그 곶감을 먹지 말라는 것인가? 어째서 그게 곶감이 아닐지도 모른다고 얘기하는 것인가?

그제야 나는 내가 나이트클럽이라는 곳을 구경조차 한 적이 없다는 사실을 깨달았다. 순금이가 끼여들었다.

"미군 나이트클럽이 어때서 그래, 철이 아빠?"

병식이형은 버럭 고함을 질렀다.

"문 닫고 들어가!"

나는 병식이형과 임씨 사이에 서 있다가 주춤주춤 마루로 물러나 걸터앉았다.

"형이 그러면…… 안 가."

그것은 내가 듣기에도 마지못한 결정이라는 것이 너무나 뻔한 어조였다. 임씨가 한숨을 치쉬고 내리쉬기를 거듭했다. 허어, 이 정신나간 놈들, 이 철딱서니없는 놈들. 병식이형은 내 옆에 앉아 다시 내 눈을 똑바로 들여다보았다.

"내가 이런 말 한다고 무조건 가지 않겠다고 하지는 말아. 내가 니 인생 살아줄 수 있는 것도 아니니까. 난 그저 조언을 하는 것뿐이야. 니 인생이라구, 인마. 니가 평생 떠메고 살아야 하는 니 인생. 단순히 공장이냐 미군 클럽이냐가 문제가 아니야. 공장이냐 미군 클럽이냐에 따라 니 인생이 확 달라지는 거야. 엄청나게 달라지고 마는 거라구. 넌 지금 코앞의 직장만이 아니라 앞으로 어떻게 살 것인지를 결정하는 것이란 말이다. 그게 무슨 뜻인지 모르겠냐?"

그가 하는 말은 알 것도 같았다. 그러나 그 말이 구체적으로 무엇을 뜻하는지는 알 수 없었다. 그가 무서울 만큼 진지하고 엄숙하게 무서울 만큼 중요한 얘기를 하고 있다는 것을 막연히 짐작할 따름이었다.

어째서였을까, 그때 나의 아비 어미가 생각난 것은. 병식이형이 하는 얘기를 내가 조금은 알아들은 것일까. 의식적으로는 아니라 해도 나의 본능이 무엇인가를 감지한 것일까. 나는 아비 어미를 떠올렸다. 나의 아비는 남의 집 담밑에 떨어져 죽었다. 어미는 술을 퍼먹고 다니다가 어느 길모퉁이에서 아마 얼어죽었을 것이다…… 공장이냐 나이트클럽이냐…… 병식이형은 말하고 있었다.

"너 좋은 대로 결정해."

순금이가 다시 끼여들었다.

"어서 가요, 우영씨. 거기 괜찮아요. 돈도 잘 벌고."

병식이형이 다시 고함을 내질렀다.

"너 입다물지 못해!"

순금이는 입을 삐쭉거리다가 괜히 난리야, 하고는 안으로 들어갔고,

그 뒤를 따라 방문이 메어치듯 닫혔다. 병식이형은 여전히 그 시뻘겋게 독이 오른 눈으로 나를 잡아먹을 듯 쏘아보며 말했다.

"무슨 밥을 먹느냐에 따라 사람은 달라지는 법이야. 인생살이가 달라지는 거야. 나이트클럽 밥을 먹게 되면 그때부터 너는…… 말 안해도 그 정도는 알겠지?"

나는 알지 못했다. 또한 나는 그게 뭐가 중요하다는 것인지도 알 수 없었다. 방안에서 순금이가 투덜거리는 소리가 들렸다. 괜히 빽빽 고함만 지르고 돈도 못 벌면서…… 아이구, 내가 미친년이지, 이게 좋다고 집까지 버리고 쫓아나와서…… 병식이형은 속이 뒤집히는 얼굴이면서도 안으로 쫓아들어가거나 고함을 지르지는 않았다.

나는 그들 부부의 비참한 삶을 떠올렸고, 두 사람 사이가 별로 좋지 못하다는 것을 다시 한번 확인했으며, 그들은 오늘밤 어쩌면 나의 아비어미처럼 싸움질을 벌일지도 모른다고 생각했고, 그 좁은 방에서 그들의 싸움을 우두커니 구경하고 앉아 있어야 할 나 자신의 몰골을 떠올렸으며…… 나는 무릎에 안간힘을 주어 일어섰다.

"갈게요, 형. 신세지는 것도 하루이틀이지."

그의 얼굴이 일그러졌다. 그러나 그는 더이상은 붙잡지 않았다.

임씨는 골목길을 걸어내려가면서 끝도 없이 투덜거리다가 한탄하고, 그러다가는 입에 침이 마르게 그곳이 얼마나 좋은 직장인지를 설명했다. 아 저놈이 아무것도 모르면서 생으로 트집이네, 트집이. 거기가 얼마나 좋은 덴데. 나이만 젊으면 내가 들어간다, 그 자리. 지가 잘만 하면 아, 공장 같은 데다 비교를 해? 돈을 어거리로 벌 수 있는 덴데, 거기가. 그놈들 일 달러가 우리 돈 얼마가 되는지나 아냐? 천원 이천원이야. 그놈들 칠팔원이면 우리 같은 것들 한달 봉급이란 말이야. 그런 돈 쓰고 사는 놈들 상대하는 일이야. 팁만 받아도 우리 같은 것들보다 나아.

암, 낮고말고. 뭐가 어쩌고 어째? 미국놈들 뭘 빤다고? 한심한 놈 같으니…… 니가 운이 좋은 모양이다. 너랑 나랑 인연이, 내가 니 얼굴 두어 번 본 것밖에 없는데, 니가 딱 생각이 나더라니까. 아, 우리 조카녀석 하나가 거기서 일을 하는데, 그놈이 공장으로 전화를 했더라구. 사람 하나 없냐고. 그때 니 얼굴이 딱 떠올라서 있다, 소리를 질렀지. 며칠 전 꼭두새벽에 쫓아와서 밥 얻어먹던 꼴하며…… 혹시 다른 데로 가버렸으면 어쩌나, 하고 내 깐에는 헐레벌떡 달려갔는데, 저놈 기껏 한다는 소리라는 게…… 나 참 기가 막혀서. 저놈이 몰라서 그런다. 아마 그런 데는 구경도 한번 못해봤을 거다. 나야 우리 조카녀석 덕분에 몇번…… 참 별천지드라, 거기가. 없는 것 빼곤 다 있는 데야, 거기가. 세상에 좋은 건 다 있다니까. 미국놈들 잘살지. 군인놈들이 사는 게 그 정도니 보통 사람들이야 얼마나 잘살겠냐? 그러니까 여기 계집애들이 미국 들어갈라고 환장을 하는 것일 테지. 누구는 안 그렇겠냐? 기왕이면 잘사는 데 가서 살아야지, 아이구, 이놈의 나란…… 틀렸어. 다 틀렸다니까. 나는 고개를 숙인 채 그의 가느다란 종아리에 휘감겨 펄럭이는 담요처럼 두툼한 바짓자락만 쳐다보며 걸었다. 거기 붉은 물감이 한덩이 떨어져 있었다.

클럽 주티(Club Zooty). 잠시도 쉬지 않고 부지런히 번쩍이며 빙글빙글 돌아가는 붉고 푸른 네온간판에는 그렇게 씌어져 있었다. 그 간판에 비하면 입구는 터무니없이 좁아 사람 한둘이 겨우 비집고 들어갈 수 있을 정도였다. 그 앞에서 등짝에 용이 새겨진 두툼한 점퍼를 입고 털모자를 쓴 흑인과 작은 성조기가 나붙은 점퍼를 입은 흑인이 요란하게 화장을 한 누런 얼굴의 여자, 그리고 검은 양복과 흰 와이셔츠, 검은 나비넥타이 차림의 누런 얼굴의 남자와 서로 목을 끌어안고 히히덕거리고 있었다. 나와 임씨가 다가가자 그 나비넥타이는 담배를 밟아끄고 손을 흔들어댔다.

"금방 온다더니 이게 뭐야?"

임씨의 조카녀석은 버럭버럭 소리를 질러댔다. 그렇게 소리를 지르면서도 그는 두 손으로 기름을 잔뜩 발라 갈라붙인 머리칼을 쓰다듬고 매만지기를 그치지 않았다.

"추운데 한데서 사람을 얼마나 기다리게 하는 거야, 이거?"

조카녀석이 삼촌에게 하는 말투로는 이해가 되지 않았다. 임씨는 입 안엣소리로 중얼거렸다. 아, 병식이란 놈 때문에 내가 이게 무슨…… 그의 조카녀석이 갑자기 나에게 물었다.

"하우 올드 아 유?"

나는 돌연 날아온 남의 나라 말에 멍청히 그를 쳐다보고 서 있었다. 그가 다시 물었다. 그의 양복 가슴에 플라스틱 이름표가 붙어 있었고, 거기에는 영어로 탐 존스,라고 씌어져 있었다.

"몇살이야, 인마?"

나는 거짓말을 했다.

"열아홉."

"학교 안 다녔어? 영어도 몰라? 따라와."

임씨가 따라들어서려 하자 탐 존스는 돌아서서 눈을 부라리며 소리를 질러댔다.

"아저씬 가! 어딜 들어오려고 그래?"

임씨는 대꾸 한번 못하고 비실비실 물러섰다. 나와 탐 존스는 두 가지 피부색의 세 남녀 곁을 스쳐 입구로 들어섰다. 바로 안에서 여자가 영어로 크게 지껄이는 소리가 들려왔다. 댓 머더 퍼킹 썬 오브 비치 쌔드 유 디든 고…… 이미 계단을 올라가기 시작할 때부터 전기기타 소리로 고막이 찢겨나가는 듯했는데, 붉은 인조가죽이 두툼하게 뒤덮인 문을 밀고 홀 안으로 들어서자 그 소리는 당장 내 몸뚱이를 산산조각 낼 듯 폭발적인 굉음이 되었다. 그 굉음 가운데 붉고 푸르고 누런 조명이 번쩍거렸고, 그 속에서 수많은 남자와 여자들이 사지와 머리를 뒤흔들고 있었으며, 홀 가득 촘촘히 배치된 탁자에는 밤처럼 시커먼 흑인종 남자와 황인종 여자가 입을 맞추고, 좀더 시커먼 흑인종 남자와 황인종 여자는 껴안고, 이쪽 남녀는 웃어대고, 저쪽 남녀는 소리지르고, 앞에서는 노래를 부르고, 뒤에서는 손뼉을 치고, 옆에서는 비틀거리고 넘어지고 술을 마시고 먹고 연기를 뿜어내고…… 나는 잠깐 동안 정신을 잃었던 것 같다. 세상에 이런 곳이 있다는 게 믿어지지 않았다. 너무나 혼란스러웠다. 이래서 병식이형이 이곳을 못마땅하게 생각했던 것일까? 갑자기 전기기타 소리가 멎자 홀 안 가득 알아들을 수 없는 다른 나라 말과 고함소리와 웃음소리와 욕지거리가 한꺼번에, 사방에서 내 몸뚱이에 부딪혀왔다. 나는 내가 발을 멈추고 서 있다는 것도 의식하지 못했다. 누군가가 내 어깨를 쳤고, 고개를 돌리자 탐 존스가 눈을 부라리며 아이 쌔드 팔로우 미, 하고 고함을 질렀다.

나는 그를 따라 홀 반대편 끝의 통로로 들어섰다. 거기 방이 하나 있었다. 안으로 들어서자마자 탐 존스는 허리를 있는 대로 굽혀 인사를 했다. 몸집이 산만한 남자 하나가 우뚝 막아섰다. 그는 소인들을 만난 걸리버처럼 고개를 꺾어 나를 내려다보며 이놈이냐, 하고 물었고, 탐 존스는 네 상무님, 하고 대답했다. 나는 꾸벅 고개를 숙여 인사했다. 상무는 책상에 걸터앉아 나를 위아래로 훑어보았다. 앉았다고는 하지만 그는 서 있는 나를 여전히 내려다보고 있었다.

"일 열심히 해서 돈 많이 벌어라. 알았냐?"

네, 하고 나는 대답했다. 그의 손이 눈에 들어온 순간 나는 놀라 말문이 막혔다. 오른손은 평범했다. 그러나 그의 왼손은 기형적으로 컸다. 손 하나가 솥뚜껑만이나 했다. 나는 그 왼손에서 눈을 뗄 수가 없었다. 그가 두 손을 깍지끼어 우두둑, 꺾었다. 그는 나에게 이름도 나이도 묻지 않았다.

"데리고 나가서 옷 갈아입히고 거기 갖다 세워놔."

네, 상무님. 탐 존스가 다시 허리를 있는 대로 굽혔다. 나도 이번에는 그를 따라 코가 무릎에 닿도록 허리를 굽혔다.

통로 끝에 또하나의 방이 있었다. 탐 존스가 옷장을 열자 검은 양복, 붉은 양복과 흰 와이셔츠들이 걸려 있는 것이 보였다.

"맞는 걸로 아무거나 찾아 입어. 빨간 걸로. 뭘 하고 있어? 빨리빨리 해, 인마."

나는 어림짐작으로 맞겠다 싶은 옷을 골라 입었다. 와이셔츠는 작고 양복은 너무 컸으나, 탐 존스는 됐어, 됐어, 하며 나를 재촉했다. 어째서 그 순간 그런 생각이 난 것일까? 나는 임씨에게 봉급이 얼마인지 물어보지 않았다는 것이 생각났다. 상무도 나에게 봉급이 얼마인지 얘기해주지 않았다. 난감했다. 옷을 갈아입기 전에 그것부터 물어봐야 했던 것이다.

탐 존스가 나를 데리고 간 곳은 화장실이었다. 그곳에 나와 똑같은 빨간 양복의 종업원이 한사람 서 있었다. 그의 양복 상의 가슴께에 '제임스 박'이라는 이름표가 붙어 있었다. 탐 존스는 신입이다, 하는 말을 남기고 돌아서서 나가버렸다. 화장실은 크고 깨끗했다. 밝은 전등불과 달콤한 향기, 희고 깨끗한 변기, 커다란 거울, 그 아래에는 크고 흰 세면대, 거기 놓인 비누, 칫솔과 치약, 잘 씻은 투명한 양치용 물잔, 구둣솔, 양복솔, 이쑤시개, 갑휴지, 그 옆에는 초등학교 미술시간에 만드는 종이접기처럼 예쁘게 잘 접힌 휴지 몇장, 그리고…… 꽃무늬가 선명한 작은 접시가 하나 놓여 있었고, 그 위에는 난생 처음 보는 동전들이 놓여 있었다. 그것이 바로 임씨가 말하던 미국돈이었다.

제임스 박이 갑자기 나에게 덤벼들었다. 무슨 일이 벌어진 것인지 채 깨닫기도 전에 나는 그의 주먹을 맞고 고꾸라졌다. 그가 중얼거렸다.

"신입이 건방지게 신고도 없어."

다시 그의 구둣발이 내 등을 찍었다. 신음과 함께 내 몸이 이번에는 발랑 뒤집혔다. 그의 구둣발이 배로 날아들었다. 숨이 막혔다. 눈앞이 캄캄해졌다. 내 것이라고는 믿어지지 않는 기괴한 신음소리가 목구멍을 넘어왔다. 일어나. 그가 명령했다. 무릎을 세우고 일어서려는 순간 다시 그의 발이 내 머리를 걷어찼다. 입안 가득 피비린내가 차올랐다.

얻어맞는 일이라면 나는 고아원 시절부터 이제껏 학교에서 교사들을 통하여 체험한 것까지, 충분한 이력을 지니고 있었다. 그런 것은 두렵지 않았다. 구타는 언젠가는 그치게 되어 있었다. 그보다 두려운 것은 그 다음 생겨나는 질서였다. 나는 폭력이라는 것이 결국 이 세상의 질서를 만들어가는 방법 가운데 하나라는 것을 알고 있었다. 이제 제임스 박과 나 사이에는 질서가 생겨날 것이다. 그렇게 생겨난 질서는 한두 차례의 구타보다 훨씬 더 고통스럽고 가혹하고 끈질길 것이다. 나는 좋은 직장이 아니라 세상이 가장 적나라하게 자신을 과시하는 곳, 저 희망고아원과 다름없는 곳으로 굴러떨어진 것은 아닌가, 하는 생각이 들었다. 그러나 상관없었다. 나는 내 방법으로 살 것이다. 지네처럼, 전갈처럼. 독을 만들고 독니를 세울 것이다.

"일어나, 인마."

내가 일어서자 그는 신고해, 하고 명령했다. 나는 신고를 어떻게 하는 것인지 알지 못했으나 더듬더듬 말했다.

"성명 심우영, 나이……"

나는 망설이다가 나이를 속이기로 마음먹었다.

"……열아홉, 고향 서울 한남동, 학력 한남고등학교 이학년 중퇴."

더이상 할말이 없었다. 그가 불쑥 손을 내밀었다. 나는 흠칫 놀라 뒤로 물러났다. 이번에는 그것이 나를 때리기 위해서가 아니라 악수를 위해 내밀어진 손임을 깨달은 것은 잠깐의 사이가 지난 뒤였다. 나는 그 손을 마주잡았다.

"나는 제임스 박이다. 나이는 스물여섯. 가방끈 같은 건 묻지 마라."

거무스레한 얼굴 전체에 여드름과 종기가 뒤덮인 그는 아무리 봐도 스물여섯으로는 보이지 않았다. 많이 봐줘야 병식이형 또래, 적게 보면 내 또래 정도였다.

"나비넥타이 어떻게 했어? 빨리 매, 인마."

제임스 박이 명령했다. 그는 붉은 나비넥타이를 매고 있었다. 나에게 넥타이는 없었다.

"멍청한 놈. 주머니 뒤져봐, 인마."

제임스 박이 다시 말했다. 벌써 그와 나는 명령하고 복종하는 관계가 되어 있었다. 나는 양복주머니를 뒤적거렸다. 나비넥타이는 바지주머니에서 나왔다. 그러나 나는 넥타이를 매지 않았다. 그전에 할일이 있었다.

고아원에서 살면서 내가 배운 것 가운데 하나가 때리는 놈은 만날 때리고 맞는 놈은 만날 맞는다는 것이었다. 폭력은 원장이나 총무가 휘두르는 것이 모두가 아니었다. 고아원 아이들끼리도 서로 때리고 맞았고, 같은 나이의 아이들끼리도 그런 식으로 두목이 되고 똘마니가 되어 한쪽은 무자비하고 가학적인 지배로, 다른 한쪽은 고통스럽고 치욕적인 굴복과 침묵으로 일관하는 것이었다. 꼭 때리는 놈이 될 필요는 없었다. 그러나 결단코 맞는 놈이 되지는 말아야 했다. 나는 때리는 놈도 맞는 놈도 다 싫었다. 때리는 놈도 맞는 놈도 되고 싶지 않았다. 그러나 한가지, 이곳 나이트클럽 주티에서도 결코 맞는 놈이 되어서는 안되겠다는 것만은 짐작할 수 있었다.

나는 세면대 앞에 놓인 양치용 물잔을 집어들었다. 맑고 투명한 유리잔이었다. 뭐야? 그건 왜 집어? 제임스 박이 물었다. 나는 그를 향해 돌아섰다. 그가 이 자식이, 하더니 위협적인 몸짓으로 다가왔다. 나는 유리잔을 들어올려 그를 막았다. 그가 주춤하는 사이에 나는 잔을 입으로 가져갔다. 그리고 깨물었다. 제임스 박의 눈이 휘둥그레졌다. 잔은 내 입안에서 얼음조각처럼 깨어졌다. 나는 그것을 씹기 시작했다. 그의 두 눈 속을 똑바로 들여다보며, 천천히, 즐기듯이, 아주 잘게. 오랜만에 먹는 유리의 맛은 시고 떫었다. 나는 목울대를 크게 움직여 그것들을 꿀꺽 삼켰다. 제임스 박이 질겁을 하여 한걸음 뒤로 물러났다. 나는 다시 잔을 입으로 가져가 씹었다. 잔조각 하나가 바닥에 떨어졌으나 내려다보지 않았다. 입안의 유릿조각들이 충분히 잘게 부서지자 나는 제임스 박에게 한걸음 다가서며 허파 가득 숨을 들이마셨다. 그리고 그의 얼굴을 향해 뱉어낼 것 같은 몸짓을 취했다. 제임스 박은 기겁을 하여 두 팔을 들어 얼굴을 가렸다. 나는 그의 겁먹은 얼굴을 무표정하게 충분히 들여다봐준 다음, 거울을 향해 입안의 유릿조각들을 힘껏 뱉어냈다. 유릿조각들이 거울에 부딪는 소리가 비 쏟아지는 소리 같았다. 나는 다시 한번 깨어진 유리잔을 입으로 가져가 씹었다. 제임스 박은 멍하니 나를 쳐다볼 뿐이었다. 이번에는 어쩌면 그의 얼굴에 뱉어내는 수밖에 없게 될지도 모른다, 하고 나는 생각했다. 그러면 그의 얼굴에 유릿조각들이 박히고, 찢어지고, 피가 흐르고…… 나는 그런 일이 벌어지는 것을 원치 않았다. 충분히 유리가 부서지자 나는 그의 얼굴을 겨냥하고 허파 가득 숨을 들이마셨다. 그는 두 팔로 얼굴을 가리고 고개를 틀어 벽에 처박으며 말했다.

"알았어, 알았어. 고만 해. 뱉지 마. 뱉지 말라구."

그의 말은 이미 명령이 아니었다. 나는 그가 고개를 돌려 나를 쳐다보기를 기다려 다시 목울대를 크게 움직여 유릿조각들을 삼켰다. 그는 얼이 빠진 얼굴로 두 팔을 내렸다.

"재수 옴붙었네, 씨발. 난생 처음 신입이라고 받았는데, 하필이면 이런 악바리가 걸렸으니……"

나는 깨어진 유리잔을 세면대 위에 올려놓고 돌아섰다. 제임스 박이 말했다.

"주방에 가서 새 양치 물잔이나 하나 가져와."

나는 움직이지 않았다. 그의 눈 속을 들여다보고 서 있었다. 그는 알았다, 알았어, 하고는 뛰쳐나갔다. 나는 비로소 거울을 들여다보며 빨간 나비넥타이를 맸다. 넥타이는 이미 다 만들어져 고무줄만 목 뒤로 넘겨 끼면 그만이었다.

잠시 후 돌아온 제임스 박은 물잔을 몇번이나 깨끗이 씻고 헹군 다음 원래의 자리에 그것을 놓았다.

"그런 건 도대체 어디서 배웠냐? 너 학굔 안 다니고 깡패들이랑 놀기나 했구나? 그런 걸 삼켜도 아무렇지도 않냐?"

그가 묻자 나는 짐짓 유리잔으로 손을 뻗으며 반문했다.

"한번 더 해?"

제임스 박은 화들짝 놀라 두 팔을 휘저었다.

"아냐, 아냐. 됐어. 그만둬."

그는 처음 내가 보았을 때처럼 세면대 바로 앞으로 가서 두 손을 모아 앞으로 떨어뜨리고 똑바로 섰다. 나는 그를 지켜보고 서 있었다. 그가 입을 열었다.

"설명이 필요없어. 내가 시범을 보여줄 테니까 잘 보고 따라하면
돼."

나는 화장실을 지금처럼 깨끗하게 청소하고 유지하는 일이 그와 나
에게 맡겨진 일이라고 생각했다. 그러나 그렇지 않다는 것을 곧 알게
되었다. 취한 흑인 병사 한사람이 유난스레 거대한 엉덩이를 뒤흔들며
꺼떡꺼떡 화장실 안으로 들어섰다. 갑자기 제임스 박이 허리를 구십도
로 굽혔다.

"굿 이브닝, 미스터."

그가 버럭 고함을 질렀다. 나는 놀라 그 꼴을 지켜보았다. 흑인 병사
는 변기 앞으로 가서 지퍼를 열었고, 요란한 소리와 함께 배설물을 쏟
아내기 시작했다. 그 사이 제임스 박은 양복솔로 그 흑인 병사가 입은
보잘것없는 갈색 점퍼와 청바지의 먼지를 부지런히 털었다. 재빠르다
기보다는 과장스럽고 호들갑스러운 동작이었다. 노 쌩큐, 노 쌩큐. 흑
인 병사가 중얼거렸다. 제임스 박은 아랑곳없이 하던 일을 계속했다.
흑인 병사가 세면대 앞으로 자리를 옮겨 물을 틀자 제임스 박도 재빨리
그 옆으로 자리를 옮겨 비누를 집어 그에게 내밀었고, 그가 비누질을
시작하자 이번에는 구둣솔을 찾아쥐더니 그의 구두를 부지런히 문질러
먼지를 털었다. 그 일이 끝나자 타월을 뽑아 팔에 걸어 늘어뜨리고 흑
인 병사의 옆에 꼿꼿이 서서 진지한 얼굴로 기다렸다. 신속하고 유연하
고 기민한 동작이었다. 흑인 병사가 손을 다 씻자 제임스 박은 타월을
정중히 내밀었다. 그가 타월로 손의 물기를 닦는 동안 제임스 박은 미
소를 지으며 그의 얼굴을 빤히 지켜보았다. 흑인 병사는 웰, 웰, 웰, 하
고 중얼거리더니 마지못해 주머니에서 동전 한닢을 꺼내 꽃무늬의 접
시 위에 떨어뜨렸다. 제임스 박은 큰 소리로 외쳤다.

"쌩큐, 써어!"

　그때까지 충격과 당혹감 가운데 그가 하는 짓을 지켜보고 서 있던 나는 그 발악적인 '쌩큐, 써어'와 더불어 한꺼번에 깨달았다. 놀랍고 수치스럽고 어이가 없었다. 생각만으로도 얼굴이 화끈거렸다. 식은땀이 온몸에서 축축이 흘러내렸다. 바로 저것이 앞으로 내가 해야 할 일이었다.

5

아비는 도둑이었다. 낮이고 밤이고, 빈집이고 사람이 있는 집이고를
가리지 않았다. 언제 어떤 집이라도 필요하기만 하면 담을 뛰어넘었다.
이미 어린시절부터 남의 집 빨랫줄에 걸린 옷이나 댓돌 위에 놓인 구두
를 훔치고, 시장바닥에서는 순대를 써는 아주머니의 눈치를 살피며 쪼
그리고 앉아 있다가 기회가 생기면 잽싸게 덤벼들어 손이 데건 말건,
펄펄 끓는 순대솥에서 순대를 움켜잡아, 때로는 가랑이 사이로 그 긴
순대를 질질 끌며 사람들 사이를 헤치고 들입다 뛰어 달아나는 것으로
경력을 쌓았다. 그는, 나와는 달리, 그러나 제법 타당하게, 이 세상을
도둑들의 세상이라 여겼고, 그러니까 이놈의 세상이 요구하는 방법으
로 자신의 욕구와 요구를 실현시키는 데 별로 큰 갈등을 느끼지 않았
다. 일찌감치 감옥에 드나들기 시작하여 무수한 별을 달았고, 그리하여
그는 도둑질을 하다가 붙잡혀 감옥에 들어가는 일을 두려워하지도 부
끄러워하지도 않았다. 그에게는 감옥이란 고향과 다름없었으니까. 그

의 생애와 추억의 상당히 많은 부분이 그곳을 배경으로 하여 이루어졌으니까. 언제 돌아가도 반가운 얼굴들이, 이를테면, 어린시절 시장바닥에서 호떡이나 찐빵을 같이 훔쳐먹던 외눈박이라거나, 불광동 주택가에서 낮털이하다가 붙잡혀 같이 감옥살이한 적이 있는 짱구아재가 기다리고 있었고, 그들과 더불어 도둑질 궁리나 달아날 궁리, 먹을 궁리나 잠잘 궁리 같은 것 할 필요 없이 조용히 쉴 수 있는 곳이 그곳이었으니까. 같은 감방에 범털이라도 한두 명 들어오게 되면 바깥세상보다도 오히려 나았다. 때 되면 밥에, 사식에, 담배에, 잘 받들어주는 똘마니들에…… 운이 좋아 마음 통하는 교도관이라도 만나면 담배장사를 하여 오히려 돈을 벌어서 출감할 수도 있었다. 범털 서너 명이 있는 감방을 거느리는 감방장, 그것이 그의 소박한 꿈 가운데 하나였다. 비록 그 꿈을 실현시켜본 적이란 한번도 없이 세상을 버리고 말았지만.

여자는 있기도 했고 없기도 했다. 여자? 그는 그런 데에 별로 관심을 가져본 적이 없었다. 먹고사는 일은 그를 치열하고 가혹한 조건반사로 길들였다. 돈이 있는 경우에만 그는 가끔 여자를 생각했다. 여자가 있어도 없어도 그는 상관하지 않았다. 여자가 있을 때는 좀더 자주 도둑질을 해야 하기 때문에 불편했고, 여자가 없을 때는 욕망이 생길 때마다 늘 돈으로 여자를 사야 하기 때문에 불편했다. 어차피 세상이란 불편한 곳이었으니까 그런 불편쯤은 그럭저럭 견뎌낼 만했다.

아비와 어미가 만난 것은 동대문시장 싸구려 밥집이었다. 어미는 그곳에서 주방일을 하고 있었고, 아비는 종종 그곳을 드나들며 밥과 술을 돈을 내고도 먹고, 외상으로도 먹고, 주인이 자리를 비웠을 때는 공짜로도 먹었다. 아마도 그 공짜로 얻어먹은 밥과 술이 인연이 되어 아비와 어미는 머지않아 배가 맞았고, 살림까지 차리게 되었다. 살림이라고 해봐야 시장바닥에서 숟가락 젓가락 두 벌, 사발 몇개, 냄비 몇개, 그리고 쌀 한됫박, 배추 한포기 사들인 것이 전부였지만.

어미는 여전히 밥집에서 일을 했으나, 두 식구 먹고산다는 노릇이 쉬운 일이 아니었다. 쌀이 떨어지면 어미는 밥집에서 쌀을 훔쳐냈고, 김치가 떨어지면 김치를 덜어내 왔으나, 그런 것으로는 감당할 수 없는 일은 얼마든지 있었다. 집세, 전기세, 수도세, 연탄값, 그리고 아비가 구멍가게에서 사들여 마셔치우는 술값 같은 것들이었다. 아비는, 그리하여 다시 도둑질을 시작했다. 어미는 처음에는 악착같이 아비를 말렸으나, 얼마 지나지 않아 아비의 도둑질 보따리에서 쏟아져나오는 물건들이 쌀이 되고 돼지갈비가 되는 것에 매혹되었고, 그 다음에는 아비가 호기롭게 꺼내놓는 엉뚱한 물건들, 그러니까 진주목걸이라거나 사파이어반지, 프랑스에서 건너온 스카프와 야들야들한 속옷 같은 것에 매혹되었으며, 그리하여 오래지 않아 남의 물건과 자신의 물건을 구별하는 힘을 상실하고 말았다. 하기야 내 물건 남의 물건 구별해봤자 아무 소용 없었다는 것이 내가 나중에 들은 어미의 말씀이었다. 왜냐하면 어미의 물건이란 아예 거의 없었으며, 세상 물건들은 모두 남의 물건이었으니까. 급기야는 아비가 훔쳐온 물건들을 팔아치우기 위해 들고 나가면 아쉬워하는 지경에 이르렀다. 그 반지는 두고 가. 뭐? 어째서? 아비가 물으면 엉뚱한 허영과 탐욕에 눈이 먼 어미는 대답했다. 웬 왜야? 내가 끼려는 거지. 아비는 기막혀하며 비웃었다. 아이고, 설거지로 퉁퉁 불은 손가락에 그 반지가 참 잘도 어울리겠다.

그렇게 장물을 처리하기 위해 집을 나간 아비가 돌아오지를 않았다. 몇달 동안 어미는 밥집에 다녀오면 텅 빈 방에서 눈물을 흘리며 밤을 새웠으나 아비의 소식은 감감이었다. 어미는 아비가 달아난 것이라고 생각했다. 그 반지 하나 주기 싫어서, 그 귀고리 하나 주기 싫어서. 불행인지 다행인지 아비가 달아난 것은 아니었다는 사실이 밝혀졌다. 얼마 후에 편지가 배달되었는데, 어미는 문맹이었으나, 그저 예감으로 그것이 아비에게서 온 편지라는 것을 알았다. 어미는 옆방 꼬마에게 그 편지를 읽어달라고 부탁했고, 그리하여 아비가 감옥에 들어갔다는 것을 어미와 나는 물론이요, 그 셋집 사람들 모두가 알게 되었다. 어미는 그날부터 아비에게 면회를 다니기 시작했고, 아비는 감옥살이를 하면서 최초로 면회라는 것을 할 수 있게 되었으며, 어미가 매달 봉급날이면 넣어주는 돈으로 제법 범털 흉내까지 낼 수 있게 되었다.

아비는 젊었다. 어미는 예뻤다. 그날따라 어미는 더욱 예뻤다. 왜냐하면 아비가 오랜 감옥살이 끝에 출감한 날이었으므로. 그들은 집에 들어서자마자 그 눈곱만한 셋방으로는 도저히 감춰질 수 없는 열정으로 서로 먹어버릴 듯 사납고 폭발적으로 서로의 몸을 탐했다. 그날 밤, 캄캄한 어둠속, 태양계의 마지막 위성 명왕성의 소용돌이 분화구에서 솟구쳐나온 삼신할미가 기침을 콜록거리며 차고 막막한 진공의 우주를, 그리고 수십억 년에 걸친 길고 지루하고 변덕스러운 진화의 시공(時空)을 허겁지겁 날아와 어미의 뱃속에 새로운 목숨의 씨앗을 심었다. 거기 약간의 혼돈, 또는 실수가 있었던 것이 분명하다. 왜냐하면 삼신할미는 떠나기 전 아직 멀건 뜨물 같은 존재에 불과한 나를 돌아보더니 혀를 차며 말했던 것이다.

"하필이면 여기라니, 하필이면 이런 집구석이라니……"

나는 칭얼거렸다. 도로 데려가면 되잖아. 그러나 삼신할미는 고개를 저었다.

"내 뜻대로만 되는 일이 아니란다. 참고 사는 수밖에 없어. 요 다음엔 좋은 세상에다 심어주마. 열달 되기 전에는 절대로 나가지 마라. 알았지? 열달 되기 전에는 절대로 나가서는 안돼. 누가 나오라고 해도, 쇠붙이를 밀어넣고 끌어내도 악착같이 거기 달라붙어 있어야 해. 짜고 맵고 더럽고 냄새나는 약물이 쏟아져들어와도 거기 매달려 있어야 하는 거야. 알았지?"

나는 고함쳤다. 싫어. 지금 거기로 데려다줘. 그러나 삼신할미는 벌써 토성 주위의 먼지구름 속을 날아가고 있었다.

작은 세포덩이로서 어미의 뱃속에서 살 때 내가 가장 자주 들은 소리는 아비가 어미에게 내지르는 고함소리였다. 저런 미련한 년. 저런 무식한 년. 저 멍청한 년. 천치 같은 년. 아비가 어미를 위해 애용하던 욕설들이었다. 나는 처음에는 그것이 어미에 대한 애칭쯤 되는 줄만 알았다. 그러나 대개의 경우 그에 뒤이어 아비가 어미를 두들겨패는 소리가 들리고, 어미가 금방 죽어가는 듯 내지르는 비명소리가 들리는 바람에 그것이 구타에 앞선 선전포고 비슷한 것임을 알게 되었다. 어미가 혼자 우는 소리도 많이 들었다. 이년의 팔자가…… 하고 눈물 닦고 코 훌쩍거리고, 어쩌다 저런 흉악한 놈한테 걸려서…… 하고 또 눈물 닦고 코 푸는 식으로 어미는 두 시간 세 시간씩이나 계속해서 어이어이, 울었다. 나는 어미의 울음소리를 들으며 잠들었다가, 깨어났다가, 손가락을 빨다가, 끊임없이 분열하는 나의 생명의 세포들을 구경하며 살았다.

아비가 어미에게 처음 낙태를 강요했을 때 나는 어미의 뱃속에서 요동을 쳤다. 이제 막 생겨난 손발이 떨리고 심장이 벌컥 피를 토해냈다. 어미의 자궁 밖 세상이라는 것이 아비 어미의 사는 꼴로 보아 그다지 재미있을 것 같지는 않았으나, 그럼에도 불구하고 자식을 죽일 것을 강요하는 아비의 태연한 음성에는 기가 질리고 오한이 났다. 그는 먹여살릴 자신이 없다고 했고, 우리 같은 것들이 자식은 낳아 어떻게 기르겠느냐고 했다. 어미는 거절했다. 내가 먹여살려. 걱정 말아. 아비는 또 한바탕 어미를 두들겨패고 집을 나갔다.

어미는 밥집에 나가 일을 하면서도 훌쩍거렸다. 밥집 주인여자도 어미에게 낙태수술을 권했다. 그런 사내 믿고 새끼 낳아봤자 에미도 고생 새끼도 고생이여. 일찌감치 정 떼고 없애버려. 애는 좋은 사내 다시 만나 낳으면 되는 거여. 아직 젊겠다 예쁘겠다, 걱정할 게 뭐여? 내가 니 나이만 되었더라면 팔자를 고쳐도 삼세번은 고치겠다. 깔깔깔, 여자들의 웃음소리가 들려왔다.

세상에 나를 죽여 없애지 못해 안달을 하는 사람들이 이토록 많다는 사실에 나는 충격을 받았다. 이곳이 정녕 내가 살아가야 할 세상인가, 걱정이 앞섰다. 삼신할미가 나를 심어놓고 떠날 때 한 말이 생각났다. 그녀의 실수 때문에 생겨난 지 몇달도 지나지 않아 목숨을 잃게 될 것 같아 나는 이를 악물고 소리쳐 그녀를 불러보았으나 대답은 없었다. 나는 그들에게 아무런 해를 끼친 적도 없고, 아무런 요구도 한 적이 없건만 그들은 멋대로 나를 여기 심어놓더니, 다시 내가 가진 단 하나의 것, 이 작은 생명마저 빼앗지 못해 안달을 하고 있었다. 더구나 아비라는 자가 가장 적극적이었다.

어미가 말을 듣지 않자 그는 어미를 허구한 날 두들겨팼고, 어미의 작은 몸뚱이는 싸구려 벽돌로 쌓아올린 방의 벽에 부딪혔다가 방바닥에 나동그라지기를 되풀이했으며, 그때마다 어미의 뱃속에서 나 역시 거듭 나동그라졌다. 그런 때면 나는 아직 때가 되지도 않았는데 세상으로 통하는 자궁의 출입구로 떨어져내리지 않기 위해 악착같이 어미의 탯줄에 매달렸다. 그러다가도 잠시 후 밤이 깊으면 아비 어미는 오래도록 격렬하고 뜨겁게 서로의 몸을 탐했고, 그때마다 나는 그들의 사랑과 증오의 불협화음에 어리둥절했으며, 장차 이 부조화가 어디까지 이어질 것인지 궁금했다.

어미는 아비의 강요보다는 밥집 주인여자의 권고에 넘어갔다. 내가 수십억 년에 걸친 진화의 역사 가운데 다족류(多足類)의 시기에 접어들 무렵이었다. 버스 속에서 어미가 혼자 이를 가는 소리가 들렸다. 너 같은 인간 나도 이제 지긋지긋하다. 니 새끼도 지긋지긋하다. 이걸로 끝이다. 너 같은 놈 안 만났던 셈치고 살면 되는 거야. 나는 어미의 자궁 안에서 수십개의 다리로 발버둥치며 반항했으나, 어미는 느끼지 못했다. 수술하시게요? 예, 하는 어미의 짓눌린 음성. 경쾌하고 세련된 여자의 목소리가 말했다. 어서 오세요. 시간이…… 얼마나 걸려요? 삼십분이면 돼요. 나는 이처럼 간단히 살인을 대행해주는 사람들이 있다는 것이 놀라웠다. 수백수천 광년에 걸친 내 삼신할미의 여행은 무의미하고 무력했다. 수십억 년에 걸친 진화의 역사도 무의미하고 무력했다. 삼십분이면 그런 것들은 존재한 적이 없었던 것처럼 잘려나갈 수 있었다.

어미가 산부인과 병원의 수술대 위에 누워 두 다리를 벌렸다. 빛이, 위협적인 빛이 아직 성숙하지 못한 나의 눈 속으로 밀려들었다. 나는 떠본 적도 없는 눈을 더욱 질끈 감았다. 몇달 동안 내가 살던 집이 마침내 파괴되려 하고 있었다. 나는 황급히 작별인사를 했다. 얼굴도 본 적 없는 나의 아비여, 어미여, 그대들의 삶과 그대들의 세계에 염증이 나는구나. 이제 나는 진공의 우주 속으로 되돌아가려 하노라…… 내가 작별인사를 채 끝마치기도 전에 뭔가 차가운 흰색의 금속판 같은 것이 내 집 속으로 쑥 밀려들어왔다. 나는 발버둥쳐 그것을 밀어냈다. 아비처럼 소리치고 싶었다. 저 바보 같은 년, 작별인사나 마저 하고 나면 찢든지 죽이든지 해도 될 거 아니냐. 그때 어미가 외치는 소리가 들렸다. 아니오, 아니에요. 안돼요, 아니에요. 어미가 수술대에서 내려섰다. 의사가 놀라 어미를 붙잡았다. 왜 이래요? 아파요? 아니에요, 미안해요, 선생님. 안되겠어요.

그렇게 가까스로 나는 위기를 넘겼다. 어미는 나를 지켜냈다. 나 역시, 그것이 어떤 결과를 초래할 것인지는 알지 못한 채, 안간힘을 다해 나 자신을 지켜냈다.

그러나 열달이 다 차갈 무렵에 나는 세상으로 나가고 싶지가 않았다. 내가 들은 바로는 세상이란 욕설과 싸움, 주먹다짐과 비명, 한탄과 눈물, 후회와 증오, 그리고 여기 백반 한 상이오, 육개장 둘이오, 얼맙니까, 이백원입니다, 김치 오늘 담가야 하나 내일 담가야 하나, 화성상회 꽁치 두 상 배달, 그놈 외상값 받아내 따위의 기묘한 대화들로 뒤덮인 곳 같았다. 나는 거기 나가 끼여들고 싶은 생각이 들지 않았다.

마침내 때가 되어 삼신할미가 어김없이 어미의 자궁 앞에 나타났다.

"어서 나와."

나는 그녀에게 애걸했다. 여기서 그냥 살게 해줘요.

"안돼. 거긴 니 집이 아니야. 어서 나와."

어미의 처참한 비명소리가 들려왔다. 나는 무서웠다. 열달만 더 있다가 나가면 안돼요?

"안돼. 이제는 거기가 아니라 여기가 니 집이야. 거긴 벌써 남의 집이야."

"누구 집인데요?"

"니 동생."

동생이라니? 이곳에 또 불쌍한 아기를 만든단 말인가? 저 아비와 이 어미가? 나는 불쌍한 내 동생을 위해서라도 이 집을 내놓고 싶지 않았다. 삼신할미는 복잡한 얼굴로 나를 바라보았다. 어미의 비명소리는 숨이 넘어갈 듯했다. 삼신할미가 지켜보는 가운데 내 몸은 한꺼번에 밑으로 쏟아져내렸다. 그와 더불어 빛이, 어마어마한 빛이 눈 속을 파고들었고, 추웠고, 아팠고, 무서웠고, 내 몸 자체가 무거웠고…… 나는 울지 않았다. 막 떠나려는 삼신할미를 붙잡고 발버둥쳤다. 같이 가요. 날 다시 거기로 데려다줘요. 가위, 시커먼 가위가 나타나 탯줄을 잘랐다. 삼신할미는 나를 뿌리치고 떠나버렸다. 나는 비로소 울기 시작했다. 내가 왜 우는지 어미는 알지 못했다.

그렇게 나는 태어났다. 아비는 막상 나를 보자 그동안 없애버리라고 강요한 것도 잊은 듯 즐거워했다. 어미는 눈물을 흘리며 자꾸만 내 얼굴에 냄새나는 두꺼운 입술을 문질러댔다. 아비의 손바닥 크기밖에 되지 않는 나를 내려다보며 아비와 어미는 행복감에 젖었다. 다툼도 주먹다짐도, 비명이나 욕설도 중단되었다. 내가 태어난 것과 더불어 그들은 화해에 이르는 것 같았다. 어미는 그렇게 믿었고, 아비도 그럴 수 있으리라 생각했다. 그러나 잠시뿐이었다. 무럭무럭 자라나는 아기를 쳐다보는 것은 기꺼웠으나 그 눈곱만한 아기가 뜻밖에도 너무나 많은 것을 요구하는 데에 그들은 놀랐다. 먼저 아기는 밤낮을 가리지 않고 잠만 잤고, 밤낮을 가리지 않고 한두 시간에 한번씩 깨어나 울어댐으로써 아비와 어미의 사랑과 관심을 요구했고, 도둑질을 위하여 잠을 비축해야 하는 아비로부터, 밥집 일에 지친 어미로부터 잠을 빼앗아갔다. 나오지 않는 젖을 물리는 어미의 젖꼭지를 깨물었고, 그리하여 값비싼 분유를, 예방주사를, 약을, 결국은 다 큰 어른들인 그들이 필요로 했던 것보다 훨씬 많은 돈을 요구했다. 아비는 자주 내뱉었다.

"내가 낳지 말자고 했지? 응?"

그리하여 어미는 밥집에서 더욱 자주 쌀과 고기와 생선과 김치를 훔쳐내야 했고, 밥집 주인에게 더욱 자주 들켜 머리칼을 뜯겨야 했으며, 아비는 더욱 자주, 원치 않을 때도, 피로할 때도, 꿈자리가 뒤숭숭한 날에도, 어미와 다툰 날에도, 밖에 숨어 망을 보아줄 동료가 없는 경우에는 혼자서라도 남의 집 담을 뛰어넘어야 했으며, 그리하여 발각당할 뻔하는 위기를 반복해서 겪어내야 했고, 집으로 돌아오면 다시는 이놈의 일 안 나간다, 하고 투덜댔으며, 그 모든 일들이 아비와 어미에게는 싸움과 욕설과 주먹다짐과 눈물바람의 원인이 되었다.

아비가 돌아오지 않는 밤이면 어미는 내 머리맡에 쪼그리고 앉아 애기를 들려주었다. 옛날 옛날 한옛날, 어떤 처녀가 살았단다. 그 처녀가 시집갈 나이가 되었는데, 매일 밤 훤칠하게 잘생긴 젊은 남자 한사람이 아무도 모르게 한밤중에 그 처녀 방에 드나들었단다. 남자는 아침이 되기도 전에 처녀가 잠든 사이 감쪽같이 사라져버리고, 처녀는 그 남자의 이름도, 어디 사는지도 알아낼 길이 없었단다. 처녀가 임신을 하자 처녀의 어미가 어찌 된 일인지를 묻더란다. 처녀가 그동안 벌어진 일을 애기해주자, 어미는 처녀에게 바늘하고 실패를 주더란다. 그날 밤, 그 남자가 나타나자 처녀는 어미가 시킨 대로, 남자가 벗어놓은 옷에 실을 꿴 바늘을 꽂아두었단다. 아침에 처녀가 깨어나보니 어느새 남자는 사라져버려 보이지 않더란다. 처녀와 어미는 실패를 들고 실이 풀려간 대로 따라가보았더란다. 실은 방을 넘어, 마루를 지나, 뜰을 지나, 우물로 이어져 있더란다. 실을 끌어당겨보니, 그 실 끝에는 여전히 바늘이 달려 있고, 그 바늘은 커다란 지네 몸뚱이에 꽂혀 있더란다. 지네는 벌써 죽어 움직이지를 않더란다. 다음날부터 그 남자는 다시는 나타나지를 않더란다. 처녀는 어미를 원망했으나 아무리 원망을 해도 그 남자가 되살아나지는 않더란다. 열달이 지나 그 처녀는 예쁜 아기를 낳았는데, 그 아기는 지네가 아니라 처녀가 만난 그 젊은 남자와 정말 똑같이 닮았더란다……

아비가 일, 즉 도둑질을 하러 나가 돌아오지 않아도 어미는 걱정하지 않았다. 아비는 일 때문에, 혹은 일을 핑계대고 밤을 새고 돌아오는 적이 많았으니까. 하루이틀 연락도 없이 집에 돌아오지 않는 일은 다반사였으니까. 아비가 돌아오지 않은 지 사흘째 되는 날, 나와 어미는 형사들의 방문을 받았다. 여기 심종구씨 댁입니까? 부인이십니까? 같이 좀 가십시다. 어미도 나도 아비가 또 체포된 것이려니, 하고 생각했다.

그러나 형사가 우리를 데려간 곳은 경찰서가 아니라 병원 시체실이었다. 어미 품에 안겨 내려다본 아비는 꼭 웃는 것 같은 얼굴로 누워 있었다. 이마에 핏자국만 없다면 그는 잠들어 행복한 꿈이라도 꾸는 듯했다. 어미가 무릎을 꺾고 주저앉아 흐느끼기 시작했다. 나는 울지 않았다. 형사가 하는 말에 귀기울였다.

"주민의 신고를 받고 경찰관들이 달려갔는데, 심종구씨는 범죄현장에서 달아나다가 축대 위에서 발을 헛디뎌 밑으로 추락했습니다. 즉사했어요. 현장은…… 장충동의 주택가였구요. 몇번지냐면……"

나는 믿지 않았다. 죽은 아비는 나에게 많은 얘기를 해주고 있었다. 그는 발을 헛디딘 것이 아니었다. 그는 축대 너머로 무엇인가를 보았다. 계단 같은 것을, 사다리 같은 것을, 어딘가 다른 세계로 이어진 통로 같은 것을. 어쩌면 삼신할미가 다음에 나를 데려다주기로 한 다른 세계로 통하는 길 같은 것을. 그것이 어떤 세계이기에 아비는 저런 만족스러운 웃음을 짓고 있는 것일까. 모든 짐을 내려놓아 홀가분해진 짐꾼과 같은 저 얼굴로 그가 마지막 본 것은 무엇이었을까.

어미와 나는 아비의 시체를 화장터로 끌고 갔다. 어미가 다니는 밥집 사람들 몇, 아비의 친구들 몇이 따라와 틈만 나면 술을 마시고, 토하고, 싸움질을 벌이고, 큰 소리로 떠들어대거나 웃어대고, 더러는 노래까지 흥얼거렸다. 아비의 시체가 아궁이 속에 갇히고, 거기 불길이 쏟아져 들었다. 어미가 정신을 잃고 그 자리에 쓰러졌다. 밥집 아주머니가 어미를 안아 밖으로 끌어냈다. 아비의 친구가 나를 안고 밖으로 나가려 했으나, 나는 아궁이 앞을 떠나지 않았다. 아비가 아이구 뜨거워, 이런 멍청한 년, 사람을 이런 데 처넣어서 어쩌자는 거야, 하며 벌떡 일어나 아궁이 문을 걷어차고 걸어나오는 것은 아닐까, 하는 생각을 버릴 수 없었다. 그러나 아비는 무력하게 타들어갈 뿐이었다. 나중에는 불길 때문에 아무것도 보이지 않게 되고 말았다. 정신을 차린 어미가 들어와 나를 안아 밖으로 나갔다. 시커먼 구름이 잔뜩 뒤덮인 하늘을 뚫고 시커먼 굴뚝이 높다랗게 솟아 있었고, 그 굴뚝에서는 시커먼 연기가 뭉게뭉게 피어올랐다. 나는 손가락을 들어 그것을 가리켰다. 나는 말하고 싶었다. 저기, 다른 나라로 가는 계단이 있어. 아비가 그 계단을 올라가고 있어. 그러나 어미는 내 말을 들을 생각도 하지 않았다. 그녀는 다시 통곡을 터뜨렸다.

그로부터 한달이 지나지 않아 어미는 내 아우가 들어선 것을 알게 되었다. 이번에는 어느 누구도 강요하지 않았으나, 어미는 아무런 망설임도 없이, 아무도 알지 못하는 사이에, 혼자 병원에 가서 내 아우를 죽이고 돌아왔다.

아비가 사라졌으므로, 어미는 이제 밥집에 나갈 수가 없었다. 어미가 집을 비운 동안 나를 돌봐줄 사람이 없었기 때문이다. 아비는 비록 돈벌이 방법이라고는 오직 도둑질밖에 몰랐으나, 적어도 아기 보기 역할은 해준 셈이었다. 나는 어미에게 걱정 말고 밥집에 나가라고 말했으나 어미는 밥집을 그만두었다. 그 대신 사람들이 드나드는 큰길가에 시금치나 배추, 무, 갈치토막이나 꽁치 따위를 늘어놓고 하루종일 쪼그리고 앉아 손님을 기다리는 장사치들 무리에 끼여들었다. 나는 어미 옆 흙바닥에 주저앉아 놀았다. 팔리지 않으면 우리가 먹으면 된다, 하고 어미는 말했다. 어미에게서 그런 것들을 사는 손님들 역시 대개 가난하고 무력한 이웃들이었고, 그래서 그들은 매번 단돈 일원이라도 깎으려고, 단무 한조각이라도 더 가져가려고 안간힘을 다했으며, 더러는 외상으로 열무 몇단을 가져가고는 다시는 그 길로 다니지 않고, 시간이 이십여분씩이나 더 걸리는 먼 길로 돌아다니는 사람까지 있었다.

손님 하나 없이 뙤약볕 아래 앉아 있다가 심심해지면 어미는 나에게 이미 수도 없이 되풀이한 얘기를 다시 들려주었다. 옛날 옛날 한옛날, 어떤 처녀가 살았단다. 그 처녀가 시집갈 나이가 됐는데, 매일 밤 훤칠하게 잘생긴 젊은 남자 한사람이 그 처녀 방에 아무도 몰래 드나들었단다. 남자는 아침이 되기 전에 처녀가 잠든 사이에 감쪽같이 사라져버리고…… 장사는 잘되지 않았다. 어미는 번번이 본전까지 잘라먹히고, 어미가 팔기 위해서 산 열무나 꽁치는 며칠이 지나면 우리 저녁상에 반찬이 되어 올랐다.

장사를 마치고 집으로 돌아오는 길에 어미가 등에 업은 나를 훌쩍 엉덩이 위로 치켜올리고 구멍가게 안으로 들어가 최초로 소주 한병을 사든 것이 언제쯤이었을까. 어미는 저녁을 먹으며 소주를 마셨으나, 반병도 비우지 못했다. 아이구, 쓰다. 이런 놈의 걸 뭐 하러 그렇게 마셔댔을꼬. 그러나 다음번에는 어미는 반 병을 마셨고, 그 다음번에는 한 병을 다 마셔치웠다. 마시면 혼자 누워 노래를 부르거나 거꾸러져 코를 골며 잤다.

마침내 어미는 더이상 장사를 나가지 않게 되었다. 되지도 않는 놈의 장사, 나가면 뭐 한단 말인가. 어미는 대신 매일 술을 마셨다. 그래도 한동안 어미는 나를 위해 밥을 짓고 찌개를 끓였고, 나에게 먹기를 권하며 자신도 몇 숟가락 밥을 먹었다. 그러나 얼마 후에는 밥을 지을 생각도 하지 않았고, 나를 먹일 생각도 하지 않았다. 집에 쌀이 있는지 찬이 있는지도 잊었다. 그녀는 오직 술만을 찾았다. 하루 두 병이나 세 병의 소주가 어미의 유일한 양식이었다. 술이 떨어지면 술을 살 궁리를 했고, 술을 사오면 마시고 취해 쓰러지거나 혼자 노래하고 혼자 떠들어대거나…… 엄마가 얘기해줄까, 하고는 다시 그 얘기를 시작했다. 옛날 옛날 한옛날, 어떤 처녀가 살았단다. 그 처녀가 시집갈 나이가 됐는데, 매일 한밤중에 훤칠하게 잘생긴 젊은 남자 한사람이 아무도 모르게 그 처녀 방에 드나들었단다. 남자는 아침이 되기도 전에 처녀가 잠든 사이에 감쪽같이 사라져버리고, 처녀는 그 남자의 이름도, 어디 사는지도 알아낼 길이 없었단다……

취하여 아무렇게나 팽개친 옷가지처럼 몸뚱이를 기이하게 구겨던진 채 아비가 그토록 좋아하던, 나 역시 아직까지 좋아하는 젖가슴을 훤히 드러내놓고 한낮이 겹도록 잠에 빠진 어미를 바라보다가 배가 고파 참을 수가 없게 되면 나는 여기저기 쓰러져 나뒹구는 소주병에 남은 소주를 핥았고, 더이상 핥을 것이 없으면 소주병을 아작아작 깨물어먹었다. 소주병은 아릿하고 맵고 썼으나 나는 곧 그 맛에 적응할 수 있었다.

술을 탐하는 어미의 행로는 갈수록 오묘해졌다. 그녀는 술에 취해 거리로 나가 포장술집에 들어가 어떤 남자건 가리지 않고 술을 얻어마시고 그 사람과 더불어 여관에 들어갔다. 그런 남자를 찾을 수 없으면 길거리에 쓰러져 잠들었다. 이웃사람들이 어미를 업고 들어오기를 여러 차례였다. 이틀 동안 들어오지 않은 적도 있었다. 옆방 아주머니가 나를 데려다 밥을 먹여주었다. 나는 울지 않았다. 엄마 어디 갔는지 아냐, 하고 물으면 나는 장사하러 갔다고 대답했다. 옆방 아주머니가 밥을 주지 않을 때는 언제나 나의 대용식이 있었다. 소주병은 방에 지천으로 널려 있었으니까. 어미는 얼굴이 만신창이가 되어 동네 아저씨에게 업혀왔다. 시장 골목에 쓰러져 있는 것을 발견했다고 했다. 어미는 정신을 차리고서도 어째서 자신이 시장 골목에 엎어져 있었는지를 기억하지 못했다. 그런 일이 세 번, 네 번…… 반복되었다. 때로는 여관 골목에, 때로는 술집 골목에 어미는 엎어져 잠들었고, 그 옆을 스쳐가던 사

내들은 어미를 발로 집적거려보기도 하고, 젖가슴에 손을 밀어넣어보
기도 했다. 어미의 주머니를 뒤져 몇개의 동전을 가져간 좀도둑도 있었
다. 어미 혼자 정신을 차려 집으로 돌아온 적도 없지는 않았으나, 이웃
사람들이 데려다준 적이 훨씬 많았다. 옆방 아주머니가 정신차리고 살
라고 호통을 하면 묵묵히 앉아 눈물을 흘리다가,

"아주머니, 알았으니까 오백원만 꿔줘요."
했다. 뭐 할 거냐고 물으면 어미는 대답했다.

"소주 사려고."
돈을 못 얻어 실망하며 맥없이 마루에 주질러앉아 있는 어미에게 나
는 말했다.

"엄마, 내가 돈 많이 벌면 하루에 소주 한 병씩, 아니 두 병씩, 아니
한 상자씩 사줄게. 얼마든지 사줄게. 조금만 참어, 엄마."

어미는 히죽 웃으며 나를 쳐다보았다.

"그래, 고맙구나, 내 새끼. 세상에 내 새끼밖에 없구나."

나는 어미가 그렇게 세상을 놓아버리고, 정신을 놓아버리고, 그녀 자
신을 놓아버려 스스로 무너져가는 것을 바로 옆에서 묵묵히 지켜보았
다. 울지 않았다. 어미가 울어도, 배가 고프거나 아파도 나는 울지 않았
다. 눈물은 일찍이 내가 어미의 탯속에 있을 때부터 양수와 더불어 나
의 삶의 공간이었고, 그래서 눈물이 얼마나 무력하고 비참한 것인지를
나는 알 만큼 알고 있었으니까. 어미의 그 많은 눈물은 아비의 도둑질
을 교정하지도 못했고, 그의 욕설이나 주먹다짐을 말리지도 못했으며,
죽어 쓰러진 아비를 일으켜세우지도 못했고, 어미 자신의 장사를 도와
주지도 못했으며, 술버릇을 고치지도 못했다. 그것은 어미 자신을 소모
시키고 허약하게 만들 뿐이었고, 자신을 위로하기는커녕 자신에 대한
연민을 강화시키고 악화시킬 뿐이었으며, 그리하여 술에 대한 더 큰 갈

증을 초래할 뿐이었다.

술에 취한 어미가 꺼떡꺼떡 밖으로 나가면 나는 이번에는 며칠 뒤에
나 다시 어미를 볼 수 있을지를 늘 걱정해야 했다. 어미가 집을 나간 지
이틀 뒤에 한밤중에 돌아온 적이 있었다. 혼자가 아니었다. 웬 늙은 남
자가 어미를 따라 방으로 들어왔다. 그들은 나는 아랑곳하지 않고, 들
고 온 소주를 계속해서 마셔댔고, 술병이 비자 늙은 남자는 어미의 옷
을 벗기려 했으며, 어미가 뿌리치자 늙은 남자는 잠시 물러나 앉아 있
다가 다시 어미에게 덤벼들었고, 어미는 다시 뿌리쳤다. 나는 그것을
묵묵히 지켜보고 있었다. 그것이 술취한 남녀의 여흥의 하나가 아닐까,
하고 생각하며. 비슷한 짓이 몇차례 반복되더니 마침내 그 늙은 남자는
어미를 때리기 시작했다. 어미가 그 남자의 멱살을 틀어쥐고 덤벼들었
으나 남자의 주먹질에 나자빠졌다. 나는 그것을 지켜보았다. 울지 않았
다. 나자빠진 어미의 허리에 올라앉은 그 남자가 어미의 옷을 억지로
벗기기 시작하자 나는 그들이 비운 소주병을 집어들어 그의 머리를 내
리쳤다. 그 남자는 나를 돌아보더니 요놈이, 하며 나에게 손을 휘둘렀
다. 나는 벽에 머리를 부딪고 쓰러졌다. 옆방 아주머니와 아저씨가 들
어와 그 남자를 몰아냈다. 그 남자는 갖은 욕설을 퍼부으며 비틀비틀
걸어나갔다. 화냥년, 갈보년, 걸레짝으로도 못 쓸 년……

그러나 이튿날 어미는 그런 일을 전혀 기억해내지 못했다. 옆방 아주
머니가 어미를 불러들였다. 그 방에서 어미가 우는 소리가 들렸으나 나
는 들여다보지 않았다. 어미의 울음은 나에게는 아무 새로울 것 없는
일상사였으니까. 때가 되면 쏟아져나오는 배설물처럼, 때가 아닌데도
흘러내리는 실금(失禁) 환자의 배설물처럼, 어미의 눈물은 적절한 때가
되면, 적절한 때가 아닌데도 아무렇게나 흘러내렸다. 오랜 시간이 흐른
뒤에야 어미는 우리 방으로 돌아왔다. 어미의 얼굴은 시커멓게 찌들어

있었고, 이마에도 뺨에도 살갗이 벗겨진 상처가, 목덜미에는 뭔가에 긁힌 기다란 상처가 나 있었으며, 눈에는 멍이 들어 있었고, 머리칼에는 흙과 토사물 따위가 군데군데 묻어 지저분했다. 그러나 나의 어미였고, 놀라운 어미였다. 나는 그녀에게 다가가 무릎에 손을 올려놓고 얼굴을 빤히 쳐다보았다. 어미도 눈물 젖은 눈으로 나를 빤히 내려다보았다. 나는 그녀에게 말해주고 싶었다. 난 아무렇지도 않아, 엄마. 남들이 뭐라건 술 마시고 싶으면 얼마든지 마셔. 내가 조금만 자라면 아비처럼 남의 집 담을 뛰어넘어다니면서 세상의 술이란 술은 모두 다 갖다줄게.

그러나 어미는 그때까지 기다릴 생각이란 없는 것 같았다. 그녀가 나를 뿌리치고 일어나 밖으로 나갔다. 잠시 후 어미는 소주 두 병, 오징어, 아이스크림, 빵을 사들고 돌아왔다. 그녀는 아이스크림과 빵을 내 앞에 밀어놓고 그냥 소주병을 입으로 가져가 단숨에 반 병쯤을 비웠다. 어어, 어미는 목청을 가다듬었다. 무슨 얘기를 하려는 것일까. 나는 삼립 크림빵을 씹으며 걱정스레 어미를 지켜보았다. 어미는 오징어다리를 북 찢어 입으로 가져가고 나머지는 나에게 던져주었다. 말없이, 주정뱅이 어미는 소주를 마셨고, 그 자식은 아이스크림을 먹었다. 그것은 비록 오랜만의 일이기는 했지만, 제법 조용하고 친밀한 모자간의 식사였다. 식사가 끝나갈 무렵 어미가 입을 열었다.

"잘 들어. 넌 내 자식 아니다."

술주정이 아직 안 끝난 것일까? 나는 묵묵히 어미를 지켜보았다.

"알았냐? 넌 내 자식 아니야. 내가 다리 밑에서 주워다 길렀다. 니 애비도 사실은 니 애비 아니다."

어미는 나와 삼신할미 사이에 오간 줄다리기를 알지 못하는 것이 분명했다. 그러나 나는 아무 말도 하지 않았다. 무엇인가를 예감한 것일까. 헌데투성이인 어미의 입술을 묵묵히 바라보며 나는 입이 바작바작

타들어가는 것을 느꼈다. 더이상 아이스크림 맛을 느낄 수도 없었다. 어미가 말을 중단해주기를 나는 간절히 바랐다. 그러나 어미는 오징어 다리를 질겅질겅 씹으며 끈질기게 얘기를 이어나갔다.

"나는, 나는…… 나도 니 애비 에미가 누군지 모른다. 어떻게 알겠냐? 어쩌면 니 에미가 널 찾으러 올지도 몰라. 그러면 니 에미 따라서 가거라. 난 니 에미 아니니까. 너는…… 옛날 옛날 한옛날……"

어미는 무슨 얘기든 해보려고 기를 썼다. 나는 기다렸다. 그녀의 눈에서 눈물이 주르르 흘러내려 턱밑으로 떨어졌다. 나는 손으로 어미의 무릎을 만졌다. 어미가 내 손을 탁 쳐 뿌리쳤다.

"나는 니 에미 아니니까…… 넌 눈곱만큼도…… 나 때문에…… 옛날 옛날 한옛날에 어떤 처녀가 살았단다. 너무나 못생기고 너무나 더럽고 너무나 무식해서 아무도 그 처녀를 돌아볼 생각도 하지 않았더란다. 그 처녀가 시집갈 나이가 열 번이 지나고 스무 번이 지나고 백 번이 지나도 그 처녀를 처녀로 봐주는 사람이 하나 없더란다. 집안식구들도 아무도 그 처녀를 돌볼 생각을 않더란다. 부려먹기나 하고 구박하기나 했더란다. 그런데 이상한 일이 벌어졌더란다. 어느날 밤에 훤칠하게 잘생긴 젊은 남자 한사람이 그 처녀 방에 찾아왔는데, 그 처녀가 세상에서 다시없는 미인이라고 허더란다. 그 젊은이가 자고 간 이튿날 아침에 처녀가 일어나 쌀을 씻으러 우물에 갔다가 우물 속을 들여다보니 웬 아리따운 처녀가 거기 들어 있더란다. 아이고, 저렇게 예쁜 처녀가 어째 우물 속에 들어 있을까, 하고 들여다보니…… 그 처녀가 다름아닌 자기 자신이더란다. 그때부터 매일 밤이 깊어지면 그 남자는 조용히, 아무도 모르게 나타나 처녀를 보듬고 밤새도록 데리고 놀다가 아침이 되기 전에 처녀가 잠든 사이에 감쪽같이 사라져버리더란다. 몇날 며칠이 지나고 몇달이 지나도 그 처녀는 그 남자의 이름도 사는 곳도 알 수가 없더란다……"

이미 수도 없이 들은 적이 있는 얘기였다. 그러나 나는 난생 처음 듣는 듯 열중해서 귀기울였다. 그 얘기 전체가 낯선 긴장감으로 차 있었고, 나는 그 얘기를 듣는 동안 몇번이나 등줄기로 타오르는 소름을 느꼈다. 어미가 뭔가를 알고 있는 것일까?

나는 머뭇머뭇 입을 열었다.

"삼신할미, 삼신할미가 나한테 그때……"

그러나 어미의 얘기에 내 말문은 막히고 말았다.

"처녀가 임신을 하자 처녀의 아비 어미는 매질을 하면서 어찌 된 일인지를 추궁하더란다. 처녀는 울면서 그동안 벌어진 일을 얘기하는 수밖에 없더란다. 처녀의 아비와 어미는 식칼에다 작두에다 올무에다 산짐승을 사냥할 때 쓰는 덫에다가 도끼까지 들고 숨어서 그 남자가 나타나기를 기다렸더란다. 밤이 깊어지고 그 남자가 나타나자 아비가 도끼질을 하고 어미는 올무를 던졌더란다. 그 남자가 쓰러지자 아비는 도끼로 그 남자의 목을 치고 어미는 식칼로 손목을 잘랐더란다. 그 남자는 목이 떨어지자 몸뚱이로 기어가고, 손목이 끊어지자 팔뚝으로 기어가더란다. 무릎이 떨어지자 엉덩이로 기어가고 팔목이 떨어지자 팔꿈치로 기어가더란다. 몸뚱이만이 남아 더이상 기어갈 수가 없게 되자 이번에는 끊어진 머리통하고 손가락 발가락이 커다란 지네, 토막난 지네가 되어 꾸물꾸물 기어가더란다. 그래서 결국 동네 우물까지 기어가더니만 그 안으로 떨어져버리더란다."

나는 아이스크림을 먹다 말고 어미를 멍청히 쳐다보고 있었다. 이것은 내가 들은 적이 있는 얘기인가?

"처녀의 아비와 어미는 이번에는 처녀에게 덤벼들어 옷을 발가벗겨 집에서 쫓아내더란다. 처녀는 산을 가다가 범에게 잡히면 손목 하나 끊어주고, 물을 가다가 이무기한테 잡히면 발목 하나 끊어주고, 사람을 만나면 옷 벗고 가랑이 한번 벌려주고……”

나는 가랑이 한번 벌려준다는 것이 무슨 뜻인지 아직 알지 못했다. 막연히 손 하나 발목 하나 끊어주는 것과 다름없는 일이리라 짐작할 따름이었다. 어미는 한동안 훌쩍훌쩍 흐느끼다가 얘기를 계속했다.

“그러다가 애기를 낳았단다. 크고 작은 수백수천 마리 지네들이 방안으로 덤벼들어 아무리 쫓아내고 죽이고 빗자루로 쓸어내고 짓밟아도 몰려들고 또 몰려들어…… 지네 한복판에서 처녀가 몸을 풀었는데, 나온 것을 보니 그것이…… 지네, 시퍼런 지네더란다.”

어미는 다시 눈물을 흘리며 꺼이꺼이 울어댔다. 내가 말했다.

“아닌데. 그 젊은 남자를 닮은 아주 예쁜 아기를 낳았는데.”

어미는 고개를 저었다.

“니가 그 지네의 자식이다. 그 못나고 무식한 처녀는 니 어미고.”

이튿날 어미는 나를 희망고아원으로 데려갔다. 큰길에서 고아원에 이르는 숲 사이의 언덕길을 걸어올라가는 동안 어미는 술기가 떨어져 바작바작 말라들어가는 입술을 침으로 적셔가며 몇번이고 반복해서 말했다.

“나는 니 에미 아니다. 나 같은 것이 어떻게 니 에미겠냐? 그 좀도둑놈도 니 애비 아니다. 그런 것을 어떻게 애비라 하겠냐? 언젠가는 니 애비 에미가 널 찾아올지도 몰라. 아마 찾아올 것이다. 그러니까 여기서 기다려라. 기다리고 있으면 만나게 될 것이다.”

어쩌면 그녀의 말이 사실일지도 모른다는 생각이 들었다. 오래 전 삼신할미가 어미의 자궁에 심은 것은 아마도 그 지네와 처녀 사이에서 생긴 씨앗이었는지도 모른다. 삼신할미가 엉뚱한 곳에 엉뚱한 씨를 심은 것일까? 그러니까 나에게는 두 아비 두 어미가 있는 셈일까? 어딘가,

내가 알지 못하는 곳에, 어쩌면 내가 태어났어야 하는 그곳에, 나의 형제 아닌 형제가 나 대신 살고 있는 것은 아닐까? 몸뚱이 여기저기에서 지네처럼 수많은 다리가 돋아나는 느낌이었다.

어미는 고아원에 나를 맡기고 총총히 떠나갔다. 나는 멀어져가는 어미를 지켜보면서도 울지 않았다. 나는 생각했다. 나의 좀도둑 아비가 지네였을 것이다. 그리고 저 어미는…… 그렇다, 그 아름다운, 혹은 못생긴 처녀였을 것이다.

제2부

치욕이여, 나의 벗이여

1

나는 그들의 냄새를 맡는다. 나는 그들의 배설물 냄새를 맡는다. 우두커니 서서, 가끔 고개를 꺾어 거울 속의 나 자신을 바라보며, 와이셔츠 깃 사이에 나비넥타이가 단정한지를 살펴가며 배설물의 냄새를 맡는다. 미군 병사는 화장실 대변칸에 들어가 끙끙, 기운을 써가며, 후우, 큰숨을 내쉬며 배설을 하고, 나는 때로는 화장실 안을 한순간에 급히 꽉 채우고, 때로는 연기처럼 천천히 퍼져나가는 그들의 배설물 냄새를 맡는다. 그것은 나의 직업적 일상 가운데 중요한 한부분이다. 매일 수십명의 미군 병사의 배설물 냄새를 맡는다. 그때마다 나는 그들의 배설물 냄새가 한국인의 그것과는 다르다고 생각한다.

가끔 나는 어미의 토사물을, 토사물 냄새를 떠올린다. 어미의 토사물 냄새는 서글프고 더럽고…… 따뜻했다. 미군 배설물의 냄새는 들큰하고 기름지고 끈적거리고 더럽고 무겁고…… 뭐라 해야 할까, 무섭고 당당하다. 그들은 당당하게 배설하고 나는 제복으로 정장을 하고 부동자세로 서서 그 냄새를 맡는 것이다. 그것은 내가 그들의 배설물에서, 그 냄새에서 달러를, 그 냄새를 떠올리는 까닭일 것이다. 그들이 배설을 한다는 것은 나에게는 행운이다. 그것을 통하여 나는 달러를 얻으니까.

나는 고아원을 떠나던 날 원장의 책상 위에 남겨놓은 작별인사를 생각해보았다. 그 냄새는 어땠던가? 통쾌하고 시원했다. 그리고 더러웠다. 더러웠기 때문에 나는 그것을 작별인사로 선택했다. 원장은 기겁을 했을 것이다. 그는 총무에게 호통을 쳤을 것이고, 총무는 또한 고아원 아이 누군가에게 호통을 치며 그 배설물을 치우게 했을 것이다. 나의 작별인사는 원장에게는 잠깐의 충격과 불쾌감과 욕지기를, 어쩌면 두려움까지 주었을 테지만, 결국 그것을 치운 것은 나와 마찬가지로 가엾고 보잘것없는 내 고아원 친구 가운데 하나였을 것이다.

저 미군 병사가 배설을 마치고, 손을 씻는 동안 나는 그의 바지와 구두의 먼지를 털어주고, 그가 나에게 동전을 한닢 떨어뜨리고 떠나고 나면 나는 대변칸에 들어가 그곳을 살펴보고 그가 남긴 자취를 다시 한번 정리해야 한다. 늘어뜨려진 화장지를 말아올리고, 떨어진 화장지 조각이 있으면 그것을 치우고, 뱉어놓은 침이 있으면 물과 솔을 이용하여 그것을 닦고, 변기 안에 남은 자취라도 있으면 물로 씻어내리고, 변기 뚜껑을 닫고……

나는 그들의 배설물을 통하여 달러를 얻는다. 내가 한번도 가본 적이 없는 나라, 어디에 있는지는 지도로만 알 뿐, 사실은 안다고 할 수도 없는 나라, 그리고 도대체 그 나라라는 게 어째서 이 나라에까지 군인들을 주둔시키고 있는지 알지 못하는 그 나라의 중앙은행을 통하여 흘러나온 달러 가운데 하나가 까마득한 거리와 시간을 이동해 내 손에 떨어진다. 에이브러햄 링컨 대통령이, 혹은 인디언이나 독수리가 아로새겨진 이 동전 한닢은 그러니까 어쩌면 저 미군 병사가 지금 기운을 써가며, 큰숨을 내쉬어가며 쏟아내는 배설물과 다름없는 것인지도 모른다.
　산다는 것은 어차피 치욕이었다. 나는 이미 오래 전에 그런 사실을 알고 있었다. 취하여 쓰러진 어미 옆에서 빈 병에 남은 소주를 핥다가 마침내 소주병을 아작아작 씹어먹던 무렵부터.

2

화장실에 서서 미군이 들어오기를 기다리다가 그가 소변을 보는 동안 바지의 먼지를 털고, 그가 손을 씻는 동안 구두를 닦아주는 일 같은 것이 직업일 수 있다는 생각을 나는 해본 적이 없었다. 하물며 내가 그런 일을 하게 되리라고는 더욱이 생각해본 적이 없었다. 그런 것은 내가 할 일이 아니었다. 사람으로서 할 일이 아니었다. 제임스 박은 발걸음 소리만 들려도 이미 몸을 꼿꼿이 세우고 그의 고객이 화장실로 들어서기를 기다렸다가 문이 열리는 순간 고객의 얼굴은 쳐다보지도 않고 벌써 과장된 동작으로 허리를 굽혔다 펴면서 굿 이브닝 써어, 하고 고함을 지르고 곧 변기 앞에 선 미군 병사의 엉덩이 뒤에 쪼그리고 앉아 일을 시작했으나, 나는 그럴 수가 없었다. 그는 말했다.

"배가 덜 고팠군. 우리가 이런 일 저런 일 가릴 처지냐? 맘대로 해봐라. 달러 맛 한번 보라지. 그럼 눈에 불을 켜고 덤벼들게 될걸. 이 동네에서 일하는 연놈들이 뭘 하고 사는지 아냐? 다 이런 일이야. 양갈보년들에서부터 점잖게 지프 타고 다니는 것들까지 다를 거 하나 없어. 달러, 이게 사람 환장하게 만드는 놈이거든."

내가 일을 하지 않는데도 그는 불평하지 않았다. 어쩌면 그것은 당연한 일이었다. 내가 일을 하지 않으면 않을수록 그에게는 일이 많아지고 수입 또한 많아졌으니까. 천하의 제임스 박의 청춘이 미국놈들 변소간에서 썩어가다니, 하고 투덜거리다가도 미군 병사가 들어서면 그는 얼른 덤벼들어 그들의 바지를 털고 구두를 닦느라 열심이었고, 미군 병사가 떨어뜨린 동전을 휘파람을 불며 주머니에 쑤셔넣었다. 나는 그런 그가 혐오스러웠다. 사람이 아니라 짐승이나 벌레 같았다.

며칠이 지난 뒤 일을 마치고 종업원들의 기숙사라고 할 수 있는 옥탑방에 들어가 누운 다음에야 나는 클럽에서는 우리에게 밥과 잠자리를 제공할 뿐 봉급이란 단 한푼도 주지 않는다는 것을 알게 되었다. 오히려 클럽에서 일하는 모든 종업원들이 매달 적게는 5달러에서 많게는 50달러씩 거인 권상무에게 갖다바쳐야 했다. 그래야 비로소 이곳에서 일을 계속할 수 있다는 것이었다. 그것은 일종의 세금이나 보호비였고, 자릿세이면서 권리금 같은 것이었다. 제임스 박과 나에게 할당된 금액은 매달 10달러였다. 그러니까 일을 하지 않으면, 그래서 돈을 벌지 않으면 나는 매달 5달러씩 빚을 지게 되어 있었다.

빚이라니! 더구나 5달러라니! 그것은 나로서는 엄청난 돈이었다. 일을 시작하면서 돈이 생기는 것이 아니라 빚부터 생긴 셈이었다. 나는 그것이 부당하냐 아니냐를 생각할 겨를이 없었다. 빚을 질 수는 없었다. 나는 바로 이튿날부터 일을 시작했다. 나는 소주에 취해 걸렛조각처럼 쓰러져 잠든 어미를 생각했고, 그녀가 들려준 얘기를 떠올렸다. 나는 사람이 아니라 지네였다. 화장실로 들어서는 미군 병사의 육중한 발걸음 소리가 들리자 나는 채 문이 열리기도 전에 목청껏 고함부터 질렀다.

"굿 이브닝, 써어!"

선수를 빼앗긴 제임스 박이 놀라 나를 쳐다보았다. 검둥이 미군 병사가 들어왔다. 그는 나를 쳐다보더니 빙긋 웃으며 유 토킹 투 미, 하고 말하더니 소변기 앞으로 가 바지 지퍼를 열었다. 나는 양복솔을 들고 그의 등뒤로 다가가 손을 한껏 뻗어올려 보잘것없는 스웨터를 걸친 그의 어깨에서부터 먼지를 털어내는 시늉을 시작했다. 미군 병사는 말했다. 유 돈 해브 투 두 댓 투 미, 보이. 유 돈 해브 투. 나는 그의 말을 알아들을 수는 없었으나 이런 짓 말라는 뜻이라는 것은 짐작할 수 있었다. 어떻게 대꾸할 것인지 알 수 없었으므로, 나는 계속해서 양복솔로 그의 엉덩이와 바짓자락을 털어내려갔다. 그가 자리를 옮겨 세면대 앞으로 가자, 나는 얼른 구둣솔을 집어들고 그의 발 뒤로 가 쪼그리고 앉아서 구두의 먼지를 맹렬히 털어냈다. 오, 보이. 돈 두 디스 투 미. 아이 해브 나씽. 그가 손을 씻고 돌아서자 나는 그의 눈앞에 타월을 들이밀었다. 손의 물기를 닦으며 그는 나의 얼굴을 들여다보았다. 나는 억지로 미소를 지었다. 그의 얼굴에도 미소가 떠올랐다. 내가 젖은 타월을 받아들자 그는 고개를 설레설레 저으며 주머니에서 동전을 꺼내 접시에 떨어뜨렸다. 25쎈트짜리였다. 그것은 드문 선심이었다. 대부분의 경우 미군 병사들이 떨어뜨리는 동전은 5쎈트나 10쎈트였다. 나는 버럭 고함을 질렀다.

"쌩큐, 써어!"

그 순간 문득 목이 메었다. 울먹임 같은 것이, 그와 함께 알 수 없이 억울하다는 생각이, 마침내 내가 그 짓을 하고 말았다는 자괴감과 혐오감이 목구멍을 타고 넘어왔으나 나는 꿀꺽 그것을 삼켜버렸다. 나는 지네다, 하고 생각했다. 내 아비는 도둑이다. 내 어미는 주정뱅이다. 그리고 나는 지네다. 사람으로서는 이런 일을 할 수 없을지 모른다. 그러나 지네는 할 수 있다.

그날 밤, 나는 2달러 5쎈트를 벌었다. 내가 생애 최초로 번 돈이었다. 돈을 번다는 것은 이런 것이었다. 미국 동전은 작고 앙증맞았으나 그 돈을 벌기 위해 내가 지불해야 하는 댓가는 가혹하고 치욕스러웠다. 제임스 박은 말했다.

"너 잘한다, 아주. 체질이다, 체질. '토일렛 심'이나 '워러 클라짓 심'이라고 이름을 바꾸든지 해야겠다."

안될 게 뭐냐, 하고 나는 생각했다. 이튿날 나는 눈을 뜨자마자 '토일렛 심'이라고 새긴 이름표를 주문했고, 이름표는 오후에 배달되었으며, 바로 그날부터 제복에 그 이름표를 붙이고 근무를 시작했다. 며칠 사이에 나는 미군 병사들 사이에 토일렛 심이라는 이름으로 유명해졌고, 내가 홀로 들어서면 미군 병사들은 하이, 토일렛 심, 하고 나를 불러젖히고 웃음을 터뜨렸으며, 그래서 홀에서 일하는 종업원들은 물론 제임스 박까지 영문을 알 수 없어 고개를 갸웃거리거나 수상쩍은 눈빛으로 나를 쏘아보았다. 화장실에 들어서는 병사들은 하이, 토일렛 심, 하며 나에게 아는 체를 했고, 그들 가운데 많은 사람들이 나에게 팁을 남겼으며, 그래서 제임스 박은 '워러 클라짓 박'으로 이름을 바꿔야 하는 것인지 진지하게 고민에 빠졌다.

바로 그 며칠 동안 나는 병식이형의 봉급에 육박하는 액수를 벌었다. 만일 구로공단에서 일자리를 얻었더라면 한달 내내 하루 여덟 시간에서 열 시간씩 일을 해야 비로소 받을 수 있는 봉급보다 많은 돈을 벌었다. 이해가 되지 않는 일이었다. 여기에서 매일 배설하는 미군 병사들의 옷과 구두의 먼지를 털어주고, 아니 털어주는 시늉을 하고 병식이형이나 서울섬유의 소녀들보다 훨씬 큰 돈을 벌 수 있다는 것은 터무니없는 장난 같았다.

제임스 박과 내가 화장실에서 버는 돈은 하루 평균 4달러였다. 그런 식으로 계산을 하면 한달이면 120달러, 거인 권상무에게 제임스 박과 내가 10달러씩을 바치고 나면 남는 것은 100달러, 그것을 이등분하면 내 몫은 50달러였다. 그것은 굉장한 액수였다. 일년이면 600달러, 우리나라 돈으로 30만원에 육박하는 액수였다. 한두 해면 웬만한 집을 한채 살 수도 있었다.

나는 부자가 될 수 있었다. 믿어지지 않는 일이었다. 무엇으로? 배설하는 미군 병사의 옷과 구두를 털고 닦아주는 것으로. 제임스 박은 그 많은 돈으로 무엇을 하는 것일까? 그 엄청난 돈으로 나는 무엇을 할 수 있을까?

내가 제일 먼저 떠올린 것은 어미였다. 어미를 찾아 데리고 와야 한다는 생각이 들었다. 어미에게…… 어린시절에 약속한 대로 매일 소주 한 상자씩을 사주리라. 두 상자씩이라도 사주리라. 어미의 방안을 소주로 가득 채워주리라. 어미를 찾을 수만 있다면. 그리고 영순이를 그놈의 희망없는 희망고아원으로부터 데리고 나와야 했다. 그 꿈은 머지않아 이루어질 수 있을 것 같았다.

그러나 나이트클럽 주티에서 생활하기 시작한 지 두 달이 지나지 않아 나는 단순히 그것으로 그칠 수 없다는 것을 알게 되었다. 내가 화장실에서 버는 돈은 결코 큰 돈이 아니라는 것도 알게 되었다. 그것은 푼돈에 지나지 않았다. 그곳에서는 훨씬 더 큰 돈이, 똥오줌 같은 것이 묻지 않은 몫돈이 떠돌아다녔다. 마음만 먹으면, 기회를 잡을 수만 있게 되면 누구라도 그 돈의 주인이 될 수 있었다. 나이트클럽 주티의 종업원 한사람 한사람이 돈을 벌기로 작정을 하면 얼마든지 더 큰 돈을, 더 쉽게, 더 빨리 벌 수 있었고, 그들 가운데 몇몇은 이미 벌고 있었다. 그들이 화장실에 들어오는 미군 병사의 옷을 털고 구두를 닦는 것도, 맥주와 안주를 나르는 것도 사실은 그 일 자체보다는 그런 큰 돈을 벌 수 있는 기회를 잡기 위해서인 것 같았다.

홀에서 일하는 탐 존스가 한달 내내 버는 돈은 10여 달러에 지나지 않았다. 그러나 그에게는 부업이 있었다. 그는 미군 PX에서 흘러나오는 담배와 술, 화장품과 초콜릿, 껌 따위를 내다팔았다. 그는 몇사람의 미군 병사들을 통하여 그런 물건을 넘겨받았다. 그가 그것으로 벌어들이는 돈이 얼마나 되는지는 아무도 알지 못했다. 다만 거인 권상무에게 그가 갖다바치는 돈이 100달러에 달한다는 믿을 수 없는 소문이 떠돌 뿐이었다. 듣기로는 그는 마리화나 장사까지 한다고 했다. 그러니까 그에게는 차라리 나이트클럽에서 하는 일이 부업이었고, 미군 PX에서 흘러나오는 면세품 밀매가 직업이었다.

그러나 그 모든 사람들보다 더 편하게, 더 쉽게, 묵묵히 앉아 자리를 지키는 것만으로 더 많은 돈을 취하는 사람이 있었다. 바로 거인 권상무가 그 사람이었다. 언제 봐도 그는 술 한병 나르는 적이 없고, 비질 한번 하는 적이 없었다. 그런데도 그는 가장 많은 돈을 벌었다. 이를테면 희망고아원의 원장 같은 사람인 셈이었다. 나이트클럽 주티의 종업원은 스무 명 정도였다. 그들로부터 그가 한달에 챙기는 돈만 해도 칠팔백 달러, 그밖에도 미군 PX 물품을 대규모로 빼내어 거래하고 있었다. 듣기로는 냉장고나 세탁기, 텔레비전이나 전축, 나아가서는 미군 지프까지 빼내 판다는 것이었다. 그 엄청난 돈을 긁어모으면서도 그는 사소한 이익을 챙기는 일에 결코 소홀히 하지 않았다. 돈에 대한 그의 집착은 큰 돈이냐 작은 돈이냐를 가리지 않고 악착같았다. 예를 들면 종업원들이 그에게 돈을 바치는 날짜가 하루만 늦어져도 불러다가 발길질을 하고 몽둥이질을 했다.

　그러니까 나이트클럽 주티의 정점에 그가 군림하고 있었고, 그곳을 중심으로 하여 이루어지는 모든 거래에 대해 그는 일정한 금액을 떼어 갔다. 그가 무슨 보호를 하고 무슨 권리를 행사하는지 나는 아직은 알 수 없었다. 그가 지닌 힘과 권리의 근거가 무엇인지도 알지 못했다. 다만 그의 힘과 권리가 확고부동하고, 거기 의문을 제기하는 사람은 아무도 없다는 것을 알 뿐이었다.

　나는 곧 집 한채쯤으로 만족해서는 안된다는 것을 알게 되었다. 아직 그곳의 생리를 다 알 수는 없었으나, 그곳에서 집 한채만을 건져 나온다는 것은 바보짓이었다. 나는 이미 가장 치욕스러운 곳으로 떨어져 있었고, 그러니까 더이상 아무것도 치욕일 수 없었다.

　한달이 지나지 않아 나는 미군 병사들이 화장실 접시에 떨어뜨리고 가는 동전 따위를 위해서가 아니라 더 큰 사업을 위하여 더욱 열심히 미군 병사들의 바지를 털어주고 구두를 닦아주기 시작했다. 나는 그들과 교류를 터야 했다. 그들과의 교류가 곧 돈을 버는 첩경이었다. 화장실은 더이상 배설하는 곳이 아니었다. 그곳은 나의 사업장이었고, 나는 단순히 미군 병사의 옷이나 구두가 아니라 달러를, 세상의 그 무엇으로도 바뀔 수 있는 달러를 털고 닦는 것이었다. 나는 바지를 털고 구두를 닦으면서 미군 병사들에게 끈질기게 말을 붙였다. 학교에서 이제껏 배운 몇마디의 보잘것없는 영어는 큰 도움이 되었다. 나는 될 수 있는 한 쉴새없이 떠들어댔다. 미군 병사가 화장실에 들어서는 순간부터 말이 되건 안되건 내가 아는 모든 영어 단어들을 총동원하여 줄기차게 지껄여댔다. 하이, 스티브. 하우 아 유 투데이? 유 해브 어 원더풀 셔츠! 잇 머스드 해브 코스트 유 어 포츈! 유 머스트 비 파퓰러 애니웨어 유 고. 애니씽 유 원? 저스트 텔 미. 아이 윌 트라이 애니씽. 오케이. 돈 워리. 아이 캔 메이크 잇. 오, 렛 미 두 잇.

과연 병식이형의 말은 옳았다. 미군 클럽에서 일한다는 것은 단순히
밥벌이를 한다는 것을 뜻하지 않았다.

3

거지 한사람이 희망고아원으로 찾아들었다. 아이들은 저희들끼리 노느라고 정신이 없었다. 거지를 먼저 발견한 것은 나승규 총무였다. 거지였으므로 총무는 저리 나가요, 하며 그를 밖으로 밀어냈다. 양지쪽에 앉아 묵은 김치를 물로 씻어내고 있던 영순이는 총무의 말소리에 고개를 들었다. 그가 밀어내는데도 거지는 안간힘으로 버티며 뭐라고 자꾸 얘기를 하려 했다. 무슨 말인지 꼭 하고 싶어하는 태도였다. 단순히 돈이나 먹을것을 구걸하려는 게 아닌 듯했다. 영순이는 어쩌면 고아원에 자식을 맡긴 적이 있는 사람일 수도 있다는 생각이 들어 그를 눈여겨 살펴보았다. 무엇보다 그녀의 아비가 아닐까, 하는 생각이 들었던 것이다. 아비가 저런 꼴로 그녀를 찾아온다면 그것은 참으로 창피하고 난감한 일일 것이다. 하지만 어떤 꼴이라도 좋으니 찾아와주기나 한다면 얼마나 좋을까.

"이 늙은이가 왜 이래? 여긴 고아원이지 양로원이 아니란 말이야. 어서 나가!"

　나총무가 고함을 질렀다. 영순이는 그 거지가 자신의 아비는 아니라는 판단을 내렸다. 그녀의 아비는 왼쪽 다리를 절었다. 그 거지는 꼴은 험악하기 이를 데 없었으나 적어도 다리를 절고 있지는 않았다. 땟국물이 꼬질꼬질한 검정색 바지에 갈색이 얼핏 보이는 것 같기는 한데 시커멓게 때가 끼고 흙과 먼지로 뒤덮인 데다가 여기저기 크고 작은 구멍이 뚫려 원래의 색깔을 알 수 없는 스웨터를 입은 그 거지는 총무가 밀어낼 때마다 곧 넘어질 듯 비척거리며 뒷걸음질하여 대문까지 밀려났다. 그러면서도 그는 무슨 말인지를 하려고 열심히 두 손을 휘저어대며 입을 우물거렸다. 그 입술이 시커멨다. 영순이는 안타까웠고, 다시 한번 나총무가 원망스러웠다. 여기 수용된 고아들 가운데 누군가의 아비일 수도 있지 않은가. 어째서 말 한마디도 제대로 들어보려 하지 않고 무작정 몰아내려고만 하는 것인가, 저 작자는? 그녀라도 나서서 그 거지가 하는 말을 들어보고 싶은 심정이 굴뚝 같았다. 거지의 얼굴은 종기 같은 것으로 뒤덮여 있었으나, 그것이 종기인지 그저 먼지나 얼룩 같은 것인지는 거리가 멀어서 알아볼 수 없었다. 대문 앞까지 금방 쓰러질 듯하면서도 넘어지지는 않은 채 떠밀려간 노인이 악착같이 버티며 외치는 소리가 얼핏 영순이의 귀에 들렸다. 시무, 시무……

　영순이는 생각해보았다. 시무, 시무…… 그와 비슷한 이름의 아이가 고아원에 있던가? 생각이 나지 않았다. '시'라는 성이 있던가? 그렇다면 그 거지가 한 말은 여기 맡긴 자식의 이름은 아닐 것이다. 나총무가 힘껏 거지를 떠다밀었다. 거지는 뒤로 나자빠졌다. 나총무는 쓰러진 거지를 내려다보면서 어서 가, 하고 소리쳤다. 총무의 재촉을 받으면서도 거지는 그 삐쩍 마른 몸뚱이를 감당하지 못해 한참을 걸려 일어나더니 비척비척 걸어 고아원 정문 기둥 너머로 빠져나갔고, 거기에서 한참 동

안을 머뭇거리다가, 다시 한번 총무가 위협적인 몸짓과 함께,

"안 가면 경찰에 신고한다, 이놈의 늙은이."

하고 외치자 비로소 천천히 돌아서서 금방이라도 쓰러질 듯 위태로운 걸음으로 언덕을 내려갔다.

그날 밤이었다. 나총무가 영순이를 불렀다. 천원짜리 하나를 주며 희망약국에 가서 원장 부인에게 전하고 오라는 것이었다. 고아원에는 원장 사모님과 총무 사모님, 두 사모님이 있었고, 원장 사모님은 아랫동네에서 언제나 흰 가운을 입고 그 흰 가운 같은 미소를 띤 얼굴로 희망약국을 경영하는 김숙자 약사였다. 원장 사모님이 볼일이 생겨 약국을 비우면 총무 사모님이 대신 흰 가운을 입고 가짜 약사 노릇을 했다.

고아원에서 약국은 가까운 거리는 아니었다. 버스로 한두 정류장 거리 정도였으나 버스가 다니지 않았다. 낮이라면 산보 삼아 천천히 다녀올 수 있는 길이었다. 그러나 밤이었다. 낮에도 어둠침침한 숲길을 지나, 차들만 쏜살같이 치달릴 뿐 사람은 잘 다니지 않는 도로를 넘어, 그 시간쯤이면 오가는 사람도 별로 없는 주택들과 짓다 만 건물들, 공사장 같은 것들이 띄엄띄엄 늘어선 캄캄한 골목길을 한참을 지나야 비로소 그 약국에 닿을 수 있었다. 시간이나 거리나 열여덟 먹은 여자아이가 혼자서 쉽게 다녀올 수 있는 길이 아니었다. 그러나 어쩔 수 없는 일이었다. 그가 갔다오라고 하면 그곳이 희망약국이 아니라 희망약국 하수도라 해도 갔다오는 수밖에 없었다.

고아원 정문을 지나 캄캄한 숲길을 걸어내려가다가 영순이는 화들짝 놀라 비명을 질렀다. 숲속에서 시커먼 것이 꾸물거리며 어어, 짐승이 짖는 것 같은 소리를 내질렀디. 그녀는 우뚝 멈춰서서 소리가 들리는 쪽을 지켜보았다. 소름이 끼쳤다. 으으, 어어…… 다시 비슷한 소리가 들려왔다. 그녀는 한걸음 물러섰다. 으으, 어어…… 다시 비슷한 소리

가 들렸다. 그제야 영순이는 그것이 위협적이기는커녕 죽어가는 짐승의 마지막 신음에 가깝다는 것을 깨달았다. 나무 속에서 천천히 무엇인가가 모습을 드러냈다. 사람이었다. 영순이는 한걸음 더 뒤로 물러났다. 그 사람은 으으, 어어, 가끔 신음소리를 내며 천천히 앞으로 다가왔고, 그때마다 영순이는 한걸음씩 뒤로 물러났다. 마침내 그 사람이 숲을 빠져나와 길 위로 내려섰다. 도로를 지나는 차의 전조등이 그 사람을 스쳤다. 잠깐 그의 모습이 드러났다. 아까 낮에 고아원에 왔다가 총무에게 쫓겨난 바로 그 거지였다. 이 사람이 왜 가지 않고 아직까지 여기 앉아 있는 것일까. 다시 두려운 생각이 들어 영순이는 몇걸음을 더 물러났다. 거지가 그 자리에 멈춰섰다. 그는 한손을 들어 고아원을 가리키며, 자신의 가슴을 가리키며, 허공을 가리키며 알아들을 수 없는 소리를 웅얼거렸다. 영순이는 생각했다. 옛날에 여기 맡긴 자식을 찾으러 온 사람이 틀림없었다. 이제 무섭다는 생각은 사라졌다. 그를 도와줘야 한다는 생각이 들었다.

"왜요? 왜 그러세요? 누굴 찾아오셨어요, 아저씨?"

거지는 무슨 말인가를 하려고 안간힘을 썼다. 입을 벌렸다가 다물고, 혀로 입술을 적셔 다시 입을 열었다가 다물기를 반복했으나 그의 입에서는 그저 쉬이, 쉬이, 하는 소리뿐이었다. 무척이나 허기진 얼굴이었다. 어쩌면 온종일 굶었는지도 모른다는 생각이 들었다. 영순이는 기다렸다. 기다려야 할 것 같았다. 한참 동안이나 쉬이, 쉬이, 하는 숨소리만을 거칠게 내뱉던 그가 마침내 알아들을 수 있는 말을 처음으로 내놓았다.

"시무, 시무……"

영순이는 낮에도 이 사람이 그 비슷한 소리를 중얼거리던 것이 생각났다. 시무? 그게 무슨 말일까? 그게 누구의 이름일까? 아무리 생각해봐도 고아들 가운데는 그런 성을 가진 아이는 없었다.

"그런 아이는 여기 없어요. 내가 여기 벌써 십이년째 사는데, 그런 아이는 본 적이 없어요."

그 사람은 멀거니 그녀를 쳐다보았다. 그의 눈에 안타깝다는 기색이 역력했다. 시커멓게 탄 입술에 동상이라도 걸린 듯 시커멓게 변색한 코, 뺨은 찢기고 긁힌 상처로 울긋불긋했다. 그가 힘겹게 호흡을 고르고 또 고른 끝에 온몸의 힘을 다 그러모아 마침내 한마디를 내뱉었다.

"시무영."

처음에 영순이는 알아들을 수 없었다. 시무영? 시무영? 다음 순간 화들짝 놀라며 그녀는 나를 떠올렸다. 시무영, 시무영, 심우영. 영순이는 나에게서 들은 아비 어미 얘기를 떠올렸다. 아비가 죽었다는 얘기를 들은 것도 생각났다. 긴가민가하면서 그녀는 물어보았다.

"심우영이요?"

그가 털썩 그 자리에 주저앉았다. 그의 눈에 대뜸 눈물이 고였다. 그는 고개를 열심히 끄덕였다. 아비가 아니라면…… 누구일까? 우영이가 나에게 거짓말을 한 것일까, 하고 그녀는 생각했다.

"심우영 말이에요?"

그 사람은 다시 고개를 끄덕였다.

"우영이는 여기 있었어요. 지금은 없지만요."

그 사람이 고개를 떨어뜨렸다. 물끄러미 그를 바라보던 어떤 순간 영순이는 아, 하고 비명을 지를 뻔했다. 이 사람은…… 우영이의 어머니? 여자란 말인가, 이 사람이? 영순이는 찬찬히 그 사람을 위아래로 훑어보았다. 여자인 것도 같았다. 그러나 여자일 리가 없었다. 미리칼에도 가슴에도 여성의 면모는 전혀 보이지 않았다. 음성마저 갈라지고 탁해 여자의 음성이라고는 생각되지가 않았다. 아무렇게나 뒤엉킨 짧은 머리칼, 더러운 스웨터를 걸친 밋밋한 가슴, 여자일 리가 없었다. 영순이는 가슴을 두근거리며 물었다.

"우영이 어머님이세요?"

그 사람은 주저앉은 채 진이 다 빠진 낯으로 멀거니 영순이를 쳐다볼 따름이었다.

"심우영이 어머님이세요?"

그 사람이 고개를 두어 번 끄덕거렸다. 어미의 얼굴이 물기로 반짝이고 있었다. 영순이는 갑자기 다리에 힘이 쭉 빠졌다. 그녀는 어미 앞에 쪼그리고 앉았다. 돌연한 슬픔으로 목이 메었다.

"지금 여기 없어요. 도망갔어요."

어미의 얼굴이 흙빛이 되었다. 영순이는 눈물을 참으며 계속해서 말했다.

"지금 어디 있는지 몰라요. 이렇게 찾아오셨는데 어떻게 해요……"

영순이는 오직 한가지 생각뿐이었다. 우영이의 어머님이시다, 우영이하고 만나게 해야 한다……

"댁이 어디세요?"

어미는 대답하지 않았다. 움직이지도 않았다. 꼼짝도 하지 않았다. 눈도 깜빡이지 않았다. 그 자리에 고스란히 굳어버린 것 같아 영순이는 겁이 났다.

"저녁은 드셨어요?"

필요가 없는 질문이었다. 어미는 저녁이 아니라 며칠을 굶은 사람이 분명했다. 영순이는 어미를 어디로든 모셔가서 밥을 먹여야 한다고 생각했다. 그러나 어디에서? 근처에는 식당이란 없었다. 고아원 식당으로 가면 찬밥덩이는 있을지 모른다. 하지만 총무나 식모에게 들키는 날에는…… 그렇다. 영순이는 갑자기 깨달았다. 그녀에게는 돈이 있었다.

잠깐 망설였으나 그녀는 천원짜리 지폐를 꺼내 어미에게 내밀었다.

"받으세요. 이걸 받아서…… 내일, 아니 모레 다시 오세요. 고아원으로 들어오지 마시고 여기에서 절 기다리세요. 드나드는 아이가 있거든 날 찾아달라고 부탁하세요. 제 이름은 주영순이에요. 그때까지 내가 어떻게 해서든지 우영이하고 연락을 해볼게요."

어미는 사양하지 않았다. 반가워하지도 않았다. 그저 무심히 그 지폐를 받아 바지주머니에 쑤셔넣었다.

"내일모레 꼭 오세요. 제가 우영이 소식 꼭 알아다드릴게요."

어미는 대답도 하지 않고 비틀거리며 일어섰다. 영순이가 부축하려 했으나 어미는 그녀를 뿌리쳤다. 기운은 없으나 완강한 태도였다. 어미가 비척거리며 천천히 걸음을 옮겨 언덕길을 내려가기 시작했다. 영순이는 그 뒤를 따랐다.

"주무실 데는 있으세요?"

어미는 듣는 것 같지 않았다. 옆에서 영순이가 따라오고 있다는 것도 의식하지 못하는 것 같았다. 횡단보도 앞에 이르자 영순이는 할 수 없이 어미의 더러운 스웨터 자락을 잡았다.

"아주머니, 내일모레 꼭 오세요. 꼭이요."

이튿날 아침, 영순이는 눈을 뜨자마자 해방촌으로 달려갔다. 그녀는 이 사람 저 사람에게 물어 태창 나염공장을 찾아갔으나 그곳에는 내가 없었을 뿐만 아니라 병식이형도 없었다. 그가 해고당한 지 이미 오래였으니까. 낙심한 그녀에게 임씨가 병식이형의 집을 알려주었다. 그녀는 허겁지겁 병식이형의 집으로 달려갔다.

그렇게 하여 영순이는 미군 클럽 주티의 4층 옥탑방까지 찾아들었다. 그곳이 나를 포함한 클럽 종업원 세 명의 숙소였다. 방 밖에서 귀를 기울여보았으나 안에서는 인기척이 없었다. 영순이는 망설였다. 문을 두들겨봐야 할까? 아니면 우영아, 하고 소리쳐 불러봐야 할까? 병식이 형은 이곳에 나의 숙소가 있다고 말했을 뿐, 내가 이곳에서 무엇을 하는지, 누구와 함께 기거하는지는 말해주지 않았다. 그는 영순이가 얼른 떠나가주기를 바라는 기색이 역력했고, 그래서 그녀는 이태원에 있는 나이트클럽 주티, 그곳 옥상에 방이 하나 있다는 얘기만을 듣고 서둘러 그의 집에서 빠져나와야 했다.

옥상은 망가진 가구와 깨어진 술병, 쓰레기들로 뒤숭숭한 꼴이었다. 난간 쪽으로 싸구려 콘크리트 벽돌로 쌓아올리고 지붕에 슬레이트와 천막을 덮은 방이 한칸 있었다. 천막에 붉은 페인트로 'Club Zooty'라고 커다랗게 씌어진 글자가 보였고, 벽과 벽을 이어 빨랫줄이 걸려 있었으며, 그 빨랫줄에 널린 스웨터에는 고드름이 매달려 있었다. 영순이는 한참을 망설인 끝에 방문 앞에 서서 나직하게 불러보았다. 우영아, 심우영. 대답이 없었다. 여기 없는 것은 아닐까. 방문 앞에는 운동화, 구두 따위가 뒤얽혀 있었다. 예닐곱 켤레나 되는 그 신발만으로는 그 작은 방을 몇사람이 쓰는 것인지 짐작하기 어려웠으나, 내가 혼자 쓰는 방이 아니리라는 것만은 짐작할 수 있었다. 우영아, 심우영. 다시 영순이는 불러보았다. 찬바람이 그녀의 입을 막았다. 이런 곳에서 살고 있다니. 이런 곳에서 살기 위해 고아원을 떠났다니. 우영아, 심우영. 영순이는 이번에는 좀더 큰 소리로 불렀다. 안에서 인기척이 났다.

"야, 누구 왔나? 누가 온 거 아니야? 좀 나가봐라."

안에서 말소리가 들렸으므로 영순이는 이번에는 좀더 큰 소리로 다시 외쳤다.

"심우영, 심우영."

"누구세요?"

안에서 누군가가 소리쳤다. 잠이 덜 깬 퉁명스러운 음성이었다.

"심우영이라는 사람을 찾으러 왔는데요. 여기 없어요?"

나는 그 소리를 듣자마자 벌떡 일어섰다. 이건, 이건…… 영순이의 음성이다. 나는 부리나케 점퍼를 걸치고 방문을 밀었다. 아침햇살 속에 영순이가 서 있었다. 믿을 수가 없었다. 그러나 분명히 영순이었다.

그렇게 헤어진 지 석달 만에 다시 만난 두 연인은 한사람은 입가에 침자국이 나고 머리칼은 함부로 곤두선 꼴로, 다른 한사람은 교복에 책가방을 든 단정한 모습으로 나이트클럽 옥상에서 마주섰다. 나는 아직 영문을 알 수 없었으므로, 영순이가 마침내 고아원을 떠나기로 작정한 것인지도 모른다고 생각했다.

"웬일이냐, 여기까지? 여긴 어떻게 찾았어? 내가 곧 연락하려고 했는데."

"니 어머니를 만났어."

하고 영순이가 말했다. 나는 아무 말도 할 수 없었다. 어미를? 나의 어미를? 어떻게?

영순이는 숨가쁘게 그 전날 어미를 만난 전말을 얘기해주었다. 하늘에서는 꾸물꾸물 먹구름이 흘러갔고, 옥상의 쓰레기들이 발치로 굴러다녔으며, 멀리 한강이 번쩍번쩍 아침햇살을 반사하며 흘러갔고, 나는 눈앞에 서 있는 그녀가 믿어지지 않았으며, 어미가 나를 찾아 고아원에 왔었다는 것도 믿어지지 않았다.

여전히 영순이는 예뻤고 나는 그녀가 고아원을 떠나기로 작정했는지도 모른다는 추측이 들어맞아주지 않은 것이 한편으로는 다행스럽고 한편으로는 섭섭했다. 어미가 그런 꼴로 나를 찾아왔다는 것에 대해서는 어이가 없었다. 나는 영순이에게 한발 다가서서 그녀를 안았다. 그녀에게서는 비누 냄새가 났고…… 여전히 달콤하고 서글픈 살냄새가 났다. 그녀가 잠시 나에게 몸을 맡기고 서 있다가 물러났다.

"별일 없었어?"

그녀는 고갯짓으로 대답했다.

"넌?"

그녀가 입을 열자 괜스레 내 목덜미가 간질거렸다.

"보다시피."

그녀의 가슴을 만지고 싶은 생각이 간절했으나 나는 참았다. 그녀가 나를 위아래로 훑어보더니 말했다.

"넌 어른이 된 것 같아."

그러나 그것은 비난하는 듯한 어조였다.

"눈빛이."

하고 그녀가 덧붙였다.

나는 그녀를 데리고 이태원 시장의 밥집으로 가서 함께 오징어덮밥을 먹었다. 어미의 소식은 반갑다기보다는 두렵고 답답했다. 어미가 그런 거지꼴이었다면 아마 나를 데려갈 수 있는 형편은 못 될 것이다. 나는 당장이라도 어미와 함께 살 수 있을지 모른다. 나는 걱정하지 않았다. 내 힘으로 어미를 먹여살리는 것은 이제 얼마든지 가능한 일이었다. 근처에 월세방 하나를 얻으면 될 것이다. 그렇다. 나는 어미에게 매일 얼마든지 소주를 사다줄 것이다. 어미는 다시는 소주 때문에 돈을 빌리러 다니거나 구걸할 필요가 없을 것이다. 그러나 나는 알고 있었다. 그것이 행복 같은 것과는 거리가 먼 생활이리라는 것을. 어미에게도 나에게도 오직 고통스럽고 지긋지긋할 뿐인 지옥이 될지 모른다. 그러나 나는 더이상 그에 대해서는 생각하지 않기로 했다. 어미를 만나면 어미와 함께 살 것이다. 그것이 지옥이냐 아니냐는 그 다음 문제였다.

"그 돈 천원 때문에 총무한테 안 맞았어?"

남산에 올라가 건물들로 빽빽한 서울 시가지를 내려다보며 내가 물었다. 영순이는 어젯밤 총무의 심부름을 하기 위해 고아원에서 나온 이래 아직까지 그를 마주친 적이 없다고 말했다. 어젯밤에는 그를 피해 방으로 돌아가 잤고, 오늘 새벽에 눈을 뜨자마자 아침밥도 먹지 않은 채 고아원에서 빠져나왔으니까.

"그런데 왜 하필이면 일자리가 그런 데야?"

내가 대답도 하기 전에 그녀가 덧붙였다.

"넌 꼬마 건달 같아."

나는 흰 와이셔츠와 붉은 넥타이, 푸른 양복에 검은 코트 차림이었다. 클럽 주티에서 일을 시작한 이래, 아니 세상에 태어난 이래 처음으로 내가 번 돈으로 사입은 옷이었다. 나무랄 데 없는 차림이라고 생각했다. 그녀가 마땅히 날 자랑스러워할 것이라고 생각했으므로 꼬마 건달이라는 말을 듣자 처음에는 당황스러웠다가 기분이 상했다.

"거기 있는 여자들 예쁘지?"

거기 있는 여자들, 그것은 양색시들을 뜻하는 말이었다. 나는 아니라고 대답했다.

"뭘, 예쁠 것 같은데."

"아니라니까."

불행히도 그 여자들은 예쁘지 않았다. 추했다. 더러웠다. 불쌍했다. 가난했다. 무서웠다. 술과 대마초와 약과 싸움과…… 그들은 추잡하고 비참했다. 나는 그 여자들과는 얘기 한마디 나누고 싶지 않았다. 그러나 영순이는 내 말을 믿지 않았다.

"너 담배도 피워?"

이번에도 나는 아니라고 대답해야 했다. 이번에도 영순이는 믿지 않는 눈빛이었다.

"술은?"

"안 마셔."

사실이었다. 나는 아직 술도 담배도 대마초도 내 것이 아니라고, 영원히 나의 것일 리가 없다고 생각했다. 영순이는 이번에도 믿지 않는 기색이었다. 나는 술과 담배를 팔 작정이었다. 돈을 벌기 위해서는 대마초도 팔 각오였다. 돈이 되기만 하면 무엇이라도 거래할 것이다. 세상 사람들이 그것을 범죄라 부르건 부도덕한 짓이라 하건 상관하지 않을 것이다. 그들이 요구하는 규율이나 질서가 어떤 것인지 나는 잘 알고 있었다. 나는 그러니까 나 자신의 규율과 질서를 만들 따름이었다.

"너…… 거기서 나오면 안돼?"

영순이가 물었다. 나는 벤치에서 일어섰다.

"춥지 않아? 내려가자."

그녀는 이해할 수 없을 것이다. 나는 그녀를 데리고 극장으로 가서 영화를 보았다. 그녀는 이미 오래된 영화, 「로미오와 줄리엣」을 보고 싶다고 했다. 바로 옆에서 그녀가 숨을 쉬는 소리를 들으며 앉아 있는 것은 기분좋았다. 그녀가 내 손을 잡아주었고, 그 손을 통해 전해오는 체온은 포근하고 나른했다. 나는 잠이 부족하여 영화를 보다 말다 하며 꾸벅꾸벅 졸았고, 그녀는 내 손바닥을 살짝살짝 꼬집어 잠을 깨웠다. 로미오와 줄리엣은 말했다. 천하디천한 이 손이 거룩한 성전을 더럽힌 죄, 부끄러운 순례자 나의 두 입술이 부드러운 키스로 속죄하리다. 착한 순례자여, 그대 손을 너무 탓하지 말아요. 이처럼 의젓한 정성을 보여주시니 순례자의 손이 성자의 손에 부딪쳐 손이 서로 맞닿으면 키스가 되나이다. 성녀여, 손이 하는 것을 입술이 하도록 허락해주소서. 그리고 줄리엣은 죽은 로미오 옆에서 내 가슴이 당신의 칼집입니다, 하며 그의 칼을 자신의 가슴에 찔러넣는 것이다.

그들이 오해를 통하여, 어쩌면 그들 자신의 사랑을 통하여 서로 죽고 죽이는 것으로 영화는 끝이 났다. 그들의 사랑과 죽음을 통하여 원수졌던 두 가문이 화해한다는 것은 무의미한 뒷얘기에 불과했다. 그들은 사랑으로 서로를 죽였다. 내 말에 영순이는 눈을 흘겼다.

"아무튼 삐뚤어졌다니까."

저녁 무렵 그녀와 헤어지기 전에 나는 그녀에게 천원짜리 지폐 두 장을 내밀었다. 그녀는 깜짝 놀라 나를 쳐다보았다.

"이런 돈 어디서 났어?"

나는 대답했다.

"나 돈 많아. 총무에게 돌려줘야 할 거 아냐."

더구나 그 돈은 나의 어미가 가져가지 않았는가. 영순이에게 얘기하지는 않았으나 나는 능히 짐작할 수 있었다. 어미는 영순이가 준 돈으로 밥을 사먹지 않았을 것이다. 십중팔구 소주를 사마시고 어느 골목에 쓰러져 뒹굴었을 것이다.

"어떻게 버는데?"

그녀가 다시 물었다. 나는 모든 얘기를 그녀에게 해줄 필요는 없다고 생각했다.

"나 돈 잘 벌어. 더 줄 수도 있어."

그러나 영순이는 천원짜리 지폐 한장만을 집어들고 떠나갔다.

"내일 봐."

그녀는 나를 날건달로 의심하듯 내 돈 역시 날건달로 의심하는 것 같았다. 어쩌면 내가 제임스 박을 경멸했듯 그녀는 나를 경멸할지도 모른다. 어쩌면 나는 경멸당해 마땅한 자였다. 더구나 영순이가 나를 경멸하는 것은 당연했다. 그녀는 내가 이제껏 만난 어떤 사람보다 예쁘고 바르고 단정했으니까.

4

나승규 총무가 헛간에서 영순이에게 몽둥이질을 하고 있었다. 이유가 무엇이었는지는 기억에 없다. 아마 내가 중학교 시절의 일이었다는 것이 기억날 따름이다. 나는 그것을 처음부터 지켜보았다. 무표정한 얼굴로, 태연하게. 몽둥이가 두 개째 부러져나가도, 영순이의 이마가 터져도 나는 눈도 깜짝하지 않았다. 총무는 몽둥이로는 성이 차지 않는지 연탄집게를 집어들어 그녀에게 덤벼들었다.

그 순간 나는 고함을 지르기 시작했다. 총무가 놀라 이 새끼, 하고 나에게 연탄집게를 휘둘렀다. 조용히 못해? 나는 피하지 않았다. 고함을 그치지도 않았다. 으으으으으아아아아아아…… 고아원 아이들이 달려왔다. 총무는 미친 듯 연탄집게로 나의 팔과 다리를 난타했고, 가슴과 머리를 난타했다. 나는 피하지 않았다. 고함을 그치지도 않았다.

총무가 연탄집게 든 손을 늘어뜨리고 멀거니 나를 쳐다보고 서 있었다. 영순이가 나에게 다가와 고만 해, 고만 해, 하고 애원했다. 나는 그만두지 않았다. 원장이 달려왔다. 이 녀석 왜 이래? 고만 그쳐! 나는 그치지 않았다. 그칠 수 없었다. 으으으으으아아아아아아아…… 영순이가 피가 흐르는 이마를 손바닥으로 가리고 눈물을 흘리며 말했다. 고만해, 우영아. 나는 그만 하지 않았다. 으으으으으아아아아아아…… 온몸이 커다란 공명통(共鳴筒)이 된 듯 배에서, 가슴에서, 머릿속에서도 고함소리가 울려나왔다. 눈앞으로 불길한 어둠이 밀려들고 현기증이 몰려왔으나, 나는 고함을 그치지 않았다. 고아원 아이들과 총무와 원장이 나를 에워싸고, 애가 정신이 나갔구나, 하는 표정으로, 조금은 겁에 질린 얼굴로 나를 지켜보았다. 그렇게 고함을 질러대면서도 나는 기이한 쾌감을 가졌다. 어느 순간, 시커먼 어둠이 나를 삼키는 것을 느끼며 나는 정신을 잃고 그 자리에 쓰러졌다.

5

　이튿날 나는 눈을 뜨자마자 희망고아원 앞 숲으로 갔다. 그때부터 언덕길이 내려다보이는 숲속에 앉아 어미를 기다렸다. 한 시간이 지나고 두 시간이 지났다. 어미는 오지 않았다. 학교에서 돌아오는 아이들 가운데 두엇, 친하게 지내던 아이들을 만났다. 호상이는 삐쩍 마른 얼굴로 무거운 책가방을 들고 숨을 헐떡거리며 천천히 언덕길을 올라왔다. 내가 앞에 나서자 그는 아아, 하고 감탄했다. 아무 말도 없이 그는 나를 위아래로 훑어보면서 아아, 아아, 하고 몇번이나 감탄했다. 그는 3학년이었으나 나와 나이가 같았고, 그래서 우리는 초등학교 시절부터 친구로 지냈다.

　"먹고살기 괜찮은 모양이네. 어디 취직했어?"

　나는 이태원 미군 나이트클럽이라고 말해주었다. 그는 고개를 갸웃거렸다.

　"왜? 영어 배우려고?"

그다운 질문이었다. 그는 철든 이래 뭐든 배우지 못해 안달이었으니까.

"먹고살려고."

그는 먹고살려고, 하고 내 말을 되풀이하더니 무슨 중대한 진실이라도 발견한 듯 크게 고개를 끄덕거렸다.

"좋겠네. 돈도 벌고 영어공부도 하고."

영어공부라니, 기가 막혔다.

"넌 고아원 나가면 어떻게 할 거냐?"

그는 별로 망설이지도 않고 대답했다.

"나? 대학 들어가야지."

그의 대답이 매우 간단하고 확신에 차 있었으므로 나는 입학금을 어떻게 마련할 생각이냐고 묻지 못했다. 그는 걱정하지 않는 것 같았다. 내가 어머니를 기다리고 있다고 말하자 그는,

"난 또…… 이번엔 원장 책상이 아니라 원장 얼굴에다 똥을 싸주려고 온 줄 알았지."

하고 웃음을 터뜨렸다. 고아원 아이들이 은밀히 그 얘기를 주고받으며 통쾌해했다고 그는 말했다. 원장 얼굴을 볼 때마다 그 생각이 나서 재미있기도 하고 우습기도 했다는 것이다.

"불쌍한 사람이야."

한사람의 고아가 고아원 원장을 불쌍한 사람이라고 말하고 있었다. 도대체 뭐가 불쌍하다는 것인가?

"그 사람에게서 돈을 빼고 나면 뭐가 남겠냐? 아무것도 없어. 그 사람 자신은 허깨비야. 돈이 만들어낸 허깨비. 그 사람은 스스로 그 허깨비에 속고 있어. 그 돈을 벌기 위해 그 사람이 하는 짓을 좀 봐. 얼마나 한심하냐. 들여다보면 우리보다 더 불쌍한 사람이야. 사실은 범법자잖

아. 발각이 안돼서 감옥에 들어가지 않은 것뿐, 틀림없는 범죄자라구. 언제 감옥에 들어가게 될지 모르는 거 아니냐. 당장 너라도 증거를 찾아내서 경찰에 고발해봐. 그날로 쇠고랑 찰걸.”

희한한 소리를 하는 놈이었다.

“너 공부 열심히 해서 검사나 판사 해라. 그럼 내가 고발할 테니까 그때 그놈 감옥에 처넣어버리자.”

내가 말하자 그는 벌써 어둠이 깃들이기 시작하는 숲에 대고 웃어댔다. 시간이 흐르는 것이 나는 불안했다. 어미는 왜 아직 오지 않는 것일까. 호상이가 말했다.

“내가 검사나 판사 되면 니가 고발할 필요도 없어. 그날로 당장 수사를 시작할 거니까.”

영순이가 학교에서 돌아와 숲으로 들어섰다. 그녀를 보자 호상이는 일어섰다. 나는 그에게 나이트클럽의 전화번호를 써주며 말했다. 꼭 놀러 와. 그는 어른처럼 말했다. 몸조심해. 우리 같은 것들한테는 재산이 몸밖에 더 있냐.

영순이는 그의 등에 대고 말했다. 바보. 쟤 보면 짜증나. 내가 이유를 묻자 그녀는 말했다.

“나보고 대학 들어가래. 공부 잘하면서 대학 갈 생각 않는 걸 이해할 수 없대.”

영순이가 공부를 잘한다는 것은 나도 아는 사실이었다. 그러나 공부를 잘한다 해서 누구나 대학에 갈 수 없다는 것 또한 사실이었다. 나는 잠깐 동안 내가 그녀에게 대학공부를 시킬 수는 없을까, 생각해보았다.

어미는 오지 않았다. 영순이는 고아원에 들어가 두꺼운 옷으로 갈아입고 다시 숲으로 내려왔다. 해가 지면서 날이 추워졌다. 나는 코트를 벗어 그녀의 어깨에 걸쳐주었다. 그녀는 코트를 돌려주며 말했다.

"이상한 냄새가 나."

"무슨 냄새?"

"담배 냄새. 그리고…… 홀애비 냄새. 또…… 알 수 없는 이상한 냄새. 무슨 풀냄새 같기도 하고."

아마도 대마초 냄새일 것이다. 탐 존스와 제임스 박은 일을 마치고 옥탑방에 들어서면 우선 담배가 아니라 대마초부터 말아 붙여물었다. 그들은 한 개비의 대마초를 돌려가며 이 사람이 빨다가 저 사람에게 넘기고 그가 빨다가 다시 옆사람에게 넘기는 식으로 연거푸 두 개비 세 개비를 피워댔고, 고물 전축에 지글거리는 음반을 걸어놓고 사지를 흔들어대며 이너가다다비다 베이베, 하고 홍얼거렸으며, 킬킬 웃어대고, 때로 기분이 그럴듯해지면 술을 가져다 마셨고, 토했고, 서로에게 썬 오브 비치, 퍽 유, 머더 파커 따위의 욕설을 퍼부어대며 싸움질을 했고, 울었고, 고함을 질러댔고……

그들은 나에게도 담배를, 술을, 대마초를 권했다. 나는 가끔 술을 한두 잔 받아마시기는 했으나 담배나 대마초는 피우지 않았다. 나는 그런 것은 피우고 싶지 않았다. 그런 것에 의지하여 쾌감을 얻는 것은 바보짓으로 여겨졌다. 나는 이 세상이 나 같은 인간에게 쾌락이나 즐거움을 주기 위해 존재하지 않는다는 것을 알고 있었다. 쾌락이라니, 즐거움이라니, 행복이라니. 천만에. 나는 그런 것은 한번도 기대한 적이 없었다.

영순이는 넌 꼬마 건달 같아, 하고 말하던 때와 비슷한 표정이 되었다. 나는 말해주었다. 거기라고 다 건달들만 사는 곳은 아니야. 여기라고 다 고아들만 사는 건 아니잖아. 엄격히 말해 고아란 이 세상에 없어. 누군가 낳았으니까 태어난 거야. 마찬가지야. 어쩔 수 없이 그런 곳으로 흘러들었고, 그곳에 먹고사는 수단이 있기 때문에, 다른 어떤 곳도 거기처럼 그들을 받아들여주지 않았기 때문에 거기 눌러사는 거야. 너도 나도 택해서 고아가 된 것도 아니고, 고아원에 들어간 것도 아니야. 그들도 마찬가지야. 나는 마지막으로 이렇게 덧붙이고 싶었으나 차마 그 얘기는 참기로 했다. 택해서 나이트클럽 종업원이 되어 오줌싸는 미국놈들 바지나 구두에 먼지 털어주는 사람도 없고, 그게 좋아서 미국놈들 앞에 누워 가랑이 벌려주는 사람도 없어.

저녁이 되었으나 어미는 오지 않았다. 나는 어미가 오기를 바라기도 했고 오지 않기를 바라기도 했다. 어미가 그립기도 했고 무섭기도 했다. 영순이가 우유와 빵을 사왔다. 나와 그녀는 숲속에 쪼그리고 앉아 그것으로 끼니를 때웠다. 밤이 깊어지자 추위로 몸이 얼어붙을 듯했다. 한기가 뼛속을 파고들어 나는 일어나 숲속을 뛰어다녔다. 발밑에서 낙엽이 비명을 지르듯 부서졌다. 으드득 위아랫이빨이 맞부딪쳤다. 한기 때문인 것도 같았고 무엇인지 알 수 없는 것에 대한 두려움 때문인 것도 같았다. 나는 그녀에게 그런 두려움을 들키고 싶지 않았다. 그 두려움을 감춰야 할 것 같았다. 영순이는 거의 움직이지도 않고 한자리에 고스란히 앉아 기다렸다. 밤이 깊어도 어미는 오지 않았다.

"넌 어쩔 건데? 나중까지 거기서 일하면서 살 거야?"

영순이는 내가 이태원을 떠나기를 바라고 있었다. 하루빨리 그곳을 떠나 건전한 직장을 얻어야 한다는 것이 그녀의 생각이었다. 태창 나염공장이나 서울섬유 같은 그런 직장을. 그러나 나는 이미 그런 직장으로 돌아갈 수가 없었다. 이미 훨씬 큰 돈을 훨씬 쉽게 벌 수 있는 길을 알고 있었으니까. 그렇다 하여 내가 건전하지 않은가? 나는 박정희 대통령보다 건전했다. 희망원 원장보다 건전했다. 그러나 나는 건전하고 싶지 않았다.

내가 어미를 그리워했던가? 글쎄. 그리워했다고도 그리워하지 않았다고도 할 수 없을 것 같다. 숲속에 앉아, 나이트클럽으로 돌아갈 시간을 넘기고, 클럽이 문을 닫을 시간도 넘기고, 거리에서 산길 쪽으로 들어서는 인기척이 들리기만 해도 조마조마한 마음으로 고개를 빼고 그쪽을 넘겨다보았으나, 어미를 그리워했다고도 그리워하지 않았다고도 할 수가 없다.

결국 어미는 오지 않았다. 영순이가 준 돈으로 소주를 퍼먹고 어디 골목길에서 쓰러져 자다가 얼어죽은 것은 아닐까. 그럴지도 모른다. 만일 그렇게 되었다 할지라도 그것은 어미에게는 얼마든지 있을 수 있는 일이었다. 어미는 이미 남자인지 여자인지 구별할 수 없을 정도로 폐인이 되어 있었다니까. 만일 내가 영순이와 결혼하여 아이를 낳는다면 나는 그 아이들에게 말해줘야 할 것이다. 니 할애비는 도둑질을 하다가 남의 집 담에서 떨어져 죽었다. 니 할미는 술에 중독되어 겨울날 길바닥에서 얼어죽었다. 그런 얘기를 아이들에게 해줄 수는 없으니까 나는 어쩌면 아이를 낳지 말아야 할지도 모른다.

내가 일어서자 영순이가 붙잡았다.

"조금만 더 있다가 가."

그러나 통행금지 시간이 다가오고 있었다. 나는 그녀에게 클럽의 전화번호를 적어주었다.

"만일 어머니가 또 오면 붙잡아 앉혀놓고 나에게 전화를 해. 아니면 내 전화번호를 어머니에게 알려주든지."

나는 영순이를 끌어안았다. 그녀가 내 목에 두 팔을 감았다. 그녀의 뺨은 차고 뜨거웠다. 그녀의 입술은 슬프고 뜨거웠다. 차디찬 손을 그녀의 가슴에 밀어넣었다. 그녀는 부르르 몸서리치면서도 뿌리치지 않았다.

"언제 또 올 거야?"

내가 묻자 그녀는,

"금방."

하고 대답하며 내 목에 매달렸다. 이제 가, 하고 말하면서도 그녀는 내 목을 놓지 않았고, 가야 돼, 하면서도 나는 그녀의 허리를 놓아주지 않았다.

마침내 헤어져 언덕길을 내려갈 때 고아원 정문 앞으로 걸어가던 그녀가 나를 불러세웠다.

"기다려봐. 해줄 얘기가 있어."

나는 듣고 싶지 않았다. 뭔가 듣기 거북한 얘기, 듣지 않는 게 나을 얘기라는 예감이 들었다.

"나중에 하면 안돼?"

영순이는 내 앞으로 다가와 지금 아니면 영영 못하게 될 것 같다고 말했다. 나는 비탈진 길 위에 선 채 그녀가 얘기를 꺼내기를 기다렸다. 그녀는 나의 어미와 헤어진 경위가 어제 나에게 얘기해준 것과는 약간 다르다고 말했다.

"그게 무슨 큰일이야?"

내가 물었으나 그녀는 얘기를 계속했다.

영순이가 어미를 뒤따라가며 몇차례인가 내일모레 오세요, 꼭 오세요, 꼭이오, 하고 다짐을 했을 때 어미는 갑자기 우뚝 멈춰서더니 화를 내며 힐문했다.

"넌 뭐여? 니가 누군데 이래라 저래라 하는 거야?"

기운은 없지만 오기에 찬 껍쉰 음성, 억센 어조였다. 그 눈빛도 갑자기 이상하고 무섭게 번쩍거려 영순이는 깜짝 놀랐다. 무섭기까지 했다.

"니가 누구냐고? 누군데 날더러 오라 가라 하는 거여?"

어미는 화를 냈다.

"왜 따라다니면서 귀찮게 굴어, 지가 뭐라고."

영순이는 무참해져서 그녀 앞에 우두커니 서 있었다. 어미는 몹시 힘겨워하면서도 틀림없이 해야 할 말이라는 듯 한마디 한마디를 천천히, 끈질기게, 풀무질하듯 거친 숨소리에 섞어 입밖으로 밀어내놓았다.

"나는, 그놈…… 에미 아니야. 그놈한테…… 꼭 얘기해줘. 난, 그놈 에미…… 아니니까. 알아두라고. 가짜 에미라고. 그놈, 애비도, 가짜 애비라고. 우리가 그놈 길바닥에서 주워다 길렀어…… 그놈한테 꼭 그렇게 얘기해. 알았냐? 그냥 그 얘기나 해주려고 여기까지 찾아온 거야, 내가……"

영순이는 놀라 어미를 멍하니 쳐다보고 서 있었다. 어미가 아니라니? 그게 무슨 말일까? 그런 그녀를 남겨두고 어미는 갑자기 차도로 내려서더니 미친 듯 치달리는 차들에는 눈 한번 주지 않고 도로 한복판으로 비칠비칠 걸어들어갔다. 영순이는 기겁을 하여 그 뒤를 쫓았다. 차들이 헤드램프를 번쩍이며 경적을 울려댔고, 더러는 놀라 급히 브레이크를 밟았으며, 영순이는 어미를 한 팔로 부축하고 다른 손으로는 달려오는 차들을 향해 손을 휘저었다. 그러나 어미는 마치 사람도 차도 없는 텅 빈 산길이라도 가듯 느릿느릿 발을 떼어놓았다. 영순이가 손을 잡아끌자 놔라 이년아, 하고 도로 한복판에 멈춰서서 그녀를 흘겨보기까지 했다.

길을 건너자 어미는 말 한마디 없이 지친 발걸음으로 어둠속으로 사라졌다. 영순이는 멍하니 그녀를 지켜보고 서 있었다. 그녀를 돌봐줘야 한다는 생각이 들었으나 그녀는 무력했다. 또한 자신이 없었다. 저 사람이 우영이의 어머니란 말인가? 아니, 아니란 말인가?

"미안해. 이 얘기를 너에게 해야 하나 말아야 하나, 아까부터 망설였어."

영순이가 말했다. 나는 웃었다.

"알고 있는 애기들이야. 잘 자."

영문을 알지 못한 채 물끄러미 쳐다보는 그녀를 등지고 나는 통행금지 시간에 쫓겨 언덕을 부지런히 걸어내려갔다. 그녀가 이틀 전에 어미 때문에 당황했던 것 못지않게 지금 나 때문에 당황했을 것이라는 생각이 들었다. 잘된 일이었다. 어쩌면 영순이가 어미를 만난 것도 잘된 일이었다. 내 입으로 차마 말해줄 수 없었던 것을 영순이는 자신의 눈으로 직접 확인했으니까. 더이상 부끄러울 것도 수치스러울 것도 없었다.

늦은 시간 버스 속에서 흔들리다가 나는 문득 마침내 내가 어미와 최종적으로 이별을 한 것이라는 사실을 깨달았다. 그날이 나와 어미의 이별의 날, 최종적인 이별의 날이었다. 나는 다시는 어미를 볼 수 없게 되리라는 것을 예감했다. 어미는 나를 영영 떠났다. 어미는 나를 영영 버리기로 마음먹은 것이요, 그것을 영순이를 통해 나에게 알린 것이다. 어쩌면 며느리가 될지도 모를 여자아이에게서 얻은 천원의 돈은 어미의 저승길 노잣돈이 되었는지도 모른다.

클럽에서는 막 영업을 끝내고 뒤처리가 진행중이었다. 나는 화장실로 가지 않았다. 곧장 옥탑방으로 올라가 옷가지가 여기저기 나뒹구는 지저분한 방안의 이부자리에 쓰러졌다. 한동안 꼼짝도 하지 않고 이불의 더러운 냄새를 코로 빨아들이며 엎어져 있었다.

온몸에서 기운이 쭉 빠져나갔다. 이런 게 슬픔일까. 아닌 것 같았다. 그러나 아팠다. 진동, 온몸이, 뱃속 깊은 곳으로부터, 비포장도로를 질주하는 낡은 버스처럼 진동하고 있었다. 나는 울지 않았다. 한컵의 눈물, 그것은 어미의 마약이었다. 어미의 제2의 술이었다. 나에게 그런 마취제는 필요치 않았다.

나는 옷장 속의 성경책을 꺼냈다. 책장을 깊게 파내어 만든 구멍 안에 담뱃갑이 들어 있었다. 제임스 박이 대마초를 감춰두는 곳이었다.

나는 성경책 페이지로 대마초를 말아 불을 붙였다. 연기를 가슴 깊이 빨아들였다. 나는 아무것도 생각하지 않으려 했다. 몸이 뱃속에서부터 오슬오슬 떨려왔다. 몸살이 나려는 것인가. 이제 막 헤어진 영순이가 보고 싶었다. 마음만 먹었다면 고아원에 숨어들어가 잘 수도 있었다. 그러나 내 발로 다시 그곳으로 기어들어가고 싶지 않았다. 어미는 자식을 고아원에 맡기고, 자식은 거기에서 벗어났다가 스스로 그곳으로 찾아들고…… 그런 생각이 들었기 때문이다. 그러나 고아원을 벗어나 찾아든 곳은 또 어디인가. 나는 대마초 연기를 가슴 깊이 빨아들였다. 나는 거대한 지네를 보았고, 그 지네와 뒤엉켜 몸을 섞는 한 처녀를 보았다. 지네가 모든 다리로 처녀의 희디흰 몸뚱이를 끌어안고 뒹구는 것을 보았다. 처녀의 희고 가는 팔이 지네의 검고 축축한 등짝을 쓰다듬으며 오르내리는 것을 보았다. 지네가 떠나려 하자 처녀는 지네에게 매달렸고, 지네는 처녀를 뿌리치고 우물 속으로 달아났다. 처녀는 우물 곁에 주저앉아 애걸했다. 어서 나와요, 어서 나와요. 미친년, 지네 같은 것한테 매달리다니. 내가 말하자 처녀는 눈을 흘겼다. 지네라니, 그런 게 어딨어? 내 겨드랑이에서, 팔꿈치에서, 무릎과 허벅지에서도 다족들이 불쑥불쑥 솟아났다. 여기 있다, 하고 내가 말했다. 처녀는 사라졌다. 그 자리에는 시커먼 스웨터에 시커먼 바지를 입은, 남자인지 여자인지 구별할 수 없는 노파가 한사람 앉아 있었다. 나는 몸서리치며 눈을 떴다.

"이놈이 그 많은 걸 혼자 다 피워버렸네."

제임스 박이 서 있었다. 그가 성경과 담뱃갑을 방바닥에 동댕이쳤다.

"돌아왔으면 일 거들 생각을 해야지 여기 자빠져 남의 대마초로 그 짓을 하고 있어?"

나는 다시 눈을 감았다. 그러나 노파는 돌아오지 않았다. 그가 대마초를 붙여물었다. 나는 그에게 손을 내밀었다. 그가 나에게 대마초를 내밀었고, 나는 가슴 깊이 연기를 들이마신 다음 옆에서 손을 내미는 탐 존스에게 건네주었다. 그 옆에 어느새 거지 노파가 앉아 있었다. 탐 존스가 그녀에게 대마초를 내밀었고, 거지 노파는 능숙하게 연기를 들이마셨다. 너 이거 뭐냐? 제임스 박이 물었다. 나는 그가 가리키는 것을 내려다보았다. 옆구리에 잡초처럼 돋아난 나의 다족들이었다. 내 다리, 하고 나는 대답했다. 그가 킬킬 웃어댔다. 저승에는 소주가 있을까? 없으면 어미는 뭘 먹고 살아야 할까? 어미는 소주를 찾아 이승을 떠돌게 되지는 않을까? 나는 벽에 소주병을 던져 박살을 냈다. 제임스 박과 탐 존스는 화들짝 놀랐으나 곧 웃음을 터뜨렸다. 나는 깨어진 병조각을 하나 입에 넣고 우물우물 씹기 시작했다. 제임스 박과 탐 존스가 말했다. 잘 놀다가 왜 이래? 그만둬, 우영아. 그만두란 말이야, 이 자식아. 나는 유릿조각을 꿀꺽 삼켰다. 그들은 질색을 했다. 나는 또하나의 병조각을 입으로 가져가 씹어삼켰다. 유릿조각들은 식도를 넘어가며 식도벽에 미세한 상처를 남겼고, 그 상처에서는 피가 아니라 눈물이 흘러내렸다.

6

내 목에 매달리며 금방, 금방,이라고 뜨겁게 얘기했으나, 영순이는 그후로 오지 않았다. 나는 날마다 그녀를 기다렸다. 그러나 나는 어쩌면 그때 이미 예감하고 있었던 것 같다. 그녀는 오지 않을 것이다. 나는 다시는 그녀를 만날 수 없을 것이다. 어미가 죽은 날을 예감한 것처럼, 그렇게 나는 모든 것을 예감했던 것이다. 그것은 아무런 근거도 없는, 그러나, 이상한 일이지만, 근거가 없으므로 더욱 불길하고 돌이킬 수 없는 예감이었다. 어미를 끝내 만날 수 없었듯이 영순이 역시 다시 만날 수 없을 것이라고 그 예감은 나에게 심술궂게 말하고 있었다.

나는 영순이를 원망하지 않았다. 초조해하지도 않았다. 그저 새로운 이별을 각오해야 한다고 혼자 다짐했다. 이미 어렸을 때부터 나는 헤어지는 일에 익숙했다. 늘상 내가 마주치는 것은 최악이었고, 그 사실을 나는 언제든지 받아들일 준비가 되어 있었다. 나에게 모든 인연은, 이 세상 자체와의 인연이 그러하듯이, 나의 아비 어미와의 인연 또한 그러했듯이, 오직, 어김없이 악연일 뿐이라는 사실을 나는 잘 알고 있었고, 그런 일은 언제라도 다시 닥쳐올 수 있다는 것을 알고 있었다. 그런 자포자기적인 기분으로 나는 매일 그녀가 오기를 기다렸고, 하루하루 다가오는 그녀의 졸업식 날짜를 기다렸다.

졸업식 날까지 그녀가 오지 않으면 어떻게 해야 할까, 하는 생각은 별로 해보지 않았다. 나는 알았다. 그녀는 그때까지도 오지 않을 것이다. 졸업식이 끝나면 그녀는 곧 고아원을 떠나야 했다. 그러니까 그날이 지나면 나는 영영 그녀를 만날 수 없게 될 것이다.

그동안에도 나는 매일 암모니아 가스와 방향제와 구두약 냄새가 가득 찬 화장실로 출근했고, 오줌을 싸는 미군 병사의 뒤에 엎드려 바지를 털고 구두를 닦았으며, 한밤 일이 끝나면 옥탑방에 들어박혀 때로는 동료 종업원들과 더불어, 때로는 거기에 한두 명의 양색시들까지 어울려 대마초를 피우고 술을 마셨고, 욕정에 사로잡힌 제임스 박이나 탐 존스가 그 자리에서 여자를 쓰러뜨리고, 옷을 벗는 것이 아니라 함부로 위로 아래로 걷어올리거나 끌어내려 허리나 무릎, 발목이나 목덜미에 걸친 채 고함을 질러가며, 깔깔 웃어대며, 욕지거리를 내뱉으며, 때로는 흥정을 시작했다가 감정이 상해 서로 주먹다짐까지 해가며 정사를 벌였고, 나는 그런 것을 킬킬거리며 지켜보았고, 그런 그들을 보면서 나에게는 영순이가 있다, 하고 생각했으며, 그럼에도 불구하고 그들의 그런 난음(亂淫)을 구경하는 일은 재미있었고, 나도 마음만 먹으면 얼마든지 거기 끼여들 수 있다는 것을 깨달았고, 그 깨달음은 기이한, 위악적인 우월감을 동반했으며, 내가 불과 몇달 전보다 훨씬 더 어른이 된 것 같았고, 고아원의 형과 아우들에게 과시하고 싶었으며, 그런 순간에도 나는 문득문득 영순이의 졸업식 날짜를 떠올렸다.

졸업식 날 아침, 나는 눈을 뜨자마자 옥탑방을 나섰다. 한남여고 앞은 꽃장사꾼들, 기념품 장사치들, 꽃다발을 안은 학생들과 학부형들로 뒤엉켜 주말 밤 미군들로 붐비는 나이트클럽 주티의 플로어 못지않았다. 나는 그들 사이를 헤치고 분주히 졸업식장으로 올라갔다. 여학생들의 얼굴은, 어쩌면 그들 대부분이 나와 비슷한 나이일 것이 분명한데도, 나에게는 어리고 서투르고 천진난만한 아이들처럼 여겨졌다.

나는 영순이가 몇반인지 알지 못했으나, 몇몇 여학생들에게 물어보아 그녀가 12반이라는 것을 알아냈다. 강당 입구부터 하객들로 가득 차 발 옮길 틈이 없었다. 나는 그들을 함부로 떠밀며, 양색시들의 화장품 냄새처럼 진하고 역겨운, 온실에서 서둘러 피워내기 위해 퍼부은 온갖 농약과 비료 냄새가 뒤섞인 꽃냄새를 헤치고 앞으로 나아갔다. 12반을 찾아가기 위해서는 빽빽하게 늘어놓인 걸상과 졸업생들 사이의 통로를 헤매고 다녀야 했다. 12반의 위치를 눈으로 확인하고, 맨 뒷줄부터 거기 앉은 여학생들의 얼굴을 하나하나 확인하려는 순간 졸업식이 시작되었다. 나는 마이크 앞에 선 사회자의 재촉을 받으며 황급히 하객들이 늘어선 강당 뒷자리로 물러나야 했다.

교장의 연설, 동창회장의 연설, 학생 대표의 송사, 졸업생 대표의 답사가 이어지는 동안 몇몇 여학생들은 훌쩍훌쩍 눈물을 흘렸다. 그러나 하객들 대부분은 졸업식에는 아랑곳하지 않고 대학을 갔네 못 갔네, 취직을 하네 못하네, 재수를 하네, 안하네, 잡담을 주고받았다. 나는 그 동안 내내 여학생들 한사람 한사람의 뒤꼭지를 살펴보며 영순이를 찾았다. 그녀는 보이지 않았다. 오지 않은 것인가. 그럴 리가 없었다. 그녀가 졸업을 얼마나 기다렸는지를 나는 알고 있었다. 그러나 무슨 사정이 생긴 것은 아닐까. 원장이나 총무의 심술, 아니면…… 어떤 사정이 있었을까.

상장이 수여되고, 졸업장이 전달되고, 박수소리가 터져나오고, 졸업식 노래가 잡담 속에서 울려퍼지고…… 마침내 졸업식이 끝났다. 나는 짐이요 짐, 하고 외치며 하객들을 떠밀고 통로를 황급히 걸어가 12반 좌석 앞으로 다가갔다. 영순이는 보이지 않았다. 나는 눈물을 훔치는 여학생에게 물었다.

"주영순이 어디 있어요?"

"안 왔어요."

영순이는 사라졌다. 나는 일순 멍청히 강당 천장을 바라보았다. 높다란 천장 꼭대기에 엉뚱하게 붉은 풍선 하나가 대롱대롱 매달려 있었다. 그 여학생이 다시 말했다.

"영순이 자기 아빠 찾았대요."

어떻게 그 강당을 빠져나왔는지 나는 알지 못한다. 학교 입구에서 산 꽃다발을 어디에 버렸는지도 기억나지 않는다. 사진을 찍는 사람들, 서로 얼굴에 머리에 교복에 밀가루를 뿌리고 이리 뛰고 저리 뛰며 쫓고 달아나는 아이들, 교복을 찢어 팽개치는 아이들을 헤치고 학교에서 빠져나오자 나는 택시를 잡아탔다. 한남동 희망고아원으로 갑시다, 하고 말하는 내 음성이 떨렸다. 내 예감은 옳았다. 영순이의 아비는 어떤 사람일까. 내 아비나 어미와 얼마나 같은, 혹은 다른 사람일까. 어떤 사람이기에 영순이는 졸업식에 참석할 수 없었을까. 영순이는 가버렸다, 사라졌다……

나는 택시에서 내려 빠른 걸음으로 고아원 뜰로 들어섰다. 몇몇 아이들이 찬탄하며 나를 에워쌌다. 우영이형! 우영 오빠! 몇몇 아이들은 멀리 떨어진 곳에 서서 경원의 눈길로 나를 지켜보았다. 그토록 혐오하고 역겨워하던 곳이었으나 그 운동장, 황톳빛으로 퇴색한 붉은 벽돌건물, 낡은 미군 천막이 바람에 흩날리는 식당, 그 너머 이제는 아무것도 자라지 않는 황폐한 채소밭은 정다웠다.

상주가 다가와 어깨를 쳤다. 우영이형, 멋지네! 나는 한벌뿐인 양복, 한벌뿐인 코트를 걸치고 있었다. 졸업식에는 정장을 해야 한다고 생각했으니까. 형 미군 나이트클럽에서 일한다면서? 그는 원장실 쪽을 흘겨보며 속삭였다. 씨발, 나도 곧 떠날 거야. 그는 눈부신 금발에 눈동자는 푸른 바닷빛이었고, 살색은 희디희었다. 외모로는 틀림없는 백인이었다. 그러나 그는 어미도 아비도 알지 못하는 혼혈이었다. 미군 병사와 양색시 사이에서 태어나 버려진 아이일 것이라고 짐작할 따름이었다. 키가 또래보다 15센티미터쯤 더 큰 그는 초등학교에 다닐 때만 해도 언제나 아이들에게 아이노꼬니 양갈보 새끼니 하는 소리를 듣고 살았다. 그러나 중학교에 들어가면서부터 그는 학교에서나 거리에서나 매일 싸움질을 하고 다녔다. 학교에서는 동급생이나 하급생들에게서 돈을 빼앗고 시계 같은 것을 빼앗았다. 거리에서는 학교에 다니지 않는 양아치들하고 어울렸다. 그래서 그즈음에는 그를 튀기니 아이노꼬니 하고 놀리는 아이들은 없었다. 중학교 때부터 유도를 배우기 시작하더니 이어 태권도를 배워 곧 단을 따냈다. 내가 고아원을 떠날 무렵에는 그는 정체불명의 이상한 도장에 나가 검도를 배우고 있었다.

"형, 전화번호나 주소 같은 거 좀 알려줘. 여기 뜨면 한번 찾아갈게."

나는 그가 내미는 쪽지에 클럽의 전화번호와 주소를 써주었다.

"여기 뜨면 뭐 할 건데?"

내가 묻자 그는 잇사이로 침을 찍, 뱉으며 중얼거렸다.

"형들이 있어. 멋쟁이 형들이야. 씨발, 신나게 살아볼 거야. 개판치면서. 여기……"

그는 나에게 전화번호를 휘갈겨 써주었다. 영등포의 무슨 다방 전화번호였다.

"여기로 전화하면 나하고 연락이 될 거야."

나는 그를 통해 한달쯤 전 아침나절에, 그러니까 나와 영순이가 고아원 앞에서 헤어진 지 불과 며칠 뒤에 영순이의 아비가 고아원으로 찾아왔고, 그들 부녀는 한바탕 눈물바람을 벌였으며, 그리고 바로 몇시간 뒤에 고아원을 떠났다는 것을 알게 되었다.

아이들은 영순이에게는 관심이 없었다. 그보다는 내가 고아원에 남기고 간 작별인사에 대해 얘기하고 싶어했고, 어디에서 뭘 하고 사는지 알고 싶어했으며, 내가 걸친 양복과 코트를 부러워했다. 나는 제대로 대답해줄 수 없었다. 여기보다 낫다는 말도 해줄 수 없었다. 내가 이곳을 떠나 얻고 잃은 것이 무엇인지가 점점 더 불분명해지고 있었다.

나는 더 얘기를 늘어놓고 싶어하는 상주 앞을 떠나 원장실을 향해 운동장을 가로질렀다. 운동장이 일순 조용해진 것처럼 느껴진 것은 단순히 내 착각이었을까. 원장실 앞에 닿자 나는 죽은 은행나무를 돌아보았다. 거기 번쩍이던 푸른 도깨비불이 생각났다. 그날은 두려웠으나 이제는 두렵지 않았다. 아무것도 두렵지 않았다. 영순이를 다시 만날 수 없게 되는 것, 오직 그것이 두려울 뿐이었다. 나는 당당히 원장실 문을 밀고 안으로 들어섰다.

원장의 책상은 여전히 위압적으로 버티고 앉아 있었고, 그 너머 벽에 붙은 원장의 사진도 대통령의 사진도, 성조기와 태극기도 여전했다. 한쪽 구석에 놓인 작은 책상 앞에 앉아 있던 총무가 일어서서 나를 맞았다. 어서 오십…… 하다가 그는 깜짝 놀라 멍하니 나를 쳐다보았다. 잠깐의 시간이 흐른 뒤에야 그는 비로소 나를 알아보고 너, 너…… 하고 중얼거리며 숨을 몰아쉬었다. 그의 눈매가 날카로워졌다. 나는 성큼성큼 그의 앞으로 다가갔다. 내가 무서웠던 것일까. 그는 주춤 뒤로 물러섰다.

"주영순이 주소 좀 알려줘요."

나는 큰 소리로 말했다. 그가 헛웃음을 웃었다.

"내가 그걸 어떻게 알아, 이 녀석아."

"주영순이 아버지 주소라도 가르쳐줘요."

"내가 왜 그걸 너한테 가르쳐줘? 미친놈 같으니. 어서 나가, 원장님 부르기 전에."

나는 걷잡을 수 없이 화가 치밀었다. 머릿속에 쥐가 나는 것 같았다. 다시 한번 나는 확인했다. 이제 나에게 남은 것은 영순이뿐이었다. 그녀마저 잃을 수는 없었다. 그녀의 주소를 알아내야 했다. 나총무는 지금 그것을 방해하고 있었다. 그렇다면 내가 그 주소를 알아낼 수 있는 방법은 이것뿐이었다. 나는 원장실 안을 둘러보았다. 창문 너머에 아이들 몇이 붙어서서 이쪽을 넘겨다보고 있었고, 운동장에 띄엄띄엄 선 아이들도 이쪽을 주시하고 있었다. 나는 총무 앞으로 걸어갔다. 총무는 이놈이, 이놈이, 하면서 뒤로 물러났다. 나는 그를 노려보며 그가 앉아 있던 걸상에 발을 올려놓았다. 문득 내려다본 내 구두가 항공모함처럼 거대했다. 뒷걸음질하는 나총무는 개미처럼 작았다.

"주소."

하고 나는 말했다. 나는 나이트클럽 주티의 권상무를 떠올렸다. 그는 종업원들에게 긴 말을 하지 않았다. 짤막하게 지시할 뿐이었다. 치워. 돈. 나가. 술. 그의 지시는 짧았으나 힘이 있었다. 종업원들은 즉시 거기 복종했다. 나총무가 소리쳤다.

"너 경찰에 신고해버릴 수도 있어, 인마."

나는 부르짖었다. 내가 생각도 해본 적이 없는 말들이 스스로 생명을 지닌 듯 내 뱃속에서 거침없이, 앞엣말을 추월하여 뒤엣말이 쏟아져나오고, 뒤엣말을 뛰어넘어 그 다음 말이 밀려나왔다.

"신고해요. 당신들이 서울시 복지후생비를 어떻게 횡령했는지 신고

해. 미군 장교 부인회가 다달이 가져다주는 약품, 옷, 식료품, 학용품, 금품을 어디다 어떻게 팔아먹고 빼돌렸는지 신고하라구요. 다니엘 선교회, 반석 교회, 대학연합 선교회에서 기부한 금품을 어떻게 횡령했는지 신고하자구요. 어서 신고하자구, 어서!"

나는 발악을 하며 전화통을 집어들어 그에게 들이밀었다. 그가 놀라 엉거주춤 물러섰다. 나는 버럭버럭 고함을 질렀다.

"어서 전화 못해? 내가 해?"

내가 막 다이얼을 돌리기 시작했을 때 원장이 복도 쪽의 문으로 들어섰다. 그의 두툼한 발은 붉은 꽃무늬가 알록달록한 실내화에 담겨 있었다. 그는 내가 보이지 않는 듯 아예 나는 쳐다보지도 않았다.

"뭐야? 왜 이래? 뭐가 이리 소란스러워, 나총무?"

그는 일본의 스모선수처럼 크고 넓적한 몸집으로 뒷짐을 지고 서서 자신의 조카를 쏘아보았다. 총무가 그의 옆으로 후닥닥 다가가서 귀엣말을 중얼거렸다. 원장은 내가 보이지 않는 척하려 애썼다. 나는 그에게도 고함을 질러주고 싶었다. 그는 혀를 찼다.

"겨우 그깟 일 때문에 이렇게 시끄럽게 굴어? 알려주고 내보내. 시끄럽게 굴지 말고."

원장은 그 말만을 남기고 아무렇지도 않은 듯 돌아서서 느릿느릿 걸어 사라졌다. 시끄럽게 굴지 말라는 그의 마지막 말이 뜻하는 바는 명백했다. 그의 어깨에 묵직하게 걸린 두려움과 치욕을 나는 보았다. 총무 역시 그의 말을 알아들은 것이 분명했다. 그는 서류철을 꺼내 책상 위에 내던졌다.

"니가 찾아봐."

주소를 찾아 원장실을 나서는 나에게 상주가 다가와 원장실을 향해 눈을 부라리며 나직하게 중얼거렸다. 씨발놈들, 형이 전화통 내던지면 나도 유리창을 박살내면서 뛰쳐들어가 한바탕 놀아볼 작정이었어. 나는 그와 긴 얘기를 주고받을 시간이 없었다. 나는 급히 운동장을 가로질렀다. 등뒤에서 상주가 외쳤다. 같이 가, 형?

신림동 산 129번지 14호. 그러나 그곳에 영순이는 없었다. 그녀의 아비 주정호도 없었다. 담을 따라 구정물이 길게 얼어붙은 손바닥만한 뜰과 그 뜰을 가로지른 빨랫줄에 얼어붙은 누더기들과 담벽 밑에 쌓인 허연 구공탄 재와 얼굴 하나 온전히 내밀기 힘든, 환기구보다 작은 창문들, 신김치 냄새와 전기세를 놓고 싸우는 월세방 여자들이 있을 뿐이었다. 산발한 머리로 요강을 들고 마루 끝에 나와 선 여자는 말했다.

"주정호? 주정호…… 아아, 그 절름발이 주씨? 그 사람 달아난 지가 언젠데……"

나는 멍하니 그 자리에 서 있었다. 달아나다니?

"혹시 어디로 갔는지 모르십니까?"

"왜? 댁도 주씨한테 돈 떼였소?"

나는 할말을 잃었다.

"망할놈의 늙은이. 그렇게 감쪽같이 사라져서……"

여자는 시늉뿐인 담장 밖의 빈터에 요강 속의 오물을 흩뿌렸다. 나는 지린내를 등지고 돌아섰다. 영순이도 사라졌다. 나는 다시 한번 고아가 되어버린 것 같은 기분이었다. 내 곁에는 아무도 남아나지를 않는다. 또 한사람의 고아마저 남아나지 않는다. 나는 군데군데 얼음장이 남은 미끄러운 골목길을 걸어내려갔다. 절뚝거리며 다리를 끄는 아비를 따라 영순이가 고아원을 떠나는 모습이 눈앞에 선명히 떠올랐다. 웅크린 어깨, 거기 걸쳐진 누더기, 어쩌면 그는 목발을 짚고 있었을 것이다. 영순이의 아비가 다리가 불편한 사람이라는 얘기를 나는 들어본 적이 없었다. 새우젓 장수, 그것이 그녀가 나에게 아비에 대해 한 얘기의 전부였다. 아니, 그는 영순이를 버린 뒤에 다리를 잃은 것인지도 모른다. 보따리를 하나 들고, 비탈길을 절룩이며 걸어내려가는 아비 곁을 따라 걸으며 영순이는 자꾸만 뒤를 돌아보지만, 이미 고아원 정문 앞에는 아무도 보이지 않는다. 아비의 몸이 크게 한쪽으로 기울면 그녀는 얼른 아비의 팔을 붙잡아 부축하고, 아비의 몸을 감당하기 위해 그녀 역시 장애인처럼 비척거린다. 비틀거리며 기우뚱거리며 그들 부녀는 위태롭게 세상 속으로 걸어들어간다……

나는 물지게를 짊어지고 올라오던 사람과 마주쳐 몸을 비켜서다가 얼음을 밟았고, 미끄러져 나동그라졌다. 화가 치밀었다. 영순이를 만나지 못한 것이 안타까웠으나, 이런 한심스런 곳에서 그녀를 만나지 못한 것이 다행스러웠으며, 그녀가 아비를 찾아 고아원을 떠난 것이 부러웠고, 그러나 그 아비라는 자가 절름발이에다가 남의 돈이나 떼어먹고 도망다니는 사람이라는 것이 안타까웠으며, 그런 꼴로 이제 딸을 찾아온 그가 미웠고, 그런 아비를 따라나서야 했던 영순이가 슬펐으며, 졸업식에마저 참석할 수 없게 되어버린 그녀의 처지가 불안한 한편 화가 치밀었고…… 나는 혼자 내뱉었다.

"차라리 혼자 죽어버리지 뭐 하러 그런 꼴로 자식을 찾아와. 우리 어미처럼 혼자 죽어 혼자 길바닥에 굴러버리지."

그런 생각을 한 나 자신이 무서웠다. 어미는 나의 이런 생각을 훤히 읽고 있었던 것일까. 그래서 나를 찾지 않은 채 어디선가 혼자 죽어버린 것일까.

골목에 거지 한사람이 고개를 푹 숙인 채 쪼그리고 앉아 있었다. 작대기 하나를 지팡이 대신 움켜쥔 그 노파는 무릎이 어깨에 닿을 지경으로 비쩍 마른 데다 금방 그 자리에 모로 쓰러질 듯 지친 몰골이었다. 아니, 이미 숨이 끊어져버린 것은 아닐까. 여자인지 남자인지조차 분명치 않았다. 불현듯 내 어미인지도 모른다는 생각이 들었고, 다음 순간 내 어미다, 하는 생각이 들었으며, 그 다음에는 내 어미면 어떻고 아니면 어떠냐, 하는 생각이 들었다. 내 어미건 아니건 우선 저 사람을 어디로든 데려가 밥을 먹이고 씻기고 재우고…… 해야 한다는 생각이 들었다.

그러나 나는 그렇게 할 수 없었다. 내가 그렇게 하지 않으리라는 것을 나는 알고 있었다. 머리가 아파왔다. 걷잡을 수 없는 슬픔과 어디로 향한 것인지 알지 못할 분노가 들끓었다. 나는 그 앞에서 더이상 발을 옮길 수가 없었다. 어떻게 내 어미가 아니라고 단정할 수 있단 말인가. 어미는 그날 길바닥에서 죽어버린 것이 아닌지도 모른다. 내 어미가 아닌지도 모른다. 그러나 내 어미인지도 모른다…… 어미면 어떻고 아니면 어떻단 말이냐.

우우아아아아아아아아아…… 다음 순간 나는 고함을 지르기 시작했다. 우우아아아아아아…… 눈물이 흐르기 시작했으나 나는 아직은 알지 못했다. 뱃속이, 머릿속이 공명통처럼 왕왕거렸다. 골목을 지나던 사람이 발을 멈추고 눈을 휘둥그레 뜨고 나를 쳐다보았다. 어두운 모퉁이를 돌아나온 여자가 놀라 그 자리에 멈춰서더니 국숫다발이 비어져나온 시장바구니를 등뒤로 감추며 주춤주춤 뒤로 물러섰다. 집에서 사람들 몇이 뛰어나왔다. 우우우우아아아아아아아…… 나는 거지를 내려다보며 여전히 고함을 질러댔다. 거지는 고개도 들지 않은 채 여전히 똑같은 모습으로 앉아 있을 뿐이었다. 이미 죽은 건지도 모른다…… 사람들이 여기저기 멈춰서서 나를 쳐다보고 있었다. 나는 고함을 그칠 수 없었다. 눈앞으로 얼핏얼핏 현기증이 덤벼들었으나 나는 고함을 그치지 않았다. 나는 알고 있었다. 이러다가 쓰러지고 말 것이다. 언제나 그랬으니까. 일단 이 고함소리는 시작이 되면 쓰러지기까지는 그칠 수 없었다. 나는 고함을 지르며 손을 들어 거지를 가리켰다. 뒤쪽에서 누군가가 애빈가, 하고 중얼거리는 소리가 들렸다. 나는 그렇다고도, 아니라고도 대답할 수 없었다. 우우우우우아아아아아…… 그것이 나의 대답이었다. 거지가 고개를 들었다. 여전히 남자인지 여자인지 알 수 없었다. 죽음의 그림자로 시커멓게 뒤덮인 얼굴에 그 눈빛만이 시퍼렇게 번득였다. 죽음이 물고늘어진 그의 검은 입술이 웃음처럼 기묘하게 빙긋거렸다. 한사람이 그에게 다가가 나를 가리키며 뭐라고 말을 건넸으나 나는 알아들을 수 없었다. 온몸에 감춰진 다족들이 꾸물꾸물 기어나오려 하고 있었다. 저만큼 앞쪽 골목 모퉁이에서 한 여자가 걸어나왔다. 나는 놀라 그 여자를 눈여겨 바라보았다. 어디선가 본 적이 있는 여자였다. 그러나 잘 기억이 나지 않았다. 누구일까, 저 사람은. 그 여자는 걱정스러운 얼굴로 나를 쳐다보며 성큼성큼 앞으로 걸어왔다. 나는 비명을 그칠 수 없었다. 우우우우아아아아……

다음 순간 나는 그녀가 누구인지를 기억해냈다. 태창 나염공장의 밥어미였다. 저 여자가 여긴 웬일일까. 그러나 그런 생각을 오래 할 여유가 없었다. 우우우우아아아아…… 내 귀에 내가 지르는 고함소리가 아득하게 들려왔고, 겨드랑이와 사타구니와 옆구리와 무릎과 팔꿈치와 오금과…… 그 모든 곳에서 꾸물꾸물 다리들이 미어져나오고 있었으며, 그 사이에도 마치 나를 부축하기라도 할 듯한 태도로 밥어미는 다가오고 있었고, 나는 병식이형에게서 들은 얘기를 상기하며 그녀에게 혐오감이 생겼고…… 눈앞으로 시커멓게 혼수(昏睡)의 어둠이 뒤덮여왔으며, 그것이 동반하는 낯익은 쾌감, 절망감과 더불어 나는 그 자리에 쓰러졌다.

정신을 차렸을 때 나는 낯선 곳에서 버둥거리고 있었다. 얼룩덜룩한 천장이 보이고, 사람들이 나를 에워싸고 있는 것이 보였다. 나는 벌떡 일어나 앉았다. 그들은 한꺼번에 정신차렸어, 눈떴어, 괜찮을까, 하고 주고받으면서도 한걸음씩 뒤로 물러나 앉았다. 좀더 누워 있지 그려. 밥이나 한술 뜨고 가. 나는 주위를 두리번거려 그 거지를 찾았다. 거지는 보이지 않았다. 어떤 집의 방이었다. 산 129번지 14호나 다름없는 판잣집, 널빤지로 벽을 만들고, 벽지도 바르지 않은 채 살림살이라고 거기 몇개 늘어놓은 궤짝, 붉은 알전구와 벽에 커다랗게 붙은 달력과 옷가지들. 그들이 물었다. 그 거지…… 아니, 그 노인네 아는 사람이오? 노인네는 무슨? 한 쉰여나문살백이 안 보이든디. 부친이쇼? 아이고, 뭔 일인진 모르지만 정신을 잃고서도 그렇게 눈물을 흘리는 걸 보니 참 내 마음이 안됐소. 나는 그제야 얼굴이 축축하다는 것을 깨닫고 손바닥으로 문질러 훔쳤다. 이거라도 좀 마셔봐. 얼굴이 우락부락하고 눈이 쇠방울만큼이나 한 남자가 군데군데 이가 빠져나간 사발을 쑥 내밀었다. 꺼먼 누룽지가 가라앉은 숭늉이었다. 나는 기꺼이 그 숭늉을 들이마셨다. 숭늉은 달았다. 그제야 나는 아침에 깨어나서부터 이제까지 아무것도 먹은 것이 없다는 것을 깨달았다. 그 남자가 빈 숭늉 사발을 받으며 소리쳤다.

"택이 에미야, 밥 아직 멀었냐? 얼른 상 안 들이고 뭐 혀, 저 여편네가?"

밖에서 웬 굵직한 여자의 음성이 쏘아붙였다.

"저놈의 성깔머리. 아, 콩나물에다 물 붓고 쌀보리에다 물 부어 들이라는 거여, 뭐여? 밥이고 국이고 끓고 익어야 묵든 멕이든 헐 거 아니여."

나는 부끄럽고 미안하여 벌떡 일어섰다. 그 남자가 내 팔을 거칠게 붙잡아 끌어앉혔다.

"앉아, 이 사람아. 밥이나 한술 뜨고 가. 뭔 일이 있는진 모르지만 사람이 속은 채우고 댕겨야 쓰는 거여. 지 몸이라고 그렇게 함부로 해도 되는 줄 아는개비네, 이 사람이. 자네 몸이 자네 양친 부모 몸뚱이고, 아직 세상 구경도 못헌 자네 자식들 몸뚱이고, 이 세상 몸뚱이여."

그들에게서는 땀과 술과 담배 냄새가 풍겼다. 냄새는 방안에서도 풍겼다. 지린내와 고린내, 가난과 거친 노동의 냄새.

밥상이 들어왔다. 보리밥과 콩나물국, 김치와 고추장과 몇마리 멸치. 그리고 다시 누룽지가 가라앉은 숭늉. 그게 다였다.

"어서 묵어, 이 사람아. 진수성찬은 아니지만 우리 사는 형편이 다 그려."

그들은 둘러앉아 나를 주목하고 있었다. 나는 먹었다. 알 수 없는 눈물이 앞을 가렸으나 나는 숟가락 젓가락을 부지런히 움직여 입으로 가져갔다. 아따, 저 사람 목청 좋더라. 누군가가 한마디 내놓았고 우하하, 웃음이 터져나왔다. 난 민방공훈련 싸이렌이 고장나서 동사무소 직원이 대신 나와 목구녁으로 싸이렌을 울리는 줄 알았어. 오죽 컸으면 저 꼭대기 사는 박씨까지 뛰쳐나왔겠어? 아따, 말도 말어. 거기까지 그 소리가 어찌나 요란한지 난리라도 벌어진 줄 알고 놀라 정신없이 달려왔다니까. 귓전으로 그들의 웃음소리를 들으며 밥을 먹는 동안 눈물은 그쳤다.

내가 일어서자 그들은 모두 따라 일어섰다. 나는 돈을 조금 내놓았으나 쇠방울눈을 한 사내는 받으려 하지 않았다. 내가 술이라도 받아다 드시라고 하자 한 사람이 그려, 한잔 허지 뭐, 하고 거들었고, 그제야 쇠방울눈은 돈을 받았다. 그려. 고맙네. 자네도 같이 한잔 허세. 그들을 간신히 뿌리치고 나는 골목으로 나섰다. 정신을 잃었던 곳 바로 앞이었다. 다시 두리번거렸으나 그 거지는 보이지 않았다. 쇠방울눈이 말했다. 자네 들쳐업고 집안으로 끌어들이고 보니 그 사람은 없어졌데. 나는 인사를 남기고 돌아섰다. 그가 내 어깨를 붙잡아 지그시 누르며 말했다.

"아까 그 사람이 누군지는 모르지만 잊어불게. 원수라도 잊어불고 애인이라도 잊어불게. 같은 냇물에 손 못 담그는 법이여."

그가 내가 여기 왔던 까닭을 틀림없이 아는 것만 같아 깜짝 놀랐다.

"때가 되믄 만나고, 때가 되믄 헤어지는 것이네."

그의 말을 들으면서도 나는 생각했다. 그는 모른다. 나에게 영순이가 무엇인지를. 어미나 아비가 무엇인지를. 속 모르는 사람의 속 편한 충고에 지나지 않는다.

골목을 걸어나오면서 나는 비로소 정신을 잃기 직전에 밥어미를 본 것이 생각났다. 아니, 그러나 그 여자가 틀림없이 밥어미였던가? 내 착각은 아니었을까?

그날 밤에도 나는 출근을 하여 미군 클럽 주티의 화장실에서 미군들의 바지를 털고 구두를 닦았다. 산다는 것은 치욕, 그리고 상실이었다. 나는 그 치욕과 상실의 밑바닥을 핥고 있었다. 그러나 상관없었다. 나에게 나의 치욕이 있듯 영순이에게는 그녀의 치욕이, 그 아비에게는 또한 그 몫의 치욕이 있었다. 희망고아원 원장에게도 총무에게도 각기 그들 몫의 치욕이 있었다. 그러나 나는 내 몫의 치욕을 적어도 원장이나 총무 따위의 치욕과 바꿀 생각이란 없었다. 어차피 이곳은 나의 세상이 아니었다. 나는, 만일 나의 세상이라는 것이 있다면, 그것이 아무리 작고 보잘것없는 것이라 할지라도, 이 세상과 바꿀 생각이란 없었다. 이 치욕이 남의 세상에 빌붙어 사는 동안 내가 치러야 할 댓가라면 나는 어미가 스스로 죽음의 골목으로 걸어들어가 목숨을 바쳤듯, 영순이가 스스로 다리를 절룩이는 아비의 세상으로 기우뚱거리며 걸어들어갔듯, 기꺼이 받아들여야 한다고 생각했다.

한밤에 일을 마치고 옥탑방으로 들어선 나는 제임스 박이 내미는 대마초를 기꺼이 받아물고, 탐 존스가 내미는 술잔을 망설이지 않고 받아마셨다. 탐 존스가 말했다. 우리 양색시 몇 데려다 놀까? 제임스 박이 환호했다. 나는 대꾸하지 않았다. 제임스 박이 뛰쳐나갔다가 곧 돌아왔다. 그의 뒤에 흑인처럼 거무스레하게 화장을 한 여자들 셋이 들어섰다. 탐 존스가 소리쳤다. 아아, 패티, 잘 왔어. 어서 들어와.

"돈은 누가 내는 거야?"

그녀가 날카롭게 물었다. 탐 존스가 대답했다.

"돈은 무슨. 이건 그냥 파티야, 파티."

"파티건 뭐건 우린 돈 안 받으면 안 놀아."

여자들은 한꺼번에 돌아섰다. 탐 존스가 주머니에서 달러를 꺼내 여자들에게 내밀었다. 여자들은 이내 방안으로 들어섰다. 그때부터 우리들은 뒤엉켜 술을 마시고 대마초를 피우기 시작했으며, 누가 먼저인지 모르지만 한 사람 두 사람 옷을 벗었고, 어느새 벌거숭이가 된 탐 존스가 패티의 두 다리 사이에 앉아 있었고, 패티는 아일러뷰, 아일러뷰, 하고 교성을 섞어 부르짖었으며, 제임스 박과 나도 애니와 제니에게 덤벼들었고, 그녀들 역시 누구에게인지는 알 수 없지만, 누구에게건 아무 상관도 없긴 마찬가지지만, 아일러뷰, 아일러뷰, 하고 고함을 질러댔으며, 낄낄거렸으며, 나 역시 허공에다 대고 아일러뷰, 아일러뷰, 소리쳤고, 그렇게 소리칠 때마다 더욱 공허해지는 가슴속에 대마초 연기를 쑤셔넣었고, 나와 비슷한 이유에서였는지는 모르지만, 제임스 박도, 탐 존스도, 세 여자들도 틈이 날 때마다 술과 대마초를 탐했고……

어느 순간 나는 고개를 들었다가 두 개의 푸른 불덩이가 천장에서 나를 내려다보고 있는 것을 발견했다. 나는 화들짝 놀라 저거, 저거 뭐냐, 하고 물었으나 대답하는 사람은 없었다. 제니가 뭐 말이야, 하고 투덜

거릴 뿐이었다. 아무도 그것을 보지 못하는 것 같았다. 그렇다. 나는 그
것을 본 적이 있었다. 저 고아원의 뜰에 높다랗게 곤두서 있던 그 은행
나무의 푸른 눈이 분명했다. 아이들이 도깨비불이라 부르며 두려워하
던 것, 나는 벌떡 일어나 앉아 그놈을 주시했다. 저놈이 어째서 여기까
지 찾아온 것인가. 푸른 눈동자가 나에게 무슨 말을 하려는 듯 위아래
로 흔들리고 있었다. 그 커다란 불덩이로 방안이 가득 차버렸다. 벽에,
더러운 이부자리에, 제니의 흰 몸뚱이에, 탐 존스의 등짝에 그 푸른 불
덩이의 빛이 반사되고 있었다. 그것을 보지 못하다니, 나는 다른 사람
들을 이해할 수가 없었다. 그 푸른 불덩이가 나를 삼켜버릴 듯 한순간
에 눈앞까지 쇄도했다가 내가 놀라 눈을 질끈 감았다 뜨는 사이에 창과
벽을 통과해 사라져버렸다. 푸른 불덩이의 여운이 방안에 떠돌다가 이
내 그마저 사라졌다.

제니가 내 어깨를 잡아 끌어당겼다. 어서 와, 뭐 하고 있는 거야. 심
심하잖아. 나는 그녀의 몸뚱이 위에 엎어졌다. 내 다리에 패티의 젖가
슴이 달라붙었고, 제니의 몸 위에 엎어진 채 나는 패티의 젖가슴을 주
물럭거렸으며, 이거, 하고 제임스 박이 대마초를 내밀었고, 내가 한모
금을 빨자 어느새 제니의 손이 와서 그것을 뽑아갔으며, 아아아아, 하
고 소리를 지르며 제니가 내 몸뚱이 밑에서 하체를 들썩거리기 시작했
고……

하나둘 지쳐 잠들기 시작한 것이 언제부터였는지 나는 모른다. 잠을
잔 것 같지도 않았다. 어느새 날이 밝은 것인지 옥탑방 안이 희끄무레
했다. 나는 어깨를 짓누르는 패티의 엉덩이를 밀어내고 옥탑방을 나왔
다. 하늘이 벌겋게 타들어가고 있었다. 아침이 아니라 저녁 같았다. 그
런 기분이었다. 영순이를 생각하자 찔끔 눈물이 비어져나왔으므로, 나
는 다시 대마초를 붙여물고 연기를 가슴 깊숙이 빨아들였다. 그것이 전

혀 위안이 되지 못한다는 것을 나는 이미 알고 있었으나, 그밖에 무엇을 해야 할 것인지는 알지 못했다. 검은 강물 위로 해가 떠오르고 있었다. 햇빛은 잔인할 만큼 찬란하고 눈부셨다. 그 눈부신 햇빛 아래 나는 쓰레기 같았다.

잠깐, 은행나무의 푸른 눈동자가 생각났다. 그놈이 정말 왔던 것일까. 내가 잘못 본 것일까. 그놈은 나에게 무슨 말인가 하고 싶은 것 같았다……

방문이 열리고 양색시들이 쑤세미 꼴이 된 머리칼을 짊어지고 나왔다. 패티가 다가와 나에게 손을 내밀었다. 나는 그녀에게 피우던 대마초를 넘겨주었다. 여자들이 대마초를 주거니받거니 연기를 들이마셨다. 갑자기 제니가 옥상 구석으로 달려가 엎어져 꾹꾹, 소리를 내며 토했다. 저년이 속을 다 버렸다니까. 패티가 말했다. 아아, 잘 놀았다. 돈도 잘 벌고. 히히히, 여자들이 웃어댔다. 나는 뭘 했나 생각해보았다. 나는 슬펐다. 간밤 내내 나는 슬펐다. 애니와 제니의 몸속으로 나를 억지로 들이밀면서도 나는 슬펐다. 문득, 이곳에는 슬픔이 있다, 하는 생각이 들었다. 그 슬픔은 단순히 어미를 잃었다거나 영순이를 잃은 것으로 인한 격렬하고도 무작정한 슬픔과는 달랐다. 쓸쓸하고 조용한 슬픔, 그 슬픔 가운데 나는 나 자신에 대한 연민을, 그리고 그동안은, 바로 간밤에 그녀들과 몸을 섞으면서도 사실은 혐오스럽기만 했던 양색시들에 대한 연민을 느꼈다.

옥상의 아침을 등지고 어둡고 비좁은 계단을 내려가는 양색시 한사람 한사람에게, 그들의 치욕에게 나는 인사를 건넸다. 잘 가, 애니. 잘 가, 패티. 안녕히, 제니.

제 3 부
내 사랑 멜라니

1

　어디에서 무슨 일을 하느냐가 단순히 밥벌이를 어떻게 하느냐를 뜻
하는 것이 아니라는 병식이형의 말은 나에게만이 아니라 그 자신에게
역시 가혹한 진실이었다. 태창 나염공장은 이듬해 1월 문을 닫았다. 소
규모의 수공업 나염공장은 기술의 발전과 기계화 대형화 추세로 전반
적으로 몰락하고 있었다. 그것이 막상 돈벌이가 되기 시작하면서 큰 자
본이 투자되기 시작했고, 소규모 나염공장의 몰락으로 이어졌다. 병식
이형은 실업자가 되었고, 그때부터 그의 술버릇은 더욱 사나워졌다. 술
집에서나 골목에서나 아무하고나 붙들고 싸움을 벌여 코가 터지고 입
이 찢어지고 눈자위에 멍이 들어 돌아왔다. 더욱 자주 순금이를 두들겨
팼다. 같은 동네의 십장 덕분에 그가 막노동을 다닐 수 있게 된 것은 그
나마 다행이었다. 일이 생기는 대로 그는 종종 지방 공사판까지 떠돌아
다녔다. 휴일도 노는 날도 따로 없었다. 비가 내리는 날이나 일이 없는
날이 휴일이었다.

집으로 찾아가도 그는 나를 반기지 않았다.

"너 여기 올 거 없어. 날 형이라 부를 것도 없어. 우린 너무 달라. 넌 너 살 길 찾았고, 나도 내 살 길 찾느라 바빠. 오갈 일이 뭐가 있겠냐?"

그가 결별을 요구하는 단 한가지 이유는 내가 미군 나이트클럽의 종업원이라는 것이었다. 그의 치욕은 나의 치욕과 다른가? 다를 것이 없다고 나는 생각했다. 그러나 그는 그렇게 생각하지 않았다. 어쩌면 내가 희망고아원 원장의 치욕과 나의 치욕을 바꿀 생각이 없듯 그는 나의 치욕과 자신의 치욕을 바꿀 생각이란 없었다.

외로울 때마다 제일 먼저 떠오르는 사람은 병식이형이었으나 나는 그를 찾아갈 수 없었다. 나는 그와 화해하고 싶었다. 화해하기 위해서라면 무슨 짓이든 할 수 있을 것 같았다.

그의 생일이 되자 나는 용기를 내어 쇠고기 두어 근과 양주와 초콜릿 따위를 사들고 그를 찾아갔다. 순금이는 눈가에 커다란 멍이 자리잡은 얼굴로 나를 맞았다. 병식이형은 바로 그날 새벽에 지방의 도로공사장으로 떠났다고 했다. 형틀이 부서진 금성 라디오가 찍찍거리며 이미자의 노래를 쏟아내고 있었다.

선물을 내려놓고 일어서려는 나를 순금이가 붙잡았다. 점심이라도 먹고 가. 밥을 먹고 술을 마시며 그녀는 눈물을 흘리기 시작했다. 하루도 그냥 넘어가는 날이 없어, 그 사람. 매일 술이고, 술 마시면 트집잡아 날 패거나 집안살림 들부수는 거야. 아아, 정말 지겨워. 살기 싫어.

그들 부부는 나의 아비 어미와 비슷했다. 그 사실을 깨달은 순간 나는 충격으로 멍해졌다. 나의 영웅, 그리고 나의 미녀, 그들 부부가 나의 아비 어미와 비슷하다니. 어떻게 이렇게 되고 만 것인가? 때리고 맞고 깨고 부수고 남편이 어디론가 사라졌다가 오랜만에 다시 나타나면 부부는 다시 싸우고 남편은 아내를 때린다…… 정말 똑같았다. 아아, 나의 영웅 부부가 나의 아비 어미와 같다니.

아이들은 밥상머리에서 숨 한번 쉬지 않고 고깃점을 허겁지겁 입안에 쑤셔넣고 있었다. 언젠가 이 아이들이 고아원에 맡겨진다 해도 나는 놀라지 않을 것이다. 과연 고아는 고아를 낳는 것일까. 나는 나의 영웅과 나의 미녀를 오래 전부터 알고 있었고, 그들의 사랑을 알고 있었으며, 그래서 지금의 그들이 이런 꼴이 되고 만 것은 더욱 놀라웠다.

순금이는 한남동 판자촌에 살고 있었다. 그녀의 아비는 막노동자였으나, 그 막노동자는 안동 권씨였다. 농사를 짓다가, 자식들 공부시키기 위해 논 한쪽 떼어 팔고, 논농사도 자식농사도 뜻대로 되지 않자 소작농으로 떨어졌으며, 마침내 그마저 거덜이 나자 서울로 올라와 무허가 판자촌 한 귀퉁이에 진흙을 이겨 벽을 치고 판자쪽 몇개를 올려 지붕을 삼고, 그 위에 비닐을 치고 담요를 쳐 바람과 하늘을 가리고 살기 시작했다. 막노동을 해 먹고살지언정, 하나 남은 딸자식을 고등학교도 졸업시키지 못했을지언정 영남 호족 출신이라는 자부심은 꼿꼿했다.

그런 아비에게 딸이 근본도 모를 고아와 연애질을 한다는 것은 자존심을 한꺼번에 무너뜨리는 짓이었다. 그는 순금이가 고아놈과 연애질하는 것을 막기 위해 고향의 고모에게 보내려 했다. 딸래미 거기 보내봐야 천덕꾸러기로 다른 사람들 발뒤꿈치에 걸어차이며 살 것이 뻔하다는 사실을 아는 어미가 아비의 호통을 들으면서도, 너 이년,으로 시작되는 벽력 같은 호통을 들으면서도 악착같이 만류하여 간신히 그 위기는 넘겼다. 그러나 순금이에게는 금족령이 떨어졌다.

중학교 시절, 학교를 마치고 고아원으로 돌아가던 나는 숲길에서 병식이형과 마주쳤다. 그가 고아원을 떠난 지 두어 달쯤이 지난 무렵이었다. 그는 나에게 쪽지를 내밀며 아랫동네 순금이에게 전해달라고 부탁했다. 나는 순금이네 집앞에 가서 기다리다가 밥을 짓기 위해 정지로 나온 그녀에게 쪽지를 전했고, 잠시 기다리다가 그녀가 써준 쪽지를 받아 병식이형에게 전했다. 그때부터 나는 그들의 사랑의 전령이 되었다. 한 해 동안 그들은 내가 전달해주는 쪽지를 통해 남몰래 만나 덕수궁에도 가고 영화도 보고 다방에도 드나들었다. 오래지 않아 순금이의 아비어미가 그 사실을 알아챘다. 순금이 아비는 이번에는 그녀의 머리칼을 가위로 마구 잘라버렸다. 그래도 순금이는 틈만 나면 머리에 보자기를 쓴 채 고아원 숲에 나타났다. 아비가 그녀에게 몽둥이질을 하고 주먹질을 해도 그녀는 밤깊은 시간에 멍든 얼굴에 마스크를 쓰고 버스 종점에서 병식이형을 기다렸다.

순금이가 한동안 맥빠진 얼굴로 나를 만나기 위해 고아원으로 찾아다닌 적이 있었다. 그녀는 호떡이라거나 찐빵 따위를 내밀며 슬금슬금 내 눈치를 살피다가 요즘 병식이 오빠 소식 들었느냐고 물었다. 소식이 없었다고 말하면 그녀는 맥없이 먼산을 바라보며 앉아 있다가 터덜터덜 숲을 내려갔다. 나 역시 안타깝게 병식이형의 소식을 기다렸다. 그의 소식이 궁금하기도 했지만, 그보다는 순금이가 불쌍해서였다. 오직 그녀를 위해 학교를 빼먹고 태창 나염공장으로 병식이형을 찾아간 적도 있었다. 그때부터 그는 나를 보면 우선 근처의 백반집으로 데려가 밥부터 사줬고, 나는 밥을 먹으며 순금이가 얼마나 불쌍해 보였는지, 그를 얼마나 기다리는지를 얘기하고, 어째서 편지 한장 보내주지 않는지, 어째서 요즘은 찾아오는 적이 없는지를 묻고 추궁하고 힐난했다.

마침내 병식이형은 돈을 모아 작은 사글세방을 얻었고, 그로부터 한달이 지나지 않아 순금이는 가출했다. 나는 꼭두새벽부터 그녀의 집앞에서 기다리고 있다가 그녀를 안내히여 병식이형이 기다리고 있는 버스 종점까지 데려다주었다. 그녀는 집이 내려다보이는 언덕길을 올라서면서부터 눈물을 흘리기 시작하여 종점까지 가는 동안 내내 눈물을 쏟았다. 병식이형은 묵묵히 나에게서 보따리를 받아들었고, 순금이의 울음소리는 더욱 격해졌다. 병식이형은 그녀의 어깨를 끌어안자 나에게 애썼다, 하는 한마디를 남기고 보따리를 앞세워 황황히 어둠속으로 사라졌다.

얼마 뒤에 나는 병식이형을 따라 그들이 살림을 차린 해방촌 산동네를 찾아갔다. 판자촌의 작은 방 한칸, 냄비 몇개와 숟가락 몇벌이 그들의 살림살이의 전부였다. 그러나 그들은 눈부신 부부, 내가 만난 가장 빛나는 부부였다. 순금이는 눈부시게 아름다웠고, 병식이형은 당당했다. 나를 위해 작은 냄비에 밥을 짓고, 깨끗이 닦아낸 석쇠에 꽁치를 구우면서도 그녀는 입만 벌리면 웃음을 쏟아냈고, 병식이형은 나와 얘기를 하면서도 홀린 듯 그녀를 바라보았다. 그날 나는 순금이처럼 아름다운 여자를 얻어 이 집처럼 즐겁고 행복한 가정을 꾸리리라고 마음먹었다. 그들의 사랑은 그처럼 완벽했다. 병식이형은 불리한 처지에서도 온갖 난관을 극복하고 아름다운 처녀를 신부로 맞아들이는 이야기 속의 영웅이었고, 순금이는 온갖 위협과 방해에도 불구하고 끝내 연인을 기다려 그를 남편으로 맞은 이야기 속의 미녀였다.

그들 아름다운 부부는 사라졌다. 영웅도 사라지고 눈부신 미녀도 사라졌다. 그 영웅은 미녀를 허구한 날 두들겨패고, 그 미녀는 영웅이 나타나기만 하면 두려움에 몸을 떤다. 그 미녀는 이제 가난과 고통과 외로움에 지친 불행한 여자에 불과했다. 나는 그녀를 이 지경으로 만든 병식이형이 미웠고, 그 눈부신 가정을 이 꼴로 만든 그들 부부가 혐오스러웠다. 나는 차라리 영순이를 만날 수 없게 된 것이 다행인지도 모른다고 생각했다. 사랑이란 어리석은 짓이었다. 사랑이 이들을 이런 곤경에 빠뜨린 것이 아닌가. 그러나 순금이는 그런 것에는 이미 관심도 없는 것 같았다.

그녀는 미군 클럽 생활을 꼬치꼬치 캐물었다. 나는 구체적으로 내가 어떤 일을 하는지 얘기하고 싶지 않았고, 그래서 그럭저럭 지낸다고만 대답했으나, 그녀의 질문은 집요했다. 결국 나는 사실대로 얘기해주는 수밖에 없었으나 그녀는 놀라지 않았다. 오직 미군 병사들이 떨어뜨리는 동전에 대해서 호들갑스럽게 탄복할 뿐이었다.

"그게 얼마니? 하루면 얼마야? 일주일이면? 한달이면? 아아, 넌 금방 부자 되겠다, 얘."

그녀의 눈은 부러움으로 부풀어올랐고 호기심과 욕망으로 들끓었다. 소문으로 들은 것이 전부였으나, 그녀에게 미군 PX란 온갖 신기하고 아름다운 물건들이 가득가득 쌓여 있는 알리바바의 동굴과도 같았다. 그녀는 미제 화장품에 대해, 맥주와 양주와 미제 담배에 대해, 면세품 일제 전축과 텔레비전과 시계와 녹음기에 대해, 커피와 껌과 초콜릿과 깡통식품들을 포함한 온갖 식료품들에 대해 물었다. 그녀는 적어도 PX나 거기에서 흘러나오는 면세품에 대해서는 나보다 훨씬 더 많은 것을 알고 있었고, 내가 한마디 대답을 할 때마다 경이에 차 감탄을 거듭했다.

"우린 너무 가난해."

하고 그녀는 말했다.

"난 너무 불행해."

그녀는 울먹였다. 나와 그녀는 양주 한병을 거의 다 비워가는 중이었다. 술로 붉게 달아오른 순금이의 얼굴은 여전히 아름다웠다. 나는 오래 전 쪽지를 전하기 위해 저 한남동의 판자촌으로 찾아갔을 때 그녀의 몸 전체에서 흘러나와 어둠을 훤히 밝히던 눈부신 광휘를 지금도 볼 수 있으며, 그것을 보았을 때 어린 소년의 가슴에 차오르던 전율을 기억하고 있었고, 숲속에서 기다리는 병식이형을 만나기 위해 기대와 홍조가 가득한 얼굴로 내 뒤를 따라 부지런히 발걸음을 옮기던 소녀를 볼 수 있었다.

"아이 아빠는 이젠 나 같은 건 때리기 위해서가 아니면 돌아보지도 않아. 그리고……"

그녀는 방안을 천천히 둘러보았다. 밥과 고기를 다 먹어치운 아이들은 밖으로 뛰쳐나가고 비좁은 방안에는 누추한 살림의 자취들이 죽은 짐승의 내장처럼 적나라했다. 그녀는 자신이 거기 속한 것이 아니라는 듯한 눈빛으로 그것들을 쳐다보며 중얼거렸다.

"이게 뭐야? 이게, 이게 도대체…… 이게 사는 거야? 이런 게 정말 사는 거야? 이런 걸 정말 산다고 하는 거야?"

누더기 같은 이불이 쌓인 방구석, 깨어진 거울, 이미 반쯤 망가진 금성 라디오, 구멍 뚫린 방석, 그 옆에 나뒹구는 때에 찌든 베개, 찢긴 자리에 누런 기름종이를 덧바른 방바닥, 방바닥 틈으로 조금씩 스며나와 방안에 괴어드는 연탄가스 냄새…… 둘러보는 그녀의 시선을 따라 방안의 누추함이 고스란히 드러났다. 거기에서는 땀과 증오와…… 피비린내가 났다. 나는 아무 말도 할 수 없었다. 내 눈에 띄는 모든 것들이 민망하고 혐오스러웠다. 그건 네 몫의 치욕이다, 하고 나는 말해주고 싶었다. 세상에는 치욕이 얼마든지 있고, 우리는 자기 몫의 치욕을 감당하기 위해 태어나는 것이다.

그러나 그녀가 하고 싶은 말은 그런 것이 아니었다. 그녀는 몸을 길게 누이고 손을 뻗어 내 얼굴을 쓰다듬었다.

"너도 어른이 다 됐구나."

나의 미녀가 원하는 것이 무엇일까? 나는 기다렸다. 그녀가 좀더 적극적인 의사를 표시해오기를. 그녀의 의사를 분명히 확인할 수 있게 될 때를.

나의 영웅과 나의 미녀는 이미 서로를 사랑하지 않는다. 그들은 서로

를 증오하고 두려워할 뿐이다. 그는 순금이를 두들겨팬다. 더이상 그녀
는 그의 미녀가 아니다. 더이상 그는 영웅이 아니다. 나의 영웅은 사라
졌다. 남은 것은 편협하고 사나운 주정뱅이 막노동자일 뿐이다. 순금이
는 이제…… 나의 미녀다. 나만의 미녀. 그녀를 미녀로 알아보는 것은
나뿐이니까.

그녀의 손이 셔츠 자락 밑으로 파고들어 내 가슴을 쓰다듬었다. 나는
더이상 기다리지 않았다. 그녀의 가슴을 움켜쥐었다. 그녀의 뜨거운 숨
결이 내 귓전에 닿았다. 나는 영순이를 떠올리며, 팅팅 불은 익사자처
럼 자꾸 의식의 표면으로 떠오르는 병식이형의 음울한 얼굴을 안간힘
을 다해 다시 물속으로 밀어넣으며, 입안이 미어지게 밥을 퍼넣는 내
꼴을 흐뭇하게 바라보던 그의 얼굴도, 공장이냐 미군 클럽이냐에 따라
니 인생이 달라지는 거야, 하고 말하던 그의 얼굴을 발뒤꿈치로 짓밟으
며 그의 아내의 몸속으로 파고들었다. 사랑해, 사랑해…… 순금이는
끊임없이 중얼거렸다. 만일 이런 것이 사랑이라면, 만일 영순이에게 내
가 원하는 것이 이런 것이라면 과연 사랑이란 어리석은 짓에 지나지 않
았다. 영순이와 내가 결혼을 한다 해도 몇년이 지나면 이들 부부 같은
꼴이 되고 말지도 모른다…… 사랑해, 사랑해…… 병식이형의 아내를
범하는 중이다, 하는 생각이 뒷덜미를 낚아챌 것 같았으나 그때마다 나
는 더욱 강하게 반발했다. 순금이는 이미 그의 아내도 그의 미녀도 아
니다. 그는 미녀를 버렸다. 이제 그녀는 나의 미녀다, 나의 미녀, 하고
나는 중얼거렸다. 그러나 순금이가 듣고 싶은 말은 그런 것이 아니었
다. 그녀의 방을 빠져나오며 내가 다시 한번 나의 미인, 하고 말했을 때
나의 미인은 내 팔을 붙들더니 이렇게 말했다.

"요 담에 올 때…… 미제 루주 하나만 갖다줘. 언제 올 건데? 내일?
모레?"

그렇다. 어디에서 무슨 일을 하느냐 하는 것은 진정 단순히 밥벌이를 어떻게 하느냐를 뜻하는 것만이 아니었다. 병식이형의 밥벌이가 결과한 지점 가운데 하나가 이런 것이었다.

그에 대한 나의 배신은, 남편에 대한 순금이의 배신은 그렇게 시작되었다. 그가 지방 공사판으로 나돌아다니는 사이에 우리는 그가 힘겨운 노동으로 근근이 지탱해나가는 그의 집, 그의 이부자리에서, 미군 클럽 주티의 옥탑방에서, 여관방에서, 남산 기슭의 숲속에서 서로의 몸을 끈질기게 탐했다. 그가 서울에 돌아와 있는 동안에는 순금이가 시장바구니를 여관방에 던져놓고 나를 기다리거나, 내가 한낮의 텅 빈 클럽 사무실로 그녀를 끌어들이는 식으로 우리는 기회만 생기면 서로를 찾았고, 나는 그녀가 병식이형의 미녀가 아니라 다름아닌 나의 미녀라는 사실을 확인하고 또 확인했다.

그 사이에 나는 나의 미녀에게 미제 루주에서 시작하여 기초화장품을 거쳐 색조화장품까지, 거울로부터 머리칼 말리는 괴상하게 생긴 기계까지, 완벽한 화장도구를 선물하였고, 미군 클럽을 구경시켜주었으며, 미군들이 손을 뻗어올려 흔들어대고 다리를 꼬며 온몸을 비비 틀어대는 춤을 가르쳐주고, 대마초를 가르쳐주었으며, 그녀는 대마초를 더없이 사랑하여 거기 취하면 끝도 없는 욕망으로 날이 훤히 새도록 나는 잠들 수 없었다.

배신은 깊어갔으나 병식이형은 그것을 알지 못했다. 그는 막노동과 몇푼의 돈, 그리고 술과 욕설과 아내에 대한 패악질로 하루하루를 살아갔다. 그의 가정은 그 자신과 더불어 붕괴되어가고 있었으나, 그는 알지 못했다. 나의 미인 역시 스스로 망가지고 있다는 것을 알지 못했다. 그녀는 내가 선물하는 자질구레한 물건들의 호사스러움에 취해 더 호사스러운 것, 더 예쁜 것, 더 좋은 것을 탐하는 재미로 살았다. 그녀는 어느날 나에게 이렇게 물었다.

"미군 클럽에서 일할 수 있는 길이 없을까?"

나는 놀라 반문했다.

"누구 말이야?"

"누군 누구? 나지."

그녀에게는 자의식이라는 것이 없는 것일까? 아니면 미군 클럽에서 여자들이 하는 일이라는 게 어떤 일인지를 모르는 것일까? 그녀는 부끄러워하지도 않았고, 저어하지도 않았다. 나는 기가 막혀 멀거니 그녀를 쳐다보았다.

"무슨 일을 하겠다는 거야?"

내가 묻자 그녀는 나를 빤히 쳐다보다가 알아듣지 못하는 내가 오직 짜증날 뿐이라는 듯 태연히 대답했다.

"다 알면서 뭘 그래."

처음으로 나는 순금이가 두려웠다. 뿐만 아니라 병식이형도, 내가 그녀와 벌이고 있는 짓도 무서워졌다. 비록 병식이형을 배신했다고는 해도 그의 가정이 그 지경으로 파괴되는 것은 싫었다.

"쓸데없는 소리 말아."

순금이는 조금도 두려워하는 기색이 아니었다. 그녀는 내가 가져다준 씰크 머플러만을 두른 벌거숭이 몸을 이리저리 거울에 비춰보며 중얼거렸다.

"필요한 게 너무 많아. 하고 싶은 것도 너무 많고."

그녀는 나의 미인이 아니었다. 아름다움이란 내가 생각한 것과는 다른 것 같았다. 나의 미인은 여전히 예뻤으나, 그녀는 아름답지 않았다. 아니, 그녀는 예쁘지도 않았다. 나의 미인은 어느새 야릇한 괴물의 포로가 되어가고 있었다.

2

"난 남의 걸 절대로 안 훔친다. 내가 젤로 경멸허는 놈들이 남의 것을 훔치는 놈들이여. 나는 그냥 내 것을 절대로 남한테 빼앗기지 않는 것뿐이여. 누구든지 내 것만 안 뺏기믄 그것으로 부자 되는 거여. 설령 부자는 못 된다고 혀도 굶어죽지는 않어."

이 구석 저 구석에 쓰레기들이 쌓인 옥상, 깨어지고 갈라진 콘크리트 바닥 한가운데에 커다란 검정색 가죽소파가 놓이고, 권상무는 거기 다리를 꼬고 기다랗게 앉아 있었다. 그 뒤에는 그의 졸개 준태와 정석이 부동자세로 버텨 서 있었으며, 나와 제임스 박은 그 소파 앞에 무릎을 꿇고 앉아 있었다.

"근디 어디까지가 내 것이고 어디부터가 남의 것이냐, 이것이 문제여. 요것이 아조 중요한 문제랑게."

그는 술잔을 입으로 가져가 거기 담긴 12년산 밸런타인을 핥고 나서 입맛을 다셨다. 정석이 얼른 치즈 접시를 그의 앞으로 내밀자 그는 치즈를 집는 것이 아니라 접시를 밀어버렸다. 정석은 다시 부동자세로 돌아갔다. 앞쪽으로 빼드러진 이 때문에 인상이 더럽고 천해 보이는 녀석이었다.

"오늘이 뭔 날인지 아냐, 느그들?"

내가 그것을 알 리 없었다. 제임스 박도 모르는 것 같았다. 송준태가 소리쳤다.

"우리 형님 생신이시다."

"그려, 내 생일이여. 근디 내가 아침에 미역국도 못 묵었다. 이 나이 되도록 생일날 미역국 한그릇 끓여줄 가시내가 없단 말이여. 내가 뭔가 잘못 산 모양이여. 생일날 이 지지리궁상이 뭔 꼴이다냐? 긍게……"

그는 얘기를 하다 말고 술잔 또 없냐, 하고 물었다. 준태가 소리쳤다.

"야, 뱀대가리, 술잔 가져와."

정석이 얼른 옥상에서 뛰쳐나갔다. 권상무가 너 이리 와봐라, 하고 말했다. 준태가 그의 앞에 서자마자 권상무는 앉은 채로 발을 날렸다. 얼굴을 걷어차인 준태가 억 소리를 내지르며 뒤로 나동그라졌다. 그러나 그는 다시 벌떡 일어나 권상무 앞에 무릎을 꿇었다.

"이눔시끼, 내 앞에서 아그들 별명 부르지 말라고 혔냐, 안혔냐? 거그다 오늘이 뭔 날이냐? 니 입으로 내 생일이라고 안혔냐? 내 귀빠진 날이란 말이여. 이런 슬픈 날에 꼭 니가 아그들 지저분한 별명을 불러갖고 주접을 떨어야 쓰겄냐? 이놈아, 저놈이 뱀대가리믄 너는 지렁이 쎗바닥이다, 이 천하의 지렁이 같은 놈아."

"죄송합니다, 형님."

정석이 술잔을 들고 돌아왔다. 권상무는 나와 제임스 박에게까지 술잔을 돌려 술을 가득 따랐다. 생일 축하합니다, 상무님. 나와 제임스 박이 술잔을 놓고 말하자 그는 고개를 끄덕거렸다.

"축하를 헌당게 고맙다마는 생일이라는 것이 축하를 받을 날인지 같이 통곡을 헐 날인지는 나도 당최 모르겄다. 미역국도 못 묵고 뭔 축하다냐, 축하가."

콘크리트 바닥에 무릎을 꿇고 앉아 있는 것은 힘든 일이었다. 금방 다리가 마비되는 것 같았다.

"내가 느그들하고 술이라도 한잔 같이 묵자 허는 것은 내 심사가 오늘 된통 슬퍼서 그런 것이여. 긍게 느그가 쪼깨 이해를 혀줘야 쓰겄다."

그는 술을 한모금씩 입안에 흘려넣으며 얘기를 계속했다. 동네 골목에 주인 없는 개새끼 한마리가 나타났다고 하자. 그것이 누구 거겄냐? 보통 사람들은 자기 것이 아니라고 허겄지. 근디, 나는 그것을 내 거라고 생각헌단 말이여. 긍게 어떤 놈이 주인 없는 개새낑게 잡아다 구워먹자, 허고 나서믄 그놈은 내 것을 훔칠라고 허는 놈이고, 그렇게 나로서는 절대로 그런 놈을 용서헐 수가 없는 것이여. 안 그냐? 나는 내 것을 절대로 뺏기지 않을라고 작정을 헌 사람잉게. 세상을 잘 들여다보믄 말이여, 주인 없는 물건들이 솔찬허다. 촌구석서 올라온 년이 서울역에서 내려 뚤레뚤레허고 있다고 하자. 그년을 누구 것이라고 허겄냐? 내가 내 것이라고 허믄 그년은 내 것이여. 내가 그년을 끌어다가 똥갈보촌에 팔아묵으면 그것이 돈이 되는 것이여. 그년헌테 침을 발를라고 허는 놈이 있다고 허자. 그놈은 내 것에 손을 대는 놈이고, 결단코 용서헐 수 없는 것이여. 알겄냐? 어느 놈이 우리 클럽에 오는 양키새끼들을 끌어다가 제 클럽에다 밀어넣을라고 헌다. 이런 경우는 어쩌겄냐, 준태야? 송준태가 대답했다. 가만둘 수 없지요, 형님. 그려, 근디 우리집에 오던 양키새끼들이 저 길 건너 게이트웨이 클럽으로 가서 논다믄 그것이 내 것을 뺏기는 것이겄냐, 아니겄냐? 어디 준태가 한번 대답혀봐라. 당연히 빼앗기는 겁니다, 형님. 그럼 어째야 쓰겄냐? 당연히 되찾아와

야죠, 형님. 그려, 니가 그런 것은 안당게 참 다행이구나이. 근디, 한 보름쯤 전부터 그런 일이 벌어지고 있다는 것을 니가 아냐 모르냐? 그럴리가 있습니까, 형님? 권상무가 고함을 질러대기 시작한 것은 그때부터였다. 저런 미련헌 놈. 저런 썩어뒈질 놈. 저런 호랭이한테 벤또로 던져줘도 시원치 않을 놈. 니가 그러고도 우리 클럽에 영업부장이냐? 영업부장이라는 놈이 그런 것도 모르고 있단 말이여? 니가 이놈아, 어느 놈이 백주대낮에 내 돈을 내 지갑에서 빼내가는데도 눈 뻔히 뜨고 쳐다봄서 어서 갖고 가쇼, 어서 부지런히 꺼내가쇼, 하고 고사를 지내는 놈이여, 이놈이. 죄송합니다, 형님. 내가 이놈아, 너한테 죄송하다는 소리 듣자고 이러는 것 같으냐? 죄송하다는 소리 들으믄 뺏긴 돈이 제 발로 걸어온다더냐, 이 가랭이를 짝 찢어 염장을 헐 놈아? 내가 슬프다는 것이 먼 소린지를 아직도 니가 모르겄냐, 이놈아? 송준태는 아무 말도 못한 채 진땀을 뻘뻘 흘리고 서 있었다. 어쩔 것이여? 권상무가 종주먹을 댔다. 준태는 말했다. 당장 뛰쳐나가 이놈자식들을 작살을 내지요, 뭐. 권상무는 고개를 저었다. 관둬, 이놈아. 오늘은 내 생일이여. 슬픈 날이란 말여. 이런 날 싸우믄 싸움도 잘 안되고 남들헌테는 욕묵어.

　권상무는 혼자 술을 마시다가 앞에 꿇어앉은 나와 제임스 박을 향해 고개를 꺾었다. 느그들도 잘 들어. 남의 것에 침 발르는 놈 때문에 싸움이 벌어지는 거여. 내 것 못 지키는 놈은 바보여. 남의 것 뺏는 놈은 도둑놈이여. 나는 바보도 싫고 도둑놈도 싫어. 알겄냐? 그가 물을 때는 대답을 해야 했다. 알건 모르건 대답을 해야 하는 것이다. 나와 제임스 박은 네 상무님, 하고 대답했다. 권상무는 갑자기 껄껄 웃어댔다. 엄청난 덩치가 웃음으로 흔들리자 그 견고한 소파마저 흔들렸다.

　"이놈들아, 인생살이가 도둑질이여. 인간이 태어날 적에 주먹에 뭐 움켜쥐고 나오냐? 빈손으로 나오는 거여. 지금 갖고 있는 건 다 훔친 거

여, 이놈들아. 너나 나나 부자나 가난뱅이나 다 마찬가지여. 다 훔친 것
이여. 도둑질하는 방법이 사람마다 업종마다 조금씩 다른 것뿐이제. 생
일이 왜 슬픈 날인 중 아직도 모르겄냐? 도둑질 시작하러 세상에 나온
날이 생일날 아니냐, 이놈들아. 인자 알았냐, 이놈들아?”

네, 상무님. 알았습니다, 형님. 권상무는 혼자 12년산 밸런타인을 홀
으며 치즈를 우물거리며 끝도 없이 중얼중얼 얘기를 늘어놓았다. 그의
눈에 얼핏얼핏 눈물이 스치는 것을 보았으나 그 눈물은 결코 흘러내리
지 않았다. 그의 슬픔은 그러니까 아직 끝나지 않은 그의 이야기, 어쩌
면 끝나지 않은 그의 욕망과 삶처럼 보였다.

삼십구년 전 내가 태어나던 날 새벽에 우리집 뜰에 감나무가 저 혼자
부르르 떨며 아직 땡감밖에 되지 않은 열매들을 모조리 떨어뜨리고, 동
구밖의 장승들이 곡소리를 내며 쓰러지고, 앞산에 토굴들이 저 혼자 무
너져 다람쥐 족제비 두더지들이 마을로 쏟아져들어와 개새끼들하고 쫓
고 쫓기고 난리법석을 벌이고, 구름 속에 숨어 있었는지 웬 시커먼 바
람이 불어와 동네방네를 휩쓰는 바람에 바람난 처녀가 스물아홉이요,
보따리 싼 과부가 열일곱이었다더라.

에미가 날 낳을 적에 애는 나왔는디, 내 오른손이 자궁에 걸려 나오
지를 않더란다. 기운을 쓰고 또 써봐도 내 손이 나오지를 않았다더라.
뱃속은 애가 또하나 들었는지 묵지근하고 내 손은 뭐에 걸렸는지 나오
지를 않고…… 어미가 고생깨나 하다가 겨우 마지막 기운까지 다 쏟아
내며 기운을 쓰고 혼절을 한 다음에야 내 손이 어미 자궁에서 빠져나왔
는데, 그 손이 내 머리통보다 더 크더란다. 이 손 보이냐? 아직도 이 손
하나가 내 머리통보다 더 크다. 이 주먹이 내가 태어날 때부터 벌써 이
랬다. 이 손은 하나도 안 자랐다. 자랄 필요가 없었던 거여. 동네사람들
은 기형이라고도 하고 병신이라고도 했지만 우리 에미 애비는 장사라

고 했다. 우리집에 장사 났다, 하고 없는 살림에 빚 얻어 국수잔치까지 벌였다더라.

장사가 났으믄 뭐 하겄냐. 돈이 없어 장사는 물론이요 에미 애비가 다 굶어죽을 판인디. 에미 애비 소작하여 근근이 먹고사는디 장사 한 입 감당하기 힘들어 쌀 나기 전 몇달간이 아니라 사시사철이 보릿고개다. 굶기가 예사요 먹기가 하늘에 별 따기다. 장사란 놈 허구헌 날 배고프다 울어대면 온동네가 들썩이고 에미 애비 혼이 들락날락 몸뚱이라도 끓여 먹이고 싶을 지경이었다. 먹고사는 일이 이 세상천지 이치가 만들어낸 일이다만 사람한테는 그것이 어찌나 엄정하고 어찌나 무섭고 어찌나 잔인한지 상전도 그런 상전 다시없다.

내가 나이 열을 넘기기 바쁘게 굶기가 무서워 죽더라도 밥이나 실컷 묵어보고 죽자, 마음먹고 에미 애비 몰래 집을 나와 서울로 올라왔다. 서울역에 떨어지자마자 음식점에 들어가서 배가 터지도록 밥을 묵고 나서 나 돈 없으니 맘대로 하쇼, 하고 튕겼더니 음식점 주인이 대뜸 깡패들한테 연락을 하더라. 깡패들이 나를 골목으로 끌어내 패기 시작하는디, 내가 차라리 잘됐구나 싶었다. 싸움이라면 고향 동네 고샅에서 고추 덜렁거리고 살던 시절부터 자신이 있었응게. 한참 동안 얻어맞으며 그놈들 가운데 기운 쓰는 놈이 누군가, 잘 봐뒀다가 갑자기 덤벼들어 한주먹을 안겼더니 그 자리에 나자빠져 일어날 줄을 모르더라. 다른 놈들이 한꺼번에 덤벼드는 것을 한두 대는 더 맞을 각오를 하고 기운좋은 놈 순서로 한주먹씩을 휘둘렀더니 주먹질 예닐곱 번 만에 골목에 서 있는 놈은 나 혼자더라.

그날로 거기 두목에게 불려기 졸개가 되었다. 밥은 배터지게 먹여줄 테니까 시키는 일만 제대로 하라고 하더라. 시키는 일이라는 것이 뭔지는 묻지도 않았다. 배터지게 먹여준다는데 그보다 고마울 데가 어디 있단 말이냐. 못할 일이 뭐겠냐. 내가 할 일이라는 것이 그저 주먹질에 지나지 않는다는 것은 눈치로 때려잡아 뻔한 노릇이었으나, 처음에는 믿어지지가 않았다. 에미 애비 사시사철 하루종일 논바닥에 엎어져 호미질 쟁기질에 시달려도 먹는 때보다 못 먹는 때가 더 많았는디 어떻게 주먹질하는 것만으로 매일매일 배터지게 묵을 수 있다는 말인가, 그런 세상이 어디 있단 말인가, 긴가민가했다. 우리 두목 이름은 잊었지만 그 사람 별명은 내가 못 잊는다. 양동 골목 사람들이 모두 그 사람을 양꺽정이라고 불렀다. 양꺽정이가 몸집은 크지 않았지만 배포가 컸다. 칼침이 사람 몸뚱이는 무너뜨려도 사람의 배포는 쓰러뜨리지 못하더라. 경찰이나 형사도 그 사람은 함부로 못했다. 니 배때기에는 칼침 안 먹히냐, 하고 소리 빽 지르면 웬간한 형사들 꼬리 사리드라. 그 사람이 양동 골목에서 하는 일이라는 게 창녀들 지켜주고, 포주들 장사 보호해주고, 시골서 보따리 하나 들고 새벽기차 타고 올라오는 처녀들 붙잡아다 창녀로 팔아먹고, 양동 창녀 빼내다가 대구에다 팔아먹고, 대구 창녀 빼앗아다 광주에다 팔아치우고, 광주 창녀 끌어다가 양동에다 팔아먹는 일에다 도둑질에 강도질, 청부 맡은 주먹질, 협박질, 그런 거였고, 나는 양꺽정이 밑에서 심부름 다니고, 싸움질하러 다니는 게 일이었다.

내가 거기서 컸다. 창녀굴에서, 싸움판에서. 대가리에 피도 벗겨지기 전에 사람을 죽였다. 주먹질 서너 번에 죽어자빠지는 사람 보고도 무서운 줄 몰랐다. 감옥 들어가서도 싸움질 한번으로 감방을 내 것으로 만들어부렀다. 그러고 보니 감옥 무서운 줄도 모르겠더라. 감옥 한두 번 드나들다보니 법도 무섭지 않더라. 사람 무서운 줄도 모르고 살고 죽는 거 무서운 줄도 모르고 밥 무서운 줄도 모르고 옳고 그른 거 무서운 줄도 모르고…… 배고픈 거말고는 무서운 게 없었다. 그렇게 살았다.

내가 일처리를 잘못하는 바람에 우리 패거리와 이웃 패거리 사이에 큰 싸움이 난 적이 있었다. 그때 양껍정이가 나를 불러다놓고 패더라. 삽자루로 엉덩이를 오십대 맞았다. 피가 터지고 살이 찢어졌다. 하지만 결국 내가 일처리를 잘못한 덕분에 이웃 패거리는 결국 양껍정이 손아귀에 떨어졌다. 그때 처음으로 궁금해지더라. 양껍정이가 무슨 힘으로 그 많은 사람들을 부리는 것인가. 어째서 그 많은 사람들이 양껍정이에게 고개를 숙이는 것인가. 기운으로 치자면 나를 꺾기 어려울 양껍정이가 나를 부리고 때릴 수 있는 것은 무엇 때문인가. 어째서 내가 양껍정이에게 복종하고 맞는 것인가. 그 이유는 별게 아니었다. 배고픈 게 무서워서였다. 나만 그런 줄 알았다. 하지만 그렇지 않았다. 누구나 마찬가지였다. 결국은 누구나 배고픈 게 무서워서 그 사람에게 복종했다. 그것뿐인 줄 알았다. 또 있었다. 어째서 배가 고프냐? 돈이 없어서다. 돈만 있으면 좋은 음식은 넘쳐났다. 결국 돈이 나를 부렸다. 돈이 사람을 부렸다. 돈이 사람을 때리고 돈이 살인을 하고 돈이 감옥살이를 시켰다. 돈이 흉물이었다. 돈이 내 에미 애비를 굶기고 논바닥에 엎어지게 하고 병들게 했다. 돈이 몸을 팔게도 하고 사게도 했다. 적어도 그 골목 안에서는 돈을 잃는 것은 불의요 돈을 지키는 것은 정의였다. 그것이 법이요 불문율이었다.

　그 골목만 그런 줄 알았다. 그게 아니더라. 온세상이 다 그렇더라. 하루가 다르게 하늘을 가리며 치솟는 고층건물들, 무슨 기업, 무슨 재벌, 무슨 정당, 무슨 단체, 무슨 나라, 무슨 연합…… 그게 다 돈이 부리는 일이요 돈이 무서워서 하는 짓들이더라. 내가 굶주린 것도 집을 나온 것도 돈이 시켜서다. 길바닥에 신호등이 번쩍이는 것도 돈이 무서워서다. 버스가 달리고 서는 것도 돈이 무서워서다. 도둑놈이 도둑질하는 것도 경찰이 그 뒤를 쫓는 것도 돈이 무서워서다. 나라와 나라가 전쟁을 벌이는 것도 전쟁에 이기는 것도 지는 것도 돈노름이다. 사람이 우는 것도 웃는 것도 돈에 쫓겨서다…… 내 주먹이 내 주먹이 아니더라. 내 목숨이 내 목숨이 아니더라. 나는 내가 내 주먹을 휘두르는 줄 알았는데, 그게 아니라 사실은 돈이 내 주먹을 휘두르는 건 줄을 그때 알았다. 내가 내 맘대로 세상을 오가고 사람을 미워하고 미운 놈을 때려주고 하는 줄 알았는데 그게 내가 하는 짓이 아니라 돈이 하는 짓에 지나지 않는다는 걸 그때 알았다.

세상 이치가 다 보이드라. 돈에 세상이 다 담겨 있더라. 별거 아니더라, 이놈의 세상이. 이놈의 세상이 커다란 돈주머니더라. 사람끼리건 나라끼리건 시시한 싸움을 벌이는 것을 보거든 시시한 돈이 싸우는 거라 보면 된다. 큰 싸움을 벌이는 것을 보거든 큰 돈이 싸우는 거라 보면 된다. 법정에서 죄수와 판사가 싸우건 골목에서 쥐와 고양이가 싸우건 땅에서 바다에서 하늘에서 나라와 나라가 싸우건 마찬가지다. 누가 싸우는지 어째서 싸우는지 알려거든 그것만 보면 훤히 다 보인다. 어째서 그렇게 된 건지는 모르지만 아무튼 그렇더라. 그때부터 내가 주먹이 아니라 돈으로 살기 시작했다. 돈을 쫓아 이태원으로 굴러들었고, 클럽 하나를 차지했다. 돈이 시키는 대로 했다. 술도 사고팔고 여자도 사고팔고 물론 주먹도 사고팔았다. 돈으로 안되는 거? 그런 거 없다.

봐라, 저 밑에 길거리 오가는 양놈들 장사꾼들 포주들 갈보들, 얼마나 활기차고 얼마나 신나냐. 돈이 움직이는 게 보이지 않냐. 바람이 부는 것도 비가 오는 것도 꽃이 피는 것도 별이 반짝이고 달이 뜨고 지는 것도 돈이 무서워서라는 게 실감나지 않냐. 나에게 저승의 돈이 무엇인지만 알려다오. 그러면 내가 여행사를 만들어 죽는 것도 죽었다 다시 사는 것도 저승에 건너간 조상들 만나고 돌아오는 것도 저승에 관광을 다니며 저승사자를 구경하고 염라대왕 궁전을 구경하고 지옥굴을 구경하고 극락도 구경하고 저승 귀신들과 하룻밤 사랑을 나누는 것도 다 관광상품으로 개발하여 떼돈을 벌어 이 세상과 저 세상을 더욱 신나게 만들어주마.

내 생일, 제미럴, 생일이 뭐다냐. 나는 생일날 내 에미 애비 잡아묵은 거나 마찬가지다. 하늘 아래 불알 두쪽뿐, 미역국 끓여줄 가시내 하나 없다. 언제 어디서 칼침 맞을지 모른다. 늘 오늘 하루 무사히 넘긴 걸 다행이라 생각험서 산다. 아침에 눈뜨면서 어제도 무사했구나, 하고 산다. 이것이 사는 거겄냐? 내가 이렇게 살고 싶어서 이러고 사는 거겄냐? 생일이 슬픈 날이여. 미역국 못 묵은 것이 뭐 큰일이겄냐? 그보다는……

아직도 모르겄다, 내가. 돈으로 뭐든지 다 살 수가 있는 것인디, 어째서 돈으로 산 계집한테는 정이 안 간다냐. 속정 주고받을 가시내 하나 얼을라믄 어째야 헌다냐.

3

내가 처음 포섭한 병사는 존 블레이크였다. 그의 구매카드를 이용하여 우리가 처음 손을 댄 물건은 담배였다. 미제 담배, 그것이 가장 인기 있고 안전한 품목이었으니까. 아이 깁 유 씨거레츠, 유 깁 미 그린백스? 그레잇. 댓츠 굿. 위 아 나우 비즈니스맨. 위 아 파트너스. 그는 흥분하여 떠들어댔으나 나는 그의 커다랗게 번들거리는 눈 속에서 욕심을 보았다고 생각했다. 내가 요구하지 않았는데도 그는 담배만이 아니라 맥주와 양주, 통조림, 껌과 초콜릿 따위를 들고 와 나에게 맡겼다. 그렇게 내가 취급하는 품목은 순식간에 확대되었다. 담배가게로 시작한 것이 며칠 사이에 잡화점으로 발전한 셈이었다. 규모도 계획과는 상관없이 멋대로 커졌다.

탐 존스와 우연히 마주쳤을 때 그는 지나가는 말처럼 덧붙였다. 권상무에겐 좀 바쳤냐? 나는 뭘 바치라는 것인지 알지 못했다.

"좀 바쳐야 할걸. 시끄러워지기 전에. 장사 시작한 지는 얼마나 됐냐?"

겨우 이주일이었다.

"이주일치를 한꺼번에 갖다바쳐. 권상무가 아직 모르고 있을 거라고 생각했다가는 오산이야. 다 알고 있어, 그 사람은. 안 바쳤다가는 더러운 꼴 당하게 될 거야. 너뿐 아니라 우리들 모두가. 세금이야, 이건. 우린 돈 아까운 줄 몰라서 갖다바치는 줄 아나?"

2년 전 두 사람이 세금 바치는 일을 미룬 적이 있었다. 권상무는 세금 애기는 일언반구도 꺼내지 않았다. 이놈의 자식들, 죽여버려. 그 한마디에 무작정한 매타작이 시작되었다. 세금 내는 일을 잊은 두 사람만이 아니라 그들 모두가 가혹한 처벌을 받았다. 권상무의 졸개들은 도대체 사람이 피를 흘리거나 뼈가 부러지거나 기절하는 일 같은 것을 두려워하지 않았다. 무자비하게, 마치 짐승을 잡듯 그들은 종업원들을 두들겨팼다.

"욕심은 금물이여, 이놈들아. 어린 놈들이 뭔 욕심이 그리 많아 똥오줌 못 가리고 덤벼드냐? 그거 건강에 안 좋다. 팔자 망치는 길이여. 알았냐?"

권상무는 마지막으로 이런 말을 남기고 사라졌다. 약탈은 그가 떠나자마자 시작되었다. 그들은 지니고 있던 모든 달러를 빼앗겼다. 미제 물건 장사를 하지 않던 종업원들에 대해서도 똑같이 약탈은 자행되었다. 권상무의 졸개들은 옥탑방과 옥상과 사무실을 발칵 뒤집어 눈에 띄는 모든 달러를 빼앗았다. 이놈들 보게. 달러를 많이도 긁어모았네. 양코배기 좆이나 빨다보니 우리 형님은 사람으로 안 보이더냐, 이 쥐좆만한 새끼들아. 그들은 담배 한갑, 껌 한통까지 깡그리 털어갔다.

탐 존스는 말했다.

"너 때문에 그런 일 또 벌어져야 되겠냐?"

나는 세금을 바치기로 했다.

"우리가 세금을 바치면 그 사람은 우리에게 뭘 해주는데요?"

탐 존스는 나를 흘겨보며 대꾸했다.

"아무것도 안해. 그게 중요한 거야. 그 사람이 아무것도 안한다는 것."

아무것도 하지 않는다. 그것이 중요하다. 나는 그 말을 곧 이해했다. 그리하여 나는 그날 사무실로 찾아가 권상무에게 20달러를 바쳤다. 그는 커다란 손으로 내가 내미는 돈을 움켜쥐어 주머니에 쓸어넣으며 말했다.

"열심히 살어라. 하늘은 스스로 돕는 자를 돕는다더라. 그것이 먼 소린지 알제?"

나는 탐 존스와 함께 옥탑방이 있는 옥상 한쪽 구석에 천막을 치고 그곳을 창고로 이용했다. 그러나 그곳은 나에게 적당한 장소가 아니라는 것이 곧 드러났다. 탐 존스가 내 물건 제 물건에 구별을 두지 않고 꺼내다 팔아치우고 시치미를 떼는 일이 종종 벌어졌다. 제임스 박은 아무 때나 수시로 드나들며 맥주와 양주를 멋대로 퍼마셨다. 처음에는 맥주 한두 병, 담배 한두 갑이었으나 곧 한두 상자 단위로 발전했다. 팔아서 돈을 챙기는 경우도 있는 것 같았다. 나는 그를 마음대로 추궁할 수가 없었다. 나는 불법행위를 하고 있었고, 그는 언제라도 나를 신고할 수 있었다. 이곳에서 인심을 잃으면 이런 장사는 불가능했다.

조용히 창고를 옮기는 것이 최선이었다. 그러나 장소를 마련할 길이 없었다. 순금이는 자기네 집을 이용하라고 권했으나 그것은 터무니없는 제안이었다. 위험한 제안이기도 했다. 나는 그녀를 믿을 수 없었다. 그녀는 제2의 제임스 박이나 탐 존스, 어쩌면 권상무가 되려 할지 모른다. 게다가 병식이형은 그 사실을 알게 되는 그 즉시 경찰에 신고하기를 주저하지 않을 사람이었다.

권상무가 우리들 모두를 사무실로 호출한 것은 그 무렵이었다. 권상무는 책상 너머에서 그 거대한 몸뚱이로 회전의자를 깔아뭉개고 앉아 있었다.

"장사하는 놈들 손들어."

권상무가 말했다. 나와 탐 존스, 그리고 두 사람의 종업원이 손을 들었다.

"둘밖에 없어? 이런 개새끼들, 솔직히 손 안 들어?"

권상무가 버럭 고함을 질렀다. 뜻밖에도 제임스 박이 고개를 숙인 채 손을 들었다. 그는 나에게도 탐 존스에게도 장사를 한다는 낌새를 보인 적이 없었다.

"개아들놈들, 아무리 야미장사를 한다지만 예의범절도 모르는 놈들."

제임스 박이 웅얼웅얼 말했다.

"곧 세금 바치겠습니다, 상무님."

그러나 준태가 뒤에서 그의 목덜미를 끌어쥐어 그 자리에 꿇어앉혔다. 다음 순간 정석의 구둣발이 그의 턱을 걸어찼다. 비명과 함께 그는 나동그라졌고 사무실 바닥에 피가 튀었다.

"오늘부터 서울시경에서 양키 물건을 단속한다는 첩보가 들어왔어. 이 건물을 창고로 쓰는 놈들 있는 거 내가 다 알어. 오후 네시까지 깡그리 다 치워."

바로 어제 존 블레이크가 깡통맥주와 담배를 트렁크로 둘이나 가져다놓은 것이 생각났다. 그 물건들을 당장 어디에다 치울지 막막했다.

"앞으로 남은 시간은 두시간 이십분, 네시에 내가 직접 검열을 해서 껌 하나, 담배 한 가치라도 발견되면 그 자리에서 물건과 함께 그 물건의 임자도 태워버릴 거여. 알아들었나?"

　종업원들이 우물쭈물 대답하자 권상무는 벽력같이 고함을 질렀다.

"알아들어, 못 알아들어, 이 새끼들아!"

제임스 박과 탐 존스가 큰 소리로 외쳤다. 네에!

"알아들었으면 당장 나가서 작업 시작혀."

　종업원들은 우르르 사무실에서 밀려나왔다. 탐 존스가 나에게 어떻게 할 것인지를 물었다. 대책이 없었다. 탐 존스는 개새끼들, 하고 투덜거렸다.

"저것들이 지네들 장사에 지장 생길까봐 지레 겁을 먹고 저러는 거다. 치사한 자식들, 이제까지 단속 한두 번 나왔나."

　그는 우선 지하실에 옮겨놓을까, 하고 내 의견을 물었다. 그럴듯한 제안이었다. 클럽 지하실은 수십년 묵은 쓰레기와 폐기물로 뒤엉켜 있었다. 냄새 때문에 거기 들어가서 오랜 시간 수색작업을 할 수 있는 단속반은 없을 것이 분명했다. 지하실의 폐기물을 뒤지면 시체 두엇은 나올 것이라는 소문까지 떠돌았다. 그러나 두려운 것은 단속반이 아니라 권상무였다. 권상무의 졸개들은 그곳을 매우 잘 알고 있었고, 권상무가 지시만 내리면 몇시간이라도 지치지 않고 그곳을 수색할 작자들이었다.

　머뭇거릴 시간이 없었다. 나는 옥상으로 올라가 트렁크를 끌어내렸다. 탐 존스는 짐을 지하실로 옮기기 시작하고 있었으나 나는 그럴 생각이 없었다. 우선 여인숙 방이라도 얻어 짐을 옮긴 다음 창고로 쓸 장소를 찾아볼 작정이었다. 옥상으로 올라가는 좁은 계단에서 우리는 권상무의 졸개 뻐드렁니 일행과 마주쳤다. 그들은 거칠게 나를 밀어붙이고 계단을 뛰쳐내려갔다. 옥상에는 제임스 박이 피투성이가 되어 쓰러져 있었다. 그의 얼굴에, 바닥에 대마초 부스러기가 흩어져 있었다. 아무도 몰래 그는 대마초 장사를 하고 있었던 것이다. 나는 그를 일으켜 앉혔다. 그는 씨발 씨발, 하고 투덜거리며 눈물을 흘렸다. 나는 그를 옥탑방에 데려다놓고 짐을 꾸리기 시작했다. 제임스 박이 방안에서 큰소리로 욕설을 내뱉으며 통곡하는 소리가 들려왔다. 그 새끼들, 내 물건 다 빼앗아가고, 내가 뭔 죄를 지었다고…… 나는 다시 한번 마음먹었다. 권상무의 그늘에는 결코 들어가지 않는다. 형편이 허락하는 한 빨리 클럽에서도 벗어나야 한다.

나는 존 블레이크가 가져온 가방에 물건들을 쑤셔넣었다. 커다란 트렁크가 두 개, 다행히 남은 물건은 담배 몇상자에 맥주 두어 상자였다. 나는 트렁크를 짊어지고 계단을 내려갔다.

태평극장 근처의 여인숙을 찾아가기 위해 건물 모퉁이를 돌아서려는 순간 누군가가 나에게 인사를 건넸다. 안녕하세요? 나는 걸음을 멈추고 고개를 들었다. 거기, 태창 나염공장의 밥어미가 낡아빠진 짐자전거 위에 올라앉아 나를 내려다보고 있었다. 나도 인사를 건넸다. 그녀는 낡은 남방셔츠에 작업복 바지를 입은 모습이었다. 얼굴은 환하고 밝았다. 이제 막 세수를 하고 물기를 닦아낸 듯 그녀의 표정은 싱싱했다.

"웬 짐이에요? 어디, 이사라도 가요?"

나는 아니라고 말했다.

"이걸 옮겨야 하는데, 장소가 마땅치 않아서……"

내가 말을 마치기도 전에 밥어미는 자전거에서 내려 트렁크 손잡이를 붙잡았다.

"장소가 없긴요. 가요."

그녀는 공장으로 가자고 했다. 그러나 공장은 문을 닫지 않았는가? 그녀의 대답은 명쾌했다. 물론 공장은 문을 닫았다. 그러나 공장 건물은 여전히 그 자리에 서 있다. 그녀는 아직도 그 공장 뒷방에서 산다.

불현듯 그 공장 건물을 창고로 쓸 수 있지 않을까, 하는 생각이 들었다. 가능하기만 하다면 그것은 최선이었다. 나는 옥상에 남겨두었던 맥주와 담배까지 모두 보따리에 싸서 끌어내렸다. 밥어미는 자전거 짐칸에 트렁크를 비끄러매어놓고 나를 기다리고 있었다. 내가 보따리를 자전거 손잡이에 묶으려 하자 그녀가 손을 내밀었다. 이리 줘요. 내가 들고 가죠, 뭐.

"왜 아직까지 거기에서 사는데요?"

나는 자전거를 끌고 시장 골목으로 들어섰다. 복잡하기는 하지만 그쪽이 사람의 눈을 피하는 데는 더 나을 것 같았다. 밥어미는 내 곁을 따랐다.

"사장님이 허락을 하셨어요. 나야 어디 갈 데가 있는 것도 아니고 해서…… 거기다 식당을 열까, 생각중이에요. 한 상에 백원 이백원짜리 백반집 말이에요."

"그럼 공장 건물은 아직까지 쓰는 사람이 아무도 없는 겁니까?"

밥어미는 그렇다고 대답했다. 직공들이 기숙사로 쓰던 방도? 비어 있었다. 사무실로 쓰던 대청마루와 방들도? 역시 비어 있었다. 작업장으로 쓰던 마당도? 비어 있기는 모두가 마찬가지였다. 맥주나 담배 수백 상자를 쌓아둬도 거뜬한 면적이었다. 그곳을 창고로 이용할 수만 있다면 나는 장사의 규모를 얼마든지 확장할 수 있을 것이다…… 밥어미는 말했다.

"다 비어 있으니까 쓸 데 있으면 얼마든지 써요. 거기로 이사와도 좋아요. 좋은 생각이잖아요? 거기로 이사와요. 그 좁은 데서 다른 사람들이랑 함께 지내느라고 고생하지 말고."

나는 돈이 없어서 그럴 수가 없다고 말했다.

"돈이라뇨? 내가 어떻게 우영씨한테서 돈을 받아요? 그게 어디 내 건물인가요? 나도 얻어쓰는 건데. 비어 있고, 또 그 큰 집에 혼자 살자니 쓸쓸하기도 하니까 들어와 사시라는 거예요."

나는 일단 그곳에 도착한 다음 결정하기로 마음먹었다.

"유병식 대리 소식은 종종 들어요?"

밥어미가 물었다. 나는 아는 대로 얘기해주었다.

"안됐어요. 참 착한 분인데."

이 여자는 병식이형 말대로 정말 미친 것은 아닐까? 공장을 장기적으로 창고로 이용하는 문제는 좀더 숙고해볼 필요가 있겠다는 생각이 들었다.

공장은 폐허가 되어 있었다. 작업대는 마당 한쪽 구석에 옆으로 세워져 먼지를 뒤집어쓰고 있었고, 마당에는 쇠비름과 강아지풀, 망초 따위의 잡초들이 우거져 있었다. 기숙사나 작업장, 사무실로 사용되던 방에는 자물통이 걸려 있었고, 방문 창호지는 뜯겨나가 을씨년스러웠으며, 넓은 대청마루에는 먼지가 켜켜이 쌓여 있었다. 상기둥과 상기둥, 천장과 상기둥, 방문과 기둥 사이마다 온갖 거미들이 집을 지었고, 그 집에는 포획당한 나방이나 모기, 파리 같은 것들이 거미줄에 꽁꽁 묶여 있었다. 어느 방 하나 들어가 살 수 있을 것 같지 않았다. 그렇다면 밥어미는 어디에서 기거하는 것일까?

그녀는 뜰을 가로질러 부엌으로 들어섰다. 뜰에서 네댓 개의 계단을 걸어내려가야 비로소 부엌 바닥이었다. 옛 한식 가옥의 정지였다. 시커멓게 그을음과 먼지로 뒤덮인 알전구는 그곳의 어둠을 밝히는 데는 역부족이었고, 그래서 부엌 여기저기에는 빛이 아니라 어둠과 그림자가 출렁거렸다. 가마솥과 왜솥이 걸린 아궁이, 뚝배기와 주발 같은 그릇들이 늘어놓인 살강, 벽에는 개다리소반과 책상반(冊床盤)이 걸려 있었고, 계단 옆에는 크고 작은 물항아리가 하나씩 놓여 있었으며, 그 옆에는 물지게와 찌그러진 생철 물통이 놓여 있었다.

부엌 뒤쪽으로 작은 문이 하나 달려 있었다. 세심하게 살펴보지 않으

면 문이 있다는 것을 좀처럼 알 수 없을 정도로 작은 문, 문이라기보다
는 벽에 은밀히 뚫린 구멍 같았다. 밥어미는 그 문을 밀고 밖으로 나섰
다. 나는 그녀의 뒤를 따랐다. 야트막한 담장이 앞을 막아섰다. 부엌과
그 담장 사이의 비좁은 공간을 따라 밥어미는 재게 걸음을 옮겼다.

그 통로를 빠져나가자 마침내 사람이 기거하는 자취가 보이는 작은
쪽마루와 방이 나타났다. 그 너머는 제법 넓은 공터였다. 작은 툇마루
위에 방 빗자루가 쓰레받기와 함께 기대어 세워져 있었고, 마루 끝에는
걸레가 구깃구깃 내던져져 있었으며, 머리를 숙여야만 비로소 드나들
수 있을 만큼 낮고 좁은 미닫이가 달려 있었다. 명색은 장지문이었으
나, 그 문에 붙은 것은 창호지가 아니라 신문지였다. 그곳은 사람이 살
기 위한 방이 아니라 갇혀 있기 위한 방, 혹은 숨어 있기 위한 공간 같
았다.

나에게는 안성맞춤이었다. 더이상의 훌륭한 창고는 있을 수 없었다.
이태원 거리로부터 멀리 떨어져 있으니까 단속의 손길은 미치지 않을
것이다. 또한 멀다고는 하지만 장사를 하기 위해 존 블레이크를 비롯한
미군 병사들로부터 물건을 넘겨받아 차나 자전거를 이용하여 운반하기
에는 그다지 먼 거리가 아니었다. 당연히 제임스 박이나 탐 존스가 내
물건에 손을 댈 수도 없을 것이다. 비어 있는 방이나 마루뿐만 아니라
공터 역시 창고로 얼마든지 사용할 수 있을 것이다. 내가 구상하고 있
는 장사의 규모를 얼마든지 수용할 수 있을 정도의 면적이었다. 문제는
내가 얼마나 오랫동안 안정적으로, 그리고 임의대로 이곳을 사용할 수
있을 것인가, 하는 점이었다.

"잠깐만 기다려요. 공장이랑 방이랑 구경이나 하시든지."

밥어미는 방으로 들어갔다. 나는 공장으로 나와 방을 둘러보았다. 방
은 먼지가 뒤덮이고 구석마다 거미들이 집을 지어놓고 있었고, 가구 하

나 없이 텅 비어 있었다. 치우는 데 오랜 시간이 걸릴 것 같지는 않았다. 나는 우선 들고 온 트렁크를 대청마루 끝에 옮겨놓고, 창호지가 뜯겨나가 너덜너덜한 문짝을 뜯어냈다. 방바닥의 먼지를 쓸어내기 시작했을 때 밥어미가 어느새 들어와 걸레질을 시작했다. 나는 그녀에게서 걸레를 빼앗아 걸레질을 계속했다. 밥어미는 곧 나가더니 다른 걸레를 빨아들고 들어와 걸레질을 했다. 내가 그럴 필요 없다고, 혼자 할 수 있다고 말했으나 그녀는,

"노는 손인데 움직여 일이라도 하는 게 낫지요."

하고 빠르게 일을 해나갔다. 빈 방안에 걸레질을 하느라 거칠어진 그녀와 나의 숨소리가 차오르고, 그 숨소리를 따라 방안은 차츰 깨끗해졌다. 그녀가 전등을 켜자 방안은 금세 이사를 들어올 수 있을 만큼 환해졌다.

"방문에는 내가 우선 신문지라도 발라놓을게요."

그녀가 말했다.

"아니에요. 그런 건 내일이라도 내가 와서 하면 됩니다."

"그럼 짐은 내일 옮기시게요?"

그러나 나에게 짐이란 별로 없었다. 옥탑방에 올라가 가방 하나에 옷을 쑤셔넣어 나오면 그만이었다. 이불이나 식기 같은 것들은 사들여야 했다.

"정말 이 방을 내가 써도 되는 겁니까?"

밥어미의 대답은 흔쾌했다.

"물론이요. 언제까지든지요. 쓰고 싶으면 다른 방까지 쓰셔도 돼요."

다른 방까지 쓰게 될 것이라고 나는 생각했다. 물건이 많아지면 다른 방에 물건을 쌓아둬야 할 것이다. 그 방이 넘치면 다른 방에, 대청마루에도 물건을 쌓아두게 될 것이다. 어쩌면 밥어미의 방 곁에 있는 공터

까지 써야 할지 모른다. 그러나 아직은 그런 얘기를 할 필요가 없었다. 그렇게 마음놓고 이곳을 창고로 쓸 수 있게 될지 아직 모르는 일이었다.

그녀는 내 생각을 고스란히 읽어내는 것 같았다.

"이불이나 밥그릇, 냄비 같은 것들 사들일 생각 말아요. 공장 할 때 쓰던 게 여기 너무나 많아요. 쓸모도 없이 쌓여 있어요. 내가 여기 가져다놓을 테니까 골라서 써요."

나는 알 수가 없었다. 이 여자는 어째서 나에게 이런 호의를 베푸는 것인가? 나에게서 무엇을 바라는 것인가? 나는 다시 방세를 조금씩이라도 내겠다고 말했으나 그녀는 고개를 흔들었다.

"내 집이 아니라니까요. 저 방으로 건너가 식사나 하세요. 밥 차려놨어요."

밥이라니? 그 사이에 밥까지 했단 말인가? 그녀는 웃었다.

"내가 밥어미잖아요."

나는 사양했으나 그녀는 막무가내였다.

"차린 건 별로 없어요. 하지만 벌써 다 해놨는데요. 우영씨가 안 드시면 찬밥 되어버려요."

그녀의 방 앞 쪽마루에 밥상이 따뜻한 김을 피워올리고 있었다. 갈치조림, 김치, 두부, 그리고 쌀과 보리와 콩이 적당히 섞인 잡곡밥. 나는 그녀와 마주앉아 숟가락을 들었다. 클럽에서 일하던 몇달 동안 시장골목에서 사먹던 백반과는 맛이 달랐다. 갈치조림도 밥도 달고 흐뭇했다. 몇달 전 여기 와서 처음 그녀에게서 밥을 얻어먹던 일이 생각났다. 겨우 몇달 전 일인데 벌써 오랜 세월이 지난 것처럼 여겨졌다. 지금 내가 서 있는 곳이 어딘가 엉뚱한 자리가 아닌가, 하는 생각이 묵직하게 머리를 압박해왔다.

"나하고 같이 식당 열어서 일해볼 생각 없어요?"

숟가락을 놓고 일어설 때 그녀가 물었다. 나는 그럴 생각은 전혀 없었다. 식당 종업원이라니? 터무니없는 소리였다. 나는 지금 큰 돈을 벌고 있었다. 시장에서 가장 몫좋은 자리를 차지한 장사꾼과 같았다. 이곳 빈 공장은 어쩌면 나의 도약의 발판이 될지도 모른다.

"지금 직장 다니고 있는걸요."

참 그렇던가요, 하고 그녀가 말했다. 나는 어둠침침한 부엌을 통해 공장 뜰로 나섰다. 틈을 내서 당장 내일이라도 이 마당의 잡초들을 뽑아내리라고 마음먹었다.

공장 문을 밀고 나설 때 그녀가 등뒤에서 말했다.

"다녀오세요."

나는 골목을 걸어내려가며 고개를 갸웃거렸다. 다녀오세요,라니. 그것이 이런 경우에 맞는 인사인가?

4

이튿날 나는 나이트클럽 주티의 옥탑방을 떠나 옛 태창 나염공장으로 이사를 했다. 이사라고 해봐야 가방 하나가 짐의 전부였다. 이불과 식기를 살 필요도 없었다. 공장에 도착했을 때 나는 마루 끝에 몇 개의 식기와 냄비가 놓인 것을 발견했다. 밥어미가 거기 갖다놓은 것들이었다. 창호지가 뜯겨 너덜거리던 방문짝에는 신문지가 발려 있었다. 아궁이 속에는 이미 연탄불이 타고 있었고, 아궁이 옆에는 연탄이 따로 두 장 놓여 있었다. 방 아랫목은 따끈따끈했다. 밥어미가 내게 말했다.

"연탄광은 저 뒤에 있어요. 마음놓고 갖다 쓰세요."

방 아랫목에는 깨끗한 이부자리가 펼쳐져 있었다. 베개도 깨끗했다. 이불에서는 금방 턴 솜냄새가 향기로웠다. 옥탑방의 더러운 담요와 때가 꼬질꼬질한 베개에 비교하면 궁전 같았다. 고아원에서도 이런 이부자리를 써본 적은 없었다. 아비 어미와 같이 살 때도 이렇게 깨끗한 이부자리는 없었다. 난생 처음 맛보는 호사였다.

기분은 좋았다. 그러나 밥어미의 친절은 부담스러웠다. 죄스럽기도 했다. 그녀는 내가 이곳을 거점으로 하여 무엇을 하려는 것인지 전혀 짐작도 못하고 있었다. 미리 알려야 하는 것일까. 그러나 알렸다가는 나가달라고 요구할지도 모른다…… 나는 이미 이곳을 결코 떠나고 싶지 않았다. 그녀가 베푸는 친절에 대해서는 금전적으로 보상을 하면 될 것이다. 세상이 요구하는 것은 그런 것이니까.

그날 밤 클럽에서 일을 마치고 귀가한 나는 버드와이저 한 상자와 깡통햄을 두 개 들고 밥어미의 방을 찾아갔다. 그녀가 반색했다. 나는 맥주를 두고 나올 생각이었으나 그녀가 붙잡았다.

"무슨 말씀이세요? 술을 가져오시고 그냥 가신다구요? 우리 조촐하게 잔치를 해요. 내가 금방 생선 좀 구울게요."

그녀는 공터에 돌멩이를 몇개 얼기설기 쌓아 아궁이를 만들고 불을 지폈다. 그 위에 적쇠를 얹어놓고 적쇠가 달구어지자 꽁치와 갈치를 올려놓았다. 고소한 냄새가 퍼져나갔다. 공터 아래쪽으로 망가지고 무너진 계단처럼 들쭉날쭉한 판잣집들이 구릉을 따라 펼쳐진 남영동 골목들이, 그 너머로 미군 부대 건물이 내려다보였다. 공터는 거대한 어둠의 바닷속에 뜬 작은 섬처럼 여겨졌다.

공터 가운데 커다란 구덩이가 하나 깊숙이 파여 있었다. 그 옆에는 삽과 곡괭이가 놓여 있었다. 내가 그녀에게 무엇인지를 묻자 그녀는 우물이라고 대답했다. 우물이라니? 나는 그녀를 멀거니 바라보았다.

"우물. 얼마 전부터 파기 시작했어요."

이 높은 곳에서, 이런 벼랑 위에서 우물을 파다니? 이 여자는 정말 미친 것인가? 그녀가 작은 소반에 김치와 두부조림을 받쳐들고 나왔다. 맥주를 상자째로 열어놓고 작은 바윗돌을 깔고 앉아 나와 그녀는 잔을 부딪쳤다.

"이사 들어오신 것 축하해요. 행복하게 사세요. 사랑도 하시고 결혼도 하시고 가정도 이루시고……"

사랑이라, 결혼이라, 가정이라…… 나에게는 멀기만 한 것들이었다. 문득 영순이가 생각났으나 나는 얼른 그 얼굴을 지워버렸다.

"난 그런 건 바라지 않아요."

그녀는 왜냐고 물었다.

"난 아비 어미가 될 생각이란 없어요. 세상의 아비 어미들은 모조리 무책임한 자들이에요. 이 따위 세상에다 애새끼를 싸지르다니."

그녀는 웃었다. 나는 그녀에게 결혼을 했는지 물어보았다. 그녀는 결혼한 적이 없다고 대답했다. 왜 아직까지 결혼도 하지 않았을까? 그녀의 얼굴이 쓸쓸해졌다.

"그럴 처지가 못 돼요. 해야 할 일이 있는데…… 도대체 그 일을 어떻게 할 것인지 아직 알지도 못하고…… 허망하게 시간만 보내고 있네요."

그게 무슨 일인지를 물었으나 그녀는 대답하지 않았다. 병식이형이 그녀에 대해 한 얘기가 생각났다. 이 사람 저 사람 아무하고나 몸을 섞는다고 했다. 하기야 그런 여자와 결혼하려는 남자는 좀처럼 찾기 힘들 것이다. 이 여자는 과연 정신이 올바른 사람일까? 나는 불쑥 말해버렸다.

"나 미제 물건 장사를 합니다. 여길 창고로 쓸 작정입니다."

그녀는 나를 빤히 쳐다보고 있었다. 그 눈빛이 나에게 뭔가 간절한 얘기를 시작했다. 나는 알아들을 수 없었다. 그러나 그녀가 무슨 얘기인지를 하고 있다는 것만은 짐작할 수 있었다. 오랫동안 마주보고 있기가 거북한 눈길이었다. 그녀가 눈을 옮겨 캄캄하게 어둠에 짓눌린 남영동 거리를 내려다보았다. 이 여자는 몇살이나 되었을까? 어떻게 보면 마흔이나 쉰살쯤 된 것 같았고, 어떤 때는, 이를테면 지금 같은 때는 겨우 스물이나 서른밖에 안된 사람 같았다. 세상물정을 전혀 알지 못하는 사람 같기도 하고, 세상 쓴맛 단맛 다 본 사람 같기도 했다.

"연세가 얼마나 되셨어요?"

그녀는 대답하지 않았다. 이웃집 어디에선가 서투른 기타소리가 흘러나왔다. 미군 클럽에서 들어본 적이 있는 노래, 이프 유 아 고잉 투 쌘프란시스코…… 하는 노래였다. 노래도 서툴렀다. 무엇보다도 발음이 엉망이었다. 그런 노래는 불쾌하고 혐오스러웠다. 내가 한 질문을 잊어버릴 만큼 시간이 꽤 흘러 이제 내 방으로 돌아가야 하는 것 아닐까, 하는 생각을 하고 있을 무렵 그녀가 입을 열었다.

"저기 저쪽……"

그녀가 손을 들어 가리킨 쪽은 남쪽, 이태원 방향, 한강이 흐르는 쪽이었다.

"……용이 나타나 구름을 차고 놀다가 사라진 적이 있어요. 용 비늘이 떨어지는데…… 거기 무지갯빛이 반짝거렸어요."

이게 무슨 소리일까.

"언제요?"

그녀는 내 질문을 듣지 못한 듯 얘기를 계속했다.

"저 용산강(龍山江) 가에는 수양대군이 지은 군사기지가 있었어요. 남쪽에서 올라오는 군사를 막기 위해서요. 그 사람이 가장 무서워한 게 반역, 반란이었거든요."

용산강이라니? 나는 그런 강은 알지 못했다. 한강이 아니라 용산강이란 말인가?

"겨울에는 궁궐에서 나온 사람들이 톱으로 얼어붙은 강물을 베어다가 쌀겨를 뿌려 얼음창고〔氷庫〕에 넣어 보관했어요. 여름에 임금에게 시원한 음식 마련해줄 때 쓰려구요. 강이 얼면 그 위로 우마차가 다녔어요. 사람들도 강을 걸어서 건너다니구요. 임진왜란 때 코니시 유끼나가(小西行長)와 카또오 키요마사(加藤淸正)가 저기 진을 치고 사람들을 죽이고 처녀들을 겁탈했어요. 모래사장에 사람들 모가지가 떨어져…… 피투성이 시체가 즐비했어요.”

한동안 그녀는 보이지 않는 강을 내려다보는 것 같은 얼굴로 어둠속을 응시하고 있었다.

“저 모래사장에서는 전쟁이 없을 때에도 사람들이 무수히 죽었어요. 사형을 당하는 거예요. 사육신이 목을 잘린 곳도 저기예요. 이완 장군도, 김대건 신부도, 정약종도 저기서 목이 잘려 목숨을 잃었어요. 청일전쟁, 러일전쟁 때 일본군들이 진을 친 것도 저 강가였구요. 처음에는 부대 막사를 짓고, 그 다음에 그 사람들이 설치한 게 뭔지 알아요? 공창(公娼)이었어요. 여자들을 데려다놓고 군인들이 돈을 몇푼 내밀고 온종일 그 짓을 했어요. 이차세계대전이 끝나는 날까지 일본군 진지였어요, 바로 여기가. 바로 그 자리에 지금은 미군이 진을 치고 있는 거예요. 저기에선 아직도 러일전쟁이나 청일전쟁, 이차세계대전이 벌어지고 있는 걸까요? 어쩌면 그런지도 모르죠. 전쟁이 아직 끝나지 않았다는 걸 가장 잘 아는 사람들이 바로 그 사람들인지도 몰라요.”

지금 전쟁이 계속되고 있다는 것인가? 나는 영문을 알지 못하는 채 멍청히 그녀의 얘기를 듣고 있었다. 임진왜란이니 2차세계대전이니 하는 얘기들이 황당하고 어이가 없었다.

“몇년 전까지만 해도 해밀턴 호텔 뒤쪽에는 폭포가 하나 있었어요. 여름이면 친구들과 종종 거기로 목욕을 다녔어요. 근처엔 복숭아밭 배밭이 지천이었어요. 봄이면 복숭아꽃 배꽃으로 뒤덮여…… 너무나 아름다웠어요. 어쩌나 맛이 좋았는지 그 복숭아를 먹기 위해 귀신들도 가끔 여기까지 내려와 놀다 갔으니까요."

귀신이라니? 이 여자는 지금 무슨 얘기를 하는 것인가?

"그 폭포에서 흘러내린 물줄기가 용산강까지 이어지는데, 그 물 위로 복숭아 꽃잎, 배 꽃잎이 떨어져 흘러가면 햇빛에 반짝이는 맑은 물에, 흰 모래에, 복숭아꽃 배꽃 이파리에…… 선경(仙境)이 따로 없었어요. 물 밑바닥이 훤히 보여 돌멩이만 들어내면 피리나 가재들이 달아나느라 정신이 없었죠. 강에는 나룻배들이 사람이나 소, 채소를 실어 가고 오고…… 아이들은 물장구치고…… 그런 곳인데…… 여기가 원래는 그런 곳인데…… 지금은, 언제부턴가……"

지금은 어떻다는 것인가? 그녀는 한숨을 내쉬었다.

"……목숨과 쇠붙이가 부딪치는 곳이 되어버리다니…… 부딪칠 때마다 목숨이 꽃잎처럼 떨어지는 곳이 되어버리다니…… 또다시 그런 일이 벌어진다면……"

그녀는 혼자 몸서리쳤다.

"들려요, 물 흐르는 소리?"

그녀는 공터 아래쪽을 가리켰다.

"이곳에도 물이 흘렀어요. 그 물을 타고 용이 놀았어요. 모든 것이 땅에 묻히고 말았죠. 물도 사람도 피와 바람도……"

그녀가 손을 들어 멀리 완만하게 굽이진 판자촌과 천막촌을 가리켰다. 판자촌은 골짜기에서 구릉으로, 언덕 꼭대기로 아슬아슬하게 이어져 있었다.

"저기 모악산에서 만리재를 거쳐 여기까지 이어지는 구릉이 보여요? 거기가 용이 살던 곳이에요."

용? 몽롱한 안개 같은 것이 피어오르고 그 너머로 현실감이 소실점처럼 멀어져가는 것 같았다.

"아직 물이 맑아 피비린내가 아니라 복숭아꽃 배꽃이 흐르고, 얼어붙은 물 속에 가재들이 겨울잠을 자고, 친구들이 개울물에 복숭아랑 배를 담가놓고 세수를 하고 발을 씻고 물놀이를 하다가 복숭아 하나 배 하나 건져먹으면 그만 배가 그들먹해지던 때…… 하지만 그 용은 떠나가버렸어요. 언젠가는 그 용이 돌아와야 하는데…… 그래야 이곳이 조금이라도……"

그녀는 말을 마치지 않은 채 한숨을 내쉬었다.

"하기야 여긴 내 나라도 아니지만……"

그 말 역시 영문을 알 수 없었다. 내 나라가 아니다? 이 여자의 국적은 한국이 아니란 말인가? 그렇다면 어디일까? 언제 이 나라로 들어온 것일까? 아니, 그렇지 않을 것이다. 이 여자는 지금 터무니없는 소리를 입에서 나오는 대로 지껄여대고 있을 뿐이리라. 나는 조심스레 물어보았다.

"아주머니네 나라는 어딘데요?"

그녀가 나를 돌아보며 반문했다.

"아주머니라뇨? 아직 결혼한 적도 없는데."

그녀의 얼굴에 서글픈 미소가 떠올랐다. 지금은 그녀는 스물두어살의 처녀 같았다. 그 얼굴에 어린 교태 같은 것을 발견하자 나는 얼른 고개를 틀어 어둠에 잠긴 동네를 내려다보았다. 처음으로 나는 그녀가 아름답다고 생각하고 있었다.

"내 나라는…… 내 나라는 말이에요……"

그녀는 꿈꾸는 것 같은 어조, 설레는 어조였다.

"내 나라에서는…… 피나 쇠붙이, 목숨과 쇠붙이가 부딪는 일 같은 것은 절대로 벌어지지 않아요. 부모가 자식을 버리는 일 같은 것도 생기지 않아요."

이 여자는 나에 대해 뭘 알고 있는 것일까? 무섭고 거북했다. 누구에게서 내가 고아라는 얘기를 들은 것일까? 병식이형이 얘기했을까?

"내 나라도 아닙니다."

하고 내가 말했을 때 나는 삼신할미를 생각하고 있었다. 놀란 눈으로 밥어미가 나를 쳐다보았다.

"그래요. 그럼요. 이런 곳이 사람의 나라일 리가 없어요."

그녀는 꿈꾸듯 얘기를 계속했다.

"내 나라에선 아무것도 파묻히지 않아요. 저런 고층빌딩, 호사스러운 집 같은 것은 없어요. 군사기지 같은 것이, 하물며 남의 나라 군사기지 같은 것은 있을 리 없어요. 이런 천막촌이나 판잣집 같은 것도 없어요. 해가 떠도 뜨겁지 않고 해가 지지만 어둡지 않아요. 살아남기 위해 남들이 오줌싸는 동안 구두를 닦고 바지를 털어주는 일 같은 것도 없고, 남이 자기 구두를 닦고 바지를 터는 동안 오줌이나 싸고 있는 사람은 더더욱 없어요."

나는 그런 얘기를 그녀에게 한 적이 없었다. 그것은 나의 작고 수치스러운 비밀이었다. 어떻게 이 여자는 그런 것을 아는가?

"거긴 사실 여기에서 나라,라고 하는 그런 나라가 아니에요. 그곳에선…… 한사람 한사람이 다 나라예요."

미친 소리다, 하고 나는 생각했다. 나라가 없다니? 한사람 한사람이 다 나라라니? 이 여자는 미쳤다. 바로 어제 일인 듯 용의 비늘이 떨어진 것을, 청일전쟁과 2차세계대전을 얘기하고 있지 않은가. 그러나 이상한 일이었다. 나는 그녀의 정신나간 얘기에 귀기울이고 있었다. 나의 나라는 어떤 곳일까. 그녀는 미쳤는지 모르지만 자신의 나라가 어떤 곳인지는 알고 있었다. 그러나 나는 알지 못했다. 그저 이곳이 나의 나라가 아니라는 것을 알 뿐이었다.

"북쪽으로 오십년을 걸어가고, 동쪽으로 칠십년을 걸어가다가 다시 북쪽으로 백십년을, 거기에서 동쪽으로 백구십년을……가고 또 가면…… 가고 또 가면…… 거기 내 나라가 있어요."

나는 물었다. 왜 가지 못하는가? 그녀는 대답했다. 해야 하는 일을 아직 마치지 못했다는 것이다. 나는 그것이 뭐냐고 물었다. 그녀는 대답하는 대신 다시 엉뚱한 얘기로 되돌아갔다.

"고대 인도인들 가운데 어떤 사람들은 과거 한때 땅은 설탕이고 바다는 술이었다고 믿었어요."

나는 웃었다. 웃지 않을 수 없었다. 그곳 사람들에게는 달콤한 술을 마시는 것이 최고의 호사였던 것일까.

"옛날 옛날 한옛날 수메르 사람들은 딜문이라는 곳에는 죽음이 없다고 생각했어요. 소, 양, 표범이 함께 풀을 뜯어먹고 온갖 곡식이 절로 자란다고 생각했어요. 그리스 사람들은 땅의 끝, 오세아누스 강의 언덕 너머에 엘리시안 평원이 펼쳐져 있는데, 그곳에는 죽음이 없고 완벽한 행복이 존재한다고 믿었어요."

죽음이 없다니, 그것은 나에게는 오히려 지옥으로 여겨졌다. 만일 내가 이놈의 데에서 영원히 살아야 한다면 그것은 저주였다.

"어째서 사람들은 그런 것을 만들어냈을까요? 어떻게 그런 것을 상상해냈을까요?"

사는 게 엿같았으니까. 나는 마음속으로만 대답했다.

"그 사람들이 상상한 것의 원형, 그것이 내 나라예요. 그 사람들의 상상은 우리나라의 그림자예요."

"그게 어디 있는데요?"

내가 물었다. 그녀는 당신이 믿지 않는 걸 알아요, 하고 말했다. 나는 대답하지 않았다. 그녀가 다시 얘기를 꺼냈다.

"서쪽으로 오십이년을 걸어가면 북물산(北物山)이 나와요. 남쪽에는 언제나 붉은 구름이 떠 있고 북쪽에는 귀신들이 다시 죽은 공동묘지가 있고, 서쪽에는 부처가 태어나 죽은 땅이 있고, 동쪽에는 해가 식어 납작한 돌멩이가 되는 거대한 얼음연못이 멀리 바라다보이는 곳이에요. 이곳에 북물국(北物國)이라는 나라가 있어요. 그곳에는 쇠로 된 날개와 쇠로 된 가슴과 쇠로 된 눈, 쇠로 된 팔다리를 가진 금차(金車)라는 사람이 사는데, 손에는 금덩이와 총을 들고 있어요. 사람이 지나면 금덩이를 내밀고 무게를 달아보라고 하는데, 잘못 달아 눈곱만큼이라도 근수를 적게 말하면 도둑놈이라고 길길이 날뛰면서 총신을 입속에 쑤셔넣어 쏴죽이고, 근수를 많게 말하면 사기꾼이라고 온갖 욕설을 퍼부으면서 항문에 총신을 쑤셔넣어 쏴죽여요. 그 사람이 아침에 고함을 지르면 나라에 십년 가물이 들고, 저녁에 고함을 지르면 십년 장마가 져요."

나는 권상무를 떠올렸다. 손에 금덩이와 총을 쥔 사람, 그는 돈계산을 조금만 잘못하면 금차처럼 길길이 날뛰지 않는가.

"거기에서 동남쪽으로 십오년을 가다가 서쪽으로 시커먼 강줄기를 따라 이십육년을 가면 문천국(文天國)이 나와요. 이 나라의 서쪽 국경에는 구름이 우박이 되는 넓고넓은 들판이 있어요. 나라가 사방 천리인데, 그게 전부 모래로 뒤덮여 있어요. 세상의 모든 나라 가운데 사형수가 제일 많은 나라예요. 거기엔 머리가 하나, 꼬리도 하나, 눈도 하나, 코도 하나, 팔은 일흔둘, 다리도 일흔둘인 사람들이 사는데, 그놈들은 모두 그 많은 손에 서로 다른 책과 칼을 들고 있어요. 그래서 사람이 지나가면 서로 읽어보라고 명령하고는 조금이라도 잘못 읽으면 국법을 내걸고 무조건 덤벼들어 칼로 난자하여 사형을 시킨 다음 입맛대로 된 장을 바르고 겨자를 발라, 숯불에 굽기도 하고 회로 만들기도 하여 먹어치워요. 그 벌레의 목소리는 깨어진 유릿조각으로 칠판을 긁어대는 것 같은데, 말 한마디를 할 때마다 혓바닥 밑에서 새끼를 낳아요. 한마디에 한마리씩. 그래서 인구가 주는 일은 결코 없고, 날이 갈수록 인구가 늘어나고, 그러니까 저희끼리 죽이는 일도 점점 더 늘어나 모두 먹어치울 수도 없을 지경이 되고, 그래서 사형수들의 공동묘지는 오층 십층으로 켜켜이 쌓여가고 있어요.”

나는 내가 다닌 학교들, 그리고 거기서 만난 교사들을 떠올렸다.

“그곳에서 서북쪽으로 다시 사십구년을 가면 천년 묵은 게와 천년 묵은 거북이가 사는 바다가 나오는데, 그 바다를 건너 다시 이십구년을 가면 철갑의 나라가 나와요. 그 나라는 하늘도 철갑, 땅도 철갑, 집도 철갑, 사람들도 철갑인데, 철갑의 해가 뜨고 철갑의 달이 떠요. 그곳에는 구충(九蟲)이라는 괴물이 사는데, 그놈의 머리는 뱀과 같고 몸뚱이는 오징어와 같고 다리는 코끼리와 같아요. 머리가 아홉 개 달렸고, 아홉 개의 입속에 각기 혓바닥이 두 개씩 달렸어요. 몸뚱이가 쇠바늘로 뒤덮였고, 다리는 이백일흔 개가 달렸어요. 아홉 개의 머리로 한꺼번에 아홉 군데의 물을 퍼마시고, 열여덟 군데의 산을 파먹어요. 이백일흔 개의 다리로 한꺼번에 이백일흔 명의 사람을 짓밟고 이백일흔 채의 집을 쓰러뜨려요. 그놈이 먹고 배설을 하면 그것이 세상에 다시없는 독이 되어버려요. 물도 산도 사람도 나무도 다 독이 되어 거기 닿는 것은 뭐든지 타버려요. 일년에 한번 하늘로 날아올라 이백일흔 개의 다리를 버둥거리며 제 이름을 부르며 우는데, 그때마다 그놈의 몸에서 쇠비늘이 수수수 떨어지고, 쇠비늘이 떨어진 곳에서는 어김없이 참혹한 전쟁이 벌어져 세상이 불바다가 돼요.”

그녀가 말하는 나라들은 이 세상과 매우 흡사했다. 그녀는 오십이 년을 가면, 이십육년을 가면,이라고 말했다. 아무리 멀리 가도, 아무리 오랜 세월을 가고 또 가도 내가 닿을 수 있는 세상이란 그런 곳에 불과한 것일까. 나도 모르는 사이에 나는 입을 열었다.

"내가 아는 나라 얘기도 한번 들어보실래요? 여기에서 일년을 가면, 일년도 필요없이 하루만 가면 금충(金蟲)의 나라가 있어요. 금충은 온몸이 금으로 뒤덮였는데, 그놈의 입안에는 송곳니가 백일흔두 개, 어금니가 이백마흔여덟 개가 있어요. 그놈이 한번 숨을 쉬면 지독한 악취 때문에 천리의 숲이 시들고 만리의 물이 말라버려요. 그곳 사람들은 다들 그 금충의 자식들이라서 금을 먹고 사는데, 불행히도 금을 먹을 줄 모르는 사람들이 적지 않아서, 산더미처럼 금이 쌓였는데도 굶어죽는 사람들이 있고, 약 또한 금으로 되어 있어서 약이 산더미처럼 쌓였는데도 병들면 약 한번 못 먹고 죽어가는 사람들이 있어요."

나는 생각해본 적도 없는 말들을 계속해서 늘어놓았다. 말을 마칠 때마다 새로운 얘기들이 잇달아 밀려나왔다.

"금을 먹지 못하는 아이들이나 노인들의 뱃속에서는 벌레들이 창궐하여 입으로 코로 회충과 촌충이 기어나와요. 금을 못 먹으면 사람이 미쳐서 남의 집 담을 뛰어넘다가 떨어져 죽고, 마시면 정신이 혼미해지는 물을 마시다가 길바닥에 쓰러져 얼어죽어요. 금충과 그 자식놈들은 그렇게 죽은 시체들을 긁어모아 제련소로 끌고 가서 태우고 그 몸뚱이에서 금을 뽑아내어 제 입에 이를 해 박아넣어요. 금니가 많을수록 어른이라고 잘난 사람이라고 대우를 받고 살거든요."

밥어미는 놀란 눈으로 나를 쳐다보았다.

"알아요. 그런 나라가 어딘지. 너무나 잘 알아요. 내가 할 일이란, 내 일이란…… 뭐냐면……"

그러나 그녀는 더이상 얘기를 계속하지 않았다. 다시 한번 나는 그녀의 눈에 눈물이 맺히는 것을 보았다. 나는 얘기를 이어나갔다.

"그 금충의 나라에 금을 먹지 못하는 심우라고도 하고 우영이라고도 하는 놈이 사는데, 그놈의 아비 어미는 둘 다 길바닥에 죽어 남의 금니가 되고 말았어요. 그래서 그놈은 악착같이 금을 먹는 법을 배워서 세상의 금이라는 금은 모조리 먹어치울 작정을 하고 살면서도 마음속으로는 이런 데서 살고 싶지 않다, 이런 데서는 결코 아비가 되지 않을 것이다, 하고 생각하고 살아요. 참 우습지 않아요? 금을 먹는 법을 배울 작정이면서도 이런 곳에서는 아비가 되지 않겠다니요."

밥어미는 고개를 저었다.

"그렇지 않아요. 나는 알아요. 그런 나라에서 산다는 게 어떤 건지 너무나 잘 알아요."

무슨 말을 더 하게 될지 두려웠다. 난생 처음 만나는 사람이나 다름없는 밥어미에게, 더구나 미친 사람이 거의 확실한 여자에게 이런 얘기까지 늘어놓았다는 것이 믿어지지 않았다.

나는 그녀에게 인사를 하고 내 방으로 돌아왔다. 생전 처음 얻은 내 방, 비록 공짜로 얻어 사는 처지라고는 하지만, 아무튼 그것은 기꺼웠다. 내 방이다, 하고 생각하며 나는 가구라고는 아무것도 없는 그 방을 둘러보았다. 방구석에 쌓인 맥주상자와 담배상자, 그것이 내 재산의 전부였다. 그러나 탐 존스의 처지와 비교하면, 이제까지 옥탑방에서 다른 두 명의 종업원들과 함께 누더기를 깔고 덮고 살던 것을 생각하면 이것은 큰 호사였다. 일이 매우 순조롭게 풀려가는 것이 아닌가, 하는 생각이 들었다. 살면서 그런 생각이 든 것은 처음이었다. 만사가 이렇게만 풀려나간다면 나는 머지않아 세상의 금이란 금은 다 차지하여 그놈의 금을 아무도 찾을 수 없는 깊고깊은 우물 속에 모조리 쑤셔넣고 그 우물을 파묻어버릴 수도 있을 것이다.

5

나는 횟배를 앓다 못해 입으로 회충을 내뱉은 적이 있었다. 원장과의 면담시간, 그가 하는 얘기를 우두커니 듣고 앉아 있는데, 갑자기 목구멍이 간질거리더니 입에서 회충이 한마리 튀어나와 원장의 책상에 떨어졌다. 나경민 원장은 깜짝 놀라 벌떡 일어섰다. 나승규 총무도 의자를 차고 일어섰다. 나 역시 일어나 원장의 시커먼 책상 위에서 꾸물거리는 그 흰 벌레를 쳐다보았다. 으으으, 나도 모르는 사이에 신음이 밀려나왔다.

원장은 우뚝 서서 두꺼운 안경 너머로 나를 멍청히 쳐다보다가 혀를 차며 부르짖었다.

"나총무, 뭐 하고 있어? 어서 이거 안 치워?"

총무가 그 회충을 종이로 싸서 집어들었다. 원장이 말했다.

"이놈 내일부터 김치 먹이지 말아."

어디엔가 회충을 버리고 온 총무에게 원장은 다시 지시했다.

"애들을 얼마나 지저분하게 내버려두면 입으로 회충이 다 나오나?"

나는 목욕이라도 하게 되는 것일까, 하고 생각했다. 그러나 약사를 마누라로 거느리고 살면서 자식들은 모조리 의사나 검사로 만드는 것이 희망이라는 원장이 그 다음 내놓은 말은 이런 것이었다.

"차에서 휘발유 좀 빼다가 한놈도 빼놓지 말고 다들 한 숟가락씩만 퍼먹여."

그날 밤, 나는 형들에게 수없이 머리를 쥐어박혔다. 당연한 일이었다. 나 때문에 그들 모두가 휘발유를 한모금씩 먹어야 했으니까. 그때 내 머리를 쥐어박은 형들이 주고받은 얘기를 나는 잊지 않는다. 미군 부대에서 회충약 나왔잖아. 그게 그대로 있을 텐데 무슨 휘발유야, 기분 나쁘게. 그건 원장 사모님이 벌써 약국으로 다 가져갔어. 그게 언젯적 얘긴데.

이튿날 변소의 배설물 위에는 무수한 회충들이 허옇게 꾸물꾸물 기어다니거나 똬리를 틀고 있었다. 형들은 변소에 다녀오기만 하면 또 내 머리를 쥐어박았다. 저거 다 니 뱃속에서 나온 거 아니냐? 징그러워 똥도 못 누겠다. 너 오늘부터 변소 청소해. 누군가가 말했고, 나는 그날부터 꼬박 두 달 동안 변소 청소를 해야 했다.

고아원 건물 뒤쪽에는 미군용 텐트와 벽돌로 엉성하게 지어놓은 부엌과 식당이 있었고, 그곳에서는 뻔히 변소가 내다보였으며, 바로 그 옆에는 원장이 고아들을 시켜서 산을 개간하여 만든 채소밭이 있었다. 아이들이 그곳에서 풀을 뽑고 거름을 주어 채소를 길렀고, 다 자란 배추나 무를 뽑아 손수레에 실어 장사치가 밀고 올라온 손수레에 옮겨주거나 부엌으로 날라들였다. 그 배추나 무는 김치나 깍두기가 되었고, 식당에서 아귀아귀 그것을 먹은 아이들이 변소로 가서 배설을 하면, 얼마 후에 그 배설물은 채소밭에 거름으로 뿌려졌다.

횟배 앓는 아이들의 배설물을 거름으로 하여 기른 채소를 다시 횟배 앓는 아이들이 먹었다. 변소와 채소밭과 식당과 고아원 아이들, 그것은 빈틈없이 완벽한 기생충의 순환경로였다. 물론 고아들이야말로 기생충의 가장 중요한 숙주(宿主)였다. 가끔 휘발유 한 숟가락이 숙주의 뱃속으로 흘러드는 바람에 수많은 기생충들이 한꺼번에 몰살당하는 일이 벌어지기는 했지만. 그러니까 원장은 비록 회충약이 어디에 쓰는 것인지 잘 알지 못했는지는 모르지만, 회충의 순환경로에 대해서는 정확히 알고 있었던 셈이다.

6

창고를 태창 나염공장으로 옮기면서 내 영업의 규모는 급격히 커졌다. 존 블레이크 따위는 이제 나에게 더이상 꼭 필요한 존재가 아니었다. 내가 포섭한 미군 병사의 숫자는 일곱 사람으로 늘었고, 그와 함께 영업 품목도 다양해졌다. 미군들은 그 계급에 따라 PX에서 구매할 수 있는 물품의 양과 종류가 달랐기 때문에 나는 가능한 한 높은 계급의 병사들을 포섭해야 했다. 그것은 쉬운 일은 아니었으나, 동시에 크게 어려울 것도 없는 일이었다. 미군 병사들은 돈 벌기를 원했고, 여자를 원했고, 술과 마리화나, 그리고 무엇보다도 풍요로운 생활을 원했다.

머지않아 나는 텔레비전과 냉장고, 카메라, 녹음기와 축음기 같은 것들까지 취급하게 되었다. 그런 내구성 소비재는 값은 비쌌으나 이익이 컸다. 아직 이 나라에는 세탁기나 진공청소기, 냉장고 따위의 가전제품이 흔치 않을 때였고, 그래서 그런 물건들을 구하는 사람들은 얼마든지 있었다. 수요는 언제나 공급을 웃돌았고, 그래서 판로를 걱정할 필요는 전혀 없었다. 미군 병사들 가운데는 권총과 탄약을 들고 와 사라고 하는 녀석까지 있었다. 지프를 한대 훔쳐낼 테니까 사지 않겠느냐고 진지하게 물어오는 녀석도 있었다. 사는 것은 어렵지 않았으나 문제는 판로였다. 나는 그런 녀석들에게 필요할 때 연락할 테니까 기다리라고 말하는 것으로 무마했다.

나는 미군 병사들과 꾸준히, 폭넓은 교류를 계속해야 했다. 충분한 거래선을 확보했다 해도 그들은 1년이나 2년 뒤에는 본국으로 돌아가버리기 때문에 지속적으로 거래선을 개발할 필요가 있었다. 나는 그들에게 밥과 술을, 여자를 사주고, 그들이 원하는 경우에는 가끔 이태원을 벗어나 서울시내로 관광도 다녔다.

특히 귀국을 앞둔 병사에게는 아낌없이 돈을 썼다. 가고 싶다 하여 아무나 아무 때나 미국으로 출국할 수 있는 시절이 아니었다. 미국으로 가기 위해서는 미국 시민권을 보유한 사람으로부터 초청장을 받아야 했다. 그래야만 비로소 나라에서 출국을 허락해주었다. 귀국하는 대로 초청장을 보내주겠다고 철석같이 약속하고 떠난 병사도 두어 사람 있었다. 그 댓가로 돈을 요구한 병사도 있었다. 그러나 그들은 초청장을 보내오지 않았다. 사기를 당한 셈이었다. 그러나 나는 같은 일을 계속했다. 언젠가 한사람만 건지면 되는 일이었으니까.

얼마 전부터 나는 미국으로 이민을 떠나버리는 것이 어떨까, 하는 생각을 하고 있었다. 이 나라라건 미국이건 나에게는 다를 바가 없었다. 나에게 이놈의 나라에 대해 미련이라는 것이 있을 리 없었다. 이곳이나 미국이나 나의 나라가 아닌 것은 마찬가지였다.

그 무렵 내가 만난 사람이 미군 일병 앤소니 커시였다. 뉴욕 출신이라는 그는 아직 앳되어 보이는 젊은이였다. 금발에 푸른 눈동자, 훤칠한 키에 늘씬한 몸매, 그는 늘 양색시들 사이에 섞여 술과 대마초에 절어 있었다. 그에게 접근하는 것은 어렵지 않았다. 나는 패티와 제니가 연 대마초 파티에 참석했고, 그 자리에서 그를 만났다. 내가 악수를 청하자 그는 내 손을 잡았다가 놓으며 피스, 하고 말했다. 그는 노래를 불러댔는데, 그것은 「라 만차의 사나이 돈 끼호떼」라는 뮤지컬의 주제가였다. 투 드림 디 임파써블 드림, 투 비트 디 언비터블 포, 투 베어 디 언베어러블 쏘로우…… 불가능한 꿈을 꾸는 것, 물리칠 수 없는 적을 물리치는 것, 감당할 수 없는 슬픔을 감당해내는 것…… 이곳에는 아메리카로 이민을 떠나지 못해 안달이 난 사람들이 무수하다고 말하자 그는 고개를 설레설레 저어대더니 정말이냐고 반문했고, 내가 정말이라고 대답하자 그는 갑자기 길고긴 열변을 토해냈다. 내가 반쯤은 알아듣고 반쯤은 알아들을 수 없었던 그 열변은 대강 이런 내용이었다.

아메리칸 드림이라는 것은 허구다. 아메리카의 정의라는 것도 허구요 위선이다. 그 허구와 위선을 한꺼풀만 벗기고 들여다보면 거기 잔인성과 야만과 이기주의와 탐욕이 구정물처럼 악취를 풍기며 아메리카라는 하수구에 콸콸 흘러넘치고 있다. 아메리카에서는 허구와 위선이, 탐욕과 야만이 전통과 문화가 되어버렸다. 거기에다가 골목대장의 영웅심리를 더하여 이루어진 거대한 개미탑 같은 나라, 거기에 자유의 여신상이라는 위선을 덧씌워놓은 나라, 그것이 바로 아메리카다. 아무도 위선을 수치스러워하지 않고, 아무도 탐욕을 부끄러워하지 않는다. 그것이 이미 문화가 되어버렸으니까. 가정에서부터, 학교에서부터 가르치고 배우는 교육의 중요한 커리큘럼이 되어버렸으니까. 참으로 우습고 무서운 일이다. 하기야 그 골목대장은 60년대 이래 쿠바에서, 남미에서, 그리고 최근에는 베트남에서 덩치도 보잘것없는 제3세계 아이들에게마저 연이어 형편없는 패배를 맛보고 있지만. 뭐 하러 그런 놈의 데로 이민을 간단 말이냐? 난 내가 아메리카 시민이라는 것을 생각하면 부끄럽고 치욕스러운데. 1년의 근무기간이 지나 아메리카로 돌아갈 생각을 하면 벌써 지긋지긋해지는데. 그래서 난 다른 나라로 이민을 갈까 생각중인데. 어떻게든 돌아가지 않을 방법이 있는지 궁리중인데.

나는 말했다.

"난 고아야. 이 땅엔 내 아비도 어미도 없어. 형제고 뭐고 없어. 난 완전히 혼자야. 그게 무슨 말인지 알겠어, 앤소니? 나에게 이 세상은 모든 것을 빼앗아가는 곳이야. 내가 좋아하던 단 한명의 고아 소녀마저 빼앗아갔어. 나는 이놈의 세상하고 어디에서도 어떤 작은 결연지점이 없어. 하지만 난 그걸 원망하지 않아. 오직 다행스러울 뿐이야. 미련없이, 아무 때나 기회만 생기면 어디로든지 떠나버릴 수 있으니까."

앤소니 커시는 그건 이해할 수 있다고 말했다.

"하지만 아메리카야말로 더욱 야비하고 더욱 비인간적인 곳이야. 이곳보다 훨씬 대규모로 그런 짓이 벌어지는 곳이거든. 한 개인에게서만 삶을 박탈하는 것이 아니라 수많은 나라의 전체 주민들에게서 삶의 의미를 박탈하고 짓밟아버리는 나라라니까, 아메리카가. 나 같은 군인들이 바로 그 앞잡이들이고. 내가 여기 와 하는 짓도 그런 짓이잖아. 제기랄, 난 군복도 싫고 총도 싫고 전투기도 싫고 원자탄도 싫어."

나는 그의 말을 이해할 수 없었다. 군인이 할 얘기가 아닌 것 같았다. 너 군기 다 빠졌구나. 내가 말했으나 그는 이해하지 못했다. 옆에서 패티가 깔깔 웃어댔다.

"앤소니는 평화주의자야. 히피야. 제복을 입은 히피."

그러나 나의 목적은 우선 그의 구매카드였다. 나는 그에게 돈을 지불할 테니까 맥주와 담배를 좀 사다달라고 말했다. 그는 정색을 하고 나를 쳐다보고 있다가 물었다.

"너 탈세하려는 거냐?"

"탈세도 하고 밀매도 하려는 거야."

내가 웃으며 대꾸하자 그도 따라 웃어댔다.

"그거 아주 좋은 일이야. 니가 오늘 얘기한 것 가운데 가장 멋진 말이야. 이놈의 체제는 탈세를 하건 테러를 하건 깡그리 깨부숴버려야 해. 알았어, 알았어. 내가 사다주지, 뭐. 오직 이놈의 체제를 조금이나마 망가뜨리기 위해서."

바로 다음날 저녁에 그는 나에게 버드와이저와 말보로를 내밀었다. 겨우 한 상자씩이었다. 어이가 없었으나 나는 이것을 출발로 생각하기로 했다. 나는 돈을 주며 말했다.

"고맙다. 하지만 다음번에는 좀더 많이 가지고 나와라. 이게 뭐냐, 사내자식이?"

그는 돈을 받으려 하지 않았다.

"이건 그냥 선물, 작은 선물이야, 리틀 마피아. 난 너랑 사업하고 싶은 생각 없어. 난 그런 거 할 체질이 못 돼."

그는 눈살을 찌푸리고 덧붙였다.

"퍼킹 캐피털리스트, 퍼킹 캐피털리스트 마켓, 퍼킹 그린백스. 난 그런 것들 싫어. 블랙 마켓, 그런 건 조금은 봐줄 수도 있어."

그는 웃어댔다. 이해할 수는 없었으나 나는 그가 왠지 마음에 들었다. 그때부터 그는 나를 리틀 마피아, 꼬마 마피아라고 불렀고, 나는 그를 스몰 기프트, 작은 선물이라고 불렀다.

그로부터 몇달이 지나 시장 골목을 지날 때 한 미국인이 나를 붙잡았다. 텁수룩한 머리와 수염, 거기에 짙은 검정색 안경을 쓰고, 아무렇게나 걸친 낡은 체크 무늬 남방셔츠와 청바지, 가죽쌘들과 어깨에 늘어뜨린 가죽가방. 서양 거지 같은 꼴이었다. 한눈에 대마초에 절어 반쯤은 정신이 나간 녀석이었다. 이태원에는 종종 그런 서양 거지들이 드나들었다. 돈도 별로 갖지 않은 채 배낭 하나 둘러메고 세상천지를 떠돌아다니는 여행자들이었다. 그자들이 이태원에서 구하는 것은 오직 하나, 대마초였다. 왜 이러쇼, 하고 내가 묻자 그는 색안경을 벗어들고 히죽 웃었다. 그 푸른 눈동자와 천진한 웃음이 낯이 익었다.

"나 몰라보겠냐, 리틀 마피아?"

그가 물은 다음에야 나는 그를 알아보았다. 다름아닌 스몰 기프트, 앤소니 커시였다.

"배고프다. 밥 좀 먹자."

그가 말했다. 나는 그를 데리고 근처의 백반집으로 갔다. 그는 식당 여자가 곰탕이 나오기 전에 미리 가져다놓은 김치와 깍두기, 멸치볶음과 어묵무침, 시금치나물과 미나리무침을 집어 널름널름 입안에 쑤셔넣었다. 순식간에 반찬접시가 비어버렸다. 그 꼴을 보니 웃음이 났다.

"이 꼴이 뭐냐, 너?"

그는 히죽 웃었다.

"나 탈영했어. 속이 다 시원하다, 씨발. 빌어먹을 장군들, 대령들 꼴 안 보고 사니 기분이 매우 원더풀이다."

곰탕이 나오자 그는 허겁지겁 입안에 들이부었다.

"어머니하고 편지를 못했어, 지난 한달 동안. 돈을 못 받았어. 아마 아버지가 돈 보내지 말라고 했을 거야. 괜찮아. 친구들이 많거든. 어젠 패티 방에서 잤어."

그는 키들키들 웃어대며 얘기를 계속했다.

"패티 찾는 손님 오면 마당에 나가 기다리고. 패티 인기 좋더라. 어젯밤 하루에만 손님이 여섯 명이 왔다갔어! 시간을 재봤거든. 평균 이십일분. 막상 그 짓 하는 시간은 평균 삼분 사십구초."

그는 큰 소리로 웃음을 터뜨렸다. 그는 아이 같았다.

"엄청나잖아. 여자의 힘이라는 게. 한 여자가 그렇게 많은 남자에게 즐거움을 주고 위로할 수 있다니."

"왜 탈영을 했어?"

"그놈의 군복에 총에 애국가랑 군가랑…… 그런 거 좀 보지 않고 살아보고 싶어서. 시도때도 없이 터져나오잖아. 망할놈의 어텐션, 좆같은 바우, 그놈의 억지 고함소리. 혹시 몰라. 어텐션이 아니라 이렉션(발기)이라면 좀 견뎌낼 수 있었을지. 그건 내가 좋아하는 거니까."

그는 한참 동안이나 웃어대다가 계속했다.

"그런 군대 어디 없냐? 아침에 점호 때마다 어텐션이 아니라 이렉션, 하고 구령하는. 너랑 나랑 그런 군대 하나 만들어서 아메리카로 쳐들어가볼까? 틀림없이 대승할 텐데. 나라 이름은 유나이티드 스테이츠 오브 그레이트 볼스(거대 불알 연합국)."

그는 혼자 신이 나서 숨이 넘어갈 듯 웃어댔다. 웃다 말고 밥을 입안에 퍼넣고 김치를 우적우적 씹어넘겼다.

"그놈의 코미디는 저희들끼리 하라지. 나말고도 그런 거 좋아하는 아메리카 놈들 많으니까. 나 여기로 이민와 버릴까? 넌 아메리카로 이민하고? 아니, 그냥 우리끼리 사람하고 신분증하고 바꿔버릴까? 넌 미국놈 되고 난 한국놈 되고. 아, 안되겠다. 너희 나라에도 군인들 많잖아. 젠장, 이놈의 나라가 세상에서 가장 무장(武裝)이 많고 철저하고 조밀한 나라 중에 하나지. 박정희 장군을 비롯해서. 아니, 독재자 박정휘가, 프레지던트 박정휘가?"

"난 관심 없어. 독재자건 장군이건 프레지던트건. 아무 상관 없어."

그는 한심하다는 눈으로 나를 바라보았다.

"왜 상관이 없어? 다 상관이 있어. 씨스템이라는 게 그래서 좆같다는 거야."

그는 혼자 화를 냈다. 그가 하는 말을 반도 알아듣지 못하면서도 뭔가 내가 이놈의 세상에서 겪은 일들을 그 역시 전혀 다른 나라에서, 전혀 다른 방식으로 겪어낸 것은 아닐까, 하는 막연한 공감을 가졌다.

그날 밤 나는 그와 술을 엉망으로 마시고 집으로 갔다. 술을 더 마시기 위해서이기도 했고, 그에게는 달리 갈 데가 없어서이기도 했다. 커시는 문을 열어주는 밥어미에게 하이, 하고 인사를 건네고 고개를 돌리더니 나에게 그녀가 누구인지를 물었다.

"니 엄마야?"

나는 돌연 할말을 잃었다. 밥어미는 나의 무엇인가? 말문이 막히는 바람에 나는 농담을 했다.

"내 여자친구다."

그는 놀라 눈을 휘둥그레 뜨더니, 원더풀, 그레잇을 연발했다.

밥어미는 공터 한쪽에 마련된 간이화덕에 고기를 구웠다. 나는 창고에 들어가 양주를 한병 꺼내왔다. 놀랍게도 밥어미는 커시가 지껄이는 영어를 알아들었을 뿐 아니라 어렵지 않게 그와 얘기를 주고받았다. 그녀의 영어는 능란하고 유창했으며, 그를 대하는 그녀의 태도는 당당하고 의젓했다. 나는 밥어미라는 여자의 정체에 대해 다시 한번 고개를 갸웃거리지 않을 수 없었다. 영어는 어디에서 배운 것일까? 이 여자는 미친 여자가 아닌지도 모른다…… 그렇다면 태창 나염공장 시절의 그녀의 행태는 무엇을 뜻하는 것일까?

술을 마시며 이런저런 얘기를 하다가 커시는 탈영한 구체적 이유를 실토했다. 물론 처음부터 군에 대한 염증이 없었던 것은 아니지만 결정적인 계기는 상관들이 베트남에 출전하라고 권한 때문이었다. 베트남의 무고하고 무력한 인민들을 쏴죽이고 태워죽이는 것은 그로서는 도

저히 할 수 없는 짓이었고, 그래서 탈영을 결심했다는 것이다. 밥어미
는 말했다.

"훌륭한 결정이에요."

그녀의 말에 나는 다시 한번 놀랐다. 그러나 밥어미는 또 말했다.

"당신의 용기에 경의를 표합니다."

커시는 쾌활하게 웃으며 고맙다고 말하고 있었다. 내가 알지 못하는
무엇인가에 대해 그들은 이미 의기투합하고 있는 것 같았다.

술이 웬만큼 들어가자 커시는 대마초를 내놓았다. 우리는 담배로 만
대마초를 돌려가며 피웠다. 커시가 그것으로는 흥이 안 나는지 가방에
서 사과 한알을 꺼내더니 그것으로 파이프를 만들었다. 사과 위쪽에 구
멍을 뚫고 씨방을 뽑아내고, 사과 옆에 또하나의 작은 구멍을 뚫어 두
구멍을 연결했다. 씨방을 뽑아낸 자리에는 대마초를 차곡차곡 채워넣
었다. 그가 대마초에 불을 붙이고 작은 구멍에 입을 가져가 빨아대자
대마초가 벌겋게 타들어갔다. 그는 대마초를 빨아들이다가 나에게 넘
겨주었고, 내가 몇모금을 빨고 밥어미에게 넘겼으며, 그녀가 커시에게,
다시 나에게, 밥어미에게, 다시 커시에게…… 사과 파이프는 돌고돌았
다. 대마초는 사과 향기를 머금어 더욱 맛있었고, 잠깐 사이에 우리들
은 환각의 동굴로 빠져들었다.

나는 커시가 미친 돈 끼호떼가 되어 거울 속의 그 자신과 맞붙어 결
투를 벌이는 것을 보았다. 그가 격렬히 삶과 세상과 자신을 질타하는
것을 보았다. 산다는 것이 무엇인가. 치욕, 고통, 잔인함, 더러움, 비열
함…… 삶 가운데 진정 의미있는 것이 무엇이란 말이냐. 오직 정의로
운 기사의 편력만이, 패배를 모르는 악과 맞붙어 싸우는 편력만이 삶을
의미롭게 하는 것이니…… 편력이니 뭐니 하는 얘기를 제외한다면 그
의 말은 내가 이 세상에 대해, 삶에 대해 품은 생각과 다를 바 없었다.

그러나 패배를 모르는 악이라면, 거기 맞붙어 싸우는 것이 어떻게 삶을 의미롭게 만든다는 것일까. 그 악이 패배를 모른다면 아무리 맞붙어 싸워도 승리란 불가능할 것 아닌가.

나는 밥어미가 알돈사가 되어 그의 앞에 서서 부르짖는 것을 보았다. 난 공주도 둘시네아도 아니에요! 난 창녀예요. 이 세상이 얼마나 잔인하고 야비한 곳인지 난 잘 알아요. 하지만 그건 얼마든지 견딜 수 있어요. 하지만 당신의 부드럽고 착한 마음이야말로 나에게는 고문이라구요. 당신은 나에게 하늘을 보여줬지만, 늘 땅바닥에 엎드려 걸레질이나 하고 사는 벌레 같은 저에게 그 하늘이 도대체 무슨 의미가 있는 건가요? 나는 싼초 빤싸가 되어 그에게 말했다. 그 여자는 공주님이 아니라 여인숙 부엌데기에다 창녀에 불과합니다. 그건 적들이 아니라 풍차라구요, 이 미친 늙은이야. 그게 황금투구라구요? 천만에요. 그건 이발사가 가지고 다니는 깨어진 세숫대야예요. 그러나 돈 끼호떼에게는 아무 소용이 없었다. 그는 대야를 뒤집어쓰고 풍차를 향해 덤벼들었고, 그것은 공주 둘시네아에게 그 승리를 바쳐 그녀를 영광스럽게 만들기 위해서였다.

죽음을 앞둔 그는 나에게 물었다. 내가 패배한 것이냐? 나는 그를 위로하기 위해서가 아니라 진정으로 대답했다. 아닙니다, 기사님. 기사님은 세상에서 가장 빼어난 승리자이십니다.

커시는 흥분하여 부르짖었다.

"우리 셋이서 극단을 하나 만들자. 그래서 공연을 하면서 전국을 떠돌아다니며 사는 거야. 어때? 이 나라만이 아니라 전세계를 유랑하며 공연을 하는 거야!"

그러나 밥어미는 벌써 다음 공연을 시작하고 있었다. 그녀는 바리데기가 되어 아비 어미에게서 버림을 받고 고아로 살았으나, 아비 어미가 회복될 수 없는 병이 들어 쓰러지자, 세상 사람들만이 아니라 호사스럽게 키운 친딸들과 그 사위들마저 외면해버린 그들을 위해 약을 구하러 이승과 저승을 오가며 온갖 신역(辛役)을 다 겪어야 했다. 밥어미는 청승맞게 사설을 늘어놓았다. ……허위적허위적 가다가 저 건너 월수천 건너 바위 밑에 빨래하는 저 부인네, 어디로 가면 세천시어곡을 갑니까? 검은 빨래 하얗도록 다 빨아주면 가르쳐주마…… 커시는 미륵이 되어 바리데기 앞에 버티고 섰다. 나에게 아들 칠형제를 낳아주면 가르쳐주마. 아들 일곱 형제를 다 낳아주고 바리데기 이리 헌다. 미륵님요 미륵님요, 인제는 가르쳐주소. 저 건너가 세천시어곡이다마는 작은 강 큰 강 만경창파 어찌 다 건너가려느냐. 만경창파 앞에 두 다리 뻗쳐놓고 앉아 아이고 데이고 울다보니 해오라기 한쌍이 너울너울 날아와 날개 밑에 져다가는 만경창파 건네준다…… 밥어미가 너울너울 춤을 추자 간이화덕의 불길이 어둠과 어우러져 출렁거렸고, 해오라기가 날아올라 밥어미를 하늘 높이 실어올렸으며, 미륵이 칠형제를 거느리고 나타나 그 뒤를 따르고……

날이 훤히 밝아오고 있었다. 새벽하늘은 깊은 슬픔에 잠긴 눈처럼 푸르렀고, 그 푸른빛은 한번 눈을 감았다 뜰 때마다 그 깊이가 뒤바뀌었다. 간이화덕의 불은 재로 변해가고 있었고, 사과 파이프의 대마초는 싸늘하게 식었으며, 어둠은 빛에게 자리를 내주고 있었다. 눈아래 자리잡은 미군 기지가 모습을 드러내자 커시는 그것을 내려다보며 노래했다.

"아아, 우리들은 이제 밤에 바쳐진 존재들이로다. 낮은 악의에 차고 질투에 찼도다. 낮은 우리를 거짓으로 갈라놓지만 우리는 이제 그 거짓에 속지 않으리니…… 사랑의 밤이여, 우리들 위로 내려앉으소서. 내가 산다는 것을 잊게 하소서. 그대의 가슴에 무너지게 하소서. 이 세계로부터 나를 자유롭게 하소서. 아아, 밤이여, 어둠이여, 그대의 가슴에 무너지게 하소서. 이 세계로부터 나를 자유롭게 하소서……"

그 노래가 내 가슴을 두들겨댔다. 나와 밥어미도 그를 따라 노래했다.

"사랑의 밤이여, 우리들 위로 내려앉으소서. 내가 산다는 것을 잊게 하소서. 그대의 가슴에 무너지게 하소서. 이 세계로부터 나를 자유롭게 하소서. 아아, 밤이여, 어둠이여, 그대의 가슴에 무너지게 하소서. 이 세계로부터 나를 자유롭게 하소서……"

그 노래는 부를수록 내 가슴에 크고 깊은 공동(空洞)을 만들어냈다. 커시는 눈물이 글썽한 눈으로 말했다.

"둘시네아, 나의 둘시네아를 보고 싶어."

그것은 뉴욕에 있는 그의 여자친구의 애칭이었다.

"하지만 돌아갈 수가 없어. 난 탈영병이니까. 머더 퍼킹 아메리카! 머더 퍼킹 아미! 머더 퍼킹 루슬리스 씨스템!"

그는 쓸쓸한 얼굴로 미군 기지를 내려다보며 중얼거렸다.

"아메리카 갈 생각 말아. 아메리카도 코리아도, 이 세상 전체가 다 돈 끼호떼의 악당들이 들끓는 지옥이고, 바리데기도, 병든 그녀의 부모도 돌아보지 않는 냉혹하고 비정한 곳이야. 밤, 밤의 세계만이 우릴 자유롭게 해주는 거야, 리틀 마피아."

밥어미는 그에게 이곳에서 같이 살자고 권했다. 그곳이 내 집이 아니었으므로 내가 상관할 일은 아니었으나 나는 깜짝 놀랐다.

"빈 방은 얼마든지 있어요. 아무 방이나 와서 쓰세요. 대본을 써야 하잖아요."

대본이라니? 밥어미는 말했다.

"우리 유랑극단 만들기로 하지 않았던가요? 공연을 하려면 대본이 있어야죠. 당신은 훌륭한 대본을 쓸 수 있을 거예요."

커시는 웃어댔다. 그러나 웃는 그의 얼굴이 침통하게 일그러졌다.

"내가 다시 이곳으로 돌아올 수 있게 되면 그때 한번 만들어보죠."

"떠날 건가요? 여기서 얼마든지 지내도 좋은데."

커시는 정중히 거절했다. 그럴 필요 없다는 것이었다.

"호의는 정말 고맙습니다. 하지만 머지않아 이런 탈영병 생활 청산하게 될지도 모릅니다. 그러니까 당분간은 떠돌아다니고 싶어요. 편력은 아니지만 이런 뿌리뽑힌 자유랄까, 아니면 부랑의 기분이랄까, 해방감이랄까…… 이런 기분을 느끼는 건 난생 처음이거든요. 이게 참 묘한 기분이더군요. 내 존재의 심연을 들여다보게 만든다고나 할까요."

나는 그들의 대화를 들으며 생각했다. 나라는 자는 평생을 그렇게 살고 있지 않은가. 그렇게 살라는 운명을 지니고 태어나지 않았는가.

이튿날까지 우리의 잔치는 계속되었다. 이틀 뒤에 커시는 떠나갔다. 내가 달러를 몇푼 집어주자 그는 거절했다. 나는 말했다.

"이건 작은 선물이야. 친구 사이에 주는 작은 선물."

그는 빙긋이 웃으며 받아들었다.

"꼭 갚을게."

"지치면 언제든지 찾아와요. 여긴 밥도 있고 잠자리도 있고 친구도 있어요."

밥어미가 떠나는 그에게 한 말이었다.

그러나 그는 다시는 돌아오지 않았다. 일주일쯤 뒤에 내 앞으로 두툼한 우편물이 배달되었다. 음반, 바그너의 「트리스탄과 이졸데」였다. 그 음반에 그가 이곳에서 부른 노래들이 담겨 있었다. 트리스탄은 이졸데와의 사랑으로 인해 그가 속했던 영웅과 명예의 세계로부터 절연당하고 만다. 낮의 세계로부터 추방당한 것이다. 이 세계로부터 자유롭게 하소서. 아아, 밤이여, 어둠이여, 그대의 가슴에 무너지게 하소서…… 그것은 또한 내가 불러야 할 노래이기도 했다. 어쩌면 나야말로 태어난

날로부터 낮의 세계로부터 추방당한 자였으니까.

　그 음반이 배달된 지 한달이 채 지나지 않아 나는 그가 미군 헌병에게 체포되어 군법회의에 소환되었다는 소식을 들었다. 그는 대낮에 대마초에 잔뜩 취한 채로 광화문 한복판에 자리잡은 미국 대사관 정문 앞에 나타나 날 둘시네아에게 데려다줘, 이 돼지새끼들아, 살인자들아, 제국주의자들아, 자본가의 하수인 새끼들아, 압제자들아, 하고 고래고래 외쳤다는 것이다.

7

권상무는 내 곁을 스쳐지나가며 말했다.

"오늘 스트립 걸 하나 새로 온다. 우리 클럽 전속이여."

나는 호기심이 동했다. 스트립 쇼는 미군들이 가장 좋아하는 여흥이었다. 멋진 스트립 걸이 출연하는 클럽은 미군들로 장사진을 이루었고, 그래서 그런 클럽은 미군들만이 아니라 양색시들에게도 환영을 받았다. 물론 클럽 종업원들 역시 스트립 쇼를 좋아했다. 그 짓이 시작되면 종업원들도 일하다 말고 무대를 기웃거렸다. 나 역시 마찬가지였다. 스트립 쇼는 아직 이 나라의 다른 곳에서는 결코 구경할 수 없는, 미군 클럽에서나 얻어볼 수 있는 희한한 구경거리였다.

"잘 모셔. 이름은 멜라니여. 오늘밤에 양놈들 양색시년들 배아지 위에 기어올라가 힘깨나 쓰게 생겼다."

권상무는 흐으, 웃으며 사무실로 들어갔다.

먼저 스트립 쇼를 구경한 것은 제임스 박이었다. 그는 화장실로 돌아와 감탄했다.

"춤이 끝내준다, 새로 온 스트립 걸 말이야. 아이고, 나도 오늘밤엔 패티라도 불러와야 되겠다."

다음 스테이지가 시작되자 나는 구경을 하러 나갔다. 무대 위에서는 두꺼운 화장을 덧칠하여 황인종의 둥글둥글한 얼굴에 깊고 짙은 그림자로 입체감을 살린 여자가 옷을 한꺼풀 한꺼풀 벗어던지며, 커다란 가슴과 엉덩이를 흔들어대며, 가느다란 허리를 앞으로 접었다 뒤로 접으며, 길고긴 다리로 스스로의 몸을 감아올릴 듯 춤을 추고 있었다. 미군 병사들이 손뼉을 치고 휘파람을 불고 환성을 질러댔다. 컴 온, 히어즈 유어 맨, 아임 올 유어즈, 올 유어 칵, 뷰티풀, 원더풀, 멜라니, 오오, 멜라니…… 그녀의 자극적인 춤과 벌거벗은 몸뚱이를 구경하면서 나 역시 제임스 박과 비슷한 생각을 했다. 순금이를 만나야 했다. 그러나 그럴 수 없었다. 병식이형이 집에 돌아와 있었으니까. 그를 생각하면서도 나는 더이상 아무런 가책도 느끼지 않았다. 그는 내가 언제든지 훔칠 수 있는 물건을 지키는 불성실한 경비원일 따름이었다.

영업이 끝나고 대걸레로 화장실 바닥을 닦고 있을 때 탐 존스가 들어와 권상무가 나를 찾는다고 알렸다. 내가 권상무의 사무실로 들어섰을 때 멜라니는 이제 막 술잔을 비우고 있었다.

"부르셨습니까?"

권상무는 아무 말도 하지 않고 멀거니 나를 쳐다볼 따름이었다. 거대한 몸집의 권상무 옆에 앉은 멜라니는 너무나 작았다. 검은색의 짧은 미니스커트 아래 긴 다리를 다 드러낸 그녀는 빈 잔을 탁자에 내려놓고 다시 양주병을 들어 잔을 채웠다. 나는 될 수 있는 한 그녀에게 시선을 주지 않으려 노력했다. 그러기 위해서는 권상무만을 쳐다보고 있어야 했다. 이상한 것은 그가 나를 쳐다볼 뿐 입을 열지 않는다는 점이었다.

멜라니는 잔을 들어 입으로 가져가려다 말고 고개를 들어 나를 빤히 쳐다보았다. 어딘가 낯이 익은 것 같았으나 나는 아직 그녀가 누구인지 알 수 없었다. 어떤 얼굴이 생각날 듯했으나, 나는 그럴 리 없다고 생각하며 얼른 시선을 옮겼다. 나를 쳐다보는 권상무의 시선은 짓누를 듯 무거웠다. 나를 바라보던 멜라니의 입술이 비틀리며 미소가 떠올랐다. 금발의 가발과 짙은 화장 속에 감춰져 있던 그녀의 얼굴과 표정이 그 미소를 통해 얼핏 드러났다.

나는 가슴이 얼어붙는 것 같은 충격과 함께 그녀의 얼굴을 다시 한번 탐색했다. 그럴 리 없다, 하는 생각과 영순이다, 하는 생각이 머릿속에서 어지럽게 교차했다. 다리가 떨리고 숨이 막히고 눈앞으로 현기증이 밀려들고…… 보면 볼수록 멜라니는 영순이와 비슷했다. 어떻게 저렇게 비슷할 수 있을까. 아니, 비슷한 것이 아니라 저 여자는…… 아니다, 설마 영순이가……?

내가 영순이다, 하고 깨달은 순간 그녀가 내 앞으로 잔을 내밀었다.

"너도 한잔 해, 우영아."

그 음성, 그것은 틀림없는 영순이, 나의 영순이었다. 나는 아무 말도 할 수 없었다. 잔을 받을 수가 없었다. 움직일 수도 없었다. 온몸이 마비된 것만 같았다. 그녀의 얼굴에서 시선을 옮길 수도 없었다. 저 눈썹, 작지만 또렷한 눈, 가쁘게 솟은 콧마루, 아랫입술이 윗입술보다 훨씬 두껍게 도드라진 달콤한 저 입술, 그리고…… 컴퍼스로 그려낸 듯 둥근 턱…… 나는 입을 벌렸으나 말이 나오지 않았다.

"맞아? 고아원 동기여?"

권상무가 물었다. 나는 대답할 수 없었다. 말이 나오지 않았다. 그녀의 얼굴만이 눈 가득 차올랐고, 무엇 때문엔지 눈이 아프고 소름이 끼쳐 나는 눈을 그만 감고 싶었다. 저 고아원 앞 숲에서 열에 들떠 더듬던 그녀의 작고 단단하던 젖가슴이 생각났고, 조금 전 붉은 조명 아래, 고함 지르고 휘파람을 불어젖히는 미군 병사들 앞에서 위아래로 흔들리던 젖가슴이 생각났으며, 그 다리가, 내가 색욕을 느끼며 순금이를 떠올렸던 그 희고 긴 다리가, 그 두 다리 사이의 검은 성기가 생각났고……

눈앞이 흐려지는 것을 의식하면서도 나는 그 이유를 알지 못했다. 눈물이 뺨을 타고 흘러내렸다. 슬픔? 나는 슬프지 않았다. 오직 멜라니가 영순이라는 것이 믿어지지 않을 뿐이었다. 도대체 어떻게 하여 영순이가 멜라니가 되었는가? 어떻게 여기 앉아 있는 이 여자가 영순일 수 있는 것인가? 그러나 의심의 여지가 없었다. 멜라니는 영순이었다. 영순이는 멜라니가 되어 있었다. 나는 그녀가 내밀고 있는 술잔을 받아들어 그녀의 얼굴에서 시선을 옮기지 못한 채 술을 마셨다. 권상무가 옆에서 중얼거리는 소리가 들렸다.

"고아원 동기가 맞긴 맞는 모양이네."

나는 술잔을 탁자에 올려놓았다. 권상무는 말하고 있었다.

"하지만 이제 형수님이라고 불러라. 알았냐?"

그의 말끝에 웃음이 묻어났다. 다시 한번 숨이 턱 막혔다. 어떻게 이렇게 된 것일까? 소매 없는 흰 블라우스 밖으로 드러난 그녀의 어깨에 그 두꺼운 팔을 감으며 권상무는 흐으흐으, 웃어댔다. 나도 영순이도 웃지 않았다. 그러나 영순이는 그의 말을 부정하지 않았고, 그의 팔을 뿌리치지도 않았다.

"한잔 더 할라냐?"

권상무가 술병을 들어 산에 술을 채웠다. 나는 여전히 영순이의 얼굴을 바라보며 술잔을 비웠고, 잔이 비자 술잔을 씹기 시작했다.

"이 새끼, 이거 왜 이래? 당장 집어치워, 인마."

권상무가 소리쳤다. 나는 계속해서 술잔을 씹었다. 나를 바라보는 영순이의 얼굴이 일그러졌다. 그녀의 눈빛이 불안감에 휩싸여 촛불처럼 나부꼈다. 그녀는 재빨리 권상무를 훔쳐보고 곧 다시 나를 바라보았다.

"이 자식이 어디서 이 따위 수작이다냐? 당장 그만두지 못해?"

권상무가 다시 고함을 질렀다. 나는 더이상 그를 돌아볼 필요를 느끼지 않았다. 나는 그에게 아무런 관심도 없었다. 영순이, 멜라니, 영순이, 멜라니, 영순이, 멜라니, 영순이, 멜라니…… 나는 그녀의 두 이름을 끝없이 되뇌며 계속해서 잔을 씹어댔다. 권상무가 다가와 그 거대한 손으로 내 멱살을 틀어쥐었고, 그 순간 나는 입안에 가득 담긴 유릿조각을 있는 힘을 다해 그의 얼굴에 내뱉었다.

권상무는 괴성을 내지르면서도 내 멱살은 놓아주지 않았다. 나는 그의 손아귀에 꺼들려 대롱대롱 허공에 매달렸다. 권상무의 얼굴 이곳저곳에서 피가 흘러내리기 시작했으나 그는 피를 닦을 생각도 않고 주먹을 휘둘렀고, 그가 주먹을 휘두를 때마다 나는 바닥에 나동그라졌다. 영순이는, 아니 멜라니는 언제부터인가 고개를 숙인 채 혼자 술을 따라 마시고 있었다. 권상무는 나를 두들겨패면서도 그녀를 돌아보며 술 고만 처먹어 이년아, 하고 고함을 질렀고, 그러나 그녀는 들은 척도 않고 연거푸 술잔을 비워냈다. 나는 권상무에게 주먹을 휘두르고 발길질을 해댔으나 아무런 타격도 되지 못하는 것 같았다. 그는 끄떡도 않고 그 커다란 손으로 내 목을 틀어쥔 채 배에, 얼굴에, 턱에 주먹질을 계속했고, 영순이는 술을 급하게 퍼마셨고, 나를 두들겨패던 권상무가 갑자기 몸을 돌려 그녀에게 덤벼들어 그녀의 어깨를 밀어 쓰러뜨리며 고만 먹으라고 했잖아 이년아, 하고 소리치더니 술병을 들어 동댕이쳤고, 영순이는, 아니 멜라니는 천천히 일어나 찬장으로 가서 또하나의 나뽈레옹 꼬냑을 꺼내 뚜껑을 따기 시작했으며, 그 사이에 나는 깨어진 술병을 집어 입으로 가져가 씹었고, 이번에는 권상무는 두 팔로 얼굴을 가리고 뒷걸음질했으며, 나는 의자를 집어 그의 머리를 내리쳤으며, 그는 쓰러지지도 않고 곧 다시 나에게 덤벼들었고, 나는 다시 한번 입안의 유릿조각들을 그의 얼굴에 힘껏 내뱉었고, 그의 얼굴에 유릿조각 몇이 멋지게 들이박히는 것이 현미경을 통해 들여다보듯 과장스럽게 확대되어 눈앞으로 다가왔으며, 그는, 으으, 비명을 질렀으나, 그 순간뿐, 다시 나에게 다가와 주먹을 휘둘렀고, 나는 벽에 머리를 부딪히며 나자빠졌고, 이렇게 맞다가는 죽어버릴지도 모른다는 생각이 들었고, 그때 갑자기 영순이, 혹은 멜라니가 벌떡 일어나 탁자를 뒤집어엎으며 고함을 질렀다.

"고만 해, 고만 해, 고만 해!"

권상무가 엉거주춤 나에게서 물러났다. 그의 얼굴 군데군데 유리파편이 박혀 피가 흘러내리고 있었다. 어서 그 유릿조각들을 뽑아내지 않으면 그가 움직일수록 더욱 깊이 그의 살 속을 파고들어 나중에는 수술을 하여 뽑아내야만 하는 지경이 될 것이다.

영순이는 울고 있지 않았다. 그녀는 두 눈을 번들거리며 나와 권상무를 쏘아보았다. 나는 깨어진 병을 다시 입으로 가져갔다.

"고만두지 못해, 이 개새끼야!"

권상무가 소리치며 나에게 다가와 술병을 빼앗으려 했으나 내가 얼굴을 그를 향해 돌리고 입안 가득 공기를 들이마시자 그는 두 팔로 얼굴을 가리며 물러났다.

"이 좆만한 자식이 정말로 악바리네, 이거."

"고만 해, 고만 하란 말이야!"

영순이가 고함을 질렀다. 그녀의 목청이 갈라져 쇳소리가 났다. 저 여자가 영순인가? 나는 그녀에게 물어봐야겠다는 생각이 들었고, 그래서 나도 모르는 사이에 입안의 유릿조각들을 꿀꺽 삼켰다. 권상무는 투덜거렸다. 허어, 저, 저 악바리놈의 자식.

"너 영순이야, 멜라니야?"

"보면 몰라? 너도 아까 홀에서 내가 공연하는 것 봤잖아."

나는 그 순간 정녕 그녀의 말을 이해할 수 없었다. 공연? 공연이라니? 무슨 공연 말인가?

"이 새끼 이거 웃기는 놈이네. 얘가 영순이면 어떻고 멜라니면 어떻다는 거여, 이 자식아?"

나는 말했다.

"영순이면 날 따라나와. 그때 안 지킨 약속을 지키려고 온 것이라고 생각할 테니까. 멜라니면 이태원 한복판에서 상무님하고 공연을 하건 나체춤을 추건 내가 상관할 일이 아니고."

권상무가 그 육중한 몸을 일으켜 나에게 덤벼들었으나 나는 이번에는 입안에 유릿조각이 남아 있지 않았고, 그래서 그의 쇳덩이 같은 주먹에 맞아 다시 한번 사무실 바닥을 굴러야 했다. 갑자기 영순이가 깔깔 웃음을 터뜨렸다. 그녀의 흰 블라우스에 핏방울과 술과 딸기즙과 물과 땀과 화장품이 뒤엉켜 있었다. 웃음을 그친 그녀는 나를 쏘아보며 말했다.

"영순이는 죽었어, 이 새끼야. 벌써 옛날에 죽었다구. 어떻게 죽었는지 알기나 하니, 이 새끼야?"

그녀는 또 웃어댔다. 또 술을 찾아내어 병째 들이켰다. 권상무가 그녀를 돌아보며 넌덜머리난다는 듯 투덜거렸다. 저런 미친년. 영순이는 나를 쏘아보며 소리질렀다.

"모르지, 이 새끼야? 너 같은 새끼가 그걸 알 리가 있겠니? 그럼 이런 건 아니? 니 엄만 또 어떻게 죽었는지?"

나는 안다고 생각했다. 그러나 내가 아는가?

"모르지, 이 새끼야? 아무것도 모르는 새끼가…… 그래, 난 나체춤 춰서 돈번다, 이 새끼야."

그녀는 권상무를 가리키며 계속했다.

"저 건달은 남 등도 치고 뚜쟁이 노릇도 하고 여자 붙잡아다 팔아 돈 벌어 먹고산다. 넌 양놈들 오줌쌀 때 구두 닦고 옷 털어줘서 먹고산다 면서, 이 새끼야?"

그녀의 눈에서 눈물이 흘러내리기 시작했다. 눈썹에 바른 화장품, 얼 굴에 바른 화장품이 지워져 흘러내렸다. 흰 얼굴에 검은 눈화장이 흘러 내린 그녀의 얼굴은 광대 같았고, 녹아내리는 초 같았다. 권상무가 그 녀를 붙잡았다. 놔, 놔, 이 새끼들아! 그녀는 발버둥쳤다. 블라우스가 찢어져 검은 브래지어가 드러나고 스커트가 밀려올라가 내가 한번도 만져볼 수 없었던 허연 속살이, 그녀의 공연과는 달리, 함부로 드러났 다. 권상무는 그녀의 허리를 붙잡아 냉큼 어깨에 올려놓았다. 가자, 가. 그의 어깨 위에서 영순이는 발버둥치며 나를 손가락질하며 고함을 질 러댔다.

"불쌍한 새끼, 바보새끼, 지 엄마 어떻게 죽었는지도 모르는 새끼. 니 가 사람이냐, 이 새끼야?"

권상무는 그녀를 들쳐업고 걸어나가면서 거기 기다리던 준태와 뼈드 렁이에게 말했다.

"어디 가서 의사 좀 데려와라."

"병원으로 가셔야 되는 거 아닙니까, 상무님?"

준태가 묻자 권상무는 씹어뱉듯 고함을 질렀다.

"이 씹새끼들아, 열받게 만들지 말고 어서 가서 데리고 오기나 허란 말여!"

"알았습니다!"

"저 새끼 반쯤 죽여서 창고에다 가둬놔라. 내가 내일 회칼로 떠서 초고추장에 말아 씹어불라니까."

영순이의, 아니 멜라니의 발악이 멀어져가고, 문이 여닫히는 소리가 들리고, 권상무의 졸개들의 발걸음 소리가 가까워지기까지 나는 멍하니 그 자리에 서 있었다. 달아나야겠다는 생각도, 영순이를 붙들어야 한다는 생각도 들지 않았다. 마치 오래 전부터 이런 일이 벌어지기로 되어 있었다는 것을 내가 이미 잘 알고 있었던 것 같은 기분이 들었고, 그러나 나 자신에게도, 영순이, 혹은 멜라니에게도 아무런 관심이 없어졌고, 내가 반쯤 죽어 회칼로 떠지더라도, 영순이가 이태원 한복판에서 나체춤을 춘다 해도 그게 어쨌단 말인가, 무슨 상관이란 말인가, 하는 생각까지 들었다.

준태와 뻐드렁이가 사무실로 들어섰다. 벌써 내 입안에서는 피냄새가 돌았다. 그러나 그들은 나를 반쯤 죽여 창고에 가두는 일보다 먼저 도대체 무슨 일이 벌어진 것인지를 알고 싶어했다. 그들은 엎어진 탁자를 바로세울 생각도 않고 거기 엉덩이를 붙이고 앉았다.

"왜 그러냐? 무슨 일이야? 너랑 저 계집애랑 아는 사이냐?"

"와아, 그 씨발년 몸은 끝나게 빠졌더라만 성질은 아주 더럽게 빠졌구만."

"어떻게 만났냐, 저런 년을?"

나는 그들의 얘기도 듣고 싶지 않았고, 그들에게 나와 영순이 얘기를 들려주고 싶은 생각도 없었다. 가슴이 미어지는 것 같았고, 죽어버리고 싶었다. 무슨 꼴 보자고 살 거냐, 하는 생각이 들었다. 나는 권상무의 졸개들에게 말했다.

"그런 건 느네 상무한테 물어보고 어서 반쯤 죽이기나 해라."

입술이 터지고 입안이 부풀어 말이 온전히 나오지 않았다. 준태와 뼈드렁이가 내 말을 알아듣지 못하는 바람에 나는 같은 말을 몇번이나 반복해야 했다.

"어서 반쯤 죽이기나 하라구. 아예 다 죽여버리든지. 너희들 꼴리는 대로 해봐라."

마침내 내 말을 알아들은 그들은 눈을 부라리며 손가락을 우두둑, 꺾어 주먹을 쥐고 덤벼들었다.

정신을 차렸을 때 나는 술창고에 갇혀 있었다. 콘크리트 바닥은 차가웠고, 내 몸도 차가웠다. 온몸의 피가 다 빠져나가버린 것 같았다. 몸을 움직이려 할 때마다 통증이 개떼처럼 온몸 구석구석을 물어뜯으며 덤벼들었다. 뭐 하러 일어난단 말이냐. 나는 콘크리트 바닥에 몸을 맡겨버렸다. 고통 역시 삶의 의지로부터 비롯되는 것일까. 몸뚱이를 포기하고 내던져버리자 오히려 고통이 훨씬 덜해지는 것 같았다. 내일이면, 아니, 몇시간만 지나면 거인 권상무가 시퍼렇게 날이 선 기다란 회칼을 들고 나타나 내 살을 뜰 것이다. 그가 얼마든지 그런 짓을 저지를 수 있는 자라는 것을 나는 알고 있었다. 자신의 입으로 사람을 둘 죽였다고 말하는 것도 들은 적이 있었다. 고리(高利)로 빌려준 돈을 받으러 가서 채무자의 한쪽 다리에 슬쩍 칼을 대어 아킬레스건을 잘라버린 적도 있다고 했다. 이곳은 그렇게 사나워야 살아남을 수 있는 곳이었다. 사냥을 할 것이냐, 사냥을 당할 것이냐, 선택은 그 사이에만 존재했다. 남의 시체를 파먹을 각오를 해야 하는 것이다.

시간이 얼마쯤이나 흐른 것인지 종잡을 수가 없었다. 아직 새벽인 것도 같았고, 이미 날이 훤히 밝은 것도 같았다. 술창고는 낮이나 밤이나 항상 깊은 어둠속에 잠겨 있었고, 한낮에도 불을 켜야만 비로소 작업을 할 수가 있었다. 맥주상자를 옮기기 위해 그곳에 드나들 때마다 나는 언제나 그곳에서 짙은 범죄의 냄새를 맡았다. 사람 서넛쯤은 쉽사리 죽여 없앨 수 있는 곳, 권상무와 그 졸개들을 비롯한 범법자들이 살인이나 납치나 강간 따위의 범죄를 궁리하는 곳이리라고 나는 짐작했다.

대마초가 있다면. 주머니 어딘가에 조금이라도 남아 있을지 모른다는 생각이 들었으나, 몸을 움직일 수가 없었다. 나는 오랜 시간을 들여 다리를 조금씩 끌어올리고, 그 다음에는 팔을 조금씩 끌어들이고, 손바닥으로 바닥을 짚고, 얼굴을 콘크리트 바닥에서 떼어내고, 또다시 오랜 시간을 들여 주머니를 뒤적거렸으나 대마초는 찾을 수 없었다. 나는 한참 동안 쉰 다음 어둠속에서 다리를 꾸물거리고 팔을 뻗어 술상자들을 더듬거리고, 다시 다리를 꾸물거리고 팔을 뻗는 짓을 거듭하여 마침내 개봉된 상자에서 양주병을 하나 꺼냈다. 술병을 입으로 가져가 한참 동안이나 마신 다음 통증이 심한 팔다리에, 손등과 이마에도 뿌렸다. 술이 통증과 더불어 상처 속을 파고들었다.

얼룩진 화장과 땀과 눈물로 뒤범벅이 된 영순이의 얼굴이 떠올랐다. 이 새끼야, 하고 외치던 그녀의 증오에 찬 눈이 생각났다. 그녀가…… 정말 영순이었는가? 믿고 싶지 않았다. 차라리 내가 해괴한 마술에 걸려 환각에 빠져 있는 것이라면 얼마나 좋을까.

내가 하루라도 영순이를 잊고 산 날이 있었던가. 그녀가 아비와 함께 사라져버린 때로부터 그녀 찾기를 포기한 이후 한동안은 매일, 하루종일 나는 그녀만을 생각했다. 다른 생각은 할 수가 없었다. 그녀를 잃었다는 것, 그 사실만이 시간마다 심장을 압박해왔다. 오히려 그렇게 그녀는 내 곁에 남았다. 그것은 그녀가 사라지기 전과는 다른, 오히려 그보다 훨씬 더 생생한 현존이었다. 스스로를 위로하기 위하여 나는 종종 생각했다. 이렇게 영순이는 내 곁에 남아 있다…… 아침에 깨어나면 그리움이 정수리 끝에서부터 젖어내려 이마를 적셔오고, 이어 온몸으로 끈끈하게 흘러내렸다. 술로도 대마초로도 그리움은 씻겨나가지 않았다. 그리움과 상실감은 내 마음속 깊은 곳에서 물처럼, 물가의 나무들이 물속에 드리우는 길고긴 음영처럼 때로는 고요히, 때로는 거칠게 흔들리고 출렁거렸다.

바로 어제까지만 해도, 그 가능성을 믿지는 않았으나, 나는 영순이를 다시 만날 수만 있다면 무슨 짓이라도 할 수 있을 것이라고 생각했다. 오늘 나는 그녀를 만났다. 그러나 지금 나는 무엇인가? 영순이는 또한 무엇인가? 다시 만난 것이 그녀와 나에게 무엇이었는가? 내가 그녀를 위해 무엇을 할 수 있을 것인가? 그녀는 나를 위해 무엇을 할 수 있는가? 다시 만나는 것으로 그녀와 나는 서로를 잃었을 뿐이다. 빼앗겼을 뿐이다.

문득 수치심으로, 나 자신에 대한 혐오감으로 내 얼굴을 깨뜨리고 싶어졌다. 멜라니가 옷을 한꺼풀 한꺼풀 벗어던지다가 마침내는 알몸이 되어 커다란 젖가슴과 검은 성기를 드러낸 채 기괴한 동작으로 온몸을 이리 꼬고 저리 꼬는 것을 뻔히 바라보면서도 그 젖가슴이 바로 2년 전까지 내가 탐하던 바로 그 젖가슴이라는 것을 알지 못했고, 그 여자가 영순이리라고는, 비록 짙은 화장으로 얼굴을 가리고 있었다고는 하지만, 그 얼굴을 뻔히 쳐다보면서도 나는 알지 못했다. 그녀를 보며 나는 욕망을, 구정물 같은 욕망을 느꼈을 뿐이다. 그런 내가 그녀에게 니가 영순이냐 멜라니냐, 하고 물을 수 있었다니. 영순이가 내가 알던 그녀가 아니었듯 나 역시 그녀가 알던 심우영은 아니었다. 심지어 나는 내가 알던 심우영도 아니었디. 2년, 2년 지났을 뿐인데 우리는 너무나 멀리 떨어진 곳에 서 있었다. 찔끔 눈물이 났다. 이 새끼야, 이 새끼야, 하고 소리치며 탁자를 뒤엎고 술병을 내던지는 그녀를 보며 내가 느낀 것은 당혹감이었는가 슬픔이었는가.

술창고 바깥쪽에서 인기척이 들려왔다. 마침내 권상무와 그의 졸개들이 회칼을 들고 나타난 것일까. 나는 두 다리가 없어 시장바닥을 기며 고무줄이나 접착제 따위를 팔고 다니는 장애인을 떠올렸다. 내 아비와 어미의 자식으로서는 잘 어울리는 행색이었다. 바깥에서 사람의 발걸음 소리에 이어 쇠붙이가 달그락거리는 소리, 마침내 사람의 음성이 넘어왔다.

"우영아, 어서 나와."

뜻밖에도 그것은 영순이었다. 그녀가 내 팔을 잡아 일으켜세웠다. 그 뒤에 권상무가 서 있었다. 그는 나를 쏘아보며 제 머리통보다 더 큰 그 주먹을 쥐고 흔들어대며 말했다.

"너 이 바닥에 다신 얼굴 내밀지 마. 니 꼴 눈에 뜨이면 그 길로 묻어버릴 테니까."

그는 영순이의 팔목을 거칠게 움켜쥐고 끌어당겼다. 영순이는 나를 부축하고 있었으나 그의 완력을 당해낼 수는 없었다. 그녀가 끌려가면서 나는 다시 바닥에 나자빠졌다. 어서 꺼져, 이 자식아. 권상무가 내 허리를 걷어찼다. 영순이가 고만 해요, 하고 소리쳤다. 나는 엉금엉금 기어 술창고를 벗어나 탁자를 붙잡고 간신히 몸을 일으켰다. 영순이가 말했다.

"어서 가, 우영아. 어서 도망가."

나는 탁자와 벽에 의지하여 느릿느릿 걸음을 옮겼다. 등뒤로 권상무가 지껄이는 소리가 들려왔다.

"어디서건 눈에 보이기만 하면 그 자리에서 목줄을 따버릴 테니까. 알았어?"

문가에 이르자 나는 권상무를 향해 돌아섰다. 그냥 갈 수가 없었다.

나는 권상무를 노려보았다. 저 새끼 저거 아직 정신 못 차렸구만. 이리
와, 이 새끼. 그가 성큼성큼 나에게 다가왔다. 영순이가 그를 붙잡았다.
이를 악물고 그가 나를 쏘아보았다.

"다시 나타나기만 하면 사지를 잘라버릴 테다, 이 새끼."

나는 물었다.

"니가 나를? 아니면 내가 너를?"

권상무가 영순이를 뿌리치고 나에게 다가왔다. 그의 왼손이 바윗덩
이같이 굳게 쥐어져 있는 것이 보였다. 나는 버텨서서 기다렸다. 더이
상 맞는 것은 두렵지 않았다. 그의 졸개들에게 몇시간 동안 야구방망이
와 쇠파이프로 매타작을 당한 것이 불과 몇시간 전이었다. 맞을 때는
아프지만 시간은 지나게 마련이었다. 한두차례 더 맞을 뿐이다, 하고
나는 생각했다. 그때 뒤쪽에서,

"심우영씨."

누군가 나를 불렀다. 나에게 다가오던 권상무가 우뚝 멈춰섰다.

"저건 또 뭐야? 어떻게 여기까지 들어왔어?"

나는 뻣뻣해져 움직이려 하지 않는 목을 억지로 틀어 뒤쪽을 돌아보
았다. 거기 밥어미가 서 있었다. 그녀는 태연하고 당당했다. 태초부터
거기 서 있었다는 듯 의연했고 장수처럼 당당했다. 그녀를 발견한 순간
물론 나는 깜짝 놀랐으나, 그와 함께 안도감을, 알 수 없는 크나큰 안도
감을 가졌다.

"어서 갑시다, 우영씨."

그녀가 내 겨드랑이에 팔을 넣어 부축했다. 그 순간 나는 정신을 잃
었다.

제4부
영혼이여,
산에서 헤매는가
골짜기에서 헤매는가

1

여기는 당신의 나라가 아니에요. 당신은 이 나라 사람이 아니에요. 여기는 남의 나라예요. 당신 나라는 저기 멀리…… 아주 멀리 떨어져 있어요. 남의 나라에서 살면서 이런 정도 설움받는 거야 어쩌면 흔한 일일 수 있어요. 당신보다 더 큰 설움으로 억장이 천번 만번 무너진 사람이 하나둘이 아니에요. 밥어미는 엎어져 통곡하는 나의 등을 끝도 없이 쓰다듬으며 말했다. 그 나라에서는…… 모든 인연이 아름다워 모든 사랑이 성취되는데, 심지어는 사람과 곰이 사랑을 나누고, 나비와 지렁이가 화촉을 맺어요. 모든 꿈은 이루어지거나 거기 이르는 길이 열려요. 사람과 사람 사이를 돈, 불신이나 증오, 신분이나 직업, 직위 같은 것이 벽처럼 가로막고 있는 것이 아니라 이해와 관심이 잔칫집 대문처럼 열려 있어요.

나는 그 말이 무슨 뜻인지 알지 못했다. 아니, 그런 말은 아예 들리지도 않았다. 내가 술잔을 비우는 족족 밥어미는 곧 소주를 따라주었고,

나는 거듭거듭 잔을 비워내며 울고 또 울었다. 나는 눈물이 무력하고 무의미한 것임을 이미 대여섯살 때부터 알고 있었으나…… 울음을 그칠 수 없었다. 나는 그때 처음 알았다. 눈물은 눈에서 흐르는 것이 아니었다. 눈은 다만 눈물의 마지막 배출구일 따름이었다. 눈물은 내 몸 가장 깊은 곳에서, 온몸의 관절 마디마디에서 솟아났다.

밥어미가 정신을 잃은 나를 들쳐업어다 누인 곳은 내 방이 아니라 그녀의 방이었다. 통증으로 일어나 앉는 것은 물론이요 몸을 옆으로 누이는 것마저 힘들었다. 가만 누워 있어요, 가만있어요. 나는 속옷바람으로 누워 있었고, 밥어미는 물수건으로 상체의 핏자국을 닦아내고 있었다. 아아, 나도 모르는 사이에 비명을 질렀다. 그녀가 말했다. 갈비뼈가 부러졌어요. 그녀는 내 어깨와 팔, 다리와 무릎도 천천히 닦아내려갔다. 다리에 금이 갔어요. 왼쪽 다리. 그녀의 어조는 언제나와 마찬가지로 조용하고 한가로웠다. 그래서였는지도 모른다. 나는 별로 걱정이 되지 않았다. 그런 것은 전혀 중요치 않은 일이었다. 중요한 것은…… 내가 영순이를 마침내 잃었다는 것이다. 그녀를, 그녀의 벌거숭이 몸뚱이를, 권상무의 어깨에 올려진 채 버둥거리던 그녀의 벌거숭이 다리를 떠올리자 걷잡을 수 없는 눈물이 쏟아지기 시작했다.

처음 그녀가 나에게 내민 것은 술도 밥도 아니라 대마초였다. 나는 기꺼이 그 연기를 가슴 깊이 빨아들였고, 잠시 후 다시 정신을 잃었다. 다시 깨어났을 때 팔과 다리에 각기 부목이 받쳐져 붕대가 두껍게 감겨 있었다. 나는 일어나 앉으려다가 다시 쓰러졌다. 다리와 가슴, 어깨에서 통증이 한꺼번에 덤벼들어 몸을 무너뜨렸다. 누운 채로 나는 방안을 둘러보았다. 방안에는 세간살이라고는 전혀 눈에 띄지 않았다. 옷장이나 이불장은 물론이요 서랍장 하나 없었다. 그 시절 흔하던, 옷이나 양말짝 따위를 넣어두는 궤짝조차 없었다. 이부자리가 방 한쪽 구석에 접혀 있고, 그 위에 베개가 놓여 있으며, 공터 쪽을 향해 난 작은 들창 옆에 띄엄띄엄 못이 박히고 거기 옷가지가 한둘 걸려 있을 뿐이었다. 그 외에는 빗물이 줄줄 흘러내린 자국이 엿보이는 이쪽 벽에도 저쪽 벽에도 살림살이가 놓인 것이 아니라 커다란 무신도들이 붙어 있고 그 앞에 제단을 대신하는 듯 작은 상 하나가 놓여 있었다. 그러나 그뿐, 신칼이나 방울 같은 것도 없었다. 밥어미는 무당인가? 그러나 나는 그녀가 굿을 올리거나 기도를 드리는 것을 본 적은 없었다. 무당집이라는 것을 알리는 흰 깃발을 내건 적도 없었다.

밥어미는 내 몸의 상처들에 소독을 하고 옥도정기를 바르고 소염제를 문질러 바르면서도 끊임없이 혼잣말처럼 사설을 늘어놓았다. 이 나라 내력을 니가 아냐, 이 나라 내력을 니가 알아…… 눈물로 흐려진 눈으로 고개를 들면 습기로 얼룩덜룩한 벽지에 나붙은 장군들과 귀신들이 나를 내려다보고 있었고, 그들은 나를 위로하려는 듯 고개를 끄덕이고 한숨을 내쉬었다. 어두컴컴한 방안에 내 울음소리 외에 또다른 울음소리들이 들리는 것 같아 나는 울면서도, 술을 마시면서도 가끔 숨을 죽이고 귀를 기울였다. 들리는 것은 밥어미의 길고 끈질긴 사설소리뿐이었다. 이 나라 내력을 니가 아냐. 모르거든 들어봐라. 나무들은 뿌리 내리고 잎 피고 꽃 피고 열매 맺는데 돌덩이 흙덩이는 왜 그리 못하는지 니가 아냐. 짐승들은 기고 걷고 뛰는데 나무들은 왜 가도 오도 못하는지 니가 아냐. 새들은 허공을 차고 오르고 나비는 바람보다 가볍게 공기를 타는데, 짐승들은 왜 날지 못하는지 니가 아냐. 우리 혼이 어째서 몸뚱이에 갇혔는지 니가 아냐. 왜 몸뚱이 죽은 다음에야 겨우 거기서 벗어나는지 니가 아냐…… 그러다가도 그녀는 나에게 술잔을 내밀었다. 어서 먹어요, 어서 먹어.

우르르 우르르, 천둥이 쳤다. 온세상이 뒤흔들렸고, 폭발하듯 창밖이 새하얀 빛으로 타올랐다. 빗줄기가 더욱 굵어져 함석지붕을 난타했다. 천둥과 번개와 빗줄기 속에서 방안은 마치 표류하는 작은 범선처럼 뒤흔들렸다. 나는 속으로 부르짖었다. 휩쓸어버려라, 이놈의 세상. 모조리 쓸어가버려라. 벽에 붙은 장군들이 고개를 저었다. 귀신들이 혀를 찼다. 너희들 귀신들은 아직도 이 세상에 미련이 있단 말이냐. 나는 울지 않기 위해 이를 악물고 방바닥을 이마로 들이받았다. 슬픔으로 허리가 끊기는 듯 아팠다. 밥어미가 말했다. 당신이 우는 게 나는 기뻐요. 나는 이해할 수 없었다. 우는 게 기쁘다니? 밥어미는 말했다. 우는 건 사람뿐이에요. 왜 울겠어요? 사람만이 울면서 태어나요. 사람일 때만 우는 거예요. 나는 듣고 있지 않았다. 어떻게든 영순이를 권상무로부터 빼앗아와야 한다는 생각으로 마음이 조급해졌다가 다음 순간에는 그녀에 대해서마저 걷잡을 수 없는 증오가 들끓었다. 술잔을 잡아 입으로 가져갔다. 이를 악물고 참는데도 불구하고 나의 의지를 거역하고 눈가에 흘러내린 눈물을 밥어미가 닦아주었다. 개도 토끼도 소도 뱀도 지렁이도 새도 나무도 나비도 벌레도 꽃도 울면서 태어나지 않아요. 세상에 오직 사람만이 울면서 태어나요. 왜 우는 걸까요? 나는 멍하니 그녀를 쳐다보았다.

방은 좁았고, 방문과 한쪽 벽, 창문과 다른 한쪽 벽 사이는 손을 뻗으면 닿을 듯 가까웠다. 그 좁은 벽들에 무신도가 가득했다. 수염을 늘어뜨린 귀신들과 칼과 언월도(偃月刀)와 삼지창을 든 장군들이 늘어서 있었다. 그 옆으로 얼핏얼핏 어미의 얼굴이, 아비의 얼굴이 떠올랐다가 놀라 자세히 들여다보면 어느새 사라져버렸다. 벽에서는 빗물이 줄줄 흘러내렸고 그것은 꼭 이 방이 울고 있는 꼴이었다. 나는 대마초에 불을 붙였다. 밥어미가 눈물 젖은 눈으로 물끄러미 그것을 쳐다보았다. 내가 대마초를 내밀자 그녀는 그것을 받아물었다. 나는 그녀와 대마초를 주고받으며, 30촉짜리 알전구가 밝힌 희미한 공간 안에 대마초 연기가 가득 차오르고 그와 더불어 환각이 그 방안에 차오르기를 기다렸다.

자다 깨고, 깨어나면 밥어미가 권하는 대로 밥을 먹고 술을 마시고 대마초를 피우고, 다시 쓰러져 잠들기를 며칠이 지났을까. 갑갑했다. 숨이 막힐 것 같았다. 나는 뛰쳐나가기 위해 벌떡 일어섰으나 다시 고스란히 그 자리에 쓰러졌다. 통증이 내 몸뚱이를 점령하고 있었다. 밥어미가 방문을 열어주었다. 빗줄기가 사선으로 내리긋고 있었다. 하늘이 물로 가득해 터져버린 것 같았다. 세상이 거대한 물주머니 같았다. 한강 유역에 홍수가 나 삼각지가 물에 잠기고 동대문 일대가 침수되어 교통이 두절되었으며 우이동에서는 산사태가 벌어져 집들이 무너지고 사람이 다쳤다고 했다. 나는 일어나 앉았다. 아니, 밥어미가 나를 부축해 일으켜 앉혔다. 그녀의 부축을 받아 나는 마루로 나갔다. 왼쪽 다리를 쓸 수 없었으므로 나는 밥어미의 몸에 매달려야 했다. 그녀가 작은 몸으로 내 체중을 별로 어렵지 않게 감당해내는 것이 신기했다. 공터 여기저기 빗물 웅덩이가 자리잡고 있었다. 그녀와 내가, 그리고 앤소니 커시가 어울려 고기를 굽고 술을 마시던 간이화덕도 빗줄기에 젖어가고 있었다. 그 옆에 그녀가 우물을 파던 자리가 시커멓게 주둥이를 벌리고 있었다. 물이 고였을까. 그러나 만일 고였다 해도 그 물은 비가 그치면 곧 잦아들고 말 것이다. 그것은 우물로서 기능하기 어려울 것이다. 밥어미는 어째서 이 꼭대기에 우물을 파는 것일까?

그때였다. 빗줄기 속에서 남산을 넘어오는 것, 그것은 푸른 불덩이였다. 나는 꼼짝도 못한 채 그것을 지켜보았다. 틀림없었다. 은행나무의 눈동자였다. 그 불덩이는 판잣집들의 지붕을 스칠 듯 타고 넘어와 공터 한가운데 잠시 머물렀다가 나를 향해 다가왔고, 내 눈앞에서 내 몰골을 들여다보는 듯 한동안 위아래로 흔들리며 머물렀다. 공터 전체가, 쏟아지는 빗줄기까지 푸르게 물들었다. 푸른 눈동자는 돌연 내 머리 위를 지나 남영동 쪽으로 치달려 내려갔다. 저거, 저거 보여요? 밥어미도 그 쪽을 바라보고 있었다. 그 푸른 불덩이는 순식간에 하늘 높이 치솟았다가 다시 이쪽으로 달려와 공터를 한바퀴 돌고, 밥어미의 구덩이를 들여다보고, 그 안으로 밀고 들어갈 듯 크게 위아래로 흔들리다가 다시 내 앞으로 다가와 머물렀다. 더이상 그것이 무섭지 않았다. 밥어미가 말했다. 우영이에게 말하고 있어요. 그렇다. 그 푸른 눈동자는 이글거리며, 깜빡이듯이 커졌다 작아졌다를 반복하며 나를 세밀히 살펴보며 나에게 말을 걸고 있는 것 같았다. 빗줄기 속에서도 그것은 젖지 않았고 꺼지지도 않았다. 푸른 눈동자가 천천히 좌우로 흔들리며 공터 한가운데로 움직여가더니 공터를 맴돌았다. 한 바퀴, 두 바퀴, 천천히, 마치 그곳이 어떤 곳인지 샅샅이 살피려는 듯 여기저기 잠시 멈추기도 하며, 지면으로 좀더 가까이 내려왔다가 다시 허공으로 떠오르기도 하며, 공터를 맴돌던 푸른 눈동자는 갑자기 하늘로 치솟아 남산 너머로 사라져버렸다.

저게, 저게…… 나는 말을 이을 수 없었다. 밥어미가 나를 지켜보며 기다리고 있었다. 나는 두서없이, 고아원, 은행나무, 그 은행나무가 흘리는 땀, 푸른 눈동자…… 같은 것들에 대해 얘기했다. 밥어미는 말없이 내 등을 쓸어주었다. 벌써 두번째였다. 그놈은 왜 날 따라다니는 것인가? 빗줄기가 줄기차게 쏟아지는 공터는 그 푸른 눈동자가 사라지면서 갑자기 공허해졌다.

나는 마루에서 일어나 한쪽 발에 신발을 꿰어신었다. 밥어미가 만류하는 눈빛으로 잠시 나를 쳐다보다가 따라나섰다. 그녀와 나는 빗줄기 속으로 들어섰다. 빗줄기가 몸을 난타했다. 온몸이 금세 비에 젖었다. 그녀의 머리칼이 뺨에 달라붙었다. 아무리 둘러봐도 푸른 눈동자의 자취는 없었다. 나는 우물을 향했다. 거기 빗물이 고여 있었다. 내가 그녀에게 물었다. 왜 이런 걸 파는 겁니까? 번갯불이 새하얗게 천지를 가르고 우르르, 우레가 쳤다. 그녀는 대답하지 않았다. 그저 미소지을 뿐이었다.

눈아래 비에 잠긴 도시가 펼쳐졌다. 시가지는 비안개에 뿌옇게 가려져 있었다. 남산 기슭 비탈진 언덕에는 판잣집과 이삼층짜리 벽돌건물들이 서로의 어깨를 비집고 빼곡하게 들어차 있는 데 반하여 산 아래에는 넓고 평평한 대지 위에 미군 기지 건물들이 넉넉한 공간을 차지하고 띄엄띄엄 자리잡고 있었다. 나무들이 비바람 속에 머리를 숙이고 서 있었다. 밥어미가 우산을 가지고 와 씌워주었다. 여기 용이 살고 있었다고 그녀는 말한 적이 있었다. 이제 이곳에는 용 같은 것은 없었다. 머나먼 다른 나라에서 온 병사들, 그리고 그들에 빌붙어 먹고살기 위해 발버둥치는 가난뱅이들, 피난민들, 매춘부들과 뚜쟁이들, 밀수꾼들이 그 자리를 차지하여 살고 있었다. 밥어미가 밑도끝도 없이 얘기를 꺼냈다. 옛날 옛날 한옛날 용왕녀라는 여자가 있었다. 용왕의 노여움을 산 그녀는 지상으로 쫓겨나 살게 된다. 그런데 고향이 그리워 견딜 수가 없게 되자 창문 밑에 우물을 파고 그 우물을 통하여 용궁에 드나든다. 그것이 그녀 얘기의 대강이었다. 나는 밥어미의 우물도 그 얘기도 이해할 수 없었다. 그러니까 저것은 우물이 아니라 통로라는 것인가? 밥어미 역시 용왕녀처럼 그 우물을 통해 어딘가로 드나들 작정이라는 것일까? 어미의 얘기가 귀에 들리는 듯했다. ……실 끝에는 여전히 바늘이 달려 있었고, 그 바늘이 커다란 시퍼런 지네 몸뚱이에 꽂혀 있더란다. 이미 죽어 움직이지를 않더란다. 다음날부터 그 남자는 다시는 나타나지 않았더란다. 처녀는 어미를 원망했으나 아무리 원망을 해봐도 그 남자가 되살아나지는 않았더란다…… 나의 아비는 지네요, 그 지네는 우물을 통해 어미의 방에 드나들었다. 그러니까 어쩌면 나 역시 우물을 통해 어딘가로, 아아, 영순이의 방으로 드나들 수 있을지 모른다……

밤에 온몸이 열에 들떠 나는 눈을 떴다. 온몸이 땀으로 흠뻑 젖어 있었다. 밥어미가 근심스런 눈으로 나를 내려다보고 있었다. 벽에 늘어서 있던 장군들, 귀신들이 내려와 밥어미와 함께 나직한 음성으로 얘기를 나누었다. 그들 사이에서 내가 아비와 어미의 얼굴을 보았던가. 나를 내려다보는 밥어미의 눈은…… 안개 같았다. 안개 같은 것이 뭉클뭉클 그 눈에서 피어나는 것 같았다.

날이 밝아오고 있었다. 방안에는 희붐한 빛과 어둠이 뒤섞여 있었다. 손을 뻗으면 그 빛과 어둠을 쓰다듬고 어루만져 갈라놓을 수 있을 것처럼 빛과 어둠의 교차는 명료했다. 그 여명 속에서 벽에 붙은 장군들과 귀신들의 얼굴은 스스로 빛을 내는 듯 또렷했다. 저들과 같이 서 있는 아비 어미를 본 것은 어제였던가 그제였던가. 아니, 바로 몇시간 전이었던가. 빗줄기 속에서 밥어미와 함께 용산 거리를 내려다본 것이 어제였는지 그제였는지도 잘 알 수가 없었다. 아직 팔과 다리에는 부목이 묶여 있었다. 머리맡에는 세숫대야에 물수건이 담겨 있는 것이 보였다. 나는 문득 내가 더이상 울 수 없다는 것을 깨달았다. 눈물이 나지 않을 뿐 아니라 목이 쉬어 말도 제대로 할 수 없었다. 덕지덕지 화장을 한 얼굴에, 니 엄마 어떻게 죽었는지 알아, 하고 외치다가, 깔깔거리다가, 눈물을 흘리다가, 권상무의 목에 매달려 질질 끌려가던 영순이의 짧은 스커트 아래로 훤히 드러나 있던 눈부신 흰 다리와 허벅지가 생각나는데도 마음이 먹먹할 뿐, 가슴이 찢기는 것만 같던 통증은 더이상 느껴지지 않았다. 그 일은 그만 오래 전에, 나와는 상관없는 사람들 사이에서 벌어졌던 일인 것 같은 막막한 기분이었다. 통증이 매순간마다 몸을 찢을 듯 버둥거리던 자리에는 묵직한 상실감이 자리잡았다. 내가 움직일 때마다 그것은 몸속에서 종의 추처럼 흔들려 뎅경뎅경 종소리를 냈다.

밥어미는 방 윗목에 누더기 속에 쓰러져 잠들어 있었다. 흰 얼굴, 넓은 이마, 붉고 풍부한 입술. 푸른 안개를 풀어내는 눈은 감겨 있었다. 그녀가 누워 잠들어 있다는 것이 일순 기이하게 여겨졌다. 이곳에 돌아온 이래 나는 그녀가 잠든 것을 한번도 본 적이 없었다. 그녀는 잠시도 내 곁을 떠나지 않았다. 내 곁에 앉아 눈물을 닦아주고, 알 수 없는 얘기들을 끊임없이 중얼거리며 나를 위로하려 애썼다. 내가 쓰러지거나 잠들면 머리맡에 앉아 물수건으로 얼굴을 닦아주고 정신을 차릴 때까지 기다렸다가 밥이나 콩나물국을, 동태국을 먹이려 애썼다. 얼굴과 무릎, 어깨의 상처에 약을 발라주고 얼음찜질을 해주었다. 그녀는 나에게 아무것도 묻지 않았고 아무것도 요구하지 않았다. 어째설까, 이 여자가 나에게 이 모든 것을 베푸는 이유는. 나에게 무엇을 기대하는 것일까.

나는 밥어미가 깨어나지 않도록 조심조심 방을 나섰다. 아직 팔을 움직이는 것은 힘들었으나 다리는 그럭저럭 질질 끌고 다닐 수 있을 만큼 통증이 완화되어 있었다. 마루 끝에 내 구두가 놓여 있었다. 나는 구두를 발에 꿰어 공터로 나갔다. 깨어진 벽돌조각과 찢어진 골판지들, 못이 박힌 나무토막들을 밟으며 나는 공터 끝 벼랑 바로 앞까지 걸어갔다. 비는 개었으나 아직 먹구름은 나직하게 드리워 시가지를 점령하고 있었다. 해방촌의 다닥다닥 붙은 판잣집과 천막집 너머 서울 시가지가 펼쳐져 있었다. 크고 작은 건물들, 도로, 벌써 그 위를 오가는 차들, 길게 뻗은 철길 위로는 기차가 달리고, 미군 기지의 막사들과 초소, 연병장, 효창공원의 푸른 숲, 검은 하늘 아래 아직 눈물처럼 불을 달고 서 있는 가로등…… 어디선가 닭이 울고 개가 짖어댔다.

너무나 멀었다. 내가 결코 도달할 수 없는, 나와는 인연이 닿지 않는 세계의 풍경이었다. 정상인들의 세계, 고아들의 세계도 아니고 지네의 세계가 아닌. 그것은 나나 영순이 같은 자들은 결코 도달할 수 없는 세계의 아침이었다. 내 것이 아닌 세계. 나는, 그러나 내 것이 아니라는 것이 다행스러울 뿐이다, 하고 생각했다. 후르르, 한숨이 새어나왔다. 영순이를, 어미를 생각하자 몸속의 거대한 종이 뎅겅, 큰 소리를 내고 울었다. 어미, 무덤도 없이 죽었을 나의 어미, 쓰레기봉투 같은 것에 아무렇게나 처넣어져 쓰레기장의 소각로 같은 곳에서 불태워지고 말았을 나의 어미. 몸이 부르르 떨렸다. 몸서리가 났다.

이곳이 나의 세계가 아니지만 나는 이곳에서 살아남아야 했다. 다른 선택의 길이란 없었다. 저 안으로 들어가 나의 영역을 확보해내야 하는 것이다. 전투하는 병사들처럼 교두보를 확보하고, 그것을 지켜내는 한편 그 영역을 확장시켜 근거지를 마련하고, 생존의 영역을 확보해야 했다. 권상무가 악에 받쳐 내뱉은 말이 생각났다. 다시 나타나기만 하면 사지를 잘라버릴 테다, 이 새끼. 사지가 절단나는 한이 있어도 다시 그곳으로 내려가야 하는 것이다. 나는 새삼스러울 것도 없는 결의로 이를 악물며 공터를 서성거렸다. 남산 쪽으로 급경사를 이룬 높다란 언덕, 그 위에는 판잣집이 하나 아슬아슬하게 얹혀 있었고, 언덕에는 나무뿌리들이 뒤엉켜 있었으며, 몇그루 소나무들이 기이한 자세로 그 언덕에 뿌리를 내리고 공터를 향해 삐죽삐죽 가지와 잎들을 내밀며 자라나고 있었다. 공터 한가운데에는 밥어미의 우물이 희붐하게 밝아오는 하늘을 향해 커다랗게 입을 벌리고 누워 있었고, 그 옆에는 커다란 팽나무 한그루가 용틀임을 치며 하늘을 향해 한껏 가지를 뻗어올리고 있었다. 영순이를…… 어떻게 해야 하는 것일까? 모르는 체해야 할까? 어미의 죽음의 경위를 알기 위해서는 영순이를 만나야 했고, 그녀를 만나기 위해서는 권상무의 영역을 침범해야 했으며, 그것은 내 사지가 절단날 각오를 해야 하는 일이었다.

남산에서 바람이 불어내려오자 팽나무 가지들이 살아 있는 듯 부르르 떨렸고 그 굵은 나무둥치가 무겁게 꾸물거렸다. 왜 사람들은 이 빈 터를 남겨두었을까. 왜 여기에는 집을 짓지 않았을까. 나염공장 담벽 옆에서는 밥어미의 방 들창이 거대한 짐승의 눈처럼 시커멓게 이쪽을 내다보고 있었고, 녹슬고 이지러진 함석지붕 위에 바람에 들떠 날리는 것을 막기 위해 올려놓은 커다란 바윗덩이들은 그 짐승의 뿔 같았다. 지저분하고 을씨년스러운 판자촌 빈터일 뿐이었다. 참새들이 후드득 날아올라 남산 쪽으로 하늘을 가로질러 사라졌다. 그들의 지저귐이 희뿌연 대기 속에 방울방울 떨어져내렸다. 내 세계의 아침은 언제 오는 것일까. 내 세계는 어디에 있는 것일까. 나는 거기 쪼그리고 앉아 낯선 세계의 아침이 밝아오는 것을 오래오래 지켜보았다. 밥어미가 중얼거리던 애기가 떠올랐다. 여기는 당신의 나라가 아니다. 당신은 이 나라 사람이 아니다. 여기는 남의 나라다. 당신 나라는 저기 멀리…… 아주 멀리 떨어져 있다…… 그게 무슨 뜻이었는지를 어렴풋이 알 것 같았다. 그렇다. 진정 이곳은 나의 나라가 아니었다. 이미 오래 전부터 나는 그것을 알고 있지 않았던가. 이곳은 나를 늘 고아로 떠돌게 만드는 곳, 기회만 생기면 나를 새로운 절망의 구렁텅이로 몰아넣는 곳, 낯선 땅, 적들의 영토에 불과했다.

적들이다, 이곳의 주민들은. 그렇게 생각하고 나자 오히려 마음이 훨씬 편해졌다. 동시에 세상이 훨씬 더 명료하게 보였다. 눈이 트이는 것 같았다. 고아원의 원장이나 총무, 권상무 같은 자들이 나에게 그토록 가혹하게 굴 수 있었던 것은 다름아니라 내가 그들의 적이기 때문이었다. 내가 해야 할 일들, 영순이를 위해서, 그리고 어쩌면 권상무에게서 그녀를 되찾아오기 위해서, 나아가서는 복수를 위해서 해야 할 일들 역시 훨씬 분명하게 정리가 되었다.

전투였다. 나는 적지에서 전투를 하는 것뿐이다. 그것이 내가 마주친 사태의 본질이었다. 나는 부목이 붙은 팔다리를 내려다보았다. 부상, 전상(戰傷)이었다. 전투에서 부상을 당하는 것은 당연했다. 외로운 것도 당연했다. 이곳은 적지니까. 효과적인 전투를 하기 위해서는 나는 전투력을 확보하고 그것을 조직해야 했다. 전략과 전술을 마련해야 했다. 영순이는 적의 포로가 되었다. 그러니까 나는 그녀를 구출해내야 하는 것이다. 구출해내면 그녀 역시 나의 전투력 가운데 유효한 일부가 될 것이다. 상주가 생각났다. 그 역시 나의 전투력이 될 것이다. 그가 써준 전화번호를 찾아야 했다. 순금이 역시 나의 전투원으로 조직할 수 있을지 모른다. 어쩌면 밥어미까지도.

권상무가 또 마주치면 사지를 절단내버리겠다고 말했을 때 나는 반문했다. 니가 나를? 아니면 내가 너를? 어쩌면 나는 그때 이미 알고 있었다, 전투가 이미 오래 전에 시작되었다는 것을. 작전의 목표가 나의 사지가 절단나는 것이 될 수는 없었다. 그렇다면 나의 작전의 목표는 명백했다. 일단 저 기형적으로 거대한 왼손을 포함하여 권상무의 사지를 절단내는 것, 그리고 이태원 바닥에서 자유롭게 장사할 수 있는 권리를 획득하는 것이 그것이었다.

2

밥어미는 아무것도 가진 것이 없는 사람이었다. 라디오 하나, 팔목시계 하나, 구두 하나, 변변한 옷 한벌이 없었다. 늘 같은 옷을 빨고 또 빨아 입고 살았다. 옷이나 양말이 해어지면 꿰매고 기워 입었다. 더이상 입을 수가 없을 만큼 옷이 낡으면 비로소 다른 옷을 하나 마련했다. 늘 물지게를 지고 다니며 남의 집 물을 길어다주거나 근처 지하실의 편물공장에 나가 일을 하기도 하고, 단추를 달아주거나 수를 놓아주는 일로 몇푼 돈을 벌었고, 그 돈으로 나에게 술을 사주고 생선이나 고기를 사구워주었다. 처음에 나는 그녀의 밥상에 숟가락 하나만 더 놓고 앉아 있는 것이라고 생각했으나, 곧 그렇지 않다는 것을 알게 되었다. 맛있는 갈치조림도 편육도, 시원한 오이소박이도 모두 나를 위해서 그녀가 애써 마련한 음식이었다. 그녀 자신은 몇점 집어먹지도 않았다. 마치 손님, 아주 소중하고 어려운 손님인 것처럼 그녀는 최선을 다하여 극진히 나를 대접했다.

바깥으로 한 발자국도 나가지 못하고 몇주일 동안 집안에 갇혀 지내는 사이에 나는 비로소 난생 처음 그녀를 가까이에서 지켜볼 수 있게 되었으나, 지켜보면 그럴수록 점점 더 그녀를 알 수가 없어졌다. 어떻게도 이해가 안되는 사람, 알면 알수록 궁금증과 의구심은 더 깊어졌다.

그녀는 하루도 쉬지 않고 일을 했다. 일터에서 집으로 돌아오면 빨래를 하고 청소를 했다. 그것으로 그치지 않았다. 그 다음에는 공터의 구덩이 속으로 들어가 삽질에 곡괭이질을 하여 우물을 팠다. 대개의 경우 두어 시간 삽질을 했으나 간혹은 자정이 가까워질 때까지 삽질을 계속하는 일도 있었다. 그 일을 하루도 거르지 않았다. 간혹 틈이 나면 우두커니 앉아 생각에 잠긴 채 저 안개 같은 눈빛으로 무신도 속의 귀신들을 끝도 없이 지켜보았다. 뭐 하느냐고 물으면 그녀는 다시금 저 놀라운 얘기들을 쏟아냈다. 여기서 남쪽으로 칠십년을 가고 거기에서 다시 서북쪽으로 십오년을 가면 거기 사방 삼천리에 달하는 자작나무숲이 펼쳐져 있고 그 한가운데에 '영혼의 나라'가 있어요. 그 나라 사람들은 슬픔 때문에, 고통 때문에, 아니면 좌절감이나 상실감으로 넋이 나간 사람이 있으면 그 사람 앞에서 춤을 추면서 이런 노래를 불러요. 아아 영혼이여, 숲에서 헤매는가 산에서 헤매는가 골짜기에서 헤매는가. 이제 돌아오라. 주저하지 말고 돌아오라. 숲이나 산, 골짜기 사이에서 떠돌지 말고 주저하지 말고 속히 돌아오라. 그녀의 노래는 청승맞고 한스러웠다. 마치 그녀 자신이 그곳의 주민이요, 정신을 놓친 사람을 앞에 두고 노래를 부르는 듯했다. 노래를 마친 그녀는 그 푸른 눈으로 나를 한동안 바라보았다. 나는 그녀의 등에 업혀 이곳으로 돌아왔을 때를 떠올렸다. 정신을 잃고 쓰러진 내 머리맡에서 그녀는 어쩌면 춤을 추며 노래를 부르지는 않았을까. 어서 돌아오라 영혼이여 더러운 시가지에서, 위험한 욕망의 뒷골목에서 헤매지 말고 돌아오라 속히 돌아오라……

그녀의 얘기는 터무니없는 것 같기도 하고 이상한 힘과 진실성을 지니고 있는 것 같기도 했다.

"거기에서 다시 서북쪽으로 이십이년을 가고 그곳에서 동북쪽으로 사십구년을 가면 '왕과 왕후의 나라'가 나와요. 그 나라에서 모든 여자는 왕의 소유고 모든 남자는 왕후의 소유예요. 모든 기쁨, 모든 슬픔, 모든 눈물과 한탄과 고통과 절망까지도 나라의 소유예요. 그 나라 사람들은 술에 취하면, 이 세상에 나의 세상이 하나 있으면 얼마나 좋을까, 그렇게만 된다면 목숨이라도 바칠 텐데, 하고 노래를 부른대요. 그런데 아무리 그런 노래를 불러봐도 그 노래 자체가 이미 나라의 소유, 왕이나 왕후의 소유이기 때문에 아무 소용이 없대요."

그것은 이곳과 흡사한 곳 같았다. 내가 말했다.

"나도 그 노래를 배우고 싶은데요. 그건 내가 불러야 할 노래 같아요."

그녀는 고개를 끄덕였다.

"그곳에서 다시 서남쪽으로 이십육년, 거기에서 방향을 서북쪽으로 바꾸어 삼십육년을 가면 '행복한 나라'가 있어요. 그곳에서는 나무에서는 생선이 열리고 물에서는 과일이 나고, 집에서는 원숭이들이 살고 나무에서는 사람이 살아요. 그 나라에서는 일년에 한번 굉장한 나라 잔치가 벌어지는데요, 그 잔치라는 게 뭐냐면, 나라에서 가장 행복한 사람을 하나 골라 그 사람을 처형하고 나서 나라의 모든 사람들이 일주일 동안 신나게 춤추고 놀며 먹고 마시는 거예요. 참 이상한 나라죠?"

"왜 가장 행복한 사람을 처형하는 거지요?"

"그런 질문을 받으면 그 나라 사람들은 이렇게 대답한대요. 모든 사람이 다 행복한 것이 아닌데, 남들이 불행할 때 행복한 사람은 다른 사람들의 행복을 훔친 사람이요, 그 가운데에서 가장 행복한 사람은 남들의 행복을 가장 많이 훔친 사람이 틀림없고, 따라서 그 한 사람으로 인해 다른 많은 사람들이 불행해진 것이 분명하기 때문이라고요."

나는 희망고아원과 클럽 주티를 떠올렸다. 그곳에서 누가 가장 행복한 사람인지, 누가 남의 행복을 가장 많이 훔친 사람인지는 명백했다. 나는 기꺼이, 행복하게 '행복한 나라'의 처형과 잔치에 동참할 수 있을 것 같았다.

"그건 이상한 나라가 아니라 멋있는 나라 같은데요."

"그 나라의 북쪽 변경에는 행복조라는 새가 살아요. 머리는 돼지의 머리요, 다리는 거위의 다리, 몸통은 메뚜기인데, 박쥐의 날개를 지니고 있어요. 그 새는 일년에 꼭 두 번을 우는데, 그 새가 울면 나무에서 열린 생선이 다 썩어들어 먹을 수가 없게 되고, 물에서 난 과일에서는 모두 날개가 나 날아가버려서 사람이 따먹을 수가 없게 되고 말아요."

그런 새의 이름이 어째서 행복조일까. 그런 새가 사는 나라가 어째서 행복한 나라일까. 나는 묻지 않았으나 그녀는 이렇게 덧붙였다.

"행복이란 사람이 생각하는 것과는 상당히 다른, 어쩌면 전혀 딴판인 모습을 하고 있는지도 몰라요."

나와 그녀는 어둑어둑 저물어오는 공터에 앉아 시가지가 하나둘 불을 밝혀 밤을 준비하는 것을 내려다보며 소주를 마시고 대마초를 피웠다. 공터에 마주앉아 꽁치를 구워놓고 소주잔을 기울이는 맛은 각별했다. 그녀는 힘 하나 들지 않는 듯 조용조용히 움직여 돌덩이를 옮겨와 간이화덕을 만들고, 신문지와 나뭇조각으로 불을 피우고, 적쇠 위에 꽁치를 올려놓고, 꽁치가 구워지는 사이에 개다리소반과 소주와 술잔을 내왔으며, 꽁치가 다 익으면 접시에 꽁치를 옮기고, 손으로 살점을 발라놓으며 어서 들어요, 하고 말했다.

그녀의 움직임, 그것은 길 없는 허공을 소리없이 오가는 바람처럼 조용하고 편안하여 그것을 지켜보고 있으면 내 마음까지 조용하고 편안해졌다. 간혹 나는 그녀와 내가 오래오래, 부부처럼, 지금처럼 이곳에서 같이 살아온 것 같은 착각에 빠졌다. 나이가 나보다 얼마나 많은지조차 잘 알지 못하는 사람과 부부라니, 나는 스스로 어처구니가 없었으나, 그녀는 당연한 일인 듯 나를 어른으로 극진히 대접했고, 그런 대접을 받는 사이에 나는 정말 어른이 된 것 같은 기분, 그녀보다 훨씬 나이 많은 어른이 된 것 같은 기분이었으며, 아주 오래 전부터 그렇게 대접받으며 살아온 것 같은 착각에 빠졌고, 그래서 차츰 그런 것을 당연한 일인 듯 여기게 되었다.

한방에서 밥을 먹고 같이 잠을 자면서도, 어쩌면 당연한 일이지만, 나는 그녀에게서 여성을 느껴본 적이 없었다. 그러나 내가 어른이 된 것 같은 기분이 들수록 차츰 그녀는 나에게 여자가 되어갔다. 그녀가 아름답다는 것을 나는 매일 조금씩 깨달았다. 어디가 아름답다고 꼭 집어서 말할 수는 없었다. 그녀의 아름다움은 눈이나 이마, 몸매나 살결 같은 것에서 나오는 것이 아니라 그녀의 움직임에서, 아니 그녀의 영혼에서 나오는 것 같았다. 그 아름다움은, 이를테면, 좋은 노래가 아름다운 것 같았다. 7음계의 어떤 음표 하나도 그 자체가 아름답다고는 할 수 없지만 쇼팽의 야상곡이 아름답듯이, 그렇게 그녀는 아름다웠다. 햇빛 아래 온종일 물지게를 져나르면서도 거의 그을지 않은 듯 희다 못해 푸른 살결, 모든 것을 다 알고 이해하는 듯, 무엇이라도 다 받아들일 듯 깊고 의젓한 눈, 나직하고 조용히 멀고 기이한 나라들에 대해 얘기하는 작고 붉은 입술, 그리고 변함없는 그 표정. 자신감에 찬 표정이라고 할 수는 없으나, 그것은 무슨 일이든 두려워하지 않을 것 같은, 무슨 일이든 그저 조용히 감당해낼 것 같은 표정, 그녀 자신 그것을 잘 알고 있는, 온화하지만 당당하고 믿음직한 표정이었다. 매순간마다 슬픔과 분노로, 울화와 절망감으로 들끓던 나의 내면은 가끔은 그녀가 움직이는 것을 바라보는 것만으로 차츰 조용해졌다.

"아주머니네 나라는 얼마나 멀어요? 그곳은 어떤 곳인데요?"

그녀는 아득한 표정이 되어 대답했다.

"아주 멀어요. 점점 더 멀어지는 것 같아요."

"멀어졌다가 가까워졌다가 할 수 있는 건가요?"

그녀는 그렇다고 대답했다.

"언제 그 나라로 돌아가요, 아주머니는?"

그녀의 눈에 금세 눈물이 가득 고였다. 나는 깜짝 놀랐다.

"돌아가지 않아요."

왜 돌아가지 않는가? 이 지옥 같은 곳에서 그 아름다운 곳으로 돌아가지 않는 이유가 뭔가?

"할일이 있어요. 그 일을 이루기 전에는…… 돌아갈 수 없어요."

그 일이 무엇인가?

"난 돌아가지 않기 위해 이곳으로 온 셈이에요."

점점 더 영문을 알 수 없었다. 나는 다시 한번 생각했다. 이 여자는 미쳤다.

"저 우물은…… 우물인지 구덩인지 모르지만, 용왕녀처럼…… 저건 그곳으로 드나드는 통로인가요?"

그녀는 고개를 저었다.

"저 우물을, 저 우물이……"

그녀는 밀을 하려다 말고 고개를 숙이고 들릴 듯 말 듯 작은 소리로 나에게 물었다.

"내 말이 믿어지지 않죠?"

나는 대답하지 않았다. 그녀는 또렷이 말했다.

"그곳은 열고야(列姑射)라 불리는 곳이에요."

열고야. 나는 그런 나라가 있다는 얘기를 들어본 적이 없었다. 어쩌면 그 나라는 이 여자의 마음속에만 존재하는 것은 아닐까.

"나는 이곳을 열고야 같은 곳으로 만들기 위해 왔어요."

나는 열고야가 어떤 곳인지 물었다.

"멀리, 내가 얘기한 모든 나라들보다 더 먼 곳에 자리잡고 있어요. 남쪽으로 백이십년을 가면 귀허(歸墟)라는 곳이 나오는데, 거기에서 다시 동남쪽으로 이십이년을 가면 영혼의 호수가 나오고, 그 호수 북쪽 끝에서 배를 타고 서남쪽으로 길을 잡아 오십일년을 가면 열고야라는 아름다운 섬이 있어요."

그녀의 눈이 그리움으로 젖어들었다.

"전나무 소나무가 선비처럼 장군처럼 의젓하고 당당하게 산을 지키고, 천제의 옷자락 같은 아름다운 바람이 머무는 곳이에요. 다툼이 없고 욕심이 없는 곳, 사람과 사람이 경쟁과 이익으로 갈라져 으르렁대고 사는 것이 아니라 사랑과 연민으로 서로 아끼고 보살피는 곳이에요. 보석이나 황금 같은 건 내다버려도 아무도 집어가지 않아요. 그보다는 사람 하나하나가 보석이고 황금이지요, 그곳에선. 땅이나 하늘에, 산이나 바다나 강에 금을 긋고 울타리를 치고 이건 니 거 이건 내 거, 하는 우스운 짓은 결코 벌어지지 않아요. 집이나 차를 소유하기는 하지요. 하지만 그 소유는 언제나 임시적이고 가변적이에요. 이용하는 사람이 곧 소유하는 사람이지요. 오늘 내가 이용하던 것을 내일은 당신이 이용할 수도 있어요. 누구나 일을 하는데, 일로 돈을 벌어 먹고사는 것은 아니에요. 모두 자기가 하고 싶은 일을 해요. 직업이라는 이름으로 평생 한 가지, 혹은 두어 가지 일만을 해야 하는 제도 같은 것은 없어요. 석 달은 바다에 나가 고기를 잡다가 다음 여섯 달은 학교에 나가 아이들에게 산수를 가르칠 수도 있고, 다음 일년은 대학에 들어가 문학이나 음악을 공부할 수도 있어요. 모든 집들에는 풍경이 달려 있는데, 똑같은 것은 하나도 없어요. 우리집에는 두루미 모양의 풍경이 있었어요. 바람이 불면 그 모든 풍경에서 각기 다른, 모두가 아름답고 황홀한 음악소리가 흘러나와요. 그곳의 율법은 인간, 사랑, 그리고 즐거움이에요. 그 이상의 어떤 이념이나 가치도 없어요. 이익을 위하여 인간이 매매되고 이익을 위하여 전쟁이 벌어지는 일, 이익을 위해 돈 몇푼으로 사람을 모아 놓고 일을 시키고, 또 돈을 벌기 위해 그런 곳에 나가 앉아 억지로 노동에 시달려야 하는 일 같은 것은 없어요. 사랑을 위하여 깨어나고 즐거움을 위하여 일을 해요. 사랑을 위하여 꿈을 꾸고 즐거움을 위하여 꽃이 피어나요."

그때 내가 심술궂은 어조로 불쑥,

"그곳에선 여자들이 아무한테나 몸을 주는 모양이지요?"

하고 물은 것은 그녀의 얘기가 너무나 터무니없는 소리 같았기 때문이고, 병식이형이 그녀에 대해 한 얘기들이 떠올랐기 때문일 것이다. 그러나 그보다는 어쩌면 그녀가 나에게 여자로 보이기 시작했기 때문인지도 모른다. 그녀는 그 푸른 눈을 들어 나를 쳐다보았다. 조금도 부끄러워하는 얼굴이 아니었다. 오히려 그 푸른 눈 앞에서 나는 내가 한 질문이 부끄러워졌다. 그녀가 말했다.

"몸은 사람이 가진 것 가운데 가장 하찮은 거예요."

그럴까? 정말 그럴까? 그러나 몸이 없다면 인간에게 또 무엇이 있단 말인가.

"몸은 지옥이에요. 또한 극락이구요. 적어도 여기에선요."

그녀가 단언했다. 그렇다. 그것은 나도 이해할 수 있었다. 그러나 이

어지는 그녀의 얘기를 들으며 나는 놀라지 않을 수 없었다.

"당신은 영순이를 위해 몸을 돌보지 않고 싸웠어요. 결코 이길 수 없는 싸움이라는 것을 알면서도 싸웠어요. 왜 그랬어요? 몸을 던져 얻으려 했던 것이 뭔가요?"

내가 얻으려 했던 것은 무엇이었는가? 거인 권상무는 체중이 백 킬로그램에 가까웠다. 온몸이 근육질이었고 힘이 장사였다. 영순이가 만일 그에게 저항했다 해도 그 저항은 권상무에게는 장난 같았을 것이다. 어쩌면 나와의 싸움 역시 그에게는 장난이나 마찬가지였을 것이다. 그녀는 계속해서 말하고 있었다.

"소크라테스는 어째서 기꺼이 사약을 받아마셨을까요? 예수 그리스도는? 전봉준 장군은요? 그를 따른 이름조차 없는 저 무수한 사람들은요?"

왜 그랬을까?

"어떤 경우에는 몸이란 참으로 하찮은 물건이에요."
하고 그녀는 말을 맺었다. 아무래도 좋다, 하고 나는 생각했다. 몸이 지옥이건 극락이건 상관없었다. 어미는 죽고 영순이는 남의 여자가, 어쩌면 양갈보나 다름없는 여자가 되었다. 나로서는 어쩔 수 없는 일이었다. 또한 이미 돌이킬 수 없는 일이었다. 그러나 진정 몸이란 하찮은 것인가? 다시 한번 이곳이 나의 나라가 아니라는 것이 다행스러웠다.

그날 밤, 여느 날과 마찬가지로 옆에 누워 잠을 청하는 밥어미에게 손을 뻗어 그녀의 흰 이마를 쓰다듬다가 뺨을 쓰다듬다가 입술을 어루만지는데…… 그녀의 손이 건너와 내 얼굴을 쓰다듬었다. 무엇이든 감당해낼 수 있을 듯한 저 언제나 태연한 얼굴 앞에서 나는 돌이킬 수 없는 뜨거운 욕망과 갈증에 사로잡혀 조바심치며 손을 떨며 그녀를 벌거벗겼다. 그녀의 팔은 두 마리 뱀처럼 내 몸에 감겼고, 그녀의 흰 몸은 어두운 안개처럼 피어올라 방안을 가득 채웠다. 나는 그 안개 속으로 허겁지겁 뛰어들었다. 안개는 포근하고 따뜻했으며, 그 안개 속을 헤매는 나에게 나직나직 얘기를 들려주었다.

당신은 고아예요. 아비가 누군지 어미가 누군지도 알지 못해요. 당신이 사랑하는 여자는, 당신의 영순이는, 순금이는, 나는 어쩌면 당신의 누이인지도 몰라요. 당신의 어미일 수도 있어요. 할미인지도 모르죠. 어떻게 아니라고 할 수 있겠어요? 당신은 자신이 누구인지 알지 못하기 때문에 다른 사람들도 누구인지 알 수 없어요. 하지만 두려워하지 말아요. 그건 누구나 마찬가지예요. 그러니까 우린 다 고아예요. 누이를 만나고도 누이인지 알지 못하고, 어미를 만나도 어미인 줄을 몰라요. 아비를 만나 아비를 죽여버릴 수도 있어요. 우리가 고아니까. 형을 만나 그에게 처형당할 수도 있고, 아우를 만나 그를 처형해버릴 수도 있어요. 우린 고아니까요. 누이를 만나 누이를 겁탈해버릴 수도 있고, 돈 몇 푼을 받고 매음굴에 팔아치울 수도 있어요. 우린 고아니까요. 그래도 너무 자책하지 말아요. 아비인 줄 알면서도, 자식인 줄 알면서도, 어미인 줄 알면서도, 형, 아우, 누이, 자매인 줄 알면서도 죽이고 배신하고 모함하고 팔아먹는 사람들이 숱하니까요. 그들이야말로 고아보다 더 고아가 아닌가요. 이 세계가 이 지경인 동안은, 여기서 달아나버린 용이 되돌아오는 날까지는. 저 웅덩이에서 물이 솟구치고 하늘에서 극광(極光)이 자기(磁氣)의 커튼을 찬란히 드리우는 날까지는. 당신은 나의 고아, 당신은 그날을 볼 수 있어요. 당신은 그곳에 갈 수 있어요. 갈 수 있고말고요. 당신의 세상에, 한사람 한사람이 저마다 하나의 세상이고 하나의 나라인 그곳에.

3

9643 정보보고 P2GQ54:97/

우영이와 나는 날이 저물면 공터에 나와 앉아 일찍 깊어가는 서늘한 가을밤과 정적을 즐깁니다. 소나무와 잡초가 군데군데 자라는 이 공터에도 올해부터는 꽃들이 피고 지기를 반복합니다. 맨드라미와 나팔꽃, 봉숭아도 갖다 심었습니다. 상추, 부추, 고추, 열무도 자랍니다. 코스모스와 해바라기는 어디에서 어떻게 씨앗이 날아와 떨어졌는지 저희들끼리 화단을 이루었습니다. 그 화단을 보면 나는 어린시절 고국 열고야의 고향집 오막살이와 화단이랄 것조차 없던 뜰을 떠올립니다. 언니들은 봉숭아 꽃잎과 백반가루를 함께 찧어 손톱 위에 정성들여 올려놓은 다음, 아주까리 잎으로 손가락을 싸고 실로 묶어두었습니다. 잠을 자는 동안 행여나 그것이 벗겨질까봐 유난히 조심스럽게 굴었지만, 이 개구쟁이는 잠버릇이 고약하여 깨어나보면 언제나 아주까리 잎사귀는 손가락에서 빠져나가 이부자리에 떨어져 있기 일쑤였습니다. 그 언니 둘이 서너 해 전에 앞서거니 뒤서거니 죽었다는 소식을 듣고서도 나는 간자(間者)로서의 임무 때문에 찾아가보지도 못했습니다. 내 기억 속에서 나와 다름없이 어리던 그 소녀들이 어느새 어른이 되고, 시집을 가고, 아이를 낳고, 자식들 때문에 남편들 때문에 속도 썩고, 그 아이들을 시집도 보내고 장가도 보내고, 나와 같은 땅, 베트남과 아르헨티나에 간자로 파견되었다가, 큰언니는 총살당하고 작은언니는 강간당한 다음 살해당하여 쓰레기밭에 묻혔다는 것이 믿어지지 않습니다. 언니들, 아니 손톱을 물들이기 위해 넓적한 돌멩이를 골라 그 위에 봉숭아 꽃잎을 올려놓고, 둥근 돌멩이로 꽃잎 조각 하나, 꽃잎의 즙액 한방울 튀어나갈까봐 조심조심 정성들여 찧던 그 어린 소녀들에 대한 그리움과 슬픔으로 가슴이 서늘해옵니다.

그 소녀들이 그리워지는 것은 나이 탓이기도 할 겁니다. 우영이는 그 소녀들이나 별로 다를 게 없는 나이입니다. 고아, 이곳에는 그런 아이들이 있습니다. 부모가 없는 아이들이라고 설명드리면 더욱 어리둥절하실지 모릅니다. 부모로부터 버림받은 아이들이라고 하면 이해가 되십니까? 그런데 내 나이는 벌써 이백일흔을 넘겼습니다. 야만과 욕망의 지배를 무너뜨리는 데에는 돌멩이 하나 옮겨놓는 일도 이루어내지 못한 채 나이만 든 셈입니다. 어쩌면 이 '야만과 욕망의 땅'을 변화시키는 데 일조하겠다는 내 의욕은 그저 허망하고 무모한 욕심에 불과했는지도 모릅니다.

그 소녀들이 그리워지는 것은 또한 이곳과 그곳 사이의 거리 때문일 겁니다. 단순한 물리적 거리가 아닌 이…… 어마어마한 거리. 이곳 주민들이 권력과 물질과 욕망의 횡포 아래 시달리면서도, 그런 것에 넌덜머리를 내면서도 그 정체를 아직도 깨닫지 못하는 것은 진정 불가사의

합니다. 영양실조로 굶어죽어가는 아이를 뉘어둔 부모도, 바로 길 건너편 외인주택에서 우유와 버터, 빵과 피자와 달걀을 버리는 사람들도, 서로가 그렇게 살고 있다는 것을 뻔히 알면서도 그 부조화를 이상하게 여기지 않는 것이 나에게는 아직도 너무나 이상합니다. 이들을 열고야의 초등학교 철학수업에 한학기만 출석시킬 수 있었으면 좋겠습니다. 그것만으로도 이들의 눈을 뜨게 하는 데는 충분하지 않을까요.

나는 고국에서 초등학교에 다닐 때 플라톤 강의를 들은 적이 있습니다. 그는 말했습니다. 모든 국가는 악이다. 나는 그것이 무슨 말인지 알지 못했습니다. 국가가 무엇인지도 아직 알기 이전이었으니까요. 그러나 이제는 압니다. 그는 또한 이렇게 말했습니다. 어떤 작은 국가에도 사실은 두 개의 국가가 존재한다. 가난한 자의 국가와 부유한 자의 국가가 그것이다. 그 역시 나는 이 '야만과 욕망의 땅'에 와서야 진실임을 깨달았습니다. 그러나 그분이 이곳에서 간자로 활동하던 시절은 벌써 수천년 전이 아닙니까. 그런데도 여전히 그분의 말이 진실이라는 것은 무엇을 뜻하는 것일까요. 이곳의 인간들이 발전과 진보를 얘기하지만 사실은 가장 중요한 인간을 위한 발전이나 진보는 이루어내지 못했다는 것을 뜻하는 것이 아닙니까. 바로 지난 세기에 맑스라는 혁명가는 이렇게 말한 적이 있습니다. 국가는 기생충이다. 그는 정치권력을 이렇게 정의했습니다. 정치권력이란 시민사회 내에 상존하는 계급적 적대감의 표현기관이다. 그는 결국 노동계급이 그 정치권력을 계급이 없고 따라서 계급 적대감도 없는 하나의 협동체로 대체하게 될 것이라고 예견했습니다. 그러나 아직 그런 날은 오지 않았습니다. '야만과 욕망의 땅'에서는 이 나라가 저 나라를 치고, 저 나라가 이 나라를 쓰러뜨리며, 이 이념이 저 이념을 대적하고 저 이념이 이 이념을 공격하며, 이 종교가 저 종교를 짓밟으면서, 모든 것을 구별하고 모든 것을 차별하며, 그러나 근본적으로 인간의 행복을 위하여 변화되는 것은 없이, 악의의 무한경쟁으로 인간들을 내몰고 있습니다. 이미 까마득한 과거에 만물의 척도는 인간이다,라고 말한 사람이 없는 바도 아니건만, 어떤 악귀들의 잔꾀인지 알지 못할 것에 인간들이 수백 세기 동안 속아넘어가고 있다는 것은 진정 기이한 일입니다. 히틀러도 스딸린도 박정희도 김일성도 팔레비도 소모사도 모두 저 악귀들의 하수인에 불과하다는 것을 이들이 진정, 언젠가는 깨달을 수 있을지 의심스럽습니다.

그러니까 나는 지금 지난 백수십년의 간자생활이 무익한 것이었음을, 나 자신이 무능한 간자였음을 스스로 폭로하고 있는 것입니까. 나아가서는 선배 간자들까지 포함하여 수백세기에 걸친 모든 간자들의 모든 노고가, 나아가서는 열고야의 정보공작이 한학기의 철학수업보다 무용한 것이라고 주장하고 있는 셈입니까. 오늘 이런 생각에 잠기는 것은 장군께서도 칠레에서 보낸 정보보고를 이미 받아보았겠으나, 열고야국이 이 땅에 파견한 또 한사람의 간자 아옌데가 피살당했다는 소식을 들었기 때문입니다. 무장을 허락해달라는 노동자들의 간곡한 요구를 끝내 거부한 채, 피노체트의 전투기가 대통령궁을 폭격하고 탱크가 돌진해오는 상황인데도 궁을 지키던 경비병들에게 도피를 권고하여 대부분의 어린 병사들을 내보내고, 몇사람의 각료와 더불어 외롭게 죽어간 그의 삶과 죽음을 이곳 사람들이 어떻게 이해하고 평가하게 될지 궁금합니다. 어쩌면 그와 그의 동료들은 사회주의 혁명에 기대어 이 '야만과 공포의 땅'에서 변화를 꾀한 마지막 세대일지도 모르겠습니다.

제가 파견된 이 나라에도 그와 같은 세대들이 준비되고 있는 것 같습니다. 그들을 보면 저 시회주의 나라들에 파견되었다가 형장에서 처형당하거나 수용소에서 얼어죽은 열고야의 무수한 간자들이, 그들의 절망과 비탄이 생각납니다. 겁쟁이 발터 벤야민도 생각납니다. 그는 열고야 혁명국(革命局)의 모든 장교들이 가장 큰 기대를 걸었던 간자였는데, 자살하고 말았습니다. 나는 그를, 그의 절망과 고통과 좌절을 이해할 수 있을 것 같습니다. 혁명학교에 다닐 때 가장 빼어난 성과를 거둔 선배 간자 가운데 하나였다고 배운 간자 토머스 모어도 생각납니다. 초등학교 시절에 유럽이 왕정에서 빠져나올 수 있는 최초의 정신적 근거를 제시한 이가 모어였다고 배운 것도 기억납니다. 그는 참수형을 당해 죽었습니다. 웃으며, 그의 목을 베는 망나니를 위로하며 죽었습니다. 그의 굳건한 이성과 유쾌한 재치가 얼마나 우리들을 즐겁게 했던가요. 그러나 나는 이제 압니다. 그의 절망을, 그의 슬픔을, 그의 쓸쓸함을. 그가 사랑했던 것이 아내와 아이들만이 아니었다는 것을 압니다. 그의 목을 벤 망나니에게 웃을 수 있었듯 그는 재판을 농락하여 능지처참형을 선고하도록 만든 앤 볼린이나 그것을 참수형으로 수정한 헨리 8세에게도 웃을 수 있었을 겁니다. 그는 그들 역시 사랑했을 겁니다. 그 사랑으로 인해 그가 맛보아야 했을 절망감, 슬픔, 안타까움, 연민…… 그 가운데서도 그는 마지막까지 웃을 수 있었습니다. 진정 기적적이고 가장 아름다운, 그래서 가장 쓸쓸한 간자입니다.

우영이는 아직 그런 슬픔이나 절망도, 그런 기적이나 그런 아름다움도 알지 못합니다. 고아라는 자의식과 그로 인한 슬픔, 유신헌법이나 박정희, 위수령으로 거리거리를 질주하는 전차나 군인 트럭에 대한 막연한 반감을 품고 있을 뿐입니다. 그의 순진함은 부럽기도 하고 아슬아슬하기도 합니다. 부러운 것은 그가 적어도 그런 일로 인한 고통이나 절망을 알지 못하기 때문이요, 아슬아슬한 것은 언젠가 그가 그런 것을 깨닫게 될 때 맛보게 될 분노와 좌절과 고통 때문입니다. 그는 아직은 아기처럼 순진합니다.

여기 공터에 나와 앉아 그와 더불어 술잔을 나누던 어느날, 그가 아,

하고 탄성을 발하는 소리를 듣고 나는 그의 천진한 시선을 따라 하늘로 눈을 들어올렸습니다. 별들이 쏟아져내릴 듯 가득했습니다. 카시오페이아와 북두칠성을, 견우와 직녀를 나는 금방 찾아냈습니다. 별과 어둠이 사이좋게 자리잡은 하늘은 눈부셨습니다. 나는 방으로 들어가 전등을 껐습니다. 이내 그가 들어왔고…… 우리는 캄캄한 어둠속에서 뜨거운 몸을 섞었습니다. 그의 젊음은 나를 꽃처럼 피어나게 하지만, 나의 지혜는 그에게 새로운 절망이 되어버리는 것은 아닌지, 나는 두렵습니다. 하지만 적어도 어둠속에서 나는 종종 이곳이 고국과 흡사하다고 느낍니다. 내가 '야만과 욕망의 땅'의 변경에 잡은 어떤 작은 나라의 수도, 판자촌 한 귀퉁이의 어떤 방안이 아니라 벽도 없고 문도 없는, 오직 어둠과 정적이 바람처럼 자유스럽게 넘나드는, 막힌 데 없는 광활한 공간에 누워 있는 것 같습니다. 그 어둠속에서는 그와 나 사이의 벽도 사라져, 저 카시오페이아와 북두칠성이 빛나는 바로 그 공간에 우리는 같이 누울 수 있습니다.

지금도 마찬가집니다. 그는 지금 외출중입니다. 어쩌면 자신의 연인 영순이에 대한 슬픔과 분노가 그의 가슴을 이리처럼 물어뜯고 있는지도 모릅니다. 그렇게 물어뜯기는 가슴을 또하나의 오랜 정부(情婦)인 순금이의 품속에서 위로받으며, 또하나의 슬픈 영혼 병식이에게 고통과 더불어 배신을 안겨주고 있는지도 모릅니다. 돈벌이를 궁리하는지도 모르고, 거인 권상무에 대해 복수를 계획하는지도 모릅니다. 하지만 이 어둠속에서 아직도 그는 내 곁에 있습니다. 손을 뻗으면 어둠뿐이지만 나는 저 어둠속에 그가 누워 있는 것을 느낍니다. 그가 카시오페이아 옆에서 나에게 속삭이는 소리가 들립니다. 내 사랑, 어서 가까이 와. 나에게 다가오는 황홀한 그의 숨소리, 그가 옷을 벗는 소리, 그리고 기다림에 뜨거워지고 기다림에 마비된 나의 몸을 쓰다듬는 그의 손길, 그 손길 아래 나의 모든 마비와 긴장은 사라지고, 나는 물처럼 자유로워집니다…… 나는 내가 이 땅을, 이 땅의 악귀들을 쓰러뜨리기 위해 파견된 고국의 간자라는 것도, 그는 길 잃은 영혼이라는 것도, 나이도 잊습니다. 그는 어둠과 더불어 가슴을 열고, 나는 아이처럼 그의 가슴에 매달립니다. 우리 곁에서는 안드로메다와 천마 페가수스가 빛나고, 궁수 사지타리우스와 돌고래 델피누스가 어울려 어둠 속을 유영하며, 독수리 아킬라가 날아오르고, 견우는 논을 갈고 직녀는 베를 짜며, 여와(女媧)는 끊임없이 새끼줄을 흙탕물에 적셔 흔들어대어 별들과 인간들과 생황(笙簧)을 만들어냅니다. 바람과 어둠이 서로를 희롱하며 오갑니다. 내가 어둠이고 어둠이 납니다. 그가 바람이요 바람이 그입니다. 밤에는, 어둠속에서는. 이 어둠이 '야만과 욕망의 땅'에서 멀리 떨어져 있는 나와 고국을 연결해줍니다. 나의 음울하고 서글픈 사랑 속에서 이곳은 '야만과 욕망의 땅'이 아니라 나의 안락과 행복과 열락(悅樂)이 강물처럼 흐르는 곳, 나의 고국, 나의 고향, 언니들이 봉숭아 꽃잎을 찧던 고향집 뜰입니다.

　장군님, 사랑에 빠진 이 여간자를 부디 축복해주십시오. 나의 남자는 순진하고 사랑스럽습니다.

4

밥어미는 편물공장에서 퇴근하여 집에 돌아오자마자 밥을 짓고 갈치를 구웠다. 소주 없어, 하고 내가 묻자 그녀는 두말없이 밖으로 나가 소주를 사왔다. 기온이 아직 선선했으므로 그녀는 공터로 밥상을 들고 나왔다. 무를 채로 썰어 끓인 국과 밥, 갈치를 먹고 소주를 마시면서도 나는 그 맛을 알지 못했다. 혓바닥이 입안이 아니라 나의 뇌수 안을 더듬고 있는 것 같았다. 가슴이 두근거리고 있었다. 몇시간 뒤에 내가 해야 할 일들 때문에 머리가 어지러웠다. 상주는 이미 이태원 시장 골목에서 클럽 주티의 출입구를 쏘아보며 나를 기다리고 있을 것이다. 그의 가슴에는 두 자루의 칼이 준비되어 있을 것이다. 쌍칼 이상주, 그가 스스로에게 붙인 별명이었다. 나는 손목시계를 보았다. 아홉시, 아직 더 기다려야 했다. 클럽이 가장 붐비는 때, 열한시에서 열한시 삼십분 사이, 그것이 공격 싯점이었다.

밥어미는 밥숟가락을 놓기 바쁘게 구덩이로 들어가 삽질을 시작했다. 그 무렵 그녀는 틈만 나면 구덩이를 파들어갔다. 내가 처음 이곳에 왔을 때 쓰레기와 물이 고여 있던 그 커다란 구덩이는 매일매일의 삽질로 더욱 깊고 넓어져 있었다. 그녀는 그곳에 사다리까지 하나 걸쳐놓고 그 사다리를 통해 오르내렸다. 한참 동안 흙을 파들어가다가 구덩이 안에 파낸 흙이 많아지면 양동이에 흙을 퍼 밖으로 옮겨냈다. 틈만 나면 구덩이를 파면서도 서두르지는 않았다. 천천히, 마치 나를 위해 간이화덕을 마련하고 꽁치를 구울 때처럼, 조용조용히 움직이면서도 꾸준했고, 그 꾸준한 움직임에 저 단단하고 완고하던 땅덩이는 크고 깊은 구덩이에 자리를 내주었다. 구덩이를 파다가도 그녀는 내가 들어서면 금방 나와서 밥을 짓고 술상을 차렸다. 그녀는 마치 나의 아내 같았다. 부상당한 이후 우리는 부부처럼 살고 있었다. 완쾌된 뒤에도 나는 내 방으로 돌아가지 않았다. 같이 먹고 같이 잠들고 같이 깨어났다. 그 구덩이를, 아니 우물을 왜 파는지를 나는 얼마 전에야 알게 되었다. 이 지구덩이 반대편으로 통할 때까지 구덩이를 파겠다는 것이었다. 도대체 그게 무슨 소리일까?

"그러면 어떻게 되는데?"

"지구의 자성(磁性)이 바뀌게 돼요. 자기장이 바뀌는 거예요. 바로 이곳이 북극, 저 반대편 쪽이 남극이 되는 거지요. 그러면 우리는 여기 이 하늘 위에 극광이 번쩍이며 춤추는 것을 보게 될 거예요. 오로라, 그렇게 부르기도 하죠."

자기장이 바뀌다니? 이곳이 북극이 되다니? 그러나 그녀는 진지하게 덧붙였다.

"지구의 자기장이 바뀐다 해도 그건 전혀 새로운 일은 아니에요. 이미 과거에도 자기장이 바뀐 적은 있어요. 과학자들이 그 자취를 찾아낸 적이 있어요. 하지만 그들은 그것이 처음이 아니었다는 것도, 마지막이 아니라는 것도 알지는 못했어요."

그러나 나는 알고 있었다. 자기장이 바뀌는 일이 벌어질지 벌어지지 않을지는 모르지만, 땅을 파고 들어가 저 지구 반대편에 이른다는 것은 불가능했다. 이 땅덩이 안에는 지구가 생성되던 태초의 어마어마한 열기를 고스란히 간직한 마그마가 가득 차 들끓고 있으니까. 어떠한 삽도 어떠한 구덩이도 그 용암을 통과할 수는 없을 테니까.

양동이의 흙을 끌어올려 비탈진 바위벼랑 밑에 쏟아부은 다음, 다시 구덩이 속으로 내려가려다 말고 그녀는 멈춰서서 나를 바라보았다. 나는 남은 갈치를 안주로 천천히 소주를 마시고 있었다. 그녀는 뭔가에 놀란 사람처럼 숨쉬는 것마저 중지하고 오랫동안 어둠속을 넘겨다보고 있다가 한숨과 함께 조용히 말했다.

"꼭 가야 해요?"

나는 놀라 멀거니 그녀를 바라보았다. 그녀에게 오늘 하려는 일에 대해 얘기해준 적이 없었다. 그녀가 천천히 나에게 다가왔다. 그녀의 눈이 내가 아니라 나를 관통하여, 거기 무엇이 있는지는 알 수 없으나, 그 너머를 바라보는 것 같았다.

"그 짓을 꼭 해야 하는 거예요?"

그녀에게 기이한 힘이 있다는 것을 나는 짐작하고 있었다. 내가 마지막으로 클럽 주티를 떠나던 날, 그녀는 어떻게 내가 거기 있다는 것을 알 수 있었고, 어떻게 내가 그런 지경에 처해 있는지를 알 수 있었을까? 어떻게 그 시간에 그곳에 나타날 수 있었을까? 내가 갈 곳도 알지 못하는 채로 클럽 주티의 옥탑방에서 미제 면세품들을 끌어내리던 날 그녀와 마주친 것은 정말 우연이었을까?

"무슨 짓을?"

내가 묻자 그녀는 이렇게 말했다.

"후회하게 될 거예요."

나는 말했다.

"이것은 전투야. 나는 적지에 떨어진 낙하산 전투원이고. 여긴 적국
이야."

밥어미는 구덩이로 내려가지 않았다. 내 옆에 와 앉았다. 그녀의 손
이 내 손을 잡아쥐었다.

"만일 그것이 전투라면 그것은 살기 위한 전투가 아니에요. 죽기 위
한 전투예요."

나는 그녀의 손을 뿌리쳤다. 그는 나를 죽이고자 한다. 살아남기 위
해서는 그를 죽이는 길뿐이다. 죽기 위한 전투라니, 그게 무슨 소린가?
나는 이런 일 하고 싶지 않았다. 이런 일 하지 않고 살 수 있다면 나는
그렇게 하고 싶었다.

"당신은 당신의 나라에서 더 멀어질 뿐이에요."

권상무에게 죽으면 바로 옆에 나의 나라가 있다 해도 그곳에 갈 수
없지 않은가.

"그런 사람들하고 싸우지 않고서도 살 수 있는 길은 있어요. 나와 같
이 밥집을 한다거나……"

나는 일어섰다. 그녀가 앉은 채로 내 허리를 끌어안았다.

"돌아오세요. 꼭 돌아와요."

나는 집을 나섰다. 단 한번의 공격으로 적을 쓰러뜨려야 했다. 두 번
의 기회는 없었다. 아직 시간이 많이 남아 있었으나 나는 초조해져서
비탈진 골목길을 뛰어내려갔다. 처음 임씨와 더불어 클럽 주티로 가기
위해 이 골목을 걸어내려갈 때가 바로 엊그제 같았다. 그는 돈을 어거
리로 벌 수 있다고 말했다. 나는 돈을 어거리로 벌지 못했다. 그때나 지
금이나 무일푼이나 다름없었다. 미군들의 구두를 닦고 바지를 털고 그

들의 배설물을 닦고 치우는 것으로 얻은 돈은 권상무의 손아귀로 들어갔고, 남은 돈은 대마초와 술에, 그리고 순금이에게 크고 작은 선물을 하거나 매춘부를 사고 대마초를 사는 데 탕진했다. 장사를 하여 번 얼마간의 돈은 나의 전투력을 확보하는 데 거의 다 소모되었다. 그러나 권상무를 쓰러뜨리면 그것으로 나는 다시 장사를 시작할 수 있을 것이요, 돈을 모으는 것은 어렵지 않은 일이었다.

상주는 검정색 점퍼에 청바지 차림으로 파전 접시와 소주를 놓고 혼자 앉아 있었다. 미국인이나 다름없는 외모에 미군들 사이에 흔한 옷차림이었다. 누가 봐도 갈데없는 미군 병사였다. 내가 다가가 앉자 그는 나직하게 속삭였다.

"개구리는 아홉시쯤 들어갔어. 아직 안에 있어."

개구리란 권상무를 지칭하는 암호였다. 상주의 눈에 번득이는 살기를 보고 나는 놀랐다. 그는 권상무가 아니라 그 어떤 사람이라도 죽일 작정이 되어 있는 얼굴이었다. 만일 내가 지금 작전을 취소하면 그는 나라도 죽일 것 같았다. 택시는? 내가 묻자 그는 고개를 끄덕이며 짧게 내뱉었다. 대기중. 내가 다시 물었다. 여기 전화번호는? 상주는 주머니에서 대젓가락 포장지를 꺼내 보여주었다. 거기 그 술집의 전화번호가 찍혀 있었다.

열한시 정각. 나는 상주에게 고개를 끄덕였고, 상주는 일어나 술집에서 나갔다. 나는 창을 통해 클럽 주티의 출입구를 지켜보았다. 상주는 태연히 길을 건너가 클럽 주티의 출입구를 통해 안으로 사라졌다. 나는 기다렸다. 예정대로라면 그는 곧장 화장실로 가야 한다. 그곳에서 제임스 박을 만나게 될 것이다. 제임스 박은 그를 데리고 권상무의 사무실로 갈 것이다. 권상무의 사무실에 들어서면 상주는 그곳에 사람이 몇이 있는지를 재빨리 살펴봐야 한다. 권상무의 졸개가 두 사람 이상이 있으면 작전은 연기한다. 졸개가 한 사람뿐이면 작전은 진행된다. 상주는 기회를 봐 권상무의 목덜미를 단칼에 내리찍는다. 일을 마치면 그들 두 사람은 권상무의 방을 빠져나와 제임스 박은 다시 화장실로 돌아가 아무 일 없었다는 듯 근무를 계속하고, 상주는 클럽 주티에서 나와 미리 대기시켜둔 택시에 올라 사라진다. 미리 예약을 해둔 광화문의 여관에 도착하면 상주는 이곳 술집으로 나에게 전화를 하여 작전의 성공 여부를 알려줄 것이다.

나는 상주가 남긴 파전을 안주로 소주를 마시며 기다렸다. 그가 클럽 주티로 들어간 지 십분이 흘렀다. 클럽 입구에서는 미군 병사들 서넛이 얘기를 나누고 서 있었다. 저들이 거기 서 있는 것이 나을지 모른다. 상주가 도주할 때 만일 추적자들이 있다면 그들은 그 추적을 방해하게 될 것이다. 십오분이 흘렀다. 상주가 클럽 주티의 입구에 모습을 드러냈다. 그는 달리지 않았다. 점퍼의 지퍼를 올리며 태연한 걸음으로 모퉁이를 향해 걸어갔다. 내가 앉아 있는 술집 쪽을 흘끗 쳐다보기까지 했다. 모퉁이에 불을 끈 채 택시가 한대 서 있었고, 상주는 그 택시에 올랐다. 택시가 달리기 시작하여 곧 모퉁이를 돌아 시야에서 사라졌다.

나는 클럽 주티의 입구를 쏘아보며 기다렸다. 작전이 성공했다면 소란이 벌어질 것이다. 권상무의 졸개들이 모여들어 이리 뛰고 저리 뛰며 법석을 떨 것이다. 만일 작전이 취소되었다면 잠시 후 열한시 오십분쯤이 되어 클럽의 문이 조용히 닫힐 것이다. 나는 영순이를 생각하며 기다렸다. 전화가 오기를, 클럽 주티의 입구에 권상무의 졸개들이 나타나기를. 어쩌면 내일이면 영순이를, 아니, 멜라니를 만나게 될지도 모른다. 멜라니, 영순이, 멜라니, 영순이……

클럽의 문이 열리더니 갑자기 미군들이 쏟아져나오기 시작했다. 뒤를 이어 양색시들이 밀려나왔다. 그들은 떠나는 것이 아니라 입구 근처에 여기저기 몰려서서 떠들썩하게 얘기들을 주고받았다. 한 미군 병사의 손짓발짓이 나에게 중대한 정보를 전해주었다. 그는 목을 움켜쥐고 비틀거리다가 땅바닥에 고꾸라지는 흉내를 냈다. 그것은 십중팔구 나의 개구리가 사무실에서 그렇게 나와서 복도에, 어쩌면 홀 복판에 널브러졌다는 것을 뜻했다. 그렇다면 그는 죽지 않은 것일까? 작전은 실패한 것인가? 나의 개구리는 부상을 입었을 뿐인가? 클럽 문이 벌컥 열리고 두 사내가 뛰쳐나왔다. 그들은 거리 이쪽저쪽을 급한 걸음으로 오르내리며 뭔가 큰 소리를 주고받았다. 권상무의 졸개들, 준태와 뻐드렁이가 정석이었다. 뻐드렁이가 발을 구르는 것이 보였다. 준태는 어깨를 낮게 웅크린 자세로 어둠 저편을 노려보았다. 그의 눈이 이쪽을 스쳐갈 때 그의 안광이 퍼렇게 번득이는 것을 나는 보았다. 클럽의 종업원이 나오더니 길바닥에 선 채 울먹였다. 폭군도 죽으면 애도의 대상이 되는 법이었다. 어쩌면 작전은 성공한 것인지도 모른다. 나는 기다렸다. 준태와 뻐드렁이가 해밀턴 호텔 쪽으로 치달려갔다. 졸개들을 불러모으려는 것이리라. 나는 기다렸다.

술집의 전화벨이 울렸다. 술집 남자가 큰 소리로 외쳤다. 보광동 심 선생님 계시면 전화받으세요. 나는 전화통으로 갔다. 상주였다. 개구리에게 약 잘 먹였어. 그가 말했다.

거리로 나온 나는 처음 마주친 공중전화 부스로 들어가 영순이가 사는 집으로 전화를 했다. 권상무가 그녀와 살기 위해 얻어준 집이었다. 여보세요. 그녀의 음성은 조용하고 여전했다. 술취해 권상무의 어깨에 실려 고함지르던 여자가 아니라 고아원 앞 숲속에서 내게 기대서서 금방, 금방 갈게, 하고 말하던 여자의 음성. 나는 그 음성과 함께 이제껏 내가 그녀를 얼마나 그리워했는지를 한순간에 깨달았다. 긴 얘기를 할 수가 없었다. 목이 메어오는 것 같았다. 나는 나직하게, 짧게 말했다.

"권상무는 죽었어."

한동안 침묵이 이어졌다.

"너, 너…… 우영이니?"

나는 대답하지 않았다. 당장 그녀를 껴안고 싶은 충동으로 온몸이 경련했다. 그녀의 음성 너머로 트럼펫이 나른하게 「오 대니 보이」를 연주하고 있었다. 왠지 그 음악이 귀에 거슬렸다.

"그놈은 죽었어."

나는 다시 말했다.

"니가, 니가……?"

"곧 만나게 될 거야."

그녀는 울먹이기 시작했다. 「오 대니 보이」는 여전히 계속되고 있었다.

"곧."

여전히 울먹이며 그녀는 대답했다.

"알았어. 알았어."

나는 공중전화 부스에서 나왔다. 전혀 기쁘지 않았다. 나는 잠든 사이에 낯선 도시에 도착한 버스에서 내린 여행자 같았다. 그곳이 내가 예상했던 곳과는 다르다는 것을 느꼈다. 한차례의 전투로 나는 이태원이라는 곳이, 이 세상 전체가 낯선 곳이 되었다는 것을 깨달았다. 나는 더이상 심우영이 아닌 것 같았다. 나는 나 자신에게마저 낯설었다. 왱오 왱오, 순찰차의 경적이 빠른 속도로 다가오고 있었다. 나는 한걸음, 꼭 한걸음을 뒤로 물러나 골목으로 스며들었다. 어둠이 나보다 빠르게 성큼 앞으로 나서서 나를 가려주었다.

평생 나의 집이 될 어둠은 그렇게 가까운 곳에서 나를 기다리고 있었다. 나는 거기에서 아비와 어미의 냄새를 맡았다. 몇대의 순찰차가 클

럼 주티 쪽으로 질주해가는 것을 나는 어둠속에서 지켜보았다. 후르르,
억눌렸던 호흡이 한꺼번에 밀려나왔다. 어둠이 나에게 속삭였다. 여기
는 적지다. 너는 전투원이다. 나의 병사다.

　밥어미는 혼자 방에 들어앉아 울고 있었다. 나는 술병을 내려놓고 마
시기 시작했다. 그녀는 다른 날과는 달리 나에게 안주를 챙겨줄 생각도
하지 않았다. 나를 물끄러미 지켜볼 따름이었다. 나는 맹물을 안주로
하여 급히 술을 마셨다.
　비가 쏟아지기 시작했다. 번개가 번쩍이고 천둥이 기마대처럼 하늘
을 치달렸다. 아아, 밤이여, 어둠이여, 그대의 가슴에 무너지게 하소서.
이 세계로부터 나를 자유롭게 하소서…… 나는 그 노래를 흥얼거렸다.
밥어미가 말했다. 피흘리는 것으로는 자유는커녕 아무것도 얻어내지
못해. 남을 죽이고 스스로 병들 뿐이야. 그 피 때문에 내 나라는 십년쯤
더 멀어졌어. 나는 시끄러워, 고함을 질렀다.
　천둥과 함께 밖에서, 공터에서 뭔가가 떨어져 박살이 나는 듯한 소리
가 들려왔다. 나는 깜짝 놀라 밖으로 뛰어나갔다. 공터를 향해 무심코
고개를 돌린 나는 그 자리에 얼어붙었다. 밥어미의 우물에 나무가, 고
아원의 은행나무가 틀어박혀 있었고, 거대한 나무둥치가 아직도 제자
리를 잡지 못한 듯 기우뚱기우뚱 좌우로 흔들리며 우지끈거리는 소리
가 들렸고, 가지들이 높다랗게 뻗어오른 꼭대기, 거기 푸른 불덩이가
이글거리며 나를 쏘아보고 있었다.
　믿어지지가 않았다. 저것이 고아원의 그 나무인가? 저것이 그 은행
나무의 눈인가? 어떻게 그것이 여기에 날아올 수 있단 말인가? 온몸이
부들부들 떨려 말이 나오지 않았다. 저거, 저거, 하는 말뿐, 아무 말도
이어갈 수가 없었다. 밥어미가 나와 내 손을 잡았다. 그녀는 은행나무

와 그 푸른 눈동자를 태연히 바라보았다. 저거, 저건 고아원에, 그……
안간힘을 다해 나는 말을 계속하려 했다. 밥어미는 그 나무를 쳐다보며
띄엄띄엄 말했다. 괜찮아. 이상할 거 없어. 새도 벌도 하늘을 날아다니
는데, 나무라 하여 날아다니지 말라는 법 있어? 그녀는 부들부들 떨고
있는 나를 방안으로 끌어들였다.

은행나무는 이튿날 아침에도 여전히 그 자리에 버텨 서 있었다. 마치
오랜 옛날부터 그 자리에 서 있었다는 듯, 언제까지나 거기 서 있을 작
정이라는 듯. 다행히 푸른 불덩이는 보이지 않았다.

밥어미는 고개를 꺾어 그것을 올려다보다가 혼잣말처럼 중얼거렸다.
내 우물, 새로 파야겠네.

5

클럽 주티는 미군 병사와 매춘부들로 붐비고 있었다. 권상무가 죽었건 다쳤건 영업에는 아무런 변화가 없었다. 요란한 음악과 떠들썩한 소음 속에서 춤을 추는 사람들을 헤치고 나는 화장실로 갔다. 거기, 제임스 박은 여전히 붉은 제복에 나비넥타이를 매고 서 있었다. 화장실은, 우스운 일이지만, 조금 과장하자면 고향처럼 낯익었다. 제임스 박은 나를 보자 공포에 질려 얼어붙었다. 너, 너, 여기…… 나는 변기 앞에 서서 소변을 보며 말했다. 왜 그렇게 놀라? 권상무는 어떻게 됐대? 제임스 박은 떨리는 음성으로 나직하게 말했다.

"어떻게 되긴, 죽었지. 플로어까지 기어나가서 피를 뿜으며 나동그라졌어. 그 피……"

그는 몸서리를 쳤다. 나는 그 전투를 위해 제임스 박을 포섭해야 했고, 거기에는 막대한 돈이 들었다. 그는 그러니까 내 돈에 팔린 존재였다. 결코 나와 대등한 존재가 될 수 없는 자리로 그는 스스로 떨어졌다.

돈은 그런 것일 수도 있었다. 나는 결코 그런 존재로 전락하지는 않을 것이다. 그는 원망스레 나를 쏘아보며 말했다.

"넌 권상무를 죽인다고는 안했어."

나는 대꾸할 필요를 느끼지 않았다. 그는 곧 눈물이라도 흘릴 것 같은 꼴이었다. 나는 그의 주머니에 천원짜리 지폐를 한장 꽂아주고 화장실에서 나왔다.

복도에서 나는 권상무의 졸개 가운데 하나, 뻐드렁이 정석과 마주쳤다. 그는 나를 알아보자 앞을 막아서며 팔을 잡았다. 이 새끼, 잘 걸렸다. 나는 그를 쏘아보며 말했다. 놔, 이거. 그가 으르렁거렸다. 너 이 바닥에 얼굴 내밀지 말라고 했지? 그의 손을 뿌리친 다음 나는 그의 눈을 똑바로 들여다보며 말했다.

"그 사람은 죽었어."

그의 눈에 얼핏 의혹이 스쳤다. 나는 그 눈에 대고 덧붙였다.

"나는 살았어."

이 자식, 하며 그가 다시 내 팔을 붙잡았다. 뿌리치려 했으나 그의 손아귀 힘은 억셌다. 그는 나를 질질 끌고 권상무의 사무실 앞으로 갔다. 그가 정중히 노크를 하자 안에서 들어와, 하는 소리가 들렸다. 그것이 권상무의 음성과 매우 흡사하여 나는 깜짝 놀랐다.

물론 대답한 사람은 권상무는 아니었다. 그의 졸개 가운데 한사람, 중간 두목쯤 되는 인물이었다. 그는 클럽 주티에 상주하던 사람은 아니었으나, 종종 들러 서로 낯이 설지는 않았다. 사무실 안에 다른 졸개들은 보이지 않았다. 나는 꾸벅 고개를 숙여 그에게 인사를 했다.

"이놈이 그놈이지?"

그가 묻자 뻐드렁이가 대답했다. 네, 상무님. 권상무가 죽고 새로운 상무가 나타났다는 것을 나는 알게 되었다. 또한 그들이 나에 관해 애기를 나눈 적이 있다는 것도 알 수 있었다. 어쩌면 나를 혐의자 가운데 하나로 간주하고 있을지도 모른다. 해로울 것 없는 일이었다. 내가 한 짓이라고 나설 수는 없었으나 권상무를 죽인 자가 나라는 것을 그들이 어떤 식으로건 짐작할 수 있도록 만들어야 했다. 나의 자유와 권리는 그렇게 해야 획득될 수 있을 것이다. 자유도 권리도 위험과 함께 오는 것이었다. 새로운 상무는 책상 너머에 앉은 채 짓누를 듯한 시선으로 나를 쏘아보았다. 책상 위에는 어느새 '상무이사 조문규'라고 새겨진 명패가 놓여 있었다.

"웬일이냐, 여긴?"

"권상무 돌아가셨다는 얘기 듣고 조문도 할 겸, 다시 장사를 시작해도 될지 알아보려고 와봤습니다."

나는 주머니에서 조의금 봉투를 꺼내 책상 위에 올려놓았다. 10달러짜리 한장을 넣은 그 봉투를 그는 거들떠보지도 않았다.

"장사? 음, 장사. 장사하고 싶어?"

뻐드렁이가 옆에서 이 건방진 자식, 하고 투덜거렸다. 조상무가 쏘아붙였다. 닥치고 나가 있어. 그는 말하면서도 별로 입을 벌리지 않았다. 무표정한 얼굴, 아니 지루한 듯한 얼굴이었다. 네, 상무님. 뻐드렁이는 정중히 허리를 꺾어 인사를 하고 사라졌다.

조상무는 말없이 나를 쏘아보았다. 그의 눈이 나에게 뭔가를 추궁하고 있었다. 그것이 무엇인지는 자명했다. 나는 침묵을 지켰다. 그가 갑자기 불쑥 물었다.

"권상무 죽은 건 어떻게 알았어?"

"소문으로요. 이 바닥이 다 아는 일입니다."

그는 조니워커와 잔을 꺼냈다. 한잔 할래? 그가 술잔을 내 앞으로 가져와 내밀었다. 나는 그것을 받았다. 그의 눈은 내 눈을 떠나지 않았다.

표적지를 노리는 총구처럼 가차없는 눈길이었다. 그가 단숨에 술을 마셨고 나도 그 뒤를 따라 단숨에 술잔을 비웠으며, 그 순간 그가 불쑥 물었다.

"니가 그랬나?"

사래가 들어 나는 기침을 해댔다. 그가 내 뒤로 돌아와 등을 펑펑 두들겨댔다. 아팠다. 마치 사래를 핑계로 두들겨패는 것 같은 형국이었다. 나는 아니라고 말하지는 않았다. 그저 손을 흔들어댔다. 그것은 부정일 수도 있었다. 또한 그에게 등을 그만 치라는 뜻일 수도 있었다. 결국 나는 대답을 했으나 그것은 아무 대답도 아니었다.

"장사…… 해야지."

그가 말했다. 나는 고맙다고 대답했다.

"화장실 근무도 계속하고 싶으면 하고."

나는 그것은 사양하겠다고 말했다.

"너 특별한 재주가 있다면서?"

그의 말이 끝나기가 무섭게 나는 빈 잔을 들어 입으로 가져가 씹기 시작했다. 그는 잠시 놀란 기색이었으나 곧 특유의 지루한 표정으로 되돌아갔다. 유리를 씹으며 나는 생각했다. 어쩌면 이번에는 바로 이자가 영순이를 차지하려 덤벼들지 모른다. 이것은 전투였다. 그러니까 나는 필요하면 기꺼이 다시 그의 목줄을 끊어줄 각오였다. 나의 최초의 전투로 가장 큰 이익을 얻은 사람은 어쩌면 내가 아니라 바로 조상무인지도 모른다. 클럽 주티를 꿰어찼으니까.

"재롱이로군."

그가 말했다. 나는 다음 순간 씹고 있던 유릿조각들을 꿀꺽 삼켰다. 오랜만에 먹어선지 유릿조각의 맛은 칼칼하고 매웠다. 언제 먹어도 유리에서는 어미의 눈물 냄새가 났다. 조상무의 얼굴에 다시 놀란 기색이 스쳤으나 그뿐이었다. 나는 정중하게 말했다.

"장사가 잘 안되어 세금은 낼 수가 없을 것 같은데요."

그가 나를 쏘아보았다. 나는 그 눈을 똑바로 마주 바라보며, 그러나 여전히 정중한 어조로 덧붙였다.

"더구나 이제는 내가 여기 근무하는 것도 아니니까요."

한잔 더 해라. 그가 새로운 잔을 꺼내 술을 따라 내밀었다. 나는 그 잔도 단숨에 비웠다. 잔은 먹지 말고, 하고 그는 끽끽 웃어댔다. 묘한 웃음소리였다. 문틀이 비틀어진 문을 여닫을 때 나는 소리 같았다. 그의 얼굴이나 눈은 웃지 않았다. 입만이 삐걱이는 소리를 내고 있었다. 목구멍이 아니라 이빨에서 나는 것 같은 소리였다.

"내 밑에 있어볼래?"

나는 사양했다.

"장사가 적성에 맞습니다."

"장사하면서. 크게 하려면 자금도 있어야 할 거고, 보호도 필요할 거고."

"이대로 좋습니다."

"어려운 일 있으면 언제든지 와라."

그가 명함을 내밀었다. 나는 명함을 받아 쳐다보지도 않고 주머니에 넣었다. 그제야 그의 시선이 나를 놓아주었다. 나는 사무실에서 나왔다. 뻐드렁이가 기다리고 서 있다가 다시 내 어깨를 움켜쥐었다. 너 까불대고 다니지 마. 나는 그의 손을 뿌리쳤다. 클럽을 나서는 나의 등뒤에 대고 그가 말했다. 준태 형님이 보자더라. 시장 골목 순댓집에 있다.

거리는 미군 병사들과 매춘부들로 흥정거렸다. 골목 어귀에 서서 대마초를 주고받는 미군과 한국인 젊은이, 엄숙한 의식이라도 집행하듯이 박자에 맞춰 진지하게 오래도록 손과 손, 주먹과 주먹을 마주치고 서 있는 두 흑인 병사, 매춘부의 허리를 껴안고 뺨을 비벼대며 걷는 백인 병사, 이제야 일을 나온 것인지 약에, 또는 대마초에 취한 채 위태로운 걸음으로 클럽의 문을 밀고 사라지는 여자, 삐에르 가르댕, 플레이보이 따위 가짜 상표를 붙인 옷과 가방을 팔기 위해 지나가는 미군 병사들에게 하이 써전, 디스카운트 머치머치, 하고 외쳐대는 젊은이, 수레에 양말과 속옷 따위를 쌓아놓고 손님을 기다리다가 큰 소리로 쎄일, 쎄일, 빅쎄일, 하고 고함을 지르는 상인······

권상무의 졸개들과 마주치는 것을 굳이 피할 이유란 없었다. 나는 그들로부터 소중한 정보를 얻을 수 있을 것이다.

내가 순댓집에 들어서자 준태는 소주 두 병을 주문했고, 소주가 나오자 두 개의 커다란 사발에 각기 한병씩 따랐다.

"어서 마셔, 인마. 이걸 마시는 것으로 지난 일은 다 청산하는 거다. 알았나?"

그 말이 의미심장했다. 그는 꼭 뭔가 아는 것이 있는 듯한 눈으로 나를 지그시 쏘아보았다. 지난 일이란 언제까지의 일인가? 그날, 내가 클럽에서 밥어미에게 업혀나오던 날인가, 아니면 바로 어제인가? 그는 먼저 사발을 들어 단숨에 소주를 들이켜고 빈 잔을 탁자에 동댕이쳤다. 내가 아직 사발을 들고 있는 것을 보자 그는 눈을 부라렸다. 어서 마셔. 나는 말없이 사발을 입으로 가져갔다. 그가 덧붙였다. 단숨에. 늘 마시는 소주였으나 이상하게 카바이드 냄새가 나는 듯 역겨웠다. 억지 화해, 어쩌면 그 맛인지도 모른다. 나는 결코 이 세상과 화해할 수 없을 것이다. 구역질을 참으며 가까스로 사발을 다 비웠다. 됐어. 이제 잊는 거다. 거대한 몸집을 작은 토막의자에 앉힌 그가 나에게 손을 내밀었다. 나도 손을 내밀었고, 우리 두 사람은 악수를 했다.

그는 대마초를 꺼내 붙여물었다. 순댓집 주인여자가 나와서 겁먹은 눈길로 그를 쳐다보며 애걸하듯 말했다. 여기서 그런 거 하면 큰일나는 데…… 준태는 그녀의 말을 간단히 묵살해버렸다. 대꾸도 하지 않고 눈길도 한번 주지 않았다. 주인여자는 머뭇거리다가 다시 한마디했다. 단속 나오면 나까지 걸려서…… 준태가 말없이 눈을 들어 그녀를 쏘아보았다. 그녀는 하던 말을 깨물고 안으로 달아나버렸다. 준태는 나에게 대마초를 내밀었다. 나는 한모금을 빨고 그에게 돌려주었다.

"너하고 제브라 스타가 어떤 사인지는 알아. 다 들었어."

제브라 스타? 그게 뭔가? 준태는 흐으, 웃었다.

"멜라니가 제브라 스타다. 그년 이름 바꾼 지 오래됐어. 권상무가 바꿔줬다더라. 멜라니는 촌스럽다나 뭐라나."

나는 묵묵히 그를 지켜보았다. 그녀를 차지하려는 자는 한둘이 아닌지도 모른다. 그녀는 이태원 뒷골목에 내놓은 경매물건이 된 것인가?

"알고 있지? 그년 춤 안 춘 지 오래됐어. 권상무가 너 사라지고 나서 얼마 지나지도 않아서 그년 춤추는 일 그만두게 하고, 방 구해서 그년이랑 살림을 차렸는데…… 참, 그년 애비가 희한하고 한심한 인간이더구만."

그녀가 이제는 춤을 추지 않는다는 얘기나 권상무와 동거한다는 얘기는 제임스 박을 통해 들었다. 그녀의 집 전화번호도 그를 통해 알아낼 수 있었다. 그러나 그녀의 아비 얘기는 들은 적이 없었다.

"하는 짓이 어찌나 한심한지 권상무가 몇번이나 두들겨패려다가 그래도 족보를 따지자면 장인인 셈인데 차마 그럴 수 없어서 참고 또 참았다더라."

아비라니? 영순이의 아비가 나타났다는 것인가? 이곳에? 영순이와 같이 살고 있다는 것인가? 궁금한 일이 한두 가지가 아니었으나 나는 묻지 않았다. 듣기만 했다. 준태는 소주를 두 병 더 주문했다. 이번에는 물잔에 소주를 따라 마시며 얘기를 늘어놓았다.

영순이의 아비는 돌이킬 수 없는 노름꾼에다 술꾼이었다. 여기저기 노름빚과 술 외상이 연줄처럼 걸려 있었다. 그가 빌린 백만원 가까운 노름빚을 악착같이 받아내야겠다고 작정한 사람이 있었는데, 그는 돈을 받아내기 위해 깡패들을 해결사로 동원했다. 깡패들이 조사한 결과 곧 영순이의 아비는 무일푼이라는 것이 드러났으나, 그에게 뜻밖에도 예쁜 딸이 하나 있다는 것이 밝혀졌다. 그 딸을 눈여겨본 깡패 하나가 그녀를 통해 돈을 만들어낼 수 있는 방법을 찾아냈다. 그는 영순이와 그녀의 아비를 납치하여 그녀가 보는 앞에서 아비를 두들겨패기 시작했다. 아비가 그 자리에서 맞아죽어버릴지도 모른다는 것에 겁을 먹은 영순이는 그들의 조건에 동의하는 수밖에 없었다. 영순이는 백만원에 팔려 매음굴이나 다름없는 티켓다방으로 넘겨졌다. 그러나 영순이가 그 빚을 거의 갚아갈 무렵 그녀의 아비는 또다른 사람에게 새로운 노름빚을 지고 있었다. 이번에 노름판에서 아비에게 돈을 빌려준 사람은 사기도박 전문가였고, 그는 돈을 받아내기 위해 옛 친구인 이태원의 거인 권상무에게 도움을 청했으며, 권상무는 영순이를 보자 곧 돈벌이가 될 방법을 찾아냈을 뿐만 아니라 그녀를 자신의 여자로 묶어두기로 마음 먹기에 이르렀고, 그리하여 자신의 지갑을 열어 친구에게 돈을 갚아주고 그녀를 소유하는 한편, 클럽 주티에서 스트립 쇼를 공연하던 여자를 찾아내어 영순이에게 춤을 가르쳤으며……

그가 한마디를 할 때마다 몸속이 충격으로 뒤흔들리는 것 같았다. 그 얘기 가운데는 그러리라 짐작할 수 있었던 것도 없지는 않았다. 그러나 매음굴이니 티켓다방이니 하는 따위는 영순이에게는 너무나 거리가 멀고 인연이 없는 것들이었으므로 기가 막혔다. 준태는 고개를 반쯤 숙이고 눈썹 너머로 치뜬 눈으로 나를 흘겨보며 말했다.

"내가 충고 한마디 할까? 고깝게 듣지 말아. 제브라 스타 같은 년은 잊어버려. 그런 년한테 죽네 사네 할 필요 없어. 그년은 벌써…… 양갈보나 같은 년이야. 만나봐야 아무 소용 없어."

나는 대꾸하지 않았다.

"그동안 뭐 하고 살았냐?"

나는 치료를 했다고 말했다. 그는 고개를 끄덕거렸다.

"나도 고아 출신 아니냐. 너한테 무슨 개인적으로 감정이 있어서 한 짓은 아니다. 알지? 우리 같은 놈들 먹고살자고 하다보니…… 권상무 명령이니까 할 수 없었고…… 그 사람도 알고 보면 불쌍한 사람이야. 그렇게 비참하게 칼침을 맞고 쓰러지다니…… 어떤 새끼들이 그랬는지 손에 잡히기만 하면 목줄기를 짓이겨버린다, 내가."

그는 다시 한번 날카로운 눈빛으로 나를 쏘아보았다.

"젠장, 그 사건 때문에 여기 후리가리가 떨어졌어. 내일 날짜로."

후리가리란 일제검거령을 뜻하는 은어였다.

"웬만한 놈들은 다 날라야 되게 생겼다, 씨발."

그것은 뜻밖의 결과였다. 어쩌면 나를 위해서는 유리한 상황 전개였다. 나는 풀리지 않는 고리 하나를 끊었다. 그러자 다른 고리들이 연달아 풀려나가고 있었다. 누가 달아나고 누가 남을 것인지 궁금했다. 그러나 나는 여전히 입을 다물고 듣기만 했다.

"고생은 우리들이 하고 클럽은 엉뚱한 놈이 차지하고 들어앉았으니…… 씨발, 세상 더럽다."

그는 벌떡 일어섰다.

"잘 있거라, 내 다시 올 때끼지."

그는 나가려다 말고 갑자기 이제까지 자신이 앉아 있던 토막의자를 집어들더니 있는 힘을 다해 출입문의 유리창을 향해 내던졌다. 요란한 소리와 함께 유리창이 박살이 났다.

"제기랄, 기분 좆같다. 이 나이에 또 도바리 신세라니."

주인여자가 뛰쳐나왔다. 왜 이러세요, 왜? 제발 이러지 좀 말아요. 준태는 그녀에게는 눈길 한번 주지 않았다. 그는 눈으로 클럽 입구를 쏘아보며 이를 갈듯 중얼거렸다. 두고봐라: 내가 안 돌아오나. 징역살이를 가더라도 꼭 돌아온다. 가면 영영 갈 줄 아냐, 내가. 그는 소주를 병째 들이켰다. 주인여자는 그의 눈치를 보며 안절부절을 못했다. 준태는 주머니에서 지폐를 몇장 뽑아 탁자 위에 내던지고 나가버렸다. 술값과 유릿값으로는 충분한 돈이었다. 준태가 나가버렸는데도 지폐를 집어드는 주인여자의 손은 바들바들 떨렸다.

나는 영순이를 찾아가야 한다고 생각했다. 그녀에게 전화만 하면 만날 수 있을 것이다. 그러나…… 나는 그대로 거기 앉아 있었다. 일어설 수가 없었다. 무엇인가가 내가 일어서는 것을 막았다. 권상무는 죽었다. 영순이의 아비는 어찌 된 것일까? 나는 천천히 소주를 마시며 영순이를, 아니 멜라니를, 아니 제브라 스타를 생각했다.

깨어진 문으로 골목이 훤히 내다보였다. 미군 병사와 매춘부가 흥정을 하고 있었다. 피프티 달러. 노, 메이킷 텐 달러. 미친놈, 하고 한국말로 중얼거리고 돌아서려던 여자가 다시 말했다. 포티파이브 달러. 미군 병사는 여전히 히죽거리며 대꾸했다. 텐 달러. 여자가 소리쳤다. 퍽 유, 썬 오브 비치. 미군 병사가 갑자기 여자에게 덤벼들어 주먹을 휘둘렀다. 여자는 돌멩이를 집어들고 미군 병사에게 맞섰다. 유 비치, 맴 디스거스팅 호어. 미군 병사는 차마 주먹질을 하지 못한 채 욕설을 내뱉었다. 여자도 지지 않았다. 머더 퍼커, 씨스터 퍼커, 그랜머 퍼커…… 구경꾼들이 몰려들자 미군 병사는 창피스러워졌는지 갑자기 돌아서서 떠나가버렸다.

나는 비척비척 길목으로 나서는 여자를 불러세웠다. 제니. 그녀는 유리창이 깨어져나간 문밖에서 술집 안을 들여다보았다. 나는 그녀에게 손을 흔들어주었다. 그녀는 내가 앉아 있는 것을 발견하자 반색하며 들어섰다. 웬일이야, 우영씨? 그녀는 나의 목을 껴안고 뺨에 입술을 문질러댔다. 이렇게 나와다녀도 되는 거야, 이제? 권상무가 잡아죽인다고 벼른다던데. 제니는 아직 소식을 듣지 못하고 있었다. 하기야 그녀는 약에 취해 온전한 정신이 아니었다. 밤새도록 약에 취해 뒹굴다가 어쩌면 집을 나서기 직전에도 알약을 한움큼 입에 쑤셔넣었는지도 모른다. 나는 그녀에게 영순이 소식을 물었다.

"영순이? 영순이가 누구야?"

그렇다. 영순이는 이들에게는 스트립 쇼를 하는 멜라니, 또는 제브라 스타였다. 나는 이번에는 제브라 스타의 소식을 물었다.

"아, 그 여자. 맞어. 너랑 그 여자랑 아는 사이였다면서? 어떻게 아는 사인데?"

그녀는 혼자 키득거리고 웃어댔다. 건강하지 못한, 병적이고 더러운 웃음이었다. 나는 그녀에게 술을 따라주었으나 그녀는 얼굴을 찡그릴 뿐 마시지 않았다.

"둘이서 좋아했어? 언제부터? 그 여자 몸매 볼 것도 없다던데. 그래선지 스트립 쇼는 금방 그만두더라."

내가 알고 싶은 것은 그녀의 아비에 대해서였다.

"그 여자 아버지 말이야, 참 재미있는 사람인 모양이야. 여기서 일하는 여자들한테까지 침을 질질 흘리고 다닌대."

다시 그녀는 한참 동안이나 키득키득 웃어댔다. 그 다음에야 얘기를 계속했다. 영순이의 아비는 아무 여자나 보기만 하면 어떻게 좀 해볼 수 없을까, 해서 눈을 번들거리며 집적거렸다. 그 때문에 그는 이 바닥에 들어온 지 며칠 지나지도 않아 매춘부들 사이에 더러운 이름을 얻게 되었다. 오찐따. 오입쟁이 찐따,라는 말이었다. 그는 늘 술을 마셨다. 노름을 했다. 어떻게든 딸에게서, 그리고 권상무에게서 돈을 얻어 양색시를 사서 오입질을 하거나 노름을 하려 들었다. 심지어는 딸에게서 돈을 훔치기도 한다는 소문이었다. 권상무의 지갑에 손을 댔다가 들켜 그가 죽이겠다고 고함을 지르며 덤벼들자 주정호는 샤워를 하다 말고 뛰쳐나와 속옷만 아슬아슬하게 걸친 차림으로 이태원 대로를 사람 살류, 사람 살류, 비명을 지르며 내달은 적도 있었다. 권상무는 쥐 잡듯 그를 쫓아다니다가 결국 붙잡기는 했는데, 차마 두들겨패지는 못하고 길가의 자전거를 박살내는 것으로 화풀이를 대신했다.

"우리 오랜만에 만났으니까 파티할까? 응?"

그녀가 말하는 파티가 무엇인지는 뻔했다. 단둘이서, 혹은 사람을 더 불러 서넛도 좋고 네댓도 좋고, 한데 어울려 술도 마시고 대마초도 피우고 섹스도 하며 놀자는 것이었다. 물론 나는 그녀에게 화대를 지불해야 할 것이다. 그녀의 파티란 그런 것이었다. 나는 불현듯 그녀의 유혹에 휩쓸리고 싶은 충동을 느꼈으나 고개를 저었다. 나는 사람을 죽였다. 채 스물네 시간이 지나지 않았다. 어쩌면 권상무의 혼백은 아직도 귀신으로 이 부근을 배회할지 모른다. 사람을 죽인 자에게도 최소한의 예의는 있어야 할 것 같았다.

"파티하자, 응? 우영씨, 하니."

하니, 그것은 이곳 여자들이 손님에게 쓰는 호칭이었다. 나는 그녀의 손님이 되고 싶은 생각은 전혀 없었다. 적어도 지금은 아니었다. 그녀는 팔을 내 어깨에 걸치고 얼굴을 들이밀었다. 입냄새가 지독했다. 그러나 그녀는 의식하지 못하는 것 같았다. 장사가 될 리 없었다. 나는 그녀를 뿌리쳤다.

"아아, 장사해야 하는데…… 정말 하기 싫다, 오늘은."

그녀는 늘어지게 하품을 하고 눈가에 비어져나오는 눈물을 휴지로 닦아냈다. 흰자위에 실핏줄이 터져 눈이 온통 시뻘겠다. 나는 그녀에게 들어가서 잠이나 좀더 자라고 권했다. 그녀는 고개를 흔들었다.

"어서 미국에 들어가야 하는데. 초청장이 오기만 하면 당장 그날로 이놈의 데 떠나버릴 거야."

초청장이라니?

"우리 해리가 떠나면서 금방 초청장 만들어 보낸다고 했어. 우린 미국에서 결혼하기로 했어."

양색시들이 흔히 하는 소리였다. 그렇게 하여 미국으로 들어가는 경우가 전혀 없진 않았으나 대부분의 경우 그런 약속은 지켜지지 않았다.

"일을 해야 해. 라면값도 없어."

나는 그녀에게 천원짜리 하나를 꺼내주었다. 그녀는 냉큼 돈을 집어 작은 손가방에 챙겨넣었다. 돈 한푼 없이 초청장 하나 달랑 들고 미국으로 들어갈 생각이란 말인가? 내가 묻자 그녀는 기다렸다는 듯 말했다.

"무슨 소리야? 해리가 거기서 결혼준비 다 해놓고 기다리는데, 내가 무슨 돈이 필요해?"

그녀의 얼굴이 불을 밝힌 전구처럼 환해졌다. 거무튀튀하던 뺨에도 잠시 홍조가 떠올랐고, 시커멓게 죽어가던 눈까지 반짝거렸다.

"해리는 정말 착해. 이번엔 틀림없어. 다음주쯤이면 난 더이상 여기 없을 거야. 미국 시민이 되는 거야. 알아?"

그러나 뺨의 홍조도 눈의 반짝임도 이내 기운을 잃고 말았다.

"하지만 지금은 일을 해야 해. 먹고살아야 그때까지 기다리지."

일, 일이라. 일을 해야 하는 것이다. 제니의 일, 제브라 스타의 일, 그리고 나의 일. 그녀는 다시 나를 졸랐다. 파티, 응? 파티하자, 우리. 내가 멋진 아이 더 데리고 올게, 응?

"제브라 스타가 요새 뭐 하는지 아니, 너?"

제니에 따르면 영순이는 미제 물건 장사를 하고 있었다. 여기 오자마자, 아직 스트립 쇼를 할 때 이미 그 장사를 시작했다. 수완이 보통이 아니었다. 물론 권상무가 뒤에서 봐주니까 그랬을 거야, 하고 제니는 말했다.

"어디 그뿐인 줄 아니? 동거를 시작할 때 권상무가 큰 돈을 갖다 앵겼대. 요즘은 뭐 일숫돈 장사도 하는 것 같드라. 나 같은 년한테는 절대로 돈을 빌려주지 않겠지……"

얘기도 마치기 전에 그녀는 지나가던 미군 병사를 향해 손짓을 하며 소리를 쳤다. 하니, 바이 미 어 드링크. 우쥬, 하니? 미군 병사는 고개를 돌려 깨어진 출입구와 그 안에 들어앉은 그녀를 쳐다보더니 기가 막히는지 손을 내젓고는 걸어내려가버렸다. 제니는 그 뒤에 대고 외쳤다. 네버 마인, 퍼커. 그녀는 고개를 돌려 다시 말했다. 어머, 우리 정말 오랜만이다, 그치? 파티하자, 응? 거기 있잖아. 클럽 옥상에 그 방. 거기로 갈까? 그날 참 재밌었는데.

나는 재미있지 않았다. 어느날 새벽 그 옥상에 서 있던 교복 차림의 영순이가 생각났다. 나는 그곳으로 돌아가기 위해서라면 뭐든 할 수 있을 것이다. 그렇다. 영순이 역시 돈을 벌기 위해 이를 악문 것이 분명했다. 나와 마찬가지였을 것이다. 돈, 달러, 그린백 달러. 그것이 이 지옥에서 탈출하는 유일한 길이라고 생각했을 것이다. 어쩌면 그것이 나와 그녀가 비슷한 점이었고, 또한 다른 점이었다. 나에게는 돈을 버는 것은 단순한 탈출수단이 아니었다. 그것은 전투였다. 내가 이 세계에서 할 수 있는 유일한 의미있는 행위, 이 세계에서 인간과 맺을 수 있는 유일한 관계, 그것이 전투였다.

주인여자가 빗자루를 들고 나와 바닥에 깨어진 유릿조각을 쓸기 시
작했다. 우리에게 나가달라는 몸짓이 분명했다. 나는 의자에서 일어났
다. 제니가 내 팔을 붙잡았다. 가는 거야, 파티하러? 나는 그녀의 손을
뿌리치고 술집에서 나왔다. 제니가 뒤에서 투덜거렸다. 싫음 말지 왜
떠미는 거야, 개새끼.

집으로 가는 길에 나는 공중전화 부스로 들어가 영순이에게 전화를
했다. 여보세요, 하는 것은 남자, 늙은 남자의 탁한 음성이었다. 그녀의
아비일까? 호들갑스러운 어조로, 어딘가 불안감이나 초조감에 사로잡
힌 것 같은 태도로 그는 몇번이나 여보세요, 여보세요, 하고 거듭 불러
댔다. 여전히 그의 음성 저편에서는 「오 대니 보이」가 작은 소리로 흘러
나오고 있었다. 나는 전화를 끊었다.

나는 스스로를 이해할 수 없었다. 권상무를 죽인 이유 가운데 하나가
영순이를 되찾기 위해서였다. 그런데 왜 그녀에게 가지 않는 것인가?
무엇이 나를 막는 것인가?

그날 밤, 잠든 나의 머리를 누군가가 툭툭 걸어찼다. 나는 눈을 떴다
가 깜짝 놀라 고스란히 얼어붙었다. 꼼짝도 할 수가 없었다. 권상무, 그
가 우뚝 서서 나를 내려다보고 있었다. 일어나봐, 이 상놈의 자식아. 그
가 히죽 웃으며 말했다. 몸이 움직여지지 않았다. 이것은 꿈일까. 가위
에 눌린 것인가. 나는 옆을 돌아보았다. 밥어미가 잠들어 있었다. 그녀
의 얼굴은 평화롭고 고요했다. 좀 일어나보랑게. 이놈의 자식이 산 사
람 말도 안 듣고 죽은 구신 말도 듣지를 않네. 나는 조심스럽게 머리를
들었다. 몸이 움직여지는 것을 보면 가위눌린 것은 아니었다. 그렇다면
꿈? 권상무가 말했다. 꿈은 무신 꿈. 그는 커다란 손으로 내 머리를 두
들겼다. 그는 죽은 것이 아닌가? 살아 있는 것인가? 어느 쪽이라 해도

무섭고 소름끼치는 일이었다. 어서 안 일어나냐, 이 상놈의 자식아.

나는 그에게서 눈을 떼지 않고 조심스럽게 일어나 앉았다. 권상무가 내 앞에 쪼그리고 앉았다. 그의 얼굴에 피가 묻어 있었고, 목덜미가 피에 젖어 있었다. 나는 다시 한번 그는 죽었다, 하고 생각했다. 그러나 그는 여기 내 눈앞에 생생히 앉아 있었다. 무서워할 거 없어. 너 잡아묵을라고 온 거 아닝게. 가서 술이나 좀 내와라. 너랑 마지막 술 한잔 못 허고 온 것이 한이 돼갖고 내가 왔응게. 그래도 우리가 따지고 보믄 구녁동서지간인디. 너는 첫서방이고 나는 둘째서방이고. 나는 밥어미를 내려다보았다. 그녀의 잠은 오직 평화롭기만 한 것 같았다. 권상무가 밥어미를 해치지는 않을까. 어서 안 갖고 오냐.

나는 창고로 가서 조니워커를 한병 꺼내가지고 나왔다. 권상무가 은행나무 밑에 앉아 있었다. 나는 겁에 질려 멈춰선 채 은행나무를, 권상무를 번갈아 바라보았다. 푸른 불덩이는 보이지 않았다. 어서 이리 갖고 와라. 내가 술을 내밀자 그는 능숙하게 술병을 따 병째 입안에 들이부었다. 한꺼번에 반 병을 그는 마셔치웠다. 너도 한잔 혀라. 그가 병을 나에게 내밀었고, 나는 한모금만을 삼켰다. 날 죽이고 낭게 속이 씨원허냐? 나는 대답하지 않았다. 무슨 대답을 한단 말인가? 씨벌놈, 그런 짓 뭐 하러 했냐? 나야 일찍 죽어 차라리 속은 편케 돼부렀다만…… 너 같은 놈한테 죽게 될 거라고는 생각도 못혔다. 죽고 나서도 참 기도 안 차드라. 아녀, 너 원망하는 거 아녀. 속이 편탕게, 지금 내가. 내가 멜라니란 년한테 좀 너무혔제. 죄도 많이 지고 사람도 많이 죽이고…… 묵고살다 봉게 그런 건디…… 나중에는 욕심이 생겨갖고…… 죽고 봉게 그것 참, 별것도 아닌디…… 다 미친 지랄이제. 궁게 니가 나를 죽인 게 아니라 내 욕심이 날 죽인 거여. 나도 그런 건 알어. 그는 술을 마셔가며 친구에게 넋두리라도 하듯 쉬엄쉬엄 애기를 늘어놓았다. 너나 나나 비슷한 놈이여.

위에서 갑자기 푸른 불덩이가 뚝 떨어져내렸다. 나는 기겁을 하여 벌떡 일어섰다. 권상무는 보지 못하는 것 같았다. 왜 그러냐? 나는 기가 막혔다. 도깨비불에다가 귀신까지…… 내가 이것들과 더불어 온전히 살아낼 수 있을지 자신이 없었다. 푸른 불덩이는 탐색하듯 권상무의 몸 주위를 위아래로 오르내리며 맴돌았다. 나는 그것을 지켜보았다. 도깨비불, 귀신, 그들은 어떤 사이일까? 그런데 이상한 일이었다. 푸른 불덩이가 나타난 순간부터 권상무에 대한 나의 두려움은 훨씬 가벼워졌다.

나는 그에게 물어보았다. 지금 어디 계시는 겁니까? 권상무가 대답했다. 여기 있잖여. 여기라뇨? 바로 여기 말여. 너랑 같이 있당게. 사는 곳도 죽는 곳도 다 여기여. 따로 있는 게 아니드랑게. 산 것들도 여기 있고, 죽은 것들도 여기 있고. 여기밖에 없드랑게. 나는 다시 물었다. 그렇다면 어째서 당신만이 온 것인가? 다른 죽은 사람들은 어째서 오지 않는 것인가? 그는 웃어댔다. 나야 살았을 때나 죽었을 때나 남의 말 듣간디? 내 멋대로 혀불제. 다른 구신들은 구신들 하라는 대로 사니께 못 오는 거겄제. 나는 어미를, 아비를 생각했다. 그들은 왜 오지 못하는 것인가? 권상무가 물었다. 왜? 누구 보고 싶은 사람, 아니 보고 싶은 구신 있냐? 내가 말 좀 넣어주까? 누가 됐건 귀신을 또 만나야 한다는 것은 별로 기분좋은 일이 아니었다.

푸른 불덩이는 여전히 그의 주위를 떠돌고 있었다. 주위가 푸르게 물들었으나 권상무는 그것도 알지 못하는 것 같았다. 그는 부탁이 있다고 말했다. 내가 자식새끼 하나 못 남겨서 말이여. 제삿밥 얻어묵을 데가 없드라고. 니기 기끔가다가 말이어, 제삿밥이나 좀 채려줄라냐? 나는 어이가 없었으나 그렇게 하겠다고 대답했다. 그는 고맙다면서 내 손을 잡아 흔들어댔다. 그의 손은 차갑고 가벼웠다. 그 거대한 왼손은 그 가벼움 때문에 차라리 공허했다. 니 덕분에 한시름 덜어부렀다, 내가.

술병이 비자 그는 가야겄다, 하고 말했다. 내가 그를 바라보는 동안 그의 형체는 차츰 희미해졌다. 사람 너무 많이 죽이지 말어. 그것이 제일 후회된당게…… 또 만날 날이 있을 거이다. 시간 내서 또 올랑게. 멜라니란 년한테도 한번 가보까? 그년 애비란 놈 혼쭐이나 좀 내주까? 어매, 인자 참말로 가야쓰겄다. 가끔 술병 한두 개 없어져도 내가 가져간 걸로 알어. 좋은 일 생기믄 불러라잉?

그 말과 함께 그는 사라졌다. 푸른 불덩이는 그가 앉아 있던 자리를 한참 동안이나 탐색한 다음, 갑자기 위로 솟구쳐 사라졌다. 나는 비로소 내가 숨을 헐떡이고 있었다는 것을 깨달았다. 온몸이 식은땀으로 축축했다. 일어설 수가 없었다. 다리에 기운이 쭉 빠져 무릎을 세울 수조차 없었다. 방으로 돌아가고 싶었으나 불가능했다. 날이 밝아오는 하늘을 나는 멍하니 쳐다보고 있었다.

밥어미가 방에서 나왔다. 왜 그러고 있어요? 언제 일어났어요? 나는 권상무를 만났다고 말했다. 밥어미는 놀라지 않았다. 지내기가 괜찮대요? 무슨 얘길 했어요? 죽은 사람을 만나 얘기를 주고받는 것이 일상사인 듯 그녀의 태도는 범연했다. 나는 권상무의 제사를 지내주기로 했다고 말했고, 밥어미는 잘했군요, 하고 대답하고는 세수를 시작했다.

6

　며칠 지나지 않아 나는 과거의 거래선을 모두 회복했다. 더불어 새로운 거래선도 확보했다. 태창 나염공장의 숙직실은 양주와 담배, 화장품과 커피와 껌으로 가득 찼다. 담요에서부터 카메라, 냉장고와 세탁기, 진공청소기 같은 물건들도 확보했다. 그곳은 나의 백화점이었다. 미군 매점을 옮겨온 것 같은 꼴이었다. 판로를 걱정할 필요는 없었다. 물건이 딸리는 것이 걱정이었다. 재고는 언제나 0에 가까웠다. 소비재의 수입이 제한된 한국에서는 구경도 할 수 없는 상품들이기 때문이었다. 소매상이 분주히 드나들며 물건들을 실어날랐다. 그들은 나에게 언제 물건을 줄 거냐고 재촉을 하고, 하루라도 더 빨리 달라고, 하나라도 더 많이 달라고 애걸했다. 수요를 따라잡지 못해 나는 물건들을 구하기 위해 동분서주해야 했다.

　상주가 소매치기 생활을 청산하고 나와 합류한 것은 한달쯤이 지난 뒤였다. 그가 가져온 짐은 칼 두 자루가 전부였다. 양말 하나 속옷 하나

지니고 있지 않았다. 그를 위해 나는 태창 나염공장의 방 하나를 비우고 도배를 해주었다. 이부자리는 시장에 나가 사왔다. 저녁에 마주앉아 술을 마실 때 그는 돈이 얼마나 있으면 일제 축음기를 하나 마련할 수 있느냐고 물었다. 나는 창고에서 축음기를 가지고 나와서 레코드 몇장과 함께 그의 앞에 놓아주었다. 가져. 상주는 감격하여 고맙다는 말을 거듭했다.

이튿날 저녁 나는 상주를 데리고 이태원 거리로 나갔다. 그는 기이한 자신감에 차 있었다. 무슨 일이든 다 이루어낼 수 있다고 믿는 것 같았다. 그가 이곳에서 개구리를 잡은 적이 있기 때문이라는 것을 나는 알 수 있었다. 그에게 이태원은 쥐도새도 모르게, 그러나 성공적으로 한번 점령한 적이 있는 곳이었다. 그는 이곳의 거물을 쓰러뜨렸던 것이다.

그는 곧 이태원 사회에, 그리고 새로운 직업에 적응했다. 생김새가 미군 병사처럼 보였으므로 그 동네를 떠도는 것이나 미군들과 어울려 다니는 것이 전혀 어색하지 않았다. 수상해 보일 리도 없었다. 문제라면 가끔 양색시들이 장사를 하기 위해 그를 불러세운다는 점이었다. 처음 몇번은 그는 그런 여자들에게 붙들려 시간을 빼앗기기도 하고 승강이를 벌이기도 했으나, 곧 그런 여자들을 뿌리치는 방법을 터득했다. 나 한국놈이다 이년들아, 하고 큰 소리로 말해주는 것이었다.

한두 번 상주는 나에게 물었다. 어째서 영순이 누나를 찾아가지 않는가? 개구리를 잡은 목적 가운데 하나가 그녀를 되찾는 것이 아니었는가? 나는 대답할 수 없었다. 나 자신 이유를 알지 못했으니까. 밥어미까지 은근히 영순이를 찾아가라고 권하는 것은 기이한 일이었다. 그녀는 질투를 느끼지 않는 것인가? 밤에 잠들 때 내일은 틀림없이, 하고 다짐하기도 하고, 전화라도 해보기로 마음먹은 적도 있었으나, 나는 결국 전화도 하지 않았고 그녀를 찾아가지도 않았다. 그렇게 두어 달이 지났다.

은행나무 밑에 쪽상을 놓고 점심을 먹다가 밥어미가 말했다.

"시장에서 오늘 영순씨를 보았어."

그녀가 영순이를 본 적이 있던가? 내가 묻자 밥어미는 나를 물끄러미 쳐다보았다. 그러자 기억이 났다. 권상무가 어쩌면 날 죽였을 수도 있었던 그날, 밥어미는 홀연히 클럽 주티에 나타나 나를 구해냈다. 그 자리에서 영순이를 보았을 것이다.

"나에게 우영이 소식을 물었어."

나는 대꾸하지 않았다. 상주가 지나가는 말처럼 혼자 중얼거렸다.

"뭐, 더이상 상종할 필요 없을지도 몰라요. 스트립 쇼까지 했다는데, 여자 그렇게 되면 다 망가진 거죠, 뭐."

그가 동의를 구하듯, 아니면 눈치를 살피듯 나를 쳐다보았으므로 나는 말해주었다. 닥치고 밥이나 먹어, 인마. 밥어미는 그렇게 말하는 나를 빤히 쳐다보았다. 그것이 진심이냐, 하고 묻는 것 같았다. 나는 그녀에게도 말해주었다.

"당신도 저녁이나 드셔, 윤작은년 아주머니."

상주가 웃음을 터뜨렸다.

"작은년? 그게 아주머니 이름이야?"

그녀의 주민등록증을 통해 이름을 알게 되었다. 동쪽으로 몇십 년을 가고 남쪽으로 몇십년을 가야 하는 나라에서 왔다는 그녀는 뜻밖에도 이 나라의 주민등록증을 지니고 있었다.

몇년 전 주민등록증을 찾으러 동사무소에 가서야 나도 알지 못하는 사이에 나에게 일련번호가 붙어 있었다는 것을 알게 되었고, 이 나라에서는 모든 주민에게 일련번호를 붙여 관리하고 있다는 것을 알게 되었다. 일련번호와 사진과 양쪽 엄지손가락의 지문이 찍혀 있는 그 주민등록증은 나이 열여덟살이 넘은 모든 주민이 언제 어디서나 지니고 다녀야 했고, 언제 어디서든지 경찰관이나 기관원이 요구하면 그것을 제시할 의무가 있었다. 제시하지 못하면 수상한 자로 지목당할 뿐만 아니라 수사기관으로 연행될 수도 있었고, 최악의 경우에는 북한의 간첩이라는 혐의를 받을 수도 있었다.

북한의 김일성이 남파한 수십명의 특수부대원들이 청와대 바로 뒤쪽 도로에서 경찰관들과 총격전을 벌인 직후에 박정희가 만들어냈다는 주민등록증 제도를 통하여 나는 다시 한번 깨달았다. 그것이야말로 내가 이 나라의 주민이 아니라 포로라는 것을 입증하는 문서였다. 어쩌면 이 나라 모든 주민이 박정희에게는 포로에 불과한지도 모른다. 청와대를 습격한 것은 북한의 특수군이었는데 박정희는 엉뚱하게 이 나라 주민들 모두에게 일련번호를 붙이고 감시를 강화했다. 그에게는 이 나라 주민들 모두가 북한의 특수군이나 그 앞잡이들로 보이는 것일까.

"그건 여기에서 쓰는 이름일 뿐이에요. 편의상 붙인 이름. 내 이름은 꽃실이에요."

작은년이 말했다. 그 말을 받아 상주가 밥공기를 내밀며 다시 웃어댔다.

"밥 한공기만 더 주세요, 작은년 아주머니."

이유가 무엇이건 영순이는 권상무가 죽은 지 석달 넉달이 지나도록 내가 그녀를 찾지 않은 것을 나의 의사표시로 해석한 것이 분명했다. 그녀는 언제까지 나만을 기다리며 두 손을 묶어놓고 앉아 있을 수는 없었다. 그녀도 먹고살아야 했고, 뿐만 아니라 돈을 벌어야 했으니까.

뜻밖에도 영순이가 어떻게 살고 있는지를 알려준 사람은 병식이형이었다. 소주를 반주로 저녁을 먹고 나서 나와 상주, 작은년이 사그라드는 간이화덕의 불꽃을 바라보며 남은 소주를 마시고 있을 때 병식이형이 들이닥쳤다. 그에게서는 곯아버린 홍시 같은 술냄새가 짙게 풍겼다.

흙이 묻어난 바지에 아무렇게나 열어젖힌 남방셔츠 자락 안에 때에 찌
든 러닝셔츠에는 핏자국까지 묻어 있었다. 주정뱅이의 몰골이 약여(躍
如)했다. 나도 상주도 작은년도 반갑게 그를 맞아들여 화덕 앞에 앉혔
다. 그는 나와 작은년을, 그리고 상주까지 의심스러운 눈길로 흘겨보았
다. 요새는 저 미친년이 우영이란 놈을, 어쩌면 우영이란 놈이랑 상주
란 놈을 번갈아 잠자리에 끌어들이는 건 아닌가, 하고 생각하는 것이
분명했다. 내가 권하는 소주를 군말없이 받아 마시고 꽁치를 통째로 입
안에 쑤셔넣고 으드득으드득, 뼈까지 씹어넘기다가 그는 갑자기 내 어
깨를 꽉 잡아 짚으며 말했다.

"오늘 영순이 봤다. 그년이 미국놈 팔짱 끼고 다니더라."

이게 무슨 말일까? 내가 질문할 틈도 없이 그는 덧붙였다.

"영순이 모르냐, 주영순? 그년이 양갈보가 되어버린 거야. 미친년."

그는 나를 쏘아보았다. 마치 영순이가 그렇게 된 것이 나의 책임이라
는 듯 혐오감이 덕지덕지 묻어나는 눈길이었다.

병식이형은 노동판의 동료들과 함께 순댓국집에서 밥을 먹고 소주를
마시고 나와 집으로 돌아가는 길이었다. 그의 눈앞에 낯익은 여자가 미
국인의 팔짱을 끼고 서 있었다. 저 여자가 누구더라. 그녀를 어디에서
본 적이 있는지 기억이 나지 않았다. 착각일까. 그는 고개를 갸웃거리
며 골목을 빠져나왔다. 그때 여자가 그를 불렀다. 오빠. 병식이 오빠.
병식이 돌아서자 그녀가 반색하며 그의 앞으로 다가섰다. 오빠, 나 영
순이에요. 희망고아원 영순이. 짙은 화장에 꼬불꼬불 볶아올린 머리칼
에 붉은 손톱에…… 그러나 그녀는 분명히 희망고아원 영순이었다.

"그것이 아주 공개적으로 나를 그 미국놈한테 소개를 시키려고 하길
래 내가 얼른 돌아서서 걸어와버렸지. 내가 그런 연놈을 뭐 하러 상대
하겠냐?"

온몸의 피가 싸늘하게 식어갔다. 작은년은 걱정스러운 표정으로 나를 쳐다보고 있었고, 병식이형은 실핏줄이 얽힌 우묵한 눈으로 참 꼴 좋다 이놈아, 하고 말하는 듯 나를 쏘아보고 있었다. 나는 아무 말도 할 수 없었다. 말이 나오지 않았다. 영순이, 멜라니, 제브라 스타…… 그녀의 이름들이 머릿속에서 광고 전광판처럼 번쩍거렸다.

소주잔을 입안에 털어넣고 병식이형은 나와 상주를 번갈아가며 쳐다보았다. 그 눈꼬리에 눈물이 맺혔다.

"희망고아원 동창회냐, 지금? 우리 셋이 다…… 참 나, 우리 같은 것들 꼴이 기가 막히다, 씨부럴."

그는 한숨을 치쉬고 내리쉬었다.

"이놈의 마누라는 애새끼들은 팽개쳐놓고 엉덩이 나대고 어딜 쏘다니는지……"

그는 마누라를 찾아봐야 한다며 일어섰다. 나와 상주는 그를 배웅하기 위해 뒤따랐다. 허청허청 헛놓이는 발길을 가까스로 수습하며 그는 투덜거렸다. 내일 꼭두새벽엔 다시 원주 현장으로 떠나야 하는데, 에이구, 이놈의 마누라가 도대체…… 상주가 그의 어깨 밑에 팔을 넣어 부축했다. 그는 부엌문을 열려다 말고 돌아서서 아직 화덕 앞에 앉아 있는 작은년에게 시비라도 걸듯 소리를 질렀다.

"이보쇼, 아주머니, 우리 희망고아원 고아새끼들 끼니 거르지 않게 밥이나 좀 잘 해멕여주쇼. 천하에 불쌍한 놈들이오, 이놈들이."

그가 떠나고 난 뒤 상주는 흘끔흘끔 내 얼굴을 살피며 말했다.

"말만 해, 형. 형이 말만 하면 그게 어느 연놈이건 내가 소리소문도 없이 멱을 따버릴 테니까. 요새 밤중에 자다가 내 칼이 우는 소리 때문에 잠에서 깨어나. 심심해서 못살겠대."

그는 영순이건 그녀의 아비건 그녀의 양놈이건 언제라도 죽일 수 있다고 말하고 있었다. 하마터면 나는 죽여버려, 하고 말할 뻔했다. 그러나 그 순간 나는 은행나무를 올려다보았고, 그 나무의 푸른 눈동자를 떠올렸다. 다행히 그 푸른 불덩이는 더이상 나타나지 않았다.

그로부터 이틀 사이에 그는 영순이에 대해 많은 것을 알아와서 보고했다. 그녀와 동거하는 녀석은 미육군 상사 에드먼드 프레이저였다. 그 두 사람의 동거생활은 매춘과 동업이 혼합된 형태였다. 프레이저가 영외 거주를 하면서 영순이와 같이 사는 것은 사실이었다. 그러나 그는 영순이에게 생활비 한푼 내놓지 않았다. 그의 봉급은 한푼도 남김없이 꼬박꼬박 아메리카은행 시카고 지점에 입금되었다. 프레이저는 그녀에게 용돈까지 얻어썼다. 간혹은 용돈이 적다고 영순이를 두들겨패기도 했다. 영순이는 어째서 그런 바보짓을 하는 것인가? 프레이저는 미군 PX에서 맥주와 양주, 커피와 과자 따위의 음식료품에서부터 화장품, 텔레비전이나 녹음기, 커피포트나 면도기 따위의 전자제품을 사다가 영순이에게 주었다. 영순이는 그 물건들을 내다팔아 이익을 남겼다. 그 이익금이 프레이저가 영순이에게 주는 생활비, 아니, 차라리 화대인 셈이었다. 또한 그 이익금의 일부를 프레이저는 용돈으로 받아썼다. 그러니까 그들 두 사람은 매춘에서는 매춘부와 그 고객이요, 면세품 밀매에서는 공범이었다. 그것이 언제부터인가 이곳의 미군 병사와 매춘부들 사이에 자리잡은 동거생활의 한가지 방식이라는 것을 나는 알고 있었다. 영순이가 양갈보가 되었다는 것은 틀림없는 사실이었다.

"미친년."

하고 나는 내뱉었다. 작은년은 항의하듯 나를 빤히 쳐다보았다. 상주는 얘기를 계속했다.

"이제까지 영순이 누나하고 우리가 이태원 바닥에서 마주친 적이 없다는 게 이상할 정도예요."

영순이는 프레이저와 함께 가끔 이태원 거리에 드나들며 클럽에 들러 술을 마시기도 하고 춤을 추기도 했다. 그럴 때 그들은 서로를 허니, 스윗헛, 하고 부르며 제법 부부행세를 했다.

"그놈은 아직도 영순이 누나를 스타,라고 부른대요."

영순이에게는 그 이름이 치욕스럽지는 않을까. 아니, 스트립 쇼를 했다는 것이 매춘부로서 살아가는 데 중요한 경력이 되는 것일까.

나는 짐작할 수 있었다. 이해할 수도 있었다. 더이상 그럴 필요도 없어지고 만 것이 분명하지만, 만일 그녀가 원한다면 기꺼이 용서해줄 수도 있었다. 그녀는 돈을 벌어야 하는 것이다. 나 역시 면세품 밀매를 하고 있었다. 나 역시 매춘부들을 끼고 잠든 적이 하루이틀이 아니었다. 심지어는 나는 은인이라고 해도 좋을 병식이형의 아내까지 범했다. 내가 영순이가 아는 심우영이 아니듯 그녀 역시 내가 알던 영순이는 아니었다. 그녀는 멜라니였고 제브라 스타였다.

나는 어렴풋이 그녀를 찾아가지 않은 이유를 짐작할 수 있을 것 같았다. 나는 그녀가 정말 영순인지, 멜라니가 아닌지, 제브라 스타가 아닌지, 그 점을 우려한 것은 아닐까.

"그렇지 않아요. 영순이는 틀림없이 영순이에요. 그것뿐이에요. 멜라니나 제브라 스타 같은 건 살다보니 생겨난 상처나 흉터 같은 것에 불과해요."

작은년의 말이었다. 과연 그럴까? 그렇게 생각해도 좋은 것일까? 그렇다면 상주와 나의 살인은? 그것 역시 상처나 흉터에 불과한가?

방에 둘이 남았을 때 작은년은 내 얼굴을 손으로 쓰다듬으며 말했다.

"냉정해지려 하지 말아요. 당신은 냉정한 사람이 아니에요."

나는 작은년을 좋아했다. 그녀의 젖가슴을 탐하면서도, 그녀의 살냄새를 맡으며 잠드는 것이 참으로 포근하기는 했지만 나에게 그녀는 여자라기보다는 차라리…… 누이 같았다. 아니면 어미 같았다. 무슨 짓을 해도, 무슨 말을 해도 무방한, 언제나 용서하고 언제나 받아들여주고 언제나 이해해주는 사람. 어찌 보면 바보 같고 어찌 보면 천하지만 너그럽고 관대하기로는 내가 상상할 수 있는 한계 너머에 그녀는 자리 잡고 있었다. 그녀가 나에게 해주는 모든 것이 더없이 기껍고 고마웠으나, 나는 그녀를 이해할 수 없었다. 그녀는 비정상적이었다. 미친 사람에 가까웠다. 그리고 나는 냉정한 사람이었다. 냉정해야만 했다.

"세상 사람이 다 당신 같은 건 아냐."

"나 같지는 않겠지만, 당신은 착한 사람이에요. 당신의 슬픔이 어디에서 나오는 건데요?"

"난 슬프지 않아. 화가 나는 거야."

"마찬가지예요. 난 당신의 슬픔이 좋아요. 당신의 울화가 좋다고 해도 좋아요."

영순이에게서는 이미 저 비누 냄새도 서글프고 달콤한 살냄새도 나지 않을 것이다. 어쩌면 썩은 걸레 냄새, 싸구려 화장품 냄새, 달러 냄새가 날지도 모른다. 비슷한 냄새는 나에게서도 날 것이다. 우리는 서로에게서 더이상 아무것도 기대할 게 없는 존재가 되어버린 셈이었다.

나는 작은년을 위해 무엇이든지 해주고 싶었다. 이제 돈을, 그것도 제법 굵직한 돈을 벌어들이고 있었으므로 그녀가 원하는 것을 얼마든지 해줄 수 있었다. 그러나 그녀는 아무것도 원하지 않았다. 항상 너덜너덜한 누더기를 입고 다니는 그녀를 위해 옷을 사다주어도 그녀는 입지 않았다. 그날로 이웃집 여자나 공장 동료에게 갖다줬다. 맛있는 음식을 먹으러 가자고 권해도, 쇼핑을 나가자고 강권해도 그녀는 거절했다.

"난 아무것도 사고 싶지 않아요. 필요한 건 이미 다 가지고 있어요."

그것이 그녀의 대답이었다. 그녀에게 힘든 공장 일이나 물지게 일 같은 건 이제 그만두라고 권해보았으나 그녀는 고개를 저었다.

"힘들지 않아요. 물지게 일도 공장 일도 즐거워요. 슬프기도 하고."

"즐겁고 슬퍼?"

"일을 하고 있으니까 즐겁고, 아무리 일을 해도 그것으로 행복을 만들어낼 수 없다는 게 슬퍼요. 일을 하는 것으로 행복을 만들어낼 수 있는 곳, 여기에 그런 곳을 만들어야 하는데."

그것이 그녀가 할 일이라는 것이었다.

돈을 줘도 그녀는 받지 않았다. 내가 그녀의 방을 쓰고 있고, 공장을 창고로 쓰고 있으며, 나와 상주가 공장의 방 하나씩을 차지하고 있으니 임대료라 생각하고 받으라 해도 그녀는 거절했다. 임대료? 내가 왜 임대료를 받아요? 이건 내 공장 아니에요. 여긴 내 소유라고는 아무것도 없어요. 이 방? 이것도 내 거 아니에요. 나 역시 잠깐 빌린 것뿐이에요. 나는 이 나라 사람도 아닌걸. 그녀는 슬픈 눈으로 나를 쳐다보았다.

"이게 만일 내 거라 해도…… 내가 우영씨에게서 임대료를 받았으면 좋겠어요? 우영씨가 정말 원하는 게 그런 건가요? 이 방이 우영씨 소유고 내가 거기 얹혀산다면 당신은 내게 임대료 내놓으라고 할 건가요?"

나는 벌거벗고 누워 있었고 그녀 역시 벗은 몸으로 내 가슴에 뺨을 대고 엎드려 있었다. 우영이 나에게 베푸는 행복감에 대해 내가 돈을 지불해야 한다면 그건 정말 끔찍스러운 짓일 거예요. 그 순간 그 행복감은 그것이 아닌 다른 것으로 변질되고 말 거예요. 그렇지 않아요? 이 세상 모든 것이 돈으로 거래되어야 한다면 아마 그 이상의 지옥은 없을 거예요. 실상 지금 이곳이 그런 곳이지만요. 나를 위해 돈을 버는 건가요, 우영씨? 만일 그렇다면 그것은 나의 불행을 사들이는 것과 같아요.

물론 내가 돈을 버는 것은 그녀를 위해서는 아니었다. 천만에. 그녀는 내 가슴을 위아래로 쓸며 말했다. 그건 천만다행이에요. 우영이가 그저 있다는 것만으로 나는 충분히 기쁘고 행복해요. 더구나 여기 나와 같이 있다는 것은 과분한 축복이고 기쁨이에요.

그러나 나에게는 그렇지 못했다. 내가 여기 있다는 것, 그것은 나의 불행과 고통의 근원이었다. 나는 남들보다 불리한 환경에서 태어났으나, 그것으로 그치지 않았다. 언제나 그 불리한 환경마저 박탈당하여 더 불리한 지경으로 굴러떨어졌다. 마치 이놈의 세상은, 나로서는 한번도 그런 것을 배우고 싶어한 적이 없는데도 불구하고, 바닥이 어딘지를 나에게 가르치려고 작정을 한 것 같았다. 그 불리한 처지에서 가까스로 얻은 것마저 가장 참혹하게 빼앗겼다. 영순이가 생각날 때마다 내 몸뚱이 속 어디선가 짓눌린 짐승이 온몸이 터져라 내지르는 비명소리가 들리는 것 같았다.

빼앗기는 것, 헤어지는 것, 학대당하는 것, 모욕당하는 것, 그로 인한 울화와 분노, 슬픔과 고통을 혼자 가슴속에 꾹꾹 짓눌러두는 것, 나의 몫은 언제나 그런 것이었다. 지금 내가 누리는 작은 자유와 권리는 목숨을 건 전투를 통하여 획득한 것이었다. 그것이 당신에게는 행복이란 말인가, 작은년?

작은년은 나에 대해서 전혀 집착하지 않았다. 그녀는 기회만 생기면 나에게 영순이를 만나봐야 한다고 재촉했다.

영순이를 만나야 해요, 우영이. 몸이란 사람이 가진 것 가운데 가장 하찮은 거예요. 그럴지도 모른다. 작은년은 다시 말했다. 난 당신이 그 여잘 사랑한다는 걸 알아요. 그 사랑이 얼마나 안타깝고 깊은 것인지도 알아요. 그 여자는 처음 당신이 만난 그날부터 이제까지, 단 한순간도 남김없이 언제나 당신 여자였어요.

순금이는 밥어미와는 딴판이었다. 그녀는 늘 나에게 돈을, 언제나 더 많은 돈을 요구했다. 결코 만족하는 법이 없었다. 한푼이라도 더 얻어내기 위해 갖은 꾀를 다 썼다. 돈이 생기면 그녀는 곧 뛰쳐나가 상점으로, 백화점으로 가서 옷에 구두에 화장품에 장신구를 사들였다. 병식이형이 지방 공사판으로 떠나고 나면 그런 옷과 구두와 장신구로 치장하고 일도 없이 이태원 거리를 밤늦게까지 싸돌아다니며 새로운 물건들을 구경하고 사들였다.

그녀는 그런 일을 즐겼다. 상가와 백화점을 돌아다니며 새로운 물건들, 멋진 물건들을 구경하고 흥정하고 사들이는 것, 그것은 언제나 경이롭고 즐겁고 신나는 일이었다. 더이상 재미있는 일이란 없다는 것이었다. 그녀는 백화점에서 기회만 생기면 점원들의 눈을 피해 사소한 물건들을, 그러니까 머플러라거나 스타킹, 매니큐어나 루주 따위를 훔쳤다. 그녀는 늘 나에게 사랑한다고 말했으나 나는 그녀의 말을 믿지 않았다. 그녀는 내가 믿지 않는다는 것을 알면서도 그치지 않고 같은 말을 반복했다. 사랑해, 우영이. 사랑해, 내 사랑, 내 신랑…… 그러나 나와 그녀와의 관계는 이미 거래 비슷한 것이 되어 있었다.

"난 너무 일찍 결혼했어."

그녀가 한탄했다. 하긴 그것은 사실이었다. 결혼했을 때 병식이형은 스물한살, 그녀는 스무살이었다. 그녀는 내 입에서 담배를 뽑아내 제 입술에 물고 중얼거렸다.

"연애 한번 못해보고 결혼을 하다니."

그러나 그들 두 사람의 연애는 나에게는 전설이었다.

순금이는 나에게 장사를 하게 해달라고 요구했다. 나는 거절했다. 그녀를 믿을 수가 없었다. 첫째, 그녀는 병식이형을 배신했다. 언제 또 나를 배신할지 알 수 없는 일이었다. 내가 하는 일은 극도의 보안과 조심을 요구하는 일이었다. 둘째, 그녀가 세상에 대해 품은 욕심은 터무니없는 한편 너무 강했다. 그 터무니없는 욕망에 한 발자국이라도 더 다가서기 위해 그녀가 어떤 엉뚱한 길을 택할지는 그녀 자신도 알지 못하는 일이었다. 그녀는 애걸했다.

"장사 좀 하게 해줘. 나도 할 수 있어. 돈을 빨리 벌어야 집도 사고 아이들 키우고 미국에도 가보고…… 할 거 아냐."

미국이라니? 거긴 왜 간단 말인가? 그녀는 잘라 말했다.

"그럼 내가 겨우 이 해방촌 바닥에서 엎어져 살다가 끝낼 줄 알아? 난 이래뵈도 꿈이 있는 사람이야."

며칠 뒤에 나는 제임스 박을 만나기 위해 클럽 건물 옥탑방의 문을 밀고 들어섰다. 그곳에서 그와 벌거숭이가 되어 뒤얽혀 있는 순금이를 발견했다. 나는 물론 놀랐다. 그러나 화가 나지도 않았고 고통스럽지도 않았다. 그저 어이가 없고…… 우스울 뿐이었다. 나는 순금이나 제임스 박을 추궁하지도 비난하지도 않았다. 미안, 하고 한마디 하고는 조용히 문을 닫아주고 돌아서 나왔다. 순금이가 곧 비좁은 계단을 구르듯 달려내려와 나를 붙들고 미안하다고, 실수였다고, 다시는 그런 일 없을 거라고 맹세를 거듭했으나 나는 한마디도 믿지 않았다.

"상관없어. 당신이 내 마누라도 아닌데 나한테 미안할 게 뭐가 있어? 미안하면 병식이형한테 미안해야지."

순금이는 재빨리 그 말의 의미를 알아차렸다.

"이제 만나지 말자는 거야?"

"그럼 또 날 만날 생각이었어?"

그녀의 뺨에는 아직 붉은 홍조가 남아 있었다. 그 어둠침침한 계단에서도 그녀는 여전히 아름다웠다. 이 아름다운 여자가 제임스 박에게서 원하는 것은 무엇일까? 나는 짐작도 할 수 없었다.

"용서해줘. 미안해. 다신 안 그럴게."

"다신 안 그럴 것도 없어. 얼마든지 하고픈 대로 해. 올라가봐. 제임스 박 기다리겠다."

원망스레 나를 쏘아보는 그녀를 남겨두고 나는 계단을 내려왔다. 조금 슬프기는 했다. 나의 영웅 병식이형과 그의 가정이, 나의 미인의 운명이 슬펐다. 나 자신이 그녀에게, 그리하여 병식이형에게 저지른 짓이 슬펐다.

그로부터 채 한달이 지나지 않아 순금이는 마침내 나이트클럽 주티의 웨이트리스로 일을 시작했다. 병식이형을 위해서는 안타까운 일이었으나, 그녀를 말리고 싶은 생각은 들지 않았다. 말려도 그녀가 내 말을 들을 리 없었다. 그녀는 오랫동안 원하던 것을 얻은 것이었으니까.

영순이에 대해서도 그런 마음가짐이 될 수 있다면 얼마나 좋을까. 마침내 주티에서 그녀와 마주쳤을 때 나는 당황했으나 곧 한껏 위악적인 미소를 짓고 그녀를 쳐다볼 수 있었다. 그녀는 나와 에드먼드 상사를 소개했다. 그녀는 이렇게 말했다. 에디, 이 사람은 내 옛 친구예요. 우영이, 이 사람은 에드먼드 프레이저 상사야. 그녀는 남자친구라고도 남편이라고도 하지 않았다. 그러나 에드먼드 프레이저는 나에게 말했다. 내 아내의 친구는 내 친굽니다. 반갑습니다. 그는 라틴 쪽 혈통의 잘생긴 젊은이였다. 나는 그에게 말해주었다. 당신 운좋은 사내군요. 그것은 그의 여자를 칭찬하면서 동시에 그를 칭찬하는 외교적 언사였다. 그들은 블루스 음악이 흘러나오자 서로를 꼭 끌어안고 춤을 추었다. 그들의 사타구니가 맞붙어 돌아가는 꼴을 나는 멀거니 서서 지켜보았다. 눈이 아프고 속이 두근거리고 화가 치밀었으나, 미소를 잃지 않기 위해 애썼다. 탁자에 앉아 있던 미군 병사들이 그들에게 휙휙, 휘파람을 날렸다. 멜라니, 제브라 스타, 하고 나는 중얼거렸다. 그녀는 영순이가 아니었다.

그들 두 남녀의 입술이 열리고 혀가 부딪고 입술이 겹치는 것을 쳐다보다가 나는 돌아서서 클럽을 나왔다. 제임스 박에게 열쇠를 받아쥐고 클럽의 옥탑방으로 올라갔다. 방에는 이부자리가 뒤엉켜 있었고, 재떨이와 자장면 그릇, 술병, 구겨진 플레이보이 잡지, 트럼프 카드 따위가 나뒹굴고 있었다. 지난날과 다름없는 모습이었다. 나는 발끝으로 그것들을 한쪽 구석으로 밀어붙이고 헝클어진 이부자리에 엎어졌다. 곰팡이 냄새와 대마초 냄새, 땀과 찌든 젊음과 난잡한 섹스와 고통의 냄새……

나는 머리맡을 더듬어 제임스 박의 성경책을 찾아내자 거기 감춰진 대마초를 꺼내 불을 붙여 허겁지겁 연기를 들이마셨다. 어미는 어떻게 죽었을까. 짐작은 할 수 있었다. 어미는 아마도 세상에 존재하는 최악의 죽음을 맞았을 것이다. 아비보다 비참하게, 권상무보다 더 참혹하게. 순금이는 괴물이 되었다. 영순이도 괴물이 되었다. 나도 괴물이 되었다. 병식이형은 괴물이 되었다고는 할 수 없으나, 폐인이 되어가고 있었다. 그도 그의 아내도 그의 가정도 이미 파괴된 지 오래였다. 제기랄, 사람은 모두가 서로에게는 괴물이고 스스로에게는 폐인이었다.

얼마나 거기 누워 있었을까. 우영아, 우영아. 부르는 소리가 들렸다. 그것이 현실인지 환각인지 꿈속인지 나는 알지 못했다. 나는 대답했다. 왜? 이리 좀 나와봐. 여자였다. 어미인 것도 같고 영순이 같기도 하고 순금이 같기도 했다. 안 나가. 싫어. 여기가 좋아. 내가 말하자 여자가 물었다. 내가 들어가? 영순이의 음성이었다. 내가 여기 올라왔다는 것을 어떻게 알았을까? 나는 대답하지 않았다. 그녀는 영순이인가? 제브라 스틴인가? 멜라니인가? 문이 열리고 영순이가 고개를 들이밀었다. 불 좀 켜. 환각은 아닌 것 같았다. 켜지 마, 하고 내가 말했다. 그대로가 좋았다. 이 어둠이 변해버린 그녀를, 괴물이 되어버린 나를 가려주는 것은 얼마나 다행스러운 일인가. 그녀가 옆에 다가와 앉았다. 제임스 박에게서 들었어. 니가 여기 올라왔다는 얘기. 금방 쫓아올라온 거야. 제임스 박은 돈에 팔리는 놈이었다. 내 돈이나 영순이 돈이나 같은 돈 이었다. 그렇다면 조상무의 돈은? 역시 같은 돈이었다. 나는 중대한 사 실 한가지를 깨달았다. 제임스 박은 언제라도 나를 팔아치울 수 있는 자였다. 지금 영순이에게 팔아치웠듯이. 나와 상주의 생사여탈권이 그 의 손아귀에 쥐어져 있었다. 나는 서투른 전투원이었다.

"니 남편은?"

내가 물었다. 영순이는 말없이 나를 넘겨다보았다. 남편이라고 말하 는 내가 원망스러운 것일까. 나는 상관하고 싶지 않았다. 그녀에게서 썩은 달러 냄새는 나지 않았다. 달콤한 살냄새나 비누 냄새도 나지 않 았다. 향수 냄새, 화장품 냄새가 코를 찔렀다. 그 냄새가 방안의 악취와 뒤섞였다.

"제브라 스타……"

내가 중얼거렸다.

"그 이름 부르지 마!"

영순이가 신경질적으로 말했다.

"내 이름은 영순이야."

"아냐, 넌 영순이가 아니야. 널 영순이라고 부르는 건 옛날 내가 알던 영순이라는 예쁜 여자아이에 대한 모욕이고 그 아이를 사랑한 나에 대 한 모욕이야."

그녀는 멀거니 나를 쳐다볼 뿐 아무 대꾸도 하지 않았다. 나는 그제 야 내가 그녀를 끌어안고 싶은 욕망에 시달리고 있다는 것을 깨달았다. 당장 팔이 혼자 뻗어나가 그녀를 끌어안으려 부들부들 떨렸다. 억압당 한 욕망이 몸뚱이 속에서 비명을 질러댔다. 그 욕망은 어리석고 맹목적이고 더럽고 비루했다. 구역질이 날 것 같았다. 오늘 아침에도 그녀는 에드먼드 프레이저 상사의 품안에서 잠을 깼을 것이다. 제기랄. 나는 다시 대마초를 말아 피우기 시작했다. 영순이가 손을 내밀었다. 나도 좀 줘. 나는 그녀에게 대마초를 건넸고, 그녀는 익숙하게 연기를 들이마셨다. 그녀가 대마초를 피우는 꼴을 쳐다보는 것도 고통스러웠다. 그녀와 대마초를 피우고 있는 내 꼴도 한심스러웠다.

영순이가 물었다.

"왜 전화 안했어? 왜 찾아오지 않았어?"

그것은 나 역시 알지 못했다. 그러나 엉뚱한 말이 튀어나왔다.

"난 영순이를 찾으려 했어. 그런데 니가 영순인지 아닌지 알 수가 없었어."

그녀가 눈물을 흘렸다. 나는 울지 않았다. 그녀를 달래지도 않았다.

"나 자신도 마찬가지야. 내가 우영인지 아닌지 알 수가 없었어. 그러니까 우영이가 영순이를 찾는다는 것은 이제 와서는 쓸데없는 짓이었어. 더이상 우영이도 영순이도 없었으니까."

그녀가 손을 뻗어 내 머리칼을 쓰다듬었다.

"넌 우영이야."

나는 그녀의 손을 뿌리쳤다. 그녀의 손에서 향수 냄새가 희미하게 풍겼고, 그녀의 비누 냄새와 살냄새를 알고 있는 나에게 그것은 향기롭기는커녕 불결하고 고통스러운 냄새에 지나지 않았다. 그녀는 애원했다.

"궁금한 게 있으면 물어봐. 난 너에게 해주고 싶은 얘기들이 있어."

"난 듣고 싶은 얘기 없어."

그녀가 다시 말했다.

"제발 얘기하게 해줘."

"듣고 싶지 않아."

하고 말했으나, 나는 듣고 싶었다. 그녀가 졸업을 불과 며칠 앞두고 아비의 손에 이끌려 희망고아원을 떠난 이래 지난 이삼년 동안 도대체 무슨 일이 벌어졌던 것인지, 어떻게 하여 내 눈앞에 스트립 쇼를 하는 여자가 되어 나타날 수 있었는지를. 내 어미가 어떻게 죽었는지도. 그러나 나는 거듭 말했다.

"아무 얘기도 듣고 싶지 않아. 넌 내가 모르는 여자야. 나도 니가 모르는 놈이고. 여긴 영순이도 우영이도 없어."

나는 목구멍에서 넘어오는 말을 충동적으로 내뱉었다.

"매춘부와 살인자가 있을 뿐이야."

나는 말하고 나서 곧 후회했다. 그녀가 흐느끼기 시작했다. 나는 우는 여자들을 안다. 내 어미도 잘 울었다. 눈물은 추하고 무력하다. 벌레들의 배설물처럼. 그러나 나의 목구멍에서도 울먹임이 비어져나올 것 같았다. 나는 대마초 연기를 급히 빨아들이고, 억지로 웃음을 터뜨렸다. 억지웃음이 곧 정말웃음이 되었다. 이유없는 웃음, 환각이 만들어내는 웃음이었다. 내 입이 열려 말하고 있었다. 매춘부는 울고 살인자는 웃는다. 한번 시작된 웃음은 그치지 않았다. 나는 웃어대면서도 당혹스러웠다. 비수처럼 그녀의 눈에서 비난과 원망이 번득였다. 가, 하고 나는 말했다. 웃음은 그치지 않았다. 나는 그렇게 말한 것을 후회했다. 그녀는 흐느낌을 억누르기 위해 애쓰고 있었다. 나는 그녀가 머물러 있어주기를 바라고 있었다. 그녀가 훌쩍거리며 일어섰다. 나는 그녀를 붙잡지 않았다. 웃기만 했다. 방에서 나가려다가 그녀는 돌아서서 말했다. 미안해. 이런 얘기 해봐야 무의미한 짓이라는 걸 알지만 그래도 미안하다고 말하고 싶었어. 널 보고 싶었어. 만나야 한다고 생각했어. 만나고 싶었어. 나는 그녀가 다시 앉아주기를, 내가 알아야 할 것들을 스스로 얘기해주기를 바라고 있었다. 그러나 웃음은 그치지 않았고 나는 말하지 않았다. 그녀는 나갔다. 나는 그녀의 얼굴도 제대로 보지 못했다. 캄캄한 방안에서 그녀의 희미한 씰루엣을 보았을 뿐이었다.

그녀의 체취가 남아 희미하게 방안에 떠돌았다. 그녀의 살냄새는 여전히 서글펐다. 나는 깨어진 소주병 조각을 입으로 가져가 씹기 시작했다. 바삭바삭, 유릿조각은 혓바닥과 입천장에 작고 깔깔한 상처를 남기며 부서졌다. 나는 아직도 영순이를 원하고 있었다. 내가 세상에서 원하는 것은 오직 하나, 영순이뿐이었다. 나에게 그녀는 이 세상에 남은 단 한사람, 그러니까 이 세계 전체였다. 나는 유릿조각을 침과 함께 꿀꺽 삼켰다. 유릿조각들은 식도를 기다랗게 훑어내리며 가늘고 슬픈 상처를 남겼다.

그날 밤, 상주는 일을 마친 제임스 박을 끌고 남산으로 올라왔다. 상주의 칼이 제임스 박의 목을 위협적으로 파고드는 것을 지켜보며 나는 말했다. 매춘부라고.

"매춘부한테 오늘 너 돈 몇푼 받아먹고 날 팔아넘겼지? 그런 일 또 했다가는, 내가 약속하는데, 니 목 틀림없이 잘라주마. 니 목 그렇게 팔아치우고 싶으면 멋대로 해봐."

제임스 박은 부들부들 떨었다. 알았어, 알았어. 멜라니가 졸라대는 바람에…… 안 그럴게, 이젠 절대로 안 그럴게…… 멜라니라고 하는 바람에 나는 갑자기 화가 치밀어 그의 가슴을 걷어찼다. 그는 비명을 지르며 주저앉았다. 그 바람에 상주의 칼날에 양복 윗도리 깃이 베어졌다. 상주는 말했다. 이 씨벌놈을 그냥 보내주자고, 형? 손가락이라도 한두 개 짤라버려야 하는 거 아냐? 아니면 아예 지금 목을 잘라 여기 파묻어버리든지. 안 그럴게, 안 그럴게…… 제임스 박은 흐느꼈다. 나는 제임스 박에게 다짐을 받았다. 난 같은 얘기 두 번 하고 싶지 않아, 제임

스. 우리하고 친구가 될 것인지 적이 될 것인지는 너한테 달렸어. 상주
는 그의 목 피부를 날카롭게 스치며 칼을 거둬들였다. 제임스 박은 비
명을 내질렀다. 상주가 그의 엉덩이를 걷어찼다. 씨벌놈이 엄살은. 제
임스 박의 목에서는 피가 몇방울 흘러내렸다. 내려가, 이 씨벌놈아. 상
주가 말하자 그는 허겁지겁 산을 뛰어내려갔다.

그 꼴을 쳐다보며 상주는 말했다. 언젠가는 없애버려야 돼. 같은 짓
또 할걸, 저도 모르는 사이에. 그가 하는 말에 부분적으로 나는 동의했
다. 그는 또 비슷한 짓을 하고 말 것이다. 그러나 없애야 하는 것일까.
이곳이 적지라면 그것은 당연한 일이었다.

그날 밤, 나는 은행나무의 푸른 불덩이를 다시 보았다. 내가 집으로
들어서자 푸른 불덩이가 은행나무 꼭대기에서 나를 향해 부딪칠 듯 쏜
살같이 날아왔다. 나는 두 팔로 얼굴을 가리며 주저앉았다. 푸른 불덩
이는 내 주위를 맴돌았다. 위아래로, 좌우로 흔들리며 마치 나에게 무
엇인가 할말이 있다는 듯, 밝아졌다 어두워지기를 반복하며 끈질기게
내 곁을 떠나지 않았다. 나는 조금씩, 천천히 몸을 움직여 땅바닥에서
일어나 마루로 갔다. 푸른 불덩이는 나를 쫓아왔다. 작은년이 방문을
열고 푸른 불덩이와 나를 번갈아가며 쳐다보았다. 내가 마루 위에 올라
서자 푸른 불덩이는 꼭 그만큼 허공으로 더 떠올라 좀더 큰 원을 그리
며 맴돌다가, 집 주위를 맴돌다가, 더 큰 원을 그리며 맴돌다가 망설이
는 것처럼 머뭇머뭇 나무 꼭대기로 돌아갔다. 나는 작은년과 서서 푸른
불덩이를 오래오래 쳐다보았다. 그놈은 짐승이 눈을 껌뻑이는 것처럼
밝아졌다 어두워졌다를 반복하며, 오랫동안 그 자리에 머물러 있다가
갑자기, 어느 한순간에 감쪽같이 사라져버렸다. 작은년이 말했다. 저게
우영이를 좋아하는 것 같아요.

좋아하다니? 나는 그것이 두려울 뿐이었다.

제5부
작은년

1

  결국 내가 영순이를 다시 만나게 된 것은 장사 때문이었다. 우연히 이태원 시장에서 마주쳤을 때 그녀는 나에게 도움을 요청했다. 나는 지레 권상무의 졸개나 에드먼드 프레이저와 관계되는 일이리라 짐작했고, 그런 일이라면 도와줘야 한다고 생각했다. 또다시 살인을 해야 한다면 할 것이다. 그러나 내 생각과는 달랐다. 그녀는 장사 때문에 도움이 필요하다고 했다. 집으로 가자는 것이었다.

  "니 남편 있을 거 아니냐."

  "그 사람 내 남편 아니야. 그리고 그 사람 오늘 당직이야. 집에 오지 않을 거야. 집에는 지금 아버지뿐이야."

  나는 그녀가 이끄는 대로 시장 너머 골목을 걸어올라갔다. 콘크리트 벽돌로 엉성하게 지은 2층짜리 주택의 2층이 그녀의 집이었다. 방 두 칸, 좁은 마루, 마루 끝에는 주방이 설치되어 있었다. 그 동네 집들이 대개 그렇듯 꼴은 험했으나, 작은년의 골방에 비하자면 호사스럽다고

292

까지 할 수 있는 집이었다. 「오 대니 보이」가 들렸다. 내가 영순이와 들어서자 방에서 늙은 남자 한사람이 다리를 절룩이며 걸어나왔다. 「오 대니 보이」는 그 방에서 흘러나오고 있었다. 그는 탐색하듯 나를 살펴보았다. 작고 가는 눈, 음험한 눈길, 짓눌린 듯한 표정, 짧은 팔다리, 굵은 주름살로 가득 뒤덮인 시커먼 얼굴에 깨끗한 흰 와이셔츠와 흰 바지를 입고 있었다. 기름을 잔뜩 바르고 한가운데 가르마를 타 깨끗이 빗어넘긴 머리칼은 부자연스러울 만큼 시커멨다. 금방 머리칼에 염색이라도 한 것 같았다. 그러나 그 모든 것보다 나의 눈길을 끈 것은 그의 너무나 작고 가느다란 몸집이었다. 키가 일 미터 오십쯤이나 될까. 영순이는 고아원 친구라고 나를 소개했고, 나는 그녀를 나에게서 빼앗아간 그 남자를 될 수 있는 한 무표정한 얼굴로 쳐다보기 위해 노력하며, 얼굴에 혐오감이나 역겨움을 드러내지 않기 위해 애쓰며 인사를 했다.

주정호. 물론 그는 이름을 말하지는 않았다. 내가 고아원의 나총무를 위협하여 알아낸 그의 이름을 아직 기억하고 있다는 것을 나는 깨달았다. 나 자신에게도 놀라웠다. 그에 대해서 들은 모든 얘기들이 떠올랐다. 그 얘기들이 모두 사실이요, 그는 그 모든 얘기들보다 더 비굴하고 더 한심한 인간이라는 것을 나는 한눈에 알아보았다.

"돈 좀 다오."

그가 영순이에게 말했다. 짓눌린 듯한 음성, 그는 흘끔 딸의 눈치를 보았다. 영순이는 아비를 돌아보며 잔소리를 할 듯하다가 삼켜버리고, 얼마나요, 하고 물었고, 손가방에서 돈을 꺼내주었다. 그녀의 아비는 다리를 끌며 마루 끝으로 걸어가 거기 걸터앉아 반짝반짝 빛나는 구두를 신으며 중얼거렸다. 볼일이 아주 많아요. 임씨네 들러서 그 집에 요새 바퀴벌레가 들끓는다는데, 소독도 하고 약도 좀 쳐줘야지, 장씨네는 라디오가 고장이 났다는데, 그것도 고쳐줘야지…… 일 끝내고 나면 술도 한잔 해야지……

　그가 나간 뒤 영순이는 나를 마루에 앉힌 채 커피를 끓인다, 배를 깎는다, 한동안 분주히 움직이다가 커피잔을 하나 깨뜨리고, 당황하여 그것을 황급히 치우고 난 다음에야 내 앞에 마주앉았다. 그녀의 코끝에 땀이 송글송글 맺혀 있었다. 나는 가능한 한 그녀와 눈을 마주치지 않기 위해 노력했다. 그녀를 한번 쳐다볼 때마다 눈과 그 부근이 점점 더 뜨거워지는 것 같아 감당할 수가 없었다.

　여전히 영순이는 예뻤다. 아니, 이제 예쁘기보다는 아름다웠다. 성숙한 여인의 감춰지지 않는 터질 듯한 아름다움에 나는 압도당하는 것 같았다. 그녀의 시선이 내 얼굴에 떨어질 때마다 그녀의 손길인 듯 얼굴에 타는 것 같은 감촉이 느껴졌다. 그 손길은 내 뺨과 코와 입술과 목덜미를 쓰다듬고 귓바퀴에서 오래 머뭇거리다가 떠나갔다. 나는 퉁명스레 말했다. 할말 있으면 어서 해. 나 바빠.

　그녀는 큰 물건이 있다고 했다. 미군 지프에 일제 텔레비전과 카메라가 잔뜩 실려 있다. 물론 미군 PX에서 나온 물건이다. 그것을 운반하여 감춰둘 은밀한 장소가 필요하다. 지프를 운전할 사람은 있는가? 내가 물었고, 그녀는 에드먼드 프레이저가 운전을 할 것이라고 대답했다. 장소를 제공하기만 하면 전체 물량의 사분의 일을 나눠줄 수도 있다. 문제는 지프까지 감춰둬야 한다는 것이다. 지프는 이미 구매자가 결정되어 있다.

　드러내지는 않았으나 나는 내심 깜짝 놀랐다. 그녀는 나보다 훨씬 큰 규모의 밀매꾼이었다. 지프라니. 나는 아직 그런 큰 장사는 꿈도 꾸어본 적이 없었다. 에드먼드 프레이저는 보통 미군 병사가 용돈을 벌기 위해 술이나 담배 따위를 내다파는 수준이 아니었다. 전문적인 범죄자라고 해야 할 것 같았다. 나에게는 그런 자가 필요했다. 어쩌면 이 기회에 에드먼드 프레이저를 사귀어두는 것도 나쁘지 않으리라는 생각이 들었다. 그와 영순이의 관계가 무엇이건 무슨 상관이란 말인가. 전체 물량의 사분의 일이면 그 자체가 막대한 이익이었다. 태창 나염공장의 뜰에 지프 서너 대쯤은 얼마든지 세워둘 수 있었다.

애기를 마치자 영순이가 맥주를 권했다. 동업을 자축하기 위해서, 밀매꾼이 된 어린시절의 두 연인은 맥주를 마셨다. 나와 그녀는 서로 이익을 챙기면 되는 것, 고통스러워할 것도 애태울 일도 없었다. 그런 사이가 되어버렸다.

내가 어미의 죽음에 대해 묻자 영순이는 모른다고 했다. 내가 다시 묻자 그때는 듣지 않는 편이 나을 것이라고 했다. 내가 몇번이나 거듭 같은 질문을 한 다음에야 그녀는 애기를 시작했다.

희망고아원 앞에서 나와 함께 나의 어미를 기다리다가 내가 떠나간 지 보름쯤 뒤에 영순이는 고아원 원장의 호출을 받았다. 원장실에는 나 원장과 나총무, 그리고 낯선 두 남자가 앉아 있었다. 낯선 남자들은 형사들이었다. 그들은 영순이에게 이삼덕이라는 여자를 아느냐고 물었다. 모르는 이름이었다. 형사 한사람이 주머니에서 천원짜리 지폐를 한 장 꺼내 책상 위에 올려놓았다. 이거 본 적 없어? 지폐는 비닐주머니 안에 담겨 있었다. 영순이는 물론 천원짜리 지폐를 무수히 본 적이 있었다. 그러나 당연히 어떤 특정한 천원짜리 지폐를 보았는지 아닌지를 기억할 수는 없었다. 지켜보고 있던 나총무가 입을 열었다.

"내가 너에게 줬던 돈이야. 얼마 전에 약국에 전하라고 심부름시켰던 돈."

아. 영순이는 그제야 이삼덕이 누구를 말하는 것인지 짐작할 수 있었다. 형사가 말했다. 약수동 시장 골목에서 한 행려병자가 얼어죽었다.

그 행려병자에게서는 신분증은 물론이요 신원을 확인할 만한 어떤 단
서도 발견되지 않았다. 시체안치실로 보내졌던 행려병자의 시신은 관
례에 따라 한 의과대학에 기증되었다. 의과대학에서는 학생들의 실습
을 위해 시신을 해부하였는데, 시신의 위를 절개했을 때 그 안에서 바
로 이 지폐가 발견되었다. 대학에서는 경찰에 그 같은 사실을 알렸다.
지폐에는 전화번호가 하나 기록되어 있었는데, 그 전화번호를 추적한
결과 그것은 한남동 소재 희망약국의 전화번호였고…… 그것은 나총
무가 약국을 지키고 있는 원장의 아내와 통화를 하며 무심코 낙서처럼
기록한 전화번호였다.

 그런데 어째서 우영이의 어미는 그 돈으로 밥을 사먹지도 않고 술을
사지도 않고, 삼켜버린 것일까? 영순이는 그 여자는 심우영의 어머니라
고 말해주었다. 그러나 그녀는 곧 정정해야 했다. 어쩌면 아닌지도 모
른다…… 그녀는 나의 어미가 헤어질 때 한 말을 기억하고 있었다. 난
그놈 어미 아니다. 그놈한테 꼭 그렇게 전해라. 그 말을 전했을 때 내가
한 말 역시 잊지 않고 있었다. 알아. 다 알고 있어.

 형사는 영순이에게 내가 일하는 클럽의 주소와 전화번호를 물었다.
그녀는 주소도 전화번호도 알고 있지 못했으므로 클럽의 이름과 위치
를 알려주었다.

 나는 어미의 죽음에 관하여 어디에서도 연락을 받은 적이 없었다. 그
들은 나를 찾아볼 생각도 하지 않았다. 어미를 해부용으로 넘겨주고,
갈가리 해부하여 아무렇게나 묻어버린 것을 나에게 알리고 싶지 않아
서였을까. 아니면 어미나 나나 서로 어미도 자식도 아니라는데 굳이 알
릴 필요가 없으리라고 생각한 것일까. 이제라도 나는 어미의 무덤을 찾
아나서야 하는 것 아닐까. 만일 찾아나서야 한다면 어디에서부터 시작

296

해야 하는 것일까.

나는 놀라지 않았다. 나에게 벌어지는 일은 대개 최악이었으니까. 나는 언제나 그것을 각오하고 있었고, 충분히 적응되어 있었으며, 그리하여 거기 비추어 어미의 죽음을 이미 받아들이고 있었고, 어미의 실제 죽음은 나의 상상에서 크게 벗어난 것이 아니었으니까. 나는 맥주를 벌컥벌컥 들이켰다.

그러나 수치스럽고 화가 치밀었다. 나는 흐트러지지 않기 위해 노력하며 주머니에서 대마초를 꺼내 피우기 시작했다. 나는 피우던 대마초를 영순이에게 건네주었고, 그녀는 묵묵히 그것을 받아 피웠다. 방안에 푸른 연기가 희미하게 채워졌다. 가슴 깊이, 깊이 나는 대마초 연기를 들이마셨다. 언제까지 이렇게 살아야 하는 것일까. 언제가 되어야 이 세계의 저주에서 벗어날 수 있는 것일까. 영순이가 물었다.

"또 궁금한 거 없어?"

그녀는 내가 그녀의 전변에 대해 물어주기를 바라고 있었다. 나는 고개를 저었다. 그녀가 다시 물었다.

"나에 대해서도?"

나는 대답했다.

"이놈의 세상은 언제나 한손으로 준 것을 다른 한손으로 빼앗아가는 곳이야. 오직 빼앗기 위해서만 주는 곳에서 우린 살고 있는 거야. 그걸 아는데 더이상 뭘 알 필요가 있겠어."

그녀는 물끄러미 나를 쳐다보다가 말했다.

"내가 원해서 이 지경이 된 것으로 생각하진 말아줘, 우영아. 부탁이야. 너가 꼭 그렇게 생각하고 있는 것만 같아서 너무나 속이 상하고 답답해."

나는 웃었다.

"너도 나도 마찬가지야. 넌 세상의 덫에 빠진 거야. 이 세상은 거대한 덫이거든. 이 세상엔 언제나 덫을 놓는 사람과 덫에 빠지는 사람, 두 부류의 사람들이 있어. 넌 덫에 빠지는 부류야. 나도 그렇지만. 내가 원한 것도 니가 원한 것도 아니지만 너와 난 이 지경에 떨어졌어."

앤소니 커시가 부르던 노래가 들려오는 것 같았다. 아아 우리들은 이제 밤에 바쳐진 존재들이구나 낮은 악의에 차고 질투에 찼구나 낮은 우리를 거짓으로 갈라놓지만 우리는 이제 그 거짓에 속지 않으리니…… 사랑의 밤이여 우리들 위로 내려앉으소서 내가 산다는 것을 잊게 하소서 아아 밤이여 어둠이여 그대의 가슴에 무너지게 하소서 이 세계로부터 나를 자유롭게 하소서……

"그래. 마찬가지니까 한번 들어줄 테야?"

그녀가 물었고 나는 대답했다.

"내가 왜? 니 남편한테나 얘기해. 난 듣고 싶지 않아."

나는 어미를 생각했다. 차디찬 해부대 위에 사지가 절단되고 배가 갈라져 심장과 허파와 위와 창자를 드러낸 어미를. 어미의 몸뚱이는 질병과 치욕의 박람회장 같았을 것이다.

"에드워드는 내 남편 아니야. 그가 같이 살자고 했을 때 내가 생각한 건 또다시 저 깡패들 손아귀로 떨어지지 않을 수 있겠다는 것 하나뿐이었어. 넌 오겠다고 전화만 하고 오지 않은 채 몇달이 지나고, 조상무가 다시 집적거리기 시작하고…… 내가 얼마나 불안했는지 알아?"

나는 듣지 않으려 애썼다. 빈 맥주깡통을 소리나게 구겨 내려놓고 새로운 맥주의 깡통을 땄다.

"너도 알잖아. 우리 같은 것들이 살아남기 위해 이놈의 세상에 지불해야 하는 게 뭔지."

물론 나는 알고 있었다. 치욕, 우리 같은 것들이 가진 지불수단이란 그것뿐이었다.

그렇다. 영순이에게는 그녀 몫의 치욕이 있었을 것이다. 나는 그것을 부정하지는 않았다. 그러나 나는 더이상 그런 얘기는 듣고 싶지 않았다. 어미의 치욕만으로도, 나의 치욕만으로도 벅차 구역질이 치밀었다. 나는 일어섰다. 그녀가 나를 붙잡으며 힐난했다. 나도 니가 어떻게 살았는지 조금은 알아. 여기 여자들이랑, 제니랑 패티랑 무슨 파티를 벌였는지 알아. 넌 스스로 그런 짓을 했는지 모르지만 난 아니야. 언제나 강요당했어. 어쩔 수 없었어. 아버지, 아버지가…… 하지만 이런 생활 곧 청산할 거야. 나 돈 많이 모았어. 곧 가게 하나 마련할 거야. 우영아, 제발, 제발…… 조금만, 조금만 관대하게 생각해줘. 세상 물정 모르는 사람처럼 그렇게 엄격하게 굴지 말고. 나는 그녀를 뿌리쳤다. 뭘 어쩌자고? 고아와 고아가 만나서 또 고아나 만들자고? 밀수꾼 범죄자와 매춘부 출신 밀수꾼 범죄자가 만나서 또 범죄자나 만들자고? 너나 나나 누굴 만나더라도 좀 다른 사람을 만나야 할 것 같지 않냐? 말하지는 않았으나 나는 그렇게 생각하며 영순이를 바라보았고, 그녀는 듣지 않았으나 알아들었다.

또다시 우리 앞을 막아선 것은 아비였다. 나와 영순이에게, 우리 같은 고아들에게 아비 어미는 단순한 아비 어미가 아니라 어쩌면 저주, 돌이킬 수 없는 운명이었다. 나는 그녀가 내가 아는 것 외에 또 무슨 얘기를 꺼낼 것인지 두려웠다. 또하나의 나의 아비, 또하나의 나의 어미와 마주치게 될 것이 뻔했고, 그것이 소름끼치도록 지겹고 혐오스럽고 무서웠다. 나는 소리쳤다. 그것밖에 몰라? 얼마든지 더 있는데. 애니도 있고 캐시도 있고 재클린도 있고 수잔도 있고…… 나는 내가 아는 모든 매춘부들의 이름을 늘어놓으며, 나를 붙잡는 그녀를 뿌리치며, 그녀의 흐느낌을 등뒤로 들으며, 돌아서서 그녀를 껴안으려 고집하는, 마음속에서 고통스럽게 울부짖는 짐승을 짓누르며 그녀의 집을 나섰다.

만일 지금 내가 영순이를 받아들인다 해도 마찬가지라는 것을 나는 알고 있었다. 이놈의 세상은 나나 영순이의 계획이나 임의대로 살 수 있도록 내버려두지 않을 것이다. 우리는 다시 덫에 빠질 것이요, 그리하여 더욱 참혹하게 박탈당하고 말 것이다. 눈앞에 보이는 듯 선명하게 나는 또하나의 아비, 또하나의 어미가 되어 있는, 혹은 또하나의 나의 영웅과 미인이 되어 있는 나와 영순이를 떠올릴 수 있었다.

2

사람 하나 죽이는 게, 죽이기 전까지는 몰랐는데, 죽이고 나니까 참 싱겁더라구. 상주는 말했다. 그는 두 자루의 칼을 양손에 나눠쥐고 칼날을 서로 쓱쓱 문질러 마찰시키다가 번득이는 그 날을 앞뒤로 뒤집어가며 살펴보았다. 이골이 난 칼잡이처럼 그는 말했다. 피맛을 보더니 이놈들이 더 예리해졌어.

그에게 그 두 자루의 칼을 준 사람은 전직 소매치기였다. 일식집 주방보조 출신인 그는 한때 광주에서 이름깨나 날리던 칼잡이였다. 사람도 몇 죽인 적이 있고 그 때문에 감옥에 드나든 적도 있었다. 히로뽕에 맛을 들이면서 칼잡이로서 그의 명성은 망가졌다. 이제는 소매치기하는 후배들 틈에 끼여 바람잡이 역할을 하며 푼돈을 얻어 생활하고 있었다. 가족도 없고 친구도 없었다. 어디에서 얻은 별명인지 알 수 없으나 사람들은 그를 그저 동부 아저씨, 동부 선배라고 불렀다.

그가 상주에게 칼 쓰는 법을 가르쳤다. 그에 의하면 칼잡이라는 것은 더이상 존재하지 않는다. 과거 한때 존재한 적이 있는지 모르나, 이제는 만일 존재한다 해도 무의미하다. 세상이 그런 자를 원치 않기 때문이다. 이제는 칼잡이가 아니라 그저 칼을 잘 쓰는 사람이면 족하다. 사람 죽이고 병신 만들고 위협할 줄 알면 누구나 칼잡이다. 그래서 그는 상주에게 가장 실용적인 것들만 가르쳤다.

칼은 적을 죽이는 도구다. 그러나 조심하지 않으면 칼은 그 자신을 죽인다. 칼은 함부로 쓸 물건이 아니라는 뜻이다. 매번 칼을 쓰는 일이 꼭 필요한지, 적을 죽이는 것 외에 다른 방법이 없는지 깊이 생각해야 한다. 다른 방법이 있는데도 칼을 쓴다면 그것은 칼을 함부로 쓰는 것이요, 함부로 쓰인 칼은 언젠가는 그 자신에게 가장 위험한 물건이 된다.

칼은 그러나 도구에 그치지 않는다. 그것은 팔의 연장(延長)이다. 팔은 도구인가? 아니다. 신체의 일부다. 칼 역시 신체의 일부다. 자재롭게, 자연스럽게, 몸을 움직이듯 쓸 수 있어 그 무게조차 느껴지지 않을 때 칼은 비로소 그 사람의 것이 된다. 그런 칼은, 팔이 자신의 몸을 다치게 하지 않듯, 스스로를 해치지 않는다.

적을 공격하기 위해 칼을 쓰려는 자가 결코 놓치지 말아야 할 것이 둘 있다. 하나는 적의 눈이다. 눈은 마음의 창이다. 적의 눈을 놓치면 적의 생각을 놓친다. 적의 생각을 놓치면 적의 움직임을 놓치고 적의 움직임을 놓치면 적을 잡을 수 없다. 다른 하나는 적의 배꼽이다. 배꼽은 몸의 중심이요 따라서 몸이 움직일 때 가장 먼저 움직이는 것이 바로 배꼽이다. 배꼽을 주목하면 그 몸의 움직임을 예측할 수 있다. 배꼽을 놓치면 적의 움직임을 예측할 수 없고, 적의 움직임을 예측할 수 없으면 적을 잡을 수 없을 뿐 아니라 적의 공격을 받아 죽거나 다친다.

어떻게 그 두 가지를 다 놓치지 않을 수 있단 말인가? 그 둘을 보지 않는 듯 다 보아야 한다. 흔히 사람은 눈앞에 놓인 것을 본다고 생각하지만 사실 사람이 보는 것은 눈앞에 놓인 것이라기보다 눈앞에 놓였다고 생각되는 것, 즉 자신의 생각을 볼 뿐이요, 흔히 사람의 생각은 판단에 착오를 초래하고 그리하여 잘못을 저지른다. 모든 생각을 버리고 오직 눈앞에 놓인 것, 그것만을 보아야 한다. 세상에 오직 적만이 존재한다 생각하고 그 적만을 보는 것이다. 그렇게 하면 적의 눈과 배꼽을 한꺼번에 볼 수 있고, 그 둘을 한꺼번에 보면 적의 모든 것을 알 수 있다.

동부 선배의 가르침은 유효했다. 상주가 사무실로 들어갔을 때 권상무는 책상 위에 두 다리를 올려놓고 혼자 앉아 플레이보이 잡지를 뒤적이고 있었다. 제임스 박이 그에게 말했다. 화장실에서 일할 신참입니다. 상주는 고개를 숙이고 인사를 했다. 고개를 들자 상주의 눈과 권상무의 눈이 마주쳤다. 그 순간부터 상주는 그의 눈과 배꼽을 놓치지 않기 위해 최선을 다했다. 권상무는 그가 단순히 화장실에서 일할 녀석은 아니라는 것을 짐작하는 것 같았다. 그의 눈이 상주의 눈을 깊숙이 파고들었다. 상주는 시선을 회피했으나 그러면서도 그의 눈과 배꼽을 주목했다. 이 녀석이 어째서 사람을 똑바로 쳐다볼 줄을 몰라? 너 이름이 뭐야? 권상무가 물었다. 그의 눈을 통하여 상주는 그가 의구심을 품기 시작했다는 것을 알았고, 시간이 흐르면 곧 그것이 의심과 경계심으로 발전하리라는 것을 알았으며, 다음 순간 상주는 칼을 뽑아들고 한달음에 책상 위로 뛰어올랐다. 권상무의 배꼽을 통하여 상주는 그가 오른쪽으로 몸을 틀어 피하려 한다는 것을 예측했고, 그 자리에 먼저 칼을 밀어넣어 그의 움직임을 차단하면서 오른손의 칼을 그의 왼쪽 귀밑 목덜미에 깊이 박아넣었다.

제임스 박이 뛰쳐나가려 했으므로 상주는 칼 하나를 그에게 겨누며 꼼짝 마, 하고 소리지른 다음, 권상무의 심장에 다시 한번 깊이 칼질을 했다. 그것으로 끝이었다. 권상무의 거대한 몸뚱이는 의자와 함께 바닥에 나뒹굴었다. 상주는 칼을 닦아 옷 안에 간직하고 제임스 박에게 말했다. 일분만 기다려. 다시 올 테니까. 얼굴이 시커멓게 질린 제임스 박이 얼결에 고개를 끄덕였다. 상주는 재빨리 사무실을 나와 음악과 춤과 고함으로 뒤엉킨 클럽을 빠르지 않은 걸음으로 가로질러 출입문을 밀고 밖으로 나섰다.

택시에 오르며 그는 희열을, 뱃속 깊은 곳으로부터 소용돌이처럼 치미는 희열을 느꼈다. 그가 품은 두 자루의 칼이 매우 믿음직스럽고 기꺼웠다. 새삼스럽게 그는 마음속으로 마약쟁이 동부 선배의 가르침에 경의를 표했다.

두 자루의 칼을 양손에 나눠쥔 상주는 칼날과 칼날을 스쳐 쨍 하는 소리를 즐기고 있었다. 어둠침침한 방안에서도 칼날은 시퍼렇게 살의를 머금고 있었다. 이부자리가 깔린 벽면 위에 그는 그 두 자루의 칼을 간직했다. 칼의 길이에 맞춰 위아래로 두 개씩 네 개의 못을 치고 거기 한 자루씩 걸어두었다. 단순히 날을 살펴보기 위해 칼을 꺼낼 때도 그의 움직임은 칼날 자체와 마찬가지로 매섭고 예리했다.

"가끔 숨을 쉬어야 해, 이놈들도."
하고 그는 말했다.

"살아 있는 나무나 짐승처럼."

나로서는 쉽게 이해할 수 있는 말이 아니었다. 그는 칼날을 들여다보며 중얼거렸다.

"이놈들하고 가끔 내가 얘기를 주고받는 것 같은 느낌이 들 때가 있어. 방에 혼자 남아 칼날을 들여다보면…… 뭔가 나에게 말을 하는 것 같아. 봐, 형. 늘씬한 여자 같지 않아?"

그는 칼을 허공에 들어올려 바라보았다. 그 눈에 경이가 담겨 있었다.

"요염하고 변덕스러운 여자 같아."

그는 칼과 사랑에 빠진 사람 같았다.

"매력적이잖아. 멋진 여자가 정성들여 날카롭게 다듬은 긴 손톱처럼."

그런 여자한테 죽으면 좀 나을까. 결국은 죽음일 뿐이요, 어떤 죽음도 결국은 마찬가지 아닐까. 상주는 마치 언제나 대답을 준비하고 있었다는 것처럼 태연하고 당당하게 말했다.

"오해 마, 형. 난 내가 다치지 말아야 한다고 생각한 적 이제까지 한 번도 없어. 내가 중학교 때부터 싸움박질 얼마나 하고 다녔어? 무수히 다치기도 했고. 다치게 되면 다치는 거야. 죽게 되면 죽는 거고."

그는 마치 생사를 초월한 사람처럼 보였다. 그는 칼을 칼집에 꽂아 소중히 벽에 걸었다.

"내 여신이야, 내 삶과 죽음을 좌우하는. 늘씬하고 무시무시한 여신."

3

집에 들어선 나에게 작은년이 제법 두꺼운 국제우편물 봉투를 내밀었을 때 나는 잠시 어리둥절했다. 봉투에는 선명히 'U.S.A.'라고 인쇄되어 있었으나, 미국에서 나에게 편지를 보낼 만한 사람이란 없었던 것이다. 나는 몇번이나 봉투에 영어로 적힌 내 이름과 주소를 확인하고, 발신자의 이름을 확인한 다음에야 봉투를 뜯었다.

발신자의 이름은 캐서린 커시였다. 커시라는 성을 통하여 나는 무엇인가를 예감할 수 있었다. 커시, 앤소니 커시, 캐서린 커시.

나는 봉투 속에서 나온 편지와 서류를 꼼꼼히 읽고 또 읽었다. 그리하여 그것이 앤소니 커시의 어미가 군사재판에 회부되어 본국으로 송환당한 아들의 부탁을 받고 나에게 보낸 초청장이라는 것을 알게 되었다. 앤소니의 어미는 편지에서 얘기하고 있었다. 재판이 아직 진행 중이기는 하지만 앤소니는 건강하다는 것, 그 아이가 서울에서 고생하고 다닐 때 귀하의 도움을 많이 받았다는 얘기를 해주었다는 것, 진심으로 고맙다는 것, 앤소니가 몇번이나 당부를 하여 귀하에게 초청장을 보내게 되었다는 것, 이 초청장이 귀하의 따뜻한 마음에 백분의 일이라도 보답이 되기를 바란다는 것, 뉴욕의 케네디 공항으로 입국하라는 것, 입국 날짜와 항공편을 미리 알려주면 마중나가겠다는 것, 앤소니가 귀하와 귀하의 여자친구에게 안부 전한다는 것……

나는 편지를 읽고서도 쉽사리 실감이 나지 않아 'INVITATION'이라고 인쇄된 커다란 활자를 새겨넣을 듯 오래오래 들여다보았다. 그것은 틀림없는 초청장, 미국으로 들어갈 수 있는 소중한 입장권이었다. 그러나 커시는 나에게 미국으로 오지 말라고 하지 않았던가. 아메리카도 코리아도, 이 세상 전체가 다 돈 끼호떼의 악당들이 들끓는 지옥이고, 바리데기를 밭두렁에 내던진 냉혹하고 비정한 곳이라고 말하던 그의 침통한 얼굴을 나는 기억하고 있었다.

초청장을 보고 내가 제일 먼저 떠올린 사람은 상주였다. 요즘은 별로 그런 얘기를 꺼낸 적이 없었으나 그가 오래 전부터 미국에 가기를 원했다는 것을 나는 알고 있었다. 나는 작은년을 돌아보고 말했다.

"난 미국 안 가."

초청장에는 내 이름이 기록되어 있었으나, 이태원이라는 곳에서 초청장의 명의를 변경하는 것은 어렵지 않은 일이었다. 물론 불법적인 행위였으나, 그런 일을 전문적으로 해주는 사람들이 있었다. 그들에게 의뢰하면 이 초청장은 간단히 상주의 명의로 뒤바뀔 것이다. 그를 위한 다시없는 선물이었다.

그러나 상주가 미국으로 떠나고 나면 다시 나 혼자 장사를 떠맡아야 할 것이다. 그것이 걱정스러웠다. 그는 어느새 능란한 장사꾼, 믿음직스러운 동업자가 되어 있었으니까.

그날 밤, 나는 상주의 방으로 들어가 초청장 봉투를 내밀었다.

"이거 니 거다."

그는 봉투를 열어보고서도 한참 동안이나 그것이 의미하는 바를 이해하지 못했다. 이, 인비테이션? 그럼 이게…… 초청장이네? 그의 흰 얼굴이 붉게 달아올랐다. 푸른 눈동자에서 불꽃이 타오를 것 같았다. 이, 이걸 어디서 났어, 형? 너 주려고 어찌어찌 구했다. 어리둥절한 얼굴로 나를 쳐다보고 서 있는 그를 방에 남겨두고 나는 공터로 나왔다.

작은년은 어느새 혼자 구덩이에 내려가 삽질을 하고 있었다. 은행나무가 우물을 차지한 뒤부터 그녀는 새로운 우물을 파기 시작했다. 우물은 이제 겨우 오륙십 센티미터 깊이였다. 바위에 막힌 듯 삽이 부딪는 소리가 쨍쨍했다. 그녀는 바위를 피해 그 옆의 흙을 긁어냈다. 그녀가 거기 들어가 삽질하는 것을 볼 때마다 나는 어이가 없는 한편 슬프고 화가 났다. 바보 같은 짓 아닌가. 그러나 그녀의 고집을 꺾을 수 없다는 것을 나는 알고 있었다. 가끔은 그녀가 스스로 제정신이 아니라는 것을 알려주기 위해 그런 짓을 하는 것 아닐까, 하는 생각까지 들었다. 그녀는 결코 지구 저편에 닿을 수 없을 것이다.

"술 한잔 안할래?"

작은년이 고개를 들어 나를 쳐다보며 얼굴의 땀을 닦았다. 무척이나 젊고 싱싱해 보이는 얼굴이었다. 내 곁을 스쳐 부엌으로 가는 그녀에게서 땀냄새가, 그리고 강하고 유혹적인 살냄새가 났다.

나는 은행나무 밑에 간이화덕을 마련하고 나무토막과 신문지로 불을 붙였다. 작은년이 갈치와 된장찌개를 가지고 나와 옆에 앉으며 물었다.

"상주씨는?"

"지금쯤 초청장 앞에 놓고 정신 잃지 않으려고 발버둥치고 있을걸."

작은년의 손이 내 무릎을 잡았다. 그녀가 따뜻한 눈으로 나를 바라보고 있었다. 내 무릎을 놓으며 그녀가 말했다.

"오늘 술맛이 기막히겠는데."

작은년은 냄비와 김치와 참기름을 가지고 나와 밥을 볶기 시작했다. 구수한 냄새가 식욕을 자극했다. 소주를 천천히 마셔가며 밥 한그릇을 거의 다 비워갈 무렵에야 상주가 나왔다. 그는 손에 초청장 봉투를 들고 있었다.

"나 이거 받을 수 없어."

그는 화가 난 사람처럼 말했다.

"그럼 불에 태워버릴까?"

내가 간이화덕 안의 불을 가리켰다.

"그러지 말고, 형, 나한테 팔아. 나 돈 좀 모아뒀어. 형한테 받은 월급 거의 그대로 다 있어. 내가 뭐 돈 쓸 일이 있나, 어디?"

그가 주머니에서 통장을 꺼냈다. 나는 말했다.

"그럼 값은 내가 정한다. 이건 너도 알다시피 부르는 게 값이니까."

상주가 긴장한 얼굴로 고개를 끄덕였다.

"너 돈 얼마나 있나?"

그는 통장을 펼쳐들고 액수를 읽어내려갔다. 백이십육만…… 나는 말했다.

"백원. 백원이면 돼."

"형, 제발 그러지 마."

하는 상주의 눈에 눈물이 고였다. 그가 울먹이기 시작했다.

"씨발, 사람 너무 불쌍하게 만들지 마. 나 같은 놈한테 너무 고맙게 굴지 마, 좀. 내가 미국 가버리면 언제 또다시 만나게 될 것 같아? 십중 팔구 끝이라구. 내가 이놈의 나라에 다시 발을 들여놓을 것 같아? 형도 이 아주머니 닮아가는 거야, 뭐야? 이런 걸 그냥 줘버리는 사람이 어디 있어?"

그 말을 듣고서야 내가 참 엉뚱한 짓을 하고 있다는 생각이 들었다. 큰 돈을 받고 팔아치울 수도 있는 물건이었다. 이태원 거리에 말을 흘리기만 하면 돈보따리를 싸들고 찾아와 목을 매달 사람들이 하나둘이 아니었다. 그런 물건을 남에게 그냥 줘버리다니. 상주가 처음 왔을 때 전축을 선물한 것과는 달랐다. 그때 나는 그를 부릴 생각이었으니까. 그가 미국으로 떠나면 그를 부린다는 것은 불가능했다. 그의 말대로 우리는 아마 다시는 만날 수 없을 것이다.

손등으로 눈물을 훔치는 그에게 작은년이 사발에 볶은밥을 듬뿍 담아 내밀었다.

"먹어봐요. 시장하죠? 먹고 나서 천천히 생각해요."

이튿날부터 상주는 출국을 위한 준비에 들어갔다. 여권사진을 찍고 서류를 준비하여 여권을 신청했다. 은밀히 달러를 사모으기 시작했다. 며칠 뒤에는 멋쩍은 낯으로 들어와 하는 말이 영어회화 학원에 등록했다고 했다. 방에 처박혀 제법 더듬더듬 문장을 암기하는 소리도 들렸다. 그가 살인자가 아니라 평범한 젊은이로 되돌아가고 있다는 생각이 들었다. 그의 어둡고 앙칼지던 얼굴이 분홍빛의 꿈꾸는 얼굴로 변해가는 것 같았다. 영어책을 들여다보며 더듬더듬 읽을 때면 틀림없는 소년 같았다.

그는 시간이 되면 이태원 거리로 나가 미군 병사를 만나 돈과 물건을 교환하고 상인들에게 돈을 받으러 다녔으며, 돈을 제때 내놓지 않는 자의 팔을 꺾고 코를 깨뜨렸다. 그런 것이 그의 일상적 업무였고, 그는 한 치도 어김없이 업무를 수행해냈다. 마침내 에드먼드 프레이저가 지프 가득 물건을 실어왔을 때 그와 거래를 한 것도 상주였다. 한밤중에 프레이저가 두 명의 한국인 남자를 데리고 찾아와 지프를 몰고 떠나갔을 때 그들을 상대한 것도 그였다. 그렇게 하여 영순이와 나의 첫번째 거래는 무사히 끝났다.

돈을 주고받은 날 파티를 제안한 것은 영순이었다. 프레이저가 굿 아이디어, 하고 찬성했다. 작은년이 곧 일어나 준비를 시작하려 했으나, 프레이저와 영순이가 그녀를 극구 말렸다. 우리들 모두를 자기네 집으로 초대하겠다는 것이었다. 이미 집에 준비가 다 되어 있으며, 그러니까 집으로 가기만 하면 된다는 것이었다.

두 대의 택시에 나눠타고 우리들은 영순이의 집으로 갔다. 내 예상과는 달리, 영순이와 프레이저가 권하자 작은년은 별로 사양하지 않고 따라나섰다. 그녀는 무엇인가를 예감하고 있었던 것은 아닐까. 영순이의 집으로 가는 택시 안에서 그녀는 뜬금없이 영순이에게 이렇게 물었던 것이다.

"아버님은 댁에 계세요?"

대답한 것은 프레이저였다.

"없어요. 엄청 중요하고 굉장하고 어마어마한 일이 있어서 아마 오늘 돌아오지 않을걸요."

말을 마치며 그는 흘끗 영순이를 돌아보았다. 엄청 중요하고 굉장하고 어마어마한 일,이라고 말할 때 그는 분명히 야유하고 있었다. 영순이는 무표정했다.

과연 영순이의 집에는 음식이 준비되어 있었다. 작은년과 영순이가 거실에 밥상을 놓고 음식을 늘어놓았다. 쌜러드와 갈비와 스빠게띠와 샴페인이 나왔다. 거들먹거리며 프레이저가 샴페인을 땄고, 하얀 거품이 터져 천장으로 치솟아 이 사람 저 사람 얼굴에 튀었으며 웃음과 환성이 터져나왔다. 프레이저는 나를 파트너라고 불렀다. 그는 같이 사업을 하면 어떻겠느냐고 제안했고, 나는 굿 아이디어, 하고 대답했다. 그는 무슨 일이든 상의해달라고 말했고, 나는 고맙다고 대답했다.

나는 사실 프레이저가 마음에 들지 않았다. 그가 영순이와 살고 있다는 것 때문이 아니었다. 그는 말이 지나치게 많았다. 그의 옆에 삼십분쯤 앉아 있으면 귀가 멍멍했다. 말 많은 자는 말을 흘리고 다니게 마련이라는 것이 내 생각이었다. 게다가 그는 주변의 모든 사람들을 부려먹으려 드는 유형의 인간이었다. 그러니까 고아원 원장 같은 자였다. 나는 그런 자를 믿지 않았다.

샴페인과 맥주와 양주와 소주가 뒤섞여 돌고돌았다. 노래가 터져나오고 프레이저는 기타를 퉁겼다. 작은년은 짬짬이 영순이와 함께 안주를 만들고 음식을 나르면서도 조용히, 천천히 술을 마셨다. 가끔 나와 눈이 마주치면 긴장한 얼굴에 미소를 지었다. 프레이저가 나에게 작은년을 가리키며 물었다. 아름다운 여자다. 넌 운이 좋은 놈이구나. 몇살이냐, 네 여자? 나는 네가 직접 물어보라고 말해주었다. 그가 작은년에게 몇살이냐고 물었다. 작은년은 대답했다. 이백여든살. 프레이저는 잠시 기가 질린 얼굴이다가 웃음을 터뜨렸다.

영순이의 아비가 들이닥친 것은 분위기가 그럭저럭 한참 무르익었을 때였다. 프레이저가 작은년에게 노래를 불러보라고 청했고, 작은년은 앤소니 커시에게서 배운 노래, 「디 임파써블 드림」을 부르기 시작했으며, 프레이저가 기타로 반주를 하면서 노래를 따라부르고 있을 때 문이 벌컥 열리며 영순이의 아비 주정호가 들어섰다. 프레이저가 역력히 못마땅한 낯으로 말했다.

"조인 어스, 파더(같이 놉시다, 장인)."

그러나 주정호는 그럴 생각이란 없는 것이 분명했다. 바지는 구깃구깃했고 셔츠도 후줄근했다. 얼굴은 시커멓게 질리고 눈은 충혈되어 있었으며, 입술은 바들바들 떨리고 있었다. 그는 거실에 둘러앉은 사람들을 둘러보고서도 인사를 할 생각은 않은 채 방으로 들어가면서 영순아 나 좀 보자, 하고 말했다. 영순이가 그를 따라 방으로 들어갔다. 곧 주정호가 질러대는 소리가 들려왔다. 너 애비 말을 그렇게 못 알아듣냐? 프레이저가 투덜거렸다. 왓츠 히스 퍼킹 프라블럼(저건 좆같이 왜 저러는 거야). 영순이의 음성은 들려오지 않았다. 다시 주정호가 외쳐댔다. 꼭 한번이다, 영순아. 이번엔 틀림없이 건진다니까. 내가 어제 꿈에 돼지를 봤어. 돼지떼를 봤다구!

나는 짐작할 수 있었다. 주정호는 어딘가에서 노름을 하다가 돈이 떨어져 집으로 찾아든 것이 분명했다. 그리하여 영순이에게 돈을 요구하고 있었다. 혐오감으로 입안이 썼다. 프레이저가 방 쪽을 흘겨보며 내뱉었다. 퍼킹 루저(좆같이 한심한 놈). 나는 그에게 말해주었다. 네 장인이잖아. 그는 고개를 저으며 투덜거렸다. 퍼킹 루저, 퍼킹 파더 인 로(한심한 놈, 좆같은 장인). 방문을 걷어차고 주정호가 나왔다. 그 뒤를 영순이가 따라나왔다. 그녀의 손에 지폐 몇장이 쥐어져 있었다. 아버지, 이거 가지고 나가서 약주나 한잔 하고 오세요. 주정호는 작은 눈을 빛내며 거실에 앉은 사람들을 둘러보다가 뜻밖에 고분고분 지폐를 받아쥐고 현관으로 향했다. 나는 입안에 쓰디쓰게 고이는 혐오감과 증오심을 삼키며 그의 등을 노려보았다. 나는 프레이저보다 더 심한 욕설을 주정호에게 퍼부어줄 수 있었다. 영순이가 프레이저 옆에 앉으며 말했다. 미안해요, 분위기 깨뜨려서. 상주가 말했다. 누님도 참, 무슨 말씀. 한잔 드실래요? 그녀에게 상주가 잔을 내밀었고, 그녀는 기꺼이 그 잔을 받았다.

"당신 귀국하는 대로 나에게 초청장 보낼 거지?"

영순이가 프레이저에게 묻자 그는 호들갑스럽게 그녀의 어깨를 끌어안았다.

"오브 코스, 스윗헛."

"아아, 어서 이놈의 데에서 떠나야지."

하고 말하는 그녀의 눈에 눈물이 글썽거렸다. 그때 주정호가 다시 거실로 올라섰다.

"내가 양말이라도 갈아신는다는 걸 딸년이랑 승강이를 벌이느라고 깜빡 잊었구나."

영순이가 양말요, 하고 일어섰으나 주정호는 아니다, 내가 찾아 신는다, 하고 방으로 들어갔다. 영순이는 엉거주춤 다시 프레이저 옆에 앉았다. 주정호는 곧 다시 나왔다. 그러나 그는 양말을 바꿔 신고 있지 않았다. 그것을 본 것은 그러나 나뿐인 것 같았다. 그는 어딘가 허둥거리는 눈빛으로 부지런히 현관으로 가서 구두를 발에 꿰었다. 그때 영순이가 벌떡 일어나 방으로 들어갔고, 아아아, 비명 같은 소리를 외치더니, 곧 황급히 뛰쳐나와 주정호에게 달려가서 그의 팔을 붙들었다.

"아버지, 그건 안돼요. 그건 안된다구요!"

주정호는 황급히 집에서 빠져나가려 했으나 그의 불편한 다리 때문에 뜻대로 되지 않았다. 영순이가 그의 팔과 허리를 붙잡았다.

"아버지, 그건 정말 안돼요!"

주정호가 그녀를 뿌리쳤다.

"뭔 소리야, 이년아? 손님 있는 데서 애비 망신 줄라고 이러냐?"

나도, 프레이저도 놀라 그들 부녀를 물끄러미 쳐다보고 있었다. 영순이가 부르짖었다.

"어서 내놔요, 아버지. 어서요!"

"뭘 말이야, 이년아? 어서 이거 놔!"

주정호는 당장 뛰쳐나가지 못해 발버둥쳤다. 그러나 영순이는 아비의 팔을 놓아주지 않았다.

"그건…… 가게, 가게 얻으려고 몇년 동안이나 모은 돈이에요. 안돼요, 아버지."

그 순간 나와 작은년의 눈이 마주쳤다. 그녀의 눈, 거기에서 나는 짙은 연민과 근심을, 그리고 짙은 슬픔을 보았다. 금방 눈물이라도 흘러내릴 것 같았다. 나는 저 여자가 왜 저러는 것일까, 의아했다.

그때였다. 영순이가 주정호의 양복 상의 주머니에 손을 넣었고, 이년이, 하고 부르짖으며 주정호가 주머니를 한손으로 움켜쥐면서 다른 한손으로 그녀의 머리칼을 한줌 움켜쥐어 패대기쳤다. 딸은 비명을 지르며 나둥그라졌으나, 곧 다시 일어나 아비를 붙들고 늘어졌다. 프레이저가 잔뜩 화가 난 얼굴로 벌떡 일어나서 쿵쿵 발을 구르며 그쪽으로 다가갔다. 그를 붙잡았으나 그는 나를 뿌리쳤다. 그러나 그는 가고자 하는 곳에 닿을 수 없었다. 그가 몇 발자국밖에 되지 않는 현관에 이르기도 전에, 거의 순간적으로 사건은 벌어졌다. 딸이 아비의 팔을 붙잡는 순간, 발을 옮기려던 아비는 주머니를 움켜쥔 채 균형을 잃고 어어, 하고 외마디소리를 지르더니 고스란히 앞으로 고꾸라졌고, 그의 머리가 신발장 모서리에 부딪는 순간 날카롭고 소름끼치는 소리가 울려퍼졌으며, 그 소리는 적어도 내 귀에는 천지가 함께 뒤흔들리는 듯 크고 요란했고, 그와 함께 아비의 몸뚱이가 나무토막처럼 그 자리에 고스란히 나자빠졌다. 안돼요, 아버지. 딸은 엎어진 아비의 주머니에서 무엇인가를 꺼냈다. 예금통장과 도장이었다. 다음 순간 그녀는 깜짝 놀라 아비의 얼굴을 쳐다보았다. 아비는 꼼짝도 하지 않았다. 눈을 번히 뜬 채 허공을 멀거니 쳐다보고 있는 아비의 이마가 움푹 패어 있었고, 거기 함몰된 뼈와 찢어진 피부에서 피가 울컥 흘러내리기 시작했다. 아버지, 아버지! 딸은 아비의 몸을 마구 흔들어댔으나, 아비는 움직일 줄 몰랐다. 아버지, 아버지!

그제야 나는 벌떡 일어나 그쪽으로 다가갔다. 상주도 벌떡 일어났다. 프레이저는 그 커다란 키로 우뚝 선 채 꼼짝도 하지 못했다. 아버지, 아버지! 영순이의 외침이 통곡으로 변해가고 있었다. 싯, 하고 프레이저가 내뱉었다. 그는 쿵쿵, 발을 구르며 현관으로 갔으나 주정호도 영순이도 돌아보려 하지 않았다. 그는 아무도 쳐다보지 않은 채 어마어마하게 커다란 군화를 발에 꿰었고, 그동안에도 그는 몇번이나 싯, 싯, 하고 내뱉었다. 구두를 신자 그는 벌떡 일어나 영순이에게, 그리고 우리들 모두에게 선언했다.

"난 여기 없었어. 아무것도 못 봤어. 난 여기 없었어. 난 여기 없었어."

그는 다시 한번 싯, 하고 내뱉고는 집에서 나가버렸다.

"병원, 병원!"

영순이가 일어나 밖으로 뛰쳐나가려 했다. 나는 무슨 궁리도 없는 채 무작정 그녀를 붙잡았다. 안돼. 잘못하면 니가…… 잘못하면 그녀는 살인자로 몰릴지도 모른다는 생각이 들었다. 기이한 일이었다. 나는 이미 그녀를 버린 지 오래였다. 그런데 불현듯 그녀를 잃을 수 없다는 생각이 나를 사로잡았던 것이다. 안돼, 안돼, 안돼…… 나는 그 말만을 뇌고 또 뇌었다. 영순이가 주저앉아 흐느끼기 시작했다. 머릿속에서 거대한 바람개비가 돌아가는 듯했다. 아무것도 생각할 수 없었다. 그녀를 다시 잃어서는 안된다는 생각뿐이었다. 시체를 어떻게 해야 할까. 시체를 어떻게……? 아아, 영순이를 어떻게 해야 할까. 그렇다. 일단은 현관에 기다랗게 나자빠진 시체를 어디에든 감춰야 했다. 나는 눈으로 상주를 찾았다. 그가 냉정하게 거리를 둔 눈으로 나를 쳐다보고 있었다. 이리 와, 상주야. 일단 치우자. 그러나 상주는 움직이려 하지 않았다. 이리 와, 어서. 나는 주정호의 두 다리를 붙잡고 상주를 쳐다보았다.

그때 옆에서 누군가가 나의 팔을 잡았다.

“그만둬요.”

작은년이었다. 그녀의 눈, 연민과 근심에 젖은 눈, 그 눈에서 눈물이 흘러내렸다.

“모두들 나가요.”

그녀의 눈에서 안개가, 저 까마득한 옛날, 해방촌 나염공장 앞에서 마주쳤던 날 새벽처럼 짙은 안개가 뭉클뭉클 흘러나왔다.

4

빈집으로 혼자 돌아왔다. 법원에서 집으로 돌아오기까지 나는 숨도 쉬지 않았다. 영순이는 버스 속에서도 전철 속에서도 눈물을 흘렸으나 나는 눈물도 나지 않았다. 그저 숨을 쉴 수가 없을 뿐이었다. 아무것도 생각할 수 없었다. 우는 영순이를 바라보면서도 위로해야 한다는 생각 마저 들지 않았다. 그녀가 울고 있다는 것을 나의 의식이 받아들인 것 도 골목에 들어서면서였다. 물속을 걷는 것처럼, 이 물속을 어서 헤쳐 나가야 비로소 숨을 쉴 수 있는 곳에 다다를 수 있는 것처럼 나는 급히 발걸음을 옮겨놓았고, 상주와 영순이는 끝내 뒤처지고 말았으며, 골목 을 한참 동안 올라간 다음에 내려다보니, 상주도 영순이도 보이지 않았 다. 그뿐, 나는 상주나 영순이의 행방이 궁금하지도 않았다. 나는 헐레 벌떡 태창 나염공장 안으로 들어서자 캄캄한 부엌을 더듬더듬 통과하 여 뒤뜰로 나왔고, 마루 끝에 엉덩이를 붙인 다음에야 비로소 한숨을 몰아쉬었다.

징역 5년을 선고한다. 재판관의 음성이 귀에 아직도 쟁쟁했다. 징역 5년. 작은년은 웃고 있었다. 정리(廷吏)들에게 끌려나가면서도 고개를 꺾어 나와 영순이를 돌아보며, 난 괜찮아, 하고 말하려는 듯한 얼굴이었다. 제기랄, 5년이라니. 어째서 그녀는 그런 짓을 자청하는 것인가. 어째서 나와 영순이는 그런 짓을 방관하는 것인가. 이제라도 경찰에 가서 사건이 벌어진 과정을 있는 그대로 진술해야 하는 것은 아닐까. 그러나…… 그것은 내가 할 수 있는 일이 아니었다. 내가 한다면 그것은 영순이에 대한 고발이 될 것이다. 만일 해야 한다면 그것은 영순이가 해야 할 일이었다. 5년. 나는 그 세월의 무게에 압도당했고 목이 꺾이는 기분이었다.

작은년을 볼 수 없다는 것이, 저녁나절, 그녀와 함께 공터에 앉아 갈치를 구워 소주를 마시며 저물어오는 하늘과 멀리 눈아래 거리에서 하나둘 켜지는 가로등, 이마에 불을 켜고 벌레처럼 오가는 차들, 불밝힌 상점들의 깜빡이는 네온등을 볼 수 없다는 것이 안타까웠다. 동쪽으로 백년을 가면…… 하고 나직하게 말하는 그녀의 음성을 들을 수 없다는 것이 안타깝고 화가 났다. 틈만 나면 우물 속으로 들어가 삽질을 하다가도 문득 올라와 콩나물을 다듬고 묵은 김치를 씻어 국을 끓이는 그녀를 볼 수 없다는 것이 안타깝고 화가 났다. 갈증으로 목이 갈라지는 것 같아 나는 급히 양주병과 유리잔을 찾아내어 연거푸 몇잔을 목구멍에 들이부었다.

나는 이런 일을 하기 위해 여기 온 거야, 하고 작은년은 말했다. 살인죄를 뒤집어쓰기 위해 이곳에 왔단 말인가? 어디에서? 정말 저 이상야릇한 나라들, 수십년을, 수백년을 가면 나온다는 그런 나라에서 온 사람이란 말인가?

부엌문이 열렸다. 한 남자가 공터로 연결되는 비좁은 통로를 걸어왔다. 어디선가 본 듯한 얼굴, 그러나 누구인지는 알 수 없었다. 그는 마루 앞으로 다가와 나를 내려다보며 말했다.

"그동안 고생 많았다."

나를 잘 안다는 눈빛, 그동안 무슨 일이 있었는지도 다 안다는 어조였다.

"재판에서 몇년이나 떨어졌냐?"

나는 머뭇머뭇 대답해주었다. 그는 놀라지 않았다.

"젠장, 빌어먹게도 많이 떨어졌구만. 그놈의 여편네 고생 좀 하게 생겼다."

그는 옆에 놓인 양주병을 발견하자 덥석 집어 병째 들이켰다. 그가 내 옆에 엉덩이를 걸친 다음에야 나는 그가 누구인지를 기억해냈다. 택이 아비, 벌써 오래 전 아비에게 끌려 고아원에서 사라진 영순이의 행방을 찾아 신림동으로 갔다가 그곳에서 만난 적이 있는 사람이었다. 그러나 그가 어떻게 여기를 찾아온 것일까? 그가 어떻게 작은년을 아는 것일까? 그는 내 어깨에 손을 얹어놓고 혀를 찼다.

"이놈 꼴 좀 보게. 모가지 길게 늘이고 코 길게 빼고 앉았다고 징역살러 감옥 들어간 여편네가 나오겠냐."

그는 휘적휘적 공터를 걸어가 구덩이 앞에 섰다.

"그 사이에 제법 많이 팠네, 그 여편네가."

나는 여전히 영문을 모르는 채 앉아 있었다. 그는 구덩이로 내려가 삽질을 시작했다. 그 춥고 슬프던 겨울날, 그가 나에게 해준 일들이 생각났다. 그는 쓰러진 나를 데리고 들어가 쉬게 하고 밥을 먹였다. 문득 저 사람 역시 작은년과 같은 나라에서 온 사람인지도 모른다는 생각이 들었다. 멀고먼 야릇한 나라, 작은년 같은 야릇한 사람들이 사는 나라……

한시간쯤 삽질을 하고 그는 구덩이에서 나왔다. 그는 밑도끝도 없이 얘기를 내놓았다.

"이 여편네가 이 지경이 되고 말았으니 니가 외롭기는 하겠다만, 어디 외로운 것이 너뿐이냐. 이놈의 데에선 세상 사람이 다 외로운 것인디. 그 여편네한테 죄스러워할 것도 없다. 감옥 안도 밖도 다 감옥잉게, 이놈의 데는. 이 땅 위에 감옥이 하나라도 서 있는 한은. 너도 알겠지만 주둥이 한번 잘못 놀려 감옥에 처박히는 인사들이 어디 하나둘이간디. 어제 그제도 긴급조치 위반으로 사람들이 떼여들어갔다등마."

그런 일에 나는 아무런 관심도 없었다. 나와는 상관없는 나라, 상관없는 사람들이 하는 짓들이었다. 얼마 전에 나는 희망고아원 원장 나경민이 대통령이 임명한다는 유정회 소속 국회의원이 되었다는 사실을 알게 되었다. 텔레비전 뉴스시간에 나경민이 단상에 올라가 나라의 안보가 어쩌고저쩌고 하고 떠들어대는 것을 보았던 것이다. 기가 막혀 나와 상주는 헛웃음을 웃었다. 상주는 그때 말했다. 저런 놈들 꼴 보기 싫어서라도 내가 얼른 이놈의 데 떠나버려야지.

택이 아비는 제집처럼 작은년의 방으로 들어갔다. 나는 그를 막지 않았다. 그의 뒤를 따라 방안으로 들어서자 그는 향을 켰다.

"생각 같아선 나라도 여기 들어와 너랑 살고 싶다만 내가 그럴 수가 없는 형편이여. 지금 그 동네가 철거를 하네 마네, 말들이 요란하고 싸움질이 시끄러워서 말이여. 그 와중에 여럿이 죽고 다치게 생겼당게. 머잖아 나도 감옥에 들어가게 될 것 같고. 이놈의 데에선 감옥을 반은 집으로 생각하고 살아야 한다는 걸 배운 게 벌써 오래 전이지만…… 내가 이빈에 감옥살이 들어기면 벌써 열세 번째어. 나도 어서 죽을 자리를 찾아야 하는디……"

나는 그에게 물었다. 아저씨도 저 이상한 나라에서 온 사람인가요?

그는 멀뚱멀뚱 나를 쳐다보았다.

"그 여편네가 애기 안해주더냐?"

나는 생각해보았다. 무슨 애기를 들었던가? 기이한 애기들뿐이었다. 알 수 없는 애기들, 정신나간 소리들 같았다. 믿지 않았으므로 나는 듣지 않은 것과 같았다.

"나는 간첩이다."

간첩? 나는 깜짝 놀랐다. 간첩이라는 말을 들은 순간 당연히 내가 떠올린 것은 북한에서 넘어온 사람, 청와대를 폭파하고 박정희를 죽이기 위해 인왕산 기슭까지 침입했던 무장공비들, 가끔 신문과 방송을 장식하는 북한의 고정간첩들, 무전기와 난수표, 권총과 독약 앰플 같은 것들, 간첩을 신고하면 나라가 포상한다는 엄청난 액수의 상금이었다. 택이 아비는 덧붙였다.

"징역살이 들어간 그 여편네도 마찬가지고."

믿을 수가 없었다. 기껏 나 같은 놈을 사랑하고 구덩이나 파는 것이, 자신이 저지르지도 않은 죄를 뒤집어쓰고 감옥에 들어가는 것이 간첩이 하는 일이란 말인가? 택이 아비는 고개를 저었다.

"니가 생각하는 그런 간첩은 아니여. 북한이라니, 젠장. 거그도 우리 간첩들이 몇 들어가 있기는 하지만. 우린 총도 난수표도 안 써. 그런 것보다 훨씬 좋은 무기가 있응게. 우리 무기는…… 우리의 존재 자체, 삶 자체여. 이곳에 와서 살다가 감옥살이하고 처형당하는 것, 여기가 아닌 곳, 떠나온 고국을 그리워하는 것, 그게 우리 무기여."

도대체 어디에서 왔다는 거냐고 물으려다가 나는 작은년에게서 들은 이상한 나라들에 관한 애기를 떠올렸다. 저 이상한 나라들, 쇠로 된 날개와 쇠로 된 가슴, 쇠로 된 팔다리와 쇠로 된 눈을 가진 괴물이 사는 나라, 머리가 하나, 꼬리도 하나, 눈도 하나, 코도 하나인 괴물이 사는 나라, 아홉 개의 머리에 아홉 개의 입, 열여덟 개의 혓바닥을 가진 괴물이 한꺼번에 아홉 군데의 물을 퍼마시고 열여덟 군데의 산을 파먹는 나라, 그런 나라가 정말 있다는 것인가? 그리하여 혼을 부르기 위해 노래를 부르고, 황금이 자갈처럼 버려지고, 도둑질이 무엇인지 알지 못하며, 사람이 의사를 통하기는 음악으로 하고 다투기는 웃음으로 하며, 직업과 학교를 언제라도 임의대로 선택하여 일하고 공부할 수 있다는 그런 나라가 존재한단 말인가? 그런 나라가 정말 있다는 건가요? 내가 묻자 그는 빙그레 웃었다. 어떤 나라 말이여? 나는 다시 질문했다. 어디에서 온 간첩이라는 겁니까? 그는 여전히 웃는 얼굴이었다. 모르겠냐? 나는 모른다고 대답했다. 정말 몰라? 그가 다시 물었다. 내가 어떻게 안단 말인가? 그러나 그는 자신있게 말했다.

"넌 알어. 잘 알제. 아니, 너뿐만 아니라 세상 사람 모두가 사실은 다 알어. 까마득한 옛날부터 이곳 사람들은 그 나라가 존재한다는 것을 알았어. 어떤 나라인지도 알았어. 믿지 않은 것뿐이제."

나는 모른다고 대답했다. 정말 몰라요. 그가 대답은 않고 걸걸한 음성으로 목청껏 노래를 부르기 시작했다. 사랑의 밤이여 우리들 위로 내려앉으소서 내가 산다는 것을 잊게 하소서 그대의 가슴에 무너지게 하소서 이 세계로부터 나를 자유롭게 하소서 아아 밤이여 어둠이여 그대의 가슴에 무너지게 하소서 이 세계로부터 나를 자유롭게 하소서…… 그것은 커시가 부르던 노래였다. 택이 아비는 나를 빤히 쳐다보며 물었다. 모르겠냐? 나는 고개를 저었다. 그가 다시 노래를 부르기 시작했다. 이 세상에 내 세상이 하나 있으면 얼마나 좋을까 그렇게만 된다면 지옥에 떨어져도 좋을 텐데…… 그것도 마찬가지였다. 아직도 모르겠냐? 그가 다시 물었다. 내가 대답하지 않자 그는 한탄했다.

"멍청한 놈. 꽃실이가 너 같은 놈을 그렇게 사랑했단 말이여? 어이구, 한심도 하지."

꽃실이? 언젠가 작은년에게서 들은 적이 있는 이름이었다. 밥어미, 윤작은년, 꽃실이…… 그리고 간첩. 그녀는 도대체 무엇인가?

"너 도대체 꽃실이에 대해 아는 게 뭐냐?"

그가 물었다. 나는 생각해보았다. 정녕 나는 그녀에 대해 아는 것이 없었다. 내가 아는 것은 그녀가 나나 영순이, 상주 같은 자를 위해 자청하여 죄를 뒤집어쓰고 웃으며 감옥으로 걸어들어갈 만큼 바보라는 것 정도였다. 그뿐, 나는 내가 그녀에 대해 아무것도 알지 못한다는 것을 알 뿐이었다. 그는 껄껄 웃어댔다. 그나마 다행이구나, 이놈.

나는 그를 위해 부지런히 밥을 지어 공터에 상을 차렸다. 삼겹살을 굽고 김치를 꺼내놓고 술을 따 내놓은 것뿐인데, 상을 받은 그는 말했다. 내가 대접한 건 보리밥뿐인데 이건 자못 찬이 호사스럽구나. 작은년과 마주앉아 이곳에서 밥을 먹고 술을 마시던 것이 생각나 문득 눈시울이 뜨거워졌으나, 나는 김칫가닥으로 삼겹살을 두껍게 싸서 입안에 쑤셔넣고 우적우적 씹어댔다. 나는 그녀를 이해할 수 없다는 것이 슬펐고, 그런 나 자신에 대해 화가 났다. 이제껏 그녀가 나에게 베푼 그 모든 것은 그만두고라도 나를 위해 살인죄를 무릅쓰기도 마다하지 않는 그녀를 전혀 이해하지 못하는 것이다……

"그 나라는 어떤 곳입니까?"

내가 묻자 그는 나를 흘겨보며 혀를 찼다.

"열고야는 열고야도라는 섬에 있어. 거기 사람들은 모두 꽃실이 같아. 나만 해도 거기 사람들에 비하면 불한당이고."

"정말 그런 나라가 있다는 겁니까?"

그는 정색을 하고 나를 들여다보았다.

"내가 그 나라에서 왔어. 꽃실이가 그 나라에서 왔어. 우리가 존재하지 않는 나라에서 왔단 말이여? 그게 가능한 일이겠냐?"

그런 좋은 곳 사람들이 뭐 하러 이런 곳에 와서 산단 말인가?

"우린 간첩으로 여기 왔당게. 이곳을 열고야국 같은 곳으로 만들기 위해서. 하지만…… 그게 너무나 힘들어서……"

나는 그곳 사람들을 상상할 수는 있었다. 작은년을 보았기 때문이다. 그러나 그곳이 어떤 곳일지는 상상할 수가 없었다. 그는 말했다. 그곳이 어떤 곳인지 넌 이미 알고 있어. 어릴 때부터 넌 이곳이 니 나라가 아니라고 생각하지 않았더냐? 그것은 사실이었다. 이곳은 나를 고아로, 지네로 만드는 땅일 뿐이었다. 언제나, 지극히 작고 사소한 희망마저 어김없이 빼앗고 짓밟았다. 그런 곳이 내 나라일 리가 없지 않은가.

"그렇다면 니 나라는 어딘데?"

그가 다시 물었다. 내 나라는 어디일까? 내 나라는…… 없었다. 어디에도 내 나라는 없다. 택이 아비는 말했다. 니가 이곳이 니 나라가 아니라고 말할 때 니가 갈망하는 모든 것, 그리워하는 모든 것, 열고야국이 그런 곳이다. 니 나라는 거기다. 아니, 세상 모든 사람들의 나라가 사실은 거기다. 까마득한 옛날 세상의 학대에 견디다 못해 강으로 뛰어든 백수광부가 도달한 곳이 거기다. 사랑마저 금지된 노예 생활을 견디다 못해 아사달과 아사녀가 물속으로 들어가서 이른 곳이 또한 거기다. 수로부인이 왕들에게 백 번을 사로잡혔다가 백한 번을 탈출하면서도, 백성들을 이끌고 동해바다까지 쫓겨가면서도 끝내 들어가고자 했던 곳이 바로 거기다. 예술로, 정치로, 가끔은 치사하고 비굴한 짓까지 해가며 이루려던 것을 끝내 하나도 이루지 못한 최치원이 금강산으로 들어가 이르고자 했던 곳이 기기다. 양반네들 앞에서 그네들 조롱하는 소리와 술로 세상을 견뎌내려 했으나 결국 더이상 견뎌낸다는 것이 불가능해지자 갑자기 목청을 잃어 소리를 할 수가 없다고 핑계대고 종적을 감춘 송홍록이 떠난 곳도 거기다. 모든 존재와 아름다움과 그리움의 근원이다. 기이한 일이지. 이곳에서 태어나 살다 그곳을 발견한 사람은 종종 그곳으로 건너가기도 한다. 하지만 그곳에서 태어나 이곳을 변화시키기 위하여 이곳으로 건너온 사람들은 늘 가장 비천하고 가장 가난하고 가장 고통스럽게 살다…… 죽거나…… 살해당하거나…… 발광을 하거나…… 자살을 하거나…… 최악의 경우에는 처형당하고 만다. 그는 쓸쓸한 얼굴로 나를 바라보며 말했다.

"진정 이곳이 니 나라가 아니라면 니 나라는 거기여."

그가 공터로 나섰다. 밤이 깊어 하늘에 띄엄띄엄 별들이 돋아나고 있었다. 그 별들을 보자 다시 5년이라는 세월이 등을 짓눌렀다. 나는 고개를 꺾어 공터의 어둠을 밟으며 그의 뒤를 따랐다. 택이 아비는 구덩이를 내려다보며 중얼거렸다.

"슬픈 구덩이여. 여기 꽃실이의 슬픔이 가득 담겨 있어."

그는 고개를 들어 내 가슴을 가리키며 말했다.

"여기에도. 하지만 너무 걱정 말어. 꽃실이는 그 안에서 오년 동안 어디론가 걸어갈 것이여. 어쩌면 너를 향해. 네 가슴을 향해."

그가 대문을 나섰다. 가로등 하나 없이 캄캄한 골목길을 그는 술에 취해 비척거리며 걸어내려갔다. 바래다드려요? 내가 물었으나 그는 등 뒤로 손을 흔들어 보일 뿐이었다. 그가 모퉁이를 돌아 사라진 순간 나는 불현듯 언제 또 올 것인지를 물어봐야 한다는 생각이 들었다. 나는 급히 골목을 달려내려갔으나 택이 아비는 어디에도 보이지 않았다.

나는 집으로 돌아와 공터에 앉았다. 밥어미를, 작은년을, 꽃실이를, 아니, 열고야국의 간첩을…… 나는 생각했다. 그녀가 주정호의 시체 앞에 서서 하던 말을 떠올렸다. 상주는 곧 미국 가야 하잖아. 그러니까 상주는 안돼. 우영이하고 영순씨는…… 이제까지 겪은 불행만으로도

충분해. 염려 말고 다들 나가. 어서. 그녀는 단호했다. 나 혼자 여기 있
었어. 당신들은 여기 없었어. 나 혼자…… 영순씨를 만나러 왔는데, 이
영감이 나를 붙잡고 희롱하려다가…… 일이 벌어진 거야. 어서 나가.
어서. 도대체 내가 어떻게 그녀를 혼자 남겨두고 떠날 수 있었을까, 의
아스러웠다. 그러나 그 순간은 그녀를 거역할 수 없었다. 그것이 가장
좋은 생각인 듯 여겨지기까지 했다. 그러니까 작은년은 단순히 나만을
위해 죄를 뒤집어쓴 것은 아닌지도 모른다. 그녀는 영순이를, 상주를
위해서도 언제든지 같은 일을 하고 나설 수 있는 사람이었다.

정말일까, 정말 사람이 그리워하는 것은 이미 존재하는 것일까? 정
말, 틀림없이 그러하기를, 꼭 존재하기를. 그런 곳이 존재하기만 한다
면 나는 기어이, 끝내 그곳으로 건너갈 것이다. 나는 그 갈망으로 가슴
이 메었다. 나의 거지 어미도, 나의 도둑 아비도, 내가 그리워하기만 한
다면 죽어 사라져버린 것은 아닐지 모른다…… 적어도 열고야국에서
는, 그렇게 될지도 모른다. 나는 간절히 그런 나라가 존재하기를 바랐
다. 그런 나라가 정말 존재할 수도 있으리라는 생각으로 몸이 더워졌
다. 그러나…… 얼마나 터무니없는 생각인가. 그런 생각에 골몰하는
나 자신이 두렵고 어처구니없었으나 나는 간단히 부정해버릴 수가 없
었다. 그 나라의 주민들이, 작은년과 택이 아비가 있지 않은가.

물끄러미 작은년의 우물을 들여다보고 있다가 나는 구덩이로 내려가
택이 아비가 내던진 삽을 움켜쥐고 삽질을 했다.

그렇게 나는 우물을 파기 시작했다. 작은년의 슬픔을, 어쩌면 내 가
슴을. 그녀가 5년 동안 끊임없이 내 가슴을 향해 걸어오기를 바라며. 어
쩌면 나 역시 이렇게 삽질을 함으로써 그녀의 가슴으로 걸어들어갈 수
있기를 바라며. 아니, 그보다는 열고야국을 향하여 다가갈 수 있기를
바라고 있었다. 이 우물을 통하여 지구덩이의 반대쪽으로 파들어갈 수

있기를 바랐다.

　며칠 뒤에 집주인 태창 나염공장의 방사장이 찾아왔다. 그는 윤작은년이 불쌍하기도 하고 갈 데도 없는 것 같아서 공짜로 집을 쓰라고 한 것인데, 그 여자가 없다면 낮도 생판 모르는 남에게 집을 공짜로 빌려줄 이유란 없다고 말했다. 그는 나를 알아보지 못했으나 나는 그를 기억하고 있었다. 작은년의 손에 이끌려 처음 공장으로 들어와 밥을 얻어먹던 그 새벽, 그를 멀리서 본 적이 있었다.

　나는 그 자리에서 방사장과 임대계약을 체결했다. 방에 걸린 무신도를 보고 그는 물었다. 무당이십니까? 옆에 묵묵히 앉아 있던 상주가 대답했다. 그렇습니다. 점 좀 봐드릴까요? 얼굴이 허연 튀기가 무당이라고 하는 바람에 그는 기겁을 했다. 상주가 한마디 더 보탰다. 아니면 푸닥거리라도 하시렵니까? 방사장은 당황하여 황급히 떠나갔다.

5

그 사건으로 영순이와 프레이저의 동거는 끝장이 났다. 프레이저가 다시는 그녀를 찾지 않았기 때문이다. 영순이가 내 집, 아니 공장으로 이사를 들어오고 싶어하는 듯한 눈치였으나 나는 끝내 아는 척하지 않았다. 그녀는 결국 다른 집을 빌려 이사를 하고 가끔 내 집에 드나드는 것으로 만족해야 했다. 김치를 담가오기도 하고, 빈대떡을 부쳐오기도 했으며, 만두를 빚어오기도 했다. 한번 오면 저녁밥을 지어 상주와 함께 셋이 먹고서도 밤늦게까지 놀다가 돌아가는 적이 많았다. 같이 술도 마시고 마리화나도 피웠다. 상주는 가끔 말했다. 자고 가지 그래, 누나. 그러나 영순이는 한번도 내 집에서 자려 하지 않았다. 아무도 기다리지 않는 집으로 혼자 돌아갔다.

나와 상주, 그리고 영순이는 가끔 태평극장에 같이 가 영화를 보고 저녁을 먹고 술을 한잔 하고 헤어지는 식으로 시간을 보냈다. 기이하고 가혹한 인연이었다. 두 건의 살인을 같이 저지르거나 은폐한 주범과 공범, 그리고 은닉자들, 그것이 우리 관계였다. 그리하여 어찌 보면 떨어질래야 떨어질 수 없는 사이가 되었다. 상주는 술에 취하면 투덜거렸다. 우리끼리 만나고 우리끼리 돌아다녀서 좋을 거 없어. 고아들끼리 다니다니. 세상 사람들하고 섞일 생각을 해야지. 우리끼리 다녀봐야 영영 고아일 뿐이야. 영순이가 그에게 물었다. 넌 언제 출국하니? 그는 대답하지 않았다.

상주는 처음에는 준비가 되는 대로 당장 떠날 것처럼 서두르더니 출국 날짜를 하루 또 하루 미루었다. 처음에는 수강중인 영어강좌가 다 끝나면 출국하겠다고 했으나, 여섯 달짜리 한 강좌가 끝나자 그는 새로운 영어강좌에 등록했다. 여전히 그는 준비가 끝나지 않았다고 말했다.

제니가 미국에 가지 못해 안달이라는 얘기를 한 것도 영순이었다. 그년이 미쳤지. 나한테 부탁을 하더라니까. 상주 초청장을 자기가 살 수 있게 해달라나. 돈은 달라는 대로 얼마든지 줄 테니까 꼭 살 수 있게 말을 좀 넣어달라는 거야. 제니는 어디에서 그가 미국에 갈 예정이라는 얘기를 들은 것일까? 알 수 없는 일이었다. 그러나 이태원 바닥은 좁았고 소문은 빨랐다. 상주는 잘라 말했다. 다른 데 가서 알아보라고 해요. 난 곧 떠나니까.

상주가 명자라는 여자애와 사귄다는 것을 알려준 것도 영순이었다. 명자는 이태원 상가에 있는 모조품 가방가게의 점원이었다. 여상을 졸업한 지 한 해, 이모네가 하는 가게에 나와 일하고 있었다. 상주는 가끔 알 수 없는 곳에서 시간을 보내고 돌아와 밤늦게까지 불은 끈 채 음악을 켜놓고 잠을 이루지 못했다. 그러나 그것이 명자 때문일까?

나는 일부러 그 가방가게에 들러 명자라는 아이를 눈여겨 살펴보았다. 쌤쏘나이트, 루이뷔똥, 샤넬, 구찌, 가르띠에…… 큰 가방 작은 가방, 여행가방 손가방, 바퀴가 달린 가방, 어깨걸이가 있는 가방…… 온갖 가방들이 차곡차곡 쌓여 있었다. 모두가 가짜 상표를 단 모조품들이었다. 그곳에 앉아 있는 사람들마저 모조품 같았다. 나는 물어보았다. 모조품 아닌 건 없습니까? 명자는 무슨 말인지 이해가 가지 않는다는 얼굴로 나를 멍하니 쳐다보았다. 발갛게 익은 뺨에 둥근 얼굴과 이마, 어깨도 둥글고 가슴도 엉덩이도 둥글었다. 혈색이 좋아 그녀의 얼굴만으로도 가죽가방이 가득한, 자칫 음침했을 가게 안이 환했다. 순진하기이를 데 없는 아이 같았다. 그러나 상주와 명자라니, 쉽사리 떠올릴 수 없는 짝이었다. 상주가 어쩌다 그런 아이를 좋아하게 된 것인지 알 수가 없었다.

가끔은 병식이형이 내 집으로 찾아와 넷이 같이 어울리는 적도 있었다. 그는 주정뱅이가 되어버렸으나 여전히 기이한 힘을 지니고 있었다. 나도 영순이도 상주도 그의 힘을 쉽사리 거역할 수 없었다. 가난한 주정뱅이였으나 그는 당당했고, 우리는 모두 그 당당함에 기가 죽었다.

그는 오래지 않아 집을 비울 때마다 순금이가 밤이 되기만 기다려 짙은 화장을 하고 이태원 거리를 활보하고 다닌다는 것을 알게 되었다. 물론 그들은 한바탕 싸움박질을 벌였다. 순금이의 머리칼이 뜯겨나가고 얼굴에 퍼렇게 멍이 들었다. 병식이형은 으름장을 놓았다. 다시 한 번 그놈의 데 나다녔다가는 죽여버릴 테니까 그런 줄 알아. 그러나 그의 매질도 위협도 무용지물이었다. 병식이형이 지방의 공사판으로 떠나자 그의 미녀는 어김없이 클럽에 나타나 미군 병사들과 술을 마시고 춤을 추고 거리를 쏘다니고 잠을 잤으며, 그 댓가로 달러를 받았다.

이태원의 양색시들은 처음에는 그녀를 경쟁자로 여겨 곱지 않은 눈길로 쏘아보았으나 머지않아 자신들 가운데 하나로 받아들이기에 이르렀다. 그녀는 썬 오브 비치라거나 퍽 유 따위의 욕설, 페이 미 써전, 바이 미 어 드링크 따위의 영어를 배워 중얼거리고 다녔다. 그녀는 인기가 좋아 이내 몇사람의 단골까지 생겼다. 그녀에게 동거생활을 하자고 제안하는 병사도 있었다. 다행히도 순금이는 그런 제안을 받을 때는 자신에게 남편과 아이가 있다는 것을 기억해내는 것 같았다. 그건 안돼. 하지만 우리 자주 만나면 되잖아. 난 벌써 니 아내나 마찬가지잖아. 못하는 짓이 뭐가 있어?

병식이형이 지방의 현장에서 돌아오면 그녀는 다시 한번 매를 맞고 머리칼을 쥐어뜯겼다. 그는 매질과 위협을 몇차례 반복하다가 그런 것으로는 아내의 이태원 출입을 막을 수 없다는 것을 알게 되었다. 그리하여 모든 지방 공사장의 일을 포기했다. 서울과 근교의 공사현장, 그러니까 그날 나갔다가 그날 돌아올 수 있는 현장에만 일을 다녔다. 당연히 일도 수입도 현저히 줄어들었다. 그러나 그런 것으로도 순금이의 밤외출을 막을 수 없다는 것은 곧 드러났다. 그가 힘겨운 막노동과 술에 취하여 잠든 사이에 순금이는 몰래 일어나 화장품과 옷가지를 싸들고 이태원으로 내달았고, 제니나 패티의 방에서 옷을 갈아입고 화장을 한 다음, 클럽에 나타나 욕정에 굶주린 미군 병사들을 유혹했다.

차츰 병식이형은 서울의 공사현장에도, 근교의 현장에도 일을 나갈 수 없게 되었다. 그는 집에 틀어박혀 순금이를 감시하는 일에만 몰두했다. 그 역시 소용이 없었다. 그가 잠깐 담배라도 사기 위해 집을 비우는 사이에, 심지어는 잠깐 화장실에 다녀오는 사이에 순금이는 재빨리 집을 빠져나가버렸다. 그에게는 수입이 없었으므로 순금이가 생계를 꾸려나갔다. 그녀는 집에 술이 떨어지지 않도록 하는 데 유의했다. 남편이 취해야 집을 빠져나가기가 수월했으니까.

우습기도 하고 슬프기도 한 것은 그러면서도 병식이형은 그의 아내가 이태원에서 매춘부로 일한다는 사실을 까마득히 몰랐다는 점이다. 그는 순금이가 말하는 대로 편물공장에 다니는 줄만 알았고, 그녀가 가끔 엉덩이에 바람이 들어서 친구를 만나 싸돌아다니느라고 집안일을 소홀히 하는 것으로만 생각했다.

하기야 병식이형은 늘 술에 취해 살았다. 술이 떨어지면 아내를 두들겨팼다. 이 미친년, 이 걸레 같은 년…… 어느 놈하고 붙어먹었어, 이 갈보년아. 그리하여 술과 싸움질은 그의, 그의 집의 일과가 되었다. 싸움이 시작되면 아이들은 집을 빠져나와 골목에 웅크리고 앉아 싸움이 끝나기를 기다렸다.

그렇게 몇년이 지나는 사이에 그는 해방촌 골목의 유명한 주정뱅이가 되었다. 소주병이나 막걸리병을 하나 들고 골목을 위아래로 오르내리며, 가끔은 남산까지 오르내리며 술을 퍼마시고 허공에 대고 욕설을 퍼붓고 아무나 붙들고 싸움을 벌였다. 골목이나 가게 앞이나 아무 데서나 쓰러져 잤다. 차츰 그는 나의 아비나 어미 같은 모습으로 변해갔다. 나는 그를 만나면 말했다. 정신차려, 형. 왜 이렇게 살아? 그는 눈을 부라리며 주먹을 휘둘렀다. 그의 주먹은 이미 힘을 잃어 나에게 아무런 충격도 주지 못했다. 그의 주먹보다는 입이 훨씬 더 사나웠다. 뒷골목 조무래기 깡패새끼가 누구한테 이래라 저래라 하는 거야? 니가 번듯한 옷 입고 번듯한 낯짝 치켜들고 다니니까 나보다 나은 놈인 줄 아나? 저리 꺼져, 이 더러운 놈아, 이 비굴한 놈아. 내가 아무리 배가 고파도 양키놈들 좆 안 빨고 살아, 이 새끼야. 나쁜 짓도 안하고 살아, 이 새끼야. 너 같은 놈하고 알고 지낸다는 게 챙피하다, 이 자식아. 그러나 술에서 깨면 그는 그런 사실을 기억하지 못했다.

영순이가 작은년의 면회를 가는 날이었다. 아침에 영순이는 집으로 찾아와 같이 기지 않겠느냐고 물었다. 나는 가지 않았다. 나는 한번도 작은년의 면회를 가지 않았다. 내가 매번 가지 않겠다고 하는데도 영순이는 면회를 갈 때마다 찾아와 물었다. 같이 안 갈래? 나는 작은년을 보기가 두려웠다. 가고 싶지 않았다.

작은년이 재판을 받는 동안에 나는 한두 번 면회를 간 적이 있었다. 을씨년스러운 접견실의 철창 너머에서 작은년은 환한 얼굴로 반가이 나를 맞았다. 마치 감옥살이를 하는 사람이 아니라 신방에라도 들어앉은 신부처럼 유쾌하고 즐거운 얼굴이었다. 내가 미안하다고 말하면 그녀는 쾌활하게 반문했다. 뭐가? 난 좋은데. 언젠가는 들어와야 할 곳이었어. 너무 늦게 온 건지도 몰라. 여기서 벌써 좋은 동무들 많이 만났어. 면회 오지 않아도 돼. 나는 그녀가 하는 말이 진실이라는 것을 알았다. 확정판결이 내린 뒤부터는 면회를 가지 않았다.

영순이가 상주와 함께 교도소로 떠나고 나면 나는 혼자 집에 틀어박혀 있다가 우물로 뛰어들어 삽질을 시작했다. 그녀는 5년 동안 감옥살이를 할 것이다. 나는 5년 동안 이놈의 우물을 팔 것이다. 나는 작은년이 생각날 때마다 우물을 팠다. 이틀이나 사흘이 지나도록 삽질 한번 하지 않고 지내는 적도 있었지만, 하루에 서너 시간씩 내처 삽질을 계속하는 날도 있었다. 훤할 때 삽질을 시작했는데, 허리를 펴고 보면 이미 하늘이 어둑어둑 저물어오는 때도 적지 않았다. 그 삽질로 정말 내가 열고야국에 한 발자국이라도 가까워질 수 있기를 바랐던가? 그보다는 죄의식을 해소하려는 안간힘 같은 것은 아니었을까?

저녁 무렵, 병식이형이 구덩이 꼭대기에 나타나 야 인마, 하고 고함을 질렀다. 그는 거꾸로 떨어질 듯 위태롭게 건들거리며 나를 내려다보고 있었다.

"너 우리 마누라 못 봤냐? 이놈의 마누라 또 어디 갔다냐? 잠깐 졸다가 깨어났더니 어디로 사라져버렸네, 이 망할년."

나는 구덩이에서 올라와 그를 부축하여 공터 한쪽에 앉혔다. 그는 벌써 술에 만취하여 입가에 침을 질질 흘리면서도 그것을 알지 못했다.

334

퀭한 눈, 뼈와 가죽만 남은 시커먼 얼굴에 몸은 너무나 가늘었다.

영순이가 들어섰다. 그녀는 항아리를 마루 끝에 내려놓으며 말했다. 김치야. 거의 다 익어가. 내일쯤부터 먹어도 될 거야. 병식이형은 그녀를 보자 인사를 건넸다. 오랜만이다, 영순아. 오랜만이라니. 바로 며칠 전 밤에도 그는 취한 채 이 집 정문을 두들겨대며 부르짖었던 것이다. 양갈보랑 사는 새끼 여기 없냐? 그때 나와 영순이와 상주는 대청마루에 나앉아 커피를 마시는 중이었다. 물론 우리는 같이 살지도 않았다. 영순이는 안색이 하얗게 질려 자리를 피했다. 그러나 병식이형이 그것을 기억하지 못한다면 그것은 차라리 다행이었다.

영순이는 잊을 리 없었다. 그녀는 부지런히 밥상을 봐서 내려놓았다. 병식이형이 다시 한번 인사를 차렸다. 같이 먹자, 영순아. 그녀는 대꾸하지 않고 일어섰다. 나는 영순이에게 작은년의 안부도 묻지 않았다. 내가 묻지 않는 안부를 영순이는 잊지 않고 전했다.

"작은년 아주머니는 잘 지내고 계셔. 너한테 안부 전하라고 했어."

나는 대답 대신 상주는 뭘 하고 있는지를 물었다.

"명자 만나러 갔을 거야."

그녀는 서둘러 떠나갔다.

병식이형과 나는 저녁식사를 끝낸 뒤에도 밤이 깊도록 그 밥상으로 술을 마셨다. 그는 내내 아내와 아이들, 고아원 시절까지 들먹여가며 횡설수설을 거듭했다. 우리 마누라도 불쌍한 년이다. 그 미모에 나 같은 놈이 아니라 넥타이 매고 다니는 봉급쟁이라도 만났더라면 그럭저럭 새끼 낳고 잘 살았을 텐데. 그러나 내 생각은 달랐다. 순금이는 그렇게 살 수 있는 여자가 아니었다. 그녀에게는 어쩌면 병식이형 역시, 가혹하게 얘기하자면, 처음에는 모르지만 적어도 지금은, 그녀의 수많은 단골 가운데 하나에 지나지 않는지도 모른다. 그녀가 만일 넥타이 맨 봉급쟁이와 결혼했다 해도 마찬가지였을 것이다. 그러나 나는 그렇게 말하지는 않았다. 그녀를 위해서가 아니라 병식이형을 위해서였다. 내가 돈을 못 버는 게 탈이지. 마누라가 그 고생을 하니…… 고생이라. 그 역시 내 생각과는 달랐다. 순금이는 고생을 하고 있지 않았다. 그녀는 자신의 욕망에 휘둘리고 있을 뿐이었다. 그가 물끄러미 나를 쳐다보았다. 니가 나타나면서부터 내 인생이 완전히 꼬여버렸어. 직장도 마누라도 가정도…… 다 망가져버렸어. 우리 고아원 출신들은 서로 가까이하면 안되는 건가봐.

그의 기다란 손가락 끝에 때가 잔뜩 낀 손톱이 뭉툭했다. 고아원 시절에는 그렇지 않았다. 그의 손가락과 손톱은 길고 귀족적이었다. 용모도 수려했다.

"생각나냐, 내 마누라 어렸을 때? 얼마나 예뻤냐?"

술로 흐물흐물해진 그의 얼굴에 미소가 떠올랐다. 순금이는 그의 미인이자 또한 나의 미인이었다. 그는 그것을 알지 못했다. 그녀는 또한 그의 아내이자 나의 정부(情婦)였다. 그 역시 그는 알지 못하는 사실이었다. 그녀는 미군 전용 나이트클럽의 웨이트리스이자 매춘부였다. 그것도 그는 알지 못하는 것 같았다. 어쩌면 알지 못하는 척하는 것뿐인지도 모르지만.

"지금은 내 마누라…… 늙어버렸다. 가난에 찌들어버렸어. 또…… 욕심에…… 찌들어버렸어."

그는 주머니를 뒤적여 부스럭거리며 뭔가를 꺼냈다. 달러였다. 1달러짜리 지폐. 그는 구깃구깃한 달러를 이 주머니 저 주머니에서 꺼내 땅바닥에 아무렇게나 내려놓았다. 바람에 달러가 날렸다. 나는 허둥지둥 달러를 집어 그의 주머니에 넣어주었다.

"집안에서 이걸 발견했어. 이런 걸 어디서 났을까, 내 마누라가? 니가 쳤냐?"

나는 아니라고 말했다.

"무슨 요꼬공장에 다닌다는 내 마누라가 이런 걸 어디서 났을까? 거기선 달러로 봉급을 주는 것일까?"

나는 처음 그녀의 몸을 훔쳤을 때를 떠올렸다. 아직 나의 미인은 소녀 같았고, 나 역시 아직 젊다기보다는 어린 나이였다. 집을 나서는 나에게 나의 미인은 말했다. 요 담에 올 때…… 미제 루주 하나 갖다줘.

나는 병식이형에게 말했다.

"형수가 장사라도 하나보지. 암거래 같은 것."

그는 히죽 웃었다.

"장사? 암거래? 뭘 팔았을까? 뭘 팔고 이것을 받았을까?"

나는 순금이가 미군 병사의 커다란 손아귀에 허리를 잡힌 채 깔깔거리며 어두운 골목으로 스며드는 것을 본 적이 있었다. 병식이형이 나의 눈을 들여다보고 있었다.

"요꼬공장 스웨터? 장갑? 모자? 양말? 넌 알지, 이 깡패자식아?"

그가 소리쳤다. 나는 모른다고 잡아뗐다. 그는 키들키들 웃었다.

"모르면 다행이고. 어쩌면 말이다, 난 오래 전에 벌써 알고 있었는지도 몰라. 알면서…… 마누라가 사다주는 술에 취해, 그년이 벌어다주는 돈이 좋아 그저 모르는 척하고 지낸 것뿐인지도 몰라. 아마 그랬나봐. 내가 널 욕했지만…… 똥통이 존재하는 한 어쩌겠냐? 너나 나나 그 똥통 냄새를 피할 수는 없는 거야. 이 세상이 말이다, 이놈의 세상이 거대한 똥통이거든. 우리 같은 고아들이야말로 그 똥통에서 태어난 건지도 모르고. 난 내 나름대로 노력했어. 정말 이 악물고 노력했다, 젠장. 그 똥통에서 빠져나오려고, 거기 가까이 가지 않으려고, 그 똥통을 외면하려고…… 정말 혀 깨물 각오로 노력했어. 그런데…… 이제 보니

난 바로…… 아, 제기랄."

그는 술을 병째로 한참 동안이나 들이켰다.

"난 말이다, 사랑으로, 오직 사랑으로 순금이와 결혼하고 오직 사랑으로 당당하게 살 수 있을 거라고 생각했어. 그런데…… 내 꼴 봐라, 씨발. 사랑이 아니라 똥통이었어. 똥냄새를 사랑이라 오인한 거지. 순금이는 나보다 영리해서 세상을 정확히 보고 있는 거야. 이놈의 세상이 사랑이니 지랄이니 해봤자 다 헛소리고 사실은 똥통일 따름이라는 걸. 그래서 똥통을 향해 정확히 걸어들어간 거야. 너처럼, 니 마누라처럼. 세상 사람들 대부분처럼. 나 같은 놈과는 달리 아무런 오해도 없이, 아무런 갈등 같은 것도 없이."

난 마누라 같은 거 없어, 하고 항변했다. 그는 들은 척하지도 않고 비척비척 작은년의 우물 앞으로 걸어갔다. 나는 불안하여 얼른 그 뒤를 따랐다. 그는 시커먼 구덩이 속을 들여다보았다.

"니가 아무리 크고 깊은 구덩이를 판다고 해도 이 세상의 똥을 다 파묻을 수는 없어. 알았냐? 헛일이야, 인마. 매일 우리는 똥을 싸. 이 냄새……"

그는 거기 털썩 주저앉았다. 그리고 고개도 숙이지 않고 그 자리에서 입을 벌려 구역질을 시작했다. 토사물이 그의 턱과 가슴에, 무릎과 발에 떨어졌다. 나는 그저 우두커니 앉아 몇시간 전 먹은 것들을 고스란히 토해내는 그를 지켜보았다. 병식이형은 자신의 구토물과 악취 한가운데에서 다시 술병을 잡아 입안에 들이부었다.

"고아는 고아를 낳는 거야. 내 새끼들, 머잖아 고아원에 처박히겠지. 나는, 나는 아마……"

그는 바지의 토사물을 손으로 툭툭 털어내고 일어섰다. 나는 걱정이 되어 그를 붙잡았다. 어디 가요? 좀 쉬다 가요. 한잠 주무실래요? 그는 뿌리쳤다. 갈 데가 있어. 나는 다시 그를 붙잡았다. 술이나 더 합시다, 형. 지금 가긴 어딜 가요? 이놈이 날 술로 죽여버릴 작정인가? 그는 휘청거리며 캄캄한 부엌을 지나 공장 뜰을 가로질러 대문을 나섰다.

공터로 돌아왔을 때 나는 보았다. 은행나무 꼭대기에 푸른 불덩이가 번쩍이고 있었다. 나는 혼자 투덜거렸다. 또 뭔데? 그 불덩이는 나를 향해 치달아 내려오지는 않았다. 등대처럼 껌뻑이며 조금씩, 망설이는 듯 위아래로 들썩거릴 따름이었다.

그 길로 병식이형은 머뭇거리지도 않고, 누구에게 물어보지도 않고, 그의 미녀가 한달 전 본격적으로 장사를 하기 위해 세를 얻은 방으로 찾아갔다. 그가 토사물의 냄새를 물씬물씬 피우며 방으로 들어섰을 때 그의 미녀는 흑인 미군 병사 마이클과 더불어 벌거숭이가 되어 고함 비슷한 교성을 지르며 교접에 열중하고 있었다. 그는 점퍼 안주머니에서 식칼을 꺼내자 먼저 미군 병사에게 덤벼들었다. 그러나 그 순간 그를 발견한 순금이가 비명을 내질렀고, 마이클은 한팔로 그의 손목을 움켜쥐어 칼을 떨어뜨린 다음 발길질을 하여 방밖으로 걷어차버렸으며, 마이클은 다시 방으로 들어가자 달아나는 순금이를 붙잡아 완력으로 쓰러뜨리고 그 몸뚱이에 올라탔고, 병식이형은 다시, 이번에는 마당의 부삽을 찾아쥐고 방안으로 쳐들어갔으며, 마이클은 이번에는 두 손으로 병식이형의 목을 움켜쥐어 마당에 동댕이친 다음 발로 지근지근 밟아 댔고, 그동안 순금이는 방안에서 비명을 지르며 고함을 지르며 눈물을 흘렸고, 사방에서 사람들이 뛰쳐나와 미군 병사를 뜯어말렸으나, 그때 는 이미 병식이형은 의식을 잃고 온 얼굴이 피투성이가 된 채 쓰레기꼴 로 나자빠져 일어날 줄을 몰랐다.

병식이형을 끌고 올라온 것은 순금이가 아니라 상주였다. 명자와 혜어져 집으로 돌아오는 길에 그는 패티를 통하여 그 집에서 무슨 일이 벌어졌는지를 알게 되었고, 그리하여 순금이의 셋방으로 뛰어갔다. 비좁은 뜰을 가운데 놓고 방들이 사방으로 기다랗게 늘어선 집이었다. 방마다 매춘부들이 세를 들어 살았다. 그 비좁은 뜰 한쪽 구석에 병식이형이 널브러져 있었다.

상주는 병식이형을 제 방에 갖다누인 다음 나에게 말했다.

"그 마이클이라는 깜둥이 새끼를 찾아내서 죽여버립시다."

나는 그에게 물었다.

"그 사람이 뭘 잘못했는데?"

"사람을 이 지경으로 패는 법이 어디 있어?"

"병식이형은 식칼을 들고 뛰어들었어."

"자기 마누라를 엎어놓고 그 짓을 하는데 흥분 안할 사람이 어디 있어? 형이라면 화 안 나겠어?"

"순금이는 양갈보야."

내가 말하자 상주는 화가 치밀어,

"그러면 그 순금이란 년을 죽여버리든지!"

하고 고함을 지르며 방바닥을 내리쳤다. 나는 그에게 여기 일은 신경쓰지 말고 어서 미국 갈 궁리나 하라고 말해주었다. 그는 고함을 질러댔다. 정말 내가 당장 내일이라도 가버리든지 해야지, 이놈의 데서 더 이상 살다가는 머리가 돌아버릴 것 같아. 아아, 씨발, 씨발, 씨발.

그 일이 벌어진 뒤로 병식이형은 현저히 기운을 잃었다. 집밖으로는 거의 나가지 않았다. 온종일 방안에 처박혀 지냈다. 나와 상주가 걱정이 되어 찾아가보았으나 그는 우리를 아는 체하지 않았다. 말을 건네봤으나 말은커녕 우리와 눈을 맞추려고도 하지 않았다. 멍청히 허공을 쳐다보고 앉아 있다가 잊을 만하면 가끔씩 소주병을 들어 맹물처럼 꿀꺽 한모금 마실 뿐이었다. 오랫동안 그의 곁에서 서성거린 다음에야 어서 가, 귀찮아, 하는 말을 한마디 들을 수 있었다. 그것으로 나는 그가 정신을 영 놓아버린 것은 아니라는 사실을 확인했다.

신이 난 것은 순금이었다. 그녀는 겁에 질려 집에 들어오지도 못하다가 이틀이 지난 뒤에야 슬며시 집으로 스며들었다. 병식이형은 그녀에게 눈 한번 주지 않았다. 그녀는 남편 곁에 붙어앉아 꼼짝도 않고 지냈으나, 그것은 처음 며칠뿐이었다. 며칠 사이에 그녀는 남편이 어딘가 이상해졌다는 것을 간파했다. 그녀를 쳐다보지도 않고 말도 않고 화를 내지도 않고 때리지도 않고 난동을 피우지도 않는다면…… 그리고 일을 하러 나가지도 않는다면 그녀는 더이상 남편을 겁낼 필요도 없었고, 그의 눈치를 볼 필요도 없었다. 그리하여 그녀는 내놓고 밤낮으로 이태원 바닥을 헤매고 다니며 장사에 열을 올렸다. 나나 상주가 곁에 있을 때도 그녀는 노골적으로 병식이형을 비난하고 야유했다. 저 사람 아무것도 몰라. 바보가 돼버렸어. 평생 내가 먹여살려야 하게 생겼어. 나 돈 좀 빌려줘. 내일 피어스 만나면 돌려줄게. 그 사람은 내가 달라면 뭐든 다 주거든.

그녀는 나나 상주에게서 종종 푼돈을 빌려갔고 단 한번도 갚지 않았다. 상주에게는 초청장을 한번 구경하자고 졸라댔다. 물론 상주는 거기 응하지 않았다. 나는 이미 포기한 지 오래였으나, 상주는 그녀에게 병식이형을 위해서 양갈보 짓 그만두고 집안 건사를 잘하라고 종종 충고를 했다. 그때마다 그녀는 비웃고 희롱했다. 왜? 니가 무슨 상관이니? 고아끼리 의리니? 의리 있으면 느네 장사에 한몫 끼여주지 그러니? 내가 뭐 이런 짓 하고 싶어 하는 줄 아니? 이거나마 하지 않았으면 우리 식구 벌써 굶어죽었어. 니가 책임질 거니, 나 굶어죽으면? 왜 그래? 이것도 외화획득이야. 저기 군산 어딘가에선 박정희 대통령이 우리 같은 것들 위해서 집도 지어주고 병원도 지어주고 그랬다더라, 뭐. 혹시 아니? 이러다가 나도 미국에 갈 수 있게 될지. 어떤 미친 양키놈이 나에게 초청장 보내주는 일이 벌어지지 말라는 법 있니, 어디? 음, 그런 땔 대비해서 나도 너하고 같이 영어학원이나 다닐까? 그렇게 떠들어대는 그녀 옆에서 병식이형은 아무것도 알아듣지 못하는 듯 두 눈 멀뚱멀뚱 뜨고 공허한 얼굴로 앉아 입술을 적시듯 이따금 소주병을 빠는 것이다.

가끔 그는 소주병을 든 채 나를 찾아왔다. 용건이 있어서가 아니었다. 그저 마루나 공터에 우두커니 앉아 있을 뿐 말은 한마디도 하지 않았다. 밥을 차려주면 한두 숟가락 뜨다 말았다. 상주가 고기를 굽고 찌개를 끓여 내놓기도 하고 양주에 치즈를 잘라 내놓기도 했으나 거들떠보지도 않았다. 들고 다니는 소주만 마셨다. 시커먼 얼굴에 텅 빈 표정, 비쩍 마른 팔다리, 이미 무덤에 한 발을 내린 사람의 몰골이었다. 그러다가 뜬금없이 아무런 연관도 없는 말을 한두 마디 내놓았다.

"고등학교 때…… 참 공부 열심히 했지. 공부만이 그놈의 데에서 벗어나는 유일한 길이라 믿었거든."

어느날 상주가 들어서자 그는 난생 처음 본다는 듯 놀란 얼굴로 멀뚱멀뚱 그를 쳐다보고 있다가,

"이 깡패자식, 순 싸움질만 하고 다니더니…… 여긴 언제 와서……" 하고는 그것으로 끝이었다. 내가 우물을 파는 것을 물끄러미 내려다보고 있다가 밑도끝도 없이 이런 말을 한 적도 있었다.

"밥어미한테…… 내가 나쁜 소리 많이 했어. 그 여자가 사람을 죽였다니…… 너희들이 죽인 거 아니냐? 너희들이 영순이 애비 처형한 거지? 밥어미는 너희들 대신 스스로 감옥으로 들어간 거고. 그 여자라면 얼마든지 그렇게 할 수 있지."

나는 대꾸하지 않았다. 어쩌면 그의 말이 사실인지도 모른다. 그날 우리들은 영순이의 집에 모여 주정호를 처형한 것인지도 모른다……
다행히 병식이형은 그에 대해 더이상 말하지 않았다. 자신이 그런 말을 했다는 사실마저 잊어버리는 것 같았다. 술, 아니면 그의 기억의 마술이었다.

그렇게 하여 상주에게는 한국을 떠날 수 없는 새로운 이유가 생겼다. 가더라도 병식이형 정신차리는 거나 보고 나서 가겠다는 것이었다. 그러나 그가 과연 제정신으로 돌아올 수 있을 것인가? 아니, 그가 과연 제정신을 잃고 있기는 한 것인가? 그것은 아무도 알 수 없는 일이었다. 나는 왠지 상주가 한국을 영영 떠날 수 없으리라는 예감이 들기 시작했다. 어쩌면 그가 한국을 떠나지 않을 수 있는 핑곗거리를 찾고 있는 것 아닌가 하는 생각도 들었다. 명자도 병식이형도 그 핑곗거리에 지나지 않는 것 아닐까.

그래서 어느날 그가 초청장이 사라졌다고 말했을 때 나는 그의 말을 전적으로 믿을 수가 없었다.

"초청장이 사라지다니?"

"없어졌어. 나갔다 들어오니까 감쪽같이 사라졌어."

그의 초청장은 언제나 턴테이블 옆에, 영어회화책 옆에 봉투째로 얌전히 꽂혀 있었다. 그러나 그 자리에서 감쪽같이 사라졌다는 것이다.

"오늘 누구 여기 왔다가 간 사람 없어?"

저녁에 순금이가 왔다간 적이 있었다. 그녀는 나에게 돈을 빌려달라고 했다. 이번에는 제법 큰 돈, 삼십만원을 빌려달라는 것이었다. 나는 없다고 잡아뗐다. 한두 푼이라면 이제까지와 마찬가지로 돌려받기를 포기하고 줄 수도 있었다. 그러나 삼십만원이라니. 그것은 그녀에게 주기에는 너무 큰 돈이었다. 게다가 그녀는 어디에 돈을 쓰려는 것인지

말도 해주지 않았다. 그녀가 나갈 때 나는 배웅하지 않았다. 언제나와
마찬가지로 나는 공터에서 그녀를 배웅했고, 그녀는 혼자 부엌을 지나,
공장 뜰을 가로질러, 밖으로 나가서 힘껏 대문을 닫았을 것이다. 그 사
이에 그녀가 초청장을 훔쳐냈을까? 나는 믿고 싶지 않았다. 그러나 상
주에게는 적어도 그의 방이 손을 탔다는 결정적 단서가 있었다. 그의
칼 한자루가 엉뚱하게 이불 위에 떨어져 있었다.

"그년이야."

하고 상주는 집에서 뛰쳐나갔다. 나도 곧 그의 뒤를 따랐다.

　병식이형의 집에서는 아이들만이 자고 있었다. 병식이형도 순금이도
보이지 않았다. 그는 십중팔구 동네 어딘가에 소주병을 끼고 우두커니
앉아 있을 것이다. 순금이는 벌써 튄 것일까? 나나 상주가 제일 두려워
한 것은 그녀가 집이고 새끼들이고 다 버리고 미국으로 가기 위해 가방
을 싸 튀어버렸을지도 모른다는 것이었다. 다행히 집안에는 가방을 꾸
려 달아난 흔적 같은 것은 보이지 않았다. 그러나 모르는 일이었다. 순
금이는 미리 가방을 싸 어딘가에 맡겨뒀을지도 모른다. 만일 그렇다면
그곳은 그녀가 장사를 위해 세를 얻은 집일 가능성이 높았다.

　그러나 이태원 셋집에도 순금이는 없었다. 그녀의 방에서도 급히 도
주한 흔적 따위는 찾아볼 수 없었다. 제니가 고개를 내밀었다. 왜? 무슨
일 있어? 그녀의 등뒤에서 흑인 병사 한사람이 허리 업 비치, 하고 투덜
거렸다. 순금이는 밤 아홉시쯤 나갔다고 했다. 피어스 상병이 왔었는
가? 그는 열시쯤 와서 순금이를 기다리다가 화가 나서 돌아갔다는 것이
그녀의 대답이었다. 순금이는 어디 갔는가? 상주가 묻자 제니는 내가
아나, 하고는 방문을 닫아버렸다.

　나와 상주는 몇군데 클럽을 뒤져보았으나 순금이는 보이지 않았다.
초청장의 명의를 위조 변경해주는 일을 하는 사무실을 찾아가보았으나

사무실은 이미 일과시간이 지나 문을 닫은 지 오래였다. 순금이가 나를 찾아왔던 시간은 여섯시쯤이었다. 여섯시부터 아홉시까지. 그 시간이면 초청장의 명의를 변경하여 어딘가로 튈 수 있는 시간적 여유는 충분했다. 어디로 갔을까?

제임스 박은 여전히 화장실에 서서 굿 이브닝 써어를 외치고 있었다.

"순금이? 아홉시쯤 여기 왔다가 갔어. 돈을 빌려달라고 하더라. 내가 이십 달러 꿔줬어. 왜 그래? 그 여자한테 또 무슨 일 생겼어?"

이번에도 아홉시였다. 순금이가 아홉시 무렵에 영순이에게도 들렀다는 것을 우리는 알게 되었다. 영순이는 100달러를 요구하는 그녀에게 10달러를 빌려주었다. 순금이가 무슨 봉투를 들고 있지 않던가? 아니, 그녀는 빈손이었다. 하기야 초청장을 맨손에 들고 다닐 그녀가 아니었다. 순금이가 초청장을 훔쳐간 것 같다고 말하자 영순이는 상주 걱정부터 했다. 어떻게 하니, 상주야? 어떻게 해? 그는 소리를 질렀다. 이년 잡아서 되찾으면 돼. 이 미친년, 이 개같은 년. 이 똥멍청이 같은 년. 되찾고 나서 죽여버리는 거야. 그의 눈이 살기로 시퍼렇게 번들거렸다.

통행금지 시간이 가까워지기까지 이태원 바닥을 샅샅이 훑고 다녔으나 순금이의 흔적은 찾을 길이 없었다. 나와 상주는 집으로 돌아오는 길에 병식이형네 집에 다시 들렀다. 병식이형은 소주병을 끼고 마루 끝에 오두마니 앉아 있었다. 형수 아직 안 들어왔어? 상주가 물어도 그는 대답하지 않았다. 내가 방문을 열어보았다. 역시 순금이는 보이지 않았다. 상주는 이제껏 순금이에 대한 욕설을 입에 달고 다니더니, 병식이형 앞에서는 화가 나서 씩씩거리면서도 욕설은 한마디도 내놓지 않고 참았다. 욕을 한 것은 병식이형이었다. 그 집을 나서는 나와 상주의 등에 대고 그는 말했다.

"이년 어디 가서 죽어버렸으면 내가 차라리 속이나 편켔다."

　나와 상주는 집으로 돌아와서도 어디 가면 그녀를 붙잡을 수 있을 것인지만을 생각했다. 전혀 단서가 잡히지 않았다. 그러나 나보다 상주가 훨씬 더 순금이를 잘 파악하고 있었다. 상주는 이상하다고 말했다. 순금이가 한 짓이 아닌 것 같다는 것이었다.

　"그년은 이렇게 치밀하고 재빠르지는 못해."

　미리 초청장이 어디 있는지를 파악해둔 다음, 날짜를 결정하고, 계획을 세우고, 여섯시에 초청장을 훔쳐내어 사무실로 가지고 가서 명의를 변경하고, 여기저기 돈을 빌려서 달아난다? 그것은 전혀 순금이답지 않다는 것이었다. 옳은 말 같았다. 그렇다면 누가 훔쳐냈을까? 순금이는 어디에 있는 것일까? 왜 집에 돌아오지 않는 것일까? 그녀가 외박을 하는 일은 거의 없다는 것을 우리는 알고 있었다.

　"순금이가 혼자 한 짓이 아니야. 공범이 있을 거야."

　공범, 순금이보다 훨씬 더 치밀하고 기민한 공범. 그렇다면 공범은 누구였을까? 그러나 공범? 그 초청장은 아무리 위조를 해봐도 한 사람의 미국 입국을 허락할 뿐이다. 무엇을 얻기 위해 공범이 그녀를 도왔을까? 순금이 여기저기서 빌린 푼돈? 어떤 식으로 생각을 해봐도 앞뒤가 맞지 않는 것 같았다.

　순금이는 이튿날 오후에야 집으로 돌아왔다. 상주가 새벽부터 그녀의 집앞에 꼬박 숨어 기다리다가 그녀를 낚아채어 공장으로 잡아들였다. 캄캄한 부엌이 우리의 심문실이 되었다. 작은년이 감옥에 들어간 사이 정갈하던 부엌은 만신창이가 되어버렸다. 먼지가 켜켜이 쌓인 부뚜막에 그녀를 앉히고 상주가 물었다. 어디 갔다왔어, 형수? 그녀는 친정집에 다녀왔다고 했다. 친정집? 거긴 왜? 그녀는 눈물을 글썽거렸다. 아버지가 편찮으셔서…… 그렇다. 순금이는 고아가 아니었다. 그녀에게는 아비가 있었다. 그런데 어째서 남의 방은 뒤졌어? 순금이는 펄쩍

뛰었다. 무슨 소리야? 누가 누구 방을 뒤졌다는 거야? 시치미떼지 말아. 다 알아본 일이야. 초청장 가져다가 어떻게 했어? 무슨 초청장? 난 모르는 일이야. 밤새도록 아버지 간호하고 이제야 돌아온 거야. 우리 아버지가 암으로 돌아가시게 생겼어. 나 때문에 평생 속끓이고 사시다가…… 그녀는 흐느껴 울었다. 그러나 나도 상주도 속지 않았다. 그녀의 아비가 암에 걸려 죽어가는 것은 사실인지도 모른다. 그러나 그녀의 눈물은 거짓이었다. 만일 거짓이 아니라 해도 그것은 과장, 또는 위장이었다. 그래, 어제 몇시에 친정에 갔어? 거기에서 순금이는 실수를 했다. 여기서 나가자마자. 여섯시, 일곱시쯤. 이 개같은 년, 하고 상주가 그녀에게 덤벼들어 머리칼을 움켜쥐었다. 거짓말 말아. 니가 아홉시까지 이태원 바닥을 헤매고 다닌 걸 다 알아. 영순이 누나한테서도 돈 빌리고, 제임스 박한테서도 돈 뜯어낸 거 다 안단 말이야. 그 돈 어디 썼어? 뭐 하러 돈 빌렸어? 아버지한테 갖다드리려고 했어, 치료비에 보태드리려고. 상주는 그녀의 머리를 아궁이 속에 처넣었다. 이 상년아, 아홉시까지 이태원 바닥에서 뭐 했어? 돈 빌리러 다녔어. 정말이야. 초청장은 어떻게 했어? 어느 사무실에 갖다줬어? 누구 이름으로 위조했어? 몰라, 정말 몰라. 왜 이래, 너? 내 꼴을 봐. 내가 지금 뭐야? 이 꼴이 이게 뭐냐구? 그녀는 울부짖었다. 상주가 칼을 뽑아들어 그녀의 목에 들이댔다. 너 죽여서 저 구덩이에 파묻어버리면 아무도 몰라. 어디 뒀어? 죽을래, 대답할래? 지금이라도 솔직하게 내놓으면 다 잊어버리고 용서해줄 수 있어. 사실대로 말해. 초청장 어디 있어? 그의 푸른 눈에서 불기가 뚝뚝 떨어졌다. 나는 당장 그 칼날이 순금이의 목을 베어버릴 것 같아 마음이 조마조마했다.

칼이 목을 파고드는 싯점에 이르러서야 그녀는 비로소 사실대로 털어놓기 시작했다. 초청장은 팔았다. 누구에게? 그녀는 용서해달라고,

돈이 필요해서 한 짓이라고, 돈은 아비 입원비에 다 들어갔다고 말했다. 누구한테 팔았어, 이 미친년아! 상주가 고함을 질러댔다. 우리 아버지, 불쌍한 아버지, 여섯 달밖에 못 사신대…… 그녀는 목을 놓아 울어댔다. 상주가 다시 그녀의 팔을 꺾으며 칼을 들이댔다. 누구야, 누구? 제니, 제니한테 팔았어.

그 순간 어젯밤 본 제니의 얼굴이 떠올랐다. 내가 아나, 하면서 문을 탁 닫아버리던 그녀의 얼굴. 그렇다. 어딘가 어색하고 당황한 듯한 기색이었다. 나와 상주는 동시에 집에서 뛰쳐나가 해방촌 골목길을 달려 내려갔다.

초청장을 제니에게 팔았다는 순금이의 말은 우리의 추리에도 들어맞았다. 순금이가 혼자였다면 그렇게 치밀하고 신속하게 움직일 리가 없었다. 제니는 돈을 빌려달라고 찾아온 순금이에게 이런저런 얘기를 시켜가며 눈치를 보다가 상주의 초청장을 가지고 오면 돈은 달라는 대로 주겠다는 식으로 유혹했을 것이다. 상주가 초청장을 가지고 있다는 것은 이태원 바닥에 널리 알려진 사실이었다. 제니는 이렇게 훔쳐내어 저렇게 명의를 위조하고…… 하는 식으로 구체적으로 범행을 계획하고 교사했을 것이다. 그녀는 벌써 몇년 전부터 초청장에 목을 매고 살았으니까. 초청장을 구하기 위해서라면 물불을 가리지 않을 처지였다.

상주는 셋집 대문을 차고 들어섰다. 제니가 쓰던 방문이 휑하니 열려 있었다. 안에 세간살이는 그대로였으나, 급히 사람이 떠난 자취가 역력했다. 옷가지들, 스타킹 쪼가리, 칫솔과 빗 따위가 방바닥에 떨어져 있고, 잡지들, 종잇조각이 어지럽게 흩어져 있었다. 이년 어디 갔어? 상주가 부르짖었다. 패티가 방문을 밀고 고개를 내밀었다.

"왜 그래? 무슨 일 있어? 제니? 걔 새벽에 떠났어."

제니가 떠난 것은 새벽 다섯시쯤이었다. 갑자기 가방을 꾸려 친하게 지내던 사람들과 인사도 나누지 않은 채 그녀는 떠나갔다. 그녀가 가방을 질질 끌고 방에서 나오는 것을 술과 대마초와 섹스로 날밤을 새운 패티가 발견했다. 웬일이야? 어디 가는데? 그녀가 묻자 제니는 그 썩어버린 얼굴에 환한 웃음을 떠올리며 신이 나서 대답했다. 미국 가. 미국 가는 거야. 초청장이 왔어. 패티는 미친년, 하고 웃어넘겼다. 초청장이라니. 그런 게 왔다는 얘기를 그녀는 들은 적이 없었다. 제니는 아랑곳하지 않고, 안녕, 하는 말을 남기고 아직 날도 밝지 않은 어둠속으로 사라져버렸다.

상주는 그 자리에 선 채 한참 동안을 꼼짝도 하지 않았다. 그의 입에서는 더이상 말도 욕설도 나오지 않았다. 움직이려 하지도 않았다. 어디로 갈지 무엇을 해야 할지 알지 못해 그는 잠시 백치가 되어버린 것 같았다. 으으, 하는 신음 같은 소리, 그리고 몰아쉬는 거친 숨소리뿐이었다. 나는 그의 어깨를 잡아끌어 그 집에서 나왔다. 그의 몸은 허깨비처럼 아무 무게도 없이 나의 손길에 이끌렸다.

해방촌의 길고 가파른 골목을 다 걸어올라오기까지 그는 말이 없었다. 나는 조금이나마 그에게 위안이 될 말을 찾기 위해 애썼다. 제니를 찾기로 마음먹으면 전혀 방법이 없는 것 같지는 않다, 그녀의 고향집, 그리고 김포공항을 지키면 될 것이다, 간단히 경찰에 신고를 해버릴 수도 있다…… 그러나 말을 하면서도 나는 그럴 필요가 정말 있는 것이라는 생각이 들지 않았다. 경찰에 신고를 하면 그 순간 그 초청장은 순금이에게도 상주에게도 무용지물이 되고 말 것이다.

나는 계속해서 이런 말도 했다. 앤소니 커시의 어머니에게 사정을 설명하는 편지를 보내는 것도 한번 생각해볼 수 있는 일이 아니겠는가. 뻔뻔스러운 짓이지만 필요하다면 초청장을 분실했으니 한번만 더 수고해주시기 바랍니다, 하고 정중히 부탁하면 그녀가 다시 초청장을 보내

줄지 모른다. 여전히 상주는 대꾸가 없었다.

공터에 마주앉아 상주와 나는 술을 마시기 시작했다.

"이놈의 데에 갇혀버렸어."

상주는 한숨과 함께 말을 토해냈다.

"단순히 초청장 때문이 아니야."

그렇다면 무엇 때문인가?

"형, 나 연애하는 거 알아?"

그가 처음 명자 얘기를 꺼내고 있었다. 나는 소문은 들었다, 하고 말했다.

"난 말이야, 이놈의 세상이 뭣 같으니까 좋아하는 여자가 생기면, 정말 내가 그 여자를 좋아하는 것이 분명해지면, 그 여자도 날 좋아하는 게 분명해지면 길게 살 것도 없이, 일년도 아니고 딱 대여섯 달만, 어디 처박히든지 슬슬 여행이나 다니든지…… 아니지, 여섯 달은 무슨 여섯 달. 한 두어 달만 정말 신나고 행복하게 살다가 그 여자 죽여버리고 나도 죽어버리고…… 그렇게 할 결심이었어. 나 같은 놈 살아봐야 얼마나 잘살겠어. 병식이형네 집 봐. 둘이서 얼마나 좋아했어? 그런데 저 지경 돼버리잖아. 뭐 하러 그러고 살아?"

그러나 명자를 만나면서 그는 그것이 얼마나 터무니없는 생각이었는지 깨닫게 되었다. 어느날 명자와 종로에 나가 영화를 보고 헤어져 혼자서 집으로 돌아오는 길에 그는 문득 자신의 그 결심을 떠올렸다. 그리고 소스라쳤다. 명자를 죽이다니? 내가? 어떻게?

그는 도저히 그런 짓은 할 수 없었다. 그는 자신이 변했다는 것을 알게 되었다. 그 자신도 모르는 사이에, 명자를 몇번 만나는 사이에 그는 변해버렸다. 사람에, 세상에, 산다는 일에…… 미련을 갖게 되었다. 얼마든지 재미있게, 행복하게 살 수 있을 것 같았다.

"이 바보 같은 놈이 처음으로 산다는 게 뭔지를 알게 된 거야."

나는 말해주고 싶었다. 지금 니가 얻은 게 무엇이건 너는 그것을 빼앗기게 될 것이다. 이 세상은 한 손으로 준 것을 틀림없이 다른 손으로 빼앗는 곳이니까. 명자의 부모가 너희 둘의 결합을 허락하리라 생각하는가? 만일 그들의 허락을 받아낸다 해도 이놈의 세상은 전혀 알지 못하는 순간 전혀 알지 못하는 방법으로 그 허락을, 너희 둘을, 또한 한 사람 한사람을 갈가리 찢어놓을 것이다. 나와 영순이에게 그랬던 것처럼. 아직 그런 것도 알지 못하는가? 그러나 나는 입을 다물었다.

"그놈의 초청장, 사실은 어떻게 해야 할지 정말 모르겠더라구. 명자와 헤어져 혼자 떠나야 하는 것인지……"

몇년 전 나도 그랬다. 영순이를 통하여 나는 어쩌면 세상과 화해할 수 있을지 모른다고 생각했다. 그러나 그녀는 사라졌고, 다시 내 눈앞에 나타났을 때는 다른 사람이었다. 상주와 명자도 다르지 않을 것이다. 그들이 서로를 갈망하면 할수록 그들은 더욱 크게 더욱 치명적으로 박탈당할 것이다. 그들이 얻게 될 것은 전혀 원치 않았던 것, 엉뚱한 것, 그런 것이 존재한다는 것을 미처 알지도 못했던 것들이리라. 병식이형과 순금이가 지금 웅변하고 있지 않은가.

그러나 작은년이 있었다. 작은년. 그 여자는 도대체 무엇인가? 그녀는 이제까지 이 세상에서 내가 체험한 모든 것들과 정반대편에 자리잡고 있었다. 그녀로 하여 오히려 세계는 불가사의한 곳이 되었다. 그녀를 알지 못했다면 내 생각을 나는 훨씬 더 편하게, 훨씬 더 간단히 상주에게 얘기할 수 있었을 것이다. 당장 가서 순금이의 멱살을 틀어쥐어 돈을 내놓든지 초청장을 찾아오도록 민들이야 한다고 얘기할 수도 있었다. 명자라는 존재는 이놈의 세상이 오직 빼앗기 위하여 너에게 잠시 동안 내주는 환각의 행복에 지나지 않는다고 말해줄 수도 있었다. 너에게는 명자가, 명자에게는 네가 그런 존재라고 말해줄 수 있었다. 그러나…… 작은년, 그녀로 하여 나는 내 생각을 자신할 수 없었다. 상주에게 어떤 말도 해줄 수 없었다.

공터에 나와 앉아 있을 때마다 작은년의 부재는 점점 더 크고 무거워졌다. 존재하지 않음으로써 그녀는 회피할 수조차 없는 존재가 되었다. 도대체 작은년은 무엇인가? 만일 미쳤다 할지라도 그녀는 나에게 모든 것을 주었고, 앞으로도 모든 것을 주리라는 것을 나는 알고 있었다. 그녀가 미쳤느냐 아니냐 하는 것은 이미 그녀에 관해서는 무의미한 질문이었다.

나는 작은년처럼 간이화덕을 만들고 갈치를 구웠다.

"순금이란 년 그냥 둘 거냐?"

상주는 그 죽일년, 하더니 벌떡 일어섰다. 그의 발밑에 잔이 떨어졌다. 그는 곧 밖으로 뛰쳐나갈 것 같았으나 갑자기 우뚝 멈춰서서 멍하니 허공을 쳐다보다가 화덕 앞으로 돌아와 앉았다.

"병식이형 마누라만 아니라면 벌써 목을 따도 열 번은 땄을 텐데."

다시 술잔을 찾아 쥐는 그를 보며 나는 생각했다. 나의 병사는 전의를 상실해가고 있는 것이 분명했다. 어쩌면 다행스런 일인지도 모른다.

결코 같은 결과라고는 할 수 없으나, 상주는 굳이 순금이의 목을 딸 필요가 없었다. 그녀는 두 달이 채 지나지 않아, 암에 걸렸다는 아비보다 더 먼저 죽었다.

미 육군 상병 피어스는 순금이의 단골 고객이었다. 순금이는 그가 어김없이 화대를 지불할 뿐만 아니라 화장품이나 담배나 양주 따위의 선물을 사들고 오는 한 언제까지든지 고분고분하고 친절한 매춘부 노릇을 할 생각이었다. 그런데 피어스는 좀더 많은 것을 원했다. 그는 순금이에게 동거를 요구했으나 그녀는 응할 수 있는 처지가 아니었다. 물론 순금이는 그에게 결혼했다는 사실을 얘기한 적이 없었다. 어쩌면 더 많은 것을 원한 것은 순금이도 마찬가지였다. 그녀는 피어스가 화대 외에 선물을 사들고 올 때마다 더욱 그에게 곰살맞게 굴었고, 점점 더 자주 그런 선물을, 더 큰 선물을 요구했다. 피어스는 때로는 선물이 아니라 돈을, 화대 외의 돈을 주기도 했고, 순금이는 기꺼이 그 돈을 받았다. 그러니까 어쩌면 피어스가 더 많은 것을 요구할 권리가 있다고 생각한 것은 전혀 터무니없는 짓은 아니었는지 모른다. 그는 외출을 나오기만 하면 쑤니, 마이 리틀 쑤니, 하고 그녀를 쫓아다녔다.

미 남부 텍사스의 작은 고장 에딘버그에서 태어난 피어스는 어찌 보면 순정파라고도 할 수 있었다. 그는 쑤니를 밤새도록 독차지하는 방식의 거래를 좋아했다. 물론 돈이 많이 들었으나, 그는 상관하지 않았다. 쑤니와 함께 저녁을 먹고 나이트클럽에 가서 술을 마시며 춤을 추고 집에 돌아와 포도주를 마시며 놀다가 그녀와 한 침대에 드는 것, 그런 것을 피어스는 원했다. 그가 돈을 줄 때마다 쑤니는 모든 것을 약속했으며, 그는 그리하여 자신이 그녀의 연인이라고 믿었다.

가끔 그들이 쑤니의 방에 들어가 기분좋게 포도주라도 나눠 마시고 있을 때 그녀의 또다른 손님이 찾아올 때가 있었다. 당연한 일이었다. 쑤니에게 손님이 피어스 한사람뿐일 리는 없으니까. 그녀는 시장에 나와 있었고, 그가 알듯 미인이었으며, 그녀를 원하는 사람은 돈만 내면 누구나 살 수 있었으니까. 그런데 피어스의 반응은 남달랐다. 그녀가 매춘부라는 것을 모르는 듯 화를 냈다. 쑤니, 아 유 데어, 허니? 방 밖에서 누군가가 그녀를 찾으면 피어스는 대뜸 방문을 열어젖히고 고함을 질러대는 것이다. 후 더 퍽 아 유, 마더 퍼커? 돈츄 퍼킹 씨 쉬즈 위드 미? 겟 유어 퍼킹 덤 애쓰 아웃 오브 히어, 퍼커. 그러다 싸움이 벌어진 적이 한두 번이 아니었다.

그러니까 그는 쑤니와 연인이나 부부가 된 것이라는 환상을 품었는지도 모른다. 어쩌면 그는 정말 쑤니를 좋아했는지도 모른다. 그러나 쑤니는 언제나 그의 요구를 다 들어줄 수는 없었다. 천하의 물장수도 물통이 빌 때가 있는 법이니까. 비록 그녀의 남편이 마치 식물인간이나 된 것처럼 그녀에게 더이상 아무런 간섭도 제재도 할 줄 모른다고는 하지만 그래도 매일 외박을 할 수는 없는 노릇이었다.

어느날 쑤니를 찾아온 그는 그녀가 집에 돌아가야 한다고 하는 바람에 밤이 깊어서 서운한 마음으로 그녀의 방에서 나와야 했다. 그는 혹시 그의 쑤니가 다른 손님을 받기 위해 그를 따돌리는 것은 아닌가, 의심이 들어 집밖에서 한참 동안이나 숨어 그녀의 동태를 지켜보았다. 그리하여 그녀가 정말 집에서 나와 버스를 타고 어디론가 가는 것을 보고서야 터덜터덜 부대로 돌아갔다. 이튿날은 토요일이었고, 그래서 그는 PX에서 면세품을 잔뜩 싸짊어지고 정오 무렵에 다시 그녀를 찾았다. 쑤니는 반색을 하며 그를 반겼다. 그는 토요일을, 그리고 일요일까지 쑤니와 함께 지내고 월요일 아침 일찍 귀대할 작정이었다. 그러나 밤이 되자 쑤니는 또 집으로 돌아가야 한다고 했다. 집에 가네 못 가네, 두 사람 사이에 말다툼이 벌어졌다. 피어스가 쑤니의 뺨을 몇번 두들겨팼고, 쑤니는 울음을 터뜨렸다. 피어스는 흐느끼는 쑤니를 옆어놓고 얼른 교접을 해치웠다. 잠시 그들 사이에 화해가 이루어지는 듯했다. 그가 달러를 내밀자 쑤니는 눈물도 그쳤다. 그러나 그것으로 다시 싸움은 원점으로 돌아갔다. 쑤니는 집으로 돌아가야 한다고 고집을 부렸다. 피어스가 그녀를 붙잡았다. 쑤니가 말했다. 너 자꾸 이러면 우리 다신 못 만나. 나 너 안 만날 거야. 그녀는 그를 위협하기 위해 한 말이었다. 그러나 피어스는 그녀가 그렇게 결심한 것으로 이해했다. 그는 화가 치밀어가지고 갔던 면세품 봉투를 싸짊어지고 쑤니의 방에서 나왔다. 그 봉투를 붙잡고 늘어지는 쑤니를 그는 몇차례 더 두들겨팼다. 쑤니가 치사한 놈 더러운 놈 마더 퍼커 애쓰 홀 따위 욕을 퍼부었으나 그는 끝내 봉투를 다시 싸짊어지고 그 집을 나왔다.

그러나 그에게 그 물건은 아무 소용이 없었다. 그리하여 상주를 찾았고, 상주는 기꺼이 그의 물건들을 사들였다. 그는 미군용 대검까지 꺼내 사라고 졸랐으나 상주는 사지 않았다. 그런 것은 칼이 아니라 쇳덩이에 불과했으니까.

돈을 받아든 피어스는 클럽을 찾아가 술을 급히 퍼마시기 시작했다. 밤 열한시쯤 피어스는 쑤니를 찾아갔다. 그녀는 다른 놈팡이와 마루 끝에서 막 작별을 하는 중이었다. 피어스도 영내에서 얼굴을 본 적이 있는 코언 상사였다. 피어스는 눈이 뒤집힐 판인데 쑤니는 그에게 싸늘하게 돌아가라고 말했다. 너하곤 끝났어. 난 너 싫어졌어. 피어스는 쑤니의 목을 조르며 방안으로 밀고 들어갔다. 쑤니의 손톱이 그의 얼굴을 할퀴었다. 그는 대검을 꺼내 쑤니를 난도질하기 시작했다. 싯, 싯, 호어, 호어, 그의 입에서 욕이 터져나올 때마다 커다란 미군 대검이 그녀의 몸뚱이를 파고들었다. 그녀가 숨을 거둔 뒤에도 피어스는 그녀의 옷을 다 찢어발기고 난도질을 계속했다.

순금이의 시신은 이튿날 아침에야 발견되었다. 나와 상주도 아침에야 소식을 듣고 이태원으로 달려갔다. 양색시들이 둘러선 가운데 형사들이 출입통제선을 쳐놓고 현장을 조사하고 있었다. 온 방안이 피로 범벅이 되어 있었다. 사람의 몸에 피가 그토록 많다는 것이 놀라웠다. 나의 미녀는 눈을 뜬 채 멍하니 허공을 바라보고 있었다. 참혹했다. 특히 옆구리는 살점과 피와 그밖에 알 수 없는 것들이 뒤엉켜 사람의 몸뚱이 같지가 않았다. 내 손이 스치고 내가 입술을 댔던 몸, 즐겨 내가 움켜쥐던 젖가슴, 뜨겁게 나의 몸에 감기던 그녀의 팔다리가 그 꼴이 되어 널 브러져 있다는 게 징그러웠다. 구역질이 날 것만 같았다.

상주는 냉정하게 현장을 지켜보았다. 그가 사람을 죽인 적이 있다는 사실을 나는 상기했다. 그가 쓰러뜨린 자의 시신은 어떠했을까.

"피어스란 자식이 분명해."

패티도 말했다. 피어스가 왔었어. 밤늦게 술에 잔뜩 취해서. 그를 본 사람은 또 있었다. 제임스 박이었다. 그는 빌린 돈을 받기 위해 순금이 를 찾아왔으나 그가 본 것은 코언이 나가자마자 피어스가 순금이의 목 덜미를 껴안고 방안으로 밀고 들어간 것뿐이었다. 직장을 오래 비워둘 수는 없었으므로 제임스 박은 급히 클럽으로 되돌아가야 했고, 그래서 그 뒤에 벌어진 일은 알지 못했다.

형사들은 그들의 증언을 모두 기록했다. 상주는 증언하지 않았다.

골목을 벗어나면서 나는 난감한 기분이었다. 이미 죽어버린 순금이 보다 병식이형이 더 큰 문제였다. 이 얘기를 어떻게 전해야 할까.

병식이형은 걱정했던 것과는 달리, 놀라울 만큼 태연하게, 아니 무덤 덤하게 아내의 죽음을 받아들였다. 끼고 있던 소주병을 입으로 가져가 한모금 꿀꺽, 마시고 내려놓은 것, 그것이 그가 나타낸 반응의 전부였 다. 울지도 않았고 원통해하지도 않았다. 적어도 한동안은 그랬다.

수사관들은 범인이 피어스 상병이라는 것을 어렵지 않게 알아냈다. 지문과 구두 발자국 담배꽁초 따위 증거도 충분히 확보했다. 그러나 그 것으로 수사는 사실상 중단되었다. 형사들이 미군 부대 앞으로 가서 범 인의 인도를 요구했을 때 그들이 들은 대답은 피어스 상병이 휴가중이 라는 것이었다. 휴가중이라니? 정문 위병소 근무자는 말했다. 한국 수 사관의 미군 기지 출입을 허락할 수도 없다. 형사들은 기지에 한 발도 들여놓을 수 없었다. 그들은 암중모색, 피어스의 행방을 수소문한 끝에 그가 평택의 캠프 험프리스 기지에 숨어 있다는 것을 알게 되었다. 평택 캠프 험프리스로 형사가 급파되었다. 형사들은 공식적 절차를 밟아 지휘관에게 살인사건 피의자 피어스 상병의 신병 인도를 요청했다. 담당자는 이렇게 대답했다. 지금 영내의 모든 병사들이 미식축구 결승전을 보고 있기 때문에 그 일을 처리할 인원이 없다. 형사들은 기가 막혔으나 요구를 관철시킬 방법이 없었다. 축구가 끝나기까지 두 시간을 기다렸다. 그리하여 막 피어스 상병을 차에 태우려는 순간 위병소의 전화가 울렸고, 위병은 형사에게 전화를 받아보라고 말했다. 형사가 전화를 받았다. 용산 경찰서장이었다. 서장은 형사에게 간단명료하게 말했다. 피의자 거기 그대로 두고 돌아와. 형사는 믿을 수가 없었다. 네? 이제 막 차에 태우려는 참인데요? 경찰서장은 신경질적으로 소리쳤다. 한국말 못 알아들어? 그놈 거기 두고 너희들이나 그냥 돌아오란 말이야. 수사관들은 피어스를 차에서 내려놓아야 했다. 위병들은 무표정했고, 피어스는 싯, 싯, 퍼커, 퍼커, 하고 투덜거리며 부대로 돌아갔다. 그것으로 수사는 끝이었다.

나와 상주가 알 수 있었던 것도 거기까지였다. 나중에 신문을 통해서 한국과 미군 당국 사이에 한미 행정협정에 따른 타협이 오갔고, 그리하여 박정희 대통령이 이 사건에 대한 수사권과 재판권을 포기하기로 했다는 것을 알게 되었다. 어처구니없는 일이었다. 얼마 후에는 피어스가 영내에서 군사재판을 받았으나 증거불충분으로 무죄가 선고되었고, 그로부터 얼마 지나지 않아 본국으로 돌아갔다는 소문이 떠돌았다.

분개한 패티와 그녀의 동료들은 항의하기 위해 미군 부대 앞으로 몰려가 시위를 벌이기로 했다. 나는 그 소문을 듣고 웃음이 났다. 시위라니. 내 생각에 필요한 것은 시위가 아니라 암살, 혹은 테러였다. 또한 그들이 시위를 벌여야 할 곳은 미군 부대 앞이 아니라 박정희의 청와대 앞이었다. 그러나 아무튼 패티와 그녀의 동료 이십여 명이 미군 부대 앞으로 몰려가 시위를 벌였다. 제법 볼 만한 구경거리였다. '쑤니를 살려내라' '피어스 상병을 한국 법정에 세워라' '쑤니에게 생명을 피어스에게 죽음을' '우리는 정의를 원한다' 따위의 구호가 적힌 피켓을 들고 매춘부들은 고함을 지르고 노래를 불렀다. 아리랑 아리랑 아라리요…… 드나드는 미군 병사들이 히죽히죽 웃으며 양색시들의 엉덩이를 두들기거나 농담을 던졌다. 미군 당국은 문을 굳게 닫아걸고 몇사람의 헌병을 정문 앞에 배치하는 한편 시위대의 사진을 열심히 촬영했다. 곧이어 박정희의 전투경찰들이 곤봉과 방패와 최루탄발사기로 무장하고 덤벼들어 시위대를 해산시켰다.

사건은 그것으로 끝나지 않았다. 미군 당국이 모든 미군들에게 이태원 일대에 대한 출입을 금지시켰다. 미군 클럽들, 식당, 여관, 상점 그리고 물론 양색시들도 개점휴업 상태가 되었다. 이태원 일대의 밤거리에 인적이 끊기다시피 했다. 미군들이 나오지 않으니 장사가 될 리 없었다. 물론 나 역시 상당한 손실을 입었다. 미군이 나와야 물건이 공급될 것은 당연한 이치인데, 미군이 나오지를 않으니 팔 물건이 떨어졌다. 덕분에 암시장의 미제 커피값, 양담배값, 양주값이 뛰었다.

흥분하여 시위를 벌인 양색시들이 먼저 당황했다. 장사꾼들은 그녀들을 비난했다. 아무것도 모르는 것들이 쓸데없는 짓을 벌여 사람 굶어 죽게 생겼잖아, 이거. 갈보들이면 갈보들답게 몸이나 팔 일이지 시위는 무슨 시위야, 도대체. 미군 당국의 이태원 출입금지가 일주일 동안 계속되자 장사꾼들 몇이 모여 협상단을 만들었다. 나이트클럽 주티의 조 상무가 협상단의 대표로 선임되었다. 그가 앞장서서 장사꾼들을 이끌고 미군 부대를 찾아갔다. 그들이 부대 정문에 도착했을 때 마침 여흥을 즐기기 위해 송탄으로, 파주로, 의정부로 가는 미군 병사들을 가득 태운 버스들이 정문을 통과했고, 그것을 바라보며 장사꾼들은 한숨을 내쉬는가 하면 이를 악물었다. 어떻게 하나. 우리 달러들 다른 데로 다 새어나가는구나. 우리 가게 월세가 의정부로 날아가네, 이거…… 미군 부대가 용산에만 존재하는 것이 아니듯 미군 클럽이나 양색시들도 용산에만 있는 것이 아니었다. 조상무는 대민업무 담당관 포드 중위를 만나 사과문을 전달하고 출입금지 조치를 해제해달라고 호소했다.

출입금지 조치가 해제된 것은 그로부터 다시 일주일이 지난 뒤였다. 그동안 시위를 조직했던 패티와 그녀의 동료들은 장사꾼들에게 맞아죽지 않기 위해서라도 조용히 엎드려 있어야 했다. 다행히 이주일 만에 쏟아져나온 미군 병사들은 달러를 마음껏 풀어놓았고, 상인들은 환호했다. 나 역시 오랜만에 PX 면세품들을 공급받아 창고를 가득 채울 수 있었다.

권순금 살인사건은, 범인 피어스 상병과 더불어, 잊혀졌다. 미군들 대부분은 그런 일은 기억도 하지 못하는 것 같았다. 그것은 장사꾼들에게는 오직 다행스러울 뿐이었다. 미군 병사들은 이태원 거리로 쏟아져나와 미군 클럽을 가득 채우고 춤을 추었고, 거리에서는 양색시들과 장사꾼들과 몸값을 흥정하고 싸구려 모조품 가방과 구두를 흥정하였으며, 가방 속에, 종이봉투 안에 들고 나온 담배를, 텔레비전이나 카세트 녹음기를 나 같은 밀매꾼들에게 넘기고 달러나 대마초를 넘겨받은 다음 만족스러운 얼굴로 여자를 찾아 골목으로 스며들었다. 이태원 상인 협상대표 조상무는 이층 맥주집의 창가에서 흐뭇한 얼굴로 그 광경을 내려다보며 나에게 말했다. 봐라, 이것이 세상 돌아가는 이치 아니냐. 달러와 여자와 술, 이게 세상을 돌아가게 만드는 거야. 얼굴 허연 것들이나 누런 것들이나 얼마나 보기 좋냐. 화색이 돌잖아. 그는 한손에는

달러를 움켜쥐고, 다른 한손으로는 술잔을 들어 입으로 가져갔다. 잔을
내려놓다 말고 그가 나에게 물었다. 참, 죽은 쑤니란 년이 너하고 아는
사이라고 했냐? 어떻게 아는 사이냐, 그년하고는? 너도 시위 좀 해보지
그랬냐?

6

  그날 아침 나는 땅이 뒤흔들리는 것을 느끼고 잠에서 깨어났다. 방을 나갔을 때 내가 본 것은 은행나무가 통째로 위아래로, 좌우로 흔들리는 광경이었다. 나무 꼭대기에서는 푸른 불덩이가 뛰쳐나와 하늘로 치솟았다가 땅으로 곤두박질쳤다. 나는 물끄러미 그것을 쳐다보며 마루에 주저앉았다. 이것이 무슨 변고일까. 뒤흔들리던 나무는 내가 담배를 한 대 피우고 나자 조용해졌다. 푸른 불덩이도 나무 꼭대기로 돌아갔다가 까무룩 사라져버렸다.

  바로 그 시간, 아침 아홉시에 병식이형은 해방촌에서 흔히 쓰이는 플라스틱 물통 하나를 들고 집을 나섰다. 전날부터 계속 술을 퍼마시며 밤을 새웠기 때문에 그의 숨결에서도 옷에서도 지독한 술냄새가 났고, 스쳐가는 사람들마다 일굴을 찡그리며 그를 돌아보았다. 그러나 그의 걸음걸이는 흔들림이 없었고, 그의 눈빛은 고요했다.

  미8군 싸우스 포스트 정문 앞에 도착한 그는 물통을 열자 불문곡직

철제 정문 앞뒤에 뿌리기 시작했다. 위병들은 짙은 휘발유 냄새를 맡고서야 그것이 무엇인지 깨닫고 그를 제지하기 위해 부랴부랴 쫓아나왔다. 그때 이미 병식이형은 휘발유를 자신의 머리 위에 들이붓고 있었다. 위병은 기겁을 하여 물러섰다.

병식이형은 주머니에서 지포라이터를 꺼내들었다. 위병들은 안에 전화를 한다 사람을 부른다 동분서주하고 있었으나 그는 태연히 휘발유통을 정문 앞에 걷어차 쓰러뜨렸고, 통에서는 휘발유가 꿀럭거리며 흘러나왔다. 겟 힘, 겟 댓 퍼킹 애쓰 홀. 미군 병사들은 서로 고함을 질러댈 뿐 감히 그에게 접근하지 못했다. 안에서 밀려나온 미군 병사들이 정문 너머 대오를 갖춰 멈춰섰다. 누군가가 고함을 질렀다. 겟 유어 보니 애쓰 아웃 오브 히어. 그때까지 말 한마디 않고 버티고 서 있던 병식이형이 고함을 질러대기 시작했다.

"퍼킹 유 에스 에이 아미, 위 아 낫 인디언스! 위 아 휴먼 비잉스! 야이 좆같은 미국놈 새끼들아, 우린 인디언이 아니다! 우리도 인간이다! 우린 인디언이 아니야! 우리도 인간이야! 우리도 인간이라구! 우리도 인간이야!"

그는 영어와 한국어를 섞어가며 일분여 동안이나 고함을 질러대다가 라이터를 켰다. 그의 온몸이 순식간에 불길로 뒤덮였고 동시에 땅바닥까지 불길에 휩싸였다. 그의 비명이 터져나왔다. 그는 계속해서 고함을 질러대며 정문 철창에 두 팔로 매달렸다. 정문도 불길에 휩싸였다. 정문 일대가 화염으로 뒤덮였다. 그 속에서 활활 타오르며 그는 고함을 질러댔다. 좆같은 미국놈 새끼들아! 우리도 사람이야!

병식이형의 죽음을 통하여 나는 처음으로 내 생각이 어떤 지점에서 잘못되어 있었다는 것을 깨달았다. 그나 영순이나 마찬가지였다. 어쩌면 권상무나 조상무도 마찬가지였다. 제니와 패티도 마찬가지였다. 그들은 나의 적이 아니었다. 그들도 나와 마찬가지로 적지에 와 있었다. 그들이 이런 식으로 참혹하게 죽어 나자빠지는 것은, 그처럼 비참하게 망가지는 것은 그 때문이었다. 이곳이 적지였고, 이것은 전투였다. 그들이 태어날 때도 삼신할미가 나타나 얘기했을 것이다. 하필이면 이런 데라니. 다음엔 더 좋은 데 태어나게 해주마. 나의 적은 다른 데 있었다. 저들은 비참한 나의 비참한 동류였다.

"도대체 이놈의 게 나라야?"

상주가 나에게 한 말이었다. 나 역시 이 나라 사람을 죽인 범인이 미군이라 하여 그 행위에 대해 수사도 재판도 하지 못하는 나라, 그런 나라가 세상에 있다는 말을 달리 들어본 적이 없었다. 그 사건을 통하여 나는 이 나라의 군 작전지휘권이 주한미군 사령관에게 있다는 것까지 알게 되었다. 그 역시 이해할 수 없는 일이었다. 그런 것은 나라가 아니었다. 점령지 비슷했다. 학교에서는 내내 거짓말을 가르쳤다. 그러나 그것은 놀랄 일이 아니었다. 학교에서 가르치는 거짓말이라는 게 그것 하나가 아니니까. 나는 상주에게 말해주었다.

"나라가 아니지. 나도 이번에야 알았다. 하지만 넌 머지않아 미국으로 건너갈 거 아니냐. 니가 분개할 거 뭐 있냐?"

상주는 대꾸하지 않았다. 나 역시 분개할 일은 없는 것일까. 이놈의 데에 내 나라가 없다는 것을 나는 벌써 옛날에 알았으니까. 상주는 중얼거렸다. 뭐가 어찌 됐건 병식이형 복수는 해줘야지. 나는 쓸데없는 짓 말라고 타일렀다.

"병식이형은 자살했어. 복수는 무슨 복수?"

상주는 화를 냈다.

"순금이는? 순금이도 자살했어, 형?"

“그건 나라도 못하는 일 아니냐.”

“나라가 못하니까 우리라도 해야지.”

“미국 가서 피어스 상병을 찾아서 복수할래?”

“꼭 그놈이 아니면 어때? 어떤 놈이건 붙잡아서…… 칼질 몇번 해서 저 구덩이에다 던져버리면 그만이지.”

그러나 말뿐이라는 것을 나는 알고 있었다. 그는 달라졌다. 명자가 그를 사로잡고 있었다. 그녀가 상주가 그런 짓을 하는 것을 두고볼 리도 없었고, 그가 명자의 의사에 반하여 그런 짓을 저지를 리도 없었다. 그것은 그를 위해서는 다행스러운 일이었다.

그는 명자와 함께 미국으로 건너갈 수 있게 되기를 바라고 있었다. 그가 명자를 얻는 길은 그것뿐이었다. 일단 명자의 부모에게 허락을 구하겠지만, 기대하기는 어려운 일이었다. 튀기에다 고아에다 날건달이 아닌가. 그녀의 부모를 원망할 수도 없는 일이었다. 명자의 부모가 두 사람의 결합을 끝내 반대하면 그는 명자를 데리고 미국으로 도주할 작정이었다. 그것이 그의 희망이자 계획이었다.

나는 그를 위해 앤소니 커시의 어머니에게 편지를 썼다. 지난번에 받은 초청장을 분실했다, 외람된 부탁이지만 다시 한번 초청장을 보내주시기 바란다, 이번에는 두 사람을 위한 초청장을 보내주시면 더욱 감사하겠다, 왜냐하면 그 사이 여자친구가 생겨 약혼을 했기 때문이다…… 답장을 기다리고 있었으나 아직 미국에서는 소식이 없었다.

잘하면 상주와 명자는 새로운 병식이형 부부가 될지도 모른다. 잘 안되면 그들은 나와 영순이 비슷한 꼴이 되고 말 것이다. 십중팔구 그 범위에서 벗어날 수 없을 것이다. 앤소니 커시의 어머니가 초청장을 다시 보내주리라는 보장도 없었지만, 만일 그들이 미국에 건너간다 해도 크게 달라질 일은 없을 것이다.

과연 고아는 고아를 낳는 법이었다. 몇달 사이에 차례로 부모를 잃은 병식이형의 두 아이들은 구청에서 나온 사람들에게 이끌려 고아원으로 들어갔다. 나와 상주는 대문 밖에 서서 그 아이들이 구청 직원을 따라 골목을 내려가는 것을 지켜보았다. 적지로 끌려가는 식민지 아이를 쳐다보는 기분이었다. 아이들은 자꾸만 나를 돌아보았다. 아이와 눈이 마주칠 때마다 속이 쓰리고 부끄러웠다. 내가 키울 수 있을까, 하는 생각도 해보았다. 그러나 내가? 면세품 밀매꾼이? 범죄자가? 살인자가?

내가 할 수 있는 최선은 아이들에게 돈을 몇푼 집어주는 것뿐이었다. 나는 무력했다.

나는 내심 아무도 모르게 한동안 걱정을 했으나, 다행히 병식이형의 귀신은 나타나지 않았다. 그는 죽어서도 나를 천한 자로 생각하는 것일까. 그래서 보고 싶지 않은 것일까. 순금이도 나타나지 않았다. 영순이의 아비도 나타나지 않았다. 그것은 좀 서운했다. 나는 그에게 사과하고 싶기도 했고, 그에게 욕을 퍼부어주고 싶기도 했으니까.

나의 어미도 나타나지 않았다. 나는 사실은 어미가 나타나주기를 기다렸으나, 그녀는 죽어서도 내가 자기 자식이 아니라고 거부하고 싶은 모양이었다.

제 6 부

내 사랑 나의 스파이

1

정보보고 P2GQ54:97/ 180917

그날 밤 벌어진 일은 아직 꿈만 같습니다. 신발장 앞에 공포에 질려 경악한 낯으로 서 있는 영순, 오직 시신을 감춰야 한다는 생각에 사로 잡혀 아무런 계획도 없이 시체의 두 다리를 움켜쥐고 마루로 끌어올리고 있는 우영, 시뻘건 눈으로 아직도 무슨 일이 벌어진 것인지를 알지 못한 채 그들과 시신을 번갈아가며 쳐다보는 상주…… 내가 모두 나가요, 하고 말하자 그들은 깜짝 놀라 나를 돌아보았습니다. 우영은 마치 그때 처음으로 나를 발견한 것 같은 얼굴이었습니다. 나는 우영의 손에서 시체의 다리를 내려놓았습니다. 시체의 머리에서 피가 방울방울 떨어져 현관을, 거기 놓인 내 신발을 적시고 있었습니다. 나는 우영에게 어서 나가라고 말했습니다. 다들 데리고 어서 나가요. 영순의 입에서 윽윽, 울음과 신음이 터져나왔습니다. 우영은 나에게 어쩔 생각이냐고 물었으나, 나는 그저 나에게 맡기라고만 말했습니다.

　그때 나는 그의 눈에서 보았습니다. 그가 순간적으로 내 생각을 고스란히 이해했다는 것을. 그러나 그것은 순간일 뿐이었습니다. 섭섭했느냐구요? 섭섭했습니다. 또 한편으로는 기뻤습니다. 그는 나를 이해합니다. 그는 내가 어떤 존재인지를 압니다. 그의 경험이, 그 경험을 통하여 그의 본능이 깨우치게 된 거지요. 그것이 나는 기뻤습니다. 우영은 다시 물었습니다. 어떻게 할 건데? 그는 이미 아무것도 알지 못하는, 세상 물정 모르는 젊은이로 돌아가 있었습니다. 나는 재촉했습니다. 어서 나가라니까. 우리집에 가 있어요. 저건 어떻게 하고? 우영은 시체를 가리키며 물었습니다. 나는 그저 나에게 맡기라는 말을 거듭했습니다. 아무 걱정 말아요. 어서 다들 데리고 나가기나 해요. 우영은 갈등을 느끼며 나를 바라보았습니다. 나는 제발 내가 하자는 대로 해달라고 부탁했습니다. 이게 내가 할 일이야. 난 내 일을 하려는 것뿐이야. 내가 할 일을 막지 말아, 우영이. 그는 머뭇머뭇 영순에게 다가가 손을 붙잡았습니다. 아버지, 아버지…… 영순이 흐느끼며 주저앉자 우영은 그녀를 붙잡아 일으켜세웠습니다. 그는 그때부터 더이상 망설이지 않았습니다. 그는 울고 몸부림치는 영순을 상주와 함께 억지로 잡아끌고 그 집에서 나갔습니다.

　다시 그를 만난 곳은 경찰서였습니다. 그때 나는 이미 강도살인사건의 피의자 신분이었습니다. 물론 주위에 형사와 경찰이 있었기 때문에 그도 나도 마음놓고 얘기를 나눌 수는 없었습니다. 우리는 눈짓으로 뜻을 통해가며 작은 소리로 얘기를 나눠야 했습니다. 어째서 이런 일을 하는 거냐고 그가 물었고, 나는 다시 이것이 내 일이라고 대답했습니다. 이런 일을 하기 위해서 나는 여기 왔다고요. 그는 왜 남이 지은 죄를 뒤집어쓰는 거냐고 물었고, 나는 그것이 너를 위해, 영순을 위해, 또한 나 자신을 위해 최선이기 때문이라고 대답했습니다. 그는 경찰에게 사실을 고백해야 한다는 의무감을 가지고 있었으나…… 그렇게 하기에는 영순에 대한 그의 사랑과 염려가 너무 컸고, 이 세계가 그녀와 그 자신에게 저지르는 행패와 학대에 대한 두려움이 너무 컸으며, 또한 나의 태도는 완강했습니다.

결국 나는 5년의 징역형을 선고받았습니다. 강도살인혐의는 조사과정에서 과실치사로 바뀌었습니다. 우영의 비선(秘線)은 당분간 그가 택이 아비라 부르는 우민덕에게 맡겨졌습니다. 열고야국에 대해 내가 미처 해주지 못한 많은 사실들을, 내가 얘기했으나 그가 들으려 하지 않고 믿지 않은 나머지 얘기들을 그는 우민덕을 통하여 다시 들었을 겁니다. 그 성과가 어떨지는 나로서도 장담하기 힘듭니다. 하지만 그는 거의 선험적으로 이곳이 자신의 나라가 아니라는 것을 압니다. 이곳을 지배하는 법칙이 야만과 욕망에 불과하다는 것을 그는 본능적으로, 그리고 체험을 통하여 뼈아프게 깨우치고 있습니다. 그런 법칙이 지배하는한, 그런 법칙의 지배를 뿌리치지 않는 한 이곳은 결코 자신의 나라가 될 수 없다는 것 또한 압니다. 그것은 얼마나 중요한 깨우침입니까?

작년 10월에 오랫동안 이 나라의 권좌에 앉아 있던 독재자 박정희가 피살당했습니다. 그를 살해한 사람은 그의 오른팔이었던 중앙정보부장 김재규, 그러나 그는 곧 체포되어 사형선고를 받았습니다. 그가 박정희를 살해한 의도가 무엇이었는지는 모르지만, 그는 독재자를 죽였을 뿐, 권력을 장악하는 일에도 이 나라에서 독재를 청산하는 일에도 실패했습니다. 결국 박정희에 이어 권력을 장악한 사람은 전두환이었습니다. 그는 권력의 속성을 잘 아는 인물이었고, 권력을 장악하기 위해서는 무슨 짓이든 해치울 준비가 되어 있었습니다. 그리하여, 그는 계엄사령관을 총격전 끝에 연행하더니, 이어 광주에서 학생 시민 시위대를 무자비하게 진압하기 시작, 결국 수천 명의 시민을 학살하기에 이르렀습니다.

그가 이 나라 국민들의 오랜 숙원인 민주주의에 대해 전혀 관심이 없는 인물이라는 것은 명백합니다. 그는 평생 권력과 돈을 추구해온 인물이었고, 결국 그것을 차지하게 될 것입니다. 다시 한번 이 나라는 야만과 욕망의 적나라한 전장으로 떨어졌습니다. 지금 이 나라의 주민들이 원하는 것은 최소한의 민주주의, 그것입니다. 그 대신 이들이 얻은 것은 적나라한 살인과 억압과 공포입니다.

프레이저라는 사람이 『황금가지』라는 아주 재미있는 책에서 한 얘기가 생각납니다. 열고야국의 혁명학교에서 이 책을 읽은 것은 큰 다행이었습니다. 이 땅에 사는 온갖 사람들의 문화와 풍속과 역사에 대한 이해는 정말 이상한 이곳 사람들에게 적응하는 데 참으로 큰 도움이 되었으니까요.

"사회가 진보하는 단계에서 최고의 권력이 가장 영리한 지혜와 가장 파렴치한 성격의 소유자들의 손에 장악되기 쉬운 것은 일반적인 결과다. 그런 사람들이 저들의 악랄한 수단으로 저지른 해악과 저들의 뛰어난 지혜로 이루어낸 복지를 비교해본다면 우리는 복지 쪽이 해악 쪽보다 훨씬 더 비중이 높다는 것을 알게 될 것이다. 왜냐하면 아마 지적 무뢰한에 의해서보다는 높은 자리에 있는 정직한 우자(愚者)들에 의해서보다 많은 재앙이 초래되었을 것이기 때문이다. 이 용의주도한 무뢰한은 크나큰 야심을 채우고 나서 더이상 채우고 싶은 욕심이 남아 있지 않게 되면 그의 재능과 경험과 재원을 공공이익을 위해 돌릴 것이다."

이건 마끼아벨리라는 사람의 얘깁니다.

"(군주는 민중들로부터) 사랑을 받는 존재가 될 것인가, 두려움을 받는 존재가 될 것인가. 이 가운데에서 어느 쪽이 나을까. 누구나 군주가 양자를 다 갖추어줬으면, 하고 바랄 것이다. 그러나 실제로 이 둘을 겸

비하기란 아주 어려운 일이다. 따라서, 만약 그중 어느 한쪽을 택해야 한다면 사랑받는 군주가 되는 쪽보다는 오히려 두려움을 받는 군주가 되는 쪽이 더 안전하다. 그것은 인간이란 원래 은혜도 모르고 변덕이 심하며 위선자요 염치도 모르고 몸을 아끼고 물욕에 눈이 어두운 속물 이기 때문이다. (…) 거기다가 인간은 두려워하는 자보다도 애정을 느 끼는 자를 더 쉽게 배반한다. 그 이유는 원래 인간이 사악하여 단순히 의리의 기반에 매인 정 같은 것은 자기의 이해가 얽히는 경우에는 언제 나 서슴없이 끊어버리기 때문이다. 그러나 두려워하는 자 앞에서는 처 형의 공포에 사로잡혀 결코 모르는 체할 수가 없다. (…) 결론을 맺는다 면 백성이 군주를 사랑함은 신민(臣民)의 뜻이다. 그리고, 그들이 군주 를 두려워함은 군주의 뜻이다.”

이런 것을 깨우칠 만큼 똑똑한 이들이, 겨우 이런 얘기밖에 남길 수 없었다는 것에 비하면 우영의 직관은, 비록 그의 내부에서 탐욕과 무한 한 갈등을 일으키고 있다고는 하지만, 얼마나 기꺼운 발견입니까?

마지막으로 만났을 때 우민덕은 죽을 자리를 찾은 것 같다고 말했습 니다. 마침내 신림동에 철거가 시작되고, 주민들이 내쫓길 위기에 처했 다고 합니다. 그곳에서 죽어야 한다면 그는 기꺼이 그 죽음을 받아들이 기로 한 것처럼 보였습니다. 너무 작은 자리가 아니냐는 의구심 따위는 없는 것 같았습니다. 그는 그 작은 자리야말로 이 ‘야만과 욕망의 땅’을 지배하는 자들의 잔인성이 가장 적나라하게 드러나는 곳이라고 믿고 있었고, 따라서 그곳이야말로 더이상 적합할 수 없는 죽음의 자리라고 생각하고 있었습니다.

나도 마찬가지입니다. 내가 지금 서 있는 이 자리, 용이 떠나가버린 용산, 그리고 우영과 영순, 병식과 순금, 상주, 제니와 패티 같은, 삶 자 체를 박탈당한 이들의 자리야말로 내가 간자로서 가장 뜻깊은 활동을 할 수 있는 자리라고 믿습니다.

이곳 감옥에도 우영이나 영순과 비슷한 이들은 무수합니다. 감옥에 처음 들어서면서 나는 소풍 가는 아이처럼 설레는 마음이었습니다. 이들 하나하나는 이곳이 야만과 욕망이 지배하는 땅이라는 사실을 인식하지 못한다 할지라도 어쩌면 그 점을 인식할 수 있고 그리하여 저항할 수 있는 이들보다 훨씬 더 가혹하게 그 야만과 욕망의 잔인성에 노출된 이들이기 때문입니다. 그러니까 바로 이들 가운데, 비록 그들 자신은 아직 알지 못한다 할지라도, 열고야국의 가장 평범하고 가장 착한 시민들이 존재하기 때문입니다.

그간 이태원이나 세상에서 벌어진 여러가지 일들은 영순과 택이 아비를 통하여 들었습니다. 병식과 순금의 죽음은 참으로 가슴 아픕니다. 그들이 사실상 처형당했다는 사실을 아는 사람이 몇이나 될까요? 우영이 그들에 대해 얼마나 깊은, 그러나 모순되는 애정과 존경을 품고 있었는지를 나는 압니다. 그가 얼마나 고통스러울지는 아마 나만이 알 겁니다. 곁에서 그를 위로해줄 수 없다는 것이 슬픕니다.

우영에 대한 그리움은 지금 이 여간자에게 가장 큰 축복이자 고통입니다. 하지만 이제 머지않아 훌쩍 커 있을 그를 다시 만날 생각을 하면 벌써 가슴이 벅찹니다. 비록 나는 이 야만의 땅에서 처형당하여 죽게 된다 할지라도, 우영은 머지않은 장래에 이 야만과 욕망의 땅에서 벗어나 열고야국의 시민으로 행복을 누리게 되리라는 것을 나는 의심치 않습니다.

장군님, 부디 우영을 축복해주십시오. 그에게는 열고야국의 모든 축복이 필요합니다.

2

 우물이 깊어지자 나는 도르래를 설치하여 흙을 땅 위로 퍼올렸다. 구덩이의 폭을 넓히지 않고서는 더이상 파고 내려갈 수 없을 지경이 되었을 때는 주저없이 구덩이 가장자리의 땅을 무너뜨렸다. 아무리 파고 들어가도 물이 나올 기미는 보이지 않았다.

 겨울이 깊어 땅이 얼어붙어도 작은년의 우물 속은 별로 춥지 않았고 땅이 얼지도 않았다. 가끔 뼛조각이 나왔다. 사람의 뼈인지 짐승의 뼈인지는 알 수 없었다. 부스러지고 세월에 풍화되어 희게 탈색된 그 뼛조각들은 무섭지도 징그럽지도 않았다. 맑고…… 차라리 깨끗했다. 나는 사람의 뼈라 여겨지는 것은 차마 그냥 버릴 수가 없어서 사기그릇에 담아 작은년의 무신도 앞 상에 올려놓았다. 몇차례의 겨울이 가고 봄이 오고, 그 사이 구덩이는 더욱 넓고 깊어졌으며, 작은년의 귀신들 앞에 놓인 뼛조각도 늘어갔다. 나는 사다리를 만들어 우물 벽면에 걸쳐놓았고, 우물 한쪽 벽에 계단을, 완전한 계단은 아니지만 오르내리는 데 큰 불편은 없는 나선형의 계단을 만들고, 천조각과 비닐조각으로 지붕도 만들었다.

상주나 영순이가 뭐 하는 거냐고 물으면 나는 입에서 나오는 대로 우물을 파는 거라고도 대답했고, 작은년의 굴을 파는 거라고도 대답했다. 나는 알고 있었다. 혼자서, 혹은 상주와 함께 면회를 다녀올 때마다 작은년에 대한 영순이의 의문은 점점 더 커지고 있다는 것을. 그녀가 다음에 같은 질문을 했을 때 나는 무덤을 파는 거라고 했다. 무슨 무덤? 나도, 너도, 니 아비 어미도, 우리 아비 어미까지, 이놈의 세상을 송두리째 파묻어버릴 무덤. 영순이는 기가 질리는 얼굴이었다. 나는 곧 그런 식으로 대답한 것을 후회했다. 그것이 왠지 작은년과 그녀의 우물에 대한 모욕인 듯 여겨졌으므로.

나는 종종 우물 안에 혼자 들어가 우물 꼭대기에 얼굴을 들이미는 하늘을 쳐다보며 시간을 보냈다. 그러다 잠이 든 적도 있다. 그 안에서 혼자 술도 마시고 대마초도 피웠다. 작은년이 보고 싶어 혼자 눈물을 찔끔거리기도 했다. 그녀는 나에게 무엇인가? 처음 만난 날 이래 그녀가 나에게 베푼 모든 것들은 무엇이었을까? 나처럼 보잘것없고 사악한 자에게 그녀가 그토록 큰 정성을 기울인 까닭은 무엇이었을까? 생각할수록 고맙고 고마울수록 고통스러웠다. 그녀는 가진 모든 것을 나에게 다 주었다. 그녀의 모든 것, 그녀의 몸과 심지어는 자신의 생애 가운데 5년의 세월까지. 나는 알고 있었다. 필요했다면 그녀는 생명까지도 나에게 주었을 것이다. 그렇다면 내가 그녀에게 준 것은 무엇인가? 아무것도 없었다. 그녀는 나에게서 아무것도 요구한 적이 없었다…… 어째서? 도대체 그녀는 누구인가?

그녀로 하여 나는 단순히 박탈당한 자일 수 없게 되었다. 어쩌면 이 세상 어느 누구보다 더 큰 것을 얻은 자라 해야 할지도 모른다. 아비 어미에게서도 얻을 수 없었던 것, 세상 어느 누가 어느 누구에게서도 얻을 수 없는 것, 감히 얻기를 바랄 수도 없는 것을 나는 그녀에게서 얻었다. 그런데 그것이 무엇인가?

영순이는 작은년에 대해서 죄책감과 고마움과 질투와 의문과 고통…… 같은 것이 뒤섞인 복잡한 감정을 품고 있었고, 그런 자신을 감당하기 힘든 것 같았다. 가끔 그녀는 작은년 얘기를 하다 말고 눈물을 흘렸다. 나와 영순이는, 적어도 나에게는 오누이 비슷한 사이가 되었다. 지난날 내가 그녀에게 품었던 갈망은 연민 같은 것으로, 아니면 슬픔 같은 것으로 뒤바뀌었다.

영순이가 취하여 우린 어떻게 하면 좋아, 어떻게 하니 우영아, 하고 눈물을 흘린 적이 있었다. 나는 아무 할말이 없었다. 어떻게 한단 말인가? 우리는 그저 이렇게 살 수 있을 뿐이었다. 이렇게 살 수 있다는 것을 그나마 다행이라고 생각해야 했다. 작은년이 아니었다면 그녀도 나도 더 험하고 더 참혹한 지경으로 굴러떨어졌을 것이다…… 그녀가 몸으로 나에게 부딪쳐온 적도 있었다. 그러나 나는 그녀를 안고 등을 다독여줄 수 있을 뿐이었다. 내 몸에서 아무런 욕망도 환기되지 않았으므로. 그처럼 안타깝고 몸을 저리게 했던 영순이에 대한 나의 욕망은, 내가 생각해봐도 믿어지지 않을 만큼, 전혀 내 몸에 남아 있지 않았다. 내가 그녀를 안을 때마다 느끼는 것은 슬픔 그리고 연민일 따름이었다. 영순이는 이미 내 연인이 아니라 나의 일부인 것 같았다.

저녁 무렵 영순이가 공터에 앉아 마루 끝에 켜놓은 외등 불빛에 의지하여 열무나 고구마줄기를 다듬고, 나는 우물에서 기어나와 술을 마시고, 은행나무는 높다랗게 곤두서서 우리를 굽어보고, 푸른 눈동자가 이따금 게으르게 눈을 껌뻑이며 우리를 감시하고…… 그런 때면 우리는 오랜 침묵 사이사이 띄엄띄엄 밑도끝도 없는 얘기들을 주고받았다. 남

들이 들으면 전혀 그 의미가 이해되지 않을 얘기들, 그러나 나와 그녀
는 언제나 알아들었다. 그날, 하고 영순이가 말하면 나는 어느날인지를
알았다. 어미가 거지차림으로 희망원에 찾아왔던 날. 또는 그녀의 아비
가 갑자기 나타나 그녀의 팔목을 잡아끌고 희망원을 떠나던 날. 혹은
내 눈앞에서 그녀가 벌거숭이 몸이 되어 춤을 추는데도 내가 알아보지
못한 날.

"권상무가 우영이 죽이려 했던 날, 어떻게 작은년 아주머니가 거기
나타날 수가 있었어? 어떻게 연락을 했어?"

나도 알지 못했다. 나는 그녀에게 연락한 적이 없었다.

그 끊기다 이어지고 그러다가는 다시 아무렇게나 끊기는 이야기들을
통해 나는 그녀가 아비의 빚에 팔려다니는 길밖에 없다는 것을, 아비와
세상 사이의 거래에서, 아비와 세상이 같이 쳐놓은 빚과 돈의 결박에서
풀려난다는 것이 불가능하다는 것을 깨달았을 때 나타난 것이 권상무
였고, 그녀 자신이 강남이 아니라, 영등포도 아니라, 청량리도 아니라,
이태원으로 가겠다고 자청했다는 것을 알게 되었다. 왜? 내가 묻자 영
순이는 고개를 들어 물끄러미 나를 바라보았다. 그 눈빛에 이유가 담겨
있었다. 그 눈을 나는 똑바로 바라볼 수가 없었다.

영순이가 마늘을 까고 파를 다듬는 손짓을 물끄러미 지켜보다보면
어느 순간 갑자기 슬픔이 등을 짓눌러왔다. 그러면 나는 그녀의 등에
얼굴을 묻고 그녀를 껴안았다. 그녀는 움직임을 멈추고 한숨을 내쉬었
다. 콩콩, 그녀의 심장이 뜀박질하는 소리가 내 고막을 울렸다. 이렇게,
너와 나만이 있을 수 있다면. 처음부터 너와 나만이 있었다면. 아니다.
처음부터 나는 너와 나 외에는 그 어떤 것도 용납하지 말았어야 했는지
도 모른다. 이놈의 세상이 무엇이건 송두리째, 고아원이라 해도, 매음
굴이라 해도, 세상에 너의 아비 어미가 있건 없건, 나의 아비 어미가 있

건 없건, 그 어떤 것도 보지 말았어야 했는지도 모른다. 너말고는 어떤 것도 보기를 거부해야 했는지도 모른다. 그랬다면 너와 나는 이 세상에서는 버림받았을지 모르지만 적어도 나는 너에게, 너는 나에게…… 지금처럼 고통과 분노와 슬픔과 절망과 울화의 원인이 되지는 않았을 것이다……

그런 날이면 나는 거리로 나가 이미 늙어버린 패티의 좁아터진 방으로 찾아갔고, 그녀와 함께 대마초를 흠뻑 나눠 피우고 벌거숭이가 되어 그녀와 뒹굴었다. 밖에서 그녀의 단골이라는 미군 병사 하나가 패티, 스윗헛, 마이 리틀 버드, 하고 소리치던 어느날에는 벌거벗은 몸으로 뛰쳐나가 그가 사들고 온 깡통맥주와 화장품과 초콜릿과 비누와 치약을 내동댕이치며 짓밟으며, 내가 아는 모든 욕설을 퍼부으며 패악질을 부렸다.

술에 취해 작은년의 방에서 아무렇게나 쓰러져 잠들면 무신도의 귀신들이 뛰쳐나와 어지럽게 잠과 어둠속을 휘젓고 다녔다. 한밤중 조갈증이나 요의 때문에 잠에서 깨어나면 머리맡에 앉아 있던 귀신들이 화들짝 놀라 다시 무신도 속으로 되돌아갔고, 그들의 웃음소리가 방바닥에 구슬처럼 굴러다녔으며, 나의 옆구리와 다리에는 검게 돋아난 다족들이 어둠속에서 버둥거렸고, 그 앞의 사기그릇에 담긴 흰 뼈들은 극광(極光)처럼 그 웃음소리와 함께 푸르게 번득였다.

영순이가 작은년에게 면회를 갔다온 날이었다. 나는 작은년의 우물에서 올라가 그녀를 맞았다. 습관처럼 그녀가 다시 물었다. 도대체 그게 뭔데 그렇게 끝도 없이 파들어가는 것인가? 나도 모르는 사이에 대답이 튀어나왔다.

"내 감옥이다."

정말 이것은 나의 감옥 같았다. 나 자신을 가두기 위한 감옥, 나의 의

문을 가둬두기 위한 감옥. 나도 작은년처럼 이곳에서 감옥살이를 하는 것이다. 작은년에 대한, 그녀의 정체에 대한 의문이 생길 때마다 나는 작은년의 우물로 뛰어들었고, 그녀가 무고하게 갇혀 있다는 것이 생각날 때마다 곡괭이질을 했으며, 그녀가 그리워질 때마다 정사(情事)처럼 격렬히 삽질을 했다. 그녀가 출감하면, 그리하여 이곳으로 찾아오면 나는 자랑스러이 이 물 없는 우물을 보여줄 것이다. 그녀는 알게 될 것이다. 5년 동안, 그녀가 나의 가슴을 향해 걸어오는 동안 나는 그녀의 가슴을 향해 이 우물을 파들어갔다는 것을. 이 우물 속에서 나는 그녀에게 물을 것이다. 당신은 누구인가? 무엇인가? 어디에서 왔는가?

"왜 자기 감옥을 그렇게 열심히 파는 거야?"

영순이가 다시 물었다. 나는 그것이 작은년이 하던 일이라고 대답해주었다. 영순이의 질문은 그날따라 집요했다.

"작은년 아주머닌 왜 그걸 팠을까?"

그것은 내가 아니라 오직 작은년만이 대답할 수 있는 질문이었다. 나 역시 영순이와 마찬가지로 질문할 수 있을 뿐이었다. 정말 우물을 파 지구를 관통할 수 있단 말인가? 정말 자기장이 바뀐단 말인가? 이곳이 북극이 된단 말인가? 여기, 바로 이 하늘 위에, 신비스러운 나라의 깃발처럼, 무지개빛 극광이 펄럭인단 말인가?

나는 대답할 수 없었다. 영순이의 질문은 계속되었다. 그 여자는 어째서 우리를 대신하여, 아니 나를 대신하여 감옥에 들어간 걸까? 도대체 누구이기에 그런 일을 해준 것일까? 누구야, 그 여자? 넌 알 거 아냐. 나는 모른다고 대답했다. 영순이는 믿으려 하지 않았다.

"넌 그 여자하고 같이 살았잖아. 부부처럼."

질투를 하는 것인가? 만일 그렇다면 그것은 터무니없는 짓이었다.

"알 수가 없어. 아무것도 얻는 것 없이, 바라는 것도 없이 어떻게 우릴 위해 그런 일을 해줄 수 있는 거지? 그 여잔 날 위해서가 아니라 널 위해서 감옥에 들어간 거야. 그렇지?"

나는 작은년이 들려준 얘기를 대신 해주는 수밖에 없었다. 여기서 남쪽으로 칠십년을 가고 거기에서 다시 서북쪽으로 십오년을 가면 거기 사방 삼천리에 자작나무숲이 펼쳐져 있고 그 한가운데에 '영혼의 나라'가 있어. 그 나라 사람들은 슬픔 때문에, 고통 때문에, 아니면 좌절감이나 상실감으로 넋이 나간 사람이 있으면 그 사람 앞에서 춤을 추면서 이런 노래를 불러. 아아 영혼이여, 숲에서 헤매는가 산에서 헤매는가 골짜기에서 헤매는가. 이제 돌아오라. 주저하지 말고 돌아오라. 숲이나 산, 골짜기 사이에서 떠돌지 말고 주저하지 말고 속히 돌아오라. 그런 노래 들어본 적 있어?

영순이는 이게 무슨 소릴까, 하는 낯으로 나를 쳐다보고 있었다. 나는 얘기를 계속했다. 거기에서 다시 서북쪽으로 이십여년을 가고 그곳에서 동북쪽으로 사십구년을 가면 '왕과 왕후의 나라'에 닿아. 그 나라에서 모든 여자는 왕의 소유고 모든 남자는 왕후의 소유야. 모든 것이 왕과 왕후의 소유야. 기쁨과 슬픔, 눈물과 한탄과 고통과 절망도. 그 나라 사람들은 술에 취하면, 이 세상에 나의 세상이 하나 있으면 얼마나 좋을까, 그렇게만 된다면 목숨이라도 바칠 텐데, 하고 노래를 불러. 그런데 아무리 그런 노래를 불러봐도 그 노래 자체가 이미 나라의 소유, 왕이나 왕후의 소유이기 때문에 아무 소용이 없어. 그곳에서 다시 서남쪽으로 이십육년, 거기에서 방향을 서북쪽으로 바꾸어 삼십육년을 가면 '행복한 나라'가 있어. 그곳에서는 나무에서는 생선이 열리고 물에서는 과일이 나고, 집에서는 원숭이들이 살고 나무에서는 사람이 살아. 그 나라에서 일년에 한번 굉장한 나라 잔치가 벌어진대. 그 잔치라는 게 나라에서 가장 행복한 사람을 하나 골라 그 사람을 처형하고 나서 나라의 모든 사람들이 일주일 동안 신나게 춤추고 놀며 먹고 마시는 거야.

영순이는 이해하지 못했다. 그러나 그것은 어쩌면 내가 할 수 있는 최선의 대답이었다. 당연히 그녀는 여전히 의문스러운 얼굴로 나를 쳐다보고 있었다. 나는 더이상 해줄 수 있는 말이 없었다.

"나도 몰라, 작은년이 누군지."

영순이가 갑자기 말했다.

"그 여자 다음달에 나올지 몰라."

나는 놀라 땅으로 뛰어올라갔다. 그녀가 받은 형량은 5년이었다. 벌써 5년이 흘렀는가? 아직 1년 남짓 남지 않았는가?

"가석방이래."

영순이가 덧붙였다.

3

작은년이 나오기로 예정된 날은 광복절이었다. 정부가 특별사면을 통해 전국적으로 수천 명의 죄수를 석방한다는 것이었다. 나는 그날을 기다릴 수가 없었다. 그날이 다가올수록 점점 초조해졌다. 그녀를 어떻게 만날 것인지, 어떻게 인사를 하고, 어떻게 반기고, 무슨 말을 할 것인지 궁리하고 또 궁리해보았으나, 어떤 인사, 어떤 말도 마음에 들지 않았다.

궁리를 거듭하다가 답답해지면 나는 작은년의 우물로 뛰어들었다. 삽질에 곡괭이질로 몸을 피로하게 하면서 혼을 쉬게 했다. 얼마나 삽질을 했을까. 한낮이었다. 나는 하늘을 올려다보았다. 우물 꼭대기에 영순이가 서서 나를 내려다보고 있었다. 왜 왔을까? 나는 왔어, 하고 인사를 건네고 삽질을 계속했다. 그녀는 밥을 짓고 국을 끓일 것이다.

다시 하늘을 올려다보았을 때도 영순이는 여전히 그 자리에 서서 나를 내려다보고 있었다. 뭐 하고 서 있어? 그녀는 대답하지 않았다. 거기

서서 나를 내려다볼 뿐이었다. 나는 삽질을 계속했다. 삽질은, 이제 몸에 익어 어린시절 고아원에서의 흙장난처럼 재미가 있었다. 한번 흙을 주물럭거리기 시작하면, 흙의 냄새와 그 감촉에 빠져들면 시간 가는 것을 잊는 것처럼 한번 삽질의 리듬과 몸의 움직임이 맞아들어가면 시간 가는 줄도 모르고 피로한 줄도 잊었다. 몇시간 동안 계속해서, 잠시도 쉬지 않고, 다른 아무것도 생각하지 않은 채 삽질을 하고서도 그것을 알지 못했다. 문득 땀을 닦다보면 시장기가 느껴지고, 문득 고개를 들어보면 하늘이 어두워지기 시작하는 것이다.

얼마나 삽질을 계속했을까. 문득 고개를 들어보니 하늘을 배경으로 여전히 영순이가 서서 나를 내려다보고 있었다. 나는 외쳤다. 뭐 하고 있어? 날도 어두워지는데. 내 목소리가 우물 속에서 메아리가 되어 위 아래로 오르내렸다. 한참 삽질을 하다가 다시 고개를 들었을 때도 여전히 그녀는 같은 자리에 서 있었다. 들어가 있어. 나 조금만 더 있다 올라갈게. 그녀는 움직이지 않았다. 대답도 하지 않았다. 밝은 하늘을 배경으로 우물 꼭대기에 서 있는 그 얼굴엔 표정이 보이지 않았다. 뭘 하고 서 있는 것일까. 아니, 저게 영순일까. 문득 영순이가 아닌 것 같다는 생각이 들었다. 역광 속에서 그 얼굴을 알아보기는 힘들었다. 누굴까? 나는 큰 소리로 외쳤다. 누구요? 우물이 내 외침을 무수히 반복했다. 메아리는 내 목청보다 듣기 좋았고, 거기서 올려다보는 하늘은 지상에서 보는 것보다 훨씬 가까웠다. 우물이 깊어질수록 하늘이 더 가까워진다는 것은 신기했다. 우물에서 올려다보면 하늘이 여기 담기는 것 같았다. 그토록 깊고 넓은 우물을 만들 수 있을지도 모른다. 5년을, 50년을 파들어간다면, 아아, 정말 지구덩이를 관통하여 저 반대쪽의 하늘을 열어젖힐 수 있을지도 모른다……

우물 꼭대기에 서 있던 사람이 외쳤다. 나야. 어딘가 낯익은 음성, 나 자신의 음성처럼 낯익었다. 그러나 어린아이의 음성이었다. 누구인가? 나는 눈썹 위에 손을 갖다대고 한참 동안이나 쳐다보았으나 누구인지 알아낼 수가 없었다. 어느 한순간, 하늘이 어둑하게 저물고, 역광이 사라지자 그 사람의 얼굴이 드러났다.

아. 신음과 함께 나는 주저앉았다. 그 아이는 나, 나 자신이었다. 어린 나, 어미의 손에 이끌려 희망고아원에 들어서던 무렵의 나.

나는 아무 말도 할 수 없었다. 어두워오는 하늘을 배경으로 아이의 목덜미에도, 어깨 위에도, 옆구리에도 다리가, 수많은 다족들이 꾸물거리는 것이 보였다.

"엄마 어딨어?"

아이가 물었다. 엄마? 엄마라니? 나는 나 자신에게 물어보았다. 어미는 어디 있는가? 아이가 또 물었다.

"엄마 또 술 먹으러 갔어?"

아이의 음성에 눈물이 묻어 있었다. 술을 찾아 방을 빠져나가 터덜터덜 골목을 걸어가는 어미의 모습이 눈앞에 선했다. 슬픔과 두려움과 안타까움으로 목이 메었다. 나는 얼결에 아이에게 말했다. 아니야. 그렇지 않아. 엄만 곧 돌아올 거야. 아이는 내 말을 들은 건지 아닌지 목을 놓아 울기 시작했다. 으아, 으아…… 어쩌면 그것은 내가 어린시절 결코 울어본 적이 없는 울음, 울 수 없던 울음이었다. 나는 울지 말아야 했다. 어미가 거리로 나가 술에 취해 쓰러져 있다가 돌아와도, 정신을 잃은 채 동네 아저씨의 등에 업혀 돌아와도 울지 말아야 했다. 슬픔은 언제나 내 목젖에 매달려 있었으나 나는 울음을 내놓을 수 없었다. 배가 고플 때는 빈 소주병을 아작아작 깨물어먹으며, 쓰러져 잠든 어미를 바라보며 나는 울음이 목젖을 타넘어오지 못하도록 짓눌러둬야 했다. 그런데 저 아이는 목을 놓아 으아 으아, 울고 있다…… 슬픔 외에는 그 어느 것도 알지 못하는 아이의 울음소리, 그것은 바로 나 자신의 음성, 잃어버린 나의 음성이었다. 아이의 울음소리가 우물 안에 빛살처럼 넘쳐났다.

나는 부리나케 계단을 올라갔다. 어서 아이를 달래야 한다는 생각뿐이었다. 허겁지겁 계단과 사다리를 올라가, 마지막 계단을 밟으며 쳐다보았을 때도 거기 서서 울고 있던 아이는 내가 막상 지상에 올라서자 보이지 않았다. 메아리도 사라졌다. 나는 사방을 두리번거렸다. 아이는 어디에도 보이지 않았다.

"우영아, 우영아."

나는 나 자신의 이름을 부르며 공터를 돌아다녔다. 영순이가 방문을 열고 나와 멀거니 나를 쳐다보았다. 뭐 해요, 지금?

아이는 보이지 않았다. 내가 무엇을 본 것일까. 백일몽이었을까. 환영이었을까. 맥이 빠졌다. 나는 우물 앞에 쪼그리고 앉았다. 내가 본 것은 무엇이었을까. 어떻게 내가 나 자신을, 그것도 어린시절의 나 자신을 볼 수 있었을까. 아이의 옆구리에 꾸물거리던 다족들이 생각났다. 그것은 분명히 나 자신이었다. 나는 땅바닥을 두리번거렸다. 어디선가 지네 한마리가 꾸물거리고 있을지도 모른다.

"우영아, 우영아."

나는 소리쳐 불렀다.

"누굴 찾아? 왜 자기 이름을 부르며 다녀?"

영순이가 물었다. 나 역시 알 수 없었다. 왜 내가 내 이름을 부르며 나 자신을 찾아다녀야 하는가? 그러나 나는 그 아이를 찾아야 했다.

"우영아, 우영아……"

참으려 했으나 눈물이 솟았다.

저녁내 알 수 없는 그리움과 갈증에 시달려 나는 술을 마셨다. 술을 마시면서도 우물을 몇차례나 오르내리며 하늘을 올려다보고 우물 밑바닥을 내려다보기를 거듭했으나, 아이는 다시 나타나지 않았다. 영순이는 조심스럽게 나에게 이 집에서 떠나는 게 어떠냐고 물었다. 떠나다니? 어디로 떠난단 말인가? 작은년이 나올 때가 다 됐는데 떠난단 말인가? 영순이는 말했다. 작은년 아주머니가 나오면 같이 떠나자는 것이다. 이 집이 아니라 이태원 바닥을 영영 떠나자는 것이다. 그러나 나는 알고 있었다. 어디든 마찬가지다. 이곳은 나의 나라가 아니니까. 영순이는 왜 안되느냐고 추궁했다. 나는 대답했다.

"우물을 파야 해."

"그게 도대체 무슨 우물이야? 구덩이지. 사실대로 얘기할까? 난 그놈의 구덩이 꼴만 보면 무섭고 소름이 끼쳐."

나는 그녀에게 말했다. 그러면 여기 오지 말아라. 떠나고 싶으면 혼자 떠나면 될 거 아니냐. 영순이는 고집을 부렸다. 면세품 밀매에서 손을 떼야 한다고 그녀는 말했다. 같이 가게를 하든지 식당을 하든지 하자는 것이었다. 나는 그녀에게 너 하고 싶은 대로 하라고, 하지만 나에게 뭘 하고 뭘 하지 말라는 얘기는 하지 말아달라고 말했다.

"나는 지금 이대로 좋아."

그녀는 내가 미쳐가고 있다고 말했다. 우물을 파고 있다는 것이 미쳐가고 있다는 증거였다. 자신의 이름을 부르며 집안을 돌아다니는 것도 미쳐가고 있다는 증거였다. 나는 말했다. 만일 그런 것이 미치는 것이라 해도 미치는 것은 니가 아니라 나다. 왜 니가 두려워하는가? 영순이는 화를 내며 집에서 뛰쳐나가버렸다.

상주가 말했다. 형은 여길 떠날 생각 없는 거지? 나는 그렇다고 대답했다.

"언젠가…… 우리가 개구리를 잡았다는 게 발각이 나는 경우에 저놈들이 무슨 짓을 할지 몰라. 그게 발각이 날 가능성은 언제나 있어. 목격자가 있었기 때문에……"

나는 돈을 벌어야 했다. 이곳에서, 면세품을 밀매하는 것 외에 더 좋은 돈벌이를 나는 아직 알지 못했다.

여기는 적지다, 하고 나는 생각했다. 나는 고립무원의 전투원이다. 전투는 나의 일상이다. 전투에서 사람이 죽는 것 또한 일상이다. 광주에서 지난 5월에 어떤 일이 벌어졌는지 나는 자세히는 알지 못했다. 신문도 방송도 광주 사람들을 폭도라 비난할 뿐이었다. 그러나 나는 그곳의 시민과 학생들이 전두환의 군인들과 전투를 벌였다는 것은 알고 있었다. 결국 그들은 전두환의 압도적인 장비와 인원과 권력 앞에서 처참하게 패배했다. 어쩌면 그들도 이번에 알게 되지 않았을까. 이곳이 다름아닌 전장이라는 것, 이 나라가 결코 그들의 나라가 아니라는 것을. 나는 총칼을 들고 나라에 저항한 그들에게 깊이 공감했다. 어쩌면 나에게도 그런 일이 벌어질지 모른다. 그런 기회가 오면 나는 기꺼이 나가 싸울 것이다. 상주는 어떨까? 그 역시 마찬가지 아닐까?

"어디로 도망을 가? 사방에 적뿐인데."

내가 말했으나 상주는 알아듣지 못했다.

4

미리 세수를 하고 옷을 다 챙겨입고 있던 영순이와 나는 통행금지가 해제되자마자 여관을 나와 교도소로 향했다. 새벽 네시, 아직 날은 캄캄했다. 그러나 교도소 쪽으로 올라가는 사람들은 행렬이라도 이룬 듯 끊임없이 이어졌다. 14일에 영순이와 나는 미리 안양에 내려와 교도소에서 가까운 여관에 들었다. 교도소까지는 걸어서 십분 남짓, 새벽의 어둠속으로 멀리 교도소의 높고 완강한 벽돌 담벼락과 망루가 보였다.

나는 작은년이 출감한다는 것이 반갑고도 두려웠다. 그녀는 알 수 없는 존재였다. 그러나 나는 그녀를 믿었다. 나는 그녀에게 어느 누구에게도 주어본 적이 없는 무한한 신뢰를 품고 있었다. 나는 그 신뢰가 결코 배반당하지 않으리라는 것을 알고 있었다. 그것이 두려웠다. 내가 그녀에게 요구하게 될 것이, 그녀가 나에게 기꺼이 주려는 모든 것이 두려웠다.

아니, 그것만이 아니었다. 나는 그녀로 하여 내가 변하리라는 것을 예감했다. 나는 변할 것이다. 어쩌면 변화는 이미 시작되었는지도 모른다. 4년 전, 그녀가 기꺼이 감옥으로 걸어들어가던 그날.

교도소의 철문 앞에도, 거대한 벽돌 담벼락 앞에도 사람들이 벌써 장사진을 이루고 있었다. 군데군데 손전등을 든 사람들이 발밑을 비추며 서성거렸다. 모두가 잠시 후 가석방될 가족이나 친지를 맞이하기 위해 온 사람들이었다. 이놈 이거 몇년 살고 나오는 거냐? 자그마치 삼년이다, 삼년. 그놈 별이 몇개지? 이제 다섯 개. 그놈자식 징역살이가 적성인가보다. 불량해 보이는 남자들이 낄낄 웃어댔다. 이 망헌놈, 내가 다시는 이 짓을 하나봐라. 인자 이런 일 없을 거이요. 그놈이 아무리 정신 넋 빼놓고 산다 혀도 또 이런 데 들락거릴랍디여. 인자 이 두부 멕이면 다시는 여그 오는 일 없을 거이요. 두부 잘 챙겨, 이 여편네야. 두 노인이 주고받으며 옆을 스쳐갔다. 영순이도 구멍가게에서 산 두부를 손에 들고 있었다. 나는 그게 우스운 짓 같았다. 그 두부는 작은년이 아니라 나나 영순이가 먹어야 하는 것 아닐까, 하는 생각이 들었다.

철문에 가까이 가자 그 너머 부산스러운 사람들의 인기척이 들려왔다. 수인번호를 부르고 대답하는 소리, 고함을 질러가며 애기를 주고받는 소리…… 줄 좀 똑바로 맞춰 앉아봐라, 좀. 2356번, 2356번, 없어? 여깄습니다. 너 안 나갈 거야? 나가기 싫어? 대답 똑바로 못해? 영택아, 또 들어오지 말아라. 들어오면 죽여버린다. 잘 가라, 좆만한 놈들아. 너희들은 좋겠다. 통금시간 벌써 지났는데 빨리빨리 내보내주쇼, 담당님.

마침내 거대한 철문이 열렸다. 사람들이 쏟아져나왔다. 밖에서 기다리던 사람들이 저마다 이름을 부르며 그쪽으로 몰려들었다. 경철아, 경철아. 영진아, 영진아. 벌써 가족을 만나 입안 가득 두부를 베어무는 사람들도 있었다. 격렬히 껴안는 남녀들, 허리와 어깨에 팔을 두르고 교

도소를 등지고 부지런히 어둠속으로 걸어가는 사람들…… 나는 철문
을 빠져나오는 사람들의 행렬을 주시했다. 나오는 사람은 모두 남자들
이었다. 여자는 한사람도 눈에 띄지 않았다.

"저기 저거, 제임스 박 아냐?"

영순이가 물었다. 그녀가 가리키는 쪽에서 나는 그를 발견했다. 제임
스 박이 손에 든 검은 비닐주머니에서 부두를 꺼내 내밀자 그의 앞에
서 있던 커다란 몸집의 남자가 두부를 받아 입에 쑤셔넣었다. 그 남자
는 송준태, 수배령이 떨어져 몇년 전 도주했던 권상무의 졸개였다. 준
태가 남은 두부를 어둠속으로 내던졌다. 그들이 나를 보지 못했으므로
나는 아는 체하지 않았다. 제임스 박과 준태는 어깨를 나란히하여 사람
들 사이를 헤치고 어둠속으로 멀어져갔다. 나는 소화불량에라도 걸린
듯 뱃속이 불편했다. 제임스 박과 준태는 언제 저렇게 가까운 사이가
되었을까. 준태는 권상무의 죽음에 대해 어디까지 알고 있는 것일까.

남자들이 모두 빠져나오고서도 한참 시간이 흐른 다음에야 비로소
여자들이 철문을 나오기 시작했다. 하늘은 이미 희끗희끗 밝아오고 있
었다. 작은년이 철문을 나왔다. 영순이가 그녀에게 달려갔다. 두 여자
가 서로 손을 마주잡았다. 영순이는 눈물을 흘렸다. 나는 몇 발자국 떨
어진 자리에서 그들을 지켜보았다. 선뜻 발이 움직여지지 않았다. 영순
이가 두부를 꺼내 작은년에게 내밀었고, 작은년은 손으로 두부를 뚝뚝
떼어 입으로 가져가 우물거리며 웃어댔다. 그녀의 표정은 밝고 환했다.
더 살이 찐 것도 같았고, 더 젊어진 것도 같았다. 왠지 눈이 부셔서 그
녀를 똑바로 바라볼 수가 없었다. 나는 천천히 작은년 앞으로 다가갔
다. 나를 바라보는 그녀의 눈꺼풀이 가늘게 경련하는 것을 보았다. 그
녀는 며칠 전 만난 사람에게 하듯 명랑하게 말했다. 잘 지냈어? 나는 우
물우물 고생 많았다는 인사를 건넸다.

"고생은 무슨. 재밌었는데."

작은년은 계속해서 말했다. 안 와도 되는데. 혼자 찾아갈 수 있는데. 언제 왔어요? 어제 왔겠네? 여기 어디서 자고? 영순이와 작은년은 잠을 제대로 잤네 못 잤네, 지기(知己)라도 되는 듯 얘기를 주고받으며 걷기 시작했다. 나는 그들의 뒤를 따랐다. 하늘이 차츰 밝아오고 등뒤에서 교도소 담벼락 그림자가 우리 뒤를 따라왔다.

공터에서 작은 잔치가 벌어졌다. 영순이가 간이화덕을 만들기 시작하자 작은년은 어느새 냄비와 솥과 밀가루반죽을 들고 그 앞에 쪼그리고 앉았다. 작은년과 영순이는 고기를 굽고 전을 부치고 밥을 지었다. 술잔이 돌고 음식접시가 돌았다. 영순이는 고마워요, 미안해요, 하고 말하며 눈물을 흘렸으나, 작은년은 그저 즐겁고 유쾌한 낯이었다. 그녀는 내 얼굴을 쓰다듬고 또 쓰다듬었다. 나는 그녀의 어깨와 팔과 손을 쓸고 또 쓸었다. 나와 작은년은 기회만 생기면 서로를 끌어안았다. 영순이는 애써 외면했다. 작은년이 말했다.

"의젓해졌어요, 우영이. 사나워진 것도 같고."

나는 당신 앞에서는 사나울 일이란 없을 것이라고 말했다. 그녀는 흐뭇한 얼굴로 고개를 끄덕였다.

우물을 보고 그녀는 매우 기뻐했다.

"이걸 우영이가 다 판 거예요? 고마워요, 정말 고마워요."

상주는 저녁 무렵에 명자를 데리고 들어섰다. 명자는 작고 단정한 얼굴에 몸도 작고 가늘었다. 세상 물정 모르는 아이 같은 흰 얼굴, 그러나 상주를 바라보는 그녀의 얼굴에는 사랑의 마술이 역력하게 드러났다. 나는 노랑 병아리를 한마리 보고 있는 듯한 기분이었다. 나의 영순이도 저런 모습이던 때가 있었다는 생각으로 가슴이 아팠다. 명자는 높고 가는 음성으로 깔깔 웃어댔고, 그때마다 낯설지만 명랑한 기운이 공터에 물결처럼 퍼져나갔다.

그녀는 우리들 한사람 한사람에게 돌아가며 인사를 했다. 상주는 작은년을 소개할 때 이렇게 말했다.

"억울한 누명을 쓰고 감옥살이를 하다가 오늘 출감했어."

그 말을 듣는 순간 영순이의 얼굴이 짙은 어둠으로 물들었다. 그녀의 눈이 붉게 충혈되었다. 작은년이 재빨리 말했다.

"억울할 거 눈곱만큼도 없어요."

어느새 화덕 앞은 작은년의 차지가 되어 있었다. 그녀는 조용하고 천천히 움직여 고기를 굽고 생선을 굽고 상추를 씻고 풋고추를 씻고 된장과 고추장을 섞어 쌈장을 만들어 내놓았다.

"병식이 아저씨네 아이들은 어떻게 됐어요?"

작은년이 갑자기 물었다.

"아마 고아원에 들어갔겠지."

잠깐 그녀의 얼굴에 비난하는 듯한 기색이 스쳐갔다. 나는 외면했다. 내가 받을 비난이 아니었다. 세상에 고아원이 있다는 것은 나의 잘못이 아니다. 이놈의 데에 미군 기지가 있다는 것은, 세상에 매춘부라는 직업이 있다는 것도 나의 잘못이 아니요, 미군 병사들 가운데 미치광이들이 있어 가끔 살인을 저지른다는 것도 내 잘못은 아니다. 병식이형네 부부가 그렇게 살해당하고 자살한 것 역시 나의 잘못은 아니다.

상주는 내 곁으로 다가와 작은 소리로 말했다.

"제임스 박이 슬롯머신 몇대 챙겼다는 소문이 돌던데."

처음 듣는 얘기였다. 조상무네 조직이 운영하는 시내 관광호텔의 오락실에 설치된 슬롯머신 두 개의 운영권을 최근에 제임스 박이 넘겨받았다는 소문이 있다는 것이었다. 건달들이 운영하는 오락실의 슬롯머신은 돈 낳는 기계였다. 한 해에 집을 몇채씩 건질 수 있다고 했다. 승률은 지극히 낮게 조작되어 있었고, 그것을 알 리 없는 손님들은 대박을 꿈꾸며 계속해서 코인을 쑤셔넣는 것이요, 그것은 고스란히 운영자의 수입이 되었다.

"무엇을 댓가로?"

"그걸 모르겠어."

나는 새벽에 제임스 박이 준태와 나란히 걸어가던 모습을 떠올렸다. 그들 사이에 어떤 결탁이 이루어졌는지도 모른다. 어쩌면 준태는 나이트클럽 주티의 운영권을 되찾으려 할지도 모른다. 그와 조상무 사이에는 다툼이 벌어질 것이다. 그들이 다투는 동안 나는 안전하다. 그것이 나의 계산이었다.

"누구에게서?"

"조상무겠지."

조상무건 송준태건 그것은 위험한 발전이었다. 나의 계산은 잘못된 것이었다. 제임스 박은 준태를 마중했다. 조상무는 제임스 박에게 슬롯머신을 주었다. 그들은 모두 이미 한편에 서 있는 것 아닐까. 상주가 술잔을 입안에 털어넣고 중얼거렸다.

"어떻게 해야 할지 모르겠어."

명자가 면세품 밀매 일을 그만두라고 한다는 것이었다.

"손수레로 배추나 무 행상을 하더라도 그 일은 그만둬야 한다는 거야."

그는 어차피 전투원으로서는 이미 무력해질 대로 무력해졌다. 앞으로는 더 그렇게 될 것이다. 게다가 나는 조상무나 준태가 나의 적이 아니라는 것을 알고 있었다. 만일 싸우기로 한다면 나는 다른 적을 상대로 다른 전투를 벌여야 했다.

"좋을 대로 해."

나는 그를 붙잡을 생각은 없었다. 미안해, 형. 그가 입안엣소리로 중얼거리고 명자 곁으로 돌아갔다.

영순이는 집으로 돌아가고 상주는 명자를 배웅하기 위해 집을 나섰다. 작은년과 나만 남았다. 나는 그녀에게 쉴새없이 질문을 계속했다. 작은년은 조용조용히 대답했다. 그렇다. 작은년은 간첩이었다. 열고야국의 간첩, 이백수십년 전에 열고야국 혁명학교를 졸업하자마자 이곳에 파견되었다. 이백수십년이라니? 그렇다면 나이가 이백수십살이 넘었단 말인가? 그렇다. 그녀의 나이는 이백여든살이었다. 나는 놀랐다. 믿을 수 없었다. 그녀는 웃었다. 나는 그녀의 말을 믿었다. 어떻게? 모른다. 나는 그냥 믿었다. 열고야국은 어떤 나라인가? 설명이 필요치 않았다. 내가 이미 안다는 것이었다. 내가 어찌 안단 말인가? 그녀의 대답은 택이 아비의 대답과 비슷했다. 내가 언제나 그리워하던 바로 그 나라였다. 이곳이 나의 나라가 아니라고 말할 때 내가 기대하던 모든 것이 갖춰진 나라였다. 바다 위에 떠 있는 작은 나라, 그러나 아름다운 나라. 그곳의 한사람 한사람이 모두 작은년 같고 택이 아비 같은 나라. 이웃사람 하나하나가 어미보다 더 어미 같고, 자식보다 더 자식 같은 나라. 어느 누구도 이 세계로부터 자유롭게 하소서, 하고 노래할 필요가 없는 나라. 굳이 나라라고 할 필요조차 없는 작은 섬. 그 나라가 이곳에 간첩을 파견하는 이유는 혁명 때문이었다. 열고야국에서 '야만과 욕망의 땅'이라 부르는 이 땅 전체를 열고야국 같은 곳으로 만드는 것이 목표였다. 그래서 열고야국은 이 나라만이 아니라 세계 모든 나라에 간자들을 파견했다. 어느 나라에 파견되건 간자들의 임무는 다 같았다. 열고야국의 존재를 알리는 것, 그리고 열고야국에서 사는 것처럼 조용히, 가장 못나고 가장 무지하고 가장 더러운 사람들 속에서 사는 것. 그것이 혁명을 위해 열고야국이 택한 유일한 전략이었다. 전쟁이나 테러, 음모나 정부전복 같은 것이 아니었다. 살고 죽는 것. 이 '야만과 욕망의 땅'에 몸을 묻는 것. 그런 것이 어떻게 혁명이란 말인가? 그저 살다 죽다니. 그런 것이 어찌 간첩이란 말인가?

작은년은 말했다. 옛날 열고야국이 생기기 훨씬 전, 하늘과 땅의 이치를 알지 못하여 사람들이 홍수, 지진이나 한발 같은 천재지변으로 크나큰 고통을 겪을 무렵에 그것을 막아보기 위해 하늘과 땅의 변화를 공부하고 예측하려 한 사람들이 있었다. 그들을 하늘의 전령이라 불렀다. 그들의 동기는 순수했으나 그들의 예측은 꼭 정확할 수만은 없었다. 가물이 들 거라고 예측했는데 홍수가 나거나 지진이 없으리라 예측했는데 땅이 갈라져 사람이 죽는 일이 벌어졌다. 그러면 사람들은 하늘의 전령을 잡아 처형하거나 굶겨 죽였다. 하늘이 새로운 전령을 필요로 한다고 믿었기 때문이다. 열고야국에서는 물론 그런 무지스러운 일은 결코 벌어지지 않는다. 그러나 열고야국 간자는 그 하늘의 전령의 후예들이라고 할 수 있다. 열고야국의 존재를 알리기 위해 이 땅에 왔으나, 이 땅에 열고야국을 실현하지 못하는 한 간자들은 오늘날에도 모두 처형당하거나 피살당하거나 굶어죽는다. 그것이 간자가 할 일이요 간자의 운명이었다.

그렇다면 작은년도 처형당하거나 피살당하거나 굶어죽는다는 것인가? 그녀는 고개를 끄덕였다.

"당연하지."

나는 할말을 잃었다. 그녀가 생긋 웃으며 덧붙였다.

"어쩌면 우영이가 날 죽일지도 모르고."

나는 어이가 없었다. 어떻게 작은년은 그런 상상을 하는 것인가? 그녀는 다시 말했다.

"하지만 그런 일이 벌어진다 해도 나는 우영이를 전혀 원망하지 않을 거야. 그렇게 살다 죽기 위해 여기 온 거니까."

강도살인범이라는 누명에 감옥살이를 자청했을 때도 그녀가 한 말은 그런 것이었다.

이튿날 상주와 명자는 이태원 바닥에서 감쪽같이 사라졌다. 상주는 나에게 말 한마디, 편지 한장 남기지 않았다. 전날 밤 나에게 미안하다고 말한 그 한마디가 작별인사였던 것이다. 나는 그를 이해할 수 있었다. 그는 과감히, 철저히, 모든 과거의 인연을 잘라내야 한다고 생각했을 것이다. 더구나 살인에 관련된 것은 더욱 철저히 잘라내야 한다고 생각했을 것이다. 나라 해도 그렇게 했을 것이다.

보름쯤 뒤에 앤소니 커시의 어머니에게서 우편물이 날아왔다. 편지에는 두 사람을 위한 초청장이 동봉되어 있었다. 나는 상주와 명자를 찾아보려 했으나 찾을 길이 없었다.

5

그로부터 며칠 사이에 나이트클럽 주티의 운영권을 송준태가 장악했다. 감쪽같이 자취를 감췄던 그의 졸개 뻐드렁이 정석이 졸개들을 데리고 나타나 준태의 휘하에 들어갔다. 당연히 조상무와 그의 졸개들은 한날한시에 소리도 없이 이태원에서 사라졌다. 제임스 박은 벌써 충무로의 센츄리 관광호텔 오락실의 슬롯머신 두 대를 차지하여 이태원을 떠났다. 주티의 화장실에는 갓스물의 젊은이가 두 사람 새로 배치되었다.

나는 기다렸다. 송준태로부터는 아무런 기별이 없었다. 제임스 박이 나와 상주를 팔았으리라는 생각이 차츰 흔들렸다. 한달이 지났으나 나는 어디에서도 준태를 볼 수 없었다. 우연히 거리에서 마주치는 적도 없었다. 이태원의 일상은 조용히 계속되었다.

작은년이 출감하고 나서 열흘쯤 뒤에 전두환 장군이 장충체육관에서 열린 통일주체국민회의의 간접선거에서 대통령에 당선되었다. 후보는 전두환 한사람, 찬성률 99.9퍼센트. 반대표는 하나도 없었다. 기권표가 한표 나왔을 뿐이었다. 사실상 100퍼센트의 찬성이었다. 전두환은 사람들의 환호에 당당한 미소로 손을 흔들어 답례하며 퇴장하였고, 역시 박수를 치며 그 뒤를 따라나가는 사람들 속에서 나는 희망고아원 원장 나경민의 얼굴을 보았다. 텔레비전 속에서 그는 자신이 당선되기라도 한 듯 흐뭇한 얼굴이었다. 그는 살아남았다. 바로 저런 자들이 광주에서 수많은 시민 학생들을 죽였을 것이다.

작은년은 다시 집 근처 편물공장에 나가 일을 했다. 시간이 나면 우물을 팠다. 적어도 그녀에게는 변한 것은 전혀 없는 것 같았다. 여전히 그녀는 옷 한벌, 고무신 한켤레로 살아가면서 생기는 돈의 대부분을 남들을 위해, 못난 이웃들을 위해 썼다. 그녀는 해방촌 세탁소의 손중식에게도 가끔 찌개나 김치를 날라다주었다. 그의 아내가 죽고, 고등학교를 다니던 그의 딸은 집을 나가버린 지 오래였다. 그는 투표를 마치고 돌아온 날 밤, 작은년에게 말했다. 세상이 어찌 될라고 이러는가 몰라. 살벌해서 몸서리가 난다니까. 박정희 때도 이렇지는 않았는데. 무서워서 말 한마디 못하고 찬성에다가 도장만 꽉 찍어주고 나와버렸어. 다시는 통추회의에 입후보 안할 거야. 아이고, 무서워라. 누가 언제 죽어나갈지 모르는 세상이야.

영순이는 우리집에 자주 드나들었다. 나를 바라보는 그녀의 눈에는 언제나 슬픔과 원망이 담겨 있었다. 그녀는 이태원을 떠날 생각을 하지 않는 것 같았다. 여전히 면세품 밀매를 하고, 매춘부들에게 일수돈을 빌려주고 이자를 받으러 다녔다. 내가 가게 얻을 돈 아직 못 벌었느냐고 묻자 그녀는 눈을 흘기며 대답했다. 상관 마. 관심도 없으면서. 나는 그녀에게 앤소니 커시의 어머니가 보낸 초청장을 보여주었다. 원한다면 그것을 이용하여 미국으로 건너가라고 권했다.

"너랑 같이 간다면."

그녀는 농담하듯 말했으나 나는 그것이 단순한 농담이 아니라는 것을 알 수 있었다. 물론 나는 갈 생각도, 그녀와 같이 갈 생각도 없었다.

영순이와 작은년은 자매 같았다. 영순이는 작은년을 언니라 불렀고, 작은년은 영순이를 아우님이라고 불렀다. 그러나 한 여자는 가난한 매춘부들에게 비싼 이자를 받아먹는 것이 일이었고, 다른 한 여자는 가난한 이웃들에게 자신이 가진 모든 것을 내주고 있었다. 영순이는 작은년에게 옷을, 구두를, 화장품을 갖다주었으나, 이튿날이면 그것들은 벌써 이웃사람의 수중에 들어가 있었다.

가을 무렵부터 믿을 수 없는 일들이 벌어졌다. 공수부대원들이 엠씩스틴과 곤봉으로 무장하고 거리를 활보하고 다니다가 눈에 띄는 족족 젊은 사람들을 붙잡아 그 자리에서 개 패듯 난타한 다음 경찰서로 끌어갔고, 며칠 뒤에는 삼청교육대에 처넣었다. 나이트클럽 주티의 웨이터 탐 존스는 담배를 사기 위해 거리에 나왔다가 그런 식으로 삼청교육대에 끌려들어갔다. 사회정화를 위해 깡패와 건달, 전과자들에 대해 사회정화교육을 시킬 예정이라는 정부의 발표를 텔레비전으로 보았을 때, 신문마다 방송마다 삼청교육대에서 온몸에 문신을 한 우락부락한 남자들이 목봉체조를 하는 광경이 보도되었을 때도 그것은 어디까지나 남의 일이었다. 그러나 며칠 사이에 그것은 더이상 남의 일이 아니었다. 이태원의 매춘부와 면세품 밀매꾼, 암달러 상인 몇이 끌려들어갔다. 해방촌에서는 나이가 예순이 넘은 막노동 일꾼 한씨가 새벽같이 들이닥친 형사들에게 속옷바람으로 경찰서에 붙들려갔다가 결국에는 삼청교육대로 끌려갔다. 그가 전과 3범이었다는 소문이 떠돌았다. 전과 3범이건 30범이건 그가 무엇 때문에 붙들려간 것인지 아는 사람이 없었다.

거리에 나가면 행인들 모두가 공포에 질려 가면 같은 낯이었다. 무장한 군인들이 총검을 번득이며 행진하는 것이 눈에 띄면 모두들 도로 한쪽 구석에 멈춰서서 묵묵히 그들을 살펴보았다. 작년 겨울 군인들끼리 한남동에서 벌인 총격전을 주민들은 잊지 않고 있었다. 저들이 광주에서 벌인 짓에 대해서도 어렴풋이 알고 있었다.

호상이가 찾아온 것은 그런 때였다. 싸구려 양복에 넥타이까지 맨 그는 작은년이 차려준 밥을 정신없이 입안에 쓸어넣었다. 나와 영순이에게 그는 너희들은 결혼했냐, 하고 물었다. 밤에 단둘이 남게 되자 그는 말했다. 나 도망다니는 중이다. 수배령이 떨어졌어. 미안하다. 거북하면 내일 날 밝는 대로 나갈게. 나는 얼마든지 머물러도 좋다고 말했다.

그는 재수 끝에 대학에 들어갔고, 학생운동에 뛰어들었고, 봄부터 시작된 시위에 앞장섰다. 사법고시는 일찌감치 때려치웠다. 그런 공부 할 계제가 아니었다. 계엄령이 확대된 5월 17일 밤에 그는 선배로부터 도주하라는 연락을 받고 자취방을 뛰쳐나왔다. 그때 이래 아직껏 도망을 다니는 중이었다. 선배네 집, 친구네 집을 전전했으나 더이상 갈 데가 없어서 나를 생각해냈다.

그는 광주 얘기를 하면서 눈물을 흘렸다. 정부의 발표는 처음부터 끝까지 거짓이었다. 수천 명이 학살당했다. 총만이 아니라 대검으로 난자당하거나 개머리판에 머리가 깨어진 시체들이 무수히 발견되었다. 공수부대원들은 임산부의 배를 갈라 죽이고 대로상에서 처녀의 옷을 대검으로 갈가리 찢어발기고 유방을 도려냈다. 남녀노소를 가리지 않았다. 피가 길바닥에 흥건했다. 그것은 진압이 아니라 시민을 적으로 간주하고 벌인 학살이었다. 그 살인자들이 대통령이라니, 장관이라니, 국회의원이라니, 하고 그는 탄식했다.

나는 당분간 장사를 중단하기로 했다. 영순이 역시 장사를 중단했다. 세월이 흉흉할 때는 조용히 엎어져 있는 것이 상수였다. 나도 영순이도 호상이도 할일이 없었으므로 우리는 저녁이 되면 공터에 둘러앉아 같이 저녁을 먹고 술을 마셨다. 퇴근하고 돌아오면 작은년도 거기 끼어들었다. 밤공기가 쌀쌀해지면 화톳불도 피웠다. 패티가 돌아왔어. 삼청교육대에 끌려갔었대. 꼴이 말이 아니야. 얼굴이 시커멓고 온몸이 헌데투성이 멍투성이야. 저놈들이 권력을 차지하고 있는 동안은 이놈의 나라 전체가 삼청교육대야. 이놈의 나라엔 지금 국회고 법원이고 대학이고 가정이고 아무것도 존재하지 않아. 오직 삼청교육대라는 명칭의 수용소만이 존재하는 거야. 계엄군들이 죽은 사람들을 트럭으로 헬기로 실어날라 야산 같은 데 파묻고 휘발유를 뿌려 불태웠어. 지나가는 버스에다 총질을 해서 팔십 먹은 노인까지, 다섯살 먹은 애까지 죽었대. 그놈들은 우리나라 군대가 아니고 우리나라 대통령이 아니야. 적국 군대고 적국 대통령이야. 적이 아니면 그렇게 할 리가 있어? 우리나라 작전권이 주한미군 사령관에게 있다는 걸 모르는 사람 있냐? 그러니까 전두환이랑 미국놈들이랑 합작으로 벌인 짓이야. 저놈의 데가 미군 기지냐? 언제나 외국 군대 없는 나라에서 살아보냐? 저 아랫동네 양씨가 삼청교육대에 끌려갔대. 부부싸움을 하는데, 큰 소리가 났겠지. 지나가던 경찰들이 부부를 다 경찰서로 끌고 가더니, 여자만 풀어주고 남자는 삼청교육대로 넘겨버렸다는 거야. 용두동 어딘가에선 함 팔러 간 젊은이들을 한꺼번에 잡아다 삼청교육대에 처넣었대. 사당동 택이 아비라는 사람 기억나? 그 사람 이틀 전에 감옥에 들어갔대. 그곳에 철거가 시작됐는데, 철거하는 사람들이랑 맞붙어 싸우다…… 주민들도 다치고 철거반원들도 다쳤는데, 택이 아비가 주모자라고 체포되었어. 부산이랑 마산에서 학생들이랑 시민들이 들고 일어났을 때 박정희가 다 죽여도 좋다, 데모하는 놈들은 싹 쓸어버려라, 했다는 거야. 작은년은 말했다. '행복한 나라'에서 북쪽으로 십이년, 서쪽으로 십육년을 가면 '무덤의 나라'가 나와요. 그 나라 북쪽에는 하늘을 찌르는 산이 하나 있는데, 그

산에는 시체들이 가득해요. 시체들로 이루어진 산이지요. 그 나라에는 길바닥에도 산에도 물에도 사람이나 짐승 모양을 한 돌덩이와 바위들이 우뚝우뚝 곤두서 있어요. 그것을 명암(命岩)이라고 부르는데, 이웃 나라에서 그것을 구경하러 사람들이 몰려와요. 그 나라에는 철흉(鐵胸)이라는 괴물이 사는데, 눈이 하나고 팔이 일곱이고 다리가 일곱이에요. 머리는 뱀, 다리는 말, 몸뚱이는 사람인데 그 피부는 철판이에요. 철흉의 입안에는 톱니바퀴 같은 이빨이 삼백육십두 개, 철사 같은 혓바닥이 백스물두 개가 있어서 말을 하는 것들은 사람이고 짐승이고 가리지 않고 무조건 잡아먹어요. 잡아먹고는 곧 잊어요. 먹었다는 것을 잊기 때문에 자꾸 잡아먹어요. 그놈에게 먹히지 않으려면 말을 하지 않고 움직이지 않고 돌멩이처럼 가만 엎어져 있어야 해요. 돌멩이처럼 엎어져 있다가 그만 그대로 굳어버려서 명암이 되는 거예요.

"난 그놈들을 살인죄, 반란죄로 법정에 세울 때까지 싸울 거다."

호상이가 선언했다.

"그 다음엔요?"

하고 물은 것은 작은년이었다. 호상이는 그 다음이라뇨, 하고 반문했다.

"그건 처벌이거나 복수죠. 하지만 처벌이나 복수로 세상이 좋아지는 건 아니에요. 죽은 사람들이 되살아나는 것도 아니에요. 사는 목적이 처벌이나 복수라면 그게 얼마나 가엾고 황폐한 삶이에요? 그 다음 일을 먼저 생각하는 게 훨씬 더 중요하지 않을까요?"

"그걸 위해서죠, 저놈들을 법정에 세우는 게."

작은년은 다시 물었다.

"그 다음은요?"

"저런 놈들이 다시는 나서지 못하도록 만들어야죠."

호상이는 공장에 들어가겠다고 말했다. 노동자들을 조직하여 계급혁명을 도모해야 한다는 것이었다. 그것만이 이 나라의 모순을 극복하는 길이라고 주장했다. 전두환과 그 일당의 학살사건을 통하여 그는 한가지 중대한 사실을 깨달았다. 스스로 무장하지 않는 한 자신의 목숨마저 부지할 수 없는 체제가 되었다는 것이 그것이었다. 그는 언제든 기회만 오면 무장을 하겠다고 말했다. 작은년이 말했다. 사회주의 국가에서 어떤 일들이 자행되는지 알아요? 스딸린의 수용소에서 어떤 일들이 벌어졌는지 알아요? 얼마나 많은 사람들이 무자비하게, 몇달 전 광주에서 벌어진 일 못지않은 야만과 폭압 가운데 죽었고, 지금도 죽어가고 있는지 알아요? 그런 걸 먼저 알아보는 게 낫지 않을까요? 호상이가 나에게 물었다. 저 아주머니 누구냐? 뭐 하는 사람이냐? 나는 대답해 주었다. 간첩이다. 호상이가 화들짝 놀랐다. 간첩이라니? 그게…… 무슨 말이야? 열고야국이라는 데서 온 간첩. 이상한 간첩. 나이가 삼백살이 다 됐다. 조선시대부터 여기서 살았다더라. 호상이는 미친 소리잖아, 하고 투덜거렸다. 나는 절대로 아니라고 말해주었다. 같이 살아보면 알 것이라고, 절대로 미친 사람이 아니라고, 어쩌면 미친 것은 우리일 것이라고.

호상이는 밤이 깊을 때까지 매일 책을 읽었다. 맑스, 레닌, 마오 쩌뚱, 호 치민, 그런 사람들이 쓴, 영어나 일본어로 번역된 책들이었다. 공책에는 깨알 같은 글씨로 메모를 기록했다. '한국사회의 계급분석'이니 '현금의 정세분석'이니 하는 소제목들이 눈에 들어왔다. 가끔은 시구 같은 것이 기록되어 있기도 했다. '공포는 나의 친구 그가 찾아와 이마를 짚는다'는 구절로 시작되는 시는 쉽고 간결했으며, 우리집 공터의 밥과 술과 얘기 같은 것들이 이야기되고 있었다. 사나흘에 한번쯤 그는 양복을 입고 넥타이를 매고 구두까지 반들반들 닦아 신고 외출을 했다가 돌아왔다. 불심검문을 피하는 방법이라는 것이었다. 내 눈에는 작은년이 아니라 그가 간첩 같아 보였다. 내가 너는 검사나 판사가 될 줄 알

있는데, 하고 말하자 그는 그렇게 될 거라고 대답했다. 이놈의 나라가 아니라 새로운 나라의 검사가 될 거다. 저놈들을 틀림없이 법정에 세우고 말 거야. 나는 그를 이놈의 세상 생김생김이 어떻든지 거기 적응하기 위해 전력투구하는 자, 출세주의자라고 생각한 적이 있었다. 나는 그런 그를 이해할 수 있었다. 그나 나나 고아였고 살아남아야 했으니까. 그는 말했다. 이것이 내가 이놈의 세상에 적응하는 유일한 방법이야. 이것말고 다른 방법은 없어. 다른 건 죽음이야. 죽지 않고 사는 길이 이것뿐이야. 저 살인마들의 하수인이 되지 않고 살 수 있는 유일한 길이야.

한달쯤 지나자 그는 집을 떠나겠다고 했다. 구로동의 도금공장에 들어가기로 했다는 것이다. 그날 밤, 우리는 또다시 공터에서 작은 잔치를 벌였다. 저녁을 먹고 술을 마시고 나와 영순이와 작은년은 대마초를 피웠다. 호상이는 대마초 피우기를 거부했다. 그것은 퇴폐적인 양키 쓰레기 문화였다. 영순이는 말했다. 너를 보니까 난 벌레가 되어버린 것 같아. 난 너무나 한심하고 보잘것없고 쓸모없는 인간이야. 호상이는 영순이가 하는 말을 다 이해하지는 못했다. 그녀가 어떤 생활을 해왔는지도 알지 못했다. 그는 그렇지 않다고, 우리 같은 것들 하나하나가 행복하고 고귀하게 살 권리를 지니고 있다고 열변을 토했다.

공장, 공장이라. 나도 영등포의 공장에 들어가려 했던 때가 있었다. 병식이형이 나에게 권한 것이 그것이었다. 어쩌면 이런 곳이 아니라 그런 자리에서 나와 호상이는 만나게 되었을지도 모른다. 병식이형이 단순히 밥벌이가 아니라 어떻게 살 것인지를 결정하는 일이라고 말하며 앞을 막던 날이 생각났다. 나는 작은년에게 말했다. 그날로 되돌아가고 싶어. 작은년은 알아들었다. 그녀는 내 손을 잡아 쓸어주었다. 그날로 되돌아갈 수 있다면, 어쩌면 나의 영웅도 나의 미녀도 죽지 않았을지 모른다…… 바로 저쪽, 저 서울역 앞이 학생들로 뒤덮였어. 전두환 물러나라 최규하 물러나라 신현확 물러나라, 하고 구호를 외치면서 우리는 이번에야말로 민주주의가 틀림없이 회복될 것이라고 믿었어. 그런데 지금은…… 그 많던 사람들이 다 어디 갔는지…… 호상이의 말이었다. 어둠이 공포처럼 공터를 엄습했다. 눈아래 거리를 달리는 차들 하나하나가 전두환의 병사들이 사람을 사냥하는 것처럼 여겨졌다. 영순이가 노래를 불렀다. 서산에 붉은 해 걸리고 강변에 앉아서 쉬노라면…… 호상이가 따라부르고 이어 모두가 불렀다. 늘어진 어깨마다 퀭한 두 눈마다 빨간 노을이 물들면…… 작은년이 말했다. 가더라도 언제든 마음 편히 찾아와요. 여기를 집이라고 생각해도 좋아요.

그러나 나는 앞으로 어떻게 살아야 할 것인지도 결정짓지 못하고 있었다. 언제까지나 면세품 밀매나 하며 살 수는 없는 일이었다. 나도 뭔가 일을 하고 싶었다. 나의 적지는 호상이에게 역시 적지였다. 병식이형에게도 순금이에게도 삼청교육대에 끌려간 저 모든 사람들에게도, 광주에서 학살당한 그 모든 사람들에게도 그랬다. 그렇다면 무엇을 해야 하는 것일까?

작은년이 말했다. 호상씨는 러시아 혁명전야의 비밀당원 같아요. 그들은 얼마나 순결하고 열정적이었는지요. 하지만 결국 스딸린에게 죽거나 수용소로 끌려가거나 권력의 공포에 짓눌려 입을 다물고 목숨을 부지했지요. 호상이는 화를 냈다. 다 아는 것처럼 얘기하시는군요. 작은년이 나직하게 노래를 흥얼거리기 시작했다. 들어본 적이 없는 노래, 그러나 호상이는 아는 것 같았다. 그는 놀라 얼이 빠진 얼굴로 그녀를 쳐다보았다. 화톳불빛에 물든 그의 눈이 붉게 타올랐다. 그가 더듬더듬 그 노래를 따라불렀다. 노래가 끝나자 호상이가 물었다. 인터내셔널 같은 노래를 어떻게 아십니까? 작은년이 말했다. 호상씨의 열정은 순결하

고 아름답고 숭고해요. 비난하려는 게 아니에요. 그 열정이 이번에는,
이곳에서는 부디 다른 열매를 맺기를 바라는 거예요.

　나는 벌레 같았다. 아니, 벌레였다. 나는 벌레로 살고 싶지 않았다.

　작은년과 영순이와 나는 결국 같이 밥집을 하기로 결정했다. 물론 이
사를 가야 했다. 이태원과 해방촌에서 될 수 있는 대로 멀리 떨어진 곳
에서 새롭게 시작해야 하는 것이다. 그러나 나에겐 그럴 기회가 없었다.

　송준태가 태창 나염공장을 급습한 것은 저녁 무렵이었다. 나는 우물
을 파고 있었고, 작은년은 밥을 짓고 있었다. 준태와 정석이 졸개들을
다섯 거느리고 집안을 샅샅이 뒤졌다. 그들은 내 창고를 뒤엎고 양주를
깨뜨리고 담배를 끌어내어 공터에 흩뿌렸다. 송준태가 우물 속을 들여
다보았다. 나는 꼼짝도 않고 서 있었다. 이제 들켰다고 생각하고 포기
하려는 순간 준태는 아무것도 보지 못한 듯 갑자기 우물로부터 사라졌
다. 날이 어둑어둑해져 더욱 깊은 어둠에 잠긴 우물 속이 보이지 않았
던 것일까. 나는 어떻게 해야 할지 망설였다. 저들은 틀림없이 작은년
을 붙잡고 나의 행방을 추궁할 것이다. 그자들이 어떤 짓을 할 것인지
는 귀신도 알 수 없을 것이다. 작은년을 죽이는 짓도 망설이지 않을 것
이다. 그러나 내가 저들 앞에 나서면 어떤 일이 벌어질까. 저들은 나를
죽일 것이다. 나는 죽고 싶지 않았다.

　나는 일단 조심스럽게 우물 밖으로 나가보기로 했다. 발을 옮겨놓으
려다가 나는 놀라 나 자신을 내려다보았다. 나는 사라졌다. 내가 서 있
던 자리에 있는 것은 한마리 지네, 작고 검은 다족류였다. 나는 우물 바
닥에 엎어져 수많은 다리로 꼬물거리고 있었다. 나는 지네였다, 지
네……

　나는 부지런히 우물 벽을 기어올랐다. 지상에 이르렀을 때 부엌 쪽에

406

서 준태가 악을 쓰는 소리가 들렸다. 이 새끼 어디 갔어, 이 상년아? 은행나무 그림자가 기다랗게 벽을 타고 늘어져 있었다. 푸른 불덩이는 보이지 않았다. 작은년의 방문이 뜯겨나가 방안이 훤히 들여다보였다. 무신도의 귀신들이 나를 쏘아보았다. 퍽퍽, 둔탁한 소리와 함께 작은년의 비명이 터져나왔다. 똑바로 얘기 안하면 너 죽어, 이 상년아. 이 새끼 분명히 들어가는 걸 봤는데, 도대체 어디로 샌 거야? 그것은 뻐드렁이 정석의 음성이었다. 그들은 골목에서 이 집을 감시하고 있었던 것이 분명했다. 작은년이 말했다. 어제부터 안 들어왔어요. 거짓말 말아, 하는 고함과 함께 다시 몽둥이질 소리와 비명이 이어졌다.

나는 수많은 다족을 꼬물거려 부엌 안으로 들어갔다. 작은년은 부뚜막에 기대어 앉아 있었고, 준태는 그녀의 허벅지를 짓밟고 있었다. 아아, 작은년의 비명이 터져나왔다. 이 새끼 어디 있어? 준태가 고함을 질렀다. 작은년은 조용히 대답했다. 몰라요. 나는 고개를 틀어 준태의 졸개들을 둘러보았다. 뻐드렁이 정석이, 그리고 한두 번 주티에서 얼굴을 본 적이 있는 세 녀석들. 그이를 왜 찾으시는데요? 그놈은 살인자야. 정석이 내뱉었다. 여그 느그들이랑 같이 살던 튀기자식 지금 어떻게 됐는지 아나? 그놈 반신불수 됐다. 내가 춘천에서 잡아다 팔 하나 다리 하나 못 쓰게 만들어부렀다. 이제 돌아가면 남은 팔다리마저 절단낼 생각이여. 심우영이는 살인자여. 준태는 으르렁거리듯 이를 악물고 낮게 중얼거렸다. 작은년은 말했다. 그럼 경찰에 고발하세요. 준태는 그녀의 머리를 걸어찼다. 작은년의 목에서 으으으, 숨넘어가는 소리가 새어나왔다. 그녀가 나를 얼른 훔쳐보았다. 나는 부엌 바닥에 달라붙어 있었으나 그녀는 나를 알아보았다. 그녀가 눈짓으로 말했다. 어서 달아나. 나는 달아날 수 없었다. 아니, 나는 이미 달아나 있는 것이나 마찬가지였다. 이놈 어딨어? 뻐드렁이가 소리쳤다. 작은년의 대답은 한결같았다.

몰라요. 준태가 고개를 끄덕이자 뻐드렁이가 작은년의 왼손을 붙잡았
다. 대답 한마디에 손가락이 하나씩이다, 이 망할년. 심우영이 어디 있
어? 작은년은 태연했다. 몰라요. 뻐드렁이가 작은년의 손가락을 꺾었
다. 그녀는 이를 악물고 고통을 참았다. 그 눈으로 그녀는 다시 나를 바
라보며 재촉했다. 어서 달아나. 나는 그들 앞에 모습을 나타내야 한다
고 생각했다. 그러나 그럴 수가 없었다. 나는 지네가 되어 있었으나, 어
떻게 하면 다시 사람의 모습으로 되돌아가게 되는지 알지 못했다. 저들
은 틀림없이 나를 죽일 것이다. 나의 모든 돈을 빼앗을 것이다. 그러나
나를 찾지 못하면 작은년을 죽일 것이다. 어디 있어? 다시 작은년의 손
가락이 부러졌다. 그녀는 이를 악물고 신음했다. 출감하던 날 작은년이
나에게 한 말이 귀에 생생했다. 어쩌면 우영이가 날 죽게 할지도 몰라.
뻐드렁이가 덤벼들어 작은년의 팔을 간단히 부러뜨렸다. 소름끼치는
소리, 그리고 으으아아, 작은년이 짧게 비명을 질렀다. 저런 것이 그녀
가 할 일이라는 것인가. 이 개새끼들아, 하고 외쳤으나, 그것은 내 생각
뿐이었다. 내 작은 주둥이에서 독액이 섞인 침이 흘러나와 흙바닥에 떨
어졌다. 어디 있어? 작은년은 고개를 저었다. 준태가 발목에서 회칼을
꺼내들었다. 나는 부지런히 다리를 움직여 그를 향해 기어갔다. 이놈
어디 있어? 준태가 다시 물었다. 작은년은 고개를 저었다. 그는 작은년
의 머리칼을 움켜쥐어 일으켜세웠다. 어디 있어? 칼날이 그녀의 눈앞으
로 파고들었다. 작은년은 헐떡이듯 작은 소리로 대답했다. 몰라요. 뻐
드렁이가 덤벼들어 그녀의 가슴을 걷어찼다. 작은년이 부엌 바닥에 쓰
러졌다. 뻐드렁이와 졸개들이 덤벼들어 그녀를 짓밟았다. 그녀의 얼굴
이 터졌고 입에서 피가 흘러나왔다. 나는 알고 있었다. 그녀는 죽더라
도 나의 행방을 얘기하지 않을 것이다.
　　나는 과연 벌레였다. 나는 지네였다. 내가 고함을 지르며 준태의 발

을 향해 덤벼드는 순간, 그와 삐드렁이와 그의 졸개들이 한꺼번에 좌우로 흩어지며 나를 쏘아보았다. 나는 어느새 사람의 몸으로 되돌아가 있었다. 그들이 나를 향해 덤벼들었다. 나는 머리로 준태의 얼굴을 들이받았다. 누군가의 발길질에 나는 부엌 바닥에 쓰러졌고, 그들의 발길질과 쇠파이프가 내 몸 위에 쏟아져내렸고, 나는 더이상 저항도 하지 못하고 그들에게 몸을 내맡겼다. 얼굴이 깨어지고 입이 터지고 눈앞으로 시커먼 어둠이 덤벼들었으며, 나는 정신을 잃었다.

경찰에 신고를 한 것은 영순이었다. 공장 안으로 들어서려던 그녀는 나와 송준태 패거리가 싸우는 것을 목격했고, 그 길로 돌아나가 이것저것 생각할 겨를도 없이 경찰에 전화를 했다. 나와 작은년은 병원으로 실려가고, 송준태 일당은 경찰서로 끌려갔다. 다음날 의식을 회복한 나 역시 경찰서로 끌려갔다. 그러나 작은년은 깨어나지 못했다. 이틀 뒤에 그녀는 숨을 거두었다.

그녀가 죽을 때 하늘에서 울음소리가 들리고 쨍한 한낮에 갑자기 비바람이 몰아치고 우박이 쏟아지더니, 땅이 뒤흔들리며 그녀와 내가 같이 판 우물에서 거대한 용 한마리가 뛰쳐나와 하늘을 몇번이나 맴돌며 떠날 줄을 모르다가, 해가 저물기 시작해서야 마지못한 듯 마지막으로 꺼이꺼이 울부짖고는 남쪽으로 사라졌는데, 그와 함께 용산 미군 기지 군데군데, 이태원 해밀턴 호텔 앞 큰길에 군데군데 땅이 꺼지고 건물이 무너져내렸다.

그날 나는 머리가 일시에 백발이 되었고, 주영순은 목소리를 잃었으며, 용이 뛰쳐나오는 바람에 쓰러진 은행나무는 어느새 다시 하늘을 훨훨 날아 희망고아원 뜰에 내리꽂혔고, 그날 이후 잎이 피어나기 시작하여 그 이듬해에는 세 가마니의 열매를 맺었다.

에필로그

심우영은 그날 죽었을 수도 있다. 그는 사실 그날 자신의 일부분이 죽었다고 믿는다. 작은년과 함께 그는 죽었다. 그날 그의 머리가 일시에 백발이 되고 만 것은 그 때문이다.

심우영도 송준태 패거리도 그 길로 삼청교육대라 불리는 수용소로 끌려갔다. 우연히 심우영과 송준태는 같은 군부대로 들어가게 되었다. 그곳에서 심우영과 송준태는 더이상 적이 아니었다. 송준태 역시 그제야 그것을 깨닫는 것 같았다. 그들의 적은 제복을 입고 엠씩스틴과 캘리버 50으로 무장하고 허리에는 수류탄을 차고 탄창을 차고 대검을 차고 죽음으로 그들을 위협하며 짓밟는 자들, 그들을 부리며 피의 만찬을 즐기는 자들이었다. 개머리판으로 얻어맞아 쓰러진 송준태를 심우영이 일으켜세워주었고, 목봉 밑에 깔려 발버둥치는 심우영을 송준태가 끌어내주었다.

송준태는 나중에 반란을 일으켰다가 사살당했다. 엠씩스틴이 그의 몸을 갈가리 찢어놓았다. 심우영은 허벅지 관통상을 입었으나 죽지는 않았다.

삼청교육이 끝난 뒤 우영은 노동수용소에 배치되어 여섯 달 동안 강제노동을 했다. 그것이 끝나자 이번에는 청송감호소로 끌려갔고, 그곳에서 5년 동안 복역했다.

청송감호소에서 나왔을 때 그를 맞은 것은 주영순이었다. 우영과 영순은 가지고 있던 돈을 모두 희망고아원에 기부했다. 사라졌던 은행나무가 우렛소리와 함께 난데없이 고아원으로 돌아오는 것을 보고 쓰러져 그만 식물인간이 되어버린 숙부 나경민으로부터 고아원을 넘겨받았으나 운영난 때문에 진퇴양난에 빠져 있던 새 원장 나승규는 기꺼이 그들의 기부를 받아들였다. 심우영과 주영순은 고아원의 작은 방 하나를 얻어 그곳에서 기거하며 고아들을 돌보았다. 얼마 후에는 병식과 순금 부부의 아이들을 찾아서 데려왔다. 그들은 보수 한푼 받지 않고 헌신적으로 일했으나, 나승규 원장이 부정한 짓을 저지르려 할 때는 귀신처럼 알아내어 끝내 막아냈다.

심우영은 자신이 열고야국의 간첩이라고 주장했다. 작은년의 뒤를 이어 일하는 중이라는 것이었다.

"작은년이 밀파간첩이었다면 나는 고정간첩이지요."

그는 늠름하고 당당히 허리를 펴고 나를 바라보았다.

산중턱의 거대한 구덩이, 그것은 이곳에 온 이후 그가 파기 시작한 우물이었다. 그는 나에게 진지하게 말했다. 저 우물을 지구덩이를 관통해서 정반대편으로 통할 때까지 파게 되면 지구의 자기장이 바뀌어 바로 이곳이 북극이 되고 반대쪽 끝이 남극이 되며, 그리하여 이곳 하늘에 오로라가 번쩍이며 춤을 추게 될 것이다. 그것은 이 세상 전체가 머지않아 열고야국 같은 곳으로 변화하리라는 징조다. 나는 말했다. 그런 일은 결코 이루어질 수 없다. 그는 나에게 물었다. 해보지 않고 어찌 안 된다고 하는가? 나는 이번에는 다른 식으로 질문을 했다. 우물을 지구 반대편까지 뚫었는데 그런 일이 벌어지지 않으면 어찌하려는가? 그는 태연히 대답했다. 하나로 안되면 또하나를 팔 뿐이다. 둘로도 안되면 셋을 파는 것이다. 나는 다시 물었다. 그러다가 당신이 죽으면? 그는 대답했다. 누군가 내 할일을 대신할 것이다. 작은년의 일을 내가 대신하고 있듯이.

5년 전 심우영은 작은년의 방문을 받았다. 우영은 반가워서 눈물을 흘렸는데, 더욱 예뻐지고 더욱 늘씬해진 작은년은 그에게 주영순과 결혼을 하라고 권했다. 심우영은 다 늙은 것들이 결혼은 무슨 결혼이냐고 웃었다. 그러나 작은년은 결혼을 하지 않으면 밤마다 찾아와 잠을 못 자게 하겠다고 위협하기까지 했다. 사람으로 살 때는 없던 심술이 귀신이 되면서 생겨난 것인지 그녀의 고집스런 권고는 밤낮을 가리지 않고 계속되었다. 우영이 우물 속으로 들어가 삽질을 할라치면 돌연 땅을 뚫고 솟아나 결혼 날짜 잡았어, 하고 묻거나, 그가 참외를 잘못 먹어 밤에 변소에 가서 허리띠를 풀면 갑자기 등뒤에서 나타나 결혼식에는 누구누구를 초대할 거야, 하고 묻는 식이었다.

꼭 작은년의 권고 때문만은 아니었겠으나, 그해 가을에 결국 심우영은 주영순과 결혼했다. 결혼식은 고아원 뜰에서 열렸는데, 하객은 대부분 그곳의 고아들이었다. 그러나 그밖의 하객들도 있었다. 우영의 아비 어미와 영순의 아비를 비롯하여 권상무와 송준태까지 참석하여 술과 밥을 배터지게 먹고 마시며 놀았다. 물론 작은년과 택이 아비 우민덕도 참석했다.

그날 결혼식 하객들은 마침 가지가 휘어지게 열린 은행나무를 털어

은행을 서너 되씩이나 얻어가지고 돌아갔다. 나중에 우영이 전해듣기로는 영순의 아비는 돌아가는 길에 권상무와 맞붙어 도리짓고땡을 벌였고, 그리하여 은행은 물론 몰래 감춰갖고 가던 막걸리 한통까지 몽땅 털렸다고 한다.

부정의 파토스와 욕망의 드라마

김영찬

1. 우리 시대의 지옥도(地獄圖)

최인석의 소설을 읽는 것은 불편하다. 그것은 단지 그의 소설이 어느 순간 현실과 환상의 경계가 흐려지는 낯설고 혼란스러운 세계로 우리를 끌고 들어간다거나, 지옥 같은 세상에 던져진 인물들이 토해내는 끔찍한 절규와 탄식이 가슴을 무겁게 짓눌러오기 때문만은 아니다. 그 점은 물론 최인석의 소설을 그의 소설답게 하는 특징이라 할 수 있을 터이나, 불편함의 좀더 근본적인 진원지는 다른 데 있다. 이 세상은 결국 끔찍한 곳일 뿐이라는 것, 그것이 이 세계의 본질 그 자체라는 것, 따라서 아무런 치유나 개선의 가능성도 없다는 것. 최인석은 그의 소설에서 시종 그러한 절망과 비관의 시선을 거두어들이지 않는다. 그의 소설은 그 끝모를 환멸과 비관의 시선으로 탐욕과 야만이 들끓는 이 세계의 음침한 그늘을 우리 눈앞에 집요하게 들이민다. 그러면서 그는 우리에게 이렇게 말하는 듯하다. 어떠냐고, 정말 그렇지 않느냐고. 그의 소설을 읽는 불편함은 거기에서 온다.

그것이 불편할 수밖에 없는 것은, 우리가 짐짓 모른 척 외면하면서 의식적·무의식적으로 가담하고 있는 이 세계의 야만적인 진실을 적나라하게 들추어내 그 심연을 직시하도록 우리를 끌고 들어가기 때문이다. 무릇 겉보기에 평온한 우리의 일상은, 무언가 말해지지 않는 것이 있어야만, 어떤 근본적인 진실을 무시해야만 존재할 수 있는 그런 것이다. 이때 말해지지 않는 근본적인 진실이란 다른 것이 아니다. 그것은 바로 우리의 일상이 탐욕과 착취의 악다구니, 그리고 그 위에 구축되는 야만적인 사회적 적대라는 심연을 딛고 서 있다는 것, 매끄러운 일상의 평온함이란 그 심연을 모른 척하거나 아니면 능동적으로 참여하고 공모함으로써만 얻어지는 일종의 자기기만적 가상(semblance)에 불과하다는 사실이다. 탐욕과 비참함, 폭력과 신음이 들끓는 최인석 소설의 세계는 그 끔찍한 심연의 한가운데에 있다. 그렇게 최인석의 소설은 눈 돌리고 싶은 우리 삶의 밑그림을 들추어낸다. 그것은 우리 시대의 지옥도(地獄圖)다.

이곳이 아닌 다른 곳을 꿈꾸는 인물들의 염원이 대부분 그로테스크한 몽환의 옷을 입고 나타나는 것도 거기에서 비롯된다. 그들은 기이하고 음침한 모습으로 변신해서야 이윽고 이 추악한 세상에서 벗어난다. 가령, 「내 사랑 나의 암놈」(『아름다운 나의 귀신』, 문학동네 1999)에서 '나'는 철거촌에 난입한 전투경찰의 최루탄과 방패, 삽차와 지게차의 폭력 한가운데서 순간 솔개가 되어 하늘로 솟아오르며, 「구렁이들의 집」(『구렁이들의 집』, 창작과비평사 2001)에서 '나'는 긴 혀를 빼어 올리고 구렁이가 되어 담을 타넘는다. 온몸에 돋아난 지느러미를 퍼덕이며 물로 뛰어드는「잉어 이야기」(같은 책)의 '나' 역시 마찬가지다. 이때 그들의 변신과 탈주에 드리워져 있는 음울한 귀기(鬼氣)는 그대로 '현재 이곳'이 뿜어내는 저주의 그늘이다. '다른 곳'으로의 탈주가 이렇듯 기괴한 종말론적 환상을 빌려 표현될 수밖에 없다는 것, 이는 현실에 대한 최인석의 환멸과 비관이 그만큼 깊다는 것을 반증하는 것이기도 하다.

『나를 사랑한 폐인』(문학동네 1998)과 『아름다운 나의 귀신』을 거쳐 『구렁이들의 집』에 이르기까지, 최인석은 이러한 자신만의 독특한 소설세계를 개척하고 그 폭과 깊이를 다져왔다. 이번에 출간될 『이상한 나라에서 온 스파이』는 지금까지 주로 중단편을 통해 축적되어온 이같은 소설세계를 장편의 영역으로 넓혀놓은 것이다. 야만적인 탐욕과 타락이 들끓는 시궁 같은 세계, 그 세계에 비천한 모습으로 던져진 인물들의 좌절과 절망의 절규, '다른 곳'에 대한 지독한 향수와 그리움을 앓는 인물들, 현실과 환상의 기묘한 뒤섞임, 현실의 추악함을 격렬하게 파헤치는 집요한 문체 등, 이 소설에는 최인석 소설의 특징적인 면모들이 집약되어 있다. 그런만큼, 이 소설은 어떤 측면에서 그간 최인석이 펼쳐왔던 소설세계의 잠정적인 결산이라는 의미를 갖는다. 그 결산이 앞으로 어떤 길로 이어질 것인지 아직은 알 수 없다. 일단, 이 글에서는 『이상한 나라에서 온 스파이』라는 유혹적인 제목을 달고 있는 이 소설이 열어가는 길을 차근히 따라가보려고 한다.

2. 욕망의 드라마, 욕망의 알레고리

소설은 삼청교육대 피해자들을 취재하던 '나'가 심우영이라는 노인을 만나며 시작된다. 프롤로그로 처리된 그 장면에서 '나'는, 이 이야기가 심우영에게서 들은 이야기를 그대로 옮겨놓은 것이며 어디까지나 그의 화법에 의해 전개되는 것임을 밝힌다. 그리고 그 노인의 이야기에 깔려 있는 완강한 부정의식에 대한 공감 섞인 논평이 곁들여진다. 이는 마지막에 덧붙은 에필로그와 함께, 일견 편집증적 망상이 만들어낸 터무니없는 이야기로 읽힐 법한 심우영의 이야기에 '현실적인' 의미를 부여하는 장치라고 할 수 있다. 그러한 장치를 통해 작가는 이야기의 현실성에 대한 판단을 일단 접어두고 소설을 읽어나가도록 유도하고 있는 것이다.

심우영의 이야기는 유신시대에서 80년대 초 신군부의 권력장악과 억압적인 통치로 이어지는 암울한 시대를 배경으로 전개되어나간다. 하지만 소설에서 그러한 시대적 배경은 인물의 삶과 행위에 결정적인 영향을 미치는 것으로 부각되지는 않는다. 서사의 중심은 시대의 정치적 상황에 별 관심 없이 살아가는 주인공이자 화자인 '나'(심우영)의 일대기다. 그가 전해주는 이야기는 이렇다.

'나'는 어미 뱃속에 있을 때부터 이 세상은 추악한 곳이라는 것을 알아버린 아이다. '나'는 쓰레기구덩이 같은 방에서 아비 어미가 벌이는 악다구니와 비참한 생활을 견디며 자라나지만, 도둑질을 하러 나갔던 아비는 축대에서 떨어져 죽고 홀로 남아 술로 끼니를 삼던 어미는 '나'를 고아원에 맡기고 사라져버린다. 그리하여 "나는 지네다"라고 절규하는 '나'에게 남은 것은 세상에 대한 철저한 증오와 자기모멸, 그 속에서 자라난 음침한 욕망이다. 이야기는 '나'가 고아원을 뛰쳐나오는 장면에서 시작되는데, 이후 펼쳐지는 것은 세상에 대한 복수와 일그러진 욕망의 드라마다. 우연히 미군 나이트클럽에 취직하게 된 '나'는 그것을 계기로 세상의 추악함 한가운데로 뛰어들며, 밀매와 간음, 대마초와 집단 혼음의 타락으로 젖어든다. 그러던 중 고아원 시절 사랑했던 여자친구

영순이 나이크클럽 권상무의 정부(情婦)이자 스트립 걸로 전락해 나타
나자 울분과 절망 때문에 권상무를 살해하고 한때 연인이었던 영순과
함께 오히려 더욱 깊은 범죄와 타락의 나락으로 빠져든다. '나'의 사악
하고 음침한 욕망의 전투는 그렇게 시종 숨가쁘게 전개된다.

  그러나 '나'가 이러한 전투에 스스로 부여한 정당성은, 아무 조건 없
이 자신을 거두어 베푸는 '밥어미'(작은년)라는 인물로 인해 조금씩 흔
들린다. 또다른 서사의 한가닥은, '나'가 열고야(列姑射)라는 나라에서
이 세상을 정화하기 위해 파견된 간첩이라 주장하는 밥어미와 사랑에
빠지고 그녀의 언행에 감화되면서 세상에 대한 즉자적인 증오와 자기
학대를 '다른 곳'에 대한 열망으로 승화하는 과정이다. 결국 '나'는 자신
을 지키기 위해 죽어간 밥어미의 뜻을 이어 '다른 세상'에 대한 그리움
을 안고 지구 반대편에까지 이를 깊은 우물을 파며 살아간다.

  다소 장황한 줄거리 정리가 된 듯하나, 이를 통해 이 이야기가 기대
고 있는 소설문법은 자연스럽게 드러난다. 구체적인 시대적 상황을 배
경으로 『산해경』과 『삼국유사』의 '진훤' 설화, 신화적 상상력과 카프카
소설의 모티프가 한자리에 어우러져 만들어내고 있는 기이한 환상적인
분위기는, 지금까지 최인석의 소설이 그랬듯 이 소설에 독특한 색채와
아우라(aura)를 부여하고 있다. 하지만 그것들은 소설의 곳곳에 배치되
어 있는 구성요소일 뿐, 소설 전체를 윤곽 짓고 이끌어가는 큰 뼈대는
다른 데 있다. 이 점을 좀더 분명히 하기 위해서는 잠시 이 소설과 유사
한 문제의식과 성격을 공유하는 최인석의 이전 소설들의 한가지 특징
을 되새겨보는 것이 필요하다.

  최인석의 소설은 대개 한정된 공간을 배경으로 펼쳐진다. 치유할 수
없는 비관적인 현실에서 돋아나는 폭력과 광기, 그 현실에 짓눌려 좌절
한 채 주저앉아버리거나 그곳에서 벗어나려는 그늘진 열정을 그리는

소설들이 특히 그러하다. 「노래에 관하여」(『혼돈을 향하여 한걸음』, 창작과비평사 1997)의 삼청교육대, 「심해에서」(같은 책)의 매음굴, 『아름다운 나의 귀신』의 달동네 판자촌 등이 바로 그런 공간들이다. 이들 소설에서 인물들은 자신에게 주어진, 폭력과 광기, 좌절과 신음으로 얼룩진 그 공간을 결코 벗어나지 못하며 또 벗어나지 않는다. 벗어난다 하더라도, 「구렁이들의 집」이나 「잉어 이야기」에서처럼 절망의 막바지에 죽음처럼 찾아오는 종말론적 초월로서나 가능할 뿐이다. 왜냐하면 이 세상에서 살아가는 한 그 악몽의 삶은 벗어날 수 없는 굴레이고 또 설혹 그곳에서 벗어난다 한들 어디를 가든 세상은 똑같은 지옥일 뿐이라는 것, 그러한 인식을 작가는 인물들에게 심어주고 있기 때문이다. 사정이 그러하니, 시간 역시 흐르지 않고 한자리에 고여 있을 것은 당연하다. 그런 세계에서는, 어제란 오늘과 다르지 않고 내일 역시 마찬가지인 악몽같은 악무한(惡無限)이 있을 뿐이다.

폐쇄된 공간과 고여 있는 시간, 그곳에서 작동하는 것은 알레고리다. 이야기가 지극히 구체적인 상황을 배경으로 사실적으로 전개되는 경우에도, 최인석의 소설이 궁극에는 알레고리일 수밖에 없는 것은 그 때문이다. 그것은 이 세상의 생김생김에 대한, 또 그 세상을 살아가는 인간의 본성에 대한 알레고리다. 『이상한 나라에서 온 스파이』도 그 점에서는 크게 다르지 않다. 그와 함께 소설의 앞뒤에 배치된 프롤로그와 에필로그는 중심 서사인 심우영의 이야기를 격자의 안쪽으로 밀어넣고 격자의 바깥에서 그 이야기를 의미화하는 또하나의 시선의 역할을 함으로써 이 소설의 알레고리적 성격을 더욱 두드러지게 만들고 있다.

문제는 알레고리가 본질적으로 무시간성의 형식인 데 반해, 장편에는 어떤 방식으로든 시간성이 개입될 수밖에 없다는 점이다. 지금까지 최인석의 단편이 지녔던 극적(劇的)인 집중성이 알레고리로서의 효과를 배가하는 것이었다면, 극적인 압축성이 느슨해질 수밖에 없는 대신 인물과 인물의 관계와 사건의 배치를 외연적으로 확장해야 하는 장편에서는 그것을 지탱하고 끌어갈 수 있는 시간성의 차원이 있어야 한다. 그런 측면에서 알레고리와 장편의 시간성은 조화롭게 어울릴 수 있는 것이 아니다. 이 소설은 처음부터 이러한 형식의 아포리아(aporia)를 안고 출발한다. 이 소설이 유신시대에서 80년대 초로 이어지는 구체적인 시대를 배경으로 하고 있으면서도 그 시간의 차원이 인물의 행위에 결정적인 영향을 미치지 못하고 뒤로 물러나 있다는 것도 이러한 사정과 무관하지 않다. 이럴 경우 가능한 방법 중 하나는, 주인공의 역정을 따라가면서 그의 욕망과 감정선을 중심으로 그 주변에 일련의 사건들을 배치하고 그것을 그 인물의 격렬한 욕망의 드라마에 종속시키는 것이다. 이 소설에서 서사의 한가닥은 분명 이러한 길을 따르고 있다.

3. 극단의 수사학과 도덕적 비학(秘學)의 세계

『이상한 나라에서 온 스파이』에서 최인석은 그동안 한국소설에서 보기 힘들었던 지극히 예외적인 인물을 창조해낸다. 소설의 주인공—화자인 심우영이 바로 그러한데, 그는 자의식적인 자학(自虐)을 극단으로 밀고 나가며 사악한 방법으로 사악한 세상의 한가운데로 걸어들어가 어두운 권력의지를 발산하는 인물이다. 그에게 힘이 있다면, 그것은 그의 말 그대로 "음(陰)의 힘"이며 "반(反)에너지"(24면)다. 그 어두운 권력의지는 진실로 치장된 이 세계의 허구를 그대로 수용하지 않겠다는 의지이며, 모든 의장(擬裝)을 벗어던진 적나라한 반(反)도덕의 욕망으로 그 허구에 맞서겠다는 의지다. 멀리 싸드(Sade)나 장 주네(Jean

Genet)의 인물에게서 보았을 법한 이러한 반도덕적 권력의지는 주체의 생존을 위협하는 세계 속에서 연약한 주체를 보존하려는 일종의 전도된 '자기의 테크놀로지'다. 그것은 세상에 대한 끝없는 증오 속에서, 그리고 역설적이게도 극단적인 자조와 자기학대 속에서 그 힘을 얻는다.

  물론 소설의 뒤로 갈수록 '나'(심우영)의 이 반도덕적 권력의지는 밥어미에게 영향 받아 점차 의심의 대상이 되고 결국 '다른 세상'에 대한 그리움으로 돌려지지만, 소설의 전반부를 이끌어가는 것은 분명 그 어두운 열정, 그늘진 욕망이다.

  나에게는 그들과 다른 욕망, 다른 요구가 있었다. 그것은 아무도 가르쳐주지 않았으나, 내 가슴속에서 스스로 자라났다. 쓰레기구덩이 같은 방, 자신의 토사물 한가운데 엎어져 잠든 어미의 더러운 뺨에서 찐득찐득 흘러내리는 피를 묵묵히 지켜보며 그것들은 자라났다. (…) 나의 욕망과 요구는 그렇게 아무도 모르는 가운데, 나의 아비와 어미도 알지 못하는 가운데 자라났다. 어둡게, 아무도 그 존재를 알지 못하는 가운데, 아무도 보살피지 않는 가운데, 지네처럼, 전갈처럼, 저 얼어붙은 극지방을 배회하는 이리처럼, 독버섯처럼, 암세포처럼. (21~23면)

  소설은 '나'가 토해내는 이러한 어두운 정념(情念)으로 가득 차 있다. 추악한 세상에 대한 증오와 부정, 인간성에 대한 허무주의적 혐오, "나는 지네다"라는 선언으로 대표되는 극단적인 자기모멸, "소주병을 아작아작 씹어" 삼키며 내뱉는 분노와 슬픔, 이런 것들을 안고 '나'가 벌이는 밀매와 간음, 배신과 살인 같은 범죄의 연속은 소설을 어둡게 물들인다. 소설 속에서 벌어지는 사건들은 상실감과 치욕, 자학과 증오로 얼룩진 '나'의 격렬한 정념에 위해 뒷받침되고 심리적 개연성을 얻는다. 다시 말해, '나'의 심리와 '나'를 중심으로 벌어지는 일련의 사건들에는 그러한 정서적 강렬함이 새겨져 있다. 서로가 서로에게 괴물인 홉스(Hobbes)적 세계에서 '나'가 벌이는 그 적나라한 욕망의 전투는 그렇게 과잉으로 얼룩질 수밖에 없는 필연성을 안고 있다. 이 소설을 이끌어가는 고유한 논리는 그곳에서 생겨나며, 그것을 우리는 극단의 수사학이라 할 수 있을 것이다.

이 소설은 그러한 극단의 수사학을 통해 멜로드라마의 영역으로 이끌린다. 그러나 그것은 외적인 표지로 드러나는 것 중 하나일 뿐, 더욱 중요한 것은 그것을 지탱하고 있는 상상력의 핵심이다. 이 세상에서 살아간다는 것 자체가 치욕이며 고통이라 여기는 '나'는, 그 핵심을 다음과 같이 그의 어법으로 이야기한다; 이 세상에는 빼앗는 자와 빼앗기는 자, "덫을 놓는 사람과 덫에 빠지는 사람"(298면)이 있을 뿐이다.

소설에서, '나'가 밥어미를 통해 점차 자신이 걷는 길이 죽음의 길이라는 것을 알게 되고 세상에 대한 '나'의 즉자적인 증오는 '다른 세상'에 대한 열망으로 돌려지지만, 이 같은 선명한 이분법은 '나'를 거두고 감싸안는 밥어미의 언행, 그녀가 들려주는 수많은 간자(間者)들의 행적, 이 세상의 추악함과 대비되는 평화로운 열고야국의 표상, 그리고 그 모든 것을 듣고 접하며 '나'가 안게 되는 '다른 세상'에 대한 열망을 경유하여 또다른 형식으로 완성된다. 그것은 야만과 탐욕이 들끓는 사악한 이 땅과 열고야국이라는 완전한 세상의 이분법이다.

이 둘을 가르는 데 은연중 개입되는 선악이라는 도덕적 개념은 스스로 열고야국의 간첩이라 주장하는 밥어미의 형상과 이 땅에서 죽어간 수많은 간첩들의 행적에 대해 그녀가 전해주는 이야기에서도 읽을 수 있다. 자신은 아무것도 소유하지 않으면서 다른 이에게 모든 것을 나누어주고 베푸는 밥어미의 선행은, 실수로 아비를 죽인 영순의 죄를 자청하여 떠맡고 영순 대신 감옥으로 들어가는 장면에서 절정에 달한다. 이 세상을 변화시키기 위해 열고야국에서 파견되어 박해받고 절망과 슬픔을 안고 처형되면서도 이 땅의 사람들에 대한 사랑을 잃지 않았다고 하는 간자들의 일생 역시 크게 다르지 않다. 이기적인 욕망과 탐욕으로 얼룩진 이 세상의 모습이 도덕적 차원에서 '악'으로 의미화되는 반면, 아무런 주저나 의심 없이 그와는 상반되는 가치를 구현하며 순결하게 살아가는 그들에게는 도덕적 선함이라는 아우라가 드리워져 있는 것이다. 그런 측면에서, 이 소설의 서사를 지탱하는 동력은 이 "야만과 욕망의 땅"과 열고야국으로 표상되는 '다른 세상'을 가르는 선명한 도덕적 이분법이라고 할 수 있다.

이 소설이 보여주는 상상력의 핵심은 강렬한 도덕적 이분법에 있으며, 그것은 멜로드라마적 상상력이 보여주는 중요한 특징이기도 하다. 소설은 그 도덕적 이분법에서 파생되는 슬픔과 분노, 그리움과 동경으로 가득 차 있다. 물론 도덕적 이분법이란 현실의 복잡다기하고 모순적인 결과 갈래들을 도덕적 선악이라는 하나의 코드로 환원한다는 점에서 소설을 일정한 한계 안에 가두어놓는 원인이라고 할 수 있겠다. 그러나 이 소설이 애초 알레고리적 성격을 지녔다고 할 때, 도덕적 이분법은 그와 결합하여 세계에 대한 판단과 부정의식을 극적(劇的)으로 양식화하는 중요한 미학적 수단이 될 수도 있다.

이러한 도덕적 선악의 이분법, 그리고 여기서 비롯된 정념에 가득 찬 이 소설 특유의 어조의 뒷면에는 도덕적 비학(秘學, occult)이라 이를 수 있는 것이 자리잡고 있다. 자본의 현실원칙이 지배하는 이 시대에, 도덕적 비학이란 우리에게 잊혀지고 차단된 듯 보이지만 반드시 따라야 할 의미와 가치, 도덕적 보편성의 영역을 비추어주는 거울이다. 모든 신성한 것이 사라지는 시대에 그것은, 무의식 속에 억압되고 조각난 신성한 가치를 들추어내어 결코 사라져서는 안될 도덕적 원칙을 일깨우는 것이다. 열고야국에 대한 감동적인 묘사에서 작동하는 것이 바로 이 도덕적 비학이다.

> 그들이야말로 고아보다 더 고아가 아닌가요. 이 세계가 이 지경인 동안은, 여기서 달아나버린 용이 되돌아오는 날까지는. 저 웅덩이에서 물이 솟구치고 하늘에서 극광(極光)이 자기(磁氣)의 커튼을 찬란히 드리우는 날까지는. 당신은 나의 고아, 당신은 그날을 볼 수 있어요. 당신은 그곳에 갈 수 있어요. 갈 수 있고말고요. 당신의 세상에, 한 사람 한사람이 저마다 하나의 세상이고 하나의 나라인 그곳에. (235면)

열고야국은 이 세상에 이제 존재하지 않는, 세상의 비루함과 추악함을 부정할 때 그리워하고 갈망하는 모든 것이 있는 곳이다. 또한 원래 세상 모든 사람들의 나라였기에 어떤 곳인지는 다 알지만 문명의 억압과 배제로 인해 이제는 믿지 않게 되어버린 곳이며, 그럼에도 불구하고 반드시 가야 하는 곳이다. 이 소설에서 "이 세계가 이 지경인 동안"은 모두가 고아일 수밖에 없다는 판단을 내리게 하는 그곳은, 이 세상의 반대편에서 세상이 추악한 탐욕의 진창일 뿐이라는 것을 일깨우는 도덕적 초자아의 역할을 한다. 그런 관점에서, '나'가 세상의 진창에 자발적으로 몸을 담글 때마다 결정적인 순간에 나타나 '나'의 주위에서 흔들리며 조용히 '나'를 바라보는 은행나무의 푸른 눈은 이 도덕적 초자아의 또다른 상징이라 할 수 있겠다.

『이상한 나라에서 온 스파이』는 주인공 심우영이 도덕적 비학을 발산하는 간첩의 감화를 받아 즉자적인 증오에서 비롯된 일그러진 욕망의 리비도를 다른 세상에 대한 열망으로 돌리게 되는 환상적인 욕망의 드라마다. 그리하여 소설은 이제는 늙어버린 심우영이 열고야국에 대한 열망과 동경을 품에 안고 깊은 우물을 파며 살아가는 모습을 보여주는 것으로 마무리된다. 엠페도클레스(Empedokles)의 표현을 빌리자면, (즉자적인) 증오가 끝나는 곳에서 기원은 시작된다.

4. 반(反)자본주의의 파토스 혹은 약자의 도덕

『이상한 나라에서 온 스파이』의 세계는 이처럼 도덕적 비학이 작동하는 알레고리의 세계다. 그런만큼, 소설의 곳곳에 배치된 비현실적이고 환상적인 장면들은 의외로 자연스럽게 다가온다. 코울리지(S. T. Coleridge)의 말처럼 '불신의 일시적 정지'(Suspension of Disbelief)가 이루어지는 까닭이다. 실제로 소설에서 비현실적인 장면은 숱하게 발견된다. 고아원에 있던 거대한 은행나무가 하늘을 날아 주인공 심우영과 밥어미의 집 마당에 날아와 박히고, 그 나무의 두 눈이 그를 내내 따라다니며 지켜본다. 게다가 심우영은 어느 순간 어미를 찾아 울며 헤매는 어린 시절의 자신과 대면하고, 또 지네로 변하기도 한다. 이런 환상적인 장면들은 끊임없이 소설의 객관적인 리얼리티를 간섭하지만, 그러면서 그와 자연스럽게 뒤섞인다.

역설적이게도, 이런 비현실적 환상에서 우리가 읽을 수 있는 것은 현실에 대한 작가의 집요한 관심이다. 달리 말한다면, 비현실적인 환상은 이 추악한 현실에 끝내 눈감을 수 없는 작가의 현실비판적 발언을 나름의 방식으로 전달하기 위한 일종의 미학적 의장이다. 이 소설을 지탱하는 도덕적 이분법이나 도덕적 비학의 아우라 역시 모두 그곳에서 비롯되는 것이다. 그렇다면 도덕적 비학과 그것이 만들어내는 선명한 이분법은 구체적으로 어떤 기능을 갖는가. 이를 밝히기 위해서는 잠시 작품에서 들뜬 어조로 신비롭게 묘사되는 열고야국의 모습을 좀더 자세히 들여다볼 필요가 있다.

그곳의 율법은 인간, 사랑, 그리고 즐거움이에요. 그 이상의 어떤 이념이나 가치도 없어요. 이익을 위하여 인간이 매매되고 이익을 위하여 전쟁이 벌어지는 일, 이익을 위해 돈 몇푼으로 사람을 모아놓고 일을 시키고, 또 돈을 벌기 위해 그런 곳에 나가 앉아 억지로 노동에 시달려야 하는 일 같은 것은 없어요. 사랑을 위하여 깨어나고 즐거움을 위하여 일을 해요. 사랑을 위하여 꿈을 꾸고 즐거움을 위하여 꽃이 피어나요. (233면)

열고야국이란 그런 곳이다. 그래서 그곳은 "사람과 사람 사이를 돈, 불신이나 증오, 신분이나 직업, 직위 같은 것이 벽처럼 가로막고 있는 것이 아니라 이해와 관심이 잔칫집 대문처럼 열려 있"(214면)는 곳이다. 중요한 것은 여기서 묘사되고 있는 것이 그렇게 대단할 것도 없는 너무도 당연히 그리 되어야 마땅한 인간적 삶의 원칙이라는 점이고, 또 역설적이게도 그것이 너무 당연한 것이기 때문에 오히려 비현실적으로 읽힌다는 점이다. 최인석이 열고야국을 신비로운 환상으로 감싸면서 문제삼고 있는 것은, 그 너무도 당연한 삶의 원칙을 끝내 비현실적인 것으로 보이게 만드는 이 세계의 타락과 추악함이다.

따라서 최인석의 소설에 나타나는 '다른 세계'의 모습을 비현실적인 몽환이라 비판하는 것은 촛점을 비껴가는 것이다. 최인석의 소설에서 그것은 기본적으로 세상의 비정상적인 일그러짐을 비추는 거울로서,

그리고 그러한 세상에 대한 치열한 부정의식을 가다듬는 부정(否定)의 거울로서 작용하는 것이기 때문이다. 이 소설에서 심우영을 취재하여 그의 이야기를 옮기는 격자 바깥의 '나'의 다음 진술은 그런 측면에서 의미심장하다.

그가 정신없는 사람인지는 모르지만, 그의 평생에 담긴 이야기 가운데에서 나는 무엇보다도 우리가 살아온 세월에 대한, 우리가 살아가는 이 세계에 대한, 이 세계의 생김생김에 대한 돌이킬 수 없는 완강한 부정(否定)을 보았고, 전적으로는 아니지만, 그 부정에 나 자신이 어느정도 긍정할 수밖에 없었기 때문이다. 또한, 존재하느냐 존재하지 않느냐를 떠나서, 그의 '열고야'라는 나라에 비추어보면 지금 내가 몸담고 살아가는 이 세계는 얼마나 어처구니없고 가소롭고 야만적이고 희극적인 세계냐, 하는 생각이 들었기 때문이다. (9~10면)

이렇게 볼 때, 음울한 권력의지와 세상에 대한 증오, 그것을 표현하는 극단의 수사학, 신비로운 환상과 함께 드리워지는 도덕적 비학의 아우라와 그 아래 구획되는 도덕적 이분법의 구도 등 눈에 띄는 특징들이 궁극적으로 어디에서 비롯되는지가 다시 한번 확인된다. 한마디로 하자면, 그것은 강렬한 반(反)자본주의의 파토스(pathos)다. 이는 인간적 삶의 원칙을 거스르는 자본의 횡포와 그 안에서 야만과 욕망이라는 자본의 원칙을 물신(物神)으로 내면화하며 살아가는 인간들이 만들어놓은 야수적인 정글에 대한 전면적인 부정과 분노, 그에 비례하여 함께 실리는 자본주의 바깥의 삶에 대한 강한 열망과 다른 것이 아니다. 최인석의 현실에 대한 집요한 관심을 이끌어가는 동력은 바로 그것이다.

그러나 『이상한 나라에서 온 스파이』에서, 반자본주의의 파토스는 지극히 우울한 결론으로 이끌려간다. 마치 간자의 무기가 "이곳에 와서 살다가 감옥살이하고 처형당하는 것, 여기가 아닌 곳, 떠나온 고국을 그리워하는 것"(322면)밖에 없는 것처럼, 그리고 심우영이 다른 세상에 대한 열망을 안고 지구 반대편에까지 이를 깊은 우물을 파며 언제일지 모를 '그날'을 기다리는 것처럼, 그렇게 그리움을 앓으며 이 세상을 견 뎌나가야 한다는 것. 또 그 안타까운 노력 자체에서 아스라한 희망을 찾아내는 것. 소설의 논리를 그대로 따라간다면, 이는 어쩌면 그들 혹 은 우리가 걸을 수 있고 또 걸을 수밖에 없는 유일한 길일지도 모른다. 그러나 니체의 표현을 빌린다면, 그것은 약자의 도덕이다. 그들 혹은 우리는, 이런 약자의 도덕을 안고, 그것을 희망이라 위안하며 이 세상 을 견디는 수밖에 없는 것인가.

물론 언젠가는 올지도 모를 '그날'을 위해 하나로도 안되면 두셋을, 자신이 못다 하면 다른 사람이 계속 우물을 팔 것이라 이야기하는 심우 영의 모습은 그 자체로 감동적이다. "야만과 탐욕의 땅" 한가운데서 다 른 세상에 대한 희망을 이어가는 안타까운 노력에서 우리가 보는 아름다 움은, 그러나 좌절과 비관의 그늘에서 돋아나는 우울한 아름다움이다.

그와 함께 우리가 눈여겨보아야 할 것은 작가가 소설의 곳곳에 배치 해놓은 또다른 인상적인 장면들이다. 가령, 소설에서 밥어미는 심우영 을 처음 만나는 날 누군지도 모르는 그에게 그때까지 맛본 적 없는, 돼 지비계를 듬뿍 넣어 끓인 김치찌개로 성찬을 대접한다. 그리고 소설의 곳곳에서 밥어미는 그에게 지극한 정성으로 무언가를 끊임없이 요리해 먹인다. 영순을 찾아헤매다 쓰러진 심우영을 수습해주는 또다른 간첩 택이 아비가 깨어난 그에게 처음 건넨 것도 누른밥이 가라앉은 숭늉이 다. 소설의 대미를 장식하는 것 또한 성대한 음식 접대다. 긴 세월이 흘 러 이제는 늙은 심우영과 영순이 혼령으로 나타난 밥어미의 고집스런 권고를 따라 결혼하는 날, 그들은 떼지어 하객으로 몰려온 죽은이들에게 푸짐한 잔치음식을 대접한다.

이러한 장면들은 익히 보아온 토포스(topos)이긴 하지만, 여기에는 의미있는 주제의식이 담겨 있다. 다른 세상으로 가는 길의 희망은 가장 가혹하게 이땅의 잔인함에 노출된 이들, "삶 자체를 박탈당한"(372면) 이들이 함께 꾸려내는 공감과 연대, 나눔과 베풂에 있다는 생각이 바로 그것이다. 이는 분명 흔하지 않은 의미있는 결론이다. 그렇지만 나는 아직 그와같은 주제의식에 대해 현실적인 판단을 내리기가 쉽지 않다. 그것이 혹여 의도와는 무관하게 약자의 도덕으로 이어지는 또다른 길이 될 것인지, 아니면 다른 긍정의 힘으로 솟아오르는 계기가 될 것인지.

5. '포월(包越)'의 문학을 향해

최인석의 소설 『이상한 나라에서 온 스파이』에는 그간 그가 단편과 중편에서 압축적으로 보여주었던 문제의식의 편린들이 한자리에 가지런히 모여 구조적으로 촘촘히 직조되어 있다. 긴 세월에 걸친 한 인물의 일대기로 되어 있는 이 소설은, 그런만큼 최인석 소설의 여러 모티프와 문제의식이 일관된 논리적 질서를 갖춰 오롯이 배열될 수 있는 조건을 갖추고 있는 셈이다. 게다가 이 소설은 70년대 중후반에서 80년대 초에 이르는 암울한 시기를 배경으로 하고 있어 최인석이 바라보는 지금 이 시대의 전사(前史)로 읽히기도 한다. 더욱이 "이 비루한 세상은 나의 세상이 아니며 원래 나의 세상은 다른 곳에 있다'라는 이 소설에서의 '업둥이의식'은, 곳곳에 배치된 신화적·설화적 상상력과 현실과 환상의 경계를 흐려버리고 뒤섞는 특유의 소설문법에 힘입어 흥미로운 위반의 문학을 만들어내고 있다.

이후 최인석이 어디로 눈길을 돌릴 것인지 아직은 판단하기에 이르다. 어느 방향이 되든, 작가는 이 작품이 얻은 흥미로운 성과 뒷면에 가려져 있는 또다른 측면에 대해서 충분히 의식해야 할 것이다. 선명한 도덕적 이분법은 그 점에서 문제적이다. 세계에 대한 증오와 철저한 비관주의, 그리고 다른 세상에 대한 강한 열망에서 비롯되는 그것은 주제의식을 강렬하게 부조(浮彫)하는 데 효과적인 수단이 될 수도 있지만, 다른 한편 부정적인 의미에서 대중성의 코드로 이끌릴 수 있는 위험을 갖고 있기도 하다. 게다가 그것은 도덕적 판단의 틀로 환원될 수 없는 현실의 다층성과 모호함, 삶의 우연성과 복잡한 얽힘 같은 것들을 배제하거나 단순화하는 댓가를 치러야 하는 것이기도 하다.

물론 최인석이 이 점에 눈감고 있으리라고는 보이지 않는다. 그런 측면에서, '개라는 관념은 짖지 않는다'는 스피노자의 유명론적 명제를 거론하며 내놓은 그의 발언을 다시 한번 되새겨볼 필요가 있다.(홍기돈 「영혼의 깊은 우물로 남는 두 개의 상처」,『작가세계』 2000년 봄호 87면) 최인석은 고정된 관념을 고집하기보다는 시간에 따라 변화하는 "'생현실'을 바라보려고 노력"해야 한다고 이야기한다. 물론 낡은 관념에 집착하는 리얼리즘을 비판하는 발언이지만, 그 스피노자의 명제는 각도를 달리하여 그 자신에게도 그대로 되돌려질 수 있을 것이다. 최인석은 그의 철저한 비관주의가 만들어내는 세계상과 그에 대한 부정의식이 주조하는 선명한 도덕적 이분법이, '생현실' 위에 덧씌워지는 또하나의 고정된 관념이 될 수 있는 위험을 끊임없이 경계해야 한다는 수고로운 과제를 떠안고 있는 것이다.

이는 어쩌면 역설적이게도 현실에 대한 이 작가의 집요한 관심과 철저한 부정의식이 빚어내는 딜레마인지도 모른다. 최인석에게 현실에 대한 관심을 좀더 다각화하기를 기대하는 것은 그 때문이다. 최인석이 보여주는 현실의 밑그림은 이미 이 세계의 근본적인 진실을 충격적으로 환기시키고 있지만, 거기에서 한걸음 더 나아가 단순한 것으로 요약될 수 없는 세세하고 복잡다기한 현실의 미묘하고 풍부한 양상과 굴곡이 그 밑그림 위에 그려져야 한다. 지금까지 보여준 이 작가의 튼튼한 상상력, 그리고 그 치열한 부정의 정신에 더하여 복잡한 현실의 미세한 결을 따라가며 구석구석을 분별하고 헤아리는 냉정하고 끈질긴 사유의 힘이 함께 덧붙여진다면, 우리는 머지않아 우리 문학에서 보기 드문 진중한 '포월(包越)'의 문학을 만날 수 있을지도 모른다.

金永贊／문학평론가, 성균관대 강사

작가의 말

산에 오르면 멀리 북한강 남한강 물줄기가 칙칙하다. 콘크리트 교량, 콘크리트 댐, 콘크리트 고속도로와 콘크리트 아파트, 흠, 저 잘났다고 버텨 서 있는 꼴들 가소롭다. 다행스러운 것은 내가 서 있는 높이, 그리고 낙엽송숲, 지쳐 몸을 눕히는 누이들처럼, 아내들처럼 스르르 떨어져 쓰러지는 침엽들.

얼마나 높은 곳에서 얼마나 멀리 떨어져 내려다보아야 직성이 풀릴까. 폭포는 아무 생각 없이 머리칼을 풀고 그저 유쾌하게 떨어져내리는데. 그래도 황홀한데. 그 앞에 서면 아무 생각도 안 나는데. 어째서 아무리 올라가봐도 언제나 불만스러운 것인가. 이제 정상이니까 더이상 올라갈 곳이 없다는 것으로 스스로를 위안하며 내려오게 되는 것인가.

어느 산에 올라도 마찬가지다. 에베레스트에 대여섯 번씩이나 오르고 또 오르다 얼음 속에 묻혀 죽어가는 사람들 심정을 알 듯 말 듯 하다.

절망이 병이다, 하고 말한 사람이 있었지만, 불만이야말로 병인 것 같다.

만일 이 세상에 대열이 둘뿐이라면, 피살될 사람들이 늘어선 줄과 그들에게 총을 겨눈 처형자들의 줄뿐이라면 그 사이에서 선택을 해야 한다면 나는 어느 대열에 서야 할까?

단순화시키면 이 세상은 여전히 그와 같다.

그러니까 이 세계와 나 사이의 거리는 총구와 표적지 사이의 거리다.

아아, 그러나 그 총구와 표적지 사이에 이 쾌락과 사랑과 이해와 꿈과 그리움과 아름다움과…… 그런 것들이, 아슬아슬하게, 존재한다.

기적이다, 인간이 혼자서는 결코 만들어낼 수 없는 기적, 인간과 인간 사이에서 비로소 만들어지는 기적. 인간관계란 얼마든지 추악하고 치욕스럽고 야비해질 수도 있지만 또한 이런 기적을 만들어낼 수도 있는 것이다. 그런 기적을 만들어낼 줄 모르는 우리들은 모두 잔인한 바보들이거나 야비한 겁쟁이들이다.

2003년 8월

최인석

이상한 나라에서 온 스파이

초판 발행/2003년 8월 30일

지은이/최인석
펴낸이/고세현
편집/김정혜 문경미 안병률 김명재
펴낸곳/(주)창작과비평사
등록/1986년 8월 5일 제85호
주소/경기도 파주시 교하읍 문발리 출판문화정보산업단지 42블럭 5
　　　우편번호 413-832
전화/031-955-3333
팩시밀리/영업 031-955-3399 · 편집 031-955-3400
홈페이지/www.changbi.com
전자우편/literat@changbi.com